도스토옙스키와
함께한
나날들

도스토옙스키와 함께한 나날들

안나 도스토옙스카야의 회고록

안나 도스토옙스카야 지음 ◆ 최호정 옮김

xbooks

목차

일러두기

1 이 책은 2002년 모스크바의 자하로프 출판사에서 펴낸 『안나 그리고리예브나 도스토옙스카야 : 회고록』(Анна григорьевна Достоевская : Воспоминания)을 우리말로 완역한 것입니다.

2 외래어 표기는 원칙적으로 국립국어원의 〈외래어 표기법〉을 따랐습니다.

3 주석에는 지은이 주와 옮긴이 주가 있습니다. 지은이 주의 경우 주석 뒤에 [지은이]라고 표시하여 옮긴이 주와 구분했으며, 모든 주석은 본문 뒤에 있습니다.

4 본문에 나오는 연월일은 모두 러시아 구력(舊曆, 율리우스력)을 따랐습니다. 구력과 신력(新曆, 우리가 지금 쓰는 그레고리력)은 대략 13일 정도 차이가 납니다. 참고로 러시아 10월 혁명은 율리우스력으로 1917년 10월 25일에 해당하지만, 그레고리력으로는 11월 7일이 됩니다. 러시아는 혁명 후인 1918년 1월 26일 그레고리력으로 개력을 결정하고, 그해 2월 1일을 2월 14일로 바꾸면서 이후 그레고리력을 공식적으로 사용하고 있습니다.

나는 전에는 한 번도 회고록을 쓰겠다는 생각을 해본 적이 없었다. 내게 문학적 재능이 전혀 없다는 것을 잘 알고 있었기 때문이기도 하지만, 평생 잊을 수 없는 내 남편의 저작들을 출판하는 일에 온 힘을 쏟느라 그의 추억과 관련된 다른 일을 생각할 시간적 여유가 거의 없었기 때문이다.

1910년에 나는 건강이 좋지 않고 기력이 쇠해서 그토록 전념해 왔던 남편의 저작 출판 일을 다른 사람에게 맡기게 되었다. 그리고 의사의 강권에 못 이겨 수도에서 멀리 떨어진 한적한 곳에서 생활해야 했다. 그때 나는 내 인생에 커다란 빈자리를 느꼈다. 나는 무엇이든 관심을 쏟을 만한 일을 함으로써 그것을 메워야만 했다. 그렇지 않으면 내 삶이 끝날 것만 같았다.

벽촌에 칩거하여 현실의 사건들에 관여하지 않고 살짝 한 발만 걸쳐 놓고 살게 되자, 나의 가슴과 머리는 그토록 행복했던 과거 속으로 조금씩 빠져들어 갔다. 그것이 현재 내 삶의 공허함과 무의미함을 잊게 해주었다. 남편과 나의 수첩들을 다시 뒤적이다 보니 흥미롭고 세세한 사실들이 많이 눈에 띄었다. 속기로 작성되어 있는 그것들을 이제는 속기가 아니라 모두가 이해할 수 있는 언어로 기록해야겠다는 욕구가 주체할 수 없이 솟아올랐다. 나아가 나의 아이들과 손자들, 그리고 어쩌면 남편의 천재성을 높이 평가하고 그가 가정에서는 어떤 사람이었는지 알고 싶어 하는, 그를 흠모하는 몇몇 사람들이 나의 기록에 관심을 가져 줄 것이라는 확신이 들었다.

이 회고록은 최근 5년 동안(1911~1916) 여러 시기에 나뉘어 노트 몇 권에 쓰인 것이다. 내가 쓴 회고록이 재미있을 것이라고는 보장하지 못하지만, 인물들의 행위에 대한 묘사는 믿어도 좋을 만한 것이며 전적으로 공정하다고 자부할 수 있다. 이 회고록은 주요하게는 그간의 기록에 근거하여 작성하였고 서신과 신문, 잡지 기사들은 출처를 밝혀 놓았다.

솔직히 고백하건대, 나의 회고록은 문학적으로 보면 결점투성이다. 이야기는 장황하고 장(章)을 적절히 구분하지도 못했고 문체도 구식이고. 하지만 일흔 살에 새로운 것을 배우기란 어려운 법이다. 표도르 미하일로비치 도스토옙스키가 지녔던 미덕과 그의 결함 모두를 포함하여 그가 가정과 사생활에서 어떤 사람이었는지를 독자들에게 소개하려는 나의 진정한 바람을 고려한다면, 이런 결점들은 용서되지 않을까 싶다.

도스토옙스키와
함께한
나날들

1장

어린 시절, 그리고 젊은 날

신의 세상으로 나오다

페테르부르크의 알렉산드르 네프스키 수도원은 수많은 나의 소중한 추억들이 모여 있는 곳이다. 이 수도원의 정문 위쪽에 솟은 듯 서 있는 하나뿐인 교구 교회(지금은 수도원)에서 우리 부모님은 혼례를 치르셨다. 나 역시 수도원 소유지에 있던 집에서 성 알렉산드르 네프스키의 성찬일(聖讚日)인 8월 30일에 태어나 교구 사제의 축복 기도와 세례를 받았다. 알렉산드르 네프스키 수도원의 치흐빈스코예 묘지에는 잊지 못할 나의 남편이 묻혀 있다. 그리고 운명이 허락한다면 나 또한 그곳에서 그와 나란히 영면할 자리를 찾을 것이다. 마치 알렉산드르 네프스키 수도원을 세상에서 내게 가장 소중한 곳으로 만들기 위해 이 모든 것들이 결합된 것만 같다.

1846년 8월 30일, '늙은 아낙의 여름'[1]이라 알려진 그 청명한 가을의 어느 날 나는 태어났다. 성 알렉산드르 네프스키 축일은 지금도 수도(페테르부르크—옮긴이)에서 가장 중요하게 여기는 기념일이다. 이날은 카잔 대성당에서 수도원까지, 그리고 다시 반대 방향으로 십자가 행렬이 이어지고, 이날 하루 일에서 풀려난 많은 군중이 이 행렬을 따른다. 하지만 예전에, 아주 오래 전에는 이 8월 30일의 축일이 훨씬 더 성대하게 치러졌다. 네프스키 대로 한가운데에 길이 3베르스타[2]가 넘는 넓은 나무 단을 만들어 놓아, 금빛 십자가와 교회 깃발을 번쩍이는 십자가 행렬이 군중들과 섞이지 않고 높은 단 위를 천천히 이동해 가는 것이었다. 금박의 오색 비단 승복을 입은 성직자들의 긴 대열 뒤를 고위 관리들과 계급장, 훈장을 단 군인들이 따르고, 황실 가족을 태운 화려한 금마차 몇 대가 뒤를 이었다. 이 행진은 그야말로 보기 드문 아름다운 광경이어서 이날은 도시 사람 전체가 이 십자가 행렬을 보기 위해 모여들곤 했다.

우리 부모님이 사셨던 가옥은 지금도 수도원에 속해 있다. 부모님은 그 가옥의 이층에서 사셨다. 집은 매우 넓어서 방이 11개나 되었는데, 창문들은 (지금의) 실리셀부르크스키 대로를 향해 나 있었고 일부는 수도원 앞 광장으로 틔어 있었다. 우리 집은 대가족이었다. 할머니는 아들 넷을 두셨는데, 그중 둘은 결혼을 하여 아이들이 있었다. 우리는 화목하게 지냈고 옛

날 식으로 손님 치르는 걸 즐겼다. 그래서 가족들의 생일이나 명명일(命名日),[3] 성탄절과 성찬일이면 멀고 가까운 친척들이 모두 할머니 집에 모여 아침부터 밤늦게까지 흥겹게 놀고 했다. 그렇지만 특히 손님들이 많이 모이는 날은 8월 30일이었다. 화창한 날씨에 창문을 모두 열어젖히고 행진 대열을 편안하게, 그것도 지인들이 모인 즐거운 분위기 속에서 구경할 수 있기 때문이었다. 1846년 8월 30일도 그랬다. 어머니는 가족들과 함께 아주 기분 좋고 반갑게 손님들을 맞고 대접했다. 얼마 후 어머니의 모습이 보이질 않자 모두들 젊은 안주인이 손님 접대 준비로 방안에서 분주히 움직이고 있을 것이라고 생각했다. 하지만 사실 어머니는 갑자기 통증을 느껴 산파를 부르러 사람을 보낸 뒤 침실로 살짝 들어가신 것이었다. 어머니는 이렇게 일찍 '일'이 닥치리라곤 미처 생각지 못했는데, 아마도 들뜬 마음에 피곤이 겹친 탓이었던 것 같다. 어머니는 평소 건강하셨고 이미 아이를 낳아 본 경험이 있었기 때문에 갑자기 닥친 일에 조금도 당황하지 않으셨고 집안에 소동을 일으키지도 않으셨다.

오후 2시 무렵 대성당의 장엄한 예배가 끝나고 수도원의 종소리가 낮게 울렸다. 수도원 정문에 십자가 행렬이 등장하자 광장에 서 있던 군악대의 취주음이 장중하게 울려 퍼졌다. 창가에 앉아 있던 사람들이 다른 손님들을 부르기 시작했고 "온다, 와! 십자가 행렬이 움직이기 시작했어"라는 환호성이 들려왔다. 그렇게 어머니의 귀에 환호성과 종소리, 음악 소리가 들리던 바로 그때, 이토록 길고 긴 인생길을 향해 나도 움직이기 시작했던 것이다.

성대한 행렬이 지나가고 손님들이 집으로 돌아갈 채비를 하기 시작했다. 손님들은 잠시 누워 쉬어야겠다며 방으로 들어가셨던 할머니께 인사를 드리고 가기 위해 기다리고 있었다. 3시쯤 되어 아버지가 할머니를 부축하고서 손님들이 있던 거실에 들어오셨다. 자신에게 일어난 사건으로 조금 들떠 있던 아버지는 방 한가운데 멈춰 서서 장중하게 선언하셨다. "친애하는 가족 친지, 그리고 손님 여러분! 축하해 주십시오. 신께서 제게 딸 안나를 선사하셨습니다." 나의 아버지는 지나칠 정도로 호방한 성격에 농을 잘하고 익살스러워서 '익살꾼'이라 불리는 분이셨다. 그래서 사람들은 아버지의 말을 축일의 농담이라고 생각하고 아무도 믿으려 하지 않았다. "말도 안돼! 그리고리 이바노비치가 농담을 하는군! 어떻게 그럴 수가 있단 말인가? 안나 니콜라예브나는 내내 여기 있었잖아." 그러자 할머니가 손님들을 향해 입을 떼셨다. "아니야. 그리샤 말이 맞아. 그러니까 한 시간 전에 내 손녀, 안나가 세상에 나왔단 말일세!"

여기저기서 축하 인사가 쏟아졌고, 거실 문밖에서 하녀가 샴페인을 가득 채운 잔들을 들고 들어왔다. 모두들 갓 태어난 아기와 아기의 부모, 할머니의 건강을 기원하며 술잔을 들었다. 부인들은 산모를 축하하고(당시에는 의사들이 이런 일에 주의를 주지 않았다) '갓난애'에게 입맞추기 위해 달려갔고, 남편들은 마누라가 없는 틈을 타 갓난아이를 위한 건배를 외치면서 나와 있는 샴페인 병들을 몽땅 비웠다. 신의 세상 속으로 나온 나의 등장은 이처럼 성대한 환대 속에서 이루어졌다. 그리고 모두들 말했던 것처럼, 이는 내 미래의 운명을 말해 주는 좋은 전조였다. 후에, 이 전조는 맞아떨어졌다. 나는 비록 물질적인 궁핍과 정신적인 고통에 시달리긴 했을지언정 나의 인생이 분에 넘치게 행복했다고 생각한다. 그렇기 때문에 나는 내 인생에서 무엇 하나 바꾸고 싶은 것이 없다.

부모님에 대해 몇 마디 해보겠다. 아버지는 소러시아 태생이고, 고조부의 성은 스니트코였다. 폴타프스카야 현에 있던 영지를 팔고 페테르부르크로 이주하신 증조부는 스니트킨이란 러시아식 성을 쓰셨다. 아버지는 페테르부르크 예수회 학교를 다니셨지만 신자는 아니셨고, 선량하고 소박한 사람으로 평생을 사셨다. 아버지는 시 의회인지 시 행정부인지의 한 부서에서 일하셨다. 어머니는 스웨덴 태생으로 명망 높은 밀리토페우스 가문 출신이셨다. 어머니의 선조 가운데 한 분은 루터교 주교였고 할아버지들은 학자들이었다. 에우스라는 어미가 덧붙여진 것을 보면 이를 알 수 있는데, 학자가 되면 드(de)나 폰(von) 등과 같이 교태 나는 장식을 성에 붙였던 것이다.

어머니의 할아버지들은 아보에서 사셨고 그곳의 유명한 성당 안에 묻히셨다. 언젠가 한 번 나는 스웨덴으로 가는 길에 아보에 들러 성당에서 조상들의 무덤을 찾아보려 했던 적이 있었다. 하지만 핀란드어도 스웨덴어도 알지 못했던 까닭에 성당 지기에게서 어떤 자료도 얻을 수가 없었다.

내 어머니의 아버지 니콜라이 밀리토페우스는 상트 미헬스카야 현의 지주여서 전 가족이 영지에서 살았다. 아들 로만 니콜라예비치만 모스크바 농과대학에 다니느라 집을 떠나 있었는데, 학업을 마치고 페테르부르크에서 자리를 잡자 그는 (그 무렵에는 이미 고인이 된) 아버지의 영지를 팔고 가족을 모두 페테르부르크로 옮겨 오게 했다. 여기서 나의 할머니, 안나 마리야 밀리토페우스가 곧 세상을 떴고, 어머니는 다른 두 자매들과 함께 오빠의 집에 남아 살게 되었다.

어머니는 눈부신 미모의 소유자였다. 큰 키와 균형 잡힌 날씬한 몸매에 얼굴 윤곽이 놀라울 정도로 반듯했다. 또한 빼어나게 아름다운 소프라노 음색을 지녔는데, 노년에 이르도록 이 음색이 변치 않았다. 그녀는 1812년에 태어나 열아홉 살이 되던 해에 한 장교와 약혼을 했다. 하지만 그가 헝가리전에 참전하여 전사하는 바람에 결혼은 할 수 없었다. 어머니의 상심은 극에 달해 다시는 결혼하지 않겠다고 결심하셨다. 하지만 세월은 흘러갔고, 상실의 쓰라림도 조금씩 아물어 갔다. 어머니가 드나들던 러시아 사교계에는 중매 서기(이것은 당시의 풍습이었다)를 좋아하는 사람들이 있어, 이들이 한 번은 어떤 모임에 두 사람의 젊은이를 어머니에게 소개시켜 주려고 특별히 초대했다. 그 두 사람은 약혼할 사람을 찾고 있었다. 그들은 내 어머니에게 흠뻑 빠졌지만 어머니는 소개받은 젊은이들이 마음에 들었냐는 질문에 이렇게 대답했다고 한다. "아뇨, 그 노인네 있잖아요, 내내 이야기하고 웃고 하던. 전 그 사람이 더 좋던데요." 그녀가 가리킨 사람이 내 아버지였다.

옛날에는 마흔을 넘긴 사람은 이미 노인으로 여겼다. 아버지는 그때 벌써 42세였던 것이다(1799년에 태어났으니까). 아버지는 젊은 시절을 즐겁고 유쾌하게 보냈지만 엄격한 모친의 영향으로 절제된 생활을 했다. 그래서인지 마흔두 살의 나이에도 건강하고 강인한 체력을 지녔으며, 매력적인 잿빛 눈과 가지런한 치아를 가진 얼굴에는 홍조가 어려 있었다. 다만 머리카락만큼은 꽤 숱이 없는 편이었다.

아버지는 당신의 어머니가 돌아가시기 전까지는 가정을 꾸리거나 가족을 부양한다는 생각을 해보지 않았다. 그래서 사교모임 같은 것도 그 자체가 좋아서 간 것이지 약혼자를 찾거나 소개받기 위해 간 것은 결코 아니었다. 아버지 역시 어머니를 소개받고 무척 호감을 느꼈지만, 그녀는 러시아어에 서툴고 그는 프랑스어를 잘 못했던 탓에 두 사람은 길게 대화를 나누지 못했다. 나중에 어머니가 한 말을 전해 듣고서 아버지는 이 아름다운 아가씨의 관심에 무척 마음이 쏠렸다. 그래서 그녀와 만날 수 있었던 그 집을 열심히 드나들기 시작했고, 결국 그들은 서로 사랑에 빠져 결혼을 결심하게 되었던 것이다.

그러나 그들 앞에는 커다란 난관이 있었다. 어머니는 루터교 신자였는데, 러시아 정교 신자였던 아버지의 가족은 아내와 남편은 종교가 같아야 한다고 생각했던 것이다. 아버지는 가족과 의절하더라도 결혼을 하겠다고 결심했다. 이를 알게 된 어머니는 그토록 화목한 가정에 반목이 생기는 것이 두려워, 러시아 정교로 개종할 것인가, 사랑하는 사람을 포기할 것인가를 두고 오래도록 고민했다. 그러다 그녀로 하여금 결심을 굳히게 한 사건이 일어났다. 어느 날 밤, 그녀는 십자가에 못 박힌 그리스도의 형상 앞에 밤늦도록 무릎을 꿇고 신에게 도움을 구하는 기도를 오랫동안 올리고 있었다. 다음 날이면 아버지에게 확답을 주기로 되어 있었던 것이다. 문득 고개를 든 그녀는 눈부신 후광이 그리스도의 형상을 감싸고 방 전체를 비추고는 사라지는 것을 보았다. 이런 장면이 두 번이나 반복되었다. 어머니는 이것을 하늘의 계시로 받아들였다. 그날 밤 그녀는 자신이 러시아 정교회로 들어가 그리스도의 수의(壽衣)[4] 앞에서 기도를 올리는 꿈을 꾸었다. 그녀는 이 꿈 역시 하늘의 계시로 받아들였다. 2주일 뒤 시메오노프스크(모호바에 있는) 교회에 견진성사(堅振聖事)[5]를 올리러 가서, 자신이 그 수의 앞에 서게 되고 주변의 정황이 꿈에서 보았던 것과 똑같다는 사실을 알고서 그녀가 얼마나 놀랐을지 상상할 수 있

을 것이다. 이 사건이 그녀의 양심을 달래 주었다. 러시아 정교

신자가 되고 나서 어머니는 열성적으로 교회의 의식에 임하고

금식 정진을 하여 성찬식[6]을 올렸다. 하지만 슬라브어로 기도

를 드리는 것은 무척 어려워서 그녀는 스웨덴 기도서대로 기

도를 올리곤 했다. 그녀는 개종한 일을 한 번도 후회한 적이 없

었다. "그렇게 하지 않았더라면 남편이나 아이들에게 거리감

이 생겼을 것이고, 그로 인해 무척 괴로웠을 거야"라고 그녀는

말하곤 했다.

　내 부모님은 25년 남짓 함께 사셨다. 두 분은 성격이 서로 잘

맞았기 때문에 무척 금실이 좋았다. 의지가 강한 어머니가 집

안의 실질적인 가장이었고, 아버지는 기꺼이 어머니에게 순응

하셨다. 단 한 가지, 아버지가 기어이 고집을 꺾지 않으신 일은,

아프락신 시장이나 다른 시장에서(당시에는 골동품 수집상이 많

았다) 희귀하고 진기한 것들을 뒤져 마음대로 구입하는 것이

었다. 그중에서도 값진 도자기가 최우선이었는데, 아버지는 도

자기를 보는 안목이 있었다.

　결혼 초 몇 년간 부모님은 할머니를 비롯해 여러 가족들과

함께 사셨다. 하지만 5년 뒤에 할머니가 돌아가시자 가족들은

흩어졌고, 어머니는 아버지를 설득해 니콜라옙스키 수호푸트

니 병원 건물을 샀다. 그 건물과 함께 넓은 토지(약 2제샤치나[7])

도 구입했다. 지금의 야로슬랍스크 거리와 코스트롬스크 거리

일대가 이 토지에 포함되어 있었고, 말라야 볼로트나야 가의

시치글리츠 공장이 이 토지 끝에 바로 맞닿아 있었다.

내 의식 속에 자리 잡은 첫 번째 기억은 1849년 봄, 그러니까 내가 두 살 8개월이었을 때의 일이다. 우리 집 마당에는 몹시 낡은 헛간이 있었는데, 어머니는 이 헛간을 허물고 새로 지을 작정을 하셨다. 인부들이 모여 필요한 작업을 한 뒤 헛간을 땅에 쓰러뜨리는 일만이 남아 있었다. 어머니는 일이 어떻게 되어 가는지 멀리서라도 보기 위해 복도 유리창 쪽으로 나가셨고, 호기심 많은 유모가 나를 손에 안고 어머니 곁에 바짝 붙어서 있었다. 일이 잘못 되려고 그랬던지 마당 구석진 안쪽에 살고 있었던 짐마차 마부들이 미적미적하고 있었다. 빨리 지나가라고 소리를 지르자 그들은 길게 열을 지어 천천히 움직였다. 모두 다 지나간 것 같았다. 그러나 그때, 인부들이 헛간을 쓰러뜨리려 온몸의 힘을 다 실은 순간 뒤늦게 마부 한 사람이 나타났다. 그가 잽싸게 빠져나가지 않는다면 무너지는 헛간에 말과 함께 깔려 죽을 것이 분명했다. 무너지는 헛간에선 무서운 균열음이, 그 자리에 있던 사람들에게선 겁에 질린 비명 소리가 터져 나왔다. 끔찍한 일이 벌어진 걸까? 헛간이 무너지면서 먼지 기둥이 솟아올랐기 때문에 처음 얼마간은 무슨 일이 벌어졌는지 분간할 수가 없었다. 천만다행히도 마부는 무사했다. 그러나 나는 어머니와 유모의 비명소리에 얼마나 놀랐던지 있는 힘을 다해 고함을 질렀다. 나중에 내가 그때에 관해 꼬치꼬치 캐묻자, 아버지는 가계부를 보신 후 새 헛간을 지은 것이 1849년 봄이었다고 확인해 주셨다.

의식 속의 두 번째 기억은 세 살 때 치른 병에 관한 것이다. 어디가 아팠는지는 모르겠지만 의사는 거머리 몇 마리를 가슴에 붙이라는 처방을 했다. 꿈틀거리는 벌레들이 얼마나 징그러웠던지, 또 얼마나 무서웠던지, 그래서 가슴에서 그것들을 떼어내려 얼마나 애썼던지, 지금도 생생하게 기억이 난다. 어머니가 아픈 나를 위해 성찬을 올려 주시고 (시팔레르나야에 있는) 비탄에 빠진 만인의 성모라는 기적의 성상(聖像)[8] 앞에 나를 데려가 기도를 올리던 장면도 선명하게 떠오른다. 어머니와 유모가 기도를 드리며 우는 모습을 보면서, 나도 따라 성호를 긋고 눈물을 흘렸다. 기도를 드리고 난 다음 날, 한 차례 고비가 찾아온 뒤 나는 빠르게 회복되었다. 우리 집 아이들은 대체로 병치레를 거의 하지 않았다. 물론 감기 정도야 앓았지만, 병이 나도 집에 있던 약제들로 치료했고 그러면 별탈 없이 지나가곤 했다.

어린 시절과 젊은 날들을 떠올릴 때면 너무나 마음이 행복하다. 아버지와 어머니는 우리를 무척 사랑하셨고 공연히 야단치는 법이 없으셨다. 집안은 조용하고 유유했으며 말다툼이나 소동, 극적인 사건이 벌어지는 법 없이 평온했다. 우리는 배불리 먹었고 매일같이 산책을 했다. 여름이면 아침부터 저녁까지 뜰에 나가 놀고 겨울이면 얼음 비탈에서 썰매를 탔다.

부모님은 우리를 응석받이로 키우지 않으셨는데, 바로 그 때문에 우리는 부모님을 존경하고 깊이 사랑했다. 아동용 책들은 아예 없었고, 누구도 우리를 '발달시키려' 애쓰지 않았다. 대신 우리에게 늘 이야기를 들려주셨다. 특히 아버지가. 아버지는 직장에서 돌아오시면 점심을 드시고 소파에 누워 아이들을 불러 모으시고는 이야기를 들려주기 시작하셨다. 아버지가 들려주시는 건 '바보 이반 이야기' 한 가지뿐이었지만 그 이야기는 정말 변화무쌍했다. 우리 남매는 이반이 그토록 지혜롭게 온갖 재난에서 빠져나가는 능력을 지녔는데 왜 그를 바보라고 부르는지 항상 의아해했다. 명절 때를 제외하고는 특별히 즐거운 오락거리가 생기는 일은 드물었다. 성탄절에는 트리에 매일 밤 불을 밝혀 두었고 우리는 집안에서 가면을 쓰고 놀았다. 사육제[9] 동안에는 곡마단 공연에 우리를 데려가셨고 핀란드 마차를 태워 주셨다. 일 년에 두 번, 성탄절과 부활절 전주(前週)에는 극장에 데리고 가셨는데, 대부분이 오페라와 발레 공연이었다. 드물게 생기는 이 재미나는 일들이 우리에겐 얼마나 소중했던지, 공연을 보고 온 뒤면 몇 달이고 그 매혹적인 장면들 속에 빠져 지냈다.

내가 받은 교육에 관해 조금 말해 보겠다. 나는 아홉 살 때부터 열두 살 때까지 (키로치나야 거리에 있는) 성 안나 학교에 다녔다. (율법을 제외한) 모든 과목의 수업은 독일어로 진행되었다. 후에 남편과 외국에서 몇 년간 살았을 때, 이때 배운 독일어를 요긴하게 써먹었다. 1858년에는 수도에 최초의 여자 고등학교(마린스카야 고등학교)가 문을 열어, 그 가을에 나는 2학년에 편입했다. 공부하는 것은 쉬웠다. 그래서 3, 4학년에 진급할 때는 상으로 책을 받았고, 1864년 졸업 때에는 커다란 은메달을 받았다. 졸업 1년 전에 비시네그라드스키 사범학교라는 교육기관이 생겼는데, 계속 공부하기를 원하는 여성들은 그 학교로 진학했다. 나 역시 1864년 가을에 그 학교에 들어갔다.

그 무렵 사회의 분위기는 자연과학에 경도되어 있었다. 물리학, 화학, 동물학, 이런 것들이 무슨 대단한 '발견'같이 여겨져서 나는 물리-수학 학부에 입학했다. 하지만 그 학부는 내 성향에 맞지 않았고 수업은 비참한 결과만 가져왔다. 예를 들어, 염분의 결정화에 관한 실험을 하면서 나는 플라스크와 레토르트를 관찰하기보다는 소설 읽기에 치중했고, 실험은 엉망진창이 되었다. 동물학 강의를 들을 때면 흥미진진했지만, 실험 수업에 들어가서 죽은 고양이 표본을 만들기 시작하면 갈팡질팡 어쩔 줄 몰라하다가 혐오감을 이기지 못해 기절을 하곤 했다. 그해 들은 수업들 중 기억에 남는 것은 니콜스키 교수의 천재성이 돋보이던 러시아 문학 강의뿐이다. 여러 학부의 청강생들이 그 강의를 들으려고 모여들었다.

1865년 여름, 내게 무척 슬픈 일이 닥쳤다. 아버지가 불치병에 걸려 사실 날이 얼마 남지 않았다는 사실이 밝혀진 것이다. 그때 나는 병든 아버지를 온종일 홀로 남겨두는 것이 마음 아파서 당분간 휴학을 하기로 결심했다. 아버지는 불면증에 시달렸기 때문에 나는 몇 시간씩 소설을 읽어드렸다. 나의 단조로운 책 읽는 소리에 아버지는 잠깐씩 눈을 붙이실 수 있었는데, 디킨스를 그중 제일 좋아하셨다.

1866년 초 제6남자 고등학교에서 파벨 M. 올힌이 속기 과정을 강의한다는 공고가 나붙었다. 강의시간이 저녁(사랑하는 아버지가 주무시는 시간)이라는 것을 알고서 나는 이 속기 수업을 듣기로 결정했다. 아버지가 그렇게 하라고 특히 강권하셨다. 아버지는 자신의 병 때문에 내가 사범 학교를 그만둔 걸 무척 안타까워하셨던 것이다. 처음에는 속기를 도무지 잘할 수가 없었다. 다섯 번쨴가 여섯 번째 강의를 듣고 나서 나는, 이것은 내가 제아무리 노력해도 숙달할 수 없는 불가사의한 암호라고 확신하기에 이르렀다. 아버지에게 이 사실을 이야기하자 아버지는 무척 화를 내시며 내게 끈기와 인내심이 없다고 야단치셨다. 결국 나는 수업을 계속 듣겠다는 약속을 했고, 아버지는 내가 틀림없이 훌륭한 속기사가 될 것을 믿는다고 말씀하셨다. 아버지의 선견지명대로 나는 속기 덕분에 행운을 얻게 되었다.

아버지는 1866년 4월 28일에 돌아가셨다. 이는 내가 생에서 겪은 첫 번째 불행이었다. 나의 상심은 격렬하게 표출되었다. 나는 수도 없이 울었고 볼쇼이 오흐체에 있는 아버지 무덤가를 하루종일 서성거리곤 했다. 이 고통스러운 상실을 받아들일 수가 없었던 것이다. 내가 정신적으로 힘들어하는 것을 걱정하신 어머니는 뭐든 일을 시작해 보라고 나를 설득하셨다. 유감스럽게도 속기 강의는 이미 끝난 뒤였다. 하지만 사람 좋은 우리의 올힌 선생님은 나의 상심과 내가 수업에 많이 빠진 걸 아시고는 자신과 속기 교신을 하는 것으로 빠진 수업을 보충해 주겠다고 제안하셨다. 나는 특정한 책 두세 쪽을 속기로 기록하여 일주일에 두 번 그에게 보냈다. 그러면 올힌 선생님은 틀린 곳을 바르게 수정한 후 원고를 내게 되돌려 주셨다. 여름 석 달 동안 지속되었던 이 교신 덕택에 나는 속기를 무척 잘할 수 있게 되었다. 마침 방학을 맞아 집에 온 남동생이 거의 매일 한 시간 혹은 그 이상씩 내게 구술을 해주었다. 그 결과 나는 정확성 외에 속도도 조금씩 체득하고 있었다. 1866년 가을에 새로 강좌가 개설되었을 때, 나는 올힌 선생님의 신뢰를 얻어 문학 관련 일을 추천받은 유일한 여학생이 되었다.

2장

|

도스토옙스키와의 만남, 결혼

1.

1866년 10월 3일 저녁 7시경, 나는 평소 그랬던 것처럼 올힌 선생님이 속기 강의를 하시는 제6남자 고등학교로 갔다. 늦게 오는 수강생들을 기다리느라 강의는 아직 시작되지 않고 있었다. 나는 평소 앉던 자리에 앉았다. 그리고 막 노트를 펴는데, 올힌 선생님이 다가와 옆의 걸상에 앉으며 말씀하셨다.

"안나 그리고리예브나, 속기 일을 해보지 않겠어요? 누가 나한테 속기사를 소개해 달라고 했는데, 내 생각엔 당신이라면 이 일을 맡으려 할 것 같아서 말이죠, 안 그래요?"

"너무 하고 싶어요." 내가 대답했다. "오래 전부터 일할 수 있는 기회가 있었으면 하고 고대해 왔거든요. 단지 제가 책임

있는 일을 해도 될 만큼 속기를 충분히 잘 하는지는 의문이지 만요."

올힌은 나를 안심시켜 주었다. 이번 일은 내가 할 수 있는 것 이상의 빠른 속기를 필요로 하는 것은 아니라고 하면서.

"어떤 일인데요?" 내가 관심을 보이며 물었다.

"소설가 도스토옙스키 씨가 지금 새 소설을 집필하고 있는 데, 속기사의 도움을 받고 싶대요. 도스토옙스키 씨는 소설 분 량을 대형 판본의 인쇄 용지 7장 가량으로 생각하고 있고, 이 작업 전체에 대해 50루블을 지급하겠답니다."

나는 얼른 하겠다고 했다. 도스토옙스키의 이름은 어릴 때 부터 알고 있었다. 아버지가 좋아하는 작가였기 때문이다. 나 역시 그의 작품에 매료되었고『죽음의 집의 기록』을 읽고는 울 기도 했다. 역량 있는 작가와 알게 될 뿐만 아니라 그의 작업을 돕는다고 생각하자 기쁘고도 흥분되었다.

올힌은 나에게 4등분으로 접은 작은 종이 쪽지를 건네주었 다. 거기에는 '스톨랴르니 거리 M. 메샨스코이 골목, 알론킨 주 택 13호, 도스토옙스키를 찾을 것'이라고 적혀 있었다.

올힌이 말했다. "내일 11시 반에 도스토옙스키 씨 집으로 가 면 됩니다. '이르지도, 늦지도 않게요.' 이건 도스토옙스키 씨 가 나한테 직접 말한 거예요." 덧붙여 그는 도스토옙스키에 대 한 자신의 견해를 피력했는데, 이에 관해서는 나중에 언급하 겠다. 올힌은 시계를 쳐다보고는 강의실로 들어갔다.

고백컨대, 이날은 수업이 전혀 귀에 들어오지 않았다. 나는 흥분되었고 터질 듯이 기뻤다. 내 염원이 이루어진 것이다. 내가 일을 얻었단 말이다! 올힌같이 까다롭고 엄격한 사람이 충분하다고 한 것이라면, 그건 사실일 것이다. 아니라면 그는 내게 일을 주지도 않았을 것이다. 이 사실이 내겐 너무도 기뻤다. 내 자신이 자랑스러워 절로 으쓱해지는 기분이었다. 나는 새로운 길에 나섰음을 느꼈다. 내 손으로 돈을 번다는 건 자립한다는 걸 의미했다. 자립이란 60년대의 젊은 여성인 내게는 가장 소중한 이상이었다. 하지만 일을 제안받았다는 것보다 더 기분 좋고 중요하게 여겨진 것은 도스토옙스키의 집에서 일할 수 있다는 것, 즉 그 소설가와 개인적으로 알게 된다는 사실이었다.

집에 와서 나는 어머니께 모든 것을 자세히 말씀드렸다. 어머니 역시 너무나 뿌듯해하셨다. 나는 기쁨과 흥분에 겨워 밤새 잠 못 이루고 내내 도스토옙스키에 대해 상상해 보았다. 나는 그가 아버지와 동시대인이라고 여겼기 때문에 무척 나이든 사람일 것이라고 생각했다. 나는 그를 뚱뚱하고 머리가 벗겨진 노인으로 상상했는가 하면, 키가 크고 여위었으며 올힌이 본 것처럼 모르긴 해도 냉혹하고 음울한 사람처럼 그리기도 했다. 무엇보다 내 마음을 들뜨게 한 것은 그와 이야기를 나누게 될 것이란 점이었다. 내가 한 마디 한 마디 할 때마다 먼저 가슴이 두근거리고 불안해질 정도로 그는 학자연하고 똑똑할 것 같았다. 갑자기 그의 소설에 나오는 주인공들의 이름과 부칭(父稱)[1]을 정확하게 기억하지 못한다는 데 생각이 미치자 심히 불안해졌다. 나는 그가 분명히 그것에 관해 언급할 거라고 믿었기 때문이다. 주변에서 한 번도 그렇게 특출한 문인을 만나본 적이 없던 나로서는 그들을 어떤 특별한 존재들로 상상했던 것이다. 당시를 떠올려 보면 스무 살의 나이에도 불구하고 내가 그때 얼마나 어린아이였는지 알 수 있다.

2.

10월 4일, 미래의 남편과 처음 만난 역사적인 날, 잠에서 깨어난 나는 오랫동안 간직해 온 꿈이 오늘에야 실현된다는 생각에 기쁨에 들떴고 기운이 충만했다. 여학생, 혹은 강의를 듣는 학생의 처지를 벗어나 내가 선택한 무대의 자립적인 주인공이 되는 것이다.

나는 일찌감치 집을 나섰다. 상점에 들러 여분의 연필을 마련하고 작은 서류 가방도 사기 위해서였다. 내 생각에 가방이 있으면 어려 보이는 내 모습이 좀 더 능숙하고 세련된 사회인으로 보일 것 같았다. 물건을 다 사고 시계를 보니 11시였다. 도스토옙스키의 집에 정해진 시간보다 "이르지도, 늦지도 않게"[2] 도착하기 위해서 천천히 길을 걸어 볼쇼이 메샨스크 거리와 스톨랸스크 거리를 지나갔다. 계속해서 시계를 쳐다보면서. 11시 25분에 나는 알론킨 주택에 이르러 대문에 서 있던 문지기에게 13호가 어디냐고 물었다. 그는 내게 오른쪽을 가리켜 보였다. 그쪽을 바라보니 대문 근처에 윗층으로 올라가는 계단 입구가 눈에 띄었다. 알론킨 주택은 소규모 상인들과 수공업자들이 많이 세들어 있는 커다란 건물이었다. 그 건물 안으로 들어서는 순간, 나는 소설 『죄와 벌』의 주인공 라스콜리니코프가 살던 집이 떠올랐다.

13호는 2층에 있었다. 초인종을 누르자 격자 무늬의 초록색 숄을 어깨에 두른 나이 지긋한 하녀가 이내 문을 열어 주었다. 바로 얼마 전에 『죄와 벌』을 읽었기 때문인지 이 숄이 마르멜라도프[3]네 가족 내에서 큰 역할을 했던 그 부인용 숄의 원형이 아닐까라는 생각이 나도 모르게 들었다. 누굴 찾느냐는 하녀의 질문에 나는 올힌의 소개로 왔으며 주인이 나의 방문에 관해 언질을 주었을 것이라고 답했다.

내가 미처 방한모를 벗기도 전에 현관으로 통하는 문이 덜컥 열렸다. 환하게 빛이 내리쬐는 방을 배경으로 짙은 갈색 머리의 젊은이가 보였다. 머리카락은 헝클어져 있었고 가슴을 열어젖힌 채 실내화를 신고 있었다. 낯선 사람을 발견하고서 그는 날카로운 소리를 내지르며 순식간에 옆문으로 사라져 버렸다.

하녀가 나를 어떤 방으로 안내했다. 알고 보니 그곳은 식당이었는데, 세간은 매우 검소했다. 한쪽 벽에는 작은 카펫으로 덮인 두 개의 커다란 트렁크가 세워져 있었고, 창가에는 하얀

실로 짠 천이 덮여 있는 장롱이 있었다. 다른 쪽 벽을 따라 소파가 놓여 있고, 소파 위쪽에는 벽시계가 걸려 있었다. 나는 그 시계가 정확히 11시 반을 가리키는 것을 보고 안심했다.

하녀가 내게 앉으라고 권하며, 주인이 곧 올 거라고 말했다. 정말 2분쯤 지나자 표도르 미하일로비치가 나타났다. 그는 내게 서재로 오라고 말하고는 나가 버렸는데, 나중에 알고 보니 차를 내오라는 말을 하러 간 것이었다.

표도르 미하일로비치의 서재는 창이 두 개인 큰 방이었는데, 이렇게 햇빛이 좋은 날에는 무척 밝았다. 하지만 그렇지 않을 때는 무겁고 답답한 느낌을 불러일으켰다. 방안은 어두컴컴하고 적막해 마치 질식할 것 같은 느낌이 들었다.

방 한구석에는 다 낡아빠진 다갈색 천으로 덮여 있는 푹신한 소파가 놓여 있었다. 소파 앞에는 붉은색 모직 테이블보가 덮인 둥근 탁자가 있었고, 그 위에는 램프와 두세 권의 사진첩이 있었다. 가벼운 간이의자들과 안락의자가 탁자를 빙 둘러 놓여 있었다. 소파 위쪽에는 비쩍 마른 여인의 초상화가 호두나무 액자에 걸려 있었는데, 그림 속의 여인은 검은 원피스를 입고, 역시 검은색의 부인용 모자를 쓰고 있었다. '틀림없이 도스토옙스키의 부인일 거야', 그의 가족 관계를 몰랐던 나는 그렇게 생각했다.

두 창문 사이에는 검은 테두리의 커다란 거울이 세워져 있었다. 창 사이의 벽이 거울에 비해 너무 넓어서 거울을 오른쪽

창 가까이 붙여 놓았는데, 보기 흉한 배치였다. 창턱은 아름다운 문양의 커다란 중국 화병 두 개로 장식되어 있었다. 커다란 초록색 모로코 가죽 소파가 벽을 따라 길게 놓여 있고, 그 옆에는 목이 긴 물병이 놓인 작은 탁자가 있었다. 반대편에는 책상이 방을 가로지르며 툭 튀어나와 있었고, 그 앞에는 의자가 하나 놓여 있었다. 나중에 내가 표도르 미하일로비치의 말을 받아쓸 때 늘 앉던 의자가 그것이다. 방의 세간은 부유하지 않은 일반 가정에서 흔히 볼 수 있는 평범한 것들이었다.

나는 자리에 앉아 귀를 기울여 보았다. 금방이라도 아이들이 뛰노는 소리나 아이들이 치는 요란스러운 북소리가 들려올 것만 같았다. 아니면 갑자기 문이 열리고 내가 조금 전에 보았던 초상화의 주인공인 그 비쩍 마른 여인이 서재로 들어올 것만 같았다.

그러나 들어온 것은 표도르 미하일로비치였다. 그는 사람들이 자기를 붙잡아 늦었다고 사과하고 나서 내게 물었다.

"속기 일을 하신 지 오래되었습니까?"

"6개월밖에 되지 않았습니다."

"당신 선생에겐 제자가 많지 않나요?"

"처음엔 150명이 넘는 사람이 등록했지만, 지금은 25명 정도가 남아 있답니다."

"왜 그렇게 적게 남은 겁니까?"

"많은 사람들이 속기를 배우는 게 무척 쉬울 것이라고 생각한 거죠. 그런데 며칠이 지나도 아무것도 할 수 없다는 걸 알게 되고, 그래서 그만둬 버린 거예요."

"우리나라 사람들은 어떤 일이나 새로운 것에 대해 늘 그런 식이죠." 표도르 미하일로비치가 말했다. "뜨겁게 달려들다가, 다음엔 금방 식어 버리고 일을 내팽개치죠. 노력해야 한다는 거야 알지만, 요즘 누가 그런 노력을 한답니까?"

처음 언뜻 보았을 때 도스토옙스키는 아주 늙어 보였다. 하지만 말을 하기 시작하자 금방 젊은 사람처럼 느껴졌다. 그래서 나는 그가 서른다섯에서 일곱 사이이지 그 이상일 리가 없다고 생각했다. 그는 중간 정도의 키에 몸을 곧추세우고 있었고, 약간 성긴 곳도 있는 밝은 밤색 머리칼은 포마드를 잔뜩 발라 세심하게 정돈을 해놓고 있었다. 그럼에도 내가 소스라치게 놀란 것은 그의 눈 때문이었다. 두 눈이 서로 달랐던 것이다. 한쪽 눈은 갈색인데, 다른 쪽은 눈동자가 눈 전체로 확대되어 홍채가 보이지 않았다.[4] 이 이중적인 눈 때문에 도스토옙스키의 시선에는 어딘지 수수께끼 같은 느낌이 풍겼다. 도스토옙스키의 얼굴은 창백하고 병적이었다. 그 얼굴이 내게는 너무나 친숙하게 느껴졌는데, 아마도 내가 예전에 그의 초상화들을 보았기 때문이었을 것이다. 그는 낡아빠진 파란색 모직 자켓을 입었는데, 칼라와 소맷부리를 보아하니 안에는 눈처럼 하얀 옷을 받쳐 입고 있는 것 같았다.

5분 뒤에 하녀가 매우 진한, 거의 검은 색에 가까운 차 두 잔을 들고 들어왔다. 쟁반에는 흰 빵 두 조각이 놓여 있었다. 나는 찻잔을 들었다. 차를 마시고 싶지 않은 데다 방이 너무나 더웠지만, 격식을 차리는 것으로 보이고 싶지 않았던 나는 차를 입에 댔다. 나는 작은 탁자가 있는 벽 가까이에 앉아 있었고, 도스토옙스키는 책상에 앉았다가 방안을 왔다갔다했다가 하면서 담배를 피웠다. 그는 궐련을 자주 끄고 새것으로 갈아 피우곤 했다. 그는 내게도 담배를 권했지만, 나는 거절했다.

"예의상 안 피우시는 거겠죠?" 그가 말했다.

나는 담배를 피우지 않을 뿐더러 여성들이 담배 피우는 것역시 좋아하지 않는다고 서둘러 말했다.

대화는 중간중간 끊어졌다. 게다가 도스토옙스키는 끊임없이 새로운 주제로 넘어갔다. 그의 모습은 생기가 없었고 마치병자 같았다. 그는 입을 떼자마자 자기가 간질을 앓고 있으며최근에 발작을 했다고 말했는데, 이런 솔직함에 나는 무척 놀랐다. 해야 할 일에 관해서 도스토옙스키는 뭔가 불분명하게말을 했다.

"일이 어떻게 될지 한번 두고 봅시다. 한번 해보면 이게 가능한 일인지 아닌지 알게 되지 않겠소?"

처음에 나는 우리가 함께 일하는 것이 거의 불가능할 것 같은 생각이 들었다. 심지어 도스토옙스키가 이 작업의 편리함과 그 가능성에 회의가 들어 거절할 말미를 내게 주는 건지도모른다는 데까지 생각이 미쳤다. 그가 결정을 내리는 것을 도와주려고 내가 말했다. "좋습니다, 한번 해봐요. 하지만 제 도움을 받으며 일하는 게 불편하시면, 제게 바로 말씀해 주세요. 일이 성사되지 않아도 저는 불만 없습니다. 이 점은 믿으셔도 됩니다."

도스토옙스키는 내게 『러시아 통보』를 받아 적은 뒤 그 속기 원고를 일반 문서로 고쳐 써달라고 부탁했다. 그가 너무 빠르게 불렀으므로 나는 그를 제지하고 보통 말하는 속도 정도로 불러 달라고 부탁했다.

그런 다음 나는 속기를 일반 기록으로 옮기기 시작하여 무척 빠르게 정서를 끝냈다. 그러나 도스토옙스키는 나를 계속 재촉하며 내가 너무 느리게 정서한다고 실망을 금치 못했다.

"사실, 받아쓴 것을 정서하는 일은 여기가 아니라 집에서 한답니다." 나는 그를 진정시켰다. "그러니 정서하는 데 시간이 얼마나 걸리든 상관 없지 않겠어요?"

정서된 내용을 읽어 보면서 도스토옙스키는 내가 마침표를 빠뜨리고 경음 부호를 희미하게 찍은 것을 찾아내고 이 점을 신랄하게 지적했다. 그는 화가 난 듯 보였으며, 자기 생각을 차분하게 정리해서 말하지 못했다. 내 이름을 물었다가 금방 잊어버리는가 하면, 방안을 서성대기 시작하더니 나라는 존재를 잊어버린 것처럼 오랫동안 그러고 있었다. 나는 그의 사념을 깨뜨릴까 두려워 미동도 하지 않고 앉아 있었다.

마침내 도스토옙스키가 입을 열었다. 지금은 도저히 구술을 할 수가 없으니 저녁 8시에 다시 와줄 수 없겠냐는 것이었다. 그러면 그때 일을 시작하겠다고 했다. 나로서는 하루에 두 번씩이나 오는 것이 무척 불편했지만 일을 미뤄두고 싶지는 않았기 때문에 그렇게 하겠다고 했다. 나를 배웅하면서, 도스토옙스키가 말했다.

"올힌이 내게 남자가 아닌 아가씨를 소개해 줘서 무척 기쁘다오. 왠지 아시겠소?"

"왜죠?"

"남자는 거의 다 주벽이 있잖소. 근데 내 바람이긴 하오만, 당신은 술을 많이 마시지 않을 것 아니오?"

나는 참을 수 없을 정도로 우스웠지만, 웃음을 억눌렀다.

"네, 확실히 말씀드리지만 저는 주벽을 가지고 있지 않습니다. 그 점은 믿으셔도 좋아요." 나는 진지하게 대답했다.

3.

나는 비참한 심정으로 도스토옙스키의 집을 나왔다. 그는 내 마음에 들지 않았고 냉혹한 인상을 주었다. 그와 호흡을 맞춰 일하는 것은 불가능할 것 같았고, 결국 자립을 향한 내 꿈이 물거품이 되어 버릴지도 모른다는 생각이 들었다. 내가 새로운 활동을 시작한다고 어제 어머니가 그토록 기뻐하셨던 것 때문에 더욱 마음이 아팠다.

도스토옙스키의 집에서 나온 것은 2시경이었다. 집으로 돌아갔다 다시 이곳으로 오기엔 거리가 너무 멀었다(나는 스몰니 부근의 코스트롬스크거리에 있는 어머니 집에서 살고 있었다). 그래서 나는 포나르니 거리에 있는 한 친척집에 가서 점심을 먹은 뒤 저녁에 도스토옙스키의 집에 다시 가기로 마음먹었다.

친척들은 내가 새로 알게 된 사람에 대해 많은 관심을 보이면서 도스토옙스키에 관해 꼬치꼬치 캐묻기 시작했다. 이야기를 나누는 동안 시간은 빠르게 흘러갔다. 8시에 나는 이미 알론킨 주택에 가 있었다. 내게 문을 열어 준 하녀에게 나는 주인의 이름을 물어보았다. 그의 작품에 적힌 서명을 보고 그의 이름이 표도르라는 것은 알았지만 그의 부칭은 몰랐던 것이다. 페도시야(그 하녀의 이름이다)는 다시금 내게 식당에서 조금 기다려 달라고 한 후 내가 왔음을 알리러 갔다. 그러고는 돌아와서 나를 서재로 안내했다. 나는 표도르 미하일로비치에게 인사를 하고 낮에 앉았던 작은 탁자 옆 의자에 앉았다. 하지만 표도르 미하일로비치는 이것이 마음에 안 들었던지, 자기 책상에 앉는 게 더 편할 거라고 하면서 내게 자리를 옮겨 앉으라고 했다. 바로 얼마 전에 『죄와 벌』같이 빼어난 작품이 쓰였던 바로 그 책상에서 작업을 하라는 그의 제안에 나는 너무도 기분이 으쓱해졌음을 고백해야겠다.

나는 자리를 옮겼고 표도르 미하일로비치가 탁자 옆 내가 앉았던 자리에 앉았다. 그는 또다시 내 이름과 성을 물어보고는, 얼마 전에 죽은 천재적인 젊은 작가 스니트킨의 친척이냐고 물었다. 나는 성이 같을 뿐이라고 대답했다. 그는 내 가족관계며, 어느 학교를 다녔는지, 속기 일을 하게 된 건 무엇 때문인지 등등을 묻기 시작했다.

모든 질문에 대해 나는 간단하게, 그리고 나중에 표도르 미하일로비치가 내게 말했듯, 거의 엄숙한 표정에 가깝도록 심각하게 대답했다. 오래 전에 이미 나는 만일 개인 가정에서 속기를 할 경우가 생긴다면, 잘 알지 못하는 사람들에게 친근감을 배제하고 처음부터 사무적인 어조로 대하겠다고 결심한 바있었다. 아무도 쓸데없는 말이나 스스럼없는 말을 내게 걸어오지 못하도록 하기 위해서였다. 표도르 미하일로비치와 말을 나누면서 나는 입가에 미소 한 번 띠지 않았던 것 같다. 그런데 나의 이런 진지함이 그의 마음에 들었던 것이다. 그는 나중에 내게 스스로를 제어할 줄 아는 나의 능력이 매우 경이로웠다고 고백했다. 모임에서 니힐리스트[5]들과 만나고 그들의 태도를 익히 보아 온 그는 그들의 태도에 반감을 느끼고 있었다. 그래서 그는 내가 당시 대부분의 젊은 여성들과는 정반대의 유형이라는 것을 발견하고서 더 기뻤던 것이다.

그러는 사이 페도시야가 식당에서 차를 준비하여 흰 빵, 그리고 레몬과 함께 우리에게 갖다 주었다. 표도르 미하일로비치는 또다시 담배 피우기를 권한 후 내게 배를 대접했다.

차를 마시는 동안 우리의 대화는 진솔함을 더해 갔고, 온화한 어조를 띠어 갔다. 어느 순간인가 나는 문득, 오래 전부터 도스토옙스키를 알고 있었던 것 같은 느낌이 들었다. 그러자 기분이 좋아지고 마음이 가벼워졌다.

무엇 때문이었는지 이야기가 페트라솁스키 지지자들[6]과 사형 문제로 흘러가게 되었다. 표도르 미하일로비치는 기억 속으로 빠져들었다.

"세묘놉스키 광장에서, 사형을 선고받은 동지들 틈에 서서 형 집행을 준비하는 것을 보고 있던 기억이 나오. 살아 있을 시간이 이제 겨우 5분밖에 남지 않았다는 걸 알고 있었지요. 그런데 그 몇 분이 내게는 몇 년, 몇 십 년처럼 느껴졌소. '내가 이렇게 오래도록 살아 있을 수 있다니!' 그런 느낌이었소. 우리는 모두 수의를 입고 있었고 셋씩 나뉘어 서 있었는데, 나는 셋째 줄에 서 있었소. 첫 번째 줄의 세 사람은 기둥에 묶여 있었소. 2~3분 뒤면 두 줄이 처형될 것이고 그 다음에 우리 차례가 올 것이었소. 얼마나 살고 싶었던지, 오 주여! 생명이 얼마나 귀하게 여겨지던지, 얼마든지 선하고 훌륭한 일들을 할 수 있을 텐데! 지나간 일들이, 늘 좋았다고는 할 수 없던 그 시간들이 모두 다 떠올랐소. 모든 것을 새로 경험하고 오래도록 살 수만 있다면…… 하고 간절히 원했소. 그런데 갑자기 형 집행 중지 신호가 들려오는 것 아니겠소. 나는 마음을 다잡았소. 동지들을 기둥에서 풀어 주고, 다시 데려와서는 새로운 선고를 낭독하더군요. 나는 4년 노역형을 선고받았지요. 그렇게 행복했던 날은 다시 없었을 거요![7] 알렉세예프 보루에 있던, 내가 수감된

독방을 왔다갔다하면서 나는 계속해서 큰 소리로 노래를 불렀다오. 내게 선사된 생이 그렇게 기쁠 수가 없었소! 그 뒤 작별 인사를 하라고 형을 들여보내 주더군. 그러고는 그리스도 탄생 전야에 멀리 유형에 처해졌소. 내가 선고를 받던 날 죽은 형에게 보냈던 편지를 얼마 전에 조카가 내게 돌려줬지요. 그걸 보관하고 있다오."

표도르 미하일로비치의 이야기를 듣고 있자니 섬뜩한 느낌이 들어 온몸에 소름이 다 돋을 정도였다. 하지만 내가 너무 놀랐던 것은 바로 그가 내 앞에서, 오늘 난생 처음 만난 여자아이 앞에서 그렇게 솔직한 모습을 보였다는 점이었다. 겉보기에는 내성적이고 엄숙해 보이는 이 사람이 내게 자신의 전 생애를 그처럼 세세하게, 그처럼 솔직하고 마음에서 우러나는 태도로 이야기를 해주었다는 사실에 나는 놀라움을 금할 수 없었다. 나중에 그의 가족 상황을 알게 된 후에서야 나는 비로소 그의 이런 허심탄회한 태도를 이해하게 되었다. 그 당시 표도르 미하일로비치는 완전히 외톨이가 되어, 그에게 적대적인 사람들에게 둘러싸여 있었던 것이다. 주의 깊고 선한 태도를 지닌 듯 보이는 사람들과 소통하고픈 욕구가 그에겐 너무도 간절했다. 그와 만난 첫날 그가 보인 이 솔직함이 나는 너무도 마음에 들었고 경이로운 인상을 받게 되었다.

우리의 대화는 이 주제에서 저 주제로 옮겨갔다. 그때까지 일은 시작도 못하고 있었다. 시간은 늦어지고 있었고, 돌아갈 길은 멀었다. 나는 어머니께 도스토옙스키의 집에서 나와 곧장 집으로 돌아가겠다고 약속했기 때문에 점점 걱정스러워졌다. 하지만 내가 그의 집에 온 목적을 표도르 미하일로미치에게 상기시킨다는 것은 불편하게 여겨졌다. 그래서 그가 스스로 그것을 기억해 내어 내게 구술을 시작하자고 했을 때 나는 무척 기뻤다. 나는 일할 준비를 했고 표도르 미하일로비치는 문에서 벽난로까지 방을 가로지르며 아주 빠른 속도로 방안을 걸어다니기 시작했다. 벽난로에 이르러서는 어김없이 벽난로를 두 번 두드렸다. 그러고는 담배를 피워 물었다. 그는 채 다 피우지 않은 담배 꽁초를 책상 끝머리에 있는 재떨이에 꺼 버리고는 자주 담배를 갈아 물었다.

얼마 동안 구술을 한 다음, 표도르 미하일로비치는 내게 받아쓴 것을 읽어 달라고 부탁했다. 그러고는 첫 문장부터 나를 제지했다.

"'룰레텐부르크에서 돌아왔다'라니 어떻게 된 거요? 내가 정말 룰레텐부르크에 관해 말했단 말이오?"

"그렇습니다. 당신이 그 단어를 불러 주셨습니다."

"그럴 리가 없소!"

"당신 소설에 나오는 도시 중에 그런 이름이 있지 않나요?"

"그래요. 사건이 벌어지는 게 도박 도시에서인데, 그 도시를 룰레텐부르크라 한 거요."[8]

"그렇다면 당신이 이 단어를 불러 준 것이 확실해요. 그렇지 않다면 어디서 제가 이 단어를 알 수 있었겠어요?"

"당신 말이 맞소." 표도르 미하일로비치가 시인했다. "내가 뭔가 착각했나 보오."

나는 오해가 풀려 무척 만족스러웠다. 생각건대, 표도르 미하일로비치는 자기 생각에 지나치게 빠져 있었던 것 같다. 아니면 하루종일 지쳐서 실수를 한 것인지도 몰랐다. 그가 더 이상은 구술을 할 수가 없다고 하며 받아쓴 내용을 내일 12시까지 가져와 달라고 했던 것으로 보아 그 자신도 그렇게 느꼈던 것 같다.

11시 종이 울렸고, 나는 일어설 채비를 했다. 내가 페스키에 산다는 말을 듣고 표도르 미하일로비치는 그 부근에는 한 번도 가본 적이 없으며 페스키가 어디에 있는지도 모르겠다고 말했다. 그러면서 멀다면 하녀에게 나를 바래다주라고 할 수 있노라고 했다. 나는 물론 거절했다. 표도르 미하일로비치는 나를 문까지 배웅해 주었고 페도시야에게 계단에 불을 켜 주라고 지시했다.

집에 돌아와서 나는 도스토옙스키가 나를 얼마나 친절하고 솔직하게 대했는지 어머니에게 기쁨에 들뜬 목소리로 들려주었다. 하지만 어머니가 끔찍해할까 봐, 이 흥미진진했던 하루 동안 내가 받은 섬뜩한 인상, 전에는 한 번도 경험해 본 적이 없는 그 느낌에 대해서는 내색하지 않았다. 그 느낌은 정말 가슴을 옥죄는 것이었다. 생애 처음으로 나는 지혜롭고 선하지만 모든 이에게서 버림받은 것 같은 불행한 사람을 만났다. 깊은 연민과 동정의 감정이 내 가슴속에서 꿈틀대기 시작했다……

나는 너무 피곤해서 아침 일찍 깨워달라고 부탁하고는 곧 잠자리에 들었다. 받아쓴 내용을 모두 정서해서 정해진 시간에 표도르 미하일로비치에게 가져가야 했기 때문이다.

4.

다음 날 나는 일찌감치 일어나 곧바로 정서 작업에 착수했다. 받아쓴 양은 비교적 적었지만 좀 더 또박또박 예쁘게 옮겨 쓰고 싶었고, 그러자면 시간이 많이 걸렸기 때문이다. 내 딴에는 서둘러 하느라 애쓰면서 열심히 했건만 거의 30분이나 지각을 하게 되었다.

표도르 미하일로비치는 많이 흥분한 상태였다. 인사를 하면서 그는 말했다. "우리 집에서 일하는 것이 힘들어서 다시는 오지 않을 거라는 생각이 들기 시작한 참이오. 그런데 당신 주소를 적어놓지 않아 어제 내가 구술한 내용을 다 잃어버리고 마는 줄 알았소."

"이렇게 늦어서 정말 부끄럽습니다." 나는 사과했다. "하지만 제가 일을 포기하게 되면, 당연히 당신에게 이 점을 알리고 받아쓴 원본을 돌려드릴 것이라는 건 분명히 말씀드립니다."

"내가 이렇게 걱정을 한 건" 표도르 미하일로비치가 해명을 했다. "이 소설을 11월 1일까지 반드시 써야 하기 때문이오. 그런데다 나는 새 소설의 플롯조차도 작성하지 못한 상태요. 내가 알고 있는 건, 스첼롭스키 판본 인쇄 용지로 7장[9]이상 소설을 써야 한다는 것뿐이라오."

내가 자세한 사정을 묻자 표도르 미하일로비치는 내게 자신이 걸려든 천인공노할 함정에 대해 설명해 주었다.

표도르 미하일로비치는 형인 미하일이 사망하게 되자 형이 발행했던 잡지 『시대』[10]가 지고 있던 모든 빚을 떠맡게 되었다. 그것은 어음 빚이었는데 채권자들은 표도르 미하일로비치의 재산을 차압하고, 그를 채무자 감옥에 넣겠다고 협박하면서 무섭게 몰아쳤다. 당시에는 그것이 가능한 일이었다.

당장 급한 빚은 3천 루블에 이르렀다. 표도르 미하일로비치는 사방으로 돈을 구하러 다녔지만 아무 소용이 없었다. 채권자들을 설득하려던 모든 시도가 수포로 돌아가자 표도르 미하일로비치는 절망에 빠졌다. 그런 그에게 뜻밖에 스첼롭스키라는 출판업자가 나타나 세 권짜리 그의 전집의 판권을 3천 루블에 팔라는 제안을 했다. 그에 더해, 그 금액에는 표도르 미하일로비치가 새 소설을 쓴다는 의무 조항도 포함되어 있었다.

표도르 미하일로비치의 사정은 비관적이었다. 그는 자신의 자유를 박탈하겠다는 위협에서 벗어나기 위한 일념으로 이 모든 계약 조건에 동의했다.

계약은 1865년 여름에 체결되었고, 스첼롭스키는 공증인에게 계약된 금액을 맡겼다. 이 돈은 바로 다음 날 채권자들에게 지불되었다. 이렇게 해서 표도르 미하일로비치의 수중에는 한 푼의 돈도 들어오지 않았다. 무엇보다 더 화가 치미는 것은 며칠 뒤 이 돈이 모두 스첼롭스키에게 다시 돌아갔다는 사실이었다. 그가 표도르 미하일로비치의 어음을 헐값에 매입한 후, 매수한 들러리 두 사람을 내세워 표도르에게 빚 독촉을 했다는 것이 드러났다. 스첼롭스키는 문인과 음악가들(피셈스키, 크레스톱스키, 글린카[11])을 착취하는 교활하고 간악한 자였다. 그는 숨어서 사람들이 어려움에 처할 때를 기다렸다가 그물망으로 그들을 낚아채는 방법을 알고 있었다. 3천 루블이라는 판권은 도스토옙스키의 소설들이 거둔 성공을 고려해 보면 정말보잘것없는 액수였다. 하지만 가장 어려운 조건은 새 소설을 1866년 11월 1일까지 써서 보내야 한다는 약정이었다. 기한 내에 작품을 넘기지 못할 경우 표도르 미하일로비치는 많은 액수의 위약금을 물어야 했다. 만일 소설을 그해 12월 1일까지도 제출하지 못한다면 표도르 미하일로비치는 자신의 저작권을 잃게 되고, 그 저작권은 영구적으로 스첼롭스키의 소유로 넘어가도록 되어 있었다. 그 교활한 작자는 당연히 이 점을 노렸던 것이다.

표도르 미하일로비치는 1866년에 소설 『죄와 벌』의 집필에 몰입해 있었고 이 작품을 예술적으로 탈고하고 싶어 했다. 하지만 병자인 그에게 그만한 분량의 새 작품을 또 쓸 수 있는 여력이 어디에 있었겠는가?

가을에 모스크바에서 돌아온 표도르 미하일로비치는 무슨 수를 써도 한 달 반에서 두 달 사이에는 스첼롭스키와 맺은 계약을 이행하는 게 불가능하다는 사실에 절망했다. 표도르 미하일로비치의 친구들인 마이코프, 밀류코프,[12] 돌고모스치예프 등은 그를 재앙에서 건져 내고 싶어 소설의 플롯을 작성해 보라고 그에게 제안했다. 그들이 각자 소설의 한 부분씩을 맡겠다는 것이었다. 그들 서너 명이 함께라면 일을 기한 내에 끝마칠 수 있을 것이라고 했다. 표도르 미하일로비치는 단지 소설을 편집하고 그런 작업에서 있을 수밖에 없는 거친 부분들을 다듬기만 하면 되는 것이었다. 그러나 표도르 미하일로비치는 이 제안을 거절했다. 그는 남의 작품에 자신의 이름을 집어넣느니 차라리 저작권을 잃거나 위약금을 지불하는 것이 더 낫다고 마음먹었다. 그러자 친구들은 표도르 미하일로비치에게 속기사의 도움을 청해 보라고 조언하기 시작했다. 밀류코프는 자신과 친분이 있는 속기 강사 올힌을 생각해 냈고, 그에게 표도르 미하일로비치의 집을 방문해 달라고 부탁했다. 표도르 미하일로비치는 그 같은 일이 자신에게 잘 맞을까 강한 회의가 들었지만, 그럼에도 불구하고 기한이 다가온 까닭에 속기사의 도움을 받기로 결정했다.

그 당시 비록 내가 아는 사람들은 거의 없었지만 스첼롭스키의 행동 방식에 대해 너무나 분개했던 기억이 난다.

이윽고 차가 나왔고, 표도르 미하일로비치는 구술하기 시작했다. 그는 작업에 집중하는 것이 힘들어 보였다. 자주 동작을 멈추고는 생각에 잠겼다가 받아쓴 내용을 읽어 달라고 부탁하곤 했다. 그러다 한 시간 뒤에는 지쳤다며 쉬고 싶다고 말했다.

쉬는 동안 어제와 마찬가지로 대화가 시작되었다. 표도르 미하일로비치는 불안한 기색으로 이 주제에서 저 주제로 이야기를 옮겨 갔다. 또다시 내 이름을 물었다가는 금세 잊어버렸고, 내가 담배를 피지 않는다고 이미 말했음에도 두어 번 궐련을 권하기도 했다.

내가 우리나라 작가들에 관해 물어보기 시작하자 그는 생기를 되찾았다. 질문에 대답하는 동안 그는 잠시도 머릿속을 떠나지 않는 걱정거리에서 헤어나는 듯했고, 평온하게 심지어 약간 들떠서 얘기를 했다. 그때 그가 해줬던 이야기 중 몇몇을 나는 잊지 않고 있다.

표도르 미하일로비치는 네크라소프[13]를 자기 젊은 날의 친구로 생각하고, 그의 시적 재능을 높이 샀다. 마이코프는 재능 있는 시인일 뿐만 아니라 똑똑하고 매우 멋있는 친구로서 사랑했다. 투르게네프에 대해서는 최고의 재능을 가졌다고 평가하면서, 단지 그가 오랫동안 외국에 살면서 러시아와 러시아 사람들을 잘 이해하지 못하게 되었다고 애석해했다.

조금 휴식을 취한 후에 우리는 다시 작업에 착수했다. 표도르 미하일로비치는 다시 짜증을 내고 불안해하기 시작했다.

작업이 그의 생각대로 되지 않는 듯했는데, 잘 알지 못하는 사람에게 자신의 작품을 불러 주는 일이 익숙지 않아서인 것 같았다.

4시경에 나는 떠날 채비를 하면서 받아쓴 것은 내일 정오까지 가져오겠다고 약속했다. 헤어질 때 표도르 미하일로비치는 내게 두꺼운 편지지 한 묶음을 주었다. 보통 때 그가 글을 쓰곤 했던 그 편지지에는 보일 듯 말 듯한 여백선이 그어져 있었다. 그는 종이를 가리켜 보이며 내게 글을 쓸 때 여백을 어느 정도 남겨 두어야 하는지를 일러 주었다.

5.

우리의 작업은 이렇게 시작되어 계속 이어졌다. 나는 12시경에 표도르 미하일로비치의 집에 가서 4시까지 머물렀다. 이 시간 동안 우리는 삼십여 분씩 세 차례 구술을 했고, 그 중간중간에는 차를 마시면서 이야기를 나누었다. 나는 표도르 미하일로비치가 새로운 작업 방법에 점차 익숙해져 매번 구술할 때마다 안정되어 가는 것을 보고 기뻤다. 특히 눈에 띄게 그가 안정된 것은, 내가 작성한 원고 몇 쪽이 스첼롭스키 판본 한 장인지를 계산해서 우리가 벌써 얼마나 성공적으로 속기 작업을 했는지를 내가 정확히 셈할 수 있었던 시점부터였다. 한 쪽씩 쪽수가 추가되어 갈 때마다 표도르 미하일로비치는 지나치리만큼 고무되고 기뻐했다. 그는 내게 자주 묻곤 했다. "어제는 우리가 몇 쪽이나 썼소? 그러니까 다 합해서 얼마나 한 거요? 기한 내에 끝낼 수 있을 것 같소?"

나와 친구처럼 이야기를 나누면서 표도르 미하일로비치는 날마다 내 앞에 자신의 비극적인 생의 자락들을 열어 보였다. 그가 지금껏 벗어나지 못한, 아니 벗어날 수 없었던 괴로운 이 야기들을 들으면서 내 가슴속에는 주체할 수 없는 깊은 연민이 쌓여 갔다.

처음에 나는 그의 집안 식구들을 한 사람도 볼 수 없어서 의아해했다. 나는 그의 가족이 누구누구며 지금 어디에 있는지 알지 못했다. 내가 네 번째 방문하던 날인가, 그의 가족 중 한 사람만을 겨우 만났을 뿐이었다. 일을 마치고 대문을 나서는데 어떤 젊은이가 나를 불러 세웠다. 내가 처음 방문하던 날 현관에서 보았던 청년임을 알아챌 수 있었다. 가까이서 보니 멀리서 볼 때보다 더 못생겨 보였다. 그의 얼굴은 거무튀튀하여 거의 누런 색에 가까웠고, 검은 눈동자에 흰 자위는 노르스름했으며, 이는 담배 탓에 누렇게 변색되어 있었다.

"나를 알아보겠어요?" 그 청년은 내게 거리낌없이 물었다. "아버지 집에서 당신을 본 적이 있죠. 근무 시간에 들어가고 싶지는 않았지만 속기가 뭐 하는 건지 궁금하네요. 제가 조만간 속기를 배우기 시작할 거거든요. 말씀 좀 해주시죠." 그러면서 그는 예의 없이 내 손에서 가방을 잡아채서 열고는 바로 그 길거리에서 속기 원고를 들여다보기 시작했다. 나는 그처럼 무례한 행동에 너무 당황한 나머지 제지하지도 못했다.

"정말 우스꽝스러운 일이군." 가방을 돌려주면서 천연덕스럽게 그가 띄엄띄엄 말했다. '표도르 미하일로비치같이 선하고 다정다감한 사람에게 저렇게 돼먹지 못한 아들이 있을 수 있단 말인가' 하는 생각이 들었다.

표도르 미하일로비치는 날이 갈수록 내게 애정이 깃든 다감한 태도를 보였다. 그는 나에게 자주 '비둘기'(그가 애용하는 애칭)니, '착한 안나 그리고리예브나'니, '귀염둥이 아가씨'니 했고, 그것을 나는, 계집애라 해도 좋을 젊은 여성인 나에 대한 그의 여유로운 태도를 보여 주는 말로 받아들였다. 나는, 내가 그의 수고를 덜어주고 있으며 또 내가 장담한 대로 작업이 성공적으로 진행되어 소설을 제시간에 써낼 수 있으리라는 것을 알게 되어 무척 기뻤고, 이에 표도르 미하일로비치도 기뻐하여 기분이 한층 고조되었다. 나는 좋아하는 작가의 집필을 도울 뿐더러 그의 정서에도 유익한 영향을 끼치고 있다는 사실에 내 자신이 무척 자랑스러웠다. 이 모든 것이 나를 한껏 으쓱하게 해주었다.

나는 이제 더 이상 이 '유명 작가'를 두려워하지 않고 친척 아저씨나 오래된 친구 대하듯 자유롭고 솔직하게 대화하게 되었다. 내가 표도르 미하일로비치에게 그가 살면서 겪은 다양한 사건들에 관해 물어보면 그는 기꺼이 내 호기심을 충족시켜 주었다. 페트로파블롭스크 요새에 8개월간 수감되어 있던 이야기나 다른 수형자들과 벽을 사이에 두고 수신호로 잠깐씩 소식을 나누던 이야기 등도 자세히 들려주었다. 유형지에서의 생활과 자신과 같은 시기에 형기를 마친 다른 범죄자들에 관해서도 말하곤 했다. 그는 유럽이나 유럽 여행 당시의 우연한 만남에 관해서도 회상하곤 했고, 그가 무척이나 사랑하는 모스크바의 친척들에 대해서도 언급했다. 한번은 자신이 결혼을 했는데 아내가 3년 전에 죽었다며 그녀의 초상화를 보여주기도 했다. 그 초상화는 기분 나쁜 것이었다. 도스토옙스키의 말에 따르면, 그의 아내는 죽기 1년 전에 병이 깊은 상태에서 사진을 찍었기 때문에 죽은 사람과 다름없는 끔찍한 모습을 하고 있다는 것이었다. 그때서야 나는 그 무례하기 짝이 없던 청년이 표도르 미하일로비치의 친아들이 아니라 의붓아들임을, 즉 그의 아내가 그와 결혼하기 전 알렉산드르 이바노비치 이사예프와 했던 결혼에서 낳은 아들임을 알게 되어 기분이 좋았다. 표도르 미하일로비치는 자신의 빚과 무일푼의 비참한 물질적 상태에 대해 자주 불만을 토로하기도 했다. 후에 나는 그의 궁핍한 상황을 직접 목격하게 되기도 했다.[14]

표도르 미하일로비치가 쓴 이야기들은 모두 우울하기 짝이 없어서 언젠가 한번은 내가 참지 못하고 이렇게 물었던 적도 있다.

"표도르 미하일로비치, 무엇 때문에 당신은 그렇게 불행한 일들만 기억하는 거예요? 행복했던 얘기를 해주시는 게 더 좋잖아요."

"행복? 여태껏 내게 행복이란 건 없었소. 적어도 내가 늘 꿈 꾸었던 그런 행복이라면 말이오. 그걸 기다리는 중이오. 최근 엔 내 친구 바론 브란겔에게 편지를 썼소. 나를 덮친 모든 불운 에도 불구하고 나는 여전히 행복한 새 삶을 시작하는 꿈을 꾸 고 있다고 말이오."

그런 말을 듣고 있자니 어찌나 괴롭던지! 이 천재적이고 선 량한 사람이 노년이 다 된 나이에도 자신이 바라던 행복을 아 직 찾지 못하고, 겨우 그것을 꿈꾸고나 있다는 것이 기이하게 여겨졌다.

또 언젠가 표도르 미하일로비치는 안나 바실리예브나 코르 빈 크루콥스카야에게 청혼했던 이야기를 상세히 해주었다. 이 똑똑하고 착한, 재주 많은 아가씨의 승낙을 얻고 얼마나 기뻤 던지, 하지만 상반된 신념 때문에 그들이 함께하는 행복이란 불가능하다는 것을 인식한 후 그녀와의 약혼을 파기했을 때는 얼마나 우울했던지를 그는 내게 다 말해 주었다.[15]

한번은 그가 특히 더 불안하고 근심에 찬 모습으로, 지금 자 신은 갈림길에 서 있으며 세 개의 길이 자기 앞에 놓여 있다고 했다. 하나는 동방으로, 즉 콘스탄티노플이나 예루살렘으로 가 서 영원히 그곳에 체류하는 길, 다른 하나는 늘 그의 마음을 빼 앗는 룰렛[16] 도박을 맘껏 하기 위해 해외로 나가는 길, 그리고 마지막으로는 재혼을 하여 가족에게서 행복과 기쁨을 구하는 길이 그것이었다. 불운으로 점철되어 온 자기 인생을 근본적으로 바꾸게 할 이 문제들을 결정하는 일로 표도르 미하일로비치는 무척 고민했다. 내가 자신을 무척 호의적으로 대한다고 생각하고서 그는 내게 조언을 해주겠느냐고 물었다.

고백컨대, 그가 그토록 나를 신뢰하는 질문을 하는 바람에 나는 무척 곤혹스러웠다. 동방으로 가겠다는 바람도, 도박꾼이 되겠다는 바람도 내게는 모호하고 환상적인 것처럼 여겨졌기 때문이었다. 반면 내가 아는 사람들이나 친척들 중에 행복한 가정을 이루고 있는 사람들이 있다는 것은 알고 있었으므로, 나는 그에게 재혼해서 가족에게서 행복을 찾으라고 조언해 주었다.

"내가 다시 결혼할 수 있다고 생각하는 거요?" 표도르 미하일로비치가 물었다. "누가 나 같은 사람에게 시집오려고 하겠소? 또 어떤 아내를 골라야 하겠소? 똑똑한 여자, 아니면 착한 여자?"

"당연히 똑똑한 여자죠."

"천만에, 진짜 선택을 해야 한다면 나를 아끼고 사랑해 줄 착한 여자를 택할 거요."

자신의 결혼 얘기가 나오자 표도르 미하일로비치는 내게 왜 결혼하지 않느냐고 물었다. 나는 두 사람이 내게 구혼을 하고 있는데, 둘 다 멋진 사람들이고 그들을 무척 존경하지만 사랑의 감정을 느끼지는 못한다며, 사랑하는 사람과 결혼하고 싶다고 대답했다.

"맞아요. 결혼은 반드시 사랑하는 사람과 해야 하지. 행복한 결혼생활을 위해서는 존경한다는 것 하나만으로는 부족하다오." 표도르 미하일로비치는 내 생각을 뜨겁게 지지해 주었다.

6.

10월 중순 어느 날, 우리가 일을 하고 있는데 마이코프가 서재 문 앞에 나타났다. 나는 그의 초상화를 본 적이 있었기 때문에 금방 그를 알아보았다.

"정말 소박하게 살고 있구먼. 계단으로 통하는 문은 다 열어 놓고 하인들은 보이지도 않으니, 집을 통째로 가져가라, 이거 아닌가!" 그는 표도르 미하일로비치에게 농을 건넸다.

표도르 미하일로비치는 마이코프를 보자 반가워했다. 그는 나를 "내 열성적인 동료"라고 소개하면서 서둘러 우리 두 사람을 인사시켰다. 나는 무척 기분이 좋았다. 아폴론 니콜라예비치(마이코프의 이름과 부칭-옮긴이)는 내 성을 듣고는, 혹시 얼마 전에 작고한 작가 스니트킨의 친척이 아니냐고(당시 작가들과 만날 때면 으레 들었던 질문이다) 물었다. 그러고는 작업을 방해하고 싶지 않다며 서둘러 자리를 뜨려 했다. 내가 잠시 쉬자고 제안하자 표도르 미하일로비치는 마이코프를 옆방으로 데리고 갔다. 그들이 20분 정도 대화를 나누는 동안 나는 받아쓴 내용을 정서했다.

마이코프는 나에게 작별 인사를 하려고 방으로 돌아와서는 표도르 미하일로비치에게 아무거나 구술을 좀 하여 내가 속기하는 것을 보게 해달라고 부탁했다. 당시에는 속기가 새로운 일이었기 때문에 모두들 흥미로워했다. 표도르 미하일로비치는 그가 바라는 대로 소설 반 쪽 분량을 불러 주었다. 나는 기록한 것을 곧바로 큰 소리로 읽어 주었다. 마이코프는 "이런이런! 뭐가 뭔지 하나도 모르겠군!"이란 말을 되풀이하면서 속기원고를 주의깊게 들여다보았다.

아폴론 니콜라예비치는 내 맘에 쏙 들었다. 전에도 나는 시인으로서 그를 좋아했는데, 표도르 미하일로비치가 그를 선량하고 멋있는 사람이라고 했기 때문에 좋은 느낌이 더욱 강해졌다.

시간이 지날수록 표도르 미하일로비치는 작업에 익숙해졌다. 이제 그는 외워서 내게 불러 주는 것이 아니라 그 자리에서 창작을 했다. 그런가 하면 밤에 메모를 했다가 내게 불러 주기도 하였다. 가끔씩은 그가 너무 많은 양을 쏟아 내서, 받아쓴 내용을 정서하느라 밤이 이슥하도록 앉아 있어야만 했다. 대신, 다음 날 그에게 몇 장이 추가되었는지 말해 줄 때면 얼마나 큰 희열을 느꼈던지! 작업이 성공적으로 진행되고 있으며, 기한 내에 끝마칠 수 있다는 것을 100퍼센트 확신한다고 내가 단언할 때면 표도르 미하일로비치는 기쁨에 찬 미소를 지어 보였다. 그것을 보는 것은 더없이 즐거운 일이었다.

우리는 둘 다 소설 속 주인공들의 삶 속으로 뛰어들었다. 표도르 미하일로비치가 그랬던 것처럼 내게도 좋아하는 인물들과 원수 같은 인물들이 생겨났다. 나는 에이슬리와 도박으로 재산을 탕진한 노파에게 연민을 느꼈지만, 폴리나와 소설의 주인공 이바노비치에겐 경멸을 느꼈다.[17] 나는 주인공의 무기력함과 도박에 대한 집착을 용서할 수 없었다. 그러나 표도르 미하일로비치는 전적으로 '도박꾼' 편이었다. 그는 주인공이 느낀 여러 감정과 인상들은 자신이 경험했던 바라고 말했다.[18] 그는 강한 성격을 소유하고 사는 동안 이를 입증할 수는 있지만, 그렇다고 해도 룰렛에 대한 집착을 이겨 낼 힘은 있을 수 없노라고 강변했다.

때때로 나는 소설에 관한 견해를 말할 수 있는 나 자신의 용감함에 놀라곤 했다. 특히 천재적인 작가가 거의 어린아이 수준의 비평과 판단에 관대하게 귀를 기울여 주는 데는 더더욱 놀라지 않을 수 없었다. 우리가 함께 작업을 했던 이삼 주 동안 예전에 내가 관심을 갖고 있던 모든 일들은 뒷전으로 밀려났다. 속기 강좌는 올힌 선생님의 허락을 받아 다니지 않게 되었고, 아는 사람들도 거의 만나지 않고 일에만, 그리고 속기 중간에 쉬면서 우리가 나누었던 최상급의 흥미진진했던 대화에만 몰두했다. 그러면서 나도 모르게 어쩔 수 없이 내 주위에서 만나야 했던 젊은 사람들과 표도르 미하일로비치를 비교하게 되었다. 내가 좋아하는 이 작가의 언제나 새롭고도 독창적인 시각과 비교해 볼 때 그 젊은 친구들의 대화는 얼마나 하찮고 공허하게 여겨졌는지.

나에겐 새롭기만 한 생각들을 접하고서 느낀 감흥을 안고 그의 집에서 나오면, 나는 표도르 미하일로비치가 그리웠고 집에 와서도 그와 내일 다시 만난다는 기대감으로 살았다. 작업이 끝나갈 때가 다가오고 우리의 만남도 끝날 것이라는 사실을 나는 슬프게 직시했다. 나를 괴롭히던 바로 그 생각을 표도르 미하일로비치가 입 밖에 냈을 때 나는 정말 놀랍고도 반가웠다.

"이봐요, 안나 그리고리예브나, 날 어떻게 생각하오? 우리 두 사람은 이렇게 서로 잘 맞고, 또 이렇게 다정하게 매일 만나고 있소. 활기차게 이야기를 나누는 것도 습관이 되었고. 그런데 정말 이제 소설이 완성되면 이 모든 게 끝나는 거요? 정말 안타깝소! 당신이 오지 않으면 무척 섭섭할 거요. 또 어디서 당신을 보겠소?"

"그렇지만 표도르 미하일로비치," 당황하여 어찌할 바를 모르면서 내가 대답했다. "속담에도 있듯이 산은 산과 서로 만나지 못하지만 사람은 만나게 마련이잖아요."

"하지만 어디서 말이오?"

"뭐, 모임이라든지, 극장이나 콘서트 같은 데서……."

"당신도 알다시피 나는 모임이나 극장 같은 데는 거의 다니지 않잖소. 게다가 할 말도 제대로 못하는 만남이 무슨 의미가 있소. 근데 당신은 왜 나를 집으로, 그러니까 당신 가족들에게 초대하지 않는 거요?"

표도르 미하일로비치가 내 이름을 외운 것은 한 달이 거의 다 지나갈 무렵이었다. 그때까지 그는 계속 내 이름을 잊어버리고 내게 다시 물어보곤 했다.

"부디 한번 오세요. 당신이 오시면 무척 기쁠 거예요. 단지 어머니와 제가 당신에게 재미있는 대화 상대가 되지 못할까 걱정될 뿐이에요."

"언제 가면 되겠소?"

"그 얘긴 일을 끝마치고 나서 다시 해요. 지금 우리에게 중요한 건 당신 소설을 끝내는 거잖아요."

스첼롭스키에게 소설을 보내기로 약속한 11월 1일이 다가오고 있었다. 표도르 미하일로비치는 그 작자가 위약금을 뜯어낼 요량으로 무엇이든 핑계를 대면서 필사본 수령을 거부하지 않을까 우려하기 시작했다. 나는 내가 할 수 있었던 한에서 표도르 미하일로비치를 안심시키고, 만일 그의 의심이 사실로 드러난다면 그가 무엇을 해야 할지를 알아보겠다고 약속했다. 그날 저녁, 나는 어머니께 아는 변호사에게 다녀와 달라고 부탁했다. 그 변호사는 필사본을 공증인에게 넘기든지, 아니면 스첼롭스키가 거주하는 지역의 경찰서장에게 넘기되 당연히 이들 공직자의 인수증을 받아야 한다고 조언했다. 표도르 미하일로비치는 세계적인 판사인 프레이만(그의 초등학교 동창의 형)에게도 조언을 구했는데, 그 역시 똑같은 충고를 했다.

7.

10월 29일 우리는 마지막 구술 작업을 했다. 소설 『도박꾼』이 완결된 것이다. 10월 4일부터 29일까지, 그러니까 26일 동안 표도르 미하일로비치는 2단으로 된 대형 판본 인쇄 용지 7장에 이르는 소설을 썼다. 이는 일반 판본의 10장과 맞먹는 것이었다. 표도르 미하일로비치는 너무나 흡족해하며 필사본을 스첼롭스키에게 무사히 넘긴 뒤 레스토랑에서 자신의 친구들에게(마이코프, 밀류코프 등등) 점심을 살 생각인데, 나를 이 향연에 미리 초대한다고 선언했다.

"언제 고급 음식점에 가본 적 있소?" 그가 내게 물었다.

"아뇨, 한 번도요."

"그래도 내 점심 식사에 와 주겠지요? 사랑스러운 내 동료를 위해 건배를 하고 싶소! 당신이 도와주지 않았다면 소설을 제때 끝내지 못했을 게요. 올 거지요?"

나는 어머니께 여쭤 보겠다고 했지만 속으로는 가지 않으리라 생각했다. 내성적인 내 성격으로 미뤄 볼 때, 나는 따분한 표정으로 모두의 즐거운 분위기를 망칠 것 같았기 때문이다.

다음 날인 10월 30일, 나는 정서한 어제의 원고를 표도르 미하일로비치에게 가지고 갔다. 그는 웬일인지 나를 특히 반갑게 환대해 주었고, 심지어 내가 들어갔을 때 얼굴에 홍조까지 띤 상태였다. 평소 때처럼, 우리는 정서한 쪽수를 헤아렸고 그 양이 우리가 기대했던 것보다 훨씬 더 많음을 알고 기뻐했다. 표도르 미하일로비치는 내게 오늘 소설을 다시 읽고 수정할 곳을 고쳐서 내일 아침에 스첼롭스키에게 보낼 것이라고 했다. 그는 그 자리에서 약속한 50루블을 내게 주며 내 손을 꽉 잡고 도와줘서 진심으로 고맙다고 했다.

나는 10월 30일이 표도르 미하일로비치의 생일이라는 것을 알고 있었기 때문에 늘 입던 검은색 모직 원피스 대신 연보라빛 실크 원피스를 입기로 했다. 언제나 상복 차림인 나를 보아 왔던 표도르 미하일로비치는 내가 관심을 표해 준 것에 기분 좋아하며, 보라색이 내게 무척 잘 어울리며 긴 원피스를 입으니 훨씬 키가 크고 우아해 보인다고 했다. 그의 칭찬을 들으니 무척 즐거웠다. 하지만 나의 이 좋은 기분은 표도르 미하일로비치의 생일을 축하해 주러 온 형의 미망인 에밀리야 페도로브나가 등장하면서 깨지고 말았다. 표도르 미하일로비치는 우리를 인사시키고, 자기 형수에게 내가 도와주어 소설을 기한 내에 끝낼 수 있었고, 그럼으로써 그를 위협하던 재난을 피하게 되었다고 설명했다. 그의 이런 말에도 불구하고, 에밀리야 페도로브나는 내게 딱딱하고 거만한 태도를 취했다. 이 때문에 나는 무척 놀라고 모멸감을 느꼈다. 표도르 미하일로비치는 형수의 퉁명스런 어조가 마음에 들지 않았던지, 더욱 친절하고 따뜻하게 나를 대했다. 그는 바로 얼마 전에 나온 어떤 책을 내게 보라고 권한 뒤 에밀리야 페도로브나를 한쪽 구석으로 데리고 가서 그녀에게 어떤 종이를 보여 주기 시작했다.

그때 아폴론 니콜라예비치 마이코프가 들어왔다. 그는 내게 인사를 했지만, 나를 알아보지 못한 게 분명했다. 표도르 미하일로비치 쪽으로 고개를 돌린 그는 소설이 어떻게 되어 가냐고 물었다. 형수와 이야기하는 데 열중해 있던 표도르 미하일로비치는 아마도 이 질문을 듣지 못했던지 아무런 대답도 하지 않았다. 그래서 표도르 미하일로비치를 대신해 내가 대답을 해버렸다. 소설이 벌써 어제 완성되었으며 조금 전에 내가 정서한 마지막 장을 가져왔노라고. 그러자 마이코프는 재빨리 내게 다가오더니 악수를 청하며 바로 알아보지 못해 미안하다고 했다. 그는 자신이 근시인 탓이라고 변명을 하면서 내가 검은 원피스를 입고 있을 때는 키가 더 작아 보였다고 덧붙였다.

그는 소설에 관해서 이것저것 묻기 시작했고 나의 견해를 물었다. 나는 기쁨에 겨워 내게는 너무나 소중한 것이 된 이 새로운 작품에 관한 내 생각, 즉 그 소설에는 대단히 잘 형상화된 살아 있는 몇몇 인간 유형들(노파, 에이슬리 씨 그리고 사랑에 빠진 장군)이 담겨 있다는 의견을 피력했다. 우리는 20분 정도 이야기를 나누었다. 이 선하고 유쾌한 사람과 대화하는 것이 내게는 매우 편안하게 느껴졌던 것이다. 에밀리야 페도로브나는 마이코프가 내게 관심을 기울이는 것을 보고 놀란 것 같았다. 아니, 어느 정도 충격을 받은 것 같았다. 그럼에도 그 딱딱한 어조는 변함없었다. 아마도 속기사 따위에게 호의 어린 관심을 갖고 대하면 자신의 품위가 떨어진다고 생각하는 듯했다.

마이코프는 금방 떠나 버렸다. 에밀리야 페도로브나가 내게 거만하게 구는 것을 견디고 있을 필요가 없다고 생각하여 나도 그의 뒤를 따랐다. 표도르 미하일로비치는 남아 있으라고 강하게 나를 설득하며 형수의 무례한 태도를 어떻게든 유화해 보려 했다. 그는 나를 현관까지 바래다주며 우리 집에 초대하기로 한 약속을 내게 상기시켰다. 나는 다시 한 번 초대를 확인해 주었다.

"그럼, 언제 내가 가도 되겠소? 내일?"

"아뇨, 내일은 고등학교 친구 집에 가기로 했어요."

"모레는?"

"모레는 속기 강의가 있어요."

"그럼, 11월 2일은 어떻소?"

"2일, 수요일엔 극장에 가요."

"이런 맙소사! 당신은 날마다 무슨 일이 다 잡혀 있군 그래! 이봐요, 안나 그리고리예브나. 당신이 일부러 그렇게 말하는 게 아닌가 하는 생각이 드는군요. 당신은 내가 당신 집에 가는 게 싫은 거요? 사실대로 말해 주오!"

"그럴 리가 있나요, 믿어 주세요! 당신을 초대한다는 건 저희로선 기쁜 일이에요. 11월 3일, 목요일 저녁 7시에 오세요."

"겨우 목요일에야? 그렇게 오래 기다려야 하다니! 당신이 없으면 너무 쓸쓸할 거요!"

물론 나는 이 말을 친근한 농담으로 받아들였다.

이렇게 해서 행복했던 나의 시간은 지나가 버렸고 지루한 나날이 찾아왔다. 이 한 달 동안 나는 작업 시작 시간에 맞추기 위해 즐거운 마음으로 종종걸음치고, 표도르 미하일로비치와 반갑게 만나고 신나게 그와 이야기하는 데 익숙해져서, 그 모든 것이 내겐 필수적인 것이 되어 있었다. 나는 이전에 일상적으로 하던 모든 일들에 흥미를 잃었고 그 모든 것들이 공허하고 쓸모없는 것처럼 여겨졌다.

게다가 표도르 미하일로비치를 초대하겠다고 한 약속조차 내게는 즐거움이 아니라 부담으로 다가왔다. 어머니도 나도, 이 지적이고 재능 있는 사람의 마음을 끄는 대화 상대가 될 수 없다는 사실을 나는 알고 있었다. 그때까지 표도르 미하일로비치와 내가 활기찬 대화를 나누었다면, 그것은 (내 생각엔) 우리 두 사람이 함께 관여한 일을 둘러싼 이야기들이 오갔기 때문이었다. 이제 표도르 미하일로비치는 손님으로, 우리가 '대화 상대를 해' 주어야 하는 손님 자격으로 우리 집에 나타날 것이다. 나는 우리가 나눌 대화 주제를 궁리하기 시작했다. 감성이 풍부한 표도르 미하일로비치가 우리 집이 있는 변두리까지 찾아오느라 지친 상태로 따분한 저녁 식사를 하고 나면 예전의 우리 만남에 대한 기억은 뭉개져 사라질 것이고, 무엇 때문에 이 지루한 만남의 시간을 간청했던가 하고 그가 후회하게 될 것이라는 생각이 들자 나는 괴로웠다. 표도르 미하일로비치와 해후하길 꿈꾸면서도 나는, 그와는 반대로 그가 우리 집을 방문하겠다던 약속을 잊어버리기를 바라게 되었다.

낙천적인 성격인 나는 시간을 바쁘게 보내면서 우울한 감정, 더 정확히 말하면 걱정이 앞서는 마음을 없애 버리려 노력했다. 친구 집에도 가고 다음 날 저녁에는 속기 강의에 나갔다. 올힌은 내가 성공적으로 일을 끝마친 것을 축하해 주었다. 표도르 미하일로비치가 그에게 편지를 써서 소설을 순조롭게 마칠 수 있었던 것은 속기사 덕분이라며 추천해 주어 고맙다고 했던 것이다. 표도르 미하일로비치는 이 새로운 작업 방식이 편해졌다며 앞으로도 속기를 이용해 볼 생각이라고 덧붙였다.

11월 3일 목요일, 나는 아침부터 표도르 미하일로비치를 맞을 준비를 시작했다. 그가 좋아하는 품종의 배와 그가 가끔씩 내게 대접하곤 했던 여러 가지 과자들을 사러 다녀왔다. 나는 종일토록 걱정에 싸여 있다가 7시가 되자 불안한 마음이 극에 달했다. 그러나 7시 반, 8시가 되도록 그가 오지 않자 나는 그가 오지 않는 쪽으로 생각을 고쳐먹었거나 약속을 잊어버렸다고 지레 단정했다. 8시 반, 마침내 그토록 기다리던 초인종이 울렸다. 나는 얼른 나가 표도르 미하일로비치를 맞으며 물었다. "우리 집을 어떻게 찾으셨어요?"

"이렇게 잘 찾았지. 당신은 마치 내가 찾아낸 게 불만인 것 같은 투로 말하는군. 사실은 7시부터 당신 집을 찾아 헤맸소.

이 근방을 돌아다니면서 모든 사람들에게 물어보았지. 모두들 여기에 코스트롬스크 거리가 있다는 것은 알지만 어떻게 가는지 일러 주지는 못하더군. 고맙게도 어떤 친절한 사람이 마부석에 앉더니 마부에게 어디로 가야 하는지 가르쳐 주었소."

어머니가 들어오셨고 나는 서둘러 표도르 미하일로비치를 어머니에게 소개시켰다. 그는 어머니의 손에 정중하게 입맞춤을 하고는 내가 일을 도와주어 내게 큰 빚을 졌다고 말했다. 어머니가 차를 따르는 동안, 표도르 미하일로비치는 스첼롭스키에게 원고를 넘겨주면서 그가 어떤 낭패를 겪었는지 이야기해 주었다. 우리가 예상했던 대로 스첼롭스키는 술수를 썼다. 그는 지방으로 떠나 버렸고, 하인은 그가 언제 돌아올지 모른다고 했다. 그래서 표도르 미하일로비치는 이번에는 스첼롭스키의 출판사 사무실로 찾아가서 원고를 사무실 책임자에게 제출하려고 했다. 하지만 그는 이 일에 관해 사장에게 위임받은 바가 없다며 접수를 단호히 거부했다. 공증인에게는 한발 늦게 도착했고, 그 지역 관청에는 낮에 책임자가 아무도 없어서 저녁에 다시 오라는 말을 들었다. 온종일 불안감에 사로잡혀 있던 그는 저녁 10시가 되어서야 원고를 N 지구의 경찰서에 맡기고 인수증을 받을 수 있었다.

우리는 차를 마시기 시작했고 언제나 그랬던 것처럼 즐겁고 자유롭게 대화를 나누었다. 내가 궁리해 두었던 대화 주제들은 저편으로 치워놓아야 했다. 그만큼 새로운 화제들이 많았던 것이다. 처음에 어머니는 '저명한' 작가의 방문에 약간 당혹스러워했으나 표도르 미하일로비치가 어머니의 마음을 완전히 사로잡아 버렸다. 표도르 미하일로비치는 사람을 끌어당기는 힘이 있었다. 후에 나는 그에게 좋지 않은 선입관을 갖고 있던 사람들조차 그의 매력의 포로가 되어 버리는 것을 종종 보게 되었다.

한편 표도르 미하일로비치는 내게 일주일쯤 쉬었다가 『죄와 벌』의 마지막 부분을 집필하기 시작할 것이라고 말했다. "안나 그리고리예브나, 당신의 도움을 청하고 싶소. 나는 당신과 작업하는 게 너무 수월했소. 앞으로도 일을 속기로 하고 싶은데, 내 동료가 되는 걸 거부하지 않았으면 좋겠소."

"기꺼이 도와드릴게요." 내가 대답했다. "근데 올힌이 이 일을 어떻게 생각할지 모르겠어요. 어쩌면 당신의 새로운 일은 다른 제자에게 맡길 생각이었는지도 모르니까요."

"하지만 나는 당신의 작업 방식에 익숙해졌고 거기에 대만족이오. 만일 올힌이 다른 속기사를 내게 추천하려 생각한다면 그게 이상한 일이오. 나와 그 속기사가 잘 맞지 않을 수도 있고 말이오. 혹시 그런 게 아니라 당신 자신이 나와 더 이상 같이 일하고 싶지 않은 건 아니오? 그런 경우라면 물론 더 이상 고집하지 않겠소만……."

그는 매우 기분이 상한 모양이었다. 나는 그를 달래려 애쓰면서, 아마도 올힌은 이 새 일에 반대할 리가 전혀 없겠지만,

나로서는 어쨌건 그에게 물어보아야 하지 않겠느냐고 말했다.

11시경에 표도르 미하일로비치는 돌아갈 채비를 했다. 그는 작별인사를 하면서 내가 첫 강의 시간에 올힌과 이 문제를 의논하여 자신에게 편지를 쓰겠다는 약속을 받아갔다. 우리는 매우 친밀하게 작별을 했고, 나는 우리가 그토록 생기 넘치는 대화를 나누었다는 사실에 기뻐하면서 식당으로 돌아왔다. 하지만 10분도 채 지나지 않아 하녀가 들어와서 말하기를, 표도르 미하일로비치를 태워 왔던 마부가 어둠 속에서 누군가 자신의 방석을 훔쳐 갔다고 했다는 것이다. 마부는 절망에 빠졌고, 표도르 미하일로비치가 손실을 보상해 주겠다고 약속하여 겨우 그를 달랠 수 있었다.

나는 아직 너무 어려서 이런 일이 생긴 것에 어찌할 바를 몰랐다. 내가 생각할 때는, 이 같은 사건이 표도르 미하일로비치가 우리를 대하는 태도에 영향을 미칠 것 같았다. 그의 마부가 당했던 것처럼 강도를 당할 수도 있는 이런 후미진 곳에 다시는 오고 싶어 하지 않을 것 같았다. 이렇게 멋지게 보낸 저녁시간을 그런 창피한 사건으로 망쳤다는 사실이 너무나 안타까워 눈물이 날 정도였다.

8.

표도르 미하일로비치가 방문한 다음 날, 나는 종일 걸려 언니인 마리야 그리고리예브나 스바트콥스카야의 집으로 가서, 언니와 형부 파벨 그리고리예비치에게 도스토옙스키 집에서 내가 했던 일을 이야기해 주었다. 낮에는 표도르 미하일로비치의 집에서 일을 하고 저녁에는 속기한 내용을 정서해야 했기 때문에 나는 언니 마샤(마리야의 애칭-옮긴이)와 이따금 얼굴만 보았을 뿐이어서 그동안 하지 못한 이야기가 많이 쌓여 있었다. 언니는 끊임없이 내 말을 끊고 이것저것 꼬치꼬치 캐물으면서 주의깊게 내 말을 들었다. 내가 지나치게 생기가 넘치는 것을 보고 그녀는 헤어질 때 내게 말했다.

"네토치카(안나의 애칭-옮긴이), 도스토옙스키에게 흠뻑 빠진 모양이다만 헛된 짓이다. 네 꿈은 이루어질 수가 없어. 그렇게 병약한 데다 가족과 빚 때문에 그런 곤란을 겪고 있는 사람인데, 이루어질 수가 없지. 오, 주여 도와주소서!"

나는 도스토옙스키에게 '빠진' 게 전혀 아니며 아무것도 '꿈꾸지' 않는다며 펄쩍 뛰었다. 그저 지적이고 천재적인 사람과 이야기를 나눈 게 기뻤고, 그가 내게 관심을 기울여 주고 항상 따뜻하게 대해 줘서 고마운 것뿐이라고 했다.

하지만 언니의 말은 나를 괴롭혔다. 집으로 돌아와서 나는 내 자신에게 물었다. 정말 마샤 언니 말대로 내가 표도르 미하일로비치에게 '빠진' 건 아닐까? 과연 이것이 내가 여태껏 경험해 보지 못한 사랑의 시작일까? 내 입장에서 보면 이것은 얼마나 어리석은 꿈인가! 이것이 가당키나 하단 말인가? 그러나 이것이 사랑의 시작이라면, 나는 어떻게 해야 할 것인가? 그가 내게 제안한 일을 정중하게 거절하고 그를 다시는 보지도 생각하지도 말고, 무슨 일이건 일에 매달려 그를 점차 잊도록 노력하면서 내가 항상 높이 평가했던 마음의 안정을 예전처럼 되찾아야 하지 않겠는가? 그렇지만 마샤가 잘못 본 것인지도 모른다. 내 심장을 위협하는 위험한 일 따위는 전혀 없는지도 모른다. 그렇다면 무엇 때문에 내가 그토록 염원해 왔던 속기 일과 화기애애하고 재미있는 대화를 포기해야 한단 말인가?

게다가 표도르 미하일로비치가 이미 속기에 익숙해져 있는데 그가 속기의 도움을 받지 못하도록 한다는 것은 끔찍했다. 더군다나 올힌의 제자들 중(정규직에 있는 두 사람을 제외하고는) 속기의 속도나 속기 내용 복원의 정확성에서 나를 능가할 사람을 알지 못하는 실정에서 말이다. 이 모든 생각들이 머릿속을 뱅뱅 돌면서 나를 전전긍긍하게 했다.

11월 6일, 일요일이 되었다. 이날 나는 대모의 명명일을 축하하러 대모에게 가려고 했다. 대모와 가깝게 지내는 사이는 아니었고 축일에만 겨우 그녀를 찾아가는 정도였지만, 오늘은 그녀의 집에 손님들이 많을 것이어서 나는 요즘 내내 나를 떠나지 않는 우울한 감정들을 날려 버릴 수 있게 되길 기대했다. 그녀는 밀리, 알라르친 교(橋) 근처에 살고 있었기 때문에 나는 해가 지기 전에 그녀의 집에 가려고 준비하고 있었다. 마부를 기다리는 동안 나는 피아노를 치고 있었다. 그래서 초인종 소리가 울리는 걸 듣지 못했는데, 갑자기 어떤 남자 발걸음 소리가 들리는 것 같아 고개를 돌렸다. 그런데 놀랍고 반갑게도 표도르 미하일로비치가 들어와 있는 것이 아닌가! 그는 수줍음에 얼굴이 붉어진 듯한 모습이었다. 나는 그를 향해 다가갔다.

"안나 그리고리예브나, 내가 무슨 짓을 한 거지?" 표도르 미하일로비치가 내 손을 꽉 잡으며 말했다. "요즘 내내 너무 쓸쓸했소. 해서 오늘은 아침부터 당신에게 올까 말까, 와도 괜찮을까, 당신이나 당신 어머니가 이토록 급작스런 방문을 이상하게 여기진 않을까 고민했소. 목요일에 왔는데 일요일에 또 나타나다니 하고 말이오. 그래서 무슨 일이 있어도 당신에게 오지 않겠다고 결심했소만, 이렇게 오고야 말았소!"

"무슨 말씀이세요, 표도르 미하일로비치? 어머니나 저는 언제라도 당신을 환영한답니다!"

나는 힘주어 말해 주었지만, 우리의 대화는 잘 풀리지 않았다. 나는 불안한 마음을 가누지 못해 표도르 미하일로비치의 질문에 대답만 했고 그에게 거의 아무것도 묻지 않았다. 내가 당혹스러웠던 데는 외적인 요인도 있었다. 우리가 앉아 있던 거실에 난방을 넣지 못해서 거실 안이 무척 추웠던 것이다. 표도르 미하일로비치는 이 점을 눈치채지 못했다.

"그런데 집이 춥군. 당신도 오늘은 왠지 차갑고!" 그가 말했다. 그리고 내가 밝은 회색 실크 원피스를 입고 있는 것을 알아차리고는 어디 가려던 참이냐고 물었다.

대모의 집에 가야 한다는 것을 알고서 표도르 미하일로비치는 나를 붙잡지 않겠다면서, 가는 길이 같은 방향이니까 자신의 마차로 나를 데려다 주겠다고 제안했다. 우리는 함께 마차를 타고 길을 나섰는데, 가다가 급회전을 하는 곳에서 표도르 미하일로비치는 내 허리를 잡아 주려고 했다. 그러나 60년대 젊은 여성들이 다 그랬던 것처럼, 손에 입맞추는 것이나 여인의 허리를 잡는 것과 같이 남성들이 여성을 공대하는 행위들에 대해 편견 같은 걸 갖고 있던 나는, "걱정하지 마세요. 넘어지지 않으니까요!"라고 말했다.

표도르 미하일로비치는 기분이 상한 것 같았다. 그는 이렇게 말했다. "마치 당신이 금방이라도 마차에서 튕겨 나가길 내가 바란 것 같군!"

나는 큰 소리로 웃었고, 이렇게 해서 우리 둘 사이에 다시 평화가 찾아왔다. 남은 길 내내 우리는 즐겁게 떠들었고, 나의 어두웠던 기분은 싹 사라졌다. 헤어지면서 표도르 미하일로비치는 내 손을 꼭 잡고 하루 뒤에 『죄와 벌』 작업의 계약을 위해 그의 집에 가겠다는 약속을 받아 냈다.

9.

1866년 11월 8일은 내 생애 잊지 못할 날들 중 하루이다. 표도르 미하일로비치가 내게 사랑한다고 말하며 자신의 아내가 되어 달라고 청했던 날이 바로 이날이었던 것이다. 그로부터 반세기가 흘렀지만 이날의 모든 정황은 마치 한 달 전의 일처럼 내 기억 속에 선하다.

얼어붙을 듯 춥고도 맑은 날이었다. 나는 걸어서 표도르 미하일로비치의 집으로 갔다. 그래서 정해진 시간보다 30분을 늦었다. 표도르 미하일로비치는 벌써 오래 전부터 나를 기다린 듯했다. 그는 내 목소리를 듣고는 금방 현관으로 나왔다.

"마침내 당신이 왔군요!" 그가 기뻐하며 말했다. 그리고 방한 모자와 외투를 벗는 것을 도와주었다. 우리는 함께 서재로 들어갔다. 이번에는 그 방이 무척 밝았다. 나는 표도르 미하일로비치가 무엇 때문인지 흥분해 있다는 걸 눈치채고는 놀랐다. 그는 흥분해서 거의 감격한 듯한 표정을 하고 있었는데, 이 때문에 훨씬 젊어 보였다.

"당신이 와 줘서 얼마나 기쁜지 모르오." 표도르 미하일로비치가 입을 열었다. "당신이 약속을 잊으면 어떡하나 겁이 났소."

"도대체 왜 그런 생각을 하셨어요? 저는 약속한 것은 언제나 지킨답니다."

"용서하시오. 당신이 자신이 한 말에 언제나 충실하다는 것은 알고 있소. 어쨌거나 당신을 다시 보게 되어 정말 기쁘오!"

"저도 당신을 뵈어 기뻐요, 표도르 미하일로비치. 그것도 이렇게 즐거운 기분이시니. 무슨 좋은 일이 있으셨나 봐요?"

"있고 말고! 간밤에 기적 같은 꿈을 꾸었소!"

"겨우 그것 때문에!" 나는 웃음이 터져 나왔다.

"웃지 말아요. 나는 꿈에 큰 의미를 부여한다오. 내 꿈은 언제나 적중하곤 했소. 꿈에 죽은 미샤 형이 보이거나, 특히 아버지가 꿈에 보이면 재앙이 닥치곤 하지."

"그럼, 그 꿈 얘기를 해주세요."

"이 자단(紫檀)나무 상자 보이오? 이건 시베리아에 있는 친구 초칸 발리하노프가 선물한 건데 내가 무척 아끼는 것이오. 나는 이 속에다 내 원고들과 편지, 그리고 추억이 담긴 소중한 물건들을 보관해 두고 있소. 꿈속에서 나는 이 상자 앞에 앉아 서류들을 정리하고 있는 중이었소. 그런데 갑자기 서류들 틈에서 뭔가 반짝이는 게 아니겠소. 무슨 밝은 별 같은 게 말이오. 서류들을 넘기면서 찾자니까 그 별이 나타났다가는 사라지곤 하잖겠소. 나는 호기심이 발동해서 다시 천천히 서류들을 정리했지. 그러다 아주 작은, 하지만 아주 찬란하고 강렬하게 반짝이는 다이아몬드를 찾아냈소."

"그래서 그걸로 뭘 하셨어요?"

"그게 말이오, 괴롭게도 그게 기억이 나지 않는단 말이오! 그때 또 다른 꿈을 꾸기 시작했거든. 어떻게 되었는지 모르겠소. 하지만 좋은 꿈이었지!

"꿈은 반대로 해석된다잖아요." 말을 해놓고 나서 나는 금방 후회했다. 표도르 미하일로비치의 얼굴이 금세 변해서 확연히 어두워졌던 것이다.

"그러니까 당신은 내게 그 어떤 행복한 일도 일어나지 않으리라 생각하는 거요? 그게 부질없는 희망일 뿐이라는 거요?"
그가 절망적으로 소리를 질렀다.

"저는 꿈을 풀이할 줄 몰라요. 그래요, 그런 건 좀처럼 믿지
않는 편이죠." 내가 대답했다.

표도르 미하일로비치의 활기찬 기분이 사라져서 나는 무척
안타까웠다. 그래서 나는 그를 다시금 즐겁게 해주려고 애썼
다. 어떤 꿈을 꾸느냐는 그의 질문에 나는 내 꿈 이야기를 우스
꽝스럽게 해주었다. "제 꿈에 제일 자주 나오는 건 전에 다니던
고등학교 교장 선생님이세요. 당당한 여자분인데 관자놀이에
구식 올림머리를 말아 붙이고 계시죠. 그분이 무슨 일인가로
항상 저를 크게 꾸짖는 꿈을 꾼답니다. 또 대머리 고양이 꿈도
꿔요. 한번은 우리 집 정원 울타리에서 저를 향해 튀어 올랐다
니까요. 얼마나 무서웠는지 몰라요."

"어휴, 당신은 어린애로구만, 어린애야!" 표도르 미하일로비
치는 부드럽게 나를 바라보며 미소를 짓고는 같은 말을 되풀
이했다. "당신이 꾸는 꿈하고는! 참, 당신 대모의 명명일은 재
미있었소?" 그가 내게 물었다.

"무척 즐거웠어요. 점심을 먹은 후 나이든 분들은 카드 놀이
를 하셨고, 우리 젊은 친구들은 주인의 서재에 모여 저녁 내내
수다를 떨었죠. 그 자리에 아주 재미있고 유쾌한 학생이 둘 있
었거든요."

표도르 미하일로비치의 안색이 다시 어두워졌다. 이번에는

그의 기분이 그렇게까지 빨리 변하는 것에 겁이 더럭 났다. 간질의 특성에 대해 몰랐던 나는 이렇게 변덕스러운 감정 변화가 발작이 가까운 것을 알리는 전조가 아닐까 하는 생각이 들었던 것이다.

이미 오래 전부터, 내가 속기를 하기 위해 도착하면 표도르 미하일로비치는 우리가 못 본 사이 그가 무엇을 했으며 어디에 다녀왔는지 등을 이야기해 주는 것이 습관처럼 되어 있었다. 그래서 나는 얼른 표도르 미하일로비치에게 최근에는 무엇을 했는지 물어보았다.

"새 소설을 구상했소." 그가 대답했다.

"어떤 건가요? 재미있는 소설인가요?"

"나에겐 무척 재미있소. 소설의 결말을 맺지 못하고 있다는 것만이 문제지. 젊은 아가씨의 심리가 거기 끼어 있어서 말이오. 모스크바에 있을 때라면 조카딸 소냐에게 물어보련만, 지금은 당신에게 도움을 구해야겠소."

나는 으쓱해져서 이 천재 작가를 '도울' 마음의 준비를 했다.

"소설의 주인공이 누군데요?"

"화가요. 이미 젊다고는 할 수 없고, 뭐 한마디로 내 나이의 사람이지."

"얘기해 보세요, 빨리요." 나는 새 소설에 큰 호기심이 생겨 그를 재촉했다.

바로 여기서 내 부탁에 대한 대답으로 눈부신 즉흥 소설이 쏟아지기 시작했다. 그전에도, 그후로도 표도르 미하일로비치로부터 이때만큼 감동적인 이야기를 들어 본 적은 없었다. 그가 계속 그 소설에 대해 이야기할수록 자신의 이야기를 단지 인물과 설정만 바꾸어서 하고 있다는 것이 내게는 점점 명확해져 갔다. 그가 전에 잠깐씩, 단편적으로 내게 들려주었던 모든 얘기들이 거기 있었던 것이다. 이제 연속성을 지닌 자세한 이야기를 들으니 죽은 아내와 가족들에 대한 그의 태도를 많은 점에서 이해할 수 있었다.

새 소설에는 또한 가혹했던 어린 시절, 사랑하는 아버지를 일찍 여읜 일, 화가가 10년 동안이나 생활과 사랑하는 예술을 떠나야 했던 숙명적 상황(중병) 등이 들어 있었다. 거기에는 또한 생활로의 복귀(화가의 쾌유), 사랑하는 여인과의 만남, 그 사랑으로 인한 고뇌, 아내와 가까운 사람들(사랑하는 누이들)의 죽음, 가난과 빚 등등이 들어 있었다. 그리고 주인공의 정신 상태와 그의 외로움, 가까운 이들에게서 맛본 절망과 새로운 삶을 향한 갈망, 사랑하고픈 욕구, 다시금 행복을 찾고 싶은 목마른 바람 등이 너무도 생생하고 탁월하게 그려져 있어, 그것은 단순히 작가의 예술적 상상이 낳은 산물이라고 할 수가 없었다. 아마도 작가 자신이 직접 겪은 고통이었음이 분명했다.

표도르 미하일로비치는 자신의 주인공을 매우 어두운 인물로 묘사했다. 그의 말에 따르면 이 주인공은 지레 늙어 버린 사람이고 불치병(손의 마비)을 앓고 있는 환자이며 침울하고 회의적인 사람이었다. 사실 그는 가슴은 따뜻하지만 자신의 감정을 표현할 줄 모르는 사람이었다. 이 화가는 재능은 있을지언정 생애 단 한 번도 자신이 꿈꾸어 온 형태로 자신의 이상을 실현해 본 적이 없고, 그 때문에 항상 고통스러워하는 실패자였다.

소설의 주인공에게서 표도르 미하일로비치의 모습을 본 나는 그의 말을 끊지 않으려고 자제했지만 도저히 그럴 수가 없었다.

"그런데 표도르 미하일로비치, 당신은 도대체 왜 자기 주인공을 그렇게 못마땅해하시는 거죠?"

"내가 볼 때, 그는 당신에게 호감을 주지 못할 거요."

"그 반대예요. 무척 호감이 가요. 그 사람은 훌륭한 마음을 지녔어요. 생각해 보세요. 그렇게 많은 불행을 겪어야 했으면서도 얼마나 묵묵히 그것들을 감당했는지! 살면서 그렇게 많은 고초를 겪었다면 아마 누구라도 냉혈한이 되었을 걸요. 근데 당신의 주인공은 여전히 사람들을 사랑하고 그들을 도우려 하잖아요. 당신은 그에게 너무 불공평해요."

"맞는 말이오. 그는 정말 선량한 마음, 사람을 사랑하는 가슴을 지녔소. 당신이 그를 이해한다니 얼마나 기쁜지 모르오!"

"그런데 바로," 표도르 미하일로비치는 하던 이야기를 계속했다. "자기 생의 이 결정적인 시기에 화가는 당신 나이의, 아니면 당신보다 두어 살 많은 젊은 아가씨를 만나게 되오. 여주인공이라 하지 말고 그녀의 이름을 아냐라고 합시다. 이 이름이 좋겠소······."

이 말을 듣고 나는 그가 여주인공으로 자신의 전(前) 약혼녀인 안나 바실리예브나 코르빈 크루콥스카야를 염두에 두고 있다는 심증을 굳히게 되었다. 그 순간에 나는 내 이름 역시 안나라는 사실을 까맣게 잊고 있었던 것이다. 그만큼 나는 이 이야기가 나와 관계가 있을 것이라고는 전혀 생각지 않았다. 새 소설의 주제는 얼마 전에 안나 바실리예브나가 해외에서 보낸 편지를 받고 느낀 인상에 의해 생겨난 거라고 나는 생각했다. 표도르 미하일로비치가 최근에 그 이야기를 내게 해준 적이 있기 때문이었다.

여주인공의 형상은 주인공과는 다른 색조로 묘사되었다. 작가의 말에 따르면, 아냐는 얌전하고 똑똑하며 착한 여자이고 낙천적인 성격으로 사람들과도 폭넓게 교제할 줄 알았다. 당시에는 여성의 아름다움에 큰 의미를 부여하고들 있었으므로 나는 또 참지 못하고 물었다. "여주인공은 예쁜가요?"

"미인이라곤 할 수 없소. 그렇다고 못생기지도 않았고. 나는 그녀의 얼굴을 사랑하오."

표도르 미하일로비치의 입에서 그런 말이 나오자 내 가슴은 죄어드는 것 같았고, 순간 코르빈 크루콥스카야에 대한 질투심이 나를 사로잡았다. 그래서 한마디 했다. "그렇지만 표도르 미하일로비치, 당신은 '아냐'를 너무 이상화해 놓은 건 아닌가요? 정말 그녀가 그런 여자예요?"

"정말 그렇다오! 나는 그녀를 충분히 연구했소! 화가는," 표도르 미하일로비치가 이야기를 이어갔다. "화가들의 모임에서 아냐를 만났소. 그는 보면 볼수록 점점 더 그녀가 마음에 들었고, 그녀와 함께라면 행복을 꿈꿀 수 있으리라는 믿음도 점점 강해졌소. 그러나 그에게 이런 꿈은 거의 불가능해 보였소. 실제로 늙고, 병들고, 빚에 시달리던 그가 이 건강하고 젊고 낙천적인 아가씨에게 무엇을 해줄 수 있겠소? 이 젊은 아가씨 입장에서는 화가에 대한 사랑이란 지독한 희생 아니겠소, 그리고 나중에는 자신의 운명을 그와 묶어 놓은 것에 대해 뼈아프게 후회하지 않겠소? 그리고 또, 성격과 나이가 판이하게 차이나는 젊은 아가씨가 나의 그 화가를 사랑한다는 게 가능하기나 하겠소? 그렇게 되면 나는 작가로서 인물의 심리를 잘못 파악한 게 아니겠소? 내가 당신의 의견을 듣고 싶은 건 바로 이 점에 관해서요, 안나 그리고리예브나."

"그게 왜 불가능하죠? 당신이 말한 것처럼, 정말 당신의 아냐가 머리는 텅 비고 치장만 요란한 여자가 아니라 인정이 있고 착한 마음을 지녔다면, 당신의 화가를 사랑하지 않을 이유가 어디 있겠어요? 그가 병들고 가난하니까? 외적인 것, 뭐 부귀라든가 하는 것만으로 사랑할 수가 있는 건가요? 그리고 뭐가 그녀의 입장에서 희생이라는 거죠? 그녀가 그를 사랑한다면, 스스로도 행복할 것이고 결코 후회할 리가 없을 거예요!"

나는 열변을 토했다. 표도르 미하일로비치는 흥분된 표정으로 나를 바라보았다. "그러니까 당신은 그녀가 그를 평생토록 진심으로 사랑할 수 있을 거라고 진짜 믿는단 말이오?"

　그는 동요하는 듯, 잠시 침묵했다.

　"1분만 그녀의 입장이 되어 봐 주오." 떨리는 목소리로 그가 말했다. "그 화가가 나라고 상상해 보오. 내가 당신에게 사랑을 고백하고 내 아내가 되어 달라고 부탁한다고 상상해 보오. 당신은 내게 뭐라고 답하겠소?"

　표도르 미하일로비치의 얼굴은 너무도 곤혹스럽고 고통스러운 자신의 마음을 그대로 드러내고 있어서 나는 그제서야 이것이 단순히 작품에 관한 이야기가 아니라는 것을 깨달았다. 또한 내가 대답을 얼버무린다면 그의 자존심과 긍지에 치명적인 타격을 가하게 되리라는 것도 깨달았다. 나는 내겐 너무도 소중한 표도르 미하일로비치의 흥분된 얼굴을 응시하며 말했다.

　"나라면 당신에게, 당신을 사랑하고 일생을 다해 사랑할 거라고 답할 거예요!"

　그 잊지 못할 순간에 표도르 미하일로비치가 내게 해줬던 그 사랑에 가득 찬 다정한 말들을 여기 옮겨 적지는 않으련다. 내게는 너무도 성스러운 말들이니까…….

　이 어마어마한 행복에 감격하여 나는 숨이 막히는 것 같았다. 한참 동안 그 말이 믿어지지 않았다. 내 기억으로는 거의 한 시간쯤 지난 뒤 표도르 미하일로비치가 우리의 장래 계획을 말하면서 내 의견을 청했을 때 그에게 이렇게 대답했던 것 같다.

"아, 이제야 겨우 뭔가를 의논할 수 있겠어요! 저, 정말 너무 행복해 죽을 지경이에요!"

상황이 어떻게 전개될지, 우리가 언제 결혼식을 올릴 수 있을지 모르는 상태였기 때문에 우리는 때가 될 때까지 내 어머니를 제외하고는 누구에게도 이 일을 알리지 않기로 했다. 표도르 미하일로비치는 다음 날 저녁을 우리 집에서 보내기로 약속하고는 조바심이 나서 다시 만날 때까지 기다리지도 못하겠다고 말했다.

그는 나를 현관까지 배웅했고 내 방한용 두건을 걱정스럽게 묶어 주었다. 내가 막 나가려고 하는데, 표도르 미하일로비치가 나를 제지하며 말했다.

"안나 그리고리예브나, 다이아몬드가 어디로 갔는지 이제야 알겠소."

"그 꿈이 정말 기억났어요?"

"아니오, 꿈은 기억하지 못하오. 하지만 나는 마침내 그 다이아몬드를 찾았고, 평생토록 간직할 생각이오."

"당신은 실수하시는 거예요, 표도르 미하일로비치!" 내가 웃었다. "당신이 찾은 건 다이아몬드가 아니라 그냥 돌멩이라구요."

"아니오. 이번에는 실수하지 않았다는 걸 확신하오." 작별하면서 표도르 미하일로비치는 진지하게 말했다.

10.

표도르 미하일로비치의 집에서 나와 돌아오는 길에 내 마음은 환희로 가득 찼다. 길을 걸으면서 행인들이 있다는 것도 잊고 계속해서 떠나갈 듯 소리를 질렀던 일이 생각난다. "오, 주여! 이렇게 행복할 수가 있나요! 이게 정말 사실일까? 꿈은 아닐까? 그가 정말 내 남편이 된단 말인가!"

사람들 소리로 거리가 무척 소란스러웠던 탓에 나는 얼핏 정신을 차렸다. 그러고는 사촌 오빠 미하일 니콜라예비치 스니트킨의 명명일을 축하하기 위해 친척집에서 점심을 먹기로 했던 일이 생각났다. 나는 빵 가게(당시에는 제과점이 적었다)에 들러 명명일에 먹는 피로그[19]를 샀다. 마음은 환희로 가득 찼고 모든 것이 다 좋게만 즐겁게만 보였다. 모두에게 무엇이라도 좋은 말을 해주고 싶었다. 나는 감정을 억누르지 못하고 피로그를 팔던 독일계 여점원에게 이렇게 말했다. "당신의 얼굴빛은 정말 환상적이에요. 머리 모양도 너무나 귀엽군요!"

친척집에는 이미 많은 손님들이 와 있었지만 어머니는 보이질 않았다. 점심 때까진 오기로 약속하셨는데 말이다. 어머니께 이 기쁜 소식을 한시라도 빨리 알려드리고 싶었던 나는 실망하고 말았다.

점심 식사는 즐거웠다. 하지만 나는 정말 이상스럽게 행동했다. 모두에게 웃어 보이는가 하면, 뭔가를 생각하느라 누가 내게 말을 걸어도 듣지 못했다. 엉뚱한 대답을 하는가 하면 어떤 남자를 표도르 미하일로비치라고 부르기까지 했다. 사람들이 왜 그러냐고 나를 놀리자 나는 편두통이 심하다는 핑계를 댔다.

마침내 어머니가 오셨다. 나는 어머니를 향해 현관으로 달려나가서는 그녀를 끌어안고 귀에다 소곤거렸다. "축하해 주세요, 저 약혼했어요!"

주인 내외가 어머니를 맞으러 서둘러 나왔기 때문에 더 이상의 말은 할 틈이 없었다. 어머니는 그 자리에 참석한 구혼자들 중 한 사람에게 시집을 가는 거라고 생각하셨다. 그게 누군지 궁금해 저녁 내내 안달을 하시며 어머니가 나를 곁눈질하던 기억이 난다.

집으로 돌아오는 길에야 어머니께 나의 약혼 상대가 도스토옙스키라고 말씀드릴 수 있었는데, 어머니가 그 말에 기뻐하셨는지는 모르겠다. 아마도 아니었던 것 같다. 세상을 오래 산 경험 많은 사람으로서, 어머니는 내 장래 남편의 무서운 질병으로 인해, 그리고 또 물질의 부족으로 인해 결혼 생활에서 내가 숱하게 겪을 마음 고생과 생활고를 예견하지 않을 수 없었다. 그러나 어머니는 (뒤에 다른 사람들이 그랬던 것처럼) 나를 설득하려 하지 않으셨다. 이 점에 대해 어머니께 감사드린다.

하긴 누가 감히 내 앞에 놓인 이 커다란 행복을 포기하라고 나를 설득할 수 있었겠는가. 우리가 함께한 삶의 수많은 힘겨운 측면에도 불구하고, 후에 이 행복은 우리 두 사람에게 현실적이고 진심 어린 행복이 되었다.

다음 날인 11월 9일은 하루가 어찌나 길던지 견딜 수가 없을 지경이었다. 나는 아무 일에도 집중할 수가 없었다. 어제 우리가 나눈 대화를 세세한 부분까지 떠올리고 또 떠올리고 하였다. 심지어 그 내용을 속기 수첩에 기록하기까지 했다.

표도르 미하일로비치는 6시 반에 나타나서는, 정해진 시간보다 반 시간 일찍 와서 미안하다는 말부터 했다. "그렇지만 견딜 수가 없었소. 한시바삐 당신을 보고 싶어서 말이오!"

"우린 똑같은 곤란을 겪었네요." 내가 웃으며 대답했다. "저도 하루종일 아무것도 못했답니다. 내내 당신만 생각했죠. 당신이 오시니 이렇게 행복할 수가 없어요!"

표도르 미하일로비치는 내가 밝은 색 옷을 입고 있다는 사실에 금방 주의를 기울였다.

"당신에게 오면서 계속 생각했소. 당신이 상복을 벗을까, 아니면 앞으로도 계속 입을까, 하고 말이오. 그런데 당신은 분홍색 옷을 입었구려!"

"제 마음이 이렇게 기쁜데 어떻게 안 그럴 수 있겠어요! 물론 우리가 결혼 발표를 하기 전까지는 밖에선 계속 검은색 옷을 입겠지만, 집에선 당신을 위해 밝은 색 옷을 입을 거예요."

"분홍색이 당신에게 정말 잘 어울리는군." 표도르 미하일로 비치가 말했다. "그런데 그 옷을 입으니 훨씬 더 어려 보이는 군. 꼭 계집애 같소."

내가 나이보다 어려 보이는 것이 표도르 미하일로비치를 당혹스럽게 만든 것 같았다. 나는 웃으면서 그에게 아주 빨리 늙겠다고 장담했다. 비록 농담이었지만, 그 말은 그와 결혼해 살게 되면서 곧 이루어지게 되었다. 사실 내가 늙어 버린 것은 아니지만 옷차림이나 어투에 있어서 나는 점잖아 보이려고 무척이나 애썼다. 결국 얼마 안 있어 나와 남편의 나이 차이를 사람들이 거의 눈치채지 못할 정도가 되었다.

어머니가 들어오셨다. 표도르 미하일로비치는 어머니의 손에 입을 맞추고는 말했다. "물론 벌써 알고 계시겠지만, 제가 따님께 청혼을 했습니다. 그녀는 제 아내가 되겠다고 했고요. 저에게는 너무나 큰 행운입니다. 하지만 당신이 그녀의 선택에 동의하시는지 알고 싶습니다. 안나 그리고리예브나가 당신이 좋은 분이라고 여러 번 말했기 때문에 저는 어느새 당신을 존경하게 되었습니다. 안나가 행복하도록 가능한, 아니 불가능한 것까지 모든 것을 다 하겠다는 약속을 드립니다. 그리고 당신께는 가장 믿음직하고 애정 어린 가족이 되겠습니다."

표도르 미하일로비치의 이 말은 옳았다. 우리의 결혼생활 14년 동안 그는 항상 내 어머니를 존경하고 잘 대해 주었으며, 진심으로 그녀를 사랑하고 그녀의 뜻을 읽었다.

표도르 미하일로비치는 당당하게 짤막한 연설을 했는데, 그도 나중에 느꼈듯이 그것은 다소 횡설수설하는 말이었다. 하지만 어머니는 몹시 감동하여 표도르 미하일로비치를 부둥켜안으시며 나를 아끼고 사랑해 주라고 부탁하셨다. 이때 어머니의 눈가에는 살짝 이슬까지 맺혔다.

표도르 미하일로비치로선 어느 정도 부담스러울 수도 있는 이 장면을 내가 끼어들어 서둘러 끊었다.

"엄마, 어서 우리한테 차 좀 내 주세요! 표도르 미하일로비치 씨가 꽁꽁 얼었잖아요!"

차가 나왔고 우리는 손에 찻잔을 들고 푹신한 구식 소파에 앉아 신이 나서 이야기를 하기 시작했다.

한 시간쯤 시간이 흘렀을 때 현관 종이 울렸다. 우리 집에 자주 드나들던 두 젊은이가 왔다고 하녀가 알려왔다. 나는 이 불청객들의 방문이 무척이나 짜증났다. 그래서 어머니께 "나가셔서 그들에게 미안하다고, 제가 머리가 아프다고 말씀 좀 해 주세요"라고 부탁했다.

"그들을 돌려보내지 말아요, 안나 그리고리예브나." 표도르 미하일로비치가 끼어들었다. 그는 나를 쳐다보며 낮은 목소리로 덧붙였다. "당신이 젊은 사람들과 함께 있는 걸 보고 싶소. 사실 지금까지 나이든 사람들 틈에 있는 당신만 봐 왔잖소."

나는 미소를 지으며 손님들을 부르라고 청한 후, 그들을 표도르 미하일로비치에게 소개했다. 젊은이들은 뜻밖에 저명한 소설가와 인사를 나누게 된 탓에 약간 당황했다. 그들이 맞닥뜨린 정황이 조금 들뜬 분위기였던 까닭을 해명하기 위해 나는 우리가 공동으로 작업했던 새 소설이 완결된 것을 기념하는 축하 행사를 하던 참인데 마침 당신들이 온 것이라고 말했다. 나는 공동의 대화를 생각해 내어 표도르 미하일로비치를 거기에 끌어들이고 싶었다. 그래서 손님 가운데 한 사람이 어제의 편두통은 괜찮아졌냐고 물었을 때 이렇게 말했다.

"내 두통은 당신들 때문이에요. 당신들이 계속 담배를 피워 댔으니까. 표도르 미하일로비치, 담배를 많이 피워선 안 되는 거죠?"

"그 점에서 난 엉터리 판사요. 나 자신도 담배를 많이 피우니까."

"그렇지만 담배를 많이 피우면 건강에 해롭잖아요."

"물론 해롭소. 하지만 그건 습관이라 벗어나기가 어렵지요."

이것이 표도르 미하일로비치가 했던 유일한 말이었다. 나는 이후 계속된 대화에 그를 끌어들이는 데 실패했다. 표도르 미하일로비치는 호기심 어린 눈으로 나와 두 젊은이를 유심히 관찰하며 연신 담배만 피워댔다. 젊은 친구들은 당혹스러운 모양이었다. 도스토옙스키의 이름에 압도된 게 분명했다. 그들은 어제 내가 친척집에서 나온 뒤, 다 함께 세로프[20]의 오페라 「유디트」 공연을 보러 가기로 했다고 말하면서, 내가 언제 시간이 나는지 알아보고 특별석을 예약하라는 특명을 받았다고 했다.

나는 무척 예의바르면서도 단호하게, 지금은 동료들에게 처지지 않기 위해 더욱 열심히 속기 공부를 해야 하므로 오페라에는 갈 수 없다고 말했다.

"그렇지만 11월 15일의 콘서트에는 갈 거죠? 그건 당신이 이미 약속한 거잖아요!" 실망한 젊은이들이 말했다.

"콘서트에도 못 가겠어요. 이유는 마찬가지예요."

"하지만 작년에는 그 콘서트를 보면서 정말 즐거운 시간을 보냈잖아요."

"작년에 어땠건 그게 뭐가 중요하다고 그래요! 그때부터 시간이 얼마나 흘렀는데." 나는 필요 이상으로 딱딱하게 말했다.

젊은이들은 자신들이 불필요한 존재라고 느꼈던지 가겠다며 자리에서 일어났다. 나는 만류하지 않았다.

"자, 제가 마음에 드셨나요?" 손님들이 나가자 나는 표도르 미하일로비치에게 물었다.

"당신은 마치 새처럼 재잘거리더군. 다만, 전에 당신이 재미있어 하던 모든 일을 그렇게 무 자르듯 거절해서 당신 추종자들을 기분 나쁘게 만든 게 유감스러울 뿐이오."

"내버려 두세요! 그 사람들이 이제 저랑 무슨 상관이에요! 제게 필요한 사람은 오직 하나뿐인 걸요. 내 소중하고 사랑스럽고 멋있는 표도르 미하일로비치!"

"내가 당신에게 그렇게 사랑스럽고 소중하오?" 표도르 미하일로비치가 내게 물었고, 다시금 정다운 대화가 시작되었다. 저녁 내내 우리는 이야기를 계속했다.

얼마나 행복한 시간이었던지, 그를 기억할 때면 얼마나 마음속 깊이 나의 운명에 감사드리는지 모른다!

11.

약혼 사실을 비밀에 부친다는 우리의 결정은 채 일주일이 가지 못했다. 우리의 비밀이 너무도 뜻밖의 방식으로 탄로나 버렸기 때문이다. 우리 집에 올 때 표도르 미하일로비치는 저녁 7시부터 10시까지 시간당 요금으로 타고 온 마차의 마부를 고용했다. 평범한 사람들을 좋아하던 표도르 미하일로비치는 우리 집을 오가는 긴 시간 동안 마부와 허심탄회하게 대화를 나누곤 했다. 자신의 행복을 누군가와 나누고 싶었던 그는 마부에게 자신이 곧 결혼하게 될 거라고 말했다.

어느 날 자기 집에 도착한 그는 주머니에 동전이 없는 것을 알고는 마부에게 금방 돈을 갖다 주겠다고 했고, 하녀가 돈을 갖고 나갔다. 그러나 대문 앞에 마부가 세 사람이나 서 있었기 때문에 하녀는 누구에게 돈을 줘야 할지 몰라서, 방금 '늙은 주인'을 모시고 온 사람이 누구냐고 물었다.

"그 신랑감 말이오? 내가 모셔 왔소."

"누가 신랑감이에요? 우리 주인은 아니에요."

"아니오, 신랑감이요! 자기 입으로 분명히 내게 그렇게 말했소. 문이 열려 있을 때 약혼녀도 내가 봤단 말이오. 그가 약혼자를 배웅하러 나왔는데, 아주 명랑하고 내내 웃음을 띠고 있었소!"

"도대체 어디서 주인을 모셔왔는데요?"

"스몰니 근방에서."

내 주소를 알고 있었던 페도시야는 주인의 약혼녀가 누군지 짐작을 하고 서둘러 이 소식을 도스토옙스키의 의붓아들인 파벨 알렉산드로비치에게 전했다.

이 장면은 표도르 미하일로비치가 (페도시야에게 꼬치꼬치 캐물어) 그 다음 날 내게 말해 준 것인데, 그 광경이 어찌나 눈에 선한지 항상 기억 속에 남아 있을 정도다.

의붓아들이 우리의 약혼 소식을 듣고 어떤 반응을 보였냐는 내 질문에 표도르 미하일로비치는 이내 안색이 어두워졌다. 캐묻는 게 싫은 기색이 역력했다. 그러나 나는 세세한 것까지 다 알아야겠다고 고집을 부렸다. 표도르 미하일로비치는 껄껄 웃더니, 오늘 아침에 '파샤'(파벨의 애칭─옮긴이)가 행사 때나 입는 화려한 양복에 파란 안경을 쓰고 그의 서재에 나타났다고 말했다. 파벨은 표도르 미하일로비치가 결혼한다는 것을 알게 되었다며, 자신은 기절할 정도로 놀랐고 그런 중요한 결정을 하면서 '아들'에게 조언과 동의를 구하지 않은 것에 분노가 인다고 큰소리를 쳤다고 한다. 그러면서 '아버지'에게 나이로 보나 기력으로 보나 새 삶을 시작할 수 없다는 사실을 기억하라고도 했다는 것이다.

표도르 미하일로비치의 말에 따르면, 파벨 알렉산드로비치는 '거만하고 건방지게 훈계하듯이' 말했다고 한다. 표도르는 정신 나간 짓이라는 의붓아들의 말투에 분개하여 고함을 지르고 그를 서재에서 쫓아내 버렸다.

이틀 뒤 내가 (그가 발작을 했다는 사실을 알고) 표도르 미하일로비치의 집을 찾아갔을 때, 의붓아들은 나와 보지도 않았다. 그는 식당에서 뭔가를 쿵쾅거리며 옮기면서 하녀에게 심하게 화를 냈다. 자신이 집에 있다는 것을 내게 보여 주기 위한 행동이었다. 일주일 뒤 내가 다시 찾아갔을 때 파벨 알렉산드로비치는 아마도 아버지가 시켰던지 서재로 들어와 내게 무미건조하고 형식적인 축하 인사를 하고는 10분 정도 아무 말 없이 앉아 있었는데, 화가 나고 괴로운 표정이었다. 하지만 이날 표도르 미하일로비치는 최상의 기분이었고, 그래서 나 또한 즐거웠다. 우리 둘은 행복에 겨워 파벨 알렉산드로비치의 딱딱하고도 감정을 억누르는 듯한 말투에 조금도 주의를 기울이지 않았다. 후에 그는 자신의 무뚝뚝한 모습에 우리가 전혀 개의치 않으며 그것이 표도르 미하일로비치의 화를 부를 뿐이라는 사실을 깨닫고는 성난 태도를 바꾸어 예의바르고 친절하게 나를 대하기 시작했다. 하지만 가끔씩 내게 빈정거리는 것만은 잊지 않았다.

12.

행복한 약혼 시절은 너무나 빨리도 지나갔다. 겉으로 볼 때는 단조로운 나날들이었다. 속기 공부를 핑계로 나는 누구의 집에도 가지 않았고 누구를 초대하는 일도 없었다. 콘서트에도, 극장에도 가지 않았다. 예외가 있었다면 하루 저녁 알렉세이 톨스토이[21] 백작의 연극 「이반 뇌제의 죽음」을 보았던 일이다.

표도르 미하일로비치는 이 연극을 매우 높이 평가해서 나와 함께 보러 가고 싶어했다. 그는 특별석을 예약해 놓고 나 외에도 에밀리야 페도로브나와 그의 아들 딸, 그리고 파벨 알렉산드로비치를 초청했다. 표도르 미하일로비치와 교감하는 것이 아무리 즐겁다 해도 나에 대해 적대감을 품고 있는 사람들과 동석하는 일은 무척이나 부담스러웠다. 에밀리야 페도로브나가 노골적으로 앙심을 드러냈기 때문에 극이 끝날 무렵 나는 몹시 우울해졌다. 표도르 미하일로비치는 분위기가 심상치 않음을 금방 눈치챘다. 그는 왜 그러냐고 묻기 시작했고 나는 두통 핑계를 댔다.

그렇지만 이 불쾌한 저녁도 나의 행복한 마음을 깨뜨리지는 못했다. 내 마음은 끝없는 축제 속을 거닐었다. 전에는 항상 할 일을 찾곤 하던 나였지만 이제는 그야말로 아무것도 하지 않았다. 매일매일 나는 표도르 미하일로비치를 생각했으며, 어제 그와 나눈 대화를 떠올렸고, 오늘 그가 다시 오기를 목마르게 기다렸다. 그는 보통 저녁 7시에 왔고 어쩌다가는 6시 30분에 오기도 했다. 그가 올 시간이면 언제나 사모바르[22]가 식탁 위에서 끓고 있었다. 겨울인 데다 표도르 미하일로비치가 먼 길을 오느라 감기라도 걸리지 않을까 걱정스러웠던 것이다. 그가 방으로 들어오면, 나는 곧바로 뜨거운 차 한 잔을 그에게 주곤 했다.

나는 그가 매일같이 나를 찾아오는 게 그의 입장에서 보면 큰 희생이라는 생각이 들어 안타까웠고, 그래서 마음과는 반대로 어쩌다 한 번씩 저녁 걸음을 거르라고 그를 설득했다. 표도르 미하일로비치는 우리 집에 오는 것은 자신의 큰 즐거움이고 우리 집에 있으면 원기가 솟고 마음이 안정된다고 하면서, 만일 내가 부담스러워한다면 그때는 매일 오지 않겠다고 했다. 내가 그를 얼마나 반가워하는지 잘 알고 있었던 그가 농담을 한 것이었다.

차를 마시고 나면 우리는 구석 소파에 앉았다. 우리를 갈라놓은 작은 탁자에는 여러 가지 과자들을 놓아두곤 했다. 표도르 미하일로비치는 매일 저녁 '발레'(그가 좋아하는 제과회사) 사탕을 가져왔다. 그의 어려운 형편을 아는 내가 사탕을 가져오지 말라고 우기자, 그는 약혼녀에게 선물을 주는 것은 오래된 미풍양속이라며 이를 깨트려서는 안 된다고 했다. 나는 언제나 표도르 미하일로비치가 좋아하는 배와 건포도, 대추야자 열매, 말린 살구, 절인 과자 등을 조금씩, 하지만 언제나 신선하고 맛깔스럽게 내어놓았다. 나는 표도르 미하일로비치가 즐길 만한 특별한 무언가를 찾아내기 위해 상점들을 돌아다녔다. 그는 감탄하면서 나 같은 미식가만이 이토록 맛있는 것들을 찾아낼 수 있는 거라 강변했다. 그러면 나는 지독한 미식가는 바로 당신이라고 주장했다. 결국 우리는 누가 더 지독한 미식가인지 결론을 내리지 못하곤 했다.

10시가 되면 나는 표도르 미하일로비치에게 이제 그만 일어서라고 독촉하기 시작했다. 우리 동네는 매우 황량한 곳이어서 그에게 불미스러운 일이라도 생길까 봐 두려웠던 것이다. 처음 얼마 동안 나는 표도르 미하일로비치에게 우리 집 하인을 딸려 보내겠다고 했지만, 그는 끝내 말을 들으려고 하지 않았다. 그는 아무것도 걱정하지 말라며 누가 덮치더라도 자기가 처리할 수 있노라고 장담했다. 그러나 그가 장담한다고 해서 걱정이 지워지지는 않았기 때문에 나는 하인에게 그가 북적거리는 슬로노바야 거리로 돌아갈 때까지 15~20걸음쯤 뒤에서 몰래 그를 따라가도록 했다.

표도르 미하일로비치가 우리 집에 못 오는 경우도 있었다. 문학의 밤에서 낭독을 하거나 만찬에 초대받은 경우 등이 그랬다. 그런 경우, 우리는 전날 미리 연락해서 다음 날 내가 오후 1시에 표도르 미하일로비치의 집에 가서 5시까지 머물다 오는 것으로 하였다. 그가 '10분만 더, 15분만 더' 앉아 있다 가라며 "생각해 봐, 아냐. 당신을 하루씩이나 못 보다니!" 하고 애타게 말하던 때를 생각하면 지금도 가슴이 떨려 온다.

어떤 때에 그는 그런 저녁에도 손님들 틈에서 살짝 빠져 나오거나 자신의 낭독 순서를 끝낸 후 9시나 9시 반에 우리 집으로 와서 의기양양하게 이렇게 말했다. "초등학생처럼 도망쳐 왔소! 30분만이라도 같이 있읍시다!"

나야 물론 하루에 그를 두 번이나 볼 수 있어 미칠 듯이 기뻤다. 우리 집에 올 때면 표도르 미하일로비치는 언제나 부드럽고 기쁨에 넘쳤으며 재미있는 농담도 곧잘 했다. 종종 나는 어떻게 그가 무뚝뚝하고 음울한 성격의 소유자라는 전설, 내가 지인들로부터 들어야 했던 그런 전설이 생겨났는지 의아할 수밖에 없었다. 말을 꺼내고 보니 생각나는 일이 있다. 언젠가 표도르 미하일로비치는 나의 속기 선생인 올힌에 관해 여러 가지를 묻더니 이렇게 말했다. "정말 무뚝뚝한 사람이야!"

나는 크게 웃었다. "올힌 선생님이 당신과 만난 후 내게 했던 말이 생각나서요. 올힌은 내게 '소설가 도스토옙스키의 일을 당신이 한번 해보시죠. 다만 당신이 그와 잘 맞을지 모르겠어요. 내가 보기에 그는 굉장히 음울하고 무뚝뚝한 사람이었소!'라고 말했죠. 근데 이제 당신이 그에 대해 똑같은 말을 하고 있잖아요! 실은 당신들 둘 다 전혀 음울하지도, 무뚝뚝하지도 않은데도 말이에요."

"그래서 당신은 그때 올힌에게 뭐라고 대답했지?" 표도르 미하일로비치가 궁금해했다.

"이렇게 말했죠. 제가 도스토옙스키와 잘 맞아야 할 이유가 있나요? 하지만 저는 그의 일을 가능한 한 더 잘하려고 노력할 거예요. 그는 제가 두려울 정도로 존경하는 사람이니까요!"

"근데, 봐. 올힌이 예견했던 것과는 달리 우리는 서로 잘 맞았고, 일생 동안 그럴 거야. 그렇지 않아, 내 귀여운 아네치카?" 표도르 미하일로비치가 부드럽게 나를 응시하며 물었다.

표도르 미하일로비치가 좋은 기분으로 우리 집에 오면 나 또한 명랑하고 장난기가 넘쳤고 수다스러워졌다. 내 목소리는 은방울처럼 울렸고 별것 아닌 사소한 일에도 깔깔거리며 웃음을 터뜨렸다. 그럴 때면 표도르 미하일로비치는 내 손을 꽉 잡고 우스꽝스럽게 무서운 척하며 고함치는 것이었다.

"맙소사, 이런 어린애를 데리고 뭘 하지? 우리 집에 속기하러 오던 그 꼿꼿하고 엄숙하기까지 하던 안나 그리고리예브나는 어디 간 거야? 나 몰래 그녀를 슬쩍 바꿔치기한 게 분명해!"

그러면 나는 즉시 거만한 태도를 취하며 훈계조의 말을 하기 시작했고, 결국 둘 다 웃는 것으로 일이 끝나곤 했다.

그렇다고 내가 항상 즐거웠던 것은 아니다. 나는 표도르 미하일로비치가 '젊어 보이려 하는 노인' 흉내를 내는 것이 무척 싫었다. 그는 자기 소설인 『아저씨의 꿈』에 나오는 주인공 늙은 공작의 말과 생각을 빌려 몇 시간이고 계속 말을 할 수 있었다. 그는 예상 밖의 매우 독창적인 방식으로 즐겁고 재기 넘치게 이야기를 했지만, 이 젊어 보이는, 하지만 아무짝에도 쓸모없는 노인의 말투를 흉내 내서 하는 이야기를 들으면 언제나 기분이 언짢아졌고, 그래서 얼른 다른 쪽으로 이야기를 돌리곤 했다.

이 행복했던 석 달 동안 우리는 서로 터놓지 못한 얘기가 없을 정도로 많은 이야기를 나누었다! 나는 표도르 미하일로비치에게 그의 어린 시절과 젊은 시절, 공병사관학교 시절, 정치활동과 시베리아 유형, 그리고 귀환 등등에 대해 꼬치꼬치 캐물었다.

"당신의 모든 것을 알고 싶어요." 내가 말했다. "당신의 과거를 환하게 보고 싶고, 당신 마음 전부를 이해하고 싶어요!"

표도르 미하일로비치는 기꺼이 자신의 행복하고 평온했던 어린 시절을 돌아봤고 뜨거운 감정으로 어머니에 대해 말했다.[23] 그는 형인 미샤와 누나인 바렌카를 특히 사랑했다. 남동생들과 여동생들은 그에게 강한 인상을 남기지 못했다. 나는 표도르 미하일로비치가 마음을 쏟았던 것들에 대해 물었는데, 젊은 시절 어떤 여자에게도 뜨거운 사랑을 느끼지 못했다는 것이 내게는 이상하게 여겨졌다. 아마 그가 너무 일찍 지적인 삶을 살기 시작했기 때문이 아닌가 싶다. 창작이 그를 완전히 집어삼켜서 개인으로서의 삶은 그야말로 뒷전으로 밀려나 버린 것이리라. 그후 그의 온 생각은 정치적인 것으로 옮겨갔고, 그 때문에 그렇게 혹독한 대가를 치렀던 것이다.

나는 죽은 아내에 관해 물어보려 했지만, 그는 그녀를 떠올리는 것을 내켜하지 않았다. 흥미로운 건 우리의 결혼생활 내

내 표도르 미하일로비치는 단 한 번도 마리야 드미트리예브나 이야기를 하지 않았다는 점이다. 예외가 있었다면 딱 한 번 제네바에서인데, 그 이야기는 적당한 때 하겠다.

약혼녀였던 안나 바실리예브나 코르빈 크루콥스카야(그 유명한 소피야 바실리예브나 코발렙스카야[24]의 언니) 이야기는 아주 흔쾌히 들려주었다. 둘의 결혼이 왜 성사되지 못했냐는 내 물음에 그는 이렇게 대답했다.

"안나 바실리예브나는 살면서 내가 만난 훌륭한 여성들 중 하나지. 그녀는 굉장히 똑똑하고 성숙하고 교양이 있었소. 또한 착하고 훌륭한 심성을 지녔고, 높은 도덕성도 갖춘 아가씨였지. 하지만 그녀의 신념은 나와는 정반대였고, 그녀는 그것을 버릴 수가 없었소. 게다가 지나치게 직선적이었거든. 이 때문에 우리의 결혼은 도저히 행복할 수가 없었던 거요. 나는 그녀에게 했던 약속을 거두었고, 그녀가 사상이 같은 사람을 만나 행복하게 살기를 진심으로 바랐소!"

표도르 미하일로비치는 남은 전 생애 동안 안나 바실리예브나와 더할 수 없이 좋은 관계를 유지했고 그녀를 자신의 믿음직한 친구로 여겼다. 표도르 미하일로비치와 결혼한 후 6년 뒤에 나는 안나 바실리예브나와 알게 되었다. 우리는 친해져서 진심으로 서로를 아껴 주었다. 그녀가 탁월한 지성과 착한 심성, 높은 도덕성의 소유자라는 표도르 미하일로비치의 말은 정당했다. 하지만 두 사람이 결혼을 했다면 결코 행복할 수 없었으리라는 그의 믿음 또한 그에 못지않게 정당한 것이었다. 안나 바실리예브나에게는 양보라는 것이 없었다. 한데 좋은 부부관계에서, 특히 표도르 미하일로비치처럼 지병으로 인해 병약하고 쉽게 흥분하는 사람과의 결혼생활에서는 더더욱 필요한 것이 양보다. 게다가 당시 그녀는 정치 투쟁에 너무도 몰입해 있어서 가족에게 많은 관심을 나눠 주기가 어려웠다. 해가 지나면서 그녀도 변해 갔다. 그래서 나는 훌륭한 아내이자 상냥한 어머니였던 그녀를 기억한다.

안나 바실리예브나의 운명은 비참하게 마감되었다. 표도르 미하일로비치와 결별한 후 그녀는 바로 해외로 떠났고 그곳에서 자신과 동일한 정치적 신념을 가진 프랑스인 자클라르를 만났다. 파리 코뮌[25] 시기에 열렬한 코뮈나르드였던 자클라르는 사형을 선고받고 독일 국경 근처의 한 요새에 수감되었다. 안나 바실리예브나의 아버지는 2만 프랑을 주고 사람을 매수하여 자클라르를 독일로 도망치게 했다.

그 후에 자클라르-코르빈(아내의 성을 자기 성에 붙이는 외국의 관습에 따른 것)은 가족을 데리고 페테르부르크로 이주해 와서 여자 고등학교의 불문학 선생 자리를 구했다. 자클라르는 아내와 매우 다정하게 지냈으나 고국에 대한 향수에 사무쳐 있었고, 안나 바실리예브나는 이 때문에 무척 불안해했다. 얼마 안 있어 이들의 재정 상태가 어려워졌다. 안나 바실리예브나가 상속받은 상당한 액수의 돈을 자클라르가 어딘가에 투자를 했는데, 불운하게도 몇 년 뒤 그들의 수중에 남은 것은 엄청난 액수에 저당 잡힌 바실리옙스키 섬의 집 한 채뿐이었던 것이다. 파산을 하게 되자 원래 건강이 약했던 안나 바실리예브나는 충격을 받아 심하게 앓아 눕게 되었다. 그 무렵 귀국 허가를 받게 된 자클라르는 그녀를 파리로 데려갔다. 그들은 사업상 자주 페테르부르크로 와야만 했다. 그녀가 병으로 죽음을 앞두고 있던 시기에 나는 포베도노스체프[26]를 통해 안나 바실리예브나를 한 번 도울 수 있었다. 그녀의 남편이 정치적 위험 인물이라는 이유로 이틀 이내에 수도에서 추방당하게 되었을 때, 그가 사업을 성사시킨 다음 병든 아내와 어린 아들을 동반하여 해외로 나갈 수 있도록 몇 주일간 추방을 유예시켜 달라고 백방으로 뛰어다닌 결과 그 일을 이루어 낸 것이다. 안나 바실리예브나는 파리에서 1887년에 숨을 거두었다.

13.

하루 저녁은 표도르 미하일로비치가 나에게 물었다. "말해 봐, 아냐. 나를 사랑하게 된 걸 처음으로 의식한 게 언제였는지 기억 나?"

"있잖아요, 내 사랑," 내가 대답했다. "도스토옙스키라는 이름은 어렸을 때부터 알고 있었죠. 당신과, 아니 더 정확하게는 당신 주인공들 중 한 사람과 사랑에 빠진 건 열다섯 살 때부터예요."

표도르 미하일로비치는 내 말을 농담으로 여기고 크게 웃었다. "진담이에요. 진심으로 하는 말이라고요!" 내가 계속 말했다. "아버지는 독서광이셨죠. 현대 문학 이야기가 나오면 언제나 하신 말씀이 있죠. '오늘날 작가란 도대체 어떤 사람들인가? 우리 시대엔 푸시킨과 고골, 주콥스키[27]가 있었지 않은가! 젊은 작가 중에선 장편소설가 도스토옙스키가 있었고, 『가난한 사람들』의 저자 말이야. 이 사람은 진짜 천재야. 불행하게도 정치적 사건에 휘말려 시베리아로 끌려가서 소식이 묘연해졌지만 말이야!' 도스토옙스키 형제가 새 잡지 『시대』를 출판하려 한다는 걸 아시고는 아버지가 얼마나 기뻐하셨다고요. '그 도스토옙스키가 돌아왔어. 오, 주여. 행방불명된 게 아니었어!' 아버지는 기쁨에 겨워 우리에게 말씀하셨죠. 우리 가족이 페테르고프에서 여름을 보낸 1861년이었을 거예요. 어머니와 함께 시내로 물건을 사러 갈 때마다 우리 자매들은 『시대』지 신간을 빌리러 체르케소프 도서관에 다녀와도 되냐고 물어보곤 했어요. 우리 집은 가부장적이어서 빌려 온 잡지는 제일 먼저 아버지의 손에 들어갔답니다. 가엾은 우리 아버지, 당시 건강이 많이 안 좋으셨던 아버지는 점심 식사 후에 안락의자에 앉아 책이나 신문을 보시다가 눈을 붙이곤 하셨어요. 그러면 나는 살금살금 다가가서 조용히 책을 집어들고 정원으로 달려갔죠. 그러곤 아무런 방해도 받지 않고 당신 소설을 읽는 재미에 빠지려고 수풀 밑에 자리를 잡았어요. 그렇지만 아휴, 그렇게 머리를 써도 소용이 없었어요! 어느새 마샤 언니가 와서 언니라는 걸 내세워 내게서 새 책을 뺏어 버리는 거예요.『상처받은 사람들』을 마저 읽게 해달라고 애원을 했건만 말이에요."

나는 계속해서 말을 이었다. "나는 정말 지독한 몽상가예요. 그래서 소설의 주인공들이 내게는 언제나 살아 있는 인물들이죠. 나는 발콥스키 공작을 증오했고, 의지가 약한 알료샤는 경멸했어요. 이흐메네프 노인은 동정했고, 불행한 넬리를 진심으로 안타까워했죠. 그리고…… 나타샤……는 좋아하지 않았어요.[28] 보세요. 당신 주인공들의 성까지도 기억 속에 다 살아남아 있잖아요!"

"나는 기억이 안 나. 그 소설의 내용도 흐릿하게 기억나는걸." 표도르 미하일로비치가 말했다.

"정말이요?" 내가 놀라서 물었다. "어쩜, 이렇게 안타까울 수가! 난 정말 이야기를 이끌어 가는 이반 페트로비치와 사랑에 빠졌는 걸요. 나타샤가 어째서 이 좋은 사람을 두고 하찮은 알료샤를 더 좋아할 수 있는지 이해가 안 되었죠. '이반의 사랑을 밀어내다니, 그녀는 불행해도 싸.' 읽으면서 그런 생각이 들었어요. 이상하죠, 내가 호감을 느낀 이반 페트로비치를 무엇 때문에 소설의 작가와 그렇게 동일시했는지 모르겠어요. '이건 도스토옙스키가 이루지 못한 자신의 슬픈 사랑 이야기를 하고 있는 거야' 이런 생각이 드는 거예요……. 당신, 기억나지 않는다면 그 멋진 작품을 꼭 다시 읽어야 해요!"

표도르 미하일로비치는 내 이야기에 흥미를 보이며 시간이 나면 『상처받은 사람들』을 다시 읽어 보겠다고 약속했다.

"말이 나왔으니 말이죠," 나는 말을 이었다. "우리가 알게 된 초창기에 한번은 당신이 내게 사랑에 빠진 적이 있냐고 물었던 거 기억나요? 내가 '살아 있는 사람과는 한 번도 없어요. 하지만 어떤 소설의 주인공을 열다섯 살 때부터 사랑하고 있답니다'라고 대답했죠. 그랬더니 당신이 '어떤 소설이오?' 하고 물었어요. 나는 서둘러 이야기를 얼버무렸죠. 당신 소설의 주인공 이름을 대는 게 불편했거든요. 당신이 그 말을 문학 관련 일을 갖고 싶어 하는 아가씨의 아부쯤으로 받아들일 것 같았거든요. 나는 정말 자립하고 싶었어요. 『죽음의 집의 기록』을 읽고는 얼마나 많은 눈물을 흘렸는지 몰라요! 내 가슴에는 강제 노역의 끔찍한 생활을 견뎌 낸 도스토옙스키에 대한 동정과 연민이 가득 찼어요. 그런 감정을 안고서 당신 집에 일하러 갔던 거예요. 내게 크나큰 감동을 준 작품을 써 낸 사람의 삶의 무게를 조금이라도 가볍게 하는 데 도움을 주고 싶었어요. 올힌이 당신 작업에 다른 누군가가 아니라 나를 선택해 준 데 대해 신께 감사드렸답니다."

내가 『죽음의 집의 기록』을 언급하자 표도르 미하일로비치의 얼굴에 어두운 기색이 어렸다. 나는 얼른 화제를 다른 쪽으로 돌리며 농담하듯 말했다. "운명이 나를 당신 아내가 되도록 점지했나 봐요. 열여섯 살 때부터 내 별명이 네토치카 네즈바노바[29]였거든요. 내 이름이 안나니까 네토치카잖아요. 그리고 내가 친척집에 초대받지 않고서도[30] 자주 가곤 해서 다른 네토치카랑 나를 구별한다고 '네토치카 네즈바노바'라는 별명을 붙여줬지요. 그건 또 내가 도스토옙스키의 소설광이라는 의미이기도 했어요. 그러니 당신도 나를 네토치카라고 불러요." 내가 표도르 미하일로비치에게 청했다.

"안 되지!" 그가 대답했다. "나의 네토치카는 살면서 너무도 많은 고통을 견뎌 내야 했잖아. 나는 당신이 행복하길 원해. 아냐라고 부르는 게 훨씬 나아. 그게 내 마음에 쏙 드는 걸!"

다음 날 저녁, 이번에는 내가 표도르 미하일로비치에게 오래 전부터 물어보고 싶었지만 주저해 왔던 물음을 던졌다. 그가 나를 사랑하게 되었다고 느낀 건 언제인지, 또 언제 내게 청혼할 결심을 했는지 하는 것 말이다.

표도르 미하일로비치는 기억을 더듬기 시작했다. 그러고는 정말 실망스럽게도, 우리가 인사를 나눈 처음 일주일간 그는 내 얼굴도 전혀 생각이 나지 않았다고 고백했다.

"어떻게 생각이 안 날 수가 있어요? 그게 무슨 뜻이에요?" 나는 깜짝 놀랐다.

"당신이 어떤 모르는 사람을 소개받아서 그 사람과 몇 마디 평범한 말을 나누었다고 해봐. 그 사람 얼굴이 기억나겠어? 아니잖아? 적어도 나는 늘 잊어버리는 걸. 이번에도 그랬던 거야. 당신과 말을 하고 당신 얼굴을 보았지. 그런데 당신이 가 버리니까 금방 얼굴이 생각 안 나더군. 누가 물어본다면 금발이었는지 갈색 머리였는지 말할 수가 없었을 거야. 10월 말이 되어서야 당신의 아름다운 회색 눈과 착하고 밝은 미소에 끌리게 되었어. 정말, 그때는 당신의 얼굴이 전부 마음에 들기 시작했다니까. 자꾸 볼수록 더 그랬지. 지금은 내게 세상에서 당신보다 더 아름다운 얼굴은 가진 사람은 없어! 내게는 당신이 최고의 미인이야! 아니, 다른 사람들에게도 최고의 미인이지, 그렇고 말고!" 순진하게도 표도르 미하일로비치는 이런 말을 덧붙였다.

그는 계속해서 기억을 이어나갔다. "처음 당신이 왔을 때는 어찌나 절도 있게 구는지, 그 심각하고도 엄숙하기까지 한 태도에 놀라자빠질 지경이었어. 나는 생각했지. 아주 매력적인 유형의 신중하고 사무적인 아가씨로군! 그리고 그런 유형이 우리 사회에 나타났다는 것이 기뻤어. 내가 무심코 바보 같은 소리를 하면 당신이 나를 빤히 쳐다보더군. 그래서 나는 당신이 기분 나빠할까봐 생각을 곱씹어 헤아려 보게 되었지. 그 다음에 내가 놀라고 또 매력을 느낀 건 당신이 내 일에 진실한 애정을 보이고 나를 위협하던 재난에 대해 진심으로 동정해 준 일이었어. 사실 나는 나의 가족과 친구들의 사랑을 의심치 않았거든. 그들은 내가 판권을 뺏길 수 있다는 사실에 상심하고 스첼롭스키에 대해 분노하고 격분을 터뜨리면서 왜 그런 계약에 서명했냐고(어떻게 내가 서명하지 않을 수가 있었겠어!) 나를 질책했지. 그리고 내게 조언을 하고 나를 위로해 주었어. 하지만 나는 그 모든 것이 '말, 말, 말'뿐이라는 걸 느꼈어. 그들 누구도 판권을 상실하면 내 마지막 재산까지 다 날아가는 것이라는 사실을 가슴으로 받아들이지는 않는다는 걸 느꼈지…….
그런데 이제 겨우 안면을 튼 이 낯선 아가씨는 단번에 내 처지 속으로 뛰어들더니 한탄을 하지도, 비명을 지르지도, 격분을 하지도 않고 말이 아닌 실제로 나를 돕기 시작하는 거야. 며칠 지나 우리의 작업이 제자리를 찾았을 때는, 거의 절망에 빠져 있던 내게 희망의 등불이 깜박거리기 시작했어. '자, 앞으로도 이렇게 작업을 하면 기한 내에 해낼 수 있을 거야!' 그런 생각이 들더군. 반드시 해낼 거라던 (당신이 정서해 온 원고를 우리가 함께 헤아리던 거 당신도 생각날 거야) 당신의 장담이 희망을 더욱 굳게 하고, 내게 일을 계속하게 할 수 있는 힘을 주었어. 당신과 이야기를 하면서 나는 자주 속으로 생각했지. '이 아가씨의 가슴은 어찌 이리도 따뜻한가! 이 여자는 정말 말로만 그러는 것이 아니라 실제로 나를 동정하고 재난에서 나를 구해주고 싶어 하는구나' 하고 말이야. 나는 마음이 너무나 외로웠던 터라 진정으로 가슴 아파해 주는 사람을 찾은 것에 얼마나 큰 위안을 받았는지 몰라."

표도르 미하일로비치가 계속 말했다. "내 생각엔, 이때부터 당신에 대한 사랑이 시작된 것 같아. 그리고 그 다음엔 당신의 귀여운 얼굴도 마음에 들었고. 종종 나는 당신을 생각하는 내 마음을 분명히 알아차리곤 했지. 하지만 『도박꾼』을 끝마친 다음에야 겨우, 우리가 이제는 더 이상 매일 보지 못한다는 것을 깨닫고 당신 없이는 살 수 없다는 것을 인식했어. 바로 그때 청혼할 결심도 한 거지."

"그런데 당신은 왜 다른 사람들처럼 평범하게 청혼하지 않고 그 재미있는 소설을 만들어 낸 거예요?" 나는 재미있다는 듯 물었다.

"내 사랑, 아냐." 표도르 미하일로비치는 감정에 북받친 목소리로 말했다. "당신이 내게 어떤 의미인지를 알았을 때 나는 절망에 빠졌어. 당신과 결혼하고 싶은 마음이 너무 무분별하게 여겨졌거든! 우리가 얼마나 판이한 사람들인지 한번 생각해 봐! 나이만 해도 그래! 사실 나는 거의 노인인데 당신은 어린애나 다름없잖아. 게다가 나는 불치병을 앓고 있고, 음울하고 신경질적인 사람이지만, 당신은 건강하고 생기발랄하고 낙천적이지. 나는 한 생을 거의 다 살았어. 인생의 쓰라림을 수없이 맛보았지. 하지만 당신은 지금까지 잘 살아왔고 앞으로도 인생이 창창하잖아. 그리고 마지막으로, 무엇보다도 나는 가난하고 빚에 쪼들리고 있잖아. 이런 상황에서 뭘 기대할 수가 있겠어? 어쩌면 우리는 불행할 거고 몇 년간 괴로워하다 헤어질 테지. 물론 남은 생애 내내 행복하게 잘 지낼 수도 있겠지만 말이야."

표도르 미하일로비치가 그렇듯 자신을 비하하는 말을 듣자니 마음이 아팠다. 그래서 나는 열을 내며 반박했다.

"사랑하는 당신, 당신은 모든 걸 과장했어요! 당신이 생각하는 우리 둘 사이의 차이라는 건 없어요. 우리가 서로를 굳게 사랑한다면, 벗이 되어 영원히 행복할 거예요. 제가 무서운 건 다른 것 때문이에요. 재능 있고 지적이고 교양 있는 당신과 비교할 때 배운 것 없고, 물론 고등학교에서 은메달을 받긴 했지만 말이에요(당시에 나는 그것이 무척 자랑스러웠다), 당신과 대등하게 나아갈 수 있을 만큼 성숙하지도 않은, 어리석은 여자애를 인생의 반려자로 택한 사실이 날 두렵게 해요. 당신은 곧 나를 속속들이 알게 될 거고, 내가 당신의 사고를 이해할 능력이 없다는 사실에 화가 나고 실망하게 될 거예요. 바로 이런 차이가 다른 온갖 불행보다 더 못한 거예요!"

표도르 미하일로비치는 듣기 좋은 말들을 늘어놓으며 허둥지둥 나를 달래려 했다. 우린 내가 듣고 싶었던 청혼 이야기로 돌아왔다.

"어떻게 청혼을 해야 할지 오랫동안 망설였어." 표도르 미하일로비치가 말했다. "서로 사랑한다는 것을 확인하지 못한 채 젊은 아가씨에게 청혼을 하는 중년의 볼품없는 남자는 우습게 보일 수 있지. 나는 당신 앞에서 우스꽝스러워지고 싶지 않았어. 또 내 청혼에 당신이 다른 사람을 사랑한다고 뜻밖의 대답을 할지도 모르고. 당신이 거절한다면 우리 사이엔 냉기류가 흐를 것이고, 그렇게 되면 예전의 다정한 관계는 생각조차 할 수 없게 되겠지. 최근 2년 만에 가슴으로 나를 대해 준 유일한 사람인 당신을 친구로서 잃게 되는 거야. 거듭 말하지만, 나는 마음이 너무 외로웠던 터라 당신의 우정과 도움을 잃으면 너무나 힘겨웠을 거야. 그래서 당신에게 새 소설의 플롯을 들려주면서 당신의 감정을 알아보리라 생각했던 거지. 그럼 당신이 거절해도 견디기가 좀 더 수월할 거고. 그건 어디까지나 소설의 주인공들 얘기지 우리 얘기는 아니니까 말이야."

이번에는 내가, 그가 문학적 청혼을 하는 동안 느낀 심정, 그의 말을 잘못 이해하고 안나 바실리예브나를 선망하며 질투했던 것 등등을 모두 이야기했다.

표도르 미하일로비치는 무척 놀랐다. "결국, 내가 불시에 당신을 공격해 강제로 당신의 동의를 받아 냈다는 거로군! 그렇긴 하지만 그때 내가 들려주었던 소설이 내가 쓴 모든 소설 중제일 낫다는 걸 알겠군. 곧바로 성공했고 감동도 불러일으켰잖아!"

14.

나와 표도르 미하일로비치는 이 새로운 기쁨의 감정에 취해 『죄와 벌』의 마무리 작업을 잊고 있었는데, 소설의 마지막 3분의 1을 쓰는 일이 아직 남아 있었다. 표도르 미하일로비치는 11월 말에, 『러시아 통보』 편집부가 소설의 연재를 요구했을 때에야 그 사실을 기억해 냈다. 다행히도 당시에는 잡지가 제때 나오는 일이 드물었고, 『러시아 통보』는 그중에서도 늦게 나오기로 유명한 잡지였다. 11월호는 12월 말에, 12월호는 2월 말에 나오는 식이었다. 따라서 시간은 충분했다. 표도르 미하일로비치는 편집부에서 온 서신을 내게 보여 주며 조언을 구했다. 나는 그에게 문을 꼭 닫아걸고 낮 2시부터 5시까지 작업을 한 다음, 저녁에 우리 집에 와서 그걸 바탕으로 구술을 하자고 제안했다.

그렇게 해서 우리는 또 일을 진행해 나갔다. 한 시간 가량 수다를 떤 다음 나는 책상에 앉고 표도르 미하일로비치는 그 옆에 자리를 잡고서 구술을 시작했는데, 우리는 짬짬이 웃고 떠들며 이야기를 나누었다. 작업은 성공적으로 진행되어 7장 가량 되는 『죄와 벌』의 마지막 부분을 4주 안에 끝마쳤다. 표도르 미하일로비치는 여태껏 작업이 이렇게 수월했던 적이 없었다며 나에게 공을 돌렸다.

표도르 미하일로비치가 늘 활기차고 즐거운 기분으로 지내자 그것은 그의 건강에도 그대로 반영되었다. 우리가 결혼하기 전까지 석 달 동안 그는 서너 번 간질 발작을 일으켰을 뿐이었다. 나는 너무 기뻤고, 생활이 더 안정되고 행복해지면 병이 훨씬 더 가벼워질 것이라는 희망을 갖게 되었다. 후에 그것은 사실로 드러났다. 거의 매주 일어나던 발작이 해가 갈수록 강도도 약해지고 횟수도 줄어들었다. 간질을 완치한다는 것은 생각할 수 없었다. 더구나 표도르 미하일로비치는 자신의 병을 불치병으로 여겨 치료를 받지도 않았던 것이다. 하지만 발작이 줄어들고 약해진 것은 우리에게는 커다란 신의 은총이었다. 그로 인해 표도르 미하일로비치는, 발작 후에 으레 겪곤 하던, 그야말로 끔찍하고 우울한 기분(심할 때는 몇 주일씩이나 계속되곤 했던)에서 벗어날 수가 있었고, 나는 그 무서운 병마가 그를 덮치는 것을 보면서 겪었던 고통과 눈물에서 벗어날 수 있었다.

우리의 저녁 만남은 언제나 평화롭고 즐거웠지만, 하루 저녁은 우리로선 정말 뜻밖에도 몹시 격렬한 사태가 벌어졌다. 11월 말의 일이었다. 표도르 미하일로비치는 평소처럼 7시에 도착했는데, 그날은 온몸이 꽁꽁 얼어붙어 있었다. 뜨거운 차 한 잔을 마시고 나서 그는 집에 꼬냑이 있냐고 물었다. 나는 꼬냑은 없지만 좋은 셰리주가 있다고 대답하고는 얼른 술을 가져왔다. 표도르 미하일로비치는 큰 술잔으로 서너 잔을 단숨에 비웠고, 그런 다음 또다시 차를 마셨다. 그제야 겨우 그의 몸이 녹았다. 나는 깜짝 놀랐지만 영문을 알지 못했다. 수수께끼는 곧 풀렸다. 현관을 지나다 옷걸이에 표도르 미하일로비치가 늘 입던 겨울 외투 대신 가을용 패딩 재킷이 걸려 있는 것을 보았던 것이다. 나는 곧바로 거실로 돌아와 그에게 물었다.

"아니, 오늘 외투를 입지 않고 온 거예요?"

"으—응." 표도르 미하일로비치는 우물쭈물했다. "가을 재킷을 입고 왔어."

"어쩜 그렇게 무신경할 수가! 도대체 왜 그런 거예요?"

"오늘 날씨가 풀린다고 해서 말이야."

"왜 그렇게 얼어붙었는지 이제 알겠군요. 지금 바로 시몬을 보내서 자켓을 갖다두고 외투를 가져오게 할게요."

"그럴 필요 없어! 제발, 그럴 필요 없다니깐!" 표도르 미하일로비치가 다급하게 손을 내저으며 말했다.

"어째서 그럴 필요가 없다는 거예요? 돌아가는 길에 감기 걸린단 말이에요. 밤에는 더 추워지잖아요."

표도르 미하일로비치는 아무 말이 없었다. 나는 계속 그를 다그쳤고 마침내 그가 자백을 했다.

"실은 내게 외투가 없어……."

"왜요? 도둑맞기라도 했나요?"

"아니, 도둑맞은 건 아니고 전당포에 넘겨야 했어."

나는 놀랐다. 내가 다시 다그치자 표도르 미하일로비치는 마지못해, 오늘 아침에 에밀리야 페도로브나가 와서 급한 빚 50루블을 갚아야 한다며 자기를 궁지에서 구해 달라고 부탁했다는 것이다. 거기에다 의붓아들 역시 돈을 요구했으며, 남동생인 니콜라이 미하일로비치도 돈이 필요하다는 편지를 보내왔다는 것이다. 표도르 미하일로비치에게 돈이 없다는 사실을 안 그들은 그의 외투를 가까운 전당포에 맡기기로 결정하고, 표도르 미하일로비치에게 날씨가 따뜻하고 날이 계속 풀릴 것이니, 『러시아 통보』에서 돈이 나올 때까지 며칠만 가을 재킷을 입고 다니라고 했다는 것이다.

나는 마음속 깊이 표도르 미하일로비치 가족들의 비정함에 분노했다. 나는 그에게, 가족을 돕고 싶어 하는 마음은 충분히 이해하지만 건강이나 목숨을 담보로 그렇게 해서는 안 된다고 말했다.

나는 애써 침착하려 했지만 말을 해나갈수록 울분이 끓어올랐다. 마침내 나는 통제력을 잃고 미친 듯이 그에게는 나, 즉 자기 약혼녀에 대한 의무가 있다고 소리를 질렀다. 그가 죽는 것은 견딜 수 없다며 소리치고 울먹였고, 히스테리를 부리듯 비명을 지르고 소리내어 울었다. 표도르 미하일로비치는 몹시 마음이 상해서 나를 끌어안고 손에 입을 맞추며 진정하라고 애원했다. 내 울음소리를 듣고 어머니가 황급히 설탕물을 가져오셨다. 설탕물을 먹고서야 조금 진정이 된 나는 부끄러워져서 표도르 미하일로비치에게 사과를 했다. 그는 아무렇지도 않다는 듯 지난 겨울에는 대여섯 개씩 외투를 저당 잡히고 가을 재킷 차림으로 다녔다고 말했다. "나는 전당포에 맡기는 일에 이골이 난 사람이오. 이번 일도 별난 게 아니라고. 하지만 당신이 그렇게 비극적으로 이 일을 받아들인다면, 앞으로는 무슨 일이 있어도 파샤가 외투를 전당포에 맡기지 못하도록 하겠소." 표도르 미하일로비치가 난감한 표정으로 나를 설득했다.

나는 이 틈을 이용해 그에게 다시는 이런 일이 반복되지 않도록 하겠다는 약속을 받아냈다. 또 그 자리에서 그에게 80루블을 주며 외투를 사 입으라고 했지만, 표도르 미하일로비치는 단호하게 거절했다. 나는 물러서지 않고 그럼 모스크바에서 돈이 올 때까지 꼼짝 말고 집에 있을 것을 요구했다. 내가 날마다 1시에 그의 집에 가서 저녁 때까지 머물겠다고 약속하자 표도르 미하일로비치는 비로소 '가택 연금'에 동의했다.

표도르 미하일로비치와 헤어지면서 나는 다시 한 번 내가 벌인 '장면'을 용서해 달라고 부탁했다.

"악이 없으면 선도 없는 법!" 표도르 미하일로비치가 대답했다. "당신이 얼마나 나를 사랑하는지 이제야 확신하게 되었어. 내가 당신에게 소중하지 않다면 어떻게 당신이 그렇게 울 수 있겠어!"

나는 표도르 미하일로비치의 목에 털실로 짠 하얀 내 스카프를 둘러 주고 집에 있던 모직물을 어깨에 걸치게 했다. 그날 밤 내내 나는, 내가 벌인 '장면' 때문에 나에 대한 표도르 미하일로비치의 사랑이 식어 버리면 어쩌나 하는 생각에 괴로웠고, 또 한편으로는 가는 길에 그가 감기에 걸려 심각한 병이 들지나 않을까 불안했다. 밤새 뒤척이다 아침 일찍 깨어난 나는 10시에 이미 표도르 미하일로비치의 집 앞에서 초인종을 누르고 있었다. 주인이 일어났으며 밤새 전혀 아프지 않았다는 하녀의 말을 듣고 나는 마음의 안정을 찾았다.

이것이 우리가 결혼식을 올릴 때까지 석 달 동안에 있었던 유일하게 '격렬한' 저녁이었다.

표도르 미하일로비치의 '가택 연금'은 일주일간 계속되었다. 나는 매일 그를 보러 갔고 『죄와 벌』을 받아썼다. 한번은 표도르 미하일로비치가 나를 몹시 놀라게 한 적이 있다. 우리가 한참 일을 하고 있는데 오페라 「리골레토」 중 유명한 아리아 「여자의 마음」을 연주하는 손풍금 소리가 들려왔다. 표도르 미하일로비치는 구술을 멈추고 귀를 기울이더니 갑자기 연주에 맞춰 노래를 부르기 시작하는 것이었다. 이탈리아 단어들을 내 이름과 부칭으로 바꾸어서 '안나 그리고리예브나!' 하는 식으로 말이다. 약간 소리가 잠긴 테너이긴 했지만 그는 노래를 잘 불렀다. 아리아가 끝나자 표도르 미하일로비치는 창가로 다가가서 동전을 던져 주었고 풍각쟁이는 떠나갔다. 내가 영문을 몰라 어리둥절한 표정을 짓자 표도르 미하일로비치가 설명하기를, 어떤 곡을 연주해야 돈을 던져 주는지 알아챈 풍각쟁이가 매일 창문가로 와서 「리골레토」의 이 아리아를 연주한다는 것이었다.

"나는 방안을 왔다갔다하다가 이 악상에 이르면 언제나 당신의 이름을 부르지!" 그가 말했다.

나는 웃으면서 표도르 미하일로비치가 그렇게 경박한 노랫말에 내 이름을 사용했다는 것에 화가 난 척했다. 그리고 나에겐 그 노랫말 같은 변덕스러움은 없다면서 한 번 사랑했으면 영원히 사랑한다고 큰소리쳤다.

"어디 두고 보지, 두고 봐!" 표도르 미하일로비치가 웃었다.

풍각쟁이의 연주와 표도르 미하일로비치의 노래를 나는 그다음 이틀간 더 들었는데, 그가 이 악상을 정확하게 따라하는 데 놀랐다. 그는 음감이 매우 뛰어난 게 분명했다.

그 당시 우리가 매일 나누었던 대화의 내용은 그야말로 다양했지만 순결하지 않거나 외설적인 주제를 건드린 적은 한 번도 없었다. 처녀로서의 나의 순진함과 수줍음을 내 약혼자보다 더 절도 있고 부드러운 태도로 감싸 주기는 어려울 것이다. 우리가 결혼한 뒤에(1867년 5월 17일) 쓴 그의 편지를 읽어 보면 나에 대한 그의 태도가 어땠는지 알 수 있다. "신은 당신 마음과 가슴의 작은 씨앗들과 보배들이 없어지지 않도록, 아니 그 반대로 풍부하고 화려하게 자라서 꽃을 피우도록 하기 위해 당신을 내게 맡기셨소. 성숙하고 한결같으며, 마음의 빛을 흐리는 모든 미미한 것들로부터 구원받은 온전한 모습의 당신을 내가 신께 내세움으로써 내가 지은 크나큰 죄를 속죄할 수 있도록, 신이 당신을 내게 주신 것이오."

그랬다. 표도르 미하일로비치는 타락한 모든 감정으로부터 나를 보호하는 것을 자신의 목표로 삼았다. 이런 일도 있었다. 한번은 표도르 미하일로비치의 집에 가서 그의 책상에 놓여 있던 어떤 프랑스 소설의 책장을 막 넘기자니 표도르 미하일로비치가 다가와 살며시 내 손에서 책을 빼내었다.

"나도 프랑스어를 알아요." 내가 말했다. "한번 읽어 보게 그 소설 좀 줘요."

"이것만은 안돼! 당신의 상상력을 더럽힐 이유가 없어!" 그가 대답했다.

결혼한 뒤에도 나의 문학적 발전을 지도하고 싶어 한 표도르 미하일로비치는 직접 내게 책을 골라 주었고, 천박한 소설은 어떤 일이 있어도 읽지 못하게 했다. 이러한 통제 때문에 때로는 화가 나기도 해서 그에게 대든 적도 있었다. "그렇다면 당신은 왜 그 책들을 읽는 거죠? 뭣 때문에 당신의 상상력은 더럽히느냔 말이에요!"

"나는 세상에 단련된 사람이야." 그가 대답했다. "내게 책은 집필을 위한 소재로서 필요해. 작가는 모든 것을 알고 많은 것을 경험해야 한단 말이야. 분명히 말하지만 난 저속한 장면들을 탐닉하는 게 아니라고. 오히려 그런 것들은 내게 혐오감을 불러일으키지."

그것은 입바른 말이 아니라 사실이었다. 표도르 미하일로비치는 당시 풍미하던 경가극에 대해서도 적대적인 태도를 취했다. 그 자신도 극장 부프(Buff)[31]에 다니지 않았을 뿐만 아니라 나도 보내 주지 않았다. 그는 입버릇처럼 말하곤 했다. "관객에게 고상하고 드높은 감명을 줄 수 있는 극을 골라야 해. 하찮은 것들로 마음을 어지럽혀선 안 되지!" 표도르 미하일로비치와 14년을 함께 사는 동안 나는 그가 지고지순한 사람이라는 깊은 확신을 얻었다. 그래서 언젠가 내가 너무도 좋아했던 작가 투르게네프가 표도르 미하일로비치를 파렴치한으로 여기며 그를 '러시아판 사드 후작'[32]이라고 한 글을 읽었을 때 얼마나 마음이 쓰렸는지 모른다.

15.

이즈음 우리 두 사람의 대화에서 가장 소중하고 중요한 주제는 물론 향후 우리의 결혼생활이었다. 남편과 떨어지지 않고 늘 함께 있으면서 함께 일하고 옆에서 그의 건강을 살피고 그를 화나게 하는 뻔뻔스러운 사람들로부터 그를 보호할 수 있다는 생각은 너무나 매력적이어서, 이 모든 것이 금방 실현될 수 없다는 생각을 하면 가끔씩 눈물이 날 지경이었다.

우리의 결혼은 『러시아 통보』와의 일이 성사되느냐 마느냐에 크게 달려 있었다. 표도르 미하일로비치는 성탄절에 모스크바에 다녀오려 하였다. 카트코프에게 자신의 다음 소설을 제안하기 위해서였는데, 그는 『러시아 통보』 편집부가 자신과 함께 일하기를 바랄 것이라는 점을 의심치 않았다. 1866년에 출판된 소설 『죄와 벌』이 문단에 큰 반향을 일으켜 잡지의 신규 구독자 수를 많이 늘려 주었기 때문이었다. 다만 문제는, 몇천 루블을 선금으로 선뜻 지불할 만큼 출판사가 여유가 있느냐 하는 것이었다. 그 돈을 받지 못하면 새로운 가정을 꾸리는 것은 생각할 수가 없었다.

『러시아 통보』와의 일이 여의치 않을 경우 표도르 미하일로비치는 『죄와 벌』을 마무리하는 대로 곧 새 소설의 집필에 착수할 생각이었다. 새 소설을 상당 분량 써서 다른 잡지에 제안해 보겠다는 것이었다. 모스크바에서 일이 잘 안 될 경우, 우리의 결혼은 장기간 미루어야 했다. 1년이 걸릴 수도 있었다. 이런 생각을 할 때면 끝 모를 우울이 밀려왔다.

표도르 미하일로비치는 내게 그 어떤 것도 숨기려 하지 않았고, 걱정거리가 있으면 항상 나에게 말했다. 우리 두 사람에게 닥쳐올 앞날의 궁핍에 찌든 생활이 내게 뜻밖의 힘겨움이 되지 않도록 하기 위해서였다. 나는 표도르 미하일로비치의 솔직함이 무척 고마웠고, 그의 가장 큰 골칫거리인 빚을 줄일 수 있는 다양한 방법들을 궁리했다. 얼마 안 있어 나는 현재 그의 처지에서는 빚을 갚는다는 것이 거의 불가능함을 깨달았다. 비록 풍족한 가정에서 부족한 것 없이 살아서 현실 생활의 어려움에 관해 아는 게 별로 없던 나였지만, 그래도 결혼까지의 석 달 동안 한 가지 상황은 알아차릴 수 있었는데, 그것 때문에 나는 정말 곤혹스러웠다.

표도르 미하일로비치에게 돈이 생기면 항상 그의 가족, 형제, 형수, 의붓아들 및 조카들에게 뜻하지 않게, 하지만 절박하게 돈 쓸 일이 생겼다. 『죄와 벌』의 원고료로 모스크바에서 300 내지 400루블이 오면 다음 날 표도르 미하일로비치에게 남는 돈은 고작 3, 40루블뿐이었다. 어음 빚은 한 푼도 갚지 못하고 이자만 냈음에도 그랬다. 그러고 나면 표도르 미하일로비치는 또다시 이자를 낼 돈, 생활비로 쓸 돈, 그 많은 가족들의 요구를 충족시켜 줄 돈을 어디서 구할까 걱정하기 시작했다.

이러한 상황 때문에 나는 정말 걱정스러웠다. 나는 결혼하고 나면 경제권을 내 수중에 쥐고 가족들 각자에게 1년에 일정액을 주는 식으로 분배를 조정하리라 생각하면서 나 자신을 위로했다. 에밀리야 페도로브나에게는 장성한 아들들이 있으니 그들이 그녀를 부양할 수 있었다. 남동생 니콜라이 미하일로비치는 재능 있는 건축가였다. 그러니 마음만 먹으면 일을 할 수가 있을 것이었다. 의붓아들은 그 나이면(21살) 병들고 빚에 쪼들리는 아버지에게만 기댈 것이 아니라 무엇이든 진지하게 할 일을 찾아야 할 것이었다.

나는 무위도식하는 이 모든 사람들을 생각하자 화가 치밀었다. 표도르 미하일로비치가 항상 돈 걱정을 하느라 정서가 불안해지고 결국 건강도 나빠졌기 때문이었다. 끊임없이 안 좋은 일이 생기다 보니 표도르 미하일로비치의 신경은 엉망이 되었고 간질 발작도 더 자주 일어났다. 내가 표도르 미하일로비치의 삶 속에 뛰어들기 전까지 계속 그러했는데, 나의 등장으로 모든 것이 잠시 바뀌었던 것이다. 하지만 나는 앞으로 우리가 함께 사는 동안 그의 건강이 완전히 회복되고 활기차고 즐거운 기분이 유지되길 꿈꾸었다.

항상 빚에 쪼들렸기 때문에 표도르 미하일로비치는 기고하고 싶다는 제안을 자신이 잡지사에 먼저 해야 했으며, 당연히도 투르게네프나 곤차로프 같은 작가들보다 훨씬 적은 돈을 원고료로 받았다. 『죄와 벌』의 원고료로 표도르 미하일로비치가 받은 돈은 장당 50루블이었던 반면, 같은 『러시아 통보』에 소설을 기고한 투르게네프는 장당 500루블을 받았다.

무엇보다 정말 화가 났던 것은 끝없는 빚 덕분에 표도르 미하일로비치가 항상 시간에 쫓겨 집필을 해야만 했다는 사실이었다. 그는 자기 작품을 손질할 수 있는 시간도, 기회도 갖지 못했다. 이것이 그에게는 큰 고통이었다.

평론가들은 자주 표도르 미하일로비치의 소설이 형식을 제대로 갖추지 못했고, 사건들이 잡동사니처럼 널려져 있으며, 많은 부분이 미완성의 상태로 방치되어 있다고 혹평했다. 냉정한 평론가들은 분명히 표도르 미하일로비치가 어떤 여건에서 글을 써야 했는지를 알지 못했을 것이다. 소설의 처음 세 장은 이미 출판되었고, 넷째 장은 조판중이고, 다섯째 장은 막 우편으로 보냈고, 여섯째 장은 집필중이며, 나머지 부분은 아직 구상도 못한 상태인, 그런 식으로 집필이 이루어지고 있다는 것을 말이다. 후에 나는 표도르 미하일로비치가 "그토록 소중히 여겼던 사상을 망쳐버렸건만" 잘못된 부분을 고칠 기회가 없다는 것을 문득 자각하고는 정말로 낙담하는 모습을 한두 번 본 게 아니다.

약혼자의 어려운 재정 상태에 상심한 나는, 머지않아 그러니까 1년 뒤 내가 성년이 되는 날에는 돌아가신 아버지가 남긴 집을 상속받게 되므로, 그를 근본적으로 도와줄 수 있으리라 생각하며 스스로를 위로했다.

우리 부모님은 40년대 말부터 야로슬라프스크 거리와 코스트롬스크 거리에 걸쳐 있는 두 곳에 넓은 토지(약 2제샤치나)를 소유하고 계셨다. 그중 한곳에 우리가 살았던 2층짜리 석조 가옥과 그에 딸린 세 채의 목조 가옥이 있었다. 다른 한곳에는 두 채의 목조 가옥이 나란히 지어져 있었는데, 한 채는 언니에게 지참금 조로 내어 주었고, 다른 한 채가 내게 주어질 것이었다. 그 집을 팔면 만 루블 이상은 받을 수 있을 것이어서, 나는 그 돈으로 표도르 미하일로비치의 빚 일부를 변제하고 싶었다. 그러나 정말 유감스럽게도 성년이 될 때까지는 아무것도 할 수가 없었다. 어머니는 표도르 미하일로비치에게 나의 후견인이 되라고 설득했지만 그는 단호하게 거부했다.

"그 집은 아냐의 것입니다." 그가 말했다. "그녀가 스물 한 살이 되는 가을에 그 집을 받을 수 있도록 해주세요. 그녀의 금전 관계에 개입하고 싶지 않습니다."

약혼자로서 표도르 미하일로비치는 나의 금전적 도움을 언제나 거절했다. 나는 그에게, 우리가 서로 사랑한다면 모든 것을 공유해야 한다고 말했다.

"우리가 결혼하면 물론 그렇게 되겠지." 그가 대답했다. "하지만 아직은 단 1루블도 당신에게서 가져가고 싶지 않아."

내 생각에, 표도르 미하일로비치는 자기 가족들의 요구가 가끔은 지어낸 것임을 잘 알고 있었지만 그들을 뿌리칠 힘이 없었으므로 내 돈으로 그들의 요구를 들어주고 싶지 않았던 것 같다. 심지어 친척들이 지참금으로 내게 준 2천 루블조차도 그는 건드리고 싶어 하지 않았고, 그 돈으로 나중에 우리 가정을 위해 사고 싶은 것을 사라고 나를 설득했다. 내가 막 사들인 은수저를 표도르 미하일로비치가 수저함에 넣으며 바라보던 일, 그리고 언제나 내 안목을 칭찬하던 일을 기억하면 지금도 눈시울이 뜨거워진다. 그는 자신의 칭찬을 받을 때면 내가 빛난다는 것을 알았고 나의 기쁨을 즐거운 마음으로 바라보았던 것이다.

그는 특히 내가 새 옷 입은 것을 보는 걸 좋아했다. 재봉사의 집에서 옷을 가져오면 그 옷을 입고 자기 앞에 서 보게 했다. 어떤 옷들은(예를 들어 버찌 빛깔의 옷들) 너무 마음에 들어 하면서 저녁 내내 그 옷을 입고 있으라고 부탁하기도 했다.

표도르 미하일로비치는 모자도 써 보게 하고는 내게는 모자가 너무 잘 어울린다고 했다. 그는 언제나 내게 좋은 말, 즐거운 말을 해서 나를 기쁘게 해주려 애썼다. 자애로운 그의 가슴은 정말 얼마나 선량하고, 또 얼마나 상냥했던지!

16.

성탄절까지 시간은 빠르게 흘러갔다. 최근 몇 년 동안 표도르 미하일로비치는 축일이면 거의 언제나 사랑하는 누이인 이바노바네 가족과 함께 지냈는데, 이번에도 모스크바에 있는 그녀의 집에 갈 예정이었다. 여행의 주된 목적은 물론 새 소설을 카트코프에게 보여 주고 우리의 결혼에 필요한 돈을 구하려는 것이었다.

떠나기 전 며칠간 표도르 미하일로비치의 표정은 몹시 어두웠다. 그는 나와 헤어져 있는 것이 힘들었던 것이다. 나 또한 매우 우울했는데, 왠지 그를 다시는 못 보게 될 것 같은 생각이 들었기 때문이다. 하지만 나는 그의 마음이 더 상하지 않도록 슬픔을 감추고 기운을 내었다. 배웅하러 역에 갔을 때 그는 특히 우울해했다. 그는 매우 다정하게 나를 바라보며 내 손을 굳게 잡고 같은 말을 되풀이했다.

"모스크바 일은 잘될 것 같아. 그렇지만 우린 언제 다시 만나게 될까, 내 사랑하는 아네치카, 언제 만나게 될까!"

파벨 알렉산드로비치가 표도르 미하일로비치의 조카들을 데리고 역에 불쑥 나타나는 바람에 그의 표정이 한층 더 어두워졌다. 우리 모두는 표도르 미하일로비치가 자리잡는 것을 보려고 객차 안으로 들어갔다. 그때 파벨 알렉산드로비치가 자신이 '아버지'를 염려하고 있다는 것을 나타내려고 갑자기 큰소리로 말했다.

"아버지, 침대 윗칸에는 누울 생각 마세요! 간질 발작이 나서 바닥으로 떨어지면 뼈도 못 추리니까요!"

이 말이 표도르 미하일로비치와 우리에게, 그리고 우리 주위에 있던 모든 사람들에게 어떤 느낌을 불러일으켰을지 상상할 수 있을 것이다. 조금 후 승객들 가운데 한 예민한 여성이 객차를 지나가는 역무원에게 '여기는 사람들이 담배를 피울 것 같다'며(그 객차는 금연자 전용이었다) 자신의 짐을 여성 칸으로 옮겨달라고 부탁했다.

자신의 끔찍한 병을 사람들 앞에서 말하기를 꺼려하는 표도르 미하일로비치는 이 사태 앞에서 극히 상심했다. 사실 배웅을 나왔던 우리도 너무 난감하여 무슨 말을 해야 할지 몰랐고, 두 번째 종이 울려 모두들 객차 밖으로 나와야 했던 것에 안도했을 정도였다. 파벨 알렉산드로비치의 발언에 격분한 나는 참을 수가 없어 이렇게 말했다. "당신은 무엇 때문에 가엾은 표도르 미하일로비치를 화나게 한 거죠?"

"꼭 필요해서 그랬을 뿐이에요. 아버지가 화가 났건 말건, 나는 아버지의 건강이 걱정된다구요. 그러니까 아버지가 고마워해야 할 일이죠!" 파벨 알렉산드로비치는 이렇게 대답했다.

파벨 알렉산드로비치가 '염려'한다는 건 언제나 이런 식이어서, 아버지의 화를 돋우지 않을 수 없었다.

표도르 미하일로비치가 모스크바에서 내게 정감 어린 편지를 두 번 보내왔을 때 나는 너무 기뻤다. 나는 그 편지들을 열 번이고 스무 번이고 읽으면서 그가 돌아오기를 학수고대했다.

표도르 미하일로비치는 모스크바에 20일간 머물렀고, 『러시아 통보』편집부와 성공적으로 협상을 끝냈다. 카트코프는 표도르 미하일로비치로부터 결혼 얘기를 듣고는 뜨겁게 축하해 주고 행운을 빌어 주었다. 선금 형식으로 부탁한 2천 루블은 다가오는 1월에 두세 번에 걸쳐 나누어 주기로 약속했다. 이렇게 해서 우리에겐 사순절[33] 전에 결혼식을 올릴 수 있는 가능성이 생겼다.

모스크바에서 1차로 보내온 700루블은 한순간에 친척들과 채권자들에게로 다 날아가 버렸다. 표도르 미하일로비치는 돈이 '눈 녹듯 사라진다'며 저녁마다 비참해했다. 나는 걱정이 되기 시작했다. 그래서 두 번째 700루블이 왔을 때는 얼마라도 결혼 비용으로 떼어 놓자고 그에게 말했다.

표도르 미하일로비치는 연필을 들고 교회에 나갈 지출과 결혼식 후의 피로연 비용 등을 계산했다(그는 내 어머니가 자신의 결혼 비용을 부담하는 것을 한사코 거절했다). 비용은 대략 400~500루블 정도로 계산되었다. 하지만 그 많은 친척들이 날마다 새로운 요구를 들이대고 있는 상황에서 어떻게 그 돈을 보존한단 말인가?

"이봐, 아냐, 나한테 맡겨 둬." 친척들이 돈을 요구할 때 편리한 거절 구실이 생긴 것을 기뻐하면서 표도르 미하일로비치는 그렇게 말했다. 그리고 바로 다음 날 그는 내게 500루블을 가지고 왔다. 돈을 건네주며 그는 우스울 정도로 의기양양하게 말했다. "자, 아냐, 이 돈을 꼭 쥐고 있어. 우리 운명이 달려 있는 돈이니까!"

우리는 어떻게든 결혼을 서둘렀지만 2월 중순 전에는 식을 올릴 수가 없었다. 방이 네 개였던 이전 집은 우리에겐 작았기 때문에 새 집을 구해야 했다. 표도르 미하일로비치는 그 집을 에밀리야 페도로브나와 그녀의 가족에게 넘겨주었다. 월 50루블의 집세는 자신이 계속 내기로 약속하고서. 그 집이 좋았던 것은 집주인이었던 부유한 상인 알론킨이 표도르 미하일로비치를 '대단히 부지런한 사람'이라고 평하며[34] 무척 존경해서 집세를 들먹이며 괴롭히는 일이 한 번도 없었다는 점이었다. 돈이 생기면 표도르 미하일로비치가 알아서 집세를 갖고 온다는 것을 그는 알고 있었다. 표도르 미하일로비치도 이 존경할 만한 노인과 담소를 나누는 것을 좋아했다.

표도르 미하일로비치는 보즈네센스키 대로의 보즈네세니예(예수승천) 교회와 바로 마주 보고 있는 톨랴 주택(지금의 27호)에 새 집을 구했다. 입구는 마당 안쪽에 있었고, 방의 창문들은 보즈네센스키 거리를 향해 나 있었다. 우리 집은 2층에 있었는데, 거실과 서재, 식당, 침실, 그리고 파벨 알렉산드로비치의 방, 이렇게 5개의 큰 방이 있었다. 집을 수리하느라 좀 기다려야 했고, 그런 후에 표도르 미하일로비치의 짐들과 내 세간 등등을 옮겼다. 모든 준비가 끝나고 우리는 사육제 전 수요일인 2월 15일에 결혼식을 올리기로 정하고 친지들에게 청첩장을 보냈다.

17.

나는 결혼식 전날 낮에 표도르 미하일로비치를 보러 가서, 저녁 7시에 언니 마리야 그리고리예브나 스바트콥스카야가 올 것이라고 했다. 언니는 트렁크와 궤짝, 상자들로 옮겨 온 내 물건들을 제자리에 풀어놓고 내일 피로연에 필요한 여러 가지 주방 집기들을 꺼내는 일을 할 것이었다. 나중에 언니가 한 이야기에 따르면, 표도르 미하일로비치는 기쁘게 언니를 맞이하여 그녀가 트렁크를 열고 물건들을 푸는 일을 도와주고 극진히 대접하여 그녀를 완전히 매료시켰다고 한다. 언니는 미래의 내 남편이 놀라울 정도로 다정다감하고 마음이 넓은 사람이라는 내 의견에 동의하지 않을 수가 없었다.

한편 나는 그날 저녁을 어머니와 함께 보내기로 했다. 가엾은 어머니 때문에 내 가슴은 미어질 듯했다. 어머니는 평생을 가족들에게 둘러싸여 사셨다. 근데 이제 아버지는 돌아가셨고, 남동생은 모스크바로 떠났다. 그리고 나 역시 집을 떠나게 된다. 어머니는 우리 모두를 너무나 사랑하셨고 우리 역시 어머니를 매우 사랑했기에, 혼자 남게 되는 어머니의 서글픔을 나는 충분히 이해할 수 있었다.

우리는 저녁 내내 우리가 얼마나 사이좋게 지냈는지를 회상했다. 나는 단둘이 있는 지금, 나의 새 삶을 축복해 달라고 어머니께 부탁했다. 내 친구들의 경험으로 볼 때, 교회로 가기 전에 증인들 앞에서, 아니면 혼잡한 결혼식 와중에 신부를 축복해 줄 경우 마음에서 우러나기보다는 그냥 형식적인 것에 그 치고 마는 것 같았기 때문이었다. 어머니는 내게 축복의 말을 해주셨고 우리는 많이 울었다. 울면서 우리는 내일 헤어질 때는 울지 말자고 서로 약속했다. 울어서 충혈되고 퉁퉁 부은 얼굴로 교회에 가고 싶지는 않았다.

2월 15일, 나는 날이 밝을 무렵 일어나서 곧장 스몰니 수녀원에 아침 예배를 드리러 갔다. 예배를 마치고는 고해 사제인 사제장 필립 스페란스키를 찾아가 축복을 내려 주시길 청했다. 어릴 때부터 나를 알고 있던 필립 사제는 나를 축복하고 행복을 기원해 주셨다. 사제관에서 나온 나는 볼쇼이 오흐첸 묘지에 있는 아버지 무덤에 가서 기도를 올렸다.

하루는 빠르게 지나갔다. 결혼식은 오후 7시로 예정되어 있었다. 5시에 나는 머리 단장을 마치고 하얀 물결무늬 비단으로 만든, 치맛단을 길게 늘린 웨딩 드레스를 입고 있었다. 머리 모양도, 드레스도 내 얼굴에 잘 어울렸기 때문에 나는 무척 만족스러웠다. 6시에는 표도르 미하일로비치가 들러리로 정한 그의 조카 표도르 미하일로비치 2세가 나를 데리러 오기로 되어 있었다.

6시가 되자 친척들이 모여들었다. 준비는 다 끝났는데 들러리와 올힌의 아들 —내 앞에서 성상을 들고 가기로 되어 있던 꼬마—이 오질 않아서 나는 몹시 걱정이 되기 시작했다. 표도르 미하일로비치가 병이 난 게 아닐까 하는 생각이 들자, 낮에 그의 건강 상태를 알아보러 사람을 보내지 않은 게 후회되었다.

마침내 7시가 다 되어서야 표도르 미하일로비치 2세가 황급히 방으로 들어와서 나를 재촉했다.

"안나 그리고리예브나, 갈 채비는 다 되셨죠? 빨리 갑시다! 하나님 맙소사, 빨리 가요! 삼촌이 전전긍긍하고 계실 거예요. 여기까지 오는 데 한 시간도 넘게 걸렸어요. 돌아가는 길은 아마 좀 덜 걸릴 거예요."

"하지만 꼬마가 아직 안 왔는 걸." 내가 말했다.

"그냥 가요. 삼촌을 안심시키려면 서둘러야 한다구요."

손님들이 내게 축복의 말을 해주었고, 어머니는 나를 끌어 안으셨다. 그리고 내게 외투를 덮어씌워 주셨다. 막 떠나려는 순간에 멋진 러시아 전통의상을 입은 귀여운 꼬마 코스차가 나타났다.

우리는 집을 나섰다. 계단에는 많은 사람들이 서 있었는데, 이웃들이 모두 나를 배웅하러 왔던 것이다. 어떤 사람들은 내게 입을 맞추었고, 또 어떤 사람들은 손을 잡아 주었다. 모두들 큰 소리로 행복을 기원했고 위에서 누군가 '부자로 살라고' 홉 열매를 내게 뿌렸다. 그렇게 따뜻한 환송에 나는 무척 감동했다. 우리는 마차에 올라 급히 출발했다. 몇 분 뒤에야 언니와 나는 꼬마 코스차가 외투도 털모자도 없이 앉아 있는 것을 알게 되었다. 우리는 꼬마가 감기에 걸릴까 봐 걱정이 되었다. 내가 폭이 넓은 부인용 외투로 아이를 감싸 주었더니 녀석은 얼마 안 가 곯아떨어졌다.

이즈마일로프 대성당에 이르렀다. 들러리는 따뜻한 자신의 외투로 잠이 덜 깬 코스챠를 머리부터 발끝까지 감싼 다음 높은 계단을 뛰어 올라갔다. 나는 하인의 도움을 받아 마차에서 내린 뒤 긴 베일로 성상을 가리고 성당 안으로 들어갔다. 나를 발견한 표도르 미하일로비치가 급히 다가와 내 손을 꼭 잡고 말했다. "당신을 기다리느라 목이 빠질 지경이었어! 이제부터 당신은 절대 나를 떠나지 못해!"

나는 떠날 생각은 눈곱만큼도 해보지 않았다고 대답하려다 그를 바라보고는 하얗게 질린 그의 모습에 깜짝 놀랐다. 뭐라고 한 마디 할 틈도 주지 않고 표도르 미하일로비치는 나를 성서대(聖書臺)로 데려갔다. 예식이 시작되었다.

교회에는 환한 조명이 들어와 있었고 성가대가 멋지게 합창을 했으며, 잘 차려입은 많은 하객들이 있었다. 사실 이 모든 것은 나중에 다른 사람들 이야기를 듣고 알게 된 것이다. 식의 중간까지 나는 안개 속에 있는 듯했다. 거의 무의식적으로 성호를 그었고 성직자의 질문에 기어들어갈 듯한 목소리로 대답을 했다. 성찬을 받고 나서야 겨우 머릿속이 환해져서, 그제야 나는 뜨거운 마음으로 기도를 드리기 시작했다. 예식과 감사 기도가 끝나자 축하 인사가 시작되었다. 그 다음엔 남편이 나를 데리고 가서 무슨 책자에 서명하게 했다.

우리는 새 집으로 출발했다. '성상을 든 꼬마'는 이번에는 자기의 모피 코트를 입고 있었다. 코스챠는 도중에 잠을 자지 않았는데, 나중에 이 짓궂은 녀석이 집에 모인 많은 사람들 앞에서 이렇게 우리를 놀렸다. "아저씨랑 아줌마랑 오면서 내내 뽀뽀했대요."

우리가 도착했을 때 손님들은 이미 다 모여 있었다. 결혼식 때 아버지를 대신했던 분과 어머니가 우리를 성대하게 축복해 주셨다. 모두들 샴페인 잔을 들고 축하 인사를 하기 시작했다. 결혼식에 참석했던 나를 모르는 사람들은 모두, 방금 교회에서 보았던 그 창백하고 엄숙하던 아가씨는 간데 없고 행복에 겨워 빛나는, 홍조 띤 얼굴의 쾌활한 '젊은 아가씨'가 나타난 것에 무척 놀랐다. 표도르 미하일로비치도 역시 빛이 났다. 그는 내게 자기 친구들을 데리고 와서 소개를 시키면서 이렇게 말했다.

"보게, 얼마나 매력적인가! 내게는 기적 같은 사람이야! 마음씨가 비단결 같아!" 그러고도 어찌나 칭찬을 늘어놓던지, 나는 너무 곤혹스러웠다. 그 다음에는 부인들과 인사를 나누었다. 나는 한 사람 한 사람에게 상냥한 말을 건넸고, 그들이 모두 기분 좋아하는 듯해서 마음이 흡족했다.

이번에는 내가 남편을 내 친구와 친척들에게 데리고 갔다. 다들 그에게 매료되는 것을 보니 너무나 행복했다. 표도르 미하일로비치가 손님들을 넉넉히 접대하고 싶어 해서 집에는 샴페인과 과일, 과자들이 넘쳐 났다. 손님들은 자정이 되어서야 돌아갔다. 우리는 오늘 하루 동안 일어났던 멋진 일들을 하나 하나 떠올리면서 오래오래 단둘이 앉아 있었다.

3장
|
우리의 신혼생활

1. 결혼 기사

결혼을 하고 나서 2주쯤 지났을 때 아는 사람 하나가 『조국의
아들』(34호, 1867년 2월)에 「소설가의 결혼」이라는 제목으로 표
도르 미하일로비치에 관한 기사가 실렸다고 알려줬다. 우리는
그 신문을 구해서 다음과 같은 글을 읽을 수 있었다.

『노르드』 신문의 페테르부르크 특파원 보도
 지금 우리 문단에서는 매우 이상하게 치른 결혼 하나가 화제가
 되고 있다. 우리나라에서 가장 유명한 소설가 중 하나인 이 작가
 는 다소 정신이 없는 데다 출판사들과 체결한 원고 계약에 대해
 서도 철두철미하지 않은 사람이어서, 자신이 12월 1일까지 최소

한 200쪽 분량의 소설을 반드시 써야 하며 그렇지 못할 경우 막대한 위약금을 지불해야 한다는 사실을 11월 말이 되어서야 기억해 냈다. 이런 상황 속에서 그는 어떻게 했을까? 주제는 정했고, 주요 장면도 구상해 놓았지만, 이 모든 것에도 불구하고 그는 단 한 줄도 쓰지 못한 상태에서 운명의 시간까지 단 일주일을 남겨 놓고 있었다. 그래서 우리의 작가는 한 친구의 충고에 따라 작업을 좀 더 수월하게 하기 위해 속기사를 고용해 소설을 구술하기 시작했다. 서재를 왔다갔다하면서, 그리고 마치 머리카락에서 새로운 생각을 쥐어짜 낼 수 있다는 듯 장발의 머리카락을 끊임없이 잡아당기면서 말이다.

독자 여러분께 잊고 전달하지 않은 사실이 있다. 그것은 그 속기사가 머리부터 발끝까지 현대적 사상——비록 니힐리스트는 아니라 할지라도——의 세례를 받고 자신의 노동으로 경제적 자립을 할 능력이 있는 젊은 여성이었다는 사실이다. 새로운 생각을 떠올리려 머리를 쥐어짜고 있던 우리의 X씨(소설가의 성은 이렇게 처리하겠다)는 자신의 동료가 젊고 눈에 띄는 용모라는 것을 거의 의식하지 못하고 있었다. 처음 며칠 동안은 더할 나위 없이 훌륭하게 일이 진행되었다. 하지만 결말에 가까이 갈수록 곤란한 사정이 생기게 되었다. 소설의 주인공은 홀아비에 나이도 젊지 않은 데다 호남도 아닌데 젊고 아리따운 여성을 사랑하게 된 것이었다. 자살이나 통속적인 장면으로 처리하지 않고 어떻게든 자연스러운 결말로 소설을 끝내야 했다. 작가의 머릿속에는 좋은 생각이 떠오르지 않았고, 이 때문에 그의 장발이 수난을 당하기 시작했다. 게다가 소설을 마감해야 될 날은 딱 이틀 뒤로 닥쳐와 있었다.

그는 이미 위약금을 무는 것이 낫겠다는 결심을 굳히고 있었다. 그런데 갑자기, 그때까지 아무 말 없이 속기에만 전념하고 있던 그의 동료가 소설가에게 여주인공이 자신에게 은밀하게 다가온 사랑을 자각하여 받아들이게 하라고 충고했다.

"그렇지만 그건 너무 부자연스럽잖아! 생각해 봐, 주인공은 나처럼 늙은 홀아비고, 여주인공은 당신처럼 빛날 만큼 젊고 아름답단 말이야!" 우리의 작가가 소리쳤다. 속기사는 이 말을 반박했다. 여자는 남자의 외모가 아니라 지성과 재능 같은 것들에 사로잡힌다고. 결국 그녀의 제안이 받아들여져 기한 내에 소설은 완성되었다. 그들의 작업 마지막 날, X씨는 다소 흥분된 목소리로 감사 인사차 그녀의 집에 가도 되겠냐고 속기사에게 물었고, 그녀는 동의했다.

"그럼, 내일 갈까요?" X씨가 말했다. "아뇨, 괜찮으시면 모레 오세요." 그녀가 답했다. 소설가는 정해진 시간에 나타났고 두 잔째 커피를 마신 후 사랑을 고백하는 모험을 감행했다. 고백은 기꺼이 받아들여졌다. X씨가 물었다. "무엇 때문에 어제 오지 못하도록 한 거요? 그랬으면 하루라도 더 일찍 기쁨을 맛보았을 텐데." "어제는 친구가 집에 오기로 했거든요. 저보다 훨씬 나은 친구죠. 그녀를 보면 당신의 마음이 변할까 봐 두려웠답니다." 얼굴을 붉히며 속기사가 대답했다. 우리의 소설가는 이 순진한 고백을 듣고 희열에 잠겼다. 그 말은 그를 진심으로 사랑한다는 증거였기 때문이다. 그렇지만 이 소설의 결말이 요즘 우리가 말하는 자유 결혼[1]으로 끝났다고는 생각지 마시라. 반대로, 이 한 쌍은 최근에 지역의 한 교구 교회에서 결혼식을 올렸다.

남편과 나는 이 기사를 보고 한바탕 웃었다. 표도르 미하일로비치는 이 이야기의 통속적인 어투로 볼 때, 그의 습성을 잘 아는 밀류코프가 개입한 것이 분명하다고 말했다(구술을 하면서 표도르 미하일로비치는 정말로 방을 돌아다니길 좋아했고, 잘 안 풀리는 부분에서는 긴 머리카락을 잡아당기곤 했다).

2. 간질 발작

사순절까지는 즐겁고도 허둥지둥한 가운데 시간이 흘러갔다. 표도르 미하일로비치와 나는 내 친척들과 그의 친지들에게 '결혼 인사'를 드리러 다녔다. 친척들은 우리를 점심이나 저녁 식사에 초대했고 가는 곳마다 샴페인을 터뜨리며 '젊은 부부'를 축하해 주었다. 그 당시에는 그렇게 하는 것이 관행이었다. 그 열흘 동안 나는 평생 마신 것보다 더 많은 샴페인을 마셨던 것 같다. 그런데 그런 축하 인사가 가슴 아픈 결과를 가져왔고, 나의 결혼생활에서 처음으로 큰 슬픔을 안겨 주었다. 바로, 표도르 미하일로비치가 하루에 두 번이나 간질 발작을 일으켰던 것이다. 더구나 이전의 발작은 대부분 밤에 잠을 잘 때 일어났었는데, 이번 발작은 그의 정신이 온전히 깨어 있던 낮에 일어났다.

사육제의 마지막 날 우리는 친척집에서 점심을 먹고 언니네와 함께 저녁을 보내러 갔다. 즐겁게 저녁 식사를 마친 후(얼마 전처럼 또 샴페인을 곁들였고) 손님들이 돌아가고 언니네 부부와 우리만 남아 있었다. 표도르 미하일로비치는 극도로 생기가 넘쳐서 무언가 재미있는 이야기를 언니에게 들려주고 있었다. 그러다 갑자기 더듬거리며 말을 멈추더니 창백해진 얼굴로 소파에서 일어나 내 쪽으로 몸을 돌리기 시작했다. 나는 너무 놀라 그의 변해 버린 얼굴을 바라보고 있었다. 순간 사람의 소리라 할 수 없는 끔찍한 비명이, 아니 울부짖음이 터져 나왔고, 표도르 미하일로비치의 몸이 앞으로 고꾸라졌다. 그와 동시에, 남편 옆에 앉아 있던 언니의 비명소리가 울려 퍼졌다. 언니는 의자에서 벌떡 일어나 신경질적으로 흐느끼며 방을 뛰쳐나갔고, 형부가 그 뒤를 쫓아갔다.

후에 나는 간질 환자들이 일반적으로 발작이 시작되면 내지르는 이 '사람의 소리라 할 수 없는' 울부짖음을 수십 번이나 들어야 했다. 그리고 그 소리만 들으면 언제나 몸서리치도록 무서웠다. 하지만 놀랍게도 바로 그때, 그 순간에는 난생 처음으로 간질 발작을 보았음에도 하나도 무섭지 않았다. 나는 표도르 미하일로비치의 어깨를 끌어안고 있는 힘을 다해 그를 소파에 앉혔다. 감각을 잃은 남편의 몸이 소파에서 미끄러지는 것을 보았을 때 얼마나 끔찍했던지. 그러나 내게는 그를 받쳐 줄 힘이 없었다. 나는 불이 켜진 램프가 놓인 작은 탁자를 옆으로 치워, 표도르 미하일로비치가 마루로 내려오게끔 했다. 그리고 나 또한 내려앉아 경련이 계속되는 동안 그의 머리를 내 무릎에 받치고 있었다. 나를 도와줄 사람은 아무도 없었다. 언니는 히스테리를 일으켰고 형부와 하녀는 그녀 옆에서 분주히 움직이고 있었다.

경련은 차츰 잦아들었고, 표도르 미하일로비치는 정신을 차렸다. 하지만 처음에 그는 자신이 어디에 있는지 알지 못했고, 제대로 말도 하지 못했다. 그는 내내 무언가 말하고 싶어 했지만, 말이 아닌 소리를 낼 뿐이어서 무슨 말을 하는지 알 수가 없었다. 30분쯤 지난 다음에야 우리는 표도르 미하일로비치를 일으켜 겨우 소파에 눕힐 수 있었고, 우리는 집으로 가기 전에 그가 안정을 취하도록 해야겠다고 생각했다.

그러나 정말 고통스럽게도 첫 번째 발작이 있은 지 한 시간 뒤에 또다시 발작이 일어났다. 이번에는 표도르 미하일로비치가 정신을 차리고도 두 시간 이상 아파서 고함을 지를 정도로 심했다. 그건 정말 소름 끼치도록 지독한 그 무엇이었다! 그 후에도 이중 발작이 있긴 했지만 비교적 드문 편이었다. 의사는 '젊은 부부'를 위해 마련해 준 점심과 저녁 식사에서 표도르 미하일로비치가 마신 샴페인이 극도의 흥분을 일으켰기 때문에 이번 발작이 일어난 거라고 설명했다. 포도주는 표도르 미하일로비치에게 매우 나쁜 영향을 미쳤기 때문에 그는 결코 포도주를 마시는 법이 없었다.

우리는 언니 집에서 자고 가야만 했다. 표도르 미하일로비치의 기력이 극도로 쇠약해진 데다 또 발작이 일어날까 두려웠기 때문이었다. 그날 밤은 정말 너무나 끔찍했다! 나는 표도르 미하일로비치가 얼마나 무서운 병마에 시달리는지 처음으로 알게 되었다. 몇 시간이고 그치지 않는 비명과 신음 소리를 들으며, 고통으로 일그러져 완전히 딴판이 된 그의 얼굴과 미친 듯 멎어 버린 눈동자를 보면서, 횡설수설 이해할 수 없는 그의 말을 들으면서, 내 사랑하는 소중한 남편이 미쳐 가고 있다고 믿을 뻔했다. 그런 생각이 들자 이루 말할 수 없이 섬뜩한 기분이 나를 휘감았다!

하지만 고맙게도 표도르 미하일로비치는 몇 시간을 푹 자고 나서는 집으로 갈 수 있을 만큼 회복되었다. 그러나 발작 후면 어김없이 찾아오는 그 의기소침하고 짓눌린 듯한 기분은 일주일 이상 지속되었다. "마치 세상에서 내가 가장 소중하게 생각해 온 어떤 존재를 잃은 것 같고, 누군가를 내가 땅에 묻어 버린 것 같소." 표도르 미하일로비치는 발작 후의 자신의 상태를 언제나 그렇게 정의했다. 그날의 이중 발작은 내게는 영원히 괴로운 기억으로 남아 있다.

이 참담한 일주일 동안 또 다른 불쾌하고 이해할 수 없는 일들이 시작되었다. 이 일들 때문에 결혼생활의 첫 몇 주일이 망가졌고 나는 우리의 '신혼'을 떠올릴 때면 서글프고 억울한 기분이 든다. 좀 더 이해가 잘 되도록, 내 새로운 생활이 어땠는지 자세히 말해 보겠다. 표도르 미하일로비치는 밤에 일을 하는 습관이 있었기 때문에 일찍 잠들지 못했고, 밤에는 책을 읽곤 했다. 당연히 그는 일어나는 시간도 늦었다. 반면 나는 9시면 아침에 할 일을 다 끝내고 요리사를 데리고 센나야로 장을 보러 갔다. 솔직히 말해서 결혼할 무렵 나는 정말 엉터리 주부였다. 고등학교와 사범학교에서 7년을 보냈고, 그 다음에는 속기 과정을 다녔으니 언제 살림을 익혔겠는가? 하지만 표도르 미하일로비치의 아내가 되고 그의 재정 상태도 알게 되자 나는 자신에게도, 그에게도 살림을 배우겠다고 약속했고, 그가 그토록 좋아하는 피로그를 내가 직접 구워 줄 것이라고 웃으면서 장담했다. 나는 심지어 요리를 배우기 위해 '고임금의'—당시 돈으로 월 12루블이었다—요리사를 고용하자고 그를 설득했다.

센나야에서 11시경에 돌아오면 집에는 거의 언제나 표도르 미하일로비치의 조카딸인 카챠 도스토옙스카야가 와 있었다. 빼어나게 예쁜 이 여자아이는 열다섯 살이었고, 멋진 검은 눈에 등 뒤로 엷은 금발머리를 두 갈래로 길게 땋아 내리고 있었다. 그녀의 어머니인 에밀리야 페도로브나는 카챠가 나를 좋아한다고 여러 번 말하면서, 내가 그 아이에게 영향을 주었으면 좋겠다고 했다. 나에겐 너무 과분한 이 찬사에 대해 집에 자주 놀러오라는 말 외엔 달리 해줄 말이 없었다. 카챠는 매인 일이 없었고 집에 있으면 심심했기 때문에 아침 산책을 나오는 길로 우리 집에 오곤 했다. 우리 집이 5분 거리에 있다는 것도 그 아이로선 편했을 것이다.

12시에는 파벨 알렉산드로비치를 보러 표도르 미하일로비치의 조카 미샤 도스토옙스키가 왔다. 당시 열일곱 살이었던 그는 바이올린을 배우고 있었는데, 음악원에서 집으로 돌아가는 길에 우리 집에 들렀다. 물론 나는 그의 점심거리를 남겨 놓았다. 뛰어난 피아니스트인 표도르 미하일로비치 2세도 우리 집에 자주 들렀다.

2시부터는 표도르 미하일로비치의 친구와 지인들이 오기 시작했다. 그들은 남편에게 당장 급한 일이 없으므로 자주 찾아와도 된다고 생각했던 것이다. 점심 때가 되면 에밀리야 페도로브나가 자주 나타났고, 남동생 니콜라이 미하일로비치, 여동생 알렉산드라 미하일로브나 골레노프스카야와 그녀의 착한 남편 니콜라이 이바노비치도 다녀가곤 했다. 그들은 점심을 먹고 나면 보통 10시, 11시까지 저녁이 다 가도록 돌아가지 않았다. 매일매일 똑같은 날들이었다. 우리 집에는 친척들과 손님들이 끊일 날이 없었다.

나 역시 가부장적이고 손님치레가 많은 가정에서 자랐지만, 우리 집에 손님들이 오는 것은 일요일이나 휴일 등이었다. 그래서 이 '끊임없이' 밀어닥치는 손님들을 아침부터 저녁까지 '접대'하고 '상대'해야 하는 일은 내게 너무나 힘겨웠다. 더욱이 어린 조카들과 의붓아들은 연배로나, 당시의 내 성향으로나 나하고는 전혀 맞지 않았다. 반대로, 표도르 미하일로비치의 친구나 동료 문인들인 마이코프, 아베르킨, 스트라호프,[2] 밀류코프, 돌고모스치예프 등등은 나에겐 훨씬 더 흥미로운 상대들이었다. 문학계는 그때까지 내가 모르던 세계였기 때문에 더 끌렸다. 나는 그들과 대화하고 논쟁하고, 더 중요하게는 그들의 말을 듣고 또 듣고 싶었다. 하지만 유감스럽게도 그런 만족감을 얻는 일은 드물었다. 우리의 어린 친구들이 지루해하는 얼굴을 보이면 표도르 미하일로비치가 내게 귓속말로 이렇게 말했기 때문이다. "아네치카, 아이들이 심심해하는 것 같은데, 데리고 나가서 뭐라도 좀 해줘 봐." 그러면 나는 그들을 데리고 나갈 핑곗거리를 생각해 냈고, 하는 수 없이 그들을 '상대'해 주기 시작했다.

나를 또 화나게 했던 것은 언제나 손님들이 와 있어서 좋아하는 일들을 할 시간이 없었다는 점이다. 나로서는 중요한 것을 박탈당한 셈이었다. 한 달 동안 단 한 권의 책도 읽지 못했고, 완성도를 높이고 싶었던 속기 연습도 규칙적으로 하지 못했던 일이 생각나면 지금도 화가 치민다.

그러나 무엇보다 화나는 일은 그 끊임없는 손님들 때문에 내 소중한 남편과 단둘이 있을 수 있는 시간이 전혀 없었던 것이다. 하루 중 잠깐이라도 짬을 내어 그의 서재에 가 앉았노라면 금방 누군가가 들어오거나 집안일이 생겨 자리를 떠야 했다. 우리가 그토록 아끼던 저녁의 대화도 잊어야만 했다. 수많은 사람들의 방문과 대화로 뒤죽박죽 지나가는 하루를 보내고 저녁이 되면, 표도르 미하일로비치와 나는 파김치가 되었다. 나는 자고 싶은 생각뿐이었고, 표도르 미하일로비치는 관심 분야의 책을 읽으러 갔다. 책을 읽는 것이 그에겐 휴식이었다.

3. 가정의 적들

어쩌면 시간이 지나면서 우리 집의 그런 생활 방식을 내가 받아들이고 어떻게든 좋아하는 일을 할 시간과 여유를 조금이라도 마련할 수 있었을지도 모른다. 표도르 미하일로비치의 친척들이 불쾌한 일들을 계속 만들지 않았더라면 말이다.

그의 형수인 에밀리야 페도로브나 도스토옙스카야는 착하긴 했지만 생각이 얕은 여자였다. 그녀는 남편이 죽은 뒤 표도르 미하일로비치가 그녀와 그녀의 가족에 대한 걱정을 스스로 떠맡는 것을 보고서 그것이 그의 의무라고 생각했다. 그래서 표도르 미하일로비치가 결혼하고 싶어 한다는 것을 알고는 기겁했고, 이 때문에 약혼 기간 동안 나에게 적대감을 보인 것이었다. 하지만 우리의 결혼이 성사되자 에밀리야 페도로브나는 그것을 기정사실로 받아들였다. 그리고 한결 친절하게 나를 대하기 시작했다. 특히 내가 그녀의 아이들에게 세심한 주의를 기울이는 것을 보고서 더욱 그랬다. 그녀는 우리 집에 거의 매일 왔고, 훌륭한 주부라고 자부하고 있던 그녀는 내게 항상 살림살이에 관해 충고했다. 나를 도와주려는 선의에서 그랬을 수도 있다. 하지만 그녀는 언제나 표도르 미하일로비치가 있는 자리에서 나를 가르치려 했다. 그가 보는 앞에서 내 살림 솜씨가 엉망이며 내가 게으르다는 것을 집요하게 내보였기 때문에 기분이 좋을 수 없었다. 더 불쾌한 것은 그녀가 모든 일에서 번번이 표도르 미하일로비치의 첫째 부인의 예를 들먹였다는 점이다. 그녀의 입장에서 봐도 정말 눈치 없는 행동이었다.

하지만 에밀리야 페도로브나의 계속되는 잔소리와 약간 나를 감싸주는 듯한 말투는 그저 불쾌할 뿐이었던 반면, 나를 대하는 파벨 알렉산드로비치의 불손하고도 거친 태도는 정말이지 참기 어려웠다. 물론 결혼할 때 나는 표도르 미하일로비치의 의붓아들이 우리와 함께 살 것임을 알고 있었다. 그에게 분가를 할 만한 돈이 없었을 뿐더러, 그의 성격이 온전히 완성될 때까지 영향력을 행사하고 싶어 한 표도르 미하일로비치의 바람 때문이었다.

나이가 어렸던 까닭에 나는 생판 낯선 사람이 나의 새 가정에 상주한다는 것도 그리 기분 나쁘게 여기지는 않았다. 게다가 표도르 미하일로비치가 의붓아들을 사랑하고 그와 정이 들었는데, 헤어진다면 마음 아플 것이라고 생각했다. 그래서 그를 분가시키라고 주장하지 않았다. 오히려 나와 동갑내기[3]가 있으면 집안에 생기가 돌 것이고, 그가 내게 표도르 미하일로비치의 습성(나는 아직 그에 대해 모르는 게 많은 상태였으므로)을 귀띔해 줄 수도 있으니까, 그렇게 해서 남편의 익숙한 생활 리듬을 깨뜨리지 않을 수 있을 것으로 여겼다.

파벨 알렉산드로비치 이사예프를 멍청하고 못된 사람으로 만들려는 말이 아니다. 그의 비극은 자신의 처지를 이해할 능력이 전혀 없다는 데 있었다. 어렸을 적부터 표도르 미하일로비치의 친지들이 친절하고 따뜻하게 대해 주었기 때문에 그는 이것을 당연시하면서, 자신을 잘 대해 주는 것이 그 자신을 위한 것이라기보다는 표도르 미하일로비치를 위하는 마음에서라는 것을 결코 이해하지 못했다. 그런데 그는 주변 사람들에게 받는 사랑을 귀하게 여기고 그에 보답하는 대신, 그 모든 사람들에게 너무나도 생각 없이 행동하고 너무나도 버릇없고 거만하게 굴어서 그들을 실망시키고 화나게 만들었다. 파벨 알렉산드로비치의 그 많은 짓거리를 특히 감내했던 (물론 표도르 미하일로비치를 위해서) 사람은 정말 존경스러운 아폴론 니콜라예비치 마이코프였다. 그는 파벨의 생각과 행동을 좋은 방향으로 이끌기 위해 노력했지만 헛수고였다.[4]

그는 의붓아버지에게도 똑같이 버릇없고 거만하게 굴었다. 항상 그를 '아버지'라 부르고 자신을 도스토옙스키의 '아들'이라고 하고 다녔음에도 말이다. 사실 그는 표도르 미하일로비치의 아들일 수가 없었다. 왜냐하면 그는 1845년에 아스트라

한에서 태어났는데, 표도르 미하일로비치는 1849년까지는 페테르부르크 밖으로 나간 적이 없었기 때문이다.[5]

12살 때부터 표도르 미하일로비치의 집에 살면서 그가 자신을 살갑게 대하는 것을 본 파벨 알렉산드로비치는 '아버지'가 자신만을 위해 살고 또 일하고 돈을 벌어야 한다고 굳게 믿고 있었다. 반면 그 자신은 표도르 미하일로비치를 일체 도와주지 않았을 뿐만 아니라, 지각없고 경솔하기 짝이 없는 행동으로 그를 화나게 하고, 가까운 이들이 말한 것처럼 심지어는 발작 상태에까지 이르게 했다. 파벨 알렉산드로비치는 표도르 미하일로비치를 '늙어빠진 노인네'로 여기고, 행복을 추구하는 그의 마음을 '터무니없는' 것으로 생각했다. 실제로 그는 친척들에게 공공연히 그렇게 말하고 다녔다. 그리고 나에 대해서는 왕위 찬탈자를 바라보듯 했다. 표도르 미하일로비치가 글을 쓰느라 집안일에 전혀 관여하지 않았던 덕에 여태까지 자기가 완전히 주인이었던 그들 가족의 삶에 폭력적으로 끼여든 여자라는 것이었다. 그런 시각을 가졌으니, 나에 대한 그의 적의는 이해할 만했다. 우리의 결혼을 방해할 수가 없었던 파벨 알렉산드로비치는 내가 그 결혼을 견딜 수 없도록 만들겠다고 작심했다. 그는 내게 항상 불손한 행동을 하고, 시비를 걸고, 중상을 해서 표도르 미하일로비치와 내가 말다툼을 벌이기를, 그래서 결국 우리가 헤어지기를 기대했다.

파벨 알렉산드로비치가 일으킨 말썽들은 그 하나하나로는

사소한 것이었으나 도대체가 끝이 없었다. 게다가 나를 언짢게 하고 능멸하려는 의도를 갖고 한 행동들이라는 걸 알고 있었기 때문에 당연히 나도 주의를 기울이지 않을 수가 없었고, 화가 나지 않을 수가 없었다. 예를 들어, 그는 매일 아침 하녀를 어디론가 심부름 보냈다. 담배를 사 오라든지, 친구에게 편지를 전해 주고 답신을 받아 오라든지, 재봉사에게 옷을 맡기고 오라든지 하면서 어찌된 셈인지 우리 집에서 아주 멀리 떨어진 곳에 다녀오게 하는 것이었다. 불쌍한 페도시야,[6] 발이 빠른 그녀였지만 표도르 미하일로비치의 기상 시간까지 돌아오지 못하여 그의 서재를 청소하지 못하는 일이 생겼다. 표도르 미하일로비치는 지나칠 정도로 깔끔한 사람이어서 서재가 지저분한 것을 보면 화를 냈기 때문에 그런 때는 별 수 없이 내가 직접 빗자루를 들고 서재를 청소해야 했다. 어쩌다 내가 청소하는 것을 보게 되면 표도르 미하일로비치는 그것은 페도시야의 일이지 내 일이 아니라며 나를 나무랐다. 페도시야가 파벨 알렉산드로비치에게 방 청소를 하지 않으면 '주인 마님이 꾸중하신다'며 멀리 다녀오라는 그의 심부름을 거절하기라도 하면, 그는 내가 옆방에 앉아 있다는 것도 전혀 개의치 않고 이렇게 말했다.

"페도시야! 누가 이 집의 주인이지? 나야, 아니면 안나 그리고리예브나야? 무슨 말인지 알겠어? 어서 다녀오기나 해!"

파벨 알렉산드로비치의 교활한 짓은 끝이 없었다. 한번은 표도르 미하일로비치가 식당으로 나오기 전에 크림을 다 마셔 버린 일도 있었다. 어쩔 수 없이 황급히 크림을 사러 가게에 가야 했고, 그렇게 사온 크림은 당연히 질이 떨어졌다. 그런 날 표도르 미하일로비치는 제때 커피를 마시지 못하고 기다리고 있어야 했다. 그런가 하면 파벨 알렉산드로비치는 점심을 먹기 전에 꿩고기를 먹어 버리기도 했다. 그러면 식사 때 두 마리만 식탁에 올랐고 누군가는 꿩고기를 먹지 못하게 되었다. 또 한번은 집안에 성냥이란 성냥이 다 자취를 감춰 버렸다. 전날까지 몇 갑이 있었는데 말이다. 이렇게 뭔가 떨어질 때마다 표도르 미하일로비치는 불같이 화를 내면서 페도시야에게 고함을 쳤다. 그러면 이런 소동을 일으킨 장본인인 파벨 알렉산드로비치는 어깨를 으쓱하며 이렇게 말했다. "보세요, 아버지. 제가 집안 일을 도맡았을 땐 이렇게 엉망진창이진 않았잖아요!" 결국 내가, 아니 내 형편없는 살림 솜씨가 죄인이라는 결론이었다.

파벨 알렉산드로비치에게는 자신만의 전술이 있었는데, 표도르 미하일로비치가 보는 데서는 내게 접시를 건네주고, 하녀를 부르러 뛰어가고, 내가 냅킨을 떨어뜨리면 주워 주는 등등 내게 굉장히 친절하게 대하는 것이었다. 심지어 표도르 미하일로비치가 두 번이나 여성적인 요소가, 특히 나의 존재가 (왜냐하면 파벨 알렉산드로비치는 도스토옙스키 집안의 여성들인 카챠, 에밀리야 페도로브나와는 허물없이 지내고 있었으므로) 파벨 알렉산드로비치에게 좋은 영향을 주어 그의 버릇이 조금씩 나아지고 있다고 언급할 정도였다.

하지만 표도르 미하일로비치가 방에서 나가기만 하면 그는 태도를 싹 바꾸었다. 나의 살림살이에 대하여 제삼자의 입장에서 비판적인 지적을 하면서 전에는 모든 것이 다 괜찮았다고 우겼다. 또 내가 돈을 물 쓰듯 한다며 마치 돈이 '우리 공동'의 것인 양 말하기도 했다. 자신이 가정 내 전횡의 희생자라는 시늉을 하기도 했다. 어떤 '고아'의 어려운 처지에 관한 말을 꺼내면서, 그 고아는 이때까지 행복한 가정에서 가족의 중심으로 여겨지며 살아왔는데 난데없이 낯선 사람(그게 나, 그러니까 새 부인?)이 침입하여 가정 내의 영향권을 손에 쥐고 제일인자가 되고 싶어 한다고 했다. 새 안주인은 '아들'을 학대하기 시작하고 그에게 나쁜 짓을 하며 그의 삶을 훼방놓는다. 심지어 그는 식사조차 편안히 할 수 없는데, 음식을 먹을 때마다 분노에 찬 안주인의 의심의 눈초리가 따라오기 때문이다. 그는 행복했던 옛날을 그리워하며 그때로 돌아가고 싶어 하고, '아버지'에 대한 영향력을 양보할 수 없다고 말한다 등등. 표도르 미하일로비치의 나이 어린 친척들은 그것이 나를 빗댄 이야기라는 것을 눈치채지 못했지만, 나이든 사람들은 그를 비웃었다. 하지만 그들이 나를 보호해 줄 수 있는 것은 그게 다였다.

'아버지'에 대한 영향력을 양보하지 않으려고 파벨 알렉산드로비치는 거의 매일 아침 표도르 미하일로비치가 막 신문을 읽으려고 할 때 그의 서재에 들르기 시작했다. 어떤 때는 표도르 미하일로비치의 고함치는 소리가 막 들리는가 싶더니 파벨 알렉산드로비치가 서재에서 튀어나오는 일도 있었다. 그런 때 그는 약간 당황하면서 '아버지'가 바빠서 방해하고 싶지 않다고 말했다. 다른 경우에는 오래 앉아 있다가 의기양양한 모습으로 돌아와서는 떨고 있는 페도시야에게 곧바로 뭔가 명령하기 시작했다. 그런 경우 표도르 미하일로비치는 언제나 내게 이렇게 말했다. "아네치카, 왜 파샤와 싸우는 거요? 걔한테 상처를 주지 말아요. 걔는 착한 아이야!" 내가 어떻게 '파샤'에게 상처를 주었는지, 그가 뭐라고 불평을 했는지 물어보면, 표도르 미하일로비치는 "모두 시답잖은 말들이야. 한 귀로 듣고 한 귀로 흘려야지"라고 대답했다. 그러면서도 그는 '파샤'에게 관대하게 대하라고 내게 부탁하는 것이었다.

사람들은 가끔 내게 물어보았다. 파벨 알렉산드로비치의 거친 폭언을 매일 듣고 그가 무례하게 대하는 것을 보면서, 또 그가 표도르 미하일로비치에게 나에 대해 뭐라고 떠벌리는지를 알면서도 내가 정말 침묵으로 일관했느냐고, 파벨 알렉산드로비치가 있어야 할 자리를 찾아 줄 힘이 없었냐고. 그랬다. 나는 정말 아무 말도 하지 못했고, 할 힘도 없었다!

비록 스무 살이었다고는 하지만 내가 세상사에는 완전히 어린아이였다는 것을 잊어서는 안 된다. 나는 얼마 되지 않은 인생을 유복하고 단란한 가정에서 보냈다. 우리 집에는 복잡한 문제도, 싸움 같은 것도 없었다. 그래서 파벨 알렉산드로비치의 나에 대한 빗나간 행동은 나를 경악게 했고, 모욕감을 주었으며, 절망시켰다. 하지만 처음 얼마 동안 나는 그것을 막기 위해 아무것도 하지 못했다. 게다가 파벨 알렉산드로비치에게는 나한테 기분 나쁜 말을 쏟아붓고는 뭐라고 반박할 기회도 주지 않고 곧바로 자리를 뜨는 특유의 버릇이 있었다. 그가 다시 나타날 때면 나는 겨우 마음을 가라앉힌 후였기 때문에 다시 언쟁을 시작하고 싶지 않았다. 더욱이 온순한 성격의 나로서는 말다툼이 언제나 힘겨웠다.

그러니 내가 무엇을 할 수 있었겠는가? 그에 대해 표도르 미하일로비치에게 불평하는 것? 하지만 그렇지 않아도 파벨 알렉산드로비치가 늘상 나에 대한 불평을 늘어놓고 있는데 나까지 의붓아들을 비난하기 시작한다면 내 사랑하는 남편의 생활은 도대체 어떻게 되겠는가? 나는 내 자신이 괴로울망정 그의 평온은 지켜 주고 싶었다. 한편으로는, 파벨 알렉산드로비치의 분한 마음이 이해가 되기도 했다. 그가 마음대로 주무르던 생활이 바뀌어 버렸으니 말이다. 나는 나에게 불쾌한 행동을 하는 데 그도 진력이 날 것이라고, 나에 대한 태도가 얼마나 버릇없는 것인지를 깨닫게 될 것이라고, 아니 그가 깨닫지 못하면 표도르 미하일로비치의 친척들이 그에게 그 점에 관해 주의를 줄 것이라고 생각했다.

이렇게 파벨 알렉산드로비치의 폭언과 거친 태도, 에밀리야 페도로브나의 잔소리, 나로선 별 관심이 없는 사람들, 남편과 함께 있는 것을 방해하는 사람들의 끊임없는 방문, 복잡하게 얽힌 일에 대한 근심 걱정 등등의 불편한 분위기 속에서 우리의 결혼생활 몇 주가 흘러갔다.

이런 생활 조건에 휘둘리면서 나는 심지어 표도르 미하일로비치로부터도 소외되어 있다는 느낌까지 받았다. 이 모든 것이 무섭게 나를 짓누르고 괴롭혔다. '이 모든 일이 무엇으로 종결될 수 있을까'하고 내 자신에게 물어보곤 했다. 당시의 내 성격을 생각해 볼 때, 사태가 비극으로 끝날 수도 있었다.

실제로 나는 표도르 미하일로비치를 한없이 사랑했지만 그것은 육체적인 사랑이 아니었고 동년배들에게 있을 수 있었던 욕정이 아니었다. 나의 사랑은 지극히 이상적이고 정신적인 것이었다. 그것은 그토록 천재적이고 높은 정신적 가치를 지닌 사람에 대한 숭배이자 열렬한 동경이었다. 그것은 수많은 고난 속에 살아온 사람, 기쁨이 어떤 건지 행복이 무엇인지 모르는 사람, 평생 동안 가까운 사람들을 위해 모든 것을 다 바쳤지만 그들로부터 응당 받아야 할 사랑과 보살핌을 누리기는커녕 오히려 버림받은 사람에 대한 마음 가득한 연민이었다. 그의 인생의 동반자가 되어 어려움을 나누고, 삶의 무게를 덜어 주고, 그에게 행복을 주겠다는 꿈이 나의 뇌리를 가득 채웠다. 표도르 미하일로비치는 나의 신이자 우상이 되었다. 나는 평생 동안 그의 앞에 무릎 꿇고 있을 준비가 되어 있다고 생각했다. 하지만 이 모든 것은 엄혹한 현실이 닥쳐오면 깨질 수 있는 고상한 감정이요, 꿈이었던 것이다.

주변의 정황으로 인해 점차 의혹과 불화의 시간이 내게 닥쳐왔다. 한편으로는, 표도르 미하일로비치의 나에 대한 사랑이 벌써 식은 듯이 여겨졌다. 내가 얼마나 어리석고 머리가 텅 비었는지를 알게 되고, 자신과 닮은 점이라곤 없다는 것도 깨달은 그가 나와 결혼한 것을 후회하지만 이미 엎질러진 물이라는 것을 안다는 생각이 들었다. 내가 비록 그를 뜨겁게 사랑한다 할지라도, 그가 나를 더 이상 사랑하지 않는다고 확신한다면 그의 곁에 머문다는 것은 내 자존심이 허락하지 않을 것이었다. 심지어는 우리가 함께 하는 생활이 그에게 힘겨운 것이 분명하다면 그를 위해 나를 희생하여 그를 떠나야 한다는 생각마저 들었다.

그런가 하면 또, '사람의 마음을 꿰뚫어 볼 줄 아는 위대한 사람'이 내가 얼마나 힘겹게 생활하는지를 어떻게 모를 수가 있으며, 나의 힘겨움을 덜어 주려 노력하지 않고 어떻게 도리어 나를 지겨운 자기 친척들에게 등 떠밀고 내게 그토록 적대감을 보이는 파벨 알렉산드로비치를 보호할 수가 있는지, 표도르 미하일로비치에게 분노하는 나 자신을 발견하곤 정말 가슴이 미어지는 것 같았다.

결혼 전까지 우리가 함께 보냈던 그 경이롭고 매력적인 저녁들은 다 지나가 버렸으며, 그와 내가 함께 꿈꾸었던 행복한

삶은 이루어지지 않았다는 것, 아니 이루어질 수도 없으리라
는 사실이 나를 슬프게 했다.

　때로는 이전의 고요했던 우리 집의 생활을 원망하는 마음이
어슴푸레 들기도 했다. 우리 집에서 나는 고통을 몰랐고, 슬퍼
하거나 분노할 필요가 없었다. 한마디로, 그야말로 어린애 같
은 공포심과 깊은 슬픔이 나를 뒤흔들었다. 풀리지 않는 수많
은 의혹이 아직 여물지 않은 나의 머릿속으로 밀려왔다. 인생
에 대한 올바른 관점도, 굳게 확립된 인격도 내게 없었다는 점
이 불행을 초래할 수도 있었다.

　내가 집안의 불쾌한 일들을 참지 못하고 발끈 성을 내거나,
근거 없는 비난과 의혹으로 표도르 미하일로비치를 자극하여
그의 감정이 폭발할 수도 있었다. 만약 그랬다면 우리 사이에
심각한 싸움이 일어났을 테고, 자존심이 강한 나는 표도르 미
하일로비치의 곁에 남아 있지 않았을 것이다. 내가 60년대 세
대이고 그 당시 여성들이 모두 그러했듯이 자립을 최고의 가
치로 여겼다는 것을 기억할 필요가 있다. 표도르 미하일로비
치를 사랑했음에도 불구하고 내가 먼저 화해의 손을 내밀 수
는 도저히 없었을 것이다. 나는 아이처럼 상처받기 쉬워서 내
가 잘못을 시인했을 때 파벨 알렉산드로비치가 비웃는 것을
참고 견디기가 싫었을 것이다. 표도르 미하일로비치도 우리를
화해시키려고 먼저 손을 내밀고 싶어 하지 않을지도 모를 일
이었고, 만약 그렇게 된다면 그는 예전처럼 나를 사랑하지 않

을 것이었다. 그의 상처받은 자존심과 품위에다 일정 정도는 파벨 알렉산드로비치의 중상모략이 겹쳐 처음 얼마간은 화해하고 싶어 하지 않았을지도 모른다. 당연히 우리의 불화는 점점 깊어져 화해가 불가능해질 수도 있었다.

이 시기를 떠올리면, 어떤 일이 벌어질 수 있었을지 생각하는 것이 두려울 정도다. 하지만 사실, 표도르 미하일로비치는 나와 헤어질 수가 없었다. 그 당시에는 이혼을 하려면 엄청난 돈이 들었기 때문이다. 그렇게 되면 표도르 미하일로비치는 그가 평생 꿈꾸어 왔던 것처럼 아이들과 가정을 갖고 사는 행복한 삶을 영위하지 못했을 것이고, 나의 남은 인생도 불행했을 것이다. 나는 표도르 미하일로비치와 결합하는 것에 그토록 많은 기대를 걸고 있었는데 그 황금빛 꿈이 무너졌다면 얼마나 고통스러웠겠는가!

4. 구원

그러나 운명은 나와 표도르 미하일로비치가 그 후 14년간 누리게 된 크나큰 행복을 우리에게서 앗아가지 않았다. 지금도 그날이 기억난다. 사순절의 다섯 번째 화요일이었다. 우리의 생활에 뜻하지 않은 전기가 찾아왔다. 늘 그랬듯이 이날도 짜증나는 일들로 하루가 시작되었다. 파벨 알렉산드로비치가 교활한 수를 써서 내 살림에 또 어떤 구멍이 뚫린 것이 발견되었고(집안에 성냥인지 연필인지가 다 동이 난 것이다), 표도르 미하일로비치는 화가 나서 불쌍한 페도시야에게 고함을 질렀다. 진저리 나는 손님들이 찾아왔고, 나는 그들을 '접대'하고 '상대'해야 했다. 파벨 알렉산드로비치는 평소처럼 내게 막말을 했다. 표도르 미하일로비치는 특히 침울하고 시름이 깊어 나와는 거의 말을 하지 않았다. 그래서 나는 정말 서글펐다.

이날 저녁에 우리는 마이코프의 집에 저녁 초대를 받은 상태였다. 집에 온 손님들은 이 사실을 알고는 점심을 먹은 뒤 곧바로 돌아갔다. 하지만 낮 동안의 불쾌한 일들 때문에 나는 머리가 깨질 듯 아팠고 신경이 극도로 예민해져 있었다. 마이코프의 집에 갔을 때 우리의 결혼생활 얘기가 나오면 울음을 터뜨리게 되지나 않을까 두려울 정도였다. 그래서 나는 집에 남아 있기로 결심했다. 표도르 미하일로비치는 나를 설득하려 했다가 내가 거절하자 불만스러운 눈치였다. 표도르 미하일로비치가 아직 집을 나서지 않았을 때였다. 파벨 알렉산드로비치가 내 앞에 나타나서는 내가 변덕을 부려 자기 '아버지'를 화나게 한다고 욕설을 퍼부었다. 그는 내가 두통 때문에 아프다는 것을 믿지 못하겠다면서, 표도르 미하일로비치의 기분을 상하게 하려고 가지 않으려는 게 분명하다고 떠들어댔다. 그는 또 표도르 미하일로비치가 나와 결혼한 것은 '대단히 멍청한 짓'이었다고 하면서, 내가 '엉터리 주부'이고 '우리 모두의 돈'을 헤프게 쓰고 있다며, 결론적으로 우리가 결혼한 이래 표도르 미하일로비치의 발작이 심해졌고, 이는 내 책임이라고 공언하는 것이었다. 그는 나에게 이렇게 폭언을 쏟아붓고는 곧바로 집에서 나가 버렸다.

이 경악할 만한 폭언에 이번에는 드디어 잔을 채우고 있던 물이 넘치고 말았다. 그전까지 그는 표도르 미하일로비치의 발작이 심해진 것을 내 책임으로 돌릴 만큼 그렇게까지 지독하게 나를 능멸한 적은 없었다. 나는 격분했고 상심이 극에 달했다. 머리가 더 심하게 아파 왔다. 나는 침실로 뛰어들어가 뼈저리게 울기 시작했다. 한 시간 반쯤 흘렀을까, 표도르 미하일로비치가 돌아왔다. 마이코프의 집에 있으면서 그는 내가 사무치게 그리워서 집으로 돌아온 것이었다. 집안이 어두운 것을 보고 그는 페도시야에게 내가 어디 있냐고 물었다. "침실에 계세요. 울고 있답니다!" 페도시야가 귀띔했다.

표도르 미하일로비치는 걱정이 되어 내게 무슨 일이 있냐고 물었다. 나는 숨기고 싶었지만, 그가 말해 보라고 간청하면서 너무도 다정히 말했기 때문에 마음이 풀어졌다. 나는 소리내어 울면서 사는 게 얼마나 힘겨운지, 그의 집에서 내가 어떤 모욕을 당하는지 말했다. 또 내가 보기에 나에 대한 그의 사랑이 식은 것 같다고, 그가 더 이상 예전처럼 나에게 모든 일들을 상의하지 않는다고, 이로 인해 나는 서글프고 괴롭다는 등의 말을 했다.

내가 그렇게 우는 일은 좀처럼 없었다. 표도르 미하일로비치가 나를 위로하면 할수록 점점 더 많은 눈물이 쏟아졌다. 내 마음을 괴롭히던 모든 것, 모든 의심과 오해를 정말 솔직하게 털어놓았다. 가엾은 남편은 내 말을 듣고는 놀라움에 가득 찬 눈으로 나를 바라보았다. 파벨 알렉산드로비치가 지나치리만큼 친절하게 나를 대하는 것을 보고 그가 나를 멸시하리라고는 꿈에도 생각지 않았던 것이다.

표도르 미하일로비치는 왜 자신에게 솔직하게 말하지 않았냐고, 왜 의붓아들에 대한 불만을 털어놓지 않았냐고, 왜 애초에 파벨이 내게 감히 불손한 말을 하지 못하게 만들지 않았냐고 온화한 말로 나를 나무랐다. 나에 대한 뜨거운 사랑을 확인시키면서 어떻게 그의 사랑이 식었을 거라고 생각할 수가 있냐고 놀라워했다. 마지막에 가서, 그는 지금의 혼잡스러운 우리의 생활 때문에 자신이 얼마나 끔찍한지를 고백했다. 전에도 젊은 친척들이 드나들기는 했지만, 그의 집에 있으면 따분했기 때문에 오는 경우가 드물었다는 것이다. 그런데 지금 그들이 그렇게 자주 오는 것은 내가 그들에게 친절하게 대하여 우리 집에 있는 것이 즐겁기 때문이라는 게 그의 설명이었다. 정말이지 그는 내가 젊은 친구들과 어울리고 논쟁하고 즐겁게 대화를 나누는 것을 아주 재미있어 한다고 생각했다는 것이다. 표도르 미하일로비치는 우리가 예전에 나누던 대화가 그리우며, 항상 손님들이 있어서 그런 대화를 나누지 못한다는 것이 안타깝다고 말했다. 그는 또한 최근에는 모스크바에 다녀올 일을 생각하는 데 빠져 있었다면서, 우리가 대화를 나눈

이 시점에서 그 여행을 성사시켜야겠다는 결심을 최종적으로 굳혔다고 말했다.

"말할 것도 없이, 우리 함께 갑시다." 표도르 미하일로비치가 말했다. "당신에게 모스크바의 내 친척들을 소개시켜 주고 싶소. 베로치카(여동생)도, 소냐(조카)도 내 말을 듣고 당신을 알고 있지만, 안면을 트고 서로 좋아하게 되었으면 해. 게다가 카트코프에게 선금을 더 달라고 한번 부탁해 봐야겠어. 그 돈으로 당신과 함께 해외로 나갈 수 있게끔 말이야. 그건 당신과 내가 꿈꾸던 일이잖아! 그 꿈이 이루어질 수도 있잖아? 또, 카트코프와 내 새 소설에 대해서 나누고 싶은 말도 있거든. 편지로는 일을 성사시키는 게 어려워. 서로 얼굴을 맞대야지 일이 되는 게지. 설사 해외로 나가지 못한다 해도 모스크바에서 돌아온 뒤에는 새로운 생활 방식을 만드는 게 더 수월할 거야. 그러면 우리 둘 다에게 이렇게 소란스러운 불쾌한 일들은 생기지 않을 거고. 그러니 모스크바로 갑시다! 찬성하는 거지, 아네치카?"

내가 찬성하는지는 물어볼 필요도 없었다. 표도르 미하일로비치는 약혼시절처럼 그렇게 상냥하고 선량하며 다감했다. 그래서 내 모든 공포심과 그의 사랑에 대한 의심은 연기처럼 날아가 버렸다. 우리가 저녁 내내 단둘이 앉아서 이렇게 화기애애하고 마음에서 우러난 대화를 나눈 것은 결혼 이후 처음이었던 것 같다. 우리는 여행을 미루지 않고 내일 당장 떠나기로 결정했다.

다음 날, 우리가 떠난다는 소식에 친척들은, 특히 파벨 알렉산드로비치는 깜짝 놀라면서 기분 나빠 했다. 하지만 표도르 미하일로비치의 돈이 바닥나고 있다는 것을 아는 그들은 자신들을 위해 그가 길을 떠나는 것이라 생각하고 우리를 만류하지 않았다. 작별 인사를 하면서도 파벨 알렉산드로비치는 독설을 아끼지 않고 내가 엉망으로 만든 살림을 자기 손으로 거두어 제대로 만들어 놓겠다고 공언했다. 나는 화가 나지도 않았고, 반박도 하지 않았다. 얼마 동안 그의 박해로부터 벗어날 기회를 얻었다는 것만으로도 너무 기뻤던 것이다.

5. 모스크바 여행

사순절 다섯 번째 목요일 이른 아침에 우리는 모스크바에 도착하여 듀코 호텔에 짐을 풀었다. 이 호텔은 표도르 미하일로비치가 특히 좋아하는 곳이었다. 여정에 지쳐 있었기 때문에 우리는 이날 하루는 아무 일도 하지 않고 이바노프 가족을 방문하기로 했다. 이 방문은 나로서는 무척 곤혹스러운 것이었다. 표도르 미하일로비치는 친척들 중에서 누이인 베라 미하일로브나 이바노바와 그의 가족 모두를 특히 사랑했다. 페테르부르크에 있을 때 이미 그는 내게, 이바노프 가족이 내 마음에 들어 그들과 친해졌으면 좋겠다고 말하곤 했다. 나 자신도 그렇게 되길 원했지만 첫인상이 좋지 않을까봐 두려웠다. 나는 옷차림에 특히 세심하게 신경을 써서 연보라빛 정장 원피스와 우아한 모자를 골랐다. 표도르 미하일로비치는 내 차림새를 마음에 들어하면서 마치 오늘에야 내가 미인인 걸 발견한 것처럼 말했다. 그런 칭찬은 물론 많이 과장된 것이었지만, 나는 기분이 흡족해져서 생기를 얻었다.

이바노프 가족은 메지에프 기숙학교 근처에 살고 있어서 거기로 가려면 처음에는 먀스니츠카야 쪽으로, 그 다음에는 포크로프크 쪽으로 이동하면서 도시 전체를 거쳐야 했다. (포크로프크에 있는) 성모승천 교회 옆을 지나면서 표도르 미하일로비치는, 다음번에는 썰매에서 내려 어느 정도 거리를 두고 교회의 자태를 감상해 보자고 했다. 표도르 미하일로비치는 이 교회의 건축술을 무척 높이 평가하여 모스크바에 있는 동안 끊임없이 이 교회를 보러 가곤 했다. 이틀 뒤에 그 근처를 지나게 되었을 때, 우리는 밖에서 건물을 살펴보고 안에도 들어가 보았다.

우리가 이바노프의 집에 가까워질수록 나는 불안한 마음에 더욱 가슴이 두근거렸다. '내가 좋지 않은 인상을 주면 어쩌지? 그러면 표도르 미하일로비치가 얼마나 실망할까!'

우리에게 문을 열어 준 하인은, 알렉산드르 파블로비치(매제)와 소피야 알렉산드로브나(조카딸)는 집에 없으며 베라 미하일로브나에게 우리가 왔음을 알리겠다고 했다.

우리는 널찍한 거실로 들어갔다. 거실에는 붉은 나무로 만든 구식 가구들이 놓여 있었다. 표도르 미하일로비치는 탁자 위에 있던 『모스크바 통보』를 집어들었고 나는 그 탁자 위에 카드들과 함께 놓여 있는 사진첩을 보기 시작했다. 베라 미하일로브나는 오랫동안 나오지 않았다. 아마도 처음 보는 올케 앞에 실내복 차림으로 나올 수는 없다고 생각하여 옷을 갈아입느라 시간이 걸리는 모양이었다. 30분쯤 지났을 때 시끄러운 소리와 함께 갑자기 거실 문이 활짝 열렸다. 열 살쯤 되는 사내아이가 방을 가로질러 질풍처럼 달려왔다.

"비차, 비차!" 표도르 미하일로비치가 소리쳤지만 아이는 멈추지 않고 다음 방으로 달려들어 가서는 큰 소리로 외치는 것이었다. "젊은 여자야, 멋쟁이고 안경은 안 썼어!"

곧이어 '쉿' 하는 소리가 들려왔고, 아이는 바로 말을 멈췄다. 표도르 미하일로비치는 이 가족의 습관을 아는지라 무슨 일인지 금방 추측했다. "아이들이 참지를 못하는군!" 웃으며 그가 말했다. "내 아내가 어떤 여자인지 보고 오라고 비차를 보낸 거지."

마침내 베라 미하일로브나가 나왔다. 그녀는 나를 매우 따뜻하게 맞이했다. 포옹을 하고 내게 입맞추면서 그녀는 오빠를 사랑해 주고 지켜달라고 부탁했다. 그녀의 남편과 맏딸 소네치카도 나왔다. 알렉산드르 파블로비치는 격식을 갖추어 우리를 축하해 주고 행복을 기원했다. 소네치카는 내게 손을 내밀면서 다정하게 미소를 지었지만 말은 거의 하지 않고 나를 뚫어지게 쳐다보았다.

알렉산드르 파블로비치가 옆방 문을 열고 말했다. "얘들아, 이리 와서 외삼촌께 축하 인사를 하고 새로운 외숙모께 인사 드려라."

젊은 이바노프 친구들이 차례차례 나오기 시작했다. 소네치카(20살), 마센카(19살), 사샤(17살), 율렌카(15살), 비차 그리고 또 다른 아이들로, 전부 7명이었다. 그들은 모두 다정하게 표도르 미하일로비치를 환대했지만, 내게는 차가운 태도를 보였다. 인사를 하고 무릎을 구부린 다음 자리에 앉더니 눈을 모아 나를 쳐다보는 것이었다. 나는 본능적으로 이 아이들이 내게 적대감을 갖고 있다는 것을 느꼈다. 그리고 나의 이런 느낌은 틀리지 않았다. 이들 사이에 나를 반대하는 밀교(密敎) 같은 것이 형성되어 있다는 것을 나는 나중에야 알게 되었다.

이바노프네 아이들은 모두 친숙모인 엘레나 파블로브나를 몹시 좋아했다. 그녀의 남편은 벌써 여러 해 동안 병을 앓고 있었는데 가망이 없었다. 가족 내에서는 그가 죽으면 엘레나 파블로브나를 표도르 미하일로비치에게 시집보내자는 결정을 내려놓은 상태였다. 그렇게 되면 그가 모스크바에 완전히 정착할 것이었기 때문이다. 그 아이들은 모두 외삼촌 표도르 미하일로비치를 무척이나 좋아했던 것이다. 그러니까 이 아이들 모두가 그들의 숙원을 깨어 버린 나를 좋아하지 않는 것은 놀랄 일이 아니었다. 표도르 미하일로비치가 성탄절에 모스크바에 왔을 때 나를 마냥 칭찬했던 것도 그 아이들이 싫어할 만한 일이었다.

내가 속기 일을 한다는 것을 알고서 아이들은 나를 단발머리에 안경을 쓴 늙은 니힐리스트일 거라 단정했다. 우리가 온다는 말을 듣고 그들은 나를 비웃어 내 자리가 어딘지를 알려 주고, 그렇게 해서 자신들의 독립성을 증명하자고 약속했던 것이다. 그들은 '니힐리스트'인 학자 할머니가 아니라 자신들 앞에서 거의 떨고 있는 계집애에 가까운 젊은 여자를 보고서 놀란 나머지 내게서 눈을 떼지 못했다. 그렇게 관심이 집중되는 것이 나는 당혹스러웠다. 꾸밈없이 솔직하게 말하는 데 익숙한 내가 여기서는 미사여구를 생각해 가면서 좀 더 문학적으로 말을 하게 되었다. 내 말은 너무 부자연스러웠다. 나는 젊은 친구들과 얘기를 나눠 보려고 시도했지만, '네, 아니오!' 하는 대답만 들었다. 대화를 계속하기 싫은 것이 분명했다.

5시가 되자 저녁 식사를 하기 위해 자리에 앉았다. 샴페인이 나왔고 모두 우리를 축하해 주었다. 시끌벅적한 분위기였다. 아무리 생기를 되찾으려 노력하고 농담을 하고 웃어도 나는 즐겁지 않았다. 저녁을 먹은 후에 상황은 더 나빠졌다. 이바노프의 집에 몇몇 남녀 친구들이 찾아온 것이다. 그들 중 다수가 표도르 미하일로비치를 좋아했다. 그가 모스크바 근교의 루블린에 있는 이바노프의 별장에서 지난 여름을 보냈을 때 젊은 이바노프의 이 친구들이 거기에 손님으로 온 적이 있었다. 그들은 모두 표도르 미하일로비치의 아내를 보고 싶어 했다.

그들은 게임을 할 준비를 했는데, 아주 세심한 주의력과 재치가 필요한 게임이었다. 베라 미하일로브나네 큰 딸들의 친구인 마리야 세르게예브나 이반치나-피사레바의 재치가 특히 돋보였다. 그녀는 22살의 아가씨로, 예쁘지는 않지만 쾌활하고 재기발랄했고, 언제든지 사람을 웃음거리로 만들 태세였다(표도르 미하일로비치는 소설 『영원한 남편』에서 '자홀레비닌' 가족이라는 이름을 붙여 이바노프의 가족을 묘사한 바 있다. 그 소설에서 마리야 이반치나는 '마리야 니키티시나'의 활기찬 친구로서 매우 두드러진 역할을 한다).

이 젊은 친구들은 그녀에게 나를 약올려 성나게 해서 남편이 보는 앞에서 우스운 꼴이 되도록 만들라는 임무를 맡겼다. 벌금 게임이 시작되었다. 게임을 하는 사람들은 각자 갖가지 인생사에 쓰이는 꽃다발을 만들어야 했다(물론 말로만 만드는 꽃다발로 여러 꽃 이름을 대는 것이었다). 노인이라면 팔순 생일 꽃다발을, 젊은 미혼 여성이라면 첫 번째 무도회 꽃다발 등등을 말이다. 내 차례에는 야생화 꽃다발을 만들어야 했다. 시골에 살아 본 적이 없는 나로서는 정원화 외에는 아는 꽃이 없었다. 그래서 양귀비, 들국화, 민들레, 그리고 또 무엇인가 하나만을 불렀고 내 꽃다발은 당연히 만장일치로 벌금에 처해졌다. 사람들이 내게 다른 꽃다발을 또 만들라고 했을 때 나는 실패할 것이 뻔한 터라 이를 거절했다.

"못하겠어요, 그냥 탈락시켜 줘요!" 내가 웃으며 말했다. "그런데 취미가 전혀 없다는 걸 내 스스로 잘 알고 있어요."

"우리도 당연히 그럴 거라고 생각해요. 조금 전에 당신이 확실히 보여줬으니까요!" 마리야 세르게예브나가 대답했다.

그러면서 그녀는 내 옆에 나란히 앉아 우리가 하는 게임에 귀를 기울이고 있던 표도르 미하일로비치 쪽을 보란 듯이 쳐다보았다. 그녀는 이 말을 너무도 독살스럽게, 그렇지만 재치 있게 했기 때문에 모두들 깔깔거리며 웃었다. 나와 남편도 예외가 아니었다. 다 함께 웃기 시작하자 얼음 같은 적대감이 녹아 없어졌고, 파할 무렵에는 처음보다 더 즐거운 분위기였다.

집으로 돌아오면서 표도르 미하일로비치는 내가 받은 인상은 어땠냐고 물어보았다. 나는 베라 미하일로비치와 소네치카는 무척 마음에 들었지만 나머지 가족들은 아직 판단하지 못하겠다고 말했다. 슬픈 나의 모습을 보고 표도르 미하일로비치는 나를 가여워했다. "가여운 아네치카! 걔들이 당신에게 생트집을 잡더군 그래! 당신 잘못이야, 공격을 되받아쳤어야지. 그랬으면 걔들이 바로 입을 다물었을 텐데! 좀 더 용감해져야 해, 친구! 동생과 소네치카는 당신을 무척 맘에 들어 했어. 정말이지 오늘 하루 당신은 얼마나 매력적이던지, 보고 또 봐도 더 보고 싶더라니까!"

이 말이 내게는 너무 큰 위안이 되었다. 그럼에도 그날 밤 나는 오래도록 잠들지 못했다. 세상을 살아갈 능력이 없는 나 자

신을 질책하고, 다른 한편으론 왜 이 괜찮은 젊은이들이 내게
그토록 적대적인 태도를 보인 걸까, 곰곰이 생각해 보았다. 그
때는 내가 그들이 함께 사랑하는 외삼촌과 숙모를 결합시키고
자 했던 희망을 깬 사람이란 사실을 몰랐던 것이다.

이바노프 가족은 집에 와서 하루를 지내라고 우리를 초대
했다. 하지만 다음 날인 금요일에 우리는 저녁에만 잠깐 다녀
오기로 했다. 표도르 미하일로비치는 낮에 카트코프의 집으로
갔지만 집에서 그를 만나지는 못했다. 호텔에서 점심을 먹고
저녁에 우리는 이바노프의 집으로 출발했다. 금요일은 그들이
손님을 맞는 날이어서 우리는 많은 손님들과 마주쳤다. 모임
은 연령에 따라 둘로 나뉘어 있었다. 나이든 이들은 거실과 서
재에서 카드 게임을 했고, 나를 포함한 젊은이들은 거실에 남
아 있었다. 우리는 당시에 유행하던 스투콜카 카드를 치기 시
작했다. 내 옆에는 사샤 이바노프의 동료인 젊은이가 앉아 있
었다. 다른 이들과는 달리 그는 나에 대한 선입관이 없어 보였
다. 나는 그와 웃으며 이것저것 떠들기 시작했다. 게다가 그는
재치 있고 쾌활한 청년이었다.

스투콜카를 칠 때 우스운 일이 벌어졌다. 60년대에는 은화
가 드물었고, 동으로 만든 주화가 많이 유통되고 있었다. 이바
노프 남매들이 사람을 보내 10루블인가 20루블을 잔돈으로 바
꾸어 왔는데, 모조리 무거운 5코페이카짜리였다. 카드를 치는
사람들 중에는 마흔 살쯤 된 미혼 여성이 있었는데, 그녀는 밝

은 분홍색 실크 원피스를 입고 머리와 어깨, 허리에 리본을 여러 개 달고 있었다. 그녀는 몇 차례 돈을 걸고 나서는 돈을 잃었다고 투덜거리기 시작했다. 다른 사람들도 그랬다. 그래서 도대체 우리 중 누가 돈을 땄는지 한참 동안 추측할 수가 없었다. 11시가 되자 저녁을 먹으라는 소리가 들렸고, 우리는 위층으로 올라갔다. 그때 갑자기 동전이 마룻바닥에 한꺼번에 떨어져 흩어지는 소리와 그 분홍색 여인의 외마디 소리가 들렸다. 우리는 모두 사방으로 튕겨 나간 돈을 주우려 달려들었다. 그런데 그 여인이 마루로 내려와 넓은 치마로 딴 돈을 덮어 버리고는 소리치는 것이었다. "안 돼, 안 돼. 손대지 마! 내가 다 주울 거라구!" 그녀의 모습은 정말 우스웠다. 우리가 자기의 동전들을 가져갈까 봐 경악하는 모습이 어찌나 어처구니가 없던지 우리 모두는 실소를 금할 수가 없었다. 내가 제일 많이 웃었던 것 같다.

서재에서 프레페란스 카드를 치고 있던 표도르 미하일로비치는 자주 밖으로 나와서 우리를 보곤 했는데, 그의 얼굴이 점점 심각해지고 침울해져서 이상한 느낌이 들었지만, 나는 피곤한 탓이라 생각했다. 저녁을 먹을 때 나는 스투콜카 카드에서 나와 짝이었던 사람과 나란히 앉게 되었다. 표도르 미하일로비치는 맞은편에 자리를 잡았는데, 나에게서 눈을 떼지 않고 우리가 나누는 이야기에 귀를 기울이려 애썼다. 나는 무척 즐거웠다. 나는 남편을 우리의 대화에 끌어들이고 싶어서 몇 차례 그에게 말을 걸었지만 잘 되지 않았다.

우리는 저녁을 먹고 나서 곧바로 집을 향해 나섰다. 먼 길을 가는 동안 계속 표도르 미하일로비치는 내 질문에 대답도 하지 않고 한 마디 말도 하지 않았다. 집으로 돌아와서는 방안을 왔다갔다하기 시작했다. 굉장히 짜증이 난 모양이었다. 나는 걱정이 되어 그를 어루만지고 기분을 달래 주기 위해 다가갔다. 그런데 표도르 미하일로비치는 내 손을 매몰차게 뿌리치고는 내 가슴이 얼어붙을 정도로 표독스러운 눈빛으로 나를 쳐다보았다.

"당신 나한테 화난 거예요?" 나는 조심스럽게 물어보았다. "대체 무엇 때문에 화가 난 거예요?"

이 물음에 표도르 미하일로비치는 무섭게 화를 내며 폭발하여 내게 모욕적인 말을 수없이 퍼부었다. 그의 말에 따르면, 내가 비정한 요부이고 남편을 괴롭힐 일념으로 옆자리의 사람에게 저녁 내내 교태를 부렸다는 것이다. 나는 변명을 하기 시작했지만, 오히려 불에 기름만 붓는 꼴이 되었다. 표도르 미하일로비치는 제정신이 아니었다. 그는 우리가 호텔에 있다는 사실을 잊고, 있는 대로 목청을 높였다. 그의 비난이 전혀 근거없는 것임을 알고 있던 나는 그의 부당한 태도에 마음 깊이 상처를 받았다. 그의 고함과 무서운 얼굴 표정 때문에 나는 겁에 질렸다. 표도르 미하일로비치가 금방이라도 간질 발작을 일으키거나 아니면 나를 때릴 것만 같았다. 나는 견딜 수가 없어 눈물을 쏟았다. 남편은 그 순간 정신을 차리고는 나를 안심시키고 위로하며 용서를 빌기 시작했다. 내 손에 입을 맞추면서 그는 울먹였고 조금 전에 벌어진 장면에 대해 자신에게 저주를 퍼부었다. "당신이 그 젊은이와 신이 나서 이야기를 하는 걸 보면서, 저녁 내내 너무나 고통스러웠어." 그가 말했다. "당신이 그 친구에게 반했다는 느낌이 들었어. 질투심에 미칠 것 같더군. 그에게 험한 말을 퍼부을 뻔했지. 지금 생각하니, 내가 당신에게 얼마나 부당했는지 알겠어!"

표도르 미하일로비치는 진심으로 뉘우치고 있었다. 그는 폭언한 것을 잊어달라고 간청하면서 다시는 질투하지 않겠다고 약속했다. 그의 얼굴에 깊은 고통의 표정이 어렸다. 나는 정말 가엾은 내 남편이 애처로웠다. 거의 밤새도록 나는 그의 옆에 앉아서 그를 위로하고 달래 주었다. 교회의 새벽 종소리를 듣고서야 우리는 이야기를 멈췄다. 우리는 잠자리에 들었으나 오래도록 잠들지 못했다.

다음 날 낮 1시에 잠이 깼다. 표도르 미하일로비치는 더 일찍 일어났으나, 나를 깨우지 않으려고 두 시간 동안이나 미동도 않고 앉아 있었다. 그는 나 때문에 거의 굶어 죽을 뻔했다고 우스꽝스러운 불평을 했다. 내가 깰까 봐 벨을 울릴 수가 없어 커피를 가져오라고 하지도 못했다는 것이다. 그는 내게 너무나 다정하게 대해 주었다.

그날 밤의 장면은 내 뇌리에 영원히 각인되어 있다. 그 일로

인해 나는 앞으로의 우리 두 사람의 관계에 대해 깊이 생각하게 되었다. 나는 표도르 미하일로비치가 질투심 때문에 큰 고통을 받는다는 것을 알게 되었고, 그와 유사한 괴로운 느낌을 그가 받지 않도록 하겠다고 나 자신에게 다짐했다.

6. 남동생을 찾아가다

모스크바에 머무는 동안 있었던 일들 중 특히 기억에 선한 것은 페트롭스코예 라주몹스코예에 다녀온 일이다. 그곳에는 페트로프 농업대학에 다니는 나의 남동생, 이반 그리고리예비치가 살고 있었다. 그는 열일곱 살이었고 무척 미남이었다. 볼은 홍조를 띠었고 머리카락은 밝은 갈색으로 굽실거렸다. 그는 처녀처럼 수줍음을 탔지만, 매우 착하고 명랑했다. 학교에서는 제일 어린 학생이어서 모두들 그를 귀여워했다.

모스크바로 온 뒤, 나는 바로 동생에게 편지를 써서 언제라도 좋으니 다녀가라고 부탁했다. 오전 11시 이전에 오라고 하고 만일 우리가 없으면 호텔의 도서열람실에서 기다리라고 했다. 동생은 금요일에 편지를 받고는 그 다음 날 11시에 호텔에 나타났다. 급사에게서 우리가 아직 기상하지 않았다는 말을 듣고 그는 아픈 친구의 병문안을 가서 거기 잠시 앉아 있다가 왔는데, 돌아왔을 때는 이미 우리가 나간 뒤였다. 그는 우리가 곧 돌아올 것이라 생각하여 해질녘까지 호텔에서 기다리다가 편지를 남겨두고 돌아갔다. 편지에는 월요일에 오겠다고 썼어 있었다. 그런데 우리는 카트코프와의 일이 잘 안 될 경우 일요일 저녁에 집으로 돌아가기로 이미 정해 놓고 있었다. 어쩌면 동생을 못 보게 될지도 몰랐다. 그래서 나는 표도르 미하일로비치에게 내가 직접 동생을 찾아갈 수 있게 해달라고 부탁했다. 카트코프가 남편을 낮에 초대해 놓았기 때문에 남편은 나와 동행할 수가 없었다. 그는 페트로프 대학까지 나를 태워 줄 마부를 불렀고 마부 등록번호를 적어 두었다. 나는 오후 1시쯤 길을 떠나면서 동생을 데리고 4시쯤 오겠다고 약속했다.

나는 날아갈 것 같은 기분이었다. 아침 내내 표도르 미하일로비치는 무척 다정했고 내게 잘해 주었다. 얼마전의 말다툼으로 인한 괴로운 감정이 그에게는 남아 있지 않은 것 같았다. 눈부신 날씨에 여행길은 근사했고, 나는 사랑하는 남동생을 만날 일에 들떠 있었다.

일요일이라 학교에 남아 있는 학생들의 수는 적은 편이었다. 학교에서 기숙하는 학생들이 전부였다. 나는 커다란 면회실로 들어가서 나를 맞이한 학생에게 동생인 스니트킨 학생을 만날 수 있겠냐고 물었다. 기숙생들은 모두 스니트킨의 누이가 얼마 전 결혼했다는 것을 알고 있었다. 연회 같은 데 한 번도 참석해 본 적이 없던 동생이 내 결혼식 날 난생 처음으로 만취 상태가 되도록 술을 마시고는 저녁 내내 큰 소리로 통곡을 했고, 친구들의 위로를 받자 이렇게 말했다는 것이다. "모든 게 끝이야! 이제 내게 누나는 없어. 나한테 누나는 죽은 거라고!"

그 학생은 자진해서 곧바로 나를 동생의 방으로 안내해 주었다. 바냐(이반의 애칭—옮긴이)는 나를 보고 뛸 듯이 기뻐했고 나를 끌어안고 울기까지 했다. 우리는 자리에 앉아 얘기를 나누었다. 5분도 지나지 않아 급사가 사모바르와 찻잔이 놓인 쟁반, 컵 두 개와 프랑스 빵을 들여왔다. 거의 동시에 또 다른 급사가 두 번째 사모바르와 커피 주전자, 크림과 비스킷을 가져왔다. 손님이 길을 오는 동안 꽁꽁 얼었을 것이라 생각한 동생의 친구들이 시킨 일로, 모두들 자기 방에 있던 것을 바냐의 방으로 보낸 것이다.

바냐의 친구들이 하나둘씩(그중에 몇몇은 내 남편의 천재성을 흠모했다) 동생의 방으로 오기 시작했다. 그들의 우상인 도스토옙스키의 아내를 보고 싶어서였다. 방에는 아홉 명이 모였다. 누구는 간이 의자에 앉고, 누구는 침대에, 또 누구는 창문턱에 걸터앉았다. 나는 그들에게 차를 대접했다. 첫 번째 급사가, 자기가 가져온 사모바르가 식었을 것이라 생각하여 펄펄 끓는 사모바르를 또 가져와서 사모바르가 세 개로 늘어나 있었다. 탁자 위에 이렇게 사모바르가 많이 있는 것을 보고 모두들 크게 웃어댔고 이로 인해 처음에는 내 앞에서 수줍어하던 학생들이 나와 스스럼없이 얘기하고 농담도 하게 되었다.

문학에 관한 대화가 시작되자 학생들은 표도르 미하일로비치의 열성팬들과 반대파, 두 패로 갈라졌다. 반대파들 중 한 학생은 도스토옙스키가 대학생인 라스콜리니코프를 『죄와 벌』

의 주인공으로 삼음으로써 젊은 세대를 비방했다고 열을 내어 말했다. 물론 나는 남편을 옹호했다. 몇몇이 나를 지지했고, 이 젊은 논쟁에 불이 붙었다. 어느 누구도 반대편의 말을 듣지 않았고, 자기 의견들을 고집했다. 뜨겁게 언쟁을 벌이느라 우리는 시간 가는 줄도 몰랐다. 결국 동생의 방에서 한 시간이 아니라 두 시간도 넘게 머물렀고, 나는 서둘러 집에 갈 채비를 했다. 함께 논쟁을 벌였던 젊은 친구들 모두가 나를 현관까지 바래다주러 나왔다. 그런데 맙소사, 나를 태워 온 마부가 온데간데 사라지고 없었다. 나는 신중하지 못하게 왕복 차비를 미리 준 상태였다. 학생들이 사방으로 그를 찾아 나섰다가 돌아와서는 마부가 나를 한 시간 가량 기다리다가 교수들 중 누군가를 태우고 시내로 갔다고 말했다.

어떻게 해야 할 것인가? 학생들 중 누군가가 우리를 제일 가까운 길로 부트이르키까지 데려가겠다고 나섰다. 그곳에 가면 언제든지 마부를 구할 수가 있다고 했다. 우리는 모두 함께 출발했다. 하지만 언제나 그렇듯이 제일 가까운 길이 제일 먼 길이었다. 눈에 푹푹 빠지고 쌓인 눈더미를 헤치면서 길을 가야 했던 것이다. 모두들 웃음을 터뜨렸지만 나는 가엾은 남편이 걱정할 생각을 하니 가슴이 죄어들었다.

거의 한 시간이나 걸려 우리는 마침내 부트이르키에 도착했다. 마부를 찾는 데도 시간이 오래 걸려 결국 6시 반이 되어서야 동생과 나는 듀코 호텔에 도착했다. 날은 벌써 거의 어두워져 있었다. 나는 현관으로 뛰어들어가 수위에게 주인이 방에 있냐고 물었다.

"세 시간 내리 교차로에 서 계십니다. 부인께서 돌아오셨는지 물으러 여러 번 들르셨죠." 수위가 대답했다.

밖으로 나갔더니 표도르 미하일로비치는 정말로 길 귀퉁이에 서 있었다. 그는 지나가는 사람들을 주의 깊게 바라보고 있었다. 그의 모습을 보고 나는 겁이 났다. 그만큼 그는 창백하게 질려 있었고 어지러운 표정이었다.

"페쟈(표도르의 애칭—옮긴이), 내 사랑, 나 왔어요. 방으로 들어가요." 그에게 다가서며 내가 말했다.

표도르 미하일로비치는 무서울 정도로 나를 반기며 마치 나를 다시는 보지 못하리라 낙담했던 것 같은 모습으로 내 손을 움켜잡았다. 나는 그를 입구로 데려와 동생과 인사시켰다. 고백컨대, 표도르 미하일로비치가 죄없는 바냐에게 격분을 토할까봐, 그래서 내 동생을 그가 사랑해 주길 바라는 내 꿈이 깨어질까봐, 나는 몹시 두려웠다. 다행히도 그런 일은 일어나지 않았다. 남편은 동생에게 무척 다정하게 대해 주었다.

우리는 매우 즐겁게 저녁을 먹었다. 표도르 미하일로비치는 나에게 모든 일을 세세하게 물어보았고 나는 우리의 모험담을 익살을 섞어 그에게 들려주었다. 시간이 늦었기 때문에 동생은 저녁을 먹자마자 길을 떠났다. 남편과 나는, 우리가 결혼하기 전의 그 근사한 저녁들을 떠올리며 둘이서 황홀한 저녁 시간을 보냈다. 내가 장난을 치며 물어보았다.

"자, 솔직하게 말해 봐요. 당신, 내가 오늘 누군가랑 도망을 쳤다고 생각한 거죠, 그렇죠?"

"이런, 또 그런 이야기를 꾸며 내다니!" 표도르 미하일로비치는 이렇게 대답했지만 그의 눈은 죄를 지은 듯 나를 쳐다보고 있었다. 나는 내 짐작이 약간은 근거가 있다는 것을 알 수 있었다.

7. 모스크바가 남긴 인상

우리가 모스크바에서 보냈던 나머지 날들은 즐겁게 기억할 수 있다. 우리는 매일 아침 크레믈 대성당, 오르지예 궁전,[7] 로마노프 왕가(王家) 등 이 도시의 명소들을 보러 나갔다. 어느 맑은 아침에 표도르 도스토옙스키는 나를 라자레프 묘지로 데려갔다. 그곳에는 그의 어머니, 마리야 페도로브나 도스토옙스카야가 안장되어 있었다. 어머니를 기억할 때면 그는 언제나 가슴 가득 따스함을 느끼곤 했다. 우리는 교회에서 사제와 마주치는 바람에 그가 어머니의 무덤에서 추도 기도를 올릴 수 있어 무척 만족스러웠다. 우리는 보로비예프 언덕에도 가 보았다. 표도르 미하일로비치는 모스크바 태생으로 타지인에겐 안내자로서 완벽했다. 그는 옛 수도[8]에 얽힌 특별히 재미있는 이야기들을 내게 많이 들려주었다.

구경을 마치고 나서 지치고 배가 고파진 우리는 보통 때처럼 체스토프 식당으로 아침을 먹으러 갔다. 남편은 러시아식 음식을 좋아했다. 페테르부르크 사람인 나를 위해 일부러 모스크바식 셀리얀카 수프나 라스스체가이,[9] 숯불구이 피로그 같은 향토 음식을 주문해 주고는 젊은 나의 식성에 놀라는 시늉을 했다.

식사를 마친 다음, 우리는 숙소로 돌아와 휴식을 취한 뒤 이바노프네로 점심을 먹으러 갔다. 그 집에 가면 나는 표도르 미하일로비치가 질투심에 다시 발작을 일으키는 일이 없도록 그의 곁에서 한 발짝도 떠나지 않았다. 또한, 그가 도와주어서 베라 미하일로브나와 소네치카, 그리고 다른 젊은 친구들과도 무척 친해졌다. 나는 또 약아빠진 마리야 세르게예브나와도 친구가 되었다. 그들은 내게, 어째서 나를 싫어했는지, 그래서 어떤 방법으로 이 못마땅한 새 친척을 약올려 이성을 잃게 만들려고 했는지를 시시콜콜 죄다 이야기해 주었다.

우리는 밤 11시경에 집으로 돌아와서 하루를 마친 감흥을 서로 나누며 2시까지 자리에 들지 않았다. 최근 몇 주일간 페테르부르크 생활에서 생겨난 남편에 대한 어떤 소외감 같은 것이 모스크바에 와서는 완전히 사라졌다. 나는 약혼 시절의 낙천적이고 인정 많은 모습으로 돌아왔다. 표도르 미하일로비치는 페테르부르크에서 잃어버릴 뻔한 '예전의 아냐'를 모스크바에서 되찾았다고 호언하면서, 이번 여행이 우리의 '신혼 여행'이라고 했다. 내게 적대감을 가진 남편의 몇몇 친척들이 우리 사이에 없다면 우리의 결혼생활이 얼마나 행복해질 수 있는지 그제야 나는 분명히 알게 되었다. 모스크바 여행에 대한 추억은 내 기억 속에 영원히 남아서, 후에도 모스크바에 올 때면 나는 항상 다른 어느 곳에 있을 때보다 더 큰 행복과 평안과 만족감을 느끼곤 했다.

『러시아 통보』 편집부는 표도르 미하일로비치에게 선금으로 1천 루블을 새로 지급하기로 했다. 금요일에 일이 확실하게 정해졌고, 우리는 다음 날 페테르부르크로 떠났다. 우리가 탄 기차가 무엇 때문인지 클린 역에서 한 시간을 꼬박 정거해 있던 기억이 난다. 저녁 7시 무렵이었는데 대기실에서는 버드나무 토요일[10]을 맞아 저녁 예배가 행해지고 있었다. 모두들 버드나무 가지와 촛불을 들고 서 있었다. 우리는 기도를 올리는 사람들 틈에 합류했다. 나는 소중한 남편 곁에 나란히 서서 정말이지 열심히 기도를 드렸다. 진심으로, 온 마음을 다 바쳐 내게 행운을 주신 신께 감사드렸다. 그 순간들을 어찌 잊을 수 있겠는가!

8. 해외로 나가다

우리는 페테르부르크로 돌아왔다. 그리고 또다시 그 지긋지긋한 생활이 시작되었다. 아침이 되자 예의 우리의 손님들이 나타났고, 그 다음엔 의붓아들로부터 우리가 일요일에 돌아온다는 말을 들은 나머지 친척들도 모여들기 시작했다. 또다시 친척들을 '상대'하고 '접대'해야 하는 의무가 내 몫으로 떨어졌다. 하지만 나는 기꺼운 마음으로 일을 했다. 곧 모든 것이 바뀌리라 기대하면서. 표도르 미하일로비치는 어디론가 나가버렸다. 나는 불미스런 사태를 피하기 위해 우리가 곧 해외로 나간다는 말을 아무에게도 하지 않기로 했다. 그 이야기는 점심을 먹고 난 뒤에야 거론되었다. 그때는 나의 어머니를 포함하여 모든 친척들이 다 모여 있었다. 일주일 내내 지속되고 있는 거의 봄날 같은 화창한 날씨에 관해 말이 오가고 있었다. 에밀리야 페도로브나가 이렇게 날씨가 좋을 때 별장을 구해서 이용해야 한다고, 그렇지 않으면 좋은 날들이 다 가 버린다는 내용의 말을 했다. 그녀는 파블롭스크 근처의 차를레프에 있는, 정원이 넓고 멋진 별장을 알고 있다는 말을 덧붙였다. 그 별장은 굉장히 커서 우리 말고도 도스토옙스키 일가가 모두 함께 묵을 수 있다는 것이었다.

"안나 그리고리예브나는 젊은 사람들 틈에서 지내는 게 더 즐거울 거예요. 그러니까 내가 희생을 하죠, 뭐. 우리 예쁜 새댁이 잘 못하는 살림을 내가 맡을게요."

에밀리야 페도로브나가 나의 살림 솜씨가 엉망이라는 암시를 하자 표도르 미하일로비치는 눈살을 찌푸렸다. 어쩌면 내가 젊은이들과 있으면 더 즐거울 거라는 말 때문이었는지도 모른다.

"우리는 별장을 구할 필요가 없어요. 아냐와 나는 해외로 나갈 겁니다." 그가 선언을 했다.

친척들은 모두 이 말을 농담으로 받아들였다. 그러나 남편이 여행 계획을 자세히 말하기 시작하자 모두들 사실이라는 것을 믿게 되었다. 그리고 무척이나 불만스러운 듯 모두들 갑자기 침묵을 지켰다. 나는 이바노프 가족에 관한 얘기며, 모스크바에서 우리가 다녀온 곳들에 대한 얘기를 하면서 대화를 살려 보려 했지만 아무도 내 이야기를 받아 주지 않았다. 커피가 나왔으나 무언의 항의에 기분이 상한 표도르 미하일로비치는 서재로 가 버렸다. 조금 뒤에는 에밀리야 페도로브나가 그를 뒤따라갔고, 나머지 친척들은 거실로 자리를 옮겼다. 그래서 식당에는 나와 파벨 알렉산드로비치만 남게 되었다.

"이것이 당신의 간계라는 걸 잘 알고 있어, 안나 그리고리예브나!" 그가 분개하며 말을 꺼냈다.

"간계라니, 그게 무슨 말이지?"

"이해 못하겠어?! 해외로 나간다는 말도 안 되는 소리 말이야! 하지만 당신이 무척 잘못 계산한 거야. 내가 당신을 모스크바에 가도록 내버려 둔 건, 오로지 아버지가 돈을 받으러 갔기 때문이었어. 하지만 해외 여행은 당신이 변덕을 부린 거지, 안나 그리고리예브나. 무슨 일이 있어도 그건 허용할 수가 없어."

나는 그의 말투에 화가 났지만 말다툼하고 싶지 않았다. 그래서 농담으로 이렇게 말했다.

"하지만 우리를 좀 불쌍히 여겨 주면 안 되겠어?"

"그런 건 기대도 하지 마! 그런 변덕을 부리는 덴 돈이 들 테지. 하지만 돈은 당신 하나한테만 필요한 게 아니야. 돈은 가족 모두에게 필요해, 우리 집에서 돈은 우리 모두의 것이란 말이야……."

이것이 선량한 아버지에게 모든 책임을 떠넘기고 한 푼의 돈도 벌어오지 못했던 사람이 한 말이다. 그의 불손함을 꾸짖지 않으려고 나는 서둘러 방을 나왔다.

30분이 지나서 에밀리야 페도로브나가 서재에서 나왔는데, 기분이 상한 모양이었다. 그녀는 딸에게 집으로 가자고 명령하고, 내게 몹시 매정하게 작별인사를 한 다음 집을 나가 버렸다. 그녀 다음으로 니콜라이 미하일로비치가 서재로 들어갔고, 그 뒤에는 나머지 친척들도 작별인사를 하러 들어갔다. 맨 마지막으로 파벨 알렉산드로비치가 표도르 미하일로비치에게 갔다. 언제나 그렇듯이 그는 흥분한 채 훈시하듯 말을 해서 표도르 미하일로비치는 참지 못하고 그를 방에서 내쫓았다. 그러자 그는 곧바로 어디론가 나가 버렸다.

모두들 돌아간 뒤 서재로 들어간 나는 격앙되고 분노로 들끓는 모습의 남편을 볼 수 있었다. 그는 친척들 모두가 우리의 해외 여행에 반대한다고 하면서, 만일 여행을 떠날 경우엔 그들에게 몇 달치 돈을 미리 남겨달라고 요구한다는 것이었다.

"대체 얼마나 말이에요?" 내가 물었다.

"에밀리야 페도로브나는 아이들과 얘기해 보고 나서 내일

답을 주겠다고 했어." 표도르 미하일로비치가 말했다.

그의 말을 들으니 심히 불안해졌다. 표도르 미하일로비치는 『러시아 통보』에서 받은 1천 루블 중에서 에밀리야 페도로브나에게 200루블, 파샤의 생활비로 100루블, 니콜라이 미하일로비치에게 100루블을 주고 떠나기 전까지 우리의 생활비로 100루블을 예상하고 있었다. 그렇게 되면 해외 체류비로 500루블이 남을 것이었다. 우리의 계획은, 표도르 미하일로비치가 해외에서 한 달 정도 휴식을 취한 뒤 「벨린스키[11]에 대하여」라는 논문에 착수한다는 것이었다. 논문의 분량이 서너 장 이상될 것으로 예상되어서 표도르 미하일로비치는 비교적 빠른 시일 내에 300 혹은 400루블의 논문 원고료를 받아 그것으로 친척들이 여름 몇 달을 날 수 있도록 한다는 생각이었다. 우리는 8월 초에는 페테르부르크로 돌아올 작정이었다.

나의 우울한 예감은 적중했다. 다음 날 아침 에밀리야 페도로브나가 와서는 말하기를, 우리가 없는 동안 그녀 가족의 생활비로 500루블이 필요하고 의붓아들을 보살피는 데 200루블이 필요하다고 했다. 표도르 미하일로비치는 그녀가 300루블 (그녀의 가족과 의붓아들의 생활비로)에 동의하게끔 설득하려고 해보았다. 나머지 돈은 두 달 뒤에 보내겠다고 약속했다. 하지만 에밀리야 페도로브나는 여기에 동의하지 않았고 표도르 미하일로비치는 그녀의 청을 뿌리칠 힘이 없었다. 그는 형이 죽은 뒤부터 그 가족의 이해관계를 위해 노심초사하는 데 익숙해져 있었다.

　남편은 또 낮에 좋지 않은 일을 새롭게 겪어야 했다. 레이스만 부인의 젊은 아들이 갑작스럽게 찾아온 것이다. 그녀는 표도르 미하일로비치 앞으로 된, 2천 루블 가량의 돈에 대한 몇 건의 집행 명령장을 갖고 있었다. 하지만 남편이 그녀에게 많은 이자를 지불하고 있었으므로 그를 채근하는 법이 없었다. 그런데 지금 그녀의 아들이 말하길, 집행 명령장 한 장당 500루블씩을 지불해 달라고 어머니가 부탁했다는 것이다. 거절할 경우 법원 집달관을 불러 우리의 세간을 압류할 생각이라고 했다. 표도르 미하일로비치는 이 뜻밖의 요구에 너무도 아연실색했다. 하지만 레이스만의 강한 요구 때문에, 내일까지 300루블을 지불하겠다고 약속했다.

　이날 하루 동안 친척들로부터 몇 통의 편지가 왔다. 표도르 미하일로비치가 그들에게 1,100루블을 내주어야 한다는 사실이 밝혀졌다. 레이스만에게도 300을 주어야 하고, 우리 수중에는 겨우 1천 루블이 있을 뿐인데 말이다!

　솔직히 말해, 언제나 정중하던 채권자들이 갑자기 그런 요구를 해온 것이 다소 의심스럽게 생각되었지만, 그런 생각을 남편에게 말하지는 않았다.

　저녁 늦게, 곧 지불해야 할 돈을 다 계산하고 나서 표도르 미하일로비치는 서글픈 목소리로 내게 말했다.

　"운명이 우리를 거부하는군, 사랑하는 아네치카! 한번 봐,

지금, 봄에 말이야, 해외로 나가자면 2천 루블은 필요한데, 우리한테는 한 푼도 남은 돈이 없어. 러시아에 남아 있게 되면 이 돈으로 두 달은 조용히 살 수 있어, 에밀리야 페도로브나가 권유한 별장도 빌릴 수 있지. 나는 거기서 작업을 하면 돼. 가을에는 또 다시 돈이 생길 것이고 그러면 두 달 동안 해외에 다녀올 수 있을 거야. 사랑하는 당신, 지금 그렇게 할 수 없어서 내가 얼마나 안타까운지 당신은 알까! 내가 얼마나 이 여행을 꿈꾸어 왔는데, 우리 두 사람에게 이 여행이 얼마나 꼭 필요하다고 생각했는데 말이야!"

표도르 미하일로비치의 짓눌린 기분을 보고서 나는 절망을 감추려고 노력하면서 씩씩하게 말했다. "제발 진정해요, 내 사랑. 가을까지 기다려요! 아마 그때는 더 잘될 거예요!"

나는 두통을 핑계 대고 서둘러 서재에서 나왔다. 울음을 터뜨려 남편을 더 괴롭게 만들까 봐 두려웠던 것이다. 내 마음속은 죽음과 같았다. 나를 지긋지긋하게 했던 비참한 생각들과 회의, 모스크바에 있는 동안 겨우 사라졌던 그 모든 것들이 갑절이 되어 내게 되돌아왔다. 우리 두 사람을 매료시켰던 그 꿈이 이루어질 수 없다는 사실을 알고 나는 거의 절망에 빠졌다.

나는 생각했다. '표도르 미하일로비치와 내가 함께 꿈꾸었던 화목하고 굳건한 가족을 만들 수 있는 길은 오직 남편과 지속적인 정신적 교감을 나누는 것뿐이다. 그것은 결혼을 앞둔 축복받은 몇 주일 동안 내가 그토록 소중히 여겼던 것이고, 우리의 모스크바 생활을 아름답게 만들어 준 것이다. 우리의 사랑을 구원하기 위해서는 두세 달만이라도 사람들로부터 떨어져서 내가 겪은 불안과 기분 나쁜 일들로부터 마음의 평안을 찾아야 한다. 그럴 때에만 우리는 평생을 잘 지내게 될 것이고, 누구도 우리를 갈라놓지 못할 것이다. 하지만 우리에게 이토록 필요한 여행에 드는 돈을 어디서 구한단 말인가?' 나는 생각하고 또 생각했다. 그러다 문득 한 가지 생각이 머릿속에 어렴풋이 떠올랐다. '내 지참금과 물건들을 모두 여행을 위해 내놓으면 되지 않을까, 그렇게 해서 나의 행복을 구하면 되지 않을까?' 하는 생각이었다.

이 생각이 조금씩 조금씩 나를 뒤흔들었다. 그것을 실행으로 옮기는 데 약간의 어려움이 따른다 해도 말이다. 무엇보다도 이 일을 감행하는 것은 나 자신에게 결코 쉽지 않았다. 내가 이미 말했듯이 나이는 스무 살이었지만 나는 많은 점에서 어린아이였다. 어릴 때는 물건들, 즉 세간이라든가 의상들이 큰 의미를 갖는다. 나는 내 피아노와 멋진 작은 탁자들과 수납장, 모든 예쁜 물건들, 그러니까 얼마 전에 들여놓은 살림이 너무나 마음에 들었다. 아무것도 얻지 못할 모험을 감행하면서 그것들을 내놓는다는 것이 안타까웠다.

또한 어머니의 불만도 두려웠다. 결혼한 지 얼마 되지 않던 때라 나는 그때까지도 어머니의 영향을 많이 받았고, 그녀를 실망시키는 것이 겁났다. 내 지참품의 일부는 어머니의 돈으로 구입한 것이었다. 나는 생각했다. '남편이 지나치게 자기 친척들에게 집착한다고 어머니가 그를 비난하면 어쩌지, 또 나에 대한 그의 사랑을 의심하면 어쩌지? 언제나 자식들의 행복을 자기 자신보다 더 소중히 여기는 어머니인데, 얼마나 괴로워하실까!'

이렇게 동요하고 회의하면서 나는 불면의 밤을 보냈다. 5시에 새벽 예배 종소리가 울렸다. 나는 우리 집 맞은편에 있는 보즈네세니예 교회에 기도를 드리러 가기로 했다. 언제나 그랬듯이, 기도는 내 마음을 움직였다. 나는 뜨겁게 기도하고 울었다. 교회를 나오면서 내 결심은 굳어져 있었다.

나는 교회에서 나와 집으로 가지 않고 어머니에게로 향했다. 그렇게 이른 시간에, 그것도 울어서 부은 눈으로 찾아온 나를 보고 가엾은 어머니는 깜짝 놀라셨다. 가까운 이들 중에서 내 불행한 가정 생활을 알고 있는 사람은 어머니 한 분뿐이었다. 파벨 알렉산드로비치가 나를 존중하게끔 만들지 못하고 나를 둘러싼 주변 상황을 바꾸지 못하는 것은 내가 무능해서라고 어머니는 자주 야단치셨다. 그녀는 또, 예전에는 일을 하는 것에서 정신적인 만족을 구하고 항상 바빴던 내가, 지금은 온종일 아무것도 하지 못하고 오로지 손님들을 상대하고 접대하는 일만 한다는 것에 분개했다. 어머니는 스웨덴인이어서 서구적인 관점, 좀 더 계몽된 시각으로 인생을 바라보았기 때문에 우리 러시아식의 무절제한 손님치레로 인해 내가 배운 좋은 기능을 사장시키는 것을 걱정하셨다. 모든 것을 바로잡을 힘도 내게는 없고, 그렇다고 내가 세상사에 박자를 맞출 줄도 모른다는 것을 아는 어머니는 우리의 해외 여행을 학수고대하셨다. 어머니는 가을에 우리가 돌아오고 나면 표도르 미하일로비치에게 당신 집으로 들어와 살라고 하실 작정이셨다. 그렇게 되면 우리에겐 공짜로 집이 생기는 것이고, 거리가 머니까 친척들도 매일같이 찾아오지는 않을 것이었다. 파벨 알렉산드로비치 역시 '촌 동네'(그는 우리 동네를 조롱하듯 그렇게 말했다)에 살고 싶지 않을 것이므로 당연히 에밀리야 페도로브나의 집에 머물 것이다. 그런 식으로, 우리와 파벨 알렉산드로비치의 별거는 가족간의 불화로 비치지 않고 그가 스스로 원해서 한 일이 될 수 있을 것이었다.

우리의 해외 여행이 무산된 데다 내가 도스토옙스키 집안 사람들과 함께 별장에서 여름을 보내게 되었다는 사실을 알고 어머니는 기겁을 하셨다. 그녀는 독립심 강한 내 성격과 양보할 줄 모르는 젊은 혈기를 알고 있었으므로, 내가 견디지 못하고 가정 파탄이 일어날 것을 두려워하셨다.

너무나 기쁘게도, 어머니는 내 물건들을 모두 저당 잡히겠다는 나의 계획을 그 자리에서 승낙하셨다. 나에게 준 지참품들이 아깝지 않냐고 내가 묻자 어머니는 이렇게 대답하셨다.

"물론, 아깝지. 하지만 네 행복이 위기에 처했는데 뭘 어쩌겠니? 너와 표도르 미하일로비치는 그렇게 완전히 다른 사람들이다. 그러니 지금 잘 화합하지 않는다면 영원히 잘 안 될 게다. 축일 전에, 새로 더 복잡한 일들이 생기기 전에 한시바삐 떠나야만 한다."

"그렇지만, 우리가 축일 전에 물건들을 저당 잡히고 돈을 받을 수 있을까요?" 내가 물었다.

다행히도 어머니가 '그로모즈드 부동산'사의 이사 한 사람을 알고 계셔서, 즉시 그에게 내일이라도 감정인을 보내 달라고 부탁하겠다고 약속하셨다. 우리 집의 전세 만기가 5월 1일이어서 가구들은 부활절 이후에 창고로 옮길 수 있었다. 저당 잡히고 받은 돈을 표도르 미하일로비치가 정한 액수만큼씩 친척들에게 나눠 주는 일은 어머니가 맡으실 거였다. 금, 은제 물건들과 복권, 모피옷 등은 우리가 떠나기 전까지는 전당포에 맡길 수 있을 것이었다.

나는 기쁜 마음으로 집으로 출발하여 표도르 미하일로비치가 일어나기 전에 집에 도착할 수 있었다. 파벨 알렉산드로비치는 내가 아침 내내 어디에 다녀왔는지가 못내 궁금해서 금세 식당으로 들어왔다. 나는 남편을 위해 커피를 준비하고 있었다. 그는 평소처럼 독살스럽게 말했다.

"당신이 그렇게 신앙심이 깊다는 걸 확인하게 되어 무척 기분이 좋군요, 안나 그리고리예브나. 새벽 예배는 물론이고 낮 예배가 끝날 때까지도 계속 서 계셨다는 걸 페도시야한테 들어 알게 되었죠."

"그래, 교회에 갔다 왔어." 내가 대답했다.

"그런데 오늘은 왜 그렇게 생각에 잠겨 있는 거죠? 그 불타는 상상력으로 유럽의 어느 해변을 거닐고 있는지 궁금해지는군요."

"우리가 해외로 나가지 않을 거란 걸 알잖아?"

"내가 뭐라고 했는데? 내가 모든 걸 내 식대로 처리하고 해외로 나가게 내버려두지 않을 수 있다는 건 지금 당신이 경험으로 단정한 거잖아!"

"그래, 알아, 안다고! 그래서 무슨 말을 하려는 거야?" 싸움을 시작하고 싶지 않아서 나는 그렇게 대답했다. 비록 마음속으로는 그의 불손한 말에 대한 분노가 치밀었지만 말이다.

내가 짠 계획에 표도르 미하일로비치가 동의하도록 설득할 일이 남아 있었다. 집에서 이야기를 해서는 안 되었다. 매순간 누군가가 방해할 수 있었기 때문이었다. 더욱이 파벨 알렉산드로비치가 예의 우리 집 아침 손님인 어린 도스토옙스키 조카들이 오기를 기다리며 집에 죽치고 있는 상황이었다. 다행히도 남편이 무슨 일인가로 밖에 나갔다 와야 했고, 나는 그를 가까운 약국 앞까지 배웅하겠다고 자진해서 따라나섰다. 집에서 나온 뒤 나는 표도르 미하일로비치에게 보즈네센스카야 교회의 부속 예배당에 들르자고 했다. 우리는 성모상 앞에서 함께 기도를 드렸다. 그리고는 보즈네센스크 대로와 모이카 강변도로를 따라 걸었다. 나는 몹시 흥분한 상태여서 어디서부터 얘기를 시작해야 할지 몰랐다. 표도르 미하일로비치가 나를 도와주었다. 내게 생기가 돈다는 걸 눈치채고 그가 말했다.

"아냐, 해외 여행이 취소된 걸 좋게 받아들여줘서 얼마나 기쁜지 몰라. 우리 둘 다 그렇게 꿈꾸어 왔던 여행인데!"

"하지만 이루어질 수도 있어요. 내가 지금부터 말하는 계획에 당신이 동의한다면 말이에요." 나는 이렇게 대답하고는 즉시 그 계획을 설명하기 시작했다. 예상했던 대로 남편은 내 제안을 일언지하에 거절했다. 내 물건들을 희생하는 걸 원치 않는다면서 말이다. 우리는 언쟁을 벌이다가 길을 놓쳐 전에는 와본 적이 없는, 사람이 전혀 살지 않는 구역으로 들어갔다(모이카 강변도로를 따라 계속 걸었던 것이다).

우리의 결혼생활 중 두 번째로 나는 남편에게 살기가 힘들다고 고백했다. 그리고 두세 달이라도 평온하고 행복한 생활을 할 수 있게 해달라고 간청했다. 나는 지금 상황으로서는 예전에 꿈꾸었던 것처럼 우리가 친구가 될 수 없을 뿐더러 어쩌면 영원히 갈라서게 될지도 모른다고 강변했다. 나는 남편에게 우리의 사랑과 행복을 지켜달라고 간청하다가 자제력을 잃고 소리내어 울기 시작했다. 가엾은 표도르 미하일로비치는 내게 무엇을 해주어야 할지 몰라 어찌할 바 몰랐다. 그는 황급히, 모든 것을 내 뜻대로 하자고 했다. 나는 너무 기쁜 나머지 행인들(몇 명 되진 않았지만)도 개의치 않고 남편에게 몇 번이고 격렬하게 키스를 했다.

시간을 허비하지 않으려고 나는 그 자리에서 표도르 미하일로비치에게 군(軍) 장성인 지사의 사무실로 가서 해외 여권을 언제쯤 받을 수 있는지 알아보자고 했다. 남편의 여권 문제는 항상 복잡했다. 정치범 전력 때문에 경찰의 보호 감찰을 받아야 했기 때문이다. 그래서 일반 신청서를 작성하는 것 외에도 사전에 군 장성인 지사의 허가를 받아야 했다. 사무실에는 관리 한 사람이 있었는데, 그는 남편과 아는 사이였고 남편의 천재성을 매우 우러러보는 사람이었다. 그 자리에서 그는 표도르 미하일로비치에게 청원서를 쓰게 하고 내일 관청에 보고하겠다고 약속했다. 여권은 금요일까지 만들어 주겠다고 했다.

이날은 정말 한없이 행복했다! 심지어 파벨 알렉산드로비치가 당치도 않게 귀찮게 따라붙었어도 화가 나지 않았다. 이제는 그도 마지막이었기 때문이다. 우리가 떠난다는 사실을 나는 이날 어머니 외에 아무에게도 말하지 않았다. 어머니는 저녁에 오셔서 내일이면 저당 잡힐 금은붙이와 복권을 가지고 가셨다.

다음 날인 수요일에는 부동산 회사의 감정인이 찾아와서 가구를 담보로 우리가 받을 수 있는 금액을 책정했다. 그날 저녁, 거의 모든 친척들이 우리 집에 모여 있던 저녁 식사 시간에 표도르 미하일로비치는 우리가 모레 해외로 나갈 것이라고 발표했다.

"아버지! 잠깐만요, 드릴 말씀이 있어요." 그 소식에 어리둥절해진 파벨 알렉산드로비치가 곧바로 말을 꺼냈다.

"어떤 말도 필요 없다!" 표도르 미하일로비치가 발끈했다. "모두 정해진 액수만큼 돈을 받을 것이고, 더 이상은 단 한 푼도 없어."

"하지만 말도 안 돼요! 제 여름 재킷이 완전 구식이어서 새로 사야 하고, 또 다른 데도 쓸 돈이 있단 말이에요……." 파벨 알렉산드로비치가 말하기 시작했다.

"정해진 돈 말고는 아무것도 못 받을 줄 알아라. 우리는 안나 그리고리예브나의 돈으로 해외로 나간다. 그 돈을 쓸 권한이 내겐 없어." 파벨 알렉산드로비치가 두세 번 더 무슨 요구를 해보려 했으나 표도르 미하일로비치는 그의 말을 듣지 않으려 했다.

식사를 마친 후 친척들은 남편의 서재로 줄을 이어 들어갔다. 그곳에서 표도르 미하일로비치는 각자에게 일부는 돈을, 나머지 일부는 5월 1일자 인수증을 나눠 주었다. 어머니가 내 물건을 저당 잡히고 받은 돈을 그날 건네줄 것이었다.

나는 표도르 미하일로비치를 설득하여 파벨 알렉산드로비치에게 여름 재킷을 사도록 돈을 주었다. 그가 우리를 방해하지 못하도록 하기 위해서였다. 하지만 그런 배려도 그의 마음을 움직이지는 못했다. 작별하면서 그는 나의 교활한 행동(해외로 나가는 것)은 대가를 치를 것이라며, 가을에 "누가 더 힘이 센지 겨뤄 보자. 어느 쪽이 이길지는 모르지"라고 내게 말했다.

우리는 서둘러 짐을 쌌다. 오래 떠나 있지 않을 것이라 생각했기 때문에 꼭 필요한 물건들만 챙겼다. 가구는 저당 잡혔고 나머지 가재도구는 어머니에게 맡겼다. 파벨 알렉산드로비치가 어머니를 돕겠다고 자청하고 나섰다. 하지만 돕기보다는 방해하는 일이 더 많았다. 서재의 물건들과 표도르 미하일로비치의 책들은 운송시켜 가져갔다. 그가 독서로 교양을 쌓고 싶어 했기 때문이다.

우리는 석 달 예정으로 해외로 떠났지만 러시아로 돌아온 것은 4년이 더 지나서였다. 그 시간 동안 우리 생에 수많은 기쁜 일들이 일어났다. 나는 해외로 나가는 결정을 할 때 나를 강하게 이끌어 주신 신께 영원히 감사드릴 것이다. 그곳에서 표도르 미하일로비치와 나의 행복한 새 삶이 시작되었고, 우리의 우정과 사랑은 더 깊어졌다. 그리고 우리의 우정과 사랑은 남편이 생을 마치는 순간까지 지속되었다.

4장

해외 체류

1. 첫 번째 부부싸움(속기 노트에서 퍼옴)

오늘(4월 18일) 비가 내린다. 가늘긴 하지만 하루 종일 올 것 같은 비다. 베를린 사람들은 창문을 활짝 열어 놓고 지낸다. 우리 방 창문 밑에는 보리수가 꽃을 피웠다. 비는 계속 내리지만, 우리는 시내 구경을 하러 나가기로 했다. 운터 덴 린덴 쪽으로 나가서 궁전과 건축 아카데미, 병기고, 오페라 극장, 대학과 루드비히 교회를 보았다.

  사랑하는 페쟈가 내가 겨울 옷차림(흰 모피 모자)을 하고 보기 흉한 장갑을 끼고 있다고 지적했다. 나는 기분이 몹시 상해서 내 옷차림이 형편없다고 생각한다면 함께 다니지 않는 게 좋겠다고 대답했다. 이렇게 말하고 나서 나는 몸을 돌려 재빨리 반대편으로 건너갔다. 페쟈는 몇 번 나를 부르고 내 뒤를 쫓아오려 했지만 생각을 고쳐먹고 가던 길을 걸어갔다. 나는 너무나 기분이 나빴다. 표도르 미하일로비치의 그런 지적은 지독하게 무례한 것으로 여겨졌다. 나는 몇몇 거리를 거의 뛰다시피 지나쳤다. 정신을 차려 보니 브란덴부르크 문에 와 있었다. 비는 여전히 내리고 있었다. 독일인들이 나를 놀란 눈으로 쳐다보았다. 웬 아가씨가 앞뒤도 전혀 살피지 않고 우산도 없이 빗속을 걸어가고 있었으니 말이다. 나는 점차 마음이 가라앉았다. 그리고 페쟈에게는 내 기분을 상하게 할 의도가 전혀 없었는데 내가 공연히 흥분했다는 것을 깨달았다.

페쟈와 말다툼한 것이 몹시 걱정되기 시작했다. 나는 페쟈가 숙소로 돌아갔을 것이고 그와 화해할 수 있을 것이라 생각하여 서둘러 숙소로 발걸음을 옮겼다. 하지만 호텔에 가서, 페쟈가 벌써 들렀는데 몇 분간 방에 있다가 다시 나갔다는 말을 듣고는 너무나 실망했다.

내가 무슨 상상을 하기 시작했는지는 아무도 모를 것이다. 오, 주여, 얼마나 별의별 생각이 다 들던지! 내가 그렇게 바보같고 변덕이나 부리는 여자라는 것을 확신하고 나에 대한 사랑이 식은 그가, 자신이 너무 불행하다고 생각하여 슈프레 강에 몸을 던졌을 것 같은 생각이 들었다. 그 다음에는, 그가 나와 이혼하고 별개의 체류증을 발급받아 나를 러시아로 되돌려 보내기 위해 우리 대사관에 갔을지도 모른다는 생각도 들었다. 페쟈가 트렁크를 열어 놓은 것을 보자(트렁크는 원래 있던 자리에 있지 않았고, 벨트가 풀어져 있었다) 이 생각은 더욱 강해졌다. 페쟈가 대사관에 가기 위해 우리의 서류를 찾아낸 것이 분명했다.

이 모든 불행한 생각들에 지칠 대로 지친 나는 쓰디쓴 울음을 터뜨리며 나의 변덕과 어리석음을 자책했다. 마음속으로 나는 만약 표도르 미하일로비치가 나를 버린다면 어떤 일이 있어도 러시아로 돌아가지는 않으리라, 이국 땅 어디 먼 시골 구석에 숨어 버리리라 작정했다. 나를 잃어버린 것을 그가 영원히 슬퍼하도록 말이다. 그렇게 두 시간이 흘렀다.

나는 수시로 자리에서 벌떡 일어나 창문으로 가서 그가 오는지 보곤 했다. 그렇게 절망이 한계 상황에 달했을 때, 창 밖을 내다보던 나의 눈에 너무도 의연한 모습으로 두 손을 재킷 주머니에 넣고 길을 걸어오는 페쟈가 보였다. 나는 말할 수 없이 반가웠다.

그가 방으로 들어오자 나는 울음을 터뜨리며 달려가 그의 목을 끌어안았다. 울어서 부은 내 눈을 보고 그는 몹시 놀라서 무슨 일이 있었냐고 물었다. 내가 두려워했던 일들을 말하자 그는 껄껄 웃으며 "자존심이 조금이라도 있다면 슈프레 강 같이 아무것도 아닌 조그만 시냇물에 투신해 죽을 수는 없지"라고 말했다. 그리고 이혼에 관한 내 생각을 듣고도 몹시 웃으면서 "당신은 아직 내가 사랑스러운 나의 아내를 얼마나 사랑하는지 모르는 걸" 하고 말했다. 그가 방에 들러 트렁크를 열었던 것은 재킷을 주문할 돈을 꺼내기 위해서였다. 그렇게 해서 모든 일이 다 해명되었고 우리는 화해했다. 나는 말할 수 없이 행복했다.

2. 일기를 쓰기 시작하다

베를린에서 이틀을 머문 뒤, 우리는 드레스덴으로 이주했다. 남편이 힘든 집필 작업을 앞두고 있었기 때문에 우리는 그곳에서 한 달 이상 지내기로 결정했다. 표도르 미하일로비치는 드레스덴을 무척 좋아했다. 유명한 미술관[1]과 그 근방에 아름다운 정원들이 있었기 때문인데, 드레스덴을 여행할 때면 그는 반드시 그곳에 들르곤 했다. 그 도시에는 박물관과 문화재들도 많았다. 내 지식욕을 잘 알고 있던 표도르 미하일로비치는 내가 그런 것들에 관심을 가지면 러시아를 그리워하지 않을 거라고 생각했다. 처음 얼마 동안 그는 내가 향수병에 걸릴까 많이 걱정했던 것이다.

우리는 노이마르크트에서 당시로선 좋은 호텔 축에 들었던 '스타드트 베를린' 호텔에 짐을 풀었다. 옷을 갈아입자마자 우리는 미술관을 찾아 나섰다. 남편이 이 도시의 보물들 중 그곳을 제일 먼저 내게 보여주고 싶어했던 것이다. 표도르 미하일로비치는 츠빙거로 가는 최단거리를 아주 잘 기억하고 있다고 큰소리쳤지만, 우리는 좁은 골목길에서 곧 길을 잃고 말았다.

이때 있었던 일화가 있는데, 남편이 내게 보낸 편지들 중 하나에는 이 일이 독일인의 이성적 난해함과 철저함을 보여 주는 예로 제시되어 있다. 표도르 미하일로비치가 지성인처럼 보이는 한 신사에게 길을 물어보았다.

"실례합니다, 선생님. 미술관에 가려면 어디로 가야 하나요?"

"미술관 말입니까?"

"네, 미술관이요."

"궁정 미술관 말씀입니까?"

"네, 궁정 미술관 맞습니다."

"모르겠네요."

미술관이 어디 있는지 모른다면서, 그 사람은 왜 그리 꼬치꼬치 캐물었는지 정말 이상했다.

그럼에도 우리는 곧 미술관에 당도하게 되었다. 비록 폐관 시간까지 한 시간밖에 남아 있지 않았지만 우리는 들어가 보기로 했다. 남편은 전시실들을 다 지나쳐서, 나를 「시스티나의 성모」[2] 앞으로 데리고 갔다. 그는 이 그림을 인간의 천재성이 가장 잘 발휘된 작품으로 보았다. 후에, 나는 경이로운 아름다움을 지닌 이 그림 앞에 남편이 감화된 듯한 표정과 감격에 겨운 눈빛으로 몇 시간이고 서 있을 수 있음을 알게 되었다. 「시스티나의 성모」를 처음 보았을 때 나는 정신이 아득해지는 듯했다. 아기 예수를 안고 있는 성모가 그 앞으로 다가오는 사람들을 향해 하늘에서 날아오는 것만 같았기 때문이다. 10월 1일에 키예프에 있는 성 블라디미르 사원에 저녁 예배를 드리러 간 적이 있는데, 그때 밝은 조명 속에서 화가 바스네초프[3]의 천재적인 작품을 보았을 때도 나는 같은 느낌을 경험했다. 신비로운 모습에 자애로운 옅은 미소를 띤 성모가 나를 맞으러 오는 듯한 그 느낌에 나의 마음은 한없이 유순해졌다.

바로 그날, 우리는 요하니스트라베에 집을 얻었다. 거실과 서재, 침실로 이루어진 방 세 개짜리 집이었는데, 얼마 전에 남편을 잃은 어떤 프랑스 부인이 세를 놓았다. 다음 날 우리는 내 모자를 사러 나갔다. 페테르부르크식 모자를 바꿔 주기 위해 남편은 내게 모자를 열 개나 써 보게 했다. 그러고는 '희한할 정도로 내게 잘 어울리는' 모자를 골라 주었다. 지금도 그 모자가 기억난다. 흰색의 이탈리아 밀짚모자였는데, 검은색의 길다란 벨벳 리본과 장미꽃들이 달려 있었다. 당시 유행하던 '시베-무아'라는 이름의 그 리본은 어깨까지 늘어지는 것이었다.

그 다음 이삼일은 내 여름 겉옷을 사러 다녔다. 나는 우리가 사는 물건들의 품질과 무늬, 형태 등을 남편이 지겨워하지도 않고 고르고 또 살피는 것에 깜짝 놀랐다. 그가 나를 위해 골라 준 것들은 모두 고급스럽고 단순하면서도 우아했기 때문에 그 후로 나는 그의 취향을 전적으로 신뢰하게 되었다.

우리가 자리를 잡은 후 평온한 행복의 시간이 내게 찾아왔다. 돈 걱정도 없었고(그건 가을이 되어서나 예견되는 일이었다),

남편과 나 사이를 가로막는 사람들도 없었다. 그의 모임을 즐기며 관찰할 기회도 충분했다. 이 꿈 같은 시간들은 수십 년이 흐른 지금도 내 마음속에 생생한 추억으로 남아 있다.

표도르 미하일로비치는 자기 시간을 배분하는 일을 포함하여 모든 일에서 질서정연한 것을 좋아했다. 그의 그런 성격 덕분에 얼마 안 있어 우리 생활에는 질서가 잡혔고, 그에 따라 우리 둘은 각자 효율적으로 시간을 활용할 수 있었다. 그것은 우리가 원하던 바였다.

남편은 밤에 일을 했기 때문에 11시가 지나서 일어났다. 나는 그와 함께 아침을 먹고, 곧장 전람회 구경을 갔다. 그것으로 젊은 나의 지식욕은 충분히 채워졌다. 광물학, 지질학, 식물학 등등의 수없이 많은 전람회들을 나는 하나도 빠뜨리지 않고 정말 꼼꼼히 둘러보았던 것으로 기억한다. 그러다 2시가 되면 나는 반드시 미술관(이 역시 다른 학술 전시관들과 마찬가지로 츠빙거 궁전에 자리 잡고 있었다)에 갔다. 남편이 그 시간이면 미술관에 왔기 때문이다. 우리는 그가 좋아하는 그림들을 감상했다. 그 그림들을 나도 금방 좋아하게 되었음은 물론이다.

표도르 미하일로비치는 라파엘로의 작품을 회화의 최고봉으로 평가했으며, 그중 「시스티나의 성모」를 최고로 꼽았다. 티치아노의 재능도 매우 높이 평가했다. 특히 그의 유명한 그림 「공전」(貢錢)을 높이 사서 구세주를 그린 이 천재적인 그림에서 눈을 떼지 못하고 한참 동안 서 있곤 했다. 나머지 그림들

중에서 표도르 미하일로비치가 다른 것들을 제치고 희열을 느끼며 바라보곤 하던 작품들은 무리요의 「아기 예수를 안은 마리아」, 코레조의 「성스러운 밤」, 안니발레 카라치의 「그리스도」, 바토니의 「회개하는 막달레나」, 라위스달의 「사냥」, 클로드 로랭의 「풍경: 아침과 저녁」(남편은 이 풍경화를 '황금시대'라고 불렀다. 『작가 일기』에 이 그림에 대한 이야기가 나온다), 렘브란트 판레인의 「렘브란트와 그의 아내」, 안톤 반다이크의 「영국 왕 찰스 1세」 등이었다. 수채화와 파스텔화 중에서는 장 리오타르의 「초콜릿 만드는 사람」을 높이 샀다.

3시에 미술관이 문을 닫으면 우리는 가까운 레스토랑에 점심을 먹으러 갔다. '이탈리아의 시골 마을'이라는 이름의 레스토랑이었는데, 지붕이 있는 회랑이 강 위로 바로 돌출해 있는 곳이었다. 레스토랑의 커다란 창밖으로는 엘바강 양안의 풍경이 한눈에 들어왔다. 날씨가 좋을 때면 여기서 점심을 먹으면서 강에서 벌어지는 온갖 일들을 구경하는 것이 커다란 즐거움이었다. 이 레스토랑의 음식은 비교적 저렴한 편인데도 매우 맛있었다. 표도르 미하일로비치는 매일같이 '담청색 장어' 1인분을 주문했다. 그가 무척 좋아하는 음식인 데다, 이곳에 오면 막 낚아 올린 장어로 요리를 한다는 것을 알고 있었기 때문이다. 그가 즐겨 마신 것은 백포도주였는데, 당시 돈으로 반병 가격이 5코페이카였다. 이곳에는 외국 신문들을 많이 비치해 놓아서 남편은 프랑스 신문을 읽곤 했다.

우리는 집에서 좀 쉬고 난 후 6시가 되면 그로센가르텐 공원으로 산책을 나갔다. 표도르 미하일로비치는 영국풍의 아름다운 풀밭과 무성한 식물군 때문에 이 넓은 공원을 무척 좋아했다. 우리 집에서 공원까지, 그리고 다시 돌아오기까지는 6~7베르스타 이상 되는 거리였지만 걷는 것을 좋아했던 남편은 이 산책을 너무나 소중히 여겨서, 심지어는 비가 오는 날에도 산책을 포기하지 않았다.

그 당시 공원에는 '춤 그로센 비어트샤프트'라는 레스토랑이 있었다. 저녁이 되면 그곳에서는 군악이나 기악 연주를 했는데, 가끔씩 이 콘서트 프로그램에 심각한 주제가 들어있기도 했다. 남편은 음악에 조예가 깊지는 않았지만 모차르트의 작품들과 베토벤의 「피델리오」, 멘델스존의 「결혼 행진곡」, 로시니의 「성모의 노래」를 무척 좋아해서 그 곡들을 진정으로 즐기며 들었다. 반면 리하르트 바그너의 곡들은 전혀 좋아하지 않았다.

산책을 할 때면 남편은 문학에 관한 생각도, 다른 사변들도 잊어버리고 정말 온후한 기분으로 쉬면서 농담도 하고 큰 소리로 웃기도 했다. 콘서트 프로그램에 폰 주페의 오페라 「시인과 농부」에 나오는 변주곡과 혼성곡이 들어 있었던 기억이 난다. 표도르 미하일로비치는 이 변주곡들을 좋아했는데, 그 계기가 된 사건이 하나 있다. 어느 날인가 우리는 그로센가르텐을 산책하다가 신념의 문제로 서로 말다툼을 하였다. 나는 신랄한 표현을 써 가며 내 견해를 표명했다. 표도르 미하일로비치가 대화를 중단했기 때문에 우리는 아무 말 없이 레스토랑까지 걸어갔다. 나는 남편의 좋은 기분을 망친 내 자신에게 화가 났다. 때마침 폰 주페의 오페라 중 혼성곡이 연주되고 있었다. 나는 그의 기분을 돌리기 위해, 그 곡이 '우리 이야기를 쓴' 것이라며, 그가 시인이고 나는 농부라고 말하면서 농부 부분을 조용히 따라 부르기 시작했다. 남편은 이 같은 내 착상이 마음에 들었던지 시인의 아리아를 따라 부르기 시작했다. 이렇게 폰 주페가 우리를 화해시켰다. 그때부터 우리는 습관처럼 주인공들의 듀엣에 끼어들어 노래를 조용히 따라 부르곤 했다. 남편은 시인 부분을, 나는 농부 부분을 따라 불렀다. 그렇다고 사람들 눈에 띄거나 하지는 않았다. 언제나 멀리 떨어진 '우리의 떡갈나무' 아래 앉아 있었기 때문이다.

우리는 많이 웃고 많이 즐거워했다. 남편은 나와 함께 있어서 우리의 나이 차만큼이나 자기가 젊어졌다고 호언했다. 이런 일도 있었다. 한번은 '우리의 떡갈나무'에서 표도르 미하일로비치의 맥주컵 속으로 엄청 큰 검은 딱정벌레 한 마리가 붙은 나뭇가지가 떨어졌다. 남편은 결벽증이 있어서 딱정벌레가 든 컵으로 맥주를 마시지 않으려고 컵을 급사에게 주면서 다른 것으로 가져다 달라고 했다. 급사가 가고 나서 남편은 그냥 새 컵을 가져다 달라고 할 걸 그랬다며, 급사가 딱정벌레와 가지만 꺼내고 다시 그 컵을 가져오지 않겠냐고 걱정했다. 급사가 오자 표도르 미하일로비치가 물었다. "컵에 있던 건 다 쏟았 겠죠?" 그러자 그가 대답했다. "쏟아 버리긴요, 제가 다 마셨어 요!" 그의 득의양양한 표정으로 보아 그가 맥주를 마실 기회를 놓치지 않았음을 확신할 수 있었다.

매일같이 이어지는 이 산책은 약혼시절 우리의 근사한 저녁 을 떠올리게 했고, 또 그것과 맞먹는 것이었다. 그만큼 우리의 산책 시간은 즐겁고 진솔했으며 소박했다.

10시 반에 우리는 집으로 돌아와서 차를 마신 다음 자리에 앉았다. 표도르 미하일로비치는 자신이 구입한 게르첸[4]의 저 술들을 읽었고, 나는 일기를 쓰기 시작했다. 우리가 결혼하고 나서 처음 일이 년 동안 나는 한 번씩 아팠을 때를 제외하고는 속기로 일기를 썼다.

내가 일기를 써야겠다고 생각한 데는 여러 가지 이유가 있 었는데, 그 가운데는 새롭게 받은 수많은 인상들의 세세한 측 면을 잊어버릴까봐 두려웠던 까닭도 있다. 그리고 속기를 잊 지 않기 위해서, 아니 속기의 숙련도를 더 높이기 위해서는 매 일 실습을 하는 것이 바람직했다. 하지만 진짜 중요한 이유는 다른 데 있었다. 남편은 내게 너무도 흥미롭고 수수께끼 같은 사람이어서 그의 생각과 말들을 기록해 둔다면 그의 뜻을 알 아차리고 읽어 내는 것이 좀 더 쉬울 것 같았던 것이다. 게다가 외국에서 나는 완전히 혼자였다. 내가 관찰한 것들을, 아니면 어쩌다 내 속에 생겨나는 회의들을 나눌 수 있는 사람이 아무도 없었다. 그러니까 일기는 내 모든 생각과 희망, 걱정들을 믿고 말할 수 있는 친구였던 셈이다.

남편은 내 일기에 무척 관심을 보였다. 그는 여러 차례 내게 말하곤 했다. "당신이 그런 속임수로 대체 무슨 얘길 쓰는 건지 알지 못하니까 답답해 죽을 지경이야, 아네치카. 내 욕을 하는 게 분명해, 그렇지?"

"그거야 경우에 따라 다르죠. 칭찬도 하고, 욕도 하고." 내가 대답했다. "뿌린 대로 거두는 거잖아요. 근데 참, 내가 어떻게 당신을 욕하지 않을 수 있겠어요? 당신을 욕하지 않을 사람이 있을 것 같아요?" 나를 꾸짖을 때 그가 그렇게 하듯, 나는 농담조로 묻는 것으로 말을 마쳤다.

우리가 생각에 차이를 보인 문제들 중 하나는 소위 '여성 문제'였다. 당시 현대적인 60년대 세대로서 나는 여성의 권리와 자립을 굳게 지지했고, 그 문제에 관한 남편의 부당한 태도에 분개했다. 심지어 나는 남편의 그런 태도를 개인적인 모욕으로 생각하기까지 하여 가끔 남편에게 얘기를 하기도 했다. 그럴 때면, 낙심한 내 모습을 보면서 그가 물었다. "아네치카, 당신 왜 그러는 거야? 내가 기분 상하게 한 일이라도 있어?"

"그래요, 기분 나빠요. 지금껏 우리가 니힐리스트들에 대해 얘기를 했는데, 당신은 그 사람들을 그렇게 혹독하게 욕했잖아요."

"그래, 하지만 당신은 니힐리스트가 아니잖아. 대체 왜 기분이 상한 거지?"

"니힐리스트는 아니죠, 그건 맞는 말이에요. 하지만 나는 여자예요. 여성을 욕하는 말은 듣기 괴로워요."

"당신이 어떻게 여자야?" 남편이 말했다.

"어떻게 여자라니, 그게 무슨 말이에요?" 내가 화를 냈다.

"당신은 매력적이고 경이로운 나의 아네치카야. 세상에 둘도 없는 사람, 그게 바로 당신이야, 여자가 아니라고!" 젊을 때라서 나는 그의 지나친 칭찬에 반발하는 마음이 생겼고, 그가 나를 나 자신이 생각하는 그런 여자로 인정하지 않는다는 것에 화가 났다.

말이 나온 김에 덧붙이자면, 표도르 미하일로비치는 당시의 니힐리스트들을 정말 싫어했다. 그들의 지저분함과 허세 부리는 거친 말투, 모든 여성스러움에 대한 거부 등이 그에게 혐오감을 불러일으켰던 것이다. 그가 나에게서 높이 평가한 것이 바로 니힐리스트들과는 반대되는 성격들이었다. 하지만 이후 70년대에 그는 여성에 대해 완전히 다른 태도를 갖게 된다. 지적이고 교양을 갖추었으며 삶을 신중하게 바라보는 여성들을 현실적으로 그려 냈던 것이다. 당시 남편은 『작가 일기』에서 러시아 여성에게는 기대할 점이 많다는 표명을 하기도 했다.

3. 1867년, 우리의 논쟁
남편은 나와 논쟁하면서 우리 세대의 여성들이 끈기라곤 전혀 없다고, 정해진 목표를 달성하기 위해 꾸준하고도 집요하게 노력하는 면이 없다고 비판했다. 나는 이 때문에 몹시 분개했다. 한번은 그가 내게 이렇게 말했다. "아주 간단한 예를 한번 들어 보지. 자, 뭐라고 할까? 가령 우표 수집이라고 해보자고 (때마침 우리가 지나친 상점의 진열창은 갖가지 수집품으로 장식되어 있었다). 남자가 체계적으로 우표 수집을 한다면, 우표를 모으고 보관을 하겠지. 그러다 많은 시간을 거기에 매달릴 수 없거나, 수집에 대한 열정이 식는다 해도 여전히 우표를 버리지 않고 오랫동안 보관할 거야. 아마 젊은 날의 취미에 대한 추억으로 죽을 때까지 그럴지도 모르지. 그런데 여자는 어때? 여자들은 우표를 수집하고 싶다는 마음이 불붙으면 화려한 앨범을 사고 온 친지들에게 우표를 달라고 조르면서 그들을 들들 볶아대지. 그리고 우표를 사느라고 돈을 마구 써대고. 그런 다음 그 열망이 가라앉으면 화려한 앨범은 선반 위에 흩어져 뒹굴다가 종내에는 쓸모없는 지겨운 물건이 되어 버려지겠지. 여자들은 모든 일에서 다 그래. 사소한 일에서나 진지한 일에서나 끈기라곤 없지. 처음에는 불같이 달려들지만 정해 놓은 목표의 성과를 얻기 위해 장시간 집요하게 노력하는 법이 없단 말이야."

이 말이 왠지 나를 자극해서 나는 남편에게 나 자신을 예로 들면서 여자도 관심이 쏠리는 이상이 있다면 몇 년씩이고 추구할 수 있다고 반박했다. "지금은 딱히 내가 정해 놓은 과제가 없으니까, 뭐 하찮은 일부터라도 시작해 보죠. 당신이 방금 말한 그런 거라도 말이에요. 오늘부터 우표를 수집할게요."

말을 뱉었으므로 나는 그렇게 행동했다. 나는 표도르 미하일로비치의 등을 떠밀어 제일 먼저 눈에 띈 문방구에 들어가 우표를 붙일 제일 싼 앨범을 ('내 돈으로') 샀다. 집에 도착한 다음 나는 곧장 러시아에서 온 두세 장의 편지에서 우표를 뜯어 내 앨범에 붙였다. 그것으로 수집을 시작했던 것이다. 내 의도를 알게 된 집주인이 자신의 편지들을 뒤져 오래된 색슨 왕가의 우표 몇 장을 내게 주었다. 그렇게 시작한 내 우표 수집이 벌써 49년째 계속되고 있다. 물론 나는 그저 모으기만 했을 뿐, 그것들을 수집하기 위해 노력한 적은 없다. 지금 내게는 우표가 (……)⁵ 장 있는데, 그 가운데 몇 장은 희귀한 우표들이다.

이 우표들 중 단 한 장도 돈을 주고 산 것은 없다고 말할 수 있다. 일부는 내가 받은 편지에서 떼어 낸 것이고, 선물 받은 것들도 있다. 가까운 이들은 이러한 내 취미를 알고 있어서, 우리 딸아이 같은 경우 내게 편지를 보낼 때는 가격이 다양한 여러 장의 우표를 붙이곤 했다. 때때로 나는 남편 앞에서 늘어난 우표 수를 자랑했고, 그는 그럴 때마다 이러한 내 취미를 조롱하곤 했다.

드레스덴에서 보낸 이 몇 주일 동안 표도르 미하일로비치의 성격을 보여 주는 일이 일어났는데, 그 일은 내게 불쾌한 기억으로 남아 있다. 아무런 근거도 없는 그의 질투심이 또다시 고개를 든 것이다. 나의 속기 선생님이었던 올힌은 우리가 드레스덴에서 당분간 지낼 예정이라는 것을 알고, 내가 배운 속기 체계인 하벨스베르거 체계 지지자 모임의 회장을 맡고 있는 체이비크 교수에게 보내는 편지를 내게 맡겼다. 올힌은 체이비크가 아주 훌륭한 사람이라며 우리가 미술관을 둘러보거나 다른 일을 할 때 도움이 될 것이라고 장담했다. 이곳에 도착하고 나서도 한참 동안 나는 체이비크에게 가지 않았다. 하지만 편지를 전해 주지 않은 것이 마음에 걸렸기 때문에 결국은 그의 집으로 가게 되었다. 마침 그가 집에 없어서 만나지는 못하고 편지를 남겨두고 왔는데, 바로 다음 날 그 교수가 우리를 찾아와서 곧 있을 모임의 회의에 와달라고 제안했다.

우리는 제안을 수락했지만, 나중에 남편은 나 혼자만 체이비크와 함께 가라고 했다. 남편은 그런 전문적인 회합 자리에 앉아 있으면 지루할 것 같다고 나를 설득했고, 나는 그의 말을 따랐다. 속기사 모임의 회의는 빌트루퍼 거리에서 열렸다. 회의는 벌써 시작되어 어떤 노인이 보고서를 읽고 있었다. 체이비크가 나를 그의 옆자리에 앉도록 청했지만 나는 한쪽 구석에 자리를 잡았다.

보고서를 낭독하는 30분 동안은 정말 지겨워서 혼이 났다. 휴회 시간이 되자 교수는 나를 의장에게 데려갔고, 참석한 모든 사람들에게 내가 러시아에서 자기들 동료의 편지를 가지고 왔다고 알렸다. 의장이 내게 환영의 말을 했지만, 나는 너무 당황한 나머지 아무 대답도 못하고 고개만 숙였다. 보고서 낭독은 더 이상 없었고 모임의 모든 회원들이 긴 책상에 앉아 맥주를 마시며 담소를 나누었다. 회원들은 하나둘씩 내게 다가와 자기 소개를 했고 나는 용기를 내어 집에서 하던 것처럼 떠들기 시작했다. 나는 실수투성이 독일어로 말을 했지만 무척 대담했고, 곧 모임의 모든 남녀노소 회원들을 '추종자로 끌어들였다'(나중에 남편이 나를 비난하며 한 말이다). 모두들 나의 건강을 기원하며 딸기와 피로그를 대접했다. 9시에 체이비크가 나를 집까지 바래다주겠다고 했을 때, 나는 독일어로 짤막한 연설까지 했다. 이렇게 환대해 주어서 고맙고, 하벨스베르거 체계의 지지자들을 러시아에서는 따뜻하게 맞이할 것이므로 원한다면 페테르부르크에 한번 오라는 요지의 말이었다. 한마디로 나는 개선장군처럼 승리감에 도취해 있었다.

하지만 표도르 미하일로비치는 나의 '승리'를 다른 식으로 대했다. 내가 집에 돌아와 접대받은 내용을 상세히 말해 주었을 때 남편의 얼굴에는 적대적인 표정이 어렸다. 그리고 남은 저녁 내내 그는 몹시 침울했다. 이삼일 뒤 그 모임의 회원인 한 젊은이를 산책길에서 만나게 되었다. 귀여운 새끼돼지 같은 장미빛 얼굴의 뚱뚱한 그 사람과 나는 인사를 나누었다. 그러자 표도르 미하일로비치는 한 '장면'을 연출했다. 그 일이 있은 후 나는 체이비크의 초대와 같은 주위 사람들의 모임에 나가고 싶은 생각이 없어졌다. 또다시 드러난, 나로선 정말 힘겹고 모욕적인 표도르 미하일로비치 성격의 일면 때문에 그와 비슷한 복잡 미묘한 일들을 피하기 위해 나는 더욱 조심스러워져야 했다.

드레스덴에 머무는 동안 우리 두 사람을 몹시 흥분시켰던 사건도 일어났다. 파리 세계박람회를 방문한 우리 황제를 누군가 암살하여(베레좁스키의 암살 기도) 악의적인 목표를 달성했다는 소문이 지금 시내에 떠돈다는 이야기를 표도르 미하일로비치가 전해 들은 것이었다. 남편이 얼마나 흥분했는지 상상할 수 있을지! 남편은 황제 알렉산드르 2세의 농노 해방과 개혁의 열렬한 지지자였다. 뿐만 아니라 그는 황제를 자신의 은인으로 여겼다. 실제로 남편은 그토록 소중히 여겼던 귀족 신분을 알렉산드르 2세의 대관식 경축 특사로 되찾았던 것이다. 또한 황제는 남편이 시베리아에서 페테르부르크로 돌아올 수 있도록 허락했고, 그럼으로써 그의 가슴 깊은 곳에 묻을 수밖에 없던 문학을 다시 끄집어낼 수 있게 해주었다.

암살 소식을 들은 우리는 곧바로 영사관에 가 보기로 했다. 표도르 미하일로비치는 말 그대로 '얼굴이 사색이 되었다'. 그는 극도로 흥분하여 거의 뛰다시피 걸었고, 나는 그가 금방이라도 발작을 일으킬까 봐 두려웠다(그날 밤 결국 그는 발작을 일으키고 말았다). 너무나 다행히도 그것은 잘못된 소문으로 밝혀졌다. 영사관에서는 암살 기도가 성공하지 못했다는 소식을 알려주었다. 우리는 곧 이 추악한 음모에 대한 분노를 표현하기 위해 영사관에 들른 사람들 명단에 우리 이름을 써 넣게 해 달라고 부탁했다. 이날 하루종일 남편은 무척 혼란스러워 하고 침울해했다. 카라코조프의 암살 미수에 뒤이어 그토록 빨리 새로운 암살 기도가 있었다는 것은 정치적 음모 조직이 깊숙이 관여하고 있음을 말해 주는 것으로서, 그토록 존경해 마지않는 황제의 생명이 위험에 빠져 있음을 극명히 보여 주는 것이라고 생각되었기 때문이다.

우리가 드레스덴에서 생활한 지 3주쯤 되던 어느 날, 남편이 룰렛 도박에 관한 말을 꺼냈다(그와 나는 종종, 함께 작업했던 소설『도박꾼』을 회상하곤 했다). 그러면서 그는 만일 드레스덴에 혼자 있다면 지체없이 룰렛을 하러 갔을 것이라고 했다. 두 번이나 더 그런 얘기를 했기 때문에 나는 남편에게 지금은 왜 가지 않느냐고 물었다. 그는 나를 혼자 남겨둘 수는 없고 둘이 가자면 돈이 많이 들기 때문이라고 했다. 나는 그가 없는 동안 내게 아무 일도 일어나지 않을 거라고 안심시키면서 며칠이라도 함부르크에 다녀오라고 남편에게 말했다. 표도르 미하일로비치는 거절하려 하다가 무척이나 자신의 '행운을 시험해 보고' 싶었기 때문에 내 말을 받아들였다. 그는 집주인에게 나를 잘 보살펴 달라고 한 뒤 함부르크로 갔다.

나는 무척 밝은 기분이었음에도, 막상 기차가 떠나자 혼자라는 생각에 슬픔을 가누지 못하고 울음을 터뜨리고 말았다. 이삼일 뒤에 나는 함부르크에서 온 편지를 받았다. 돈을 잃었으니 부쳐 달라는 남편의 편지였다. 나는 그의 부탁대로 했다. 하지만 그는 보내 준 돈도 다 잃고 또다시 돈을 보내 달라고 부탁했다. 나는 물론 또 보내 주었다. '도박꾼'의 심리를 전혀 몰랐기 때문에 남편의 건강에 미칠 영향을 과대평가했던 탓이었다. 그의 편지로 보아, 함부르크에 남아 있던 그가 극한 심적 동요를 겪고 불안해할 거라는 생각이 들었던 것이다. 나는 그가 새로이 발작을 할까 우려했고, 왜 내가 그를 혼자서 떠나보냈는지, 그를 위로해 주고 달래 주어야 할 내가 왜 그의 곁에 있지 않은지, 하는 생각에 절망에 빠졌다. 나 자신이 지독한 이기주의자같이 여겨졌고, 그런 힘든 순간에 그를 전혀 도울 수 없다는 사실에 마치 범죄자라도 된 듯한 기분이 들었다.

8일 뒤에 표도르 미하일로비치는 드레스덴으로 돌아왔다. 내가 그를 책망하거나 잃은 돈을 아까워하지 않을 뿐더러, 오히려 실망하지 말라고 위로하자 그는 죽도록 기뻐했다.

불운했던 함부르크 여행은 표도르 미하일로비치의 정서에 영향을 미쳤다. 그는 자주 룰렛 이야기를 하면서 날려 버린 돈을 아까워하고 돈을 잃은 책임을 온전히 자기 자신 탓으로 돌렸다. 그는 자기에게 자주 기회가 왔는데, 조바심이 나서 판돈을 바꾸거나 여러 가지 게임 방식을 시도하거나 하다가 결국은 다 잃고 말았다고 했다. 그렇게 된 것은 바로, 함부르크에 혼자 와서 줄곧 내 걱정을 하느라 마음이 뒤숭숭했기 때문이었다는 것이다. 또 그는 전에도 룰렛을 하러 가면 고작 이삼일

만에 다녀와야 했고 언제나 얼마 안 되는 돈을 갖고 갔기 때문에, 그런 상황에서는 도박이 불리한 방향으로 풀리기 시작하면 견디기가 어렵다, 만일 돈을 약간 여유 있게 가지고 가서 그곳에서 이삼 주간 머무를 수 있었다면 틀림없이 성공했을 것이다, 서두를 필요가 없으므로 안전한 도박 방식을 택했을 것이고 그랬다면 큰돈은 아니더라도 잃은 돈을 만회할 정도의 돈을 따지 못할 이유가 없었을 것이다 등등, 표도르 미하일로비치는 확신에 차서 자기의 견해를 입증해 줄 수많은 예들을 거론했다.

나도 그의 말을 믿게 되어, 우리가 스위스(우리가 가려 했던 곳)로 가는 도중에 바덴바덴에 들르면 안 되겠냐고 그가 물었을 때 흔쾌히 좋다고 했다. 내가 있으면 그가 도박을 하면서 약간은 절제하지 않을까 기대했기 때문이었다. 남편과 헤어지지 않을 수만 있다면 어디서 지내든 나는 상관이 없었다.

결국 우리는 돈이 생기면 2주간 바덴바덴에 다녀오기로 했다. 표도르 미하일로비치는 안정을 찾았고, 그동안 풀리지 않아 차일피일 미루어 두었던 논문을 완성시키는 일에 착수했다. 그것은 벨린스키에 관한 논문으로, 그 논문에서 남편은 그 유명한 평론가에 관해 자신의 마음속에 들어 있던 모든 말을 하고 싶어 했다. 벨린스키는 표도르 미하일로비치에게는 소중한 사람이었다. 그는 벨린스키를 개인적으로 알지 못했던 때에도 그의 재능을 높이 평가했다. 이에 관해서는 『작가 일기』

1877년호에 언급되어 있다.

그러나 비록 벨린스키의 비평적 재능을 높이 평가하고, 자신의 문학적 재능을 북돋아 준 것에 대해 진심으로 감사하는 마음을 품고 있었지만, 표도르 미하일로비치는 자신의 종교적 견해와 신앙에 대해 보인 이 평론가의 냉소적이고 거의 신성 모독적인 태도를 용서할 수가 없었다. 벨린스키와 교류하면서 표도르 미하일로비치는 비참한 기분을 많이 느꼈다. 그것은 아마도, 처음에는 도스토옙스키의 천재성을 인정하여 그를 칭찬했으나 나중에는 내가 모르는 어떤 이유에서인지 이 내성적인 『가난한 사람들』의 작가를 박해하고, 그에 대해 근거 없는 소문을 만들어 내고, 그를 조롱하는 글을 쓰고, 할 수 있는 모든 방법을 써서 그의 인내심을 시험했던 그 '친구들'의 뒷말과 빈정거림 때문이었을 것이다.

표도르 미하일로비치는 '벨린스키에 관한 글'을 써달라는 제의를 받았을 때 흔쾌히 이 흥미로운 주제에 달려들었다. 그저 지나가는 글이 아니라 벨린스키를 다룬 진지한 논문에서 그는, 처음에는 호의를 보였으나 나중에는 결국 그토록 적대적인 태도를 보인 이 작가에 대해 진심에서 우러난 자기 견해를 피력해 보이고 싶어 했다.

분명 표도르 미하일로비치의 머릿속에서는 아직 많은 부분의 생각이 무르익지 않았고, 많은 것을 숙고하고 결정하고 회의해야 했다. 남편은 벨린스키에 관한 논문을 다섯 번이나 개작했지만 끝내 만족하지는 못했다.

마이코프에게 보낸 1867년 9월 15일자 편지에서 표도르 미하일로비치는 이렇게 썼다. "이 빌어먹을 글 「나와 벨린스키의 만남」을 끝냈네. 더 이상 꾸물거리고 미루는 게 불가능했거든. 사실 난 여름에도 이 글을 쓰고 있었다네. 하지만 그걸 쓰는 게 얼마나 힘들고 사람을 지치게 만들던지, 지금까지 질질 끌어왔지 뭔가. 결국 이제서야 이를 갈면서 끝을 낸 거야. 내가 무모하게도 그런 논문에 손을 댔다는 게 문제였네. 겨우 맛보기만 쓴 셈이야. 그런 글을 자기 검열 없이 쓴다는 건 불가능하다는 걸 이제야 깨달았네(모든 걸 다 쓰고 싶었으니까 말일세). 이런 글 두 장을 쓰느니 소설 열 장을 쓰는 게 더 쉽지! 결국 결론은, 내가 이 꺼림칙한 논문을 대충 세어 봐도 다섯 번쯤은 썼다는 거야. 쓴 다음엔 십자로 북북 지워 버리고, 써 놓은 걸 다시 다 고쳐 쓰곤 했지. 마침내 어찌어찌 글은 완성했지만, 도저히 견딜 수 없을 정도로 보잘것없는 글이 되고 말았네. 보석 같은 사실들을 얼마나 많이 삭제해야만 했던지! 예상했던 바대로 제일 시시하고 어중간한 것들만 남았어. 형편없는 졸작이지!"

이 논문은 서글픈 운명을 맞았다. 애초 이 논문은 작가인 바비코프[6]가 문집을 낸다고 표도르 미하일로비치에게 써 달라고 부탁한 것이었다. 계약금으로 200루블을 받았던 이 논문은 가을까지 모스크바의 '로마' 호텔로 보내야 했다. 바비코프가 다른 곳으로 거처를 옮겼을지도 몰랐기 때문에 표도르 미하일로비치는 마이코프에게 심부름을 부탁했다. 즉 바비코프가 그 논문을 받을 수 있도록 모스크바의 서적 판매업자인 솔로비예프에게 필사본을 넘겨주라고 했던 것이다. 마이코프는 남편이 시킨 대로 했다고 우리에게 알려 왔다.

해외에 있었기 때문에 우리는 논문이 출판되었는지 아닌지 전혀 알지 못했다. 1872년에야 바비코프가 청탁했던 논문을 보내 달라고 청해 온 어떤 서적 판매업자를 통해 문집 출판이 성사되지 않았고 바비코프는 죽었다는 것을 알게 되었다. 남편은 논문이 유실된 사실에 몹시 괴로워했다. 고생을 많이 해서 쓴 글이었기 때문에 비록 흡족하진 않았지만 그 글을 소중하게 생각했던 것이다. 우리는 글이 사라진 곳을 백방으로 수소문하고 모스크바의 서적 판매업자에게도 협조를 구했다. 하지만 결과는 비참했다. 논문은 흔적도 없이 사라져 버린 것이었다. 당시 내가 받은 인상과 내 속기 노트에 언급해 놓은 것들로 판단해 볼 때, 그것은 매우 흥미롭고도 독창적인 논문이었기 때문에 개인적으로 아쉬움이 크다.

4. 1867년, 바덴바덴의 악몽

6월 말에 우리는 『러시아 통보』 편집부로부터 돈을 받았고, 그 즉시 떠날 채비를 했다. 나는 우리가 더할 나위 없이 행복하고 멋지게 지냈던 드레스덴을 떠나는 것이 정말 유감스러웠다. 나는 새로운 환경에서는 우리의 정서가 많은 점에서 변할 것 같은 불길한 예감이 들었다. 그리고 내 예감은 적중했다. 바덴바덴에서 지낸 5주간을 떠올려 보고 속기 일기에 적힌 내용을 다시 읽어 보니, 그 기간은 내 남편을 완전히 휘어잡고 그 무서운 사슬로 꽁꽁 옭아맸던 악몽 같은 시간들이었다는 확신이 든다.

표도르 미하일로비치가 룰렛 도박에서 자기 방식대로 하면 반드시 이길 수 있다고 판단했던 건 전적으로 옳고 또 충분히 그럴 수도 있었다. 하지만 그것은, 내 남편처럼 신경이 날카롭고 어떤 일에든 깊이 빠져서 끝장을 보고 마는 그런 사람이 아니라, 냉정한 영국인이나 독일인이 그 방법을 사용했을 경우 그렇다는 말이다. 또한, 냉정함과 인내심 외에도 룰렛 도박을 하는 사람은 반드시 돈을 충분히 가지고 있어야 한다. 그래야 불리한 형세를 견뎌 넘길 수 있는 것이다. 특히 돈 문제에 있어서 표도르 미하일로비치에게는 허점이 있었다. 우리는 상대적으로 돈이 적었고, 돈을 잃을 경우 돈을 구하는 것이 전혀 불가능했다. 과연 일주일이 채 지나지 않아 표도르 미하일로비치는 수중의 돈을 다 잃었다. 그리고 그때부터 도박을 계속하기 위한 돈을 어디서 구할지 전전긍긍하기 시작했다.

물건들을 저당 잡히는 수밖에 없었다. 물건을 저당 잡힌 상태에서 남편은 종종 자제력을 잃었고, 방금 딴 돈도 모두 잃곤 했다. 이따금은 마지막 1탈러[7]까지도 다 잃을 뻔하다가 갑자기 운이 따라서 집으로 몇 십 프리드리히스도어[8]를 가져오기도 했다. 한번은 그가 돈이 꽉 찬 지갑을 가져온 것이 기억난다. 지갑에는 220프리드리히스도어(1프리드리히스도어는 20탈러), 그러니까 약 4,300탈러가 들어 있었다.

하지만 이 돈은 우리 수중에 오래 남아 있지 못했다. 도박의 흥분 상태가 채 가라앉지 않은 상태에서 표도르 미하일로비치는 참지 못하고 주화 20개를 가지고 나가더니 다 잃고 다시 20개를 더 가지러 돌아왔고 그 돈마저 잃었다. 그렇게 돈을 가지러 몇 번 돌아오고 하더니 끝내 두세 시간 만에 돈을 모두 잃고 말았다. 다시 물건들을 저당 잡혔지만, 값비싼 물건들이 별로 없었기 때문에 돈은 금세 바닥이 났다. 그런 와중에 빚은 계속 불어났고 우리는 빚에 짓눌리게 되었다. 걸핏하면 쩽쩽거리는 집주인 여자는 우리가 집세마저 밀리게 되자 계약상 우리가 쓸 권리가 있던 시설들을 주저없이 앗아갔다. 어머니에게 편지를 써 도움을 요청했지만 도착한 돈은 그날로, 아니면 그 다음 날 도박으로 다 날아갔다. 우리는 급한 빚의 일부(집세, 밥값 등)만 겨우겨우 갚으면서 또다시 빈털털이가 되었다. 이제 도박으로 돈을 따고 안 따고는 둘째 문제였다. 우리는 얼마간 돈을 구해 빚을 갚고 하루라도 빨리 이 지옥을 떠나기 위한 방안을 궁리했다.

당시의 내 상태에 대해 말하자면, 나는 이 '운명의 일격'을 아주 냉정하게 받아들였다. 자업자득이었기 때문이다. 우리가 처음에 돈을 잃고 갈팡질팡한 이래 얼마간 시간이 지나자 나는 표도르 미하일로비치가 돈을 따는 일은 결코 일어나지 않으리라는 확신이 들었다. 어쩌면 그가 돈을, 그것도 어마어마한 액수를 딸 수도 있겠지만, 그는 바로 그날로 그 돈을 다 날릴 것이었다. 또한 내가 아무리 룰렛 도박장에 가지 말라고, 도박을 계속해서는 안 된다고 말리고 설득하고 애원해도 소용없으리라는 것도 분명히 알게 되었다.

처음에는 살아오면서 그토록 다양한 고통(요새 수감, 교수대, 유형, 사랑하는 형과 아내의 죽음)을 견뎌낸 표도르 미하일로비치가 어떻게 자신을 절제하는 의지력이 그토록 없는지 의아하게 생각되었다. 심지어 그가 그러는 것은 그의 고상한 성격에 걸맞지 않는 일종의 자기 비하로 여겨지기까지 했다. 내 사랑하는 남편에게 이런 단점이 있다는 것을 인정하는 것이 괴롭고도 화가 났다. 하지만 나는 곧 깨달았다. 이것은 단순한 '의지 박약'의 문제가 아니라, 인간을 완전히 삼켜 버리는 욕망이며 통제 불가능한 어떤 것이어서 아무리 강한 성격의 소유자라 할지라도 그에 맞서 싸울 수는 없다는 것을 말이다. 도박은 복종하지 않을 수 없는 그 무엇이다. 도박에 빠지는 것은 병으로 보아야 하며 그것을 막을 방법은 없다. 유일한 투쟁 방법은 도망치는 것이다. 그런데 우리는 상당한 금액이 러시아에서 도착하기 전까지는 바덴바덴에서 도망칠 수조차 없었다.

당시 나는 남편이 돈을 잃었다고 책망한 적도 결코 없었고, 그 문제로 그와 말다툼을 벌인 적도 없었다. 저당 잡힌 내 물건들을 기간 내에 되찾지 않으면 팔리고 만다는 것을 알면서도(실제도 그런 일도 있었다), 그리고 집주인과 소소한 빚쟁이들에게 불쾌한 일을 당하면서도, 나는 아무런 불평 없이 우리의 마지막 돈까지 그에게 내주었다. 그렇지만 표도르 미하일로비치 스스로가 괴로워하는 것을 보자니 마음이 너무 아팠다. 그는 창백한 얼굴로, 겨우 두 발을 지탱하고 서 있을 정도로 녹초가 되어 도박장에서 돌아와서는(도박장은 반듯한 젊은 여성이 갈 곳이 아니라면서, 그는 한 번도 나를 데려간 적이 없었다), 내게 돈을 달라고 부탁했다(그는 돈을 전부 내게 맡겨 두고 있었다). 그리고 다시 나가서는 30분 만에 더욱더 낙망한 모습으로 돈을 가지러 돌아왔는데, 이런 일은 우리에게 있던 돈을 다 잃을 때까지 되풀이되었다.

룰렛을 하러 갈 돈이 바닥나고 어디서도 돈을 구할 수가 없게 되자 표도르 미하일로비치는 비탄에 빠져 울부짖기 시작했다. 그는 내 앞에 무릎을 꿇고 자신의 행동으로 나를 고통스럽게 한 것을 용서해 달라고 빌었다. 그러면서 그는 극한 절망에 빠졌다. 나는 그를 진정시키고 우리의 상황이 그렇게 비관적인 것만은 아니라는 걸 보여 주기 위해, 그리고 출구를 찾고 그의 관심과 생각을 다른 쪽으로 돌리기 위해 온갖 노력과 설득, 약속을 거듭해야 했다. 그렇게 해서 그를 진정시킬 수 있게 되었을 때는 얼마나 행복하고 만족스러웠는지 모른다. 나는 그를 서가로 데려가 신문을 보게 하거나, 아니면 그와 함께 긴 시간의 산책을 했다(산책은 그에게 언제나 유익했다).

우리는 돈이 들어오기까지 길고 긴 시간 동안 바덴바덴 근교를 수십 베르스타씩 돌아다녔다. 그러면 남편은 온유한 기분을 회복하곤 했다. 우리는 몇 시간이고 다양한 주제에 관해 담소를 나누었다. 우리가 가장 좋아한 산책길은 '새 궁전'이었다. 거기서부터 산림이 울창한 오솔길을 걸어 '옛 궁전'으로 가서는 커피나 우유를 꼭 마셨다. 멀리 에렌브라이트슈타인 궁전(바덴바덴에서 8베르스타 거리)까지 걸어간 적도 있었는데, 그럴 땐 거기서 점심을 먹고 해질녘에야 돌아오곤 했다. 산책과 대화가 얼마나 좋고 재미있던지 (돈이 없고 집주인과 불편하게 지냈음에도 불구하고) '모스크바에서 오래오래 돈을 보내오지 말았으면' 하고 바랄 정도였다. 그러나 돈은 올 것이고, 그러면 우리의 즐거운 생활은 다시금 악몽으로 변할 것이었다.

바덴바덴에는 우리가 아는 사람이 전혀 없었다. 어쩌다 한번 공원에서 작가 곤차로프[9]를 만난 적이 있는데, 남편이 나를 그에게 인사시켰다. 그의 모습은 페테르부르크의 관리를 연상시켰고 대화도 정말 진부하게 여겨졌다. 그래서 나는 이 새로운 만남에 다소 실망했고, 그가 나를 매료시켰던 소설 『오블로모프』[10]의 저자라는 사실을 믿고 싶지 않기까지 했다.

당시 바덴바덴에 체류하고 있던 사람들 중에는 투르게네프가 있었다. 한번은 그의 집에 다녀온 남편이 무척 성이 나서 그와 나눈 대화를 자세히 이야기해 준 일도 있었다.

5. 1867년, 첫 아이의 출산과 죽음

바덴바덴을 떠나면서 우리의 해외 생활의 질풍노도기는 끝이 났다. 늘 그랬던 것처럼, 우리의 착한 친구『러시아 통보』편집부가 우리를 구해 주었다. 하지만 돈이 떨어진 기간 동안 쌓인 빚과 저당물이 있어서, 받은 돈은 거의 다 빚을 갚고 저당물을 되찾는 데 지출해야 했다. 무엇보다 속상했던 것은, 내가 소중히 여겼던 남편의 결혼 예물인 브로치와 다이아몬드와 루비가 박힌 귀걸이를 되찾지 못한 일이다. 우리가 예물들을 찾으러 갔을 땐 이미 다 팔려 버린 뒤였다. 우리는 영영 그것들을 되찾을 수 없었다.

처음에 남편과 나는 바덴바덴을 떠나 파리나 이탈리아로 가고 싶었다. 하지만 수중의 돈을 생각하여, 상황이 좋아지면 남쪽으로 이주하리라 기대하면서 당분간은 제네바에 머물기로 했다.

제네바로 가는 중에 우리는 바젤에서 하룻밤을 묵었다. 그곳 박물관에 있는 그림을 감상하기 위해서였다. 남편이 누군가로부터 들은 바 있는 그 그림은 한스 홀바인[11]이 그린 것으로, 참혹한 고통을 겪은 뒤 십자가에서 끌려 내려와 썩도록 방치된 예수 그리스도를 형상화한 것이었다.[12] 부풀어 오른 그리스도의 얼굴은 피투성이가 되어 있었고 그 모습은 처절했다.

그 그림은 표도르 미하일로비치를 압도했다. 그는 그림 앞에 아연실색한 표정으로 멈춰 섰다. 나는 도무지 그 그림을 쳐다볼 수가 없었다. 특히 홀몸이 아니었던 나는 너무나 참혹한 느낌이 들어 다른 전시실로 갔다. 15분인가 20분쯤 뒤에 돌아와 보니 표도르 미하일로비치는 그 그림 앞에 붙박힌 듯 계속 서 있었다. 그의 흥분된 얼굴에는 겁에 질린 듯한 표정이 어려 있었다. 간질 발작이 시작되는 순간에 내가 여러 번 본 적이 있는 표정이었다.

나는 가만히 남편의 팔을 잡고 그를 다른 전시실로 데리고 가서 의자에 앉혔다. 금방이라도 발작이 덮쳐올 것 같았는데, 다행히도 그런 일은 일어나지 않았다. 표도르 미하일로비치는 조금씩 마음을 가라앉혔고, 박물관을 나오면서는 그를 경악하게 한 이 그림을 보러 꼭 다시 오겠다고 우겼다.

제네바에 도착한 그날로 우리는 가구가 딸린 방을 구하러 다녔다. 주요 거리를 다 돌아보고 수많은 방들을 보았지만 허탕만 쳤다. 방들이 있긴 했지만 돈이 맞지 않거나, 아니면 지나치게 사람들이 북적거려서 내 처지에서는 불편한 곳들이었다. 저녁이 다 되어서야 우리에게 딱 맞는 집을 구하게 되었다. 그집은 기욤 텔 거리와 베르테이어 거리의 길모퉁이에 있었고 이층이었는데, 공간이 충분히 넓었다. 중간 창으로는 론강을 가로지르는 다리와 장 자크 루소 섬이 보였다. 집주인들도 마음에 들었다. 레이몽딘이라는 아주 나이 많은 두 노처녀 할머니 자매였는데, 우리를 너무나 환대했고 나에게 너무 친절해서 우리는 주저하지 않고 그곳에 세를 들기로 했다.

우리는 정말 얼마 안 되는 돈으로 제네바 생활을 시작했다. 집주인에게 선불로 월세를 내고 나니, 도착한 지 나흘째 되는 날 우리 수중에는 겨우 18프랑만이 남아 있었다(50루블을 받을 예정이긴 했지만). 그러나 우리는 아주 적은 돈으로 지내는 것에, 그리고 돈이 바닥나면 물건을 저당 잡히고 사는 것에 이미 익숙해져 있었다. 게다가 얼마 전에 험한 일을 겪었던 터라 처음에는 생활이 무척 즐겁게 여겨졌다.

여기서도 드레스덴에서처럼 우리의 하루 일과에 질서가 잡혔다. 표도르 미하일로비치는 밤에 일을 하고 11시가 지나 일어났다. 그와 함께 아침을 먹고 나서 나는 의사의 처방에 따라 산책을 하러 나갔고, 표도르 미하일로비치는 작업을 했다. 우리는 3시에 레스토랑에서 점심을 먹었다. 식사 후에 남편이 집까지 바래다주면 나는 휴식을 취했고, 남편은 몽블랑 거리에 있는 카페로 갔다. 그곳에서는 러시아 신문들을 받고 있었기 때문이다. 그는 『모스크바 통보』, 『목소리』,[13] 『상트 페테르부르크 통보』 등을 읽으며 두 시간 정도를 보냈고, 다른 외국 신문들도 읽곤 했다. 저녁 7시 무렵에는 둘이서 함께 긴 시간의 산책을 했다. 산책 중간에 내가 피곤하지 않도록 우리는 화려한 상점의 밝은 조명이 비치는 진열창 옆에 멈춰 쉬곤 했다. 표도르 미하일로비치는 자기에게 돈이 많다면 내게 선물했을 보석들을 가리켰다. 내 남편은 예술적 심미안이 뛰어났기 때문에 그가 가리킨 보석들은 정말 매혹적인 것들이었다.

저녁 시간에는 새 작품을 받아 적거나 프랑스 책들을 읽으며 보냈다. 남편은 내가 다른 작가들의 작품에 한눈을 팔지 않고 어떤 한 작가의 작품을 제대로 탐독하는지 지켜보았다. 표도르 미하일로비치가 발자크와 조르주 상드의 재능을 높이 평가했기 때문에 나는 차츰 그들의 모든 소설들을 통독하게 되었다. 내가 읽은 내용에 대해 우리는 산책을 하면서 대화를 나누었고, 남편은 내가 읽은 작품들의 훌륭한 점들을 일일이 설명해 주었다. 나는 얼마 전에 있었던 일도 잊어버리는 표도르 미하일로비치가, 자신이 좋아하는 이 두 작가가 쓴 소설들의 줄거리와 주인공 이름들은 선명히 기억하고 있는 것에 놀라지 않을 수 없었다. 남편은 발자크의 장편소설 『고리오 영감』과 대하소설 『가난한 친척들』의 첫 장을 특히 높이 샀던 걸로 기억한다. 표도르 미하일로비치 자신도 1867년과 68년 사이의 겨울에는 빅토르 위고의 유명한 소설 『레 미제라블』을 다시 읽었다.

제네바에는 우리가 아는 사람들이 거의 없었다. 표도르 미하일로비치는 언제나 새로운 친분관계를 맺는 일을 몹시 힘들어했다. 제네바에서 그는 옛날부터 알던 사람들 중에서 게르첸의 친구인 유명한 시인, 오가레프[14] 한 사람만을 만났을 뿐이다. 그들은 게르첸의 집에서 서로 알게 된 사이였다. 오가레프는 자주 우리 집에 왔다. 책과 신문을 가져오기도 했고, 심지어는 10프랑을 빌려주기도 했다. 우리는 돈이 들어왔을 때 그의 돈부터 갚았다. 표도르 미하일로비치는 마음이 따뜻한 이 시인이 쓴 많은 시들을 높이 평가했다. 우리 둘 다 그가 찾아오면 항상 반갑게 맞이했다. 오가레프는 당시 이미 나이가 지긋한 노인이었는데 특히 나와 친해졌다. 그는 매우 친절했고, 놀랍게도 나를 거의 여자아이처럼 대했다. 당시 내가 여자아이였던 것도 사실이긴 하지만 말이다.

너무나 유감스럽게도 이 선량하고 훌륭한 노인의 방문은 석 달쯤 뒤에 중단되고 말았다. 그에게 안 좋은 일이 생겼던 것이다. 그는 교외에 있는 자기 저택으로 돌아가는 길에 갑자기 간질 발작을 일으켜 길가의 도랑에 떨어졌는데, 떨어지면서 다리가 부러졌다. 어둑어둑할 무렵에 일어난 일인 데다 길에는 사람 하나 없었다. 가엾은 오가레프는 아침까지 도랑에 빠진 채 꼼짝 못하고 있다가 독감에 걸리고 말았다. 그의 친구들은 쾌유를 위해 그를 이탈리아로 보냈고, 우리는 즐겁게 만나서 담소를 나누곤 하던 제네바의 유일한 지인을 잃었다.

1867년 초에 제네바에서는 평화회의가 열렸다. 회의 개막에 맞춰 주세페 가리발디가 도착했다. 사람들은 대대적인 환영회를 마련했다. 나도 남편과 함께 몽블랑 거리로 나갔다. 기차에서 내린 그가 이 거리를 통과할 예정이었기 때문이다. 집들은 푸른 나무와 깃발로 치장되었고, 그가 지나는 길에는 많은 사람들이 운집해 있었다. 가리발디는 자신의 독특한 옷을 입고 무개 마차에 서서 가면서 군중들의 열화 같은 환대에 답하여 모자를 흔들었다. 우리는 가리발디를 아주 가까운 거리에서 보는 데 성공했다. 남편은 이 이탈리아 영웅이 무척 호감을 주는 얼굴과 선량한 미소를 갖고 있음을 발견했다.

평화회의에 관심이 있던 우리는 그 두 번째 회의를 보러 가서 두 시간 동안 여러 연사의 연설을 들었다. 이날의 연설에서 표도르 미하일로비치는 불쾌한 인상을 받았다. 이에 관해서 이바노바-흐므이로바에게 쓴 편지에는 다음과 같은 구절이 있다.

세계 평화를 구축하기 위해서는 기독교 신앙을 박멸하고 큰 국가를 없애서 작은 나라들을 만들어야 한다는 말로 시작하더군. '포고에 따라 인민이 모든 것을 공유하도록 자본을 타도하라.' 조금도 입증된 바 없는 이 모든 말들을 20년 전에 이미 외웠는데, 아직도 그대로야. 가장 중요한 것은 총과 칼이고, 모든 것이 파괴되고 나면 그때 비로소 평화가 온다는 게 그들의 견해야.

제네바에 정착한 지 얼마 안 되어 우리는 이곳을 거주지로 선택한 것을 후회하지 않을 수 없었다. 가을이 되자 비즈[15]라는 강한 회오리 바람이 불기 시작했다. 날씨가 하루에도 두세 번씩 바뀌었다. 그리고 이런 날씨 변화가 남편의 신경을 압박해 간질 발작이 현저히 잦아졌다. 이런 상황 때문에 나는 걱정이 되어 죽을 지경이었고, 표도르 미하일로비치는 작업에 착수해야 할 때인데 잦은 발작이 이를 가로막자 고민에 빠졌다.

1867년 가을에 표도르 미하일로비치는 소설 『백치』의 플롯을 짜고 그것을 쓰느라 바빴다. 소설이 『러시아 통보』 1868년 첫 호에 게재될 예정이었기 때문이다. 소설의 기획 의도는 '오래된, 그러나 즐겨 쓰는 주제인 아름다운 인간의 모습을 긍정적으로 그리는 것'이었다. 그러나 이 과제는 표도르 미하일로비치에게는 '막막하기 짝이 없는' 것으로 생각되었다.

불행히도 그에게는 걱정이 하나 더 있었는데, 그것은 마이코프에게 보내는 편지에도 썼듯이, 내가 그와 단둘이 외딴 '무인도'에 살면서 지루해하지 않을까 하는 전혀 근거 없는 우려였다. 내가 그렇지 않다고, 그가 나를 사랑하고 우리가 함께 살기만 한다면 그것으로 충분히 행복하며 다른 것은 전혀 필요없다고 아무리 얘기해도 소용없었다. 그는 내가 극장이나 루브르 박물관 등지로 돌아다니며 즐길 수 있는 파리로 이주할 돈이 없는 것을 우울해했다.

한마디로 표도르 미하일로비치는 극히 침울한 상태에 빠졌다. 나는 그가 비참한 생각에서 벗어날 수 있도록, '운을 시험하러' 색슨 레 뱅에 있는 룰렛 도박장에 다녀오라고 했다(색슨 레 뱅은 제네바에서 5시간 거리에 있는 곳으로, 당시 그곳에 있었던 룰렛 도박장은 이미 오래 전에 문을 닫았다). 표도르 미하일로비치는 내 생각에 동의하고 1867년 10월에서 11월 사이에 며칠 간 색슨에 다녀왔다. 내가 예상했던 대로 룰렛으로 돈을 따지는 못했지만 대신 다른 좋은 결과를 얻었다. 장소를 옮기고, 여행을 하고, 격렬한 감정을 새로 체험하게 되면서 그의 기분이 완전히 바뀌었던 것이다. 제네바로 돌아온 표도르 미하일로비치는 그동안 중단했던 『백치』 작업에 열정적으로 매달려 『러시아 통보』 1월호용으로 23일 동안 인쇄 용지 약 6장(93쪽 분량)에 달하는 글을 썼다.

그러나 표도르 미하일로비치는 자기가 쓴 글에 만족하지 않았고 특히 1부는 실패라고 말했다. 말이 나온 김에 덧붙이자면, 남편은 언제나 자기 자신에게 지나치게 엄격해서 자기 작품을 칭찬하는 일이 드물었다. 그는 소설을 구상할 때는 종종 자기의 생각에 열광하고 그것을 아껴 오랫동안 머릿속에서 성숙시키지만, 그 생각들을 작품에 구현하게 되면 거의 언제나 불만스러워했다. 그렇지 않은 경우는 극히 드물었다.

1867년 겨울에 표도르 미하일로비치는 당시 세상을 떠들썩하게 했던 우메츠키 사건에 큰 관심을 가졌다. 그 사건의 주인공인 올가 우메츠카야를 자기 새 소설의 주인공으로 삼을 작정(애초의 구상은 그랬다)을 할 정도[16]로 그 사건에 대한 그의 관심은 컸고, 그래서 그녀의 이름을 수첩에 적어 놓기도 했다. 그는 우리가 페테르부르크에 있었더라면 이 사건에 대한 논평을 자기가 반드시 썼을 거라며 몹시 아쉬워했다.

또 내 기억으로는, 이 해 겨울에 표도르 미하일로비치는 그 얼마 전에 도입된 배심원 재판의 활약상에 큰 관심을 보였다.

이따금은 그 법정의 공정하고 이성적인 판결에 미칠 듯이 기뻐하기까지 했으며, 신문에서 이 재판에 관련된 발군의 활약상을 읽으면 언제나 내게 전부 다 알려 주곤 했다.

시간은 흘러갔고, 우리에게는 걱정이 하나 더 늘었다. 우리가 기다리던 중요한 사건, 즉 '우리 첫 아기의 탄생이 순조롭게 이루어질 것인가'에 대한 걱정이었다. 곧 닥쳐올 이 일에 우리의 생각과 꿈이 집중되었다. 우리 둘은 벌써부터 미래의 우리 아기에 대한 사랑으로 충만했다. 우리는 딸이 태어나면 남편이 사랑하는 조카인 소피야 알렉산드로브나 이바노바의 이름을 따서 소피야라고 하기로(남편은 안나라고 하고 싶어 했지만, 내가 거절했다) 했다. 그 이름은 또한 내가 그 불행한 운명에 목놓아 울었던 '소냐 마르멜라도바'[17]를 기념하는 것이기도 했다. 또 아들을 낳는다면, 남편의 사랑하는 형 미하일 미하일로비치를 위하여 미하일이라고 부르기로 했다.

표도르 미하일로비치가 몸이 무거운 나를 얼마나 세심하고 부드럽게 대해 주었는지, 얼마나 나를 배려하고 보호해 주었는지를 기억하면 지금도 새록새록 고마운 마음이 든다. 발걸음을 옮길 때마다 몸에 해로운 급한 동작을 하지 못하도록 하던 일도 기억난다. 경험이 없어서 그런 것에 주의하지 않았던 나였다. 어머니라도 그렇게 하지는 못할 정도로, 남편은 나를 잘 지켜 주었다.

제네바에 온 후 처음으로 송금을 받았을 때, 표도르 미하일로비치는 제일 훌륭한 산부인과 의사를 찾아가야 한다고 고집했고, 그 의사의 진찰을 받을 때는 산파를 추천해 달라고 부탁했다. 매주 우리 집을 방문하여 나의 상태를 관찰하도록 하기 위해서였다.

출산하기 한 달 전에는 남편이 나 모르게 한 일이 밝혀졌는데, 이 일은 나를 매우 감동시켰다. 그것은 나에 대한 남편의 속 깊은 배려가 얼마나 사소한 데까지 미쳐 있는지를 보여 준 사건이기도 했다. 집에 찾아오던 바로 부인(산파)이 한번은 내게 자기 동네에 아는 사람이 사느냐고 물었다. 거기서 남편을 자주 마주쳤다는 것이다. 나는 놀랐지만 그녀가 뭔가 잘못 알았을 것이라 생각했다. 그래도 혹시나 해서 남편에게 물어보았더니, 처음에는 부인하다가 나중에야 이야기를 해주었다.

바로 부인은 제네바의 주요 상가인 바로 거리에서 산으로 올라가는 수많은 거리들 중 한곳에 살고 있었다. 이 거리들은 비탈이 가파르기 때문에 마차로 갈 수가 없었고, 모양새가 서로서로 다 비슷해 보였다. 표도르 미하일로비치는 어쩌면 밤에라도 갑자기 산파의 도움이 필요한 일이 생길지도 모른다는 생각이 들었고, 곧 자신의 길눈이 미덥지 못하다는 데까지 생각이 미쳤다. 그래서 그는 이 거리를 산책하기로 결심하고 매일 도서실에서 나와, 바로 여사의 집 근처를 지나 대여섯 집을 더 지나친 뒤 다시 돌아오곤 했던 것이다. 남편은 마지막 3주 동안 이 산책을 계속했다. 천식이 시작되고 있던 터라 급경사의 산길을 오르는 일이 적지 않은 고생이었을 텐데도 말이다. 내가 남편에게 고생하지 말라고 간청했지만 그는 산책을 계속했다. 나중에 그가 의기양양하게 말한 것처럼, 결국 일이 닥친 힘겨운 순간에 바로 여사의 집을 익혀 놓은 것이 큰 도움이 되었다. 그는 새벽녘의 어스름 속에서도 그녀를 재빨리 찾아내 내게 데려왔던 것이다.

나의 상태를 염려해서, 또 나를 기쁘게 해줄 요량으로 표도르 미하일로비치는 어머니에게 석 달 정도 우리 집에 와 계시라는 부탁을 드렸다. 나를 몹시 그리워하고 내 걱정을 많이 하시던 어머니는 흔쾌히 오시겠다고 했다. 하지만 소유하고 있던 집들의 관리 일을 맡기는 데 시간이 필요하다고 하셔서 빨리 오시는 데는 약간의 어려움이 있었다.

1867년 12월 중순에 출산을 앞두고 우리는 몽블랑 거리에 있는 다른 집으로 이사했다. 이번에는 방 두 개짜리 집이었는데, 방 하나는 무척 커서 창문이 네 개나 있었고 바로 옆에 있는 영국 교회가 훤히 내다보였다. 집은 지난번보다 좋았지만 이전의 사람 좋은 집주인 할머니들을 생각하면 아쉬울 때가 많았다. 새 주인들은 항상 집을 비워서 집에는 독일계 스위스 태생 하녀 혼자만 남아 있곤 했다. 그녀는 불어를 거의 몰라서 나를 전혀 도울 수가 없었기 때문에, 남편은 내가 산후조리 할 동안 나와 아기를 돌봐 줄 유모를 구하기로 했다.

소설을 집필하고 다른 걱정들을 하는 사이 겨울은 빠르게 지나가 버렸다. 1868년 2월이 왔다. 그리고 우리가 그토록 불안해하며 기대해 온 일이 드디어 일어났다.

　연초에 제네바의 날씨는 계속해서 무척 좋았다. 그런데 2월 중순부터 갑자기 날씨가 급변하더니 매일같이 비바람이 몰아치기 시작했다. 갑작스런 날씨의 변화는, 늘 그런 것처럼 남편의 신경을 자극하여 짧은 기간 동안 그는 두 번이나 간질 발작을 일으켰다. 2월 20일 밤에 일으킨 두 번째 발작은 까무라쳤을 만큼 그 정도가 심했다. 얼마나 기력을 잃었던지 다음 날 아침 그는 서 있는 것도 힘들어했다. 그날 그는 뒤숭숭한 상태였다. 하루종일 기운이 없는 그의 모습을 보고 내가 일찍 자리에 누우라고 하자, 그는 저녁 7시에 잠이 들었다. 그런데 그가 꿈나라로 간 지 한 시간이 채 지나지 않아 나는 통증을 느끼기 시작했다. 처음에는 그리 심하지 않았으나 시간이 갈수록 심해졌다. 진통 특유의 통증이었으므로 나는 출산이 다가오고 있음을 알았다. 나는 세 시간쯤 통증을 참고 견뎠다. 하지만 종내 아무 대책 없이 있게 될 것이 두려워 너무나 안타까웠지만 어쩔 수 없이 아픈 남편을 깨우기로 결심했다. 내가 남편의 어깨를 가만히 건드렸을 때였다. 표도르 미하일로비치가 재빨리 베개에서 머리를 들더니 물었다. "무슨 일이야, 아네치카?"

　"시작된 것 같아요. 너무 아파요!" 내가 대답했다.

　"너무너무 미안해, 여보!" 남편은 연민에 가득 찬 목소리로 입을 뗐다. 그러더니 갑자기 그의 머리가 베개 위로 고꾸라졌고, 순식간에 그는 잠이 들었다. 그의 깊은 애정에, 허나 그와 더불어 어찌할 수 없는 무력함에 나는 가슴이 저렸다. 표도르 미하일로비치는 산파를 부르러 갈 수가 없는 상태라는 것을, 그리고 잠을 계속 자게 하여 그의 약해진 신경을 북돋아 주지 않으면 또다시 발작을 일으킬 수도 있다는 것을 나는 깨달았다. 평소와 마찬가지로 주인은 집에 없었고(그들은 매일 모임에 가서 밤을 새웠다), 하녀에게 호소하는 것은 무망했다. 다행히도 통증이 약간 수그러들었다. 그래서 나는 버틸 수 있는 한 참기로 했다.

그날 밤은 얼마나 무서웠던가. 교회 주변의 나무들은 무섭게 웅웅 소리를 냈고, 비바람이 창을 때렸으며, 거리에는 깊은 어둠이 깔려 있었다. 완전히 나 혼자뿐이라는 생각과 무력함이 나를 짓눌렀음을 숨기지 않겠다. 내 인생의 그토록 힘든 시간에 가까운 가족 하나 곁에 없고, 내 유일한 보호자이자 수호자인 남편은 속수무책인 상태에 놓여 있었으니, 그 고통을 어찌 말로 다 하겠는가. 나는 뜨겁게 기도를 드리기 시작했다. 기도는 꺼져 가는 나를 지탱해 주었다.

아침이 되자 진통이 심해졌다. 7시쯤 나는 표도르 미하일로비치를 깨우고 말았다. 그는 아주 기운차게 잠에서 깨어났다. 내가 밤새 통증에 시달렸다는 것을 알고 그는 기겁을 하며 왜 더 일찍 깨우지 않았냐고 나를 나무랐다. 그러고는 순식간에 옷을 입고 바로 부인의 집으로 달려갔다. 그곳에서 그는 벨을 울렸지만, 하녀는 주인이 손님을 방문하고 조금 전에 돌아왔다며 그녀를 깨우지 않으려 했다. 그러자 표도르 미하일로비치는 계속 벨을 울리거나, 아니면 유리창을 깨부수겠다고 협박을 했다. 하녀가 그녀를 깨웠고, 한 시간 뒤에 남편이 그녀를 데리고 왔다. 나는 그녀로부터 내가 몰라서 했던 많은 일들에 대해 질책을 들어야 했다. 그녀는 나의 부주의로 인해 출산이 늦어질 거라고 큰소리쳤다. 그녀는 빨라야 7, 8시간 뒤에 출산하게 될 거라고 장담하면서 그 시간에 다시 오겠다고 약속했다. 표도르 미하일로비치가 유모를 데리러 갔다 왔고, 우리는 의기소침한 상태로 두려움에 시달리며 다가올 일을 기다렸다.

바로 부인은 약속한 시간에 오지 않았다. 그래서 남편이 또다시 그녀를 데리러 나갔다. 그녀는 역 근처 어딘가에 있는 친구 집에 점심을 먹으러 갔다고 했다. 표도르 미하일로비치는 그 주소로 찾아가서 내가 어떤 상태인지 그녀가 와서 봐야 한다고 우겼다. 그녀는 일이 좋지 않게 진행되어서 저녁 늦게나 되어야 출산을 기대할 수 있겠다고 했다. 내게 몇 가지 조언을 해주고 나서 그녀는 식사를 하러 갔다. 통증은 계속되었고, 표도르 미하일로비치는 나를 바라보며 괴로워했다. 9시가 넘자 남편은 참지 못하고 바로 부인을 데리러 그녀의 친구 집으로 갔다. 숫자 맞추기 카드 게임을 하고 있는 그녀에게 남편은 내가 너무 많이 고통스러워 한다면서, 만일 지금 당장 가지 않는다면, 해서 내 침대 옆을 지키지 않는다면, 산파를 바꾸겠다고 소리를 질렀다. 협박은 통했다. 재미있는 게임을 중단하게 된 바로 부인은 몇 번이나 내게 이렇게 말했다. "어휴, 러시아인들이란, 러시아인들이란!"

바로 부인을 위로하기 위해 표도르 미하일로비치는 여러 가지 먹거리와 당과, 그리고 포도주를 사와서 근사한 저녁을 마련해 주었다. 나는 그가 산파를 부르러 가고, 상점들을 쫓아다니고, 접대를 준비하느라 시간을 보냄으로써 나의 상태를 지켜보는 괴로움에서 한숨 돌릴 수 있게 되어 무척 안심했다. 출산을 하면서 나는 일반적인 진통 외에도, 얼마 전에 발작으로 심신이 상한 표도르 미하일로비치가 고통스러워 하는 나의 모습에 또 영향을 받는다는 사실 때문에 괴로웠다. 그의 얼굴에는 그 같은 절망과 고통이 어려 있었다. 때때로 흐느끼는 모습도 보였다. 나 자신도 내가 죽음의 문턱에 있는 것이 아닌가 무서워지기 시작했다. 그때 내가 했던 생각과 느낌을 돌아볼 때, 나는 나 자신보다, 내가 죽으면 파국에 이를 것 같은 남편 때문에 더 가슴이 아팠던 것 같다.

나는 그때 사랑하는 내 남편이 나와 미래의 우리 아기에게 타오르는 온갖 희망과 벅찬 기대를 걸고 있다는 것을 실감했다. 그 희망이 갑자기 무너질 경우 표도르 미하일로비치의 억제할 줄 모르는 불같은 성격은 죽음을 불러올 수도 있었다. 어쩌면 남편에 대한 나의 걱정과 불안이 출산을 지연시키는지도 몰랐다. 바로 부인도 이것을 알아채고, 그의 절망적인 모습을 보면 내가 더 힘들 것이라고 남편을 설득하여 끝내 방에 들어오지 못하도록 했다. 표도르 미하일로비치는 그녀의 말을 따랐지만, 나는 공연히 걱정이 되어서 진통이 멎을 때마다 산파나 유모에게 남편이 뭘 하는지 봐달라고 부탁했다. 그들은 그가 무릎을 꿇고 기도를 드리거나, 두 손으로 얼굴을 감싸고 깊은 생각에 잠겨 앉아 있다고 알려 줬다.

시간이 지날수록 진통은 심해졌다. 나는 때때로 의식을 잃기도 했다. 정신을 차려 보면 생판 모르는 유모의 검은 눈이 나를 내려다보고 있었다. 나는 겁에 질려 내가 어디에 있는 건지, 무슨 일이 일어나고 있는 건지도 모를 정도였다.

마침내 2월 22일(구력[舊曆]) 새벽 5시에 나의 산고는 끝이 났다. 우리의 소냐가 태어난 것이다. 표도르 미하일로비치가 나중에 내게 말해 준 바에 의하면, 그는 내내 나를 위해 기도를 드리고 있었는데, 내 신음 소리 사이로 갑자기 무슨 이상한, 꼭 아이의 비명 소리 같은 것이 들렸단다. 그는 자기 귀를 의심했지만, 아이의 비명이 반복되자 아기가 태어났다는 것을 알았다. 기뻐서 정신이 나간 그는 무릎을 펴고 벌떡 일어나 닫혀 있는 방문으로 달려들었다. 문을 밀치고 들어와 내 침대 옆에 무릎을 꿇은 그는 내 손에 입을 맞췄다. 나 또한 진통이 끝난 것이 그지없이 행복했다. 우리 둘 다 너무 감격에 겨워 처음 5~10분 동안은 태어난 아기가 아들인지 딸인지도 몰랐다. 그 자리에 있던 누군가가 "아들인가요?"라고 묻자, 다른 사람이 "딸이에요, 너무 귀여운 딸이에요!" 하고 대답하는 소리가 들렸다. 하지만 남편과 나는 뭐가 태어났어도 똑같이 기뻤을 것이다. 그만큼 우리 두 사람은 행복했다. 우리의 꿈이 이루어졌고, 신의 세상에 새로운 존재가, 우리의 첫 아기가 태어났으니!

바로 부인은 아기를 깨끗이 씻기고, 우리에게 딸의 탄생을 축하해 준 다음 커다란 흰 싸개에 싼 아기를 데려왔다. 표도르 미하일로비치는 소녀에게 축복의 성호를 그어 주고 그 주름투성이 얼굴에 입을 맞추며, "아냐, 한번 봐, 우리 아기가 얼마나 예쁜지 몰라!"라고 말했다. 나도 성호를 긋고 아기에게 입을 맞추었다. 내 사랑하는 남편의 희열에 찬 유순한 얼굴에 지금까지 볼 수 없었던 행복이 가득한 것을 보는 내 마음은 이루 말할 수 없이 기뻤다.

도스토옙스키는 터질 듯한 기쁨에 바로 부인을 끌어안았고, 몇 번이나 유모의 손을 꽉 잡았다. 바로 부인은 내게 자신이 산파 노릇을 오래 했지만, 기다리는 동안 내내 내 남편이 그랬던 것처럼 어쩔 줄 몰라하고 낙담하는 아버지는 본 적이 없다고 말하면서 또다시 "어휴, 러시아인들이란, 러시아인들이란!" 하는 말을 되풀이했다. 그녀는 유모를 약국에 보내 뭔가를 사오도록 시키고 표도르 미하일로비치에게는 내가 잠들지 않도록 나를 지키고 앉아 있으라고 했다.[18]

바로 부인은 표도르 미하일로비치에게 스위스 법에 의하면 태어난 아기의 아버지는 경찰에 이 사실을 신고하고 법적 증명서를 받을 의무가 있다고 말해 주었다. 그녀는 가능한 한 빨리 신고를 해야 한다면서, 그렇지 않을 경우 벌금을 물거나 심지어는 체포될 수도 있다고 경고했다. 표도르 미하일로비치는 그 다음 날 바로 지정된 기관으로 갔다. 그런데 그가 떠난 지 네 시간 가량이나 소식이 없자 나는 무척 겁이 났다. 몸이 안 좋은 상태여서 그런지, 그에게 일어났을 것 같은 여러 가지 끔찍한 일들이 떠올랐던 것이다. 마침내 표도르 미하일로비치가 돌아왔다. 그는 신이 나서 자신의 모험담을 이야기했다. 경찰서에 가서 그는 신생아의 아버지는 반드시 증인 두 사람을 데려와야 한다는 것을 알게 되었다. 증인들은 부모의 신상과 아기의 출생 사실을 증명할 수 있는 사람들이어야 했다. 표도르 미하일로비치는 관리에게 자신이 외국인이어서 제네바에 아는 사람이 없다고 설명하려 했으나, 관리는 그의 말을 들으려 하지도 않고 다음 민원인에게로 얼굴을 돌렸다.

표도르 미하일로비치는 어찌할 바를 몰라 경찰서 밖으로 나왔고, 문 옆에 있던 수위에게 조언을 구했다. 수위는 순식간에 남편을 곤경에서 구해 주었다. 자기가 증인이 되어 주겠다고 한 것이다. 다만 다른 수위가 교대하러 오는 시간에야 가능한데, 그러자면 한 시간 반정도 기다려야 한다고 했다. 표도르 미하일로비치가 두 번째 증인은 어디서 구해야겠냐고 묻자, 그 수위는 자기 동료에게 말해 보겠다고 했다. 일은 잘 되었지만 기다려야만 했다. 표도르 미하일로비치는 수위가 권하는 대로 산책로의 벤치에 앉아 기다렸는데, 얼마나 오랫동안 집으로 돌아갈 수 없을 것인지를 생각하니 걱정이 밀려왔다. 정해진 시간에 수위가 교대를 해서, 표도르 미하일로비치와 수위는 두 번째 증인이 될 다른 수위 한 사람을 데리러 갔다. 모두 세 사람—남편과 두 명의 수위—이 신고를 접수하는 관리 앞에 가 섰다. 신생아 아버지와 증인들이 신고서를 작성하고 장부에 신고 내용을 기입하고 증명서를 작성하는 데는 많은 시간이 걸렸다. 일이 끝났을 때, 표도르 미하일로비치가 고마운 수위에게 사례를 하고 싶다고 말하자, 그는 "괜찮습니다, 선생님, 괜찮아요!"라고 대답했다.

남편은 물러서지 않고 갓 태어난 아기를 축하하는 의미에서 두 사람에게 포도주를 사고 싶다고 했고, 수위들은 여기에 흔쾌히 응했다. 그들은 표도르 미하일로비치를 가까운 레스토랑으로 안내했다. 별실에 자리를 잡고 표도르 미하일로비치는 지방산 적포도주 세 병을 주문했다. 포도주를 마시자 사람들의 말문이 터졌다. 수위들은 그들이 직무상 겪은 온갖 일들을 이야기하기 시작했다. 표도르 미하일로비치는 내가 얼마나 걱정할지를 생각하니 꼭 가시방석에 앉아 있는 것 같은 기분이었지만, 술친구들을 남겨두고 오자니 마음이 편치 않은 데다, 첫 잔을 돌리고 나자 두 번째 잔이 잇따랐고 기분이 한껏 좋아진 수위들이 나와 소피야, 그리고 소피야를 세상에 태어나게 한 장본인의 건강을 축원하는 건배를 청하는 바람에 이렇게 늦어지게 되었다고 말했다.

표도르 미하일로비치는 친구이며 시인인 마이코프에게 우리 소냐의 대부가 되어 달라고 부탁했다. 그리고 대모는 나의 어머니인 안나 니콜라예브나 스니트키나에게 부탁했다. 어머니는 출산에 맞춰 오려고 하셨으나 병이 나시고 말았다. 의사는 그녀에게 봄까지는 장거리 여행을 해서는 안 된다고 했다. 그래서 어머니가 5월 초에 제네바에 오셨을 때는 소냐가 이미 세례를 받은 뒤였다.

나는 출산 후에 매우 빠르게 회복되었다. 그렇지만 서른 세 시간에 걸친 산고를 겪은 뒤여서 기력이 몹시 쇠한 상태였다. 기쁜 마음으로 아기에게 젖을 물리기 시작했지만, 얼마 지나지 않아 분유로 보충하지 않으면 안 되겠다는 생각이 들었다. 아기가 크고 건강해서 너무 많이 먹으려 했기 때문이다. 소냐에게 유모를 구하는 것은 불가능했다. 스위스에서는 대개 병에 넣은 우유를 먹이는 인공 수유로 아기들을 키우고 있었다. 그렇지 않으면 신생아를 60베르스타 정도 떨어져 있는 산마을로 보내 농부 아낙의 젖을 먹게 했다. 헤어지면서까지 소냐를 남의 손에 맡긴다는 것은 생각할 수도 없었고, 의사도 권하지 않았다. 그 아낙들은 보는 눈이 없다는 이유로 아기들을 몇 명씩 데리고 있었고, 그중 많은 아기들이 죽어 갔기 때문이다.

우리 생활에는 다시 질서가 잡히기 시작했다. 그때가 내게는 가장 행복한 추억으로 영원히 남아 있다. 천만다행히도, 표도르 미하일로비치는 자상하기 그지없는 아버지였다. 그는 아기를 목욕시킬 때면 반드시 옆에서 나를 도왔고, 목욕 수건으로 아기를 감싸고 영국제 장식핀으로 수건을 고정하는 일은 도맡아 했다. 그는 아기를 안고 얼러 재웠고, 아기의 울음소리가 들리기만 해도 하던 일을 팽개치고 아기에게 달려갔다. 잠에서 깨거나 집으로 돌아오면 제일 먼저 묻는 말이 "소냐는 어때? 안 아파? 잘 잤어? 먹었고?"였다. 표도르 미하일로비치는 몇 시간이고 아기 요람 옆에 앉아서 노래를 불러 주거나, 아기와 대화를 나누곤 했다.

아기가 생후 3개월이 되었을 때 그는 소냐가 자기를 알아본다고 확신했다. 여기, 1868년 5월 18일에 그가 마이코프에게 쓴 편지가 있다. "이 3개월 된 조그만 창조물은 정말 빈약하고 정말 한 주먹도 안 되지만, 나한테는 벌써 표정도 보이고 성격도 보이네. 이 녀석이 나를 알아보고 좋아하기 시작했어. 내가 다가가면 미소를 짓고, 내가 우스꽝스러운 목소리로 노래를 불러 주면 그걸 좋아라 듣고 있어. 이 녀석은 내가 뽀뽀해 주면 울지도 않고 찡그리지도 않는다네. 내가 다가가면 울음을 멈추곤 하지."

그러나 우리에게 주어진 이 가없는 행복은 오래가지 않았다. 5월 초에는 탄성이 절로 나올 만큼 좋은 날씨가 계속되었다. 그래서 우리는 의사가 끈덕지게 충고한 대로 우리의 소중한 갓난아기를 매일 '영국 정원'에 데리고 나갔다. 거기서 아기는 유모차 안에서 두세 시간씩 잠을 잤다. 그런데 운이 없게도 하루는 산책 시간에 날씨가 갑자기 변해서 비즈가 몰아치기 시작했다. 필경 이 때문에 아기가 감기에 걸린 모양이었다. 바로 그날 밤에 열이 치솟고 기침을 하기 시작했던 것이다. 우리는 즉시 유명한 소아과 의사를 불렀고, 그가 매일 우리를 방문했다. 그는 우리 아기가 나을 것이라고 장담했다. 심지어 아기가 죽기 세 시간 전까지도 상태가 훨씬 좋아졌다고 했을 정도였다. 그의 장담에도 불구하고 표도르 미하일로비치는 아무 일도 손에 잡질 못했고, 아기의 요람 곁을 거의 떠나지 않았다. 우리 둘 다 무섭도록 불안했다. 그리고 우리의 어두운 예감은 적중하여, 5월 12일(구력) 낮에 우리의 소중한 소냐는 숨을 거두었다.

귀여운 우리 딸이 죽은 모습을 보았을 때 우리를 엄습했던 그 절망감을 나는 글로 표현할 재간이 없다. 아이의 죽음으로 삭신이 떨리고 슬픔에 휘감긴 상태에서도 나는 불행한 내 남편 때문에 무섭도록 두려웠다. 그의 절망은 격렬했다. 그는 자기 귀염둥이의 싸늘해진 시신 앞에서 여인네처럼 통곡하며 울었다. 그리고 그 아이의 백지장 같은 얼굴과 손에 뜨거운 입맞춤을 퍼부었다. 그렇게 격렬한 절망의 모습을 나는 다시는 보지 못했다. 우리 둘 다 이 고통을 견뎌내지 못할 것 같았다.

이틀 동안 우리는 단 한순간도 떨어지지 않았다. 우리는 아기의 사망 증명을 받기 위해 여러 기관을 함께 돌아다녔고, 아기의 장례에 필요한 모든 것을 함께 주문했고, 흰 공단 드레스를 아기에게 함께 입혔고, 공단으로 덮은 흰 관에 아기를 함께 넣고, 함께 울었다. 주체할 수 없이 울었다. 표도르 미하일로비치는 쳐다보기가 무서울 정도였다. 소냐가 병든 일주일 동안 그는 말라비틀어질 정도로 여위었다. 아기가 죽고 3일째 되는 날, 우리는 우리의 보배를 러시아 교회로 데려가 장례를 치렀다. 그런 다음 아기들을 위한 매장지가 따로 마련되어 있는 플랭 팔레스 묘지로 갔다. 그리고 며칠 뒤에 아기의 무덤에 삼나무를 심고 삼나무 사이에 흰 대리석 십자가를 세워 주었다. 남편과 나는 매일같이 아기의 무덤을 찾아 꽃을 놓고 울었다. 귀하디귀한 우리 아기와 헤어지는 것은 너무도 힘겨운 일이었다. 그만큼 진정으로, 마음 깊이 우리는 그 아이를 사랑했고 수많은 꿈과 희망을 그 아이의 존재에 걸고 있었던 것이다!

6. 슬픔의 나날들

제네바에 남아 있는 것은 불가능했다. 그곳의 모든 것이 다 우리에게 소냐를 떠올리게 했다. 우리는 지체없이 오래 전부터 작정했던 대로 호반 도시 브베로 이사하기로 했다. 돈이 부족해서 스위스를 완전히 떠날 수 없다는 것이 너무나 한스러웠다. 남편은 제네바를 거의 증오에 가깝도록 싫어했다. 그는 소냐의 죽음을 제네바의 변덕스러운 날씨와 의사의 자기 과신, 유모의 과실 탓으로 여겼다. 표도르 미하일로비치는 예전부터 스위스 사람들을 그리 좋아하지는 않았다. 그런데 우리가 힘겨운 고통을 겪을 때 그들이 보여 준 냉담함과 박정함으로 인해 이 악감정은 더욱 커졌다. 그들이 보인 박정함의 사례를 들어보겠다. 이웃들은 우리가 딸을 잃은 사실을 알고서도 내가 큰 소리로 울지 않도록 부탁하러 사람을 보냈다. 신경에 거슬린다는 것이었다.

짐을 기선에 실어 보낸 후 마지막으로 소중한 우리 딸과 작별인사를 하고 작별의 화환을 놓아 주러 갔던, 그 한없이 비통한 날을 나는 결코 잊지 못할 것이다. 우리는 한 시간 동안 비석 발치에 앉아 소냐를 생각하면서 울었다. 그리고 자식을 가슴에 묻은 채 그곳을 떠났다. 그 아이의 마지막 안식처를 자꾸만 돌아보면서.

우리가 타야 했던 기선은 화물선이어서 승객이 적었다. 날은 따뜻했지만 우리의 마음처럼 음울했다. 소냐의 무덤을 떠나는 것 때문에 표도르 미하일로비치는 마음의 동요가 몹시 심한 상태였다. 그때 처음으로 나는, 자신을 괴롭혀 온 전 생애와 자신의 운명을 그가 원망하는 소리를 들었다(그는 불평하는 일이 드물었다). 그는 자애롭던 어머니가 돌아가신 후 외톨이로 비참하게 보낸 젊은 시절을 회상했고, 처음에는 그의 재능을 인정했으나 나중에는 그에게 잔인한 상처를 주었던 문단 동료들의 조소를 떠올렸다. 유형지를 회상하면서 4년간 그곳에서 자신이 얼마나 많은 고생을 했는지 말해 주기도 했다. 마리야 드미트리예브나와 결혼하여 그토록 원하던 가정의 행복을 찾으려 했던 자신의 꿈도 얘기했다. 그 꿈은 이루어지지 않았다. 마리야 드미트리예브나와의 사이에서는 자식을 두지 못했던 것이다. 게다가 그녀의 '의심 많고 병적으로 변덕스러운 이상한 성격'은 그들의 불행한 결혼생활의 원인이 되었다. 그러다 '자식을 갖는 일은 위대하고도 유일한 인간적인 행복'이라는 생각이 그를 찾아왔고, 그 행복이 어떤 것인지 알 기회를 가졌다. 그런데 가혹한 운명은 그를 가엾게 여기지 않고 그에게서 그토록 소중한 존재를 앗아가 버린 것이다! 그 전에도, 그 후로도, 그가 살면서 멀고 가까운 사람들에게 입은 쓰디쓴 상처에 대해 그렇게 세세한 일까지 다 들먹이며 이야기를 한 적은 한 번도 없었다.

나는 그를 위로하려 애썼고, 신이 우리에게 내리신 시험을 공손히 받아들이자고 간청했다. 하지만 그의 가슴은 비애로 가득 차 있었다. 온갖 신산을 다 겪은 자신의 운명을 한탄하기라도 해야 그 비애를 덜 수 있을 것이었다. 나는 불행한 내 남편에게 가슴 가득 연민을 느꼈고, 그토록 비극적인 그의 인생에 그와 함께 목놓아 울었다. 우리가 함께 겪은 절절한 고통과 마음을 나눈 대화를 통해, 나는 그의 병든 마음속 저 깊은 곳까지 헤아리게 되었고, 우리는 더욱 긴밀하게 결합된 것 같았다.

우리가 부부로 함께 산 14년을 통틀어 남편과 내가 스위스의 브베에서 보낸 1868년의 여름만큼 슬픈 여름은 없었다. 그 여름, 우리에게는 마치 삶이 멈춰 버린 것만 같았다. 소냐를 추억하고, 그 아이의 존재로 인해 환하게 밝아졌던 우리 생의 행복했던 시간들을 추억하는 것이 우리의 생각과 대화의 전부였다. 아기를 볼 때마다 우리의 상실을 떠올리게 되었으므로, 마음을 흔들어놓는 그런 만남을 피하기 위해 우리는 멀리 산으로 산책을 다니곤 했다.

나 또한 힘겹게 고통을 견뎌 냈다. 우리 딸을 생각하며 눈물도 수없이 흘렸지만, 내 마음속 깊은 곳에는 희망이 꿈틀대고 있었다. 자비로우신 신께서 우리의 고통을 가엾게 여기시고 우리에게 새로 자식을 주실 것이라는 희망이었다. 나는 그렇게 해달라고 뜨겁게 기도를 드렸다. 손녀의 일로 몹시 상심하셨던 어머니도 새로 아기를 가질 수 있다는 희망을 주시며 나를 위로하셨다. 기도와 희망의 힘으로 나의 슬픔은 조금씩 누그러졌다.

그러나 표도르 미하일로비치는 그렇지가 않았다. 그의 정서 상태는 정말로 나의 간담을 서늘하게 했다. 그가 마이코프에게 보내는 편지에 덧붙여 나도 마이코프의 아내에게 몇 마디 안부의 말을 쓰려고 하다가 읽게 된 구절은 이랬다. "……시간이 흐를수록 기억은 더욱 가시 돋힌 채 다가오고, 죽은 소냐의 모습은 더 선명하게 떠오르네. 결코 견뎌 낼 수가 없는 순간들이 있네. 그 아이는 이미 나를 알아봤네. 그 애가 죽던 날, 두 시간 뒤면 죽으리라는 것도 모른 채 신문을 읽으려고 집을 나섰을 때, 아이는 그 두 눈으로 나를 지켜보며 나를 쳐다보고 나를 배웅했네. 그 눈이 지금까지도 선하네. 아니 점점 더 선명하게 떠오르네. 나는 결코 잊지 못할 걸세, 그리고 평생 괴로워할 걸세! 아기가 새로 생긴다 해도 내가 그 아이를 사랑할 수 있을지 모르겠네. 어디서 사랑을 찾겠는가? 나한테 필요한 건 소냐야. 그 아이가 없다는 걸, 그 아이를 다시는 볼 수 없다는 걸 나는 도저히 믿을 수가 없네."

내 어머니가 위로했을 때도 표도르 미하일로비치는 같은 말로 대답했다. 나는 그의 짓눌린 마음 때문에 너무나 걱정스러웠고 '신이 우리를 축복하여 다시 아기가 태어난다 해도, 표도르 미하일로비치가 과연 소냐가 태어났을 때처럼 그 아이를 사랑하고 행복해할 수 있을까' 하는 비관적인 생각이 들었다. 마치 먹구름이 잔뜩 낀 것처럼 우리 가족은 그렇게 우울하고 슬펐다.

표도르 미하일로비치는 소설을 계속 집필했지만, 일도 그를 위로하지는 못했다. 친지들이 보낸 편지가 우리에게 제대로 전달되지 않기 시작한 것도 실의에 빠져 있던 우리에게 새로운 걱정을 더하는 일이었다. 편지가 제대로 전달되지 않으면서 우리에게 유일한 위로가 되었던 친지들과의 관계가 소원해졌기 때문이다. 특히 언제나 흥미진진한 소식들로 가득했던 마이코프의 편지가 사라진 것은 정말로 유감스러웠다. 우리가 받은 한 통의 익명의 편지는 누군가가 중간에서 편지들을 가로채고 있다는 의혹을 증폭시켜 주었다. 그 편지에는 표도르 미하일로비치가 혐의를 받고 있기 때문에 그에게 보내는 편지들을 검열하고, 귀국할 때에는 국경에서 그를 엄격하게 수색하라는 지시를 받았다는 내용이 쓰여 있었다. 그리고 바로 그때, 설상가상으로 금서였던 『(니콜라이 파블로비치 황제 제위시대의) 차르 궁전의 비밀』이 표도르 미하일로비치의 수중에 들어오기도 했다. 이 소설에는 도스토옙스키와 그의 아내가 주인공들 중 하나로 나오는 데다, 도스토옙스키는 죽고 그의 아내는 수녀원에 들어간다는 내용을 포함, 수많은 황당한 이야기들이 들어 있었다. 이 이야기를 읽고 표도르 미하일로비치는 격분했다. 심지어 그는 반박문을 쓰려고도 했다(그 편지의 초고가 있다). 하지만 나중에 그런 쓰레기 같은 책에 의미를 부여할 필요가 없다는 결론을 내렸다.

7. 이탈리아에서의 생활

가을이 되자, 무슨 일이 있어도 우리의 어두운 마음을 바꾸어야 한다는 것이 명백해졌다. 그래서 9월 초에 우리는 이탈리아로 이사하기로 하고 처음 정착지로 밀라노를 택했다. 가까운 길은 심플론 고개를 넘어가는 것이었다. 우리는 고개의 일부를 걸어서 넘어갔다. 남편과 나는 산을 오르는 커다란 우편마차 옆을 걷다가 마차를 앞질러 오솔길을 올랐고 길가의 들꽃들도 따며 걸었다. 이탈리아 방면으로 내려오는 길에는 1인용

마차를 탔다.

우스운 일 하나가 기억난다. 도모 도솔라라는 곳에서 나는 과일도 사고, 여름에 배운 이탈리아어 실력도 시험해 보려고 했다. 나는 표도르 미하일로비치가 어떤 가게에 들어가는 것을 보고 그가 말을 나누는 것을 도와야겠다고 생각하여 서둘러 그의 곁으로 갔다. 그는 무언가로 나를 기쁘게 해주고 싶었는데, 마침 가게 진열창에 눈에 띄는 목걸이가 걸려 있어 가격을 물어보러 들어갔던 것이다. 우리를 '지체 높은 외국인들'로 생각한 상인은 목걸이 하나에 3천 프랑을 불렀다. 그는 그 목걸이가 거의 베스푸치[19] 시대의 것이라고 주장했다. 그가 요구했던 가격이 우리가 가진 돈과 맞지 않자 표도르 미하일로비치는 어쩔 수 없이 미소를 지어 보였다. 이것이 바로 우리가 딸을 잃고 난 이래로 그가 거의 처음으로 보여 준 즐거운 표정이었다.

주변 환경의 변화와 여행에서 받은 인상, 새로운 사람들(표도르 미하일로비치는 롬바르드의 농민들이 러시아의 농민들과 모습부터가 매우 흡사하다고 했다)——이 모든 것이 표도르 미하일로비치의 정서에 영향을 미쳤다. 그래서 밀라노에 머문 처음 며칠간 그는 매우 활달한 모습을 보였다. 그는 그 유명한 밀라노 대성당(Duomo di Milano)을 구경시켜 주러 나를 데리고 갔다. 그 성당의 구조물은 그에게 언제나 깊은 감탄의 대상이었다. 표도르 미하일로비치가 아쉬워한 유일한 점은 성당 앞 광장 가까이에 집들이 들어서 있는 것이었다. 그 집들 때문에 성당 건축물이 위용을 잃고 있다고 그는 말했다. 어느 맑은 날에는 남편과 함께 주변 경관을 감상하고 성당을 에워싼 조각상들을 더 잘 보기 위해 성당 꼭대기까지 기어올라가기도 했다. 우리는 코르소 근처에 거처를 정했다. 그곳은 이웃들이 창문으로 서로 이야기를 나눌 수 있을 정도로 골목이 좁았다.

나는 남편의 기분이 되살아나서 기뻤으나, 애석하게도 그리 오래 가지 않아 그는 다시 우울해하기 시작했다. 그러나 표도르 미하일로비치의 마음을 풀어 준 일이 몇 번 있었는데, 그것은 마이코프 및 스트라호프와 서신 교류를 한 일이었다. 스트라호프는 카시피례프가 발행하는 잡지 『여명』이 창간되었다는 소식을 전해왔다. 『시대』지와 『연대기』[20]지의 옛 동료였던 스트라호프가 편집장이 될 것이라는 점에 표도르 미하일로비치는 관심을 보였다. 남편은 스트라호프에게 "그러니까 우리의 지향점과 우리의 공동 작업은 죽지 않은 거야. 『시대』와 『연대기』는 어쨌거나 열매를 거둔 것이고 새 잡지는 우리가 멈춘 지점에서 시작하지 않으면 안 되었던 거지. 이 점이 참으로 기쁘네"라는 편지를 썼다. 표도르 미하일로비치는 신간 잡지에 전적으로 공감하면서 새 잡지의 편집진뿐만 아니라 그들이 쓴 글에도 관심을 보였다(특히 『러시아와 유럽』이라는 대작을 쓴 다닐롑스키[21]는 남편이 푸리에의 학설을 신봉하던 젊은 시절부터 알고 있던 사람으로, 남편은 그에게 큰 관심을 보였다).

스트라호프는 『여명』에서 함께 일하자고 열심히 남편에게 제안했고, 표도르 미하일로비치는 여기에 흔쾌히 응했다. 하지만 소설 『백치』를 끝낸 다음에야 가능하다는 단서를 붙였다. 그만큼 그는 그 소설을 어렵게 어렵게 쓰고서도 무척 불만스러워 했다. 표도르 미하일로비치는 그 소설에서 전개한 발상보다 더 훌륭하고 풍부한 시적 발상을 한 번도 가져 본 적이 없다면서, 그런데도 자신이 표현하고 싶었던 것의 십분의 일도 표현하지 못했다고 했다.

1868년 가을의 밀라노는 비가 많이 내리고 추웠다. 그래서 (남편이 그토록 좋아하는) 산책을 많이 할 수가 없었다. 또 그곳의 도서관에는 러시아 신문과 책들이 없어서 표도르 미하일로비치는 심한 향수를 느꼈다. 밀라노에서 두 달을 지낸 후 우리는 겨울을 맞아 피렌체로 이사하기로 결정했다. 그는 언젠가 한 번 그곳에 가본 적이 있어서 그 도시에 대해, 주로 피렌체의 미술품들에 대해 좋은 인상을 갖고 있었다.

그렇게 해서 1868년 11월 말에 우리는 당시 이탈리아의 수도였던 곳으로 짐을 옮겼고, 팔라초 피티(Palazzo Pitti)[22] 근방에 자리를 잡았다. 거주지를 옮긴 것이 남편에게는 무척 유익했다. 우리는 함께 교회와 박물관, 궁전들을 구경하러 다니기 시작했다. 표도르 미하일로비치가 산타마리아델피오레 대성당과 아기들의 세례 장소인 자그마한 바티스테로 세례당을 보고 경탄해 마지않던 기억이 난다. 유명한 조각가 기베르티의 작품 바티스테로의 청동문들(특히 천국의 문[23][delat del Paradiso])은 표도르 미하일로비치를 매료시켰다. 그는 세례당 옆을 자주 지나쳤는데 그때마다 멈춰 서서 그 문들을 바라보곤 했다. 남편은 내게, 만일 부자가 된다면 반드시 이 문들을 찍은 사진을, 가능하다면 실물 크기로 찍은 사진을 사서 언제든지 감상할 수 있도록 자기 서재에 걸어 놓을 것이라고 했다.

남편과 나는 팔라초 피티 미술관[24]에 자주 가곤 했다. 남편은 라파엘로의 그림 「작은 의자의 마돈나」를 보면서 황홀경에 잠겼다. 라파엘로의 다른 그림으로 우피치 미술관에 있는 「황야의 세례자」를 보고도 표도르 미하일로비치는 경탄을 금치 못하면서 그 그림 앞에 오래도록 서 있곤 했다. 우리는 미술관을 둘러보고 나서는 반드시 같은 건물에 있는 메디치의 비너스상을 보러 갔다. 그리스의 유명한 조각가 클레오멘의 작품인 이 조각상을 남편은 천재적 작품이라고 했다.

기쁘게도 피렌체에는 훌륭한 도서관과 두 종류의 러시아 신문을 비치한 도서 열람실이 있었다. 남편은 매일 점심을 먹고 나면 그곳에 들러 책을 읽었고, 대출을 받아 집으로 책을 가져오기도 했다. 그가 겨울 내내 읽었던 책은 불어로 된 볼테르와 디드로의 저술들이었다. 그는 불어를 자유자재로 구사했다.

1869년이 왔다. 그해 우리에게는 행운이 찾아왔다. 우리는 신이 우리의 결혼을 축복해 주고 있으며, 우리가 또다시 아기를 기대할 수 있다는 사실을 확인하고 한없이 기뻐했다. 사랑하는 남편은 내가 처음 임신했을 때처럼 나를 세심하게 보살펴 주기 시작했다. 그의 염려가 어느 정도였는지를 보여 주는 일화가 있다. 스트라호프가 보내 준, 그때 막 나온 톨스토이의 『전쟁과 평화』를 다 읽고 나서 그는 그 소설의 일부가 마음에 걸려 내가 읽지 못하도록 책을 감추어 두었다. 그가 내게 읽히고 싶지 않았던 부분은 안드레이 볼콘스키 공작의 아내가 아기를 낳다가 죽는 장면이 예술적으로 묘사된 부분이었다. 남편은 죽음을 그린 장면이 내게 괴로운 인상을 강하게 불러일으킬까 걱정했던 것이다. 한편 나는 없어진 책을 찾아 온 데를 다 뒤졌다. 심지어 재미있는 책 한 권을 잃어버렸다고 남편을 책망하기까지 했다. 그는 온갖 변명을 다 대면서 책이 어딘가에 반드시 있을 거라고 장담했다. 기다리던 출산이 끝나고 나자 그는 그제야 내게 『전쟁과 평화』를 내주었다. 아기의 탄생을 기다리면서 표도르 미하일로비치는 스트라호프에게 보내는 편지에 "흥분과 두려움, 희망과 조마조마함이 교차하는 가운데 기다리고 있다네"라고 썼다. 우리 둘은 딸이 태어나길 꿈꾸었다. 이미 꿈 속에서 딸아이를 열렬히 사랑했기에 이름도 류보피[25]라고 미리 정해 두었다. 우리 가족 중에도, 남편의 가족 중에도 없는 이름이었다.

의사는 내게 산책을 많이 하라고 권했다. 그래서 우리는 날마다 지아르디노 보볼리(팔라초 피티를 둘러싸고 있는 정원)를 거닐었다. 그곳에는 1월인데도 장미꽃이 피어 있었다. 거기서 우리는 햇볕을 쬐면서 미래의 행복을 꿈꾸었다.

늘 그랬던 것처럼 1869년에도 금전 사정은 매우 나빴고, 우리는 쪼들리지 않을 수가 없었다. 표도르 미하일로비치는 소설 『백치』의 원고료로 장당 150루블을 받았으므로 원고료는 전부 7천 루블 정도가 되었다. 하지만 그 가운데 3천 루블은 해외로 떠나오기 전에 이미 받아 결혼비용으로 썼고, 그것을 제외한 나머지 4천 루블로는 페테르부르크에서 저당 잡힌 물건들에 대한 이자를 지불하고, 의붓아들과 죽은 형의 가족들을 빈번히 도와야 했으므로 결국 우리 몫으로 남은 돈은 상당히 적은 액수였다. 하지만 우리는 우리의 상대적 빈곤을 불평 없이 견뎠을 뿐 아니라 가끔은 무사태평하게 지나치기도 했다. 표도르 미하일로비치는 자신을 (디킨즈의 소설에 나오는) 미코버 씨[26]라 칭하고 나는 미코버 여사라고 불렀다. 우리는 정말 화기애애하게 지냈다. 이제, 새로운 행복에 대한 희망이 샘솟은 상태에서 모든 게 다 좋을 것만 같았다.

그런데 또 다른 문제가 우리를 기다리고 있었다. 지난 2년 동안 표도르 미하일로비치는 러시아를 떠나와 있었는데, 그가 이를 무척 심각하게 여기기 시작한 것이다. 1869년 3월 8일에 흐미로바에게 쓴 편지에서 자신의 다음 소설 『무신론』에 관한 얘기를 하면서 그는 이렇게 썼다. "여기서는 그걸 쓸 수가 없네. 이 소설을 위해서는 내가 러시아에 있으면서 보고 듣고 러시아 사람들의 생활에 직접 개입하는 게 반드시 필요하네. 그런데 글쓸 거리, 그러니까 (생각거리를 제공하는) 러시아의 현실과 러시아 사람들 말일세, 그런 것에서 철저히 차단당한 상태로 여기 있으면서 나는 글을 쓸 가능성마저 잃어 가고 있네."

비단 러시아 사람뿐만 아니라 도대체 사람이라고 하는 것이 우리에게는 없었다. 피렌체에는 이야기하고 토론하고 농담을 하고 감정을 교류할 사람이 단 한 명도 없었다. 주변에는 모두 낯선 이들뿐이었고 가끔은 적대감을 보이는 사람들도 있었다. 이렇게 사람들로부터 완전히 고립되어 있는 것은 때때로 힘겨운 일이었다. 당시 나는, 이렇게 완전한 고립 상태로 살아가는 사람들은 결국에는 서로를 증오하거나 아니면 남은 생 내내 매우 긴밀하게 지내거나 할 것이라는 생각이 들었다. 다행히도 우리는 후자였다. 어쩔 수 없는 고립 상태가 우리를 더욱 가까워지게 했고 서로를 더욱 아끼게 만들었다.

이탈리아에서 지낸 9개월 동안 나는 이탈리아어를 조금 배웠다. 그러니까 하녀와 이야기를 하거나 상점에 물건을 사러 다니는 데는 불편이 없었고, 『피콜라』나 『세콜라』 같은 신문도 읽을 수 있을 정도였다. 표도르 미하일로비치는 작업에 전념했으므로 당연히 이탈리아어를 배울 수가 없었다. 그래서 내가 그의 통역사가 되었다. 하지만 우리 가족의 경사를 눈앞에 둔 지금, 우리는 불어나 독어를 쓰는 나라로 이주를 해야만 했다. 그래야 남편이 의사나 산파와 자유롭게 의사소통을 할 수 있기 때문이었다.

우리는 어디로 갈 것인지를 놓고 오랫동안 의논했다. 표도르 미하일로비치를 위해서는 지식층의 모임이 있는 곳이어야 했다. 나는 프라하에서 겨울을 나자는 생각을 남편에게 전했다. 프라하는 러시아의 이웃 나라였기 때문이다. 그곳에서 남편은 내로라하는 정계 인사들과 친분을 나눌 수도 있고, 그들을 통해 그곳의 문필가 집단에도 들어갈 수 있을 것이었다. 표도르 미하일로비치는 내 생각을 받아들였다. 전에도 여러 번 그는 1867년에 열린 슬라브 민족대회에 참석하지 못한 것을 아쉬워했기 때문이다. 당시 러시아에서 일기 시작한 슬라브 민족의 화합이라는 이상에 공감하면서 남편은 슬라브 사람들을 더 가까이서 알고 싶어 했다.

그렇게 해서 우리는 겨울을 프라하에서 보내기로 최종 결론을 내렸다. 내 처지에서는 여행을 하는 것이 힘들었으므로 우리는 프라하까지 가는 동안 몇몇 도시에서 쉬어가기로 했다. 우리의 첫 번째 여정은 베네치아까지 가는 것이었다. 가는 도중 기차를 갈아타게 되어 볼로냐에 잠시 머물게 되었는데, 그때 우리는 라파엘로의 그림 「성 세실리아」를 보려고 그곳의 박물관에 갔다. 이 작품을 무척 높이 평가했던 표도르 미하일로비치는 그때까지는 사본만 보았을 뿐이던 작품의 진품을 보는 행운을 누릴 수 있었다. 이 경이로운 그림 앞에서 상념에 잠긴 남편을 깨우는 것은 무척 힘이 들었다. 하지만 나는 기차를 놓칠까 두려웠다.

우리는 베네치아에서 며칠을 지내게 되었다. 표도르 미하일
로비치는 산마르코 대성당을 보면서 무아의 황홀경에 빠졌다.
그는 벽을 장식한 모자이크에서 몇 시간이고 눈을 떼지 않았
다. 우리는 팔라초 두칼레[27]도 함께 가 보았다. 남편은 그곳의
놀라운 건축물을 보며 경탄했다. 15세기의 뛰어난 화가들이
그린 총독궁 천장화의 숨막히는 아름다움에도 경탄했다. 4일
동안 우리는 산마르코 광장을 벗어나지 못했다. 그만큼 그 광
장은 아침은 아침대로, 저녁은 또 저녁대로 매혹적인 느낌을
불러일으켰던 것이다.

8. 새 아기의 탄생

베네치아에서 트리에스테까지 기선을 타고 가는 동안은 폭풍
우가 무척 심했다. 표도르 미하일로비치는 내 걱정을 많이 하
면서 내 곁에서 한 발자국도 떠나지 않았다. 다행히도 모든 것
이 순조로웠다. 다음에 우리는 빈에서 이틀을 머물렀고 10일
간의 여행 끝에 겨우 프라하에 당도했다. 그러나 매우 절망적
인 상황이 우리를 기다리고 있었다. 당시 프라하에서 가구 딸
린 방은 독신자들을 위해서만 존재했고, 가족을 위한, 그러니
까 좀 더 조용하고 편안한 가구 딸린 방은 전혀 없다는 사실을
알게 된 것이다. 프라하에 머물자면 방을 세내어 반년치에 해
당하는 세를 미리 지불해야만 했다. 게다가 가구와 가재도구
들도 모두 마련해야 했다. 우리에게는 그렇게 할 돈이 없었다.

사흘 동안 방을 찾아보았지만, 정말 안타깝게도 우리는 황금
빛 프라하를 떠나야만 했다. 불과 며칠간 머물렀을 뿐인데도
프라하는 너무나 우리 마음에 드는 도시였다. 남편과 슬라브
세계 인사들의 교류를 엮어 주려 한 꿈은 이렇게 깨어지고 말
았다.

생활 여건을 잘 알고 있던 드레스덴에 정착하는 것 외엔 별
수가 없었다. 결국 8월 초에 우리는 드레스덴에 도착하여 영
국 거리인 빅토리아스트라베 5번지에 방 세 개짜리 가구 딸린
집을 얻었다(나의 출산 예정일에 맞춰 어머니가 다시 오셨다). 그
리고 이 집에서 1869년 9월 14일에 우리 가족은 경사를 맞았
다. 우리의 둘째 딸 류보피가 태어난 것이다. 표도르 미하일로
비치는 넘치는 행복에 싸여 마이코프에게 대부가 되어 달라고
부탁하면서 이렇게 편지를 썼다. "3일 전에 내 딸이 태어났네.
류보피라네. 순산이었고, 아기는 크고 건강하고 예쁘다네."
물론 사랑과 기쁨에 젖은 아버지의 눈에만 분홍빛 작은 살덩
어리가 '예쁜이'로 보일 수 있을 것이었다.

아기가 태어나자, 우리 가정엔 다시 행복이 깃들었다. 표도
르 미하일로비치는 딸아이에게 특별히 자상했다. 아이에게 매
달려 지냈고, 자기가 직접 목욕을 시키고, 손에 안고서 자장자
장 잠을 재우며 너무나 행복해했다. "아, 존경하는 니콜라이 니
콜라예비치, 자네는 왜 결혼을 하지 않나. 왜 아기가 없단 말
인가. 자네에게 맹세컨대, 인생의 행복 중 4분의 3이 거기에 있

다네. 나머지 다른 것들엔 겨우 4분의 1이 있을 뿐이지." 그가 스트라호프에게 쓴 편지 구절이다.

이번에도 마이코프가 대부가 되었다. 남편은 자기의 사랑하는 누이 베라 이바노바를 대모로 삼았다. 대리인은 내 어머니였다. 세례식은 12월에야 올릴 수 있었는데, 처음에는 내가 병이 났고, 그 다음에는 드레스덴 교회의 사제가 업무상 페테르부르크에 갔기 때문이었다.

드레스덴에서 우리는 러시아 신문과 외국 신문들을 많이 비치해 둔 훌륭한 도서 열람실을 찾아냈다. 드레스덴에 상주하는 러시아 사람들 중에는 우리가 아는 사람들도 있었다. 그들은 아침 예배를 보고 나서 손님치레를 잘하는 한 사제의 집으로 가곤 했다. 새로 알게 된 사람들 가운데는 지식인들과 지혜로운 사람들이 몇몇 있었고, 남편은 그들과 재미있게 담소를 나누곤 했다. 이것이 드레스덴 생활의 좋은 측면이었다.

표도르 미하일로비치는 소설 『영원한 남편』을 완성하여 『여명』지에 투고했다. 1870년 그 잡지의 1, 2호에 연재된 이 자전적 소설은 남편이 1866년에 모스크바 근교의 루블린에서 보낸 여름의 반향이었다. 그곳에서 남편은 누이인 베라 이바노바의 별장과 나란히 있는 별장에 묵었다. 자흘레비닌 가족의 모습에서 표도르 미하일로비치는 이바노프 가족을 그려 냈다. 의사로서 많은 환자들을 보는 일에 항상 매여 있는 아버지, 집안 살림에 언제나 녹초가 된 어머니, 그리고 쾌활한 젊은이들——표도르 미하일로비치의 조카들과 그들의 친구들——이 거기 있다. 마리야 니키치시나의 여자 친구를 통해서는 이 가족의 친구인 이반치나-피사례바를 묘사했고, 알렉산드르 로보프를 통해서는 남편의 의붓아들인 이사예프를, 물론 매우 이상적인 모습으로 묘사했다. 심지어 벨리차니노프의 모습 속에는 표도르 미하일로비치 자신의 특징들도 조금 드러나고 있다. 예를 들어 별장에 도착해서 그가 벌인 여러 종류의 도박을 묘사한 장면이 그렇다. 그와 유사한 여름 저녁의 파티에 참석했던 폰-포흐트도 남편이 젊은이들의 모임에서 유쾌하고 재치 있는 면을 보여 주었다고 회상한다.

1869년과 1870년 사이 겨울에 표도르 미하일로비치는 새 소설을 쓰느라 바빴는데, 그는 새 소설의 제목을 '파계자의 일생'으로 하고 싶어 했다. 남편의 생각에 따르면 이 작품은 5편의 중편 소설(각각 15장씩 되는)로 구성되어야 하고, 각각의 중편들은 독립된 작품이 되어야 했다. 소설은 잡지에 게재할 수도, 아니면 단행본으로 출판할 수도 있었다. 모두 5편의 중편 소설을 통해 표도르 미하일로비치는 그가 평생을 앓아 온 중요하고도 괴로운 문제, 즉 신의 존재에 관한 문제를 제기할 생각이었다. 첫 번째 중편의 사건은 1740년대에 벌어진 것이었다. 소설의 소재와 당시의 시대 유형을 표도르 미하일로비치는 잘 알고 있었으므로 해외에 계속 머물면서도 쓸 수가 있었다. 남편은 이 중편을 『여명』에 싣고 싶어 했다. 하지만 두 번째 중편의 사건은 수도원에서 벌어지는 것이어서 표도르 미하일로비치는 러시아로 돌아가야만 그 글을 쓸 수 있었다. 두 번째 중편의 주인공으로 남편이 염두에 둔 사람은 자돈스키[28] 주교였다. 물론 소설에서는 이름을 바꿀 예정이었다.

표도르 미하일로비치는 구상 중인 이 소설에 큰 기대를 걸었고, 그것을 자기 문학 활동의 완결로 바라보았다. 그의 이러한 예견은 후에 맞아떨어졌다. 그가 구상한 소설의 많은 주인공들이 그 뒤 『카라마조프 가의 형제들』 속에 들어갔기 때문이다. 하지만 당시에 남편은 자신이 작정한 바를 실행하지 못했다. 다른 주제에 몰입했기 때문이다. 이에 관해 남편이 스트라호프에게 쓴 글이 있다. "지금 『러시아 통보』에 쓰고 있는 글에 대해 기대가 아주 크네. 하지만 그건 예술적인 측면이 아니라 경향성에 있어 그렇다는 말일세. 비록 나의 예술성이 죽는다 하더라도 내 가슴과 머리에 축적되어 나를 끌어당기는 몇몇 사상을 표명하고 싶다네. 팸플릿이라도 좋으니 나오게 해주게. 내 별말 않겠네."

그것은 1871년에 나온 소설 『악령』이었다. 내 동생이 드레스덴에 온 일이 이 새로운 주제의 소설이 쓰이는 데 영향을 미쳤다. 여러 가지 외국 신문들(그 신문들에는 러시아 신문에는 나오지 않는 내용이 많이 있었다)을 읽고 있던 표도르 미하일로비치는 페트로프 농업대학에서 머지않아 정치적 소요 사태가 일어날 것이라고 예상했다. 성격이 유약하고 어린 내 동생이 그 소요에 참여할 수 있을 것을 우려한 남편은 어머니로 하여금 동생을 드레스덴의 우리 집으로 부르게 했다. 남편은 동생이 오게 되면 향수병으로 우울해지기 시작한 나나, 벌써 2년째 외국에 살면서(언니의 아이들과 함께 계시거나, 우리 집에 와 계시곤 했다) 아들을 몹시 그리워한 어머니가 위안을 얻을 것으로 기대했다. 해외 여행을 하는 것이 언제나 꿈이던 동생은 방학을 이용하여 우리 집에 왔다. 언제나 동생에게 호감을 보였던 남편은 그의 수업과 친분관계, 학생들의 일반적인 생활과 정서 등을 알고 싶어 했다. 동생은 이야기에 푹 빠져 세세한 것까지 다 말해 주었다.

바로 여기서 표도르 미하일로비치의 머릿속에 당시의 정치 운동을 다룬 소설을 하나 써야겠다는 생각이 떠올랐던 것이다. 그는 나중에 네차예프[29]에게 살해당한 대학생 이바노프를 (샤토프라는 성으로) 주인공 중 하나로 삼겠다는 생각을 했는데, 동생은 이바노프가 똑똑하며 성격이 군건하고 독보적인 사람으로 자기의 신념을 근본적으로 바꿔 놓은 사람이라고 했다. 나중에 신문에서 이바노프의 살해 기사를 읽고 그를 진심으로 따랐던 동생이 얼마나 경악했던가! 표도르 미하일로비치는 내 동생의 말을 빌려 페트로프 대학의 공원과 이바노프가 살해당한 동굴을 소설 속에 묘사해 놓았다.

덧붙이자면 동생은 드레스덴에 와서 자기 인생에서 매우 중요한 일을 맞게 되었다. 러시아 사교 모임의 회원들 가운데서 1

년 뒤 자기 아내가 될 아가씨를 만났던 것이다.

비록 새 소설의 소재를 현실에서 취했다고는 하나, 남편은 그 소설의 집필을 특히 힘들어했다. 늘 그랬듯이 표도르 미하일로비치는 자기 작품을 못마땅하게 여겨서 여러 번 개작했고, 15장 가량의 분량을 없애 버렸다. 경향 소설은 그의 창작 정신과 어울리지 않았던 것이 분명하다.

우리의 류보피가 자라남에 따라 내가 아이 곁에 꼭 붙어 있어야만 할 필요가 없어졌다. 나는 표도르 미하일로비치와 함께 미술관을 찾기도 하고 브륄로프 테라스의 저렴한 콘서트장을 찾아 연주를 듣기도 했다. 물론 산책도 다시 다닐 수 있게 되었다.

그런 와중에 남편의 예의 불같은 성격을 보여 준 사건이 한번 있었다. 1870년 겨울에 사망한 어떤 공작 부인의 물건과 세간들 ——보석들과 드레스, 내의, 모피 등등 ——이 경매에 나왔는데, 그 저택의 홀은 연일 사람들로 가득 찼다. 경매 마지막 날 산책길에 그 집 옆을 지나게 되었는데, 내가 독일인들은 어떻게 물건을 파는지 한번 들어가 구경하자고 했다. 표도르 미하일로비치도 좋다고 해서 우리는 홀로 올라갔다.

남아 있는 물건들은 비교적 적었다. 대부분은 사치품들로 검소한 독일인들 가운데는 그 물건들을 사겠다고 선뜻 나서는 이들이 적었다. 그래서 물건들은 이제 예전 가격이 아닌 최고 입찰자가 제안한 가격으로 팔리게 되었다. 문득 표도르 미하일로비치가 찬장 선반에서 보헤미안 유리로 만든 우아한 스타일의 정찬용 식기 세트를 발견했다. 어두운 버찌 빛깔에 금도금 장식이 된 것들로 모두 열여덟 점이었는데, 한 끼분의 음식을 담는 두 개의 커다란 그릇과 두 개의 중간형 그릇, 여섯 개의 소형 그릇, 그리고 잼을 담는 그릇 네 개와 접시 네 개로 구성되어 있었고, 디자인은 모두 똑같았다.

우아한 물건들을 좋아하는 표도르 미하일로비치는 이 세트를 보고 한눈에 반해 "이 근사한 그릇들을 구입합시다. 아네치카, 갖고 싶지 않소? 살까?"라고 말했다. 나는 미소를 지었다. 우리한테 그때 돈이 있다 해도 그렇게 많지는 않았기 때문이다. 우리 옆에 서 있던 어떤 프랑스 여인도 그 크리스탈을 보고 감탄을 했다. 그녀는 같이 온 사람에게 그것들 중 몇 개만 사고 싶은데 개수가 너무 많아서 아쉽다고 말했다. 이 말이 표도르 미하일로비치의 귀에 들렸다. 그는 순식간에 그녀를 향해 말을 걸며 돌아섰다. "부인, 함께 구입합시다." 5분도 채 지나지 않아 이 물건들은 하나에 1탈러씩, 모두 18탈러의 가격표를 붙인 채 사람들 앞에 전시되었다. 독일인들이 아무리 검소하다고 하나, 많은 수의 물건에 가격이 얼마 되지 않자 그들에게도 저렴하게 여겨졌던지 5그로시씩 값을 올려가며 입찰자들이 나타났다. 표도르 미하일로비치 혼자만이 1탈러씩 올렸다. 시간이 지날수록 그의 초조함은 커져가고 있었다. 나는 가격이 오르는 것을 보며, 만일 그 프랑스 여인이 구매를 거부해서 저 물건들을 전부 우리가 사야 하면 어쩌나 하는 두려운 생각이 들었다.

경매인은 41탈러가 되자 더 이상 가격을 부르는 사람이 없나 살피면서 거래를 종료했다. 물건은 우리 소유가 되었다. 그 프랑스 여인이 구매를 거부하지 않아서 우리는 별 문제 없이 물건을 나누었다. 이제 구입한 물건을 집으로 옮겨가는 일이 남았다. 표도르 미하일로비치는 물건 옆에 남아 있고, 나는 두 명의 짐꾼을 불러 집으로 향했다. 짐꾼들은 두 번을 왔다갔다 해야 했다.

남편의 방에서 그릇 세트를 발견한 내 어머니가 얼마나 놀랐을지 상상이 가는가? 어머니가 처음 한 말은 "자네, 도대체 이것들을 다 어떻게 러시아로 가져갈 겐가? 자네한텐 있는 건 궤짝이 아니라 트렁크라네. 이것들은 길에서 다 깨질 게야"였다. 우리는 둘 다 그런 생각을 전혀 하지 못했다. 아니, 했다 하더라도 표도르 미하일로비치는 어떻게든 사는 걸 포기하지 않았을 것이다. 문제는 의외로 쉽게 풀렸다. 드레스덴에서는 러시아 사람들이 자주 페테르부르크를 다녀오곤 했다. 나는 아는 사람들에게 그릇을 하나씩 갖고 가 언니에게 전해 줄 것을 부탁했다. 이 식탁용 세트는 지금까지도 우리 집의 보물로 남아 있다.

앞에서 말했듯이 남편과 나는 이따금 로자노프 사제의 집을 방문하곤 했다. 남편은 그를 그리 높이 평가하지 않았다. 성격이 괄괄한 데다 일을 판단할 때 조금 경솔한 면이 있어 표도르 미하일로비치가 생각하는 성직자상과는 거리가 멀었기 때문이다. 사제의 아내는 무척 친절하고 손님을 따뜻이 맞아 주는 사람이었다. 그들에게는 귀여운 아이들이 있었는데 이 아이들은 그 집안을 환하게 만들었다.

당시 드레스덴에 살았던 러시아 부인들 중에는 남편을 무척 흠모하는 사람들이 몇몇 있었다. 그들은 그에게 꽃이나 책을 가져다 주었고, 우리 류보피를 귀여워하며 장난감을 선물하곤 했다. 그들이 그렇게 한 건 물론 표도르 미하일로비치의 관심을 끌기 위함이었다.

1870년 말에 드레스덴의 러시아인들은 사제의 집에 모여서 자체 발의하에 당시의 외무 대신이 외국 주재 러시아 대표들에게 보낸 10월 19일자 전문[30]에 관한 축사를 보내기로 결정했다. 모인 사람들 모두가 표도르 미하일로비치에게 이 축사를 써 달라고 부탁했다. 남편은 당시 급한 작업을 하느라 몹시 바빴음에도 불구하고 그 축사를 썼다. 그 축사의 내용은 다음과 같았다.

해외의 드레스덴에 임시 거주하고 있는 우리 러시아인들은 각하가 10월 19일 파리 조약에 서명한 주권 국가들에 주재중인 러시아 대표들에게 보낸 전문에서 표명한 고귀한 의지를 접하게 되어 기쁘고 감사히 생각하는 바입니다. 우리는 여기 이곳에 모두 한마음으로 모여 각하의 전문을 읽으면서 우리 모두가 느낀 기쁨을 각하께 천명할 수 있어 행복합니다. 위대하고 영광스러운 우리 러시아 전체의 목소리가 그 전문에서 들리는 듯합니다. 진실과 고귀한 가치로 가득한 그 글을 읽으며 우리는 모두 러시아인이라는 이름에 긍지를 느꼈습니다. 우리는 사랑하는 우리 조국의 행복을 신께 기원하고, 조국을 시련으로부터 영원히 지켜 주십사 기도드리는 바입니다. 우리는 또한 신께 기도드립니다. 우리를 해방시켜 주신, 우리가 열렬히 사랑해 마지않는 황제 폐하를 오래오래 지켜 주시고 그분께 각하와 같은 헌신적인 신하들을 주시길.

이 축사는 (100명에 이르는) 많은 사람들의 서명을 담아 외무대신에게 보내졌다.

해외에 체류한 처음 3년 동안 나는 러시아가 그립기는 했지만 좋고 싫은 새로운 느낌들을 끊임없이 접하면서 그 그리움은 옅어져 갔다. 그러나 4년째가 되자 더 이상 고향에 대한 그리움을 뿌리칠 수가 없었다. 비록 주위에 사랑하는 소중한 존재들인 남편과 아기, 어머니, 남동생이 있긴 했지만, 뭔가 중요한 것이 빠져 있는 듯했다. 나의 조국, 러시아가 내게 없었던 것이다. 나의 그리움은 점차 병이 되어 갔다. 향수병 말이다. 미래는 아무런 희망이 없는 것 같았다. 돈이 없다거나, 돈이 있다 해도 내가 임신을 한다거나, 혹은 아기가 감기에 걸릴까봐 두려워서 등등 내가 어찌할 수 없는 그 어떤 요인들로 해서 이제 다시는 고국 러시아로 돌아가지 못할 거라는 생각이 들었다. 외국이라는 데는 내게 한번 들어가면 결코 뛰쳐나갈 수 없는 감옥같이 여겨졌다. 친척들이 아무리 나를 설득하고, 상황이 바뀌면 우리가 고국에 돌아가리라는 희망을 주며 나를 위로해도 나는 그 말들을 믿지 않게 되었고, 영원히 낯선 땅에 남게 될 운명이라는 믿음이 굳어졌다.

내가 우울해하면 남편이 괴로워할 것이라는 걸 난 너무나 잘 알고 있었다. 그 또한 고국을 멀리 떠나 사는 것이 말할 수 없이 힘들었을 것이다. 나는 그가 보는 앞에서는 자제하고 울지 않으려, 불평하지 않으려 애썼다. 하지만 이따금은 얼굴에 슬픈 표정이 드러나곤 했다. 나는 스스로에게 다짐하곤 했다. 내가 언제나 자랑스러워 했으며 내겐 너무 소중한 고국에서 살 수만 있다면 어떤 불행도, 가난도 견뎌 낼 준비가 되어 있다고. 돌이켜 보건대 당시의 내 마음 상태는 때때로 견딜 수 없이 너무 고통스러웠다. 불구대천의 원수라 해도 그런 고통을 겪기를 바랄 수는 없을 만큼 그것은 무서운 고통이었다.

1870년 말에 어떤 일로 해서 우리는 상당한 액수의 돈을 받을 수 있게 되었다. 1865년에 표도르 미하일로비치에게서 그의 전 저작에 대한 판권을 샀던 스첼롭스키가 이번에는 소설 『죄와 벌』을 단행본으로 출판했던 것이다. 계약에 따라 스첼롭스키는 남편에게 천 루블이 넘는 돈을 지불해야 했다. 하지만 소설은 벌써 출판되었는데도 이 출판업자는 한 푼도 주려 하지 않았다. 남편의 의붓아들이 돈을 수령할 위임장을 갖고 있다고 그에게 큰소리를 쳤음에도 말이다. 의붓아들의 실력에 대한 기대를 버린 표도르 미하일로비치는 마이코프에게 이 돈을 받아달라고 부탁하면서, 개인적으로 하지 말고 노련한 변호사에게 위임하라고 했다.

우리가 해외에서 지낸 4년 동안 마이코프가 우리에게 베풀어준 끝없는 은혜를 생각하면 깊은 감사의 마음이 솟아난다. 이번 경우에도 아폴론 니콜라예비치는 두 발 벗고 나서서 사건을 변호사에게 위임하는 건 물론이고 자신이 직접 스켈롭스키와 협상을 하려고 시도했다. 하지만 이 출판업자는 유명한 사기꾼이었다. 마이코프는 이 작자가 자기를 속일지도 모른다고 우려하여 표도르 미하일로비치를 직접 페테르부르크로 부르기로 했다. 우리가 항상 빈털털이라는 것을 잘 알고 있던 그는 극단적인 방법을 생각해 냈다. 즉 남편에게 문학재단에 100루블을 대출해 달라고 부탁해서 이 돈으로 가족은 두고 단신으로 페테르부르크로 오라는 내용이 담긴 전보를 우리에게 보냈던 것이다.

불행히도 전보가 도착한 것은 4월 1일(만우절)이었다. 그래서 우리는 이 전보를 누군가가 장난을 친 거거나 채권자들 중 누군가의 간계일 거라고 생각했다. 어쩌면 표도르 미하일로비치를 페테르부르크로 불러들인 다음 그를 채무자 감옥에 집어

넣겠다고 협박하여 헐값에 사들인 우리 어음으로 『죄와 벌』의 원고료를 청산하려는 스첼롭스키의 소행인지도 모른다고 생각했다. 하지만 아폴론 니콜라예비치는 전보를 보내는 데 그치지 않고 자기 이름으로 문학 재단에다 소설가 도스토옙스키에게 100루블을 대출해 줄 수 있냐고 타진해 보았다. 이 요청에 재단은 비우호적인 태도를 보였다. 이에 대해서는 1871년 4월 21일자 편지에서 마이코프가 밝힌 바 있다. 표도르 미하일로비치는 이 편지를 받고 매우 흥분하여 이렇게 답장을 썼다. "그러나 재단이 나의(그러니까 나에 대한 자네의) 대출 요청에 얼마나 거만한 태도를 취하는지 한번 보게. 보증이니 뭐니 하는 건 대체 무슨 요구이며 답변의 그 거만한 말투는 또 어떤가. 어떤 니힐리스트가 부탁했다면 그렇게 답하진 않았을 테지."

시간은 흘러 1871년 4월이 되었다. 우리가 해외에 체류한 지 4년째가 된 것이다. 러시아로 돌아간다는 희망은 생겼다 사라지기를 반복했다. 마침내 우리는 어떤 일이 있더라도 빠른 시일 내에 꼭 페테르부르크로 돌아가리라고 굳게 결심하게 되었다. 하지만 우리의 기대는 바람 앞의 등불과 같았다. 우리는 7월 말이나 8월 초에 새로운 출산을 앞두고 있었다. 만일 출산하기 한 달 전까지 러시아로 거처를 못 옮긴다면 어쩔 수 없이 봄까지 1년은 더 남아 있어야 했다. 늦가을에 막 태어난 아기를 데리고 먼 길을 간다는 것은 생각도 할 수 없었다. 또다시 꼬박 1년을 러시아에 갈 수 없다고 생각하자 우리는 둘 다 깊은 절망에 빠졌다. 그 정도로 타지에서 사는 것이 견딜 수 없는 상태에 달했던 것이다.

표도르 미하일로비치는 종종, 우리가 해외에 남게 되면 더 이상 글을 쓸 수 없을 것이라고 말했다. 쓸거리도 없고, 러시아와 러시아 사람들을 기억하지도 이해하지도 못하게 된 상태를 절감한다면서 말이다. 그것은 그에게 '죽음'이었다. 우리가 알고 지내는 드레스덴의 러시아 사람들은 러시아인이 아니고 러시아를 사랑하지 않아서 그곳을 영원히 떠난, 자발적인 이민자들이란 것이 그의 생각이었다. 그리고 그것은 맞는 말이었다. 모두 귀족의 일원이었던 그들은 농노제의 폐지와 바뀐 생활 조건 등을 받아들일 수가 없었던 사람들로, 문명화된 서유럽의 이기를 누리고자 고국을 버린 사람들이었다. 이들은 대부분 새로운 체제에 대해 그리고 자신들의 부가 줄어든 데 대해 이를 가는 사람들로서, 타지에서 사는 것이 더 낫다는 생각을 갖고 있었다.

표도르 미하일로비치는 걸핏하면 자신의 재능이 '죽은' 것이 분명하다고 말하면서, 점점 늘어나는 소중한 가족을 어떻게 부양해야 할지 막막하다며 괴로워했다. 이런 말을 들을 때면 나는 이따금 절망에 빠지곤 했다. 그의 걱정스런 마음을 달래 주고 그의 집필을 방해하는 암울한 생각들을 몰아내기 위해, 나는 언제나 그의 기분을 풀어 주고 시름을 잊게 하는 방법을 썼다. 룰렛 도박에 관한 말을 꺼낸 것이다. 마침 약간의 돈

(300탈러 정도)이 있었다. 나는 다시 한 번 운을 시험하지 못할 이유가 무엇이겠냐, 돈을 딸 때도 되었다, 이번에는 성공하리라고 왜 기대하지 못하겠냐 등등의 말을 했다.

물론 나는 한순간도 돈을 따는 것을 기대한 적은 없다. 희생해야만 할 100탈러가 너무 아까웠지만, 나는 이전의 경험을 통해 알고 있었다. 새로이 격렬한 감정을 체험하고 도박과 모험을 향한 자기 마음을 충족시키고 나면 표도르 미하일로비치는 안정된 마음으로 돌아올 것이고, 돈을 따겠다는 희망이 얼마나 공허한지 확신하면서 새로운 힘으로 창작에 매진하여 이삼 주 안에 잃은 돈을 모두 되찾을 것이라는 사실을.

내 제안을 남편은 너무도 마음에 들어 하며 거부하지 않았다. 그는 120탈러를 들고 돈을 잃을 경우 내가 집에 돌아오는 비용을 보내 준다는 단서하에 비스바덴으로 떠났다. 거기서 그는 일주일간 머물렀다. 내가 예상한 대로 결과는 비참했다. 여행 비용을 포함하여 표도르 미하일로비치는 180탈러를 써 버렸다. 그것은 당시의 우리에게는 매우 큰 액수였다. 표도르 미하일로비치는 나와 아기, 우리 가족에게서 돈을 앗아간 자기 자신을 질책했다. 이 일주일 동안 그가 겪은 극심한 괴로움은 그로 하여금 다시는 룰렛 도박을 하지 않겠다고 결심하도록 만들었다. 남편이 1871년 4월 28일에 내게 보낸 편지엔 이런 내용이 있었다. "이제 나는 결심했소. 거의 10년 동안(아니, '형이 죽은 후 내가 빚에 짓눌리게 되면서부터'라고 하는 게 낫겠군)

나를 괴롭혀 온 혐오스러운 환상이 사라졌소. 나는 그동안 돈을 따는 걸 꿈꾸어 왔소. 심각하고도 무섭도록 말이오. 그런데 이제 모든 게 끝났소! 이번이 정말 마지막이었소. 내가 손을 끊었다면 믿겠소, 아냐? 나는 도박에 묶여 있었소. 이제 나는 종종 그랬듯이 도박하는 상상을 하느라 밤을 새는 일 없이 일을 생각할 것이오."

표도르 미하일로비치의 룰렛 도박에 대한 마음이 식었다는 이 엄청난 행운을 내가 금방 믿을 수 없었던 것은 당연한 일이다. 사실 그는 이전에도 여러 번 도박을 하지 않겠다고 내게 약속했으나 지키지 못했다. 그러나 이번 행운은 실현되었고, 정말로 마지막 룰렛 도박이 되었다. 후에 해외 여행을 하면서 (1874, 1875, 1876, 1879년) 표도르 미하일로비치는 도박 도시에 갈 생각을 한 번도 하지 않았다. 사실 독일에서는 얼마 안 있어 룰렛 도박장이 폐쇄되었지만, 스파와 색슨, 몬테카를로에는 여전히 도박장이 있었다. 그곳에 들르려고 마음먹는다면 거리는 문제가 되지 않았다. 하지만 그는 더 이상 도박에 끌리지 않았다. 룰렛으로 돈을 따리라 믿은 표도르 미하일로비치의 '환상'은 무엇에 홀린 것이었는지도 모른다. 아니면 병이었을지도 모르겠다. 갑자기 완치되어 다시는 도지지 않는 그런 병.

비스바덴에서 돌아온 표도르 미하일로비치는 활기차고 안정된 모습이었다. 그는 곧바로 소설 『악령』의 집필에 몰두했다. 러시아로 이주하여 새로운 곳에 정착한 다음 출산을 맞게 되면 많은 일을 하기가 어려울 것이라고 생각했기 때문이었다. 남편의 모든 생각은 우리 앞에 펼쳐질 새로운 생활의 장을 향해 있었다. 그는 곧 만나게 될 옛 친구들과 친척들을 떠올리면서 지난 4년 동안 그들이 많이 변했을 거라고 생각했다. 그는 자기 자신의 시각과 견해 역시 조금은 변했다는 것을 알고 있었다.

1871년 6월 말경에 『러시아 통보』 편집부로부터 소설의 원고료가 들어왔다. 우리는 하루라도 늦지 않으려고 드레스덴에서 볼 일(아마도 물건을 사고 빚을 갚는 일들이었을 것이다)을 마치고 짐을 싸기 시작했다.

떠나기 이틀 전에 표도르 미하일로비치는 나를 자기 방으로 부르더니 대형 판본의 두꺼운 종이 묶음을 주면서 태워 달라고 부탁했다. 미리 얘기된 것이었지만 나는 그 필사본들이 너무 아까웠다. 그래서 그것들을 갖고 있게 해달라고 남편에게 애원했다. 하지만 표도르 미하일로비치는 러시아 국경에서 틀림없이 그를 검문할 터인데, 그러면 그 필사본들은 압수되어 분실될 것이라는 사실을 내게 상기시켰다. 1849년에 그가 체포되었을 때 그의 모든 필사본들이 분실되었듯이 말이다. 그 필사본들을 모두 조사할 때까지 우리를 베르시볼로프에 억류시킬 가능성도 예상할 수 있었다. 출산이 다가오고 있었으므로 그렇게 되면 위험할 것이었다. 아무리 안타깝더라도 남편의 주장을 따를 수밖에 없었다. 우리는 벽난로에 불을 지

피고 종이들을 태웠다. 소설 『백치』와 『영원한 남편』의 필사본은 그렇게 사라져 버렸다. 특히 안타까웠던 것은 『악령』의 일부를 잃은 것이다. 그것은 이 경향 소설의 초기 이본(異本)이었다. 앞서 말한 소설들에 대한 창작 노트만은 내가 고집을 피워 어머니에게 건넬 수 있었다. 어머니는 늦가을에 러시아로 돌아가실 예정이었다. 필사본으로 가득 찬 트렁크를 들고 가는 일만은 어머니께서 거절하셨다. 그렇게 서류가 많으면 의심을 사 빼앗길지도 모른다는 것이었다.

6월 5일 저녁, 우리는 드디어 러시아행 기차를 탈 베를린을 향해 드레스덴을 떠났다. 22개월이 된 우리의 장난꾸러기 류보치카 때문에 움직이는 도중에 번거로운 일들이 많았다. 우리는 유모 없이 길을 갔다. 내가 몸이 무거웠기 때문에 길을 가는 내내(68시간) 남편이 아이를 돌봐야 했다. 남편은 아이를 데리고 플랫폼에 나가 산책을 하고, 우유와 먹을 것을 주고, 놀이로 아이를 즐겁게 해주었다. 한마디로 그는 정말 능숙한 유모처럼 행동했다. 덕분에 나는 아주 쉽게 장거리 여행을 할 수 있었다.

국경에서 역시나 예상했던 일이 일어났다. 우리는 트렁크와 가방을 샅샅이 수색당했고, 종이와 책 묶음은 옆쪽에 따로 계류되었다. 검열소에서는 다른 사람들은 모두 내보내 주었지만 우리 셋은 끝까지 붙잡아 두었다. 물론 우리말고도 책상 옆에 모여 골라낸 책들과 얇은 필사본 묶음을 살펴보고 있던 한 무리의 관리들이 있었다. 페테르부르크 행 열차를 놓치게 되지나 않을까 걱정이 되기 시작한 순간, 우리의 류보치카가 위기에서 우리를 구해 주었다. 그 불쌍한 녀석이 배가 고픈 나머지 큰 소리로 "엄마, 빵 줘" 하고 고함을 지르기 시작했던 것이다. 관리들은 금방 녀석의 고함 소리에 질려서 우리를 순순히 풀어 주기로 결정했다. 책들도 필사본들도 군소리 없이 돌려주었다.

우리는 하룻밤을 객차 안에서 시달려야 했다. 하지만 우리가 러시아 땅을 달리고 있다는 것, 우리 주위의 모든 사람들이 러시아인들이라는 사실만으로도 남편과 나는 즐겁고 행복했다. 우리는 서로에게 "드디어 우리가 정말 러시아에 있단 말이야?" 하고 물었다. 우리의 오랜 꿈이 이루어진 게 우리에게는 신기하게만 여겨졌다.

9. 1871년, 해외 생활을 끝내다

해외에서 보낸 시기를 마치면서 나는 운명에 깊이 감사하는 마음으로 그때를 회상하고 있다. 사실 우리가 스스로 택한 유형지에서 보낸 4년 남짓한 시간 동안, 우리는 견디기 힘든 시련을 겪었다. 맏딸의 죽음, 남편의 병, 항상 돈에 쪼들린 생활, 보장 없는 일, 룰렛 도박에 대한 남편의 불온한 집착과 고국으로 돌아가는 것이 어쩌면 영원히 불가능하리라는 사실 등등이 그것이다. 그러나 그 시련들을 겪으면서 우리는 더욱 친밀해졌고 서로를 더 잘 이해하고 소중히 여기게 되었다. 그 덕분에 우리의 부부 생활이 그렇게 행복했던 것이다.

나 개인적으로는 이 몇 년의 시간이 찬란하고 아름다운 한 폭의 그림으로 떠오른다. 우리는 수많은 매혹적인 도시와 지역을 다녀 보고 또 거기서 살아 보았다(드레스덴, 바덴바덴, 제네바, 밀라노, 피렌체, 베네치아, 프라하). 나의 두 눈에 그때껏 내가 본 적이 없는 세상이 온전히 펼쳐졌다. 성당과 박물관, 미술관 등을 둘러보면서 젊은 날의 내 지적 호기심은 한껏 충족되었다. 사랑하는 사람과 함께 그곳들을 감상하게 되었을 땐 특히 더 그랬다. 그와 나눈 한마디 한마디의 대화가 나로 하여금 예술과 인생의 새로운 무엇인가에 눈뜨게 했다.

표도르 미하일로비치로서는 우리가 찾은 이 모든 장소들이 전혀 새로울 것이 없었다. 하지만 뛰어난 예술적 심미안을 가진 그는 드레스덴과 피렌체의 미술관에서 진정한 기쁨을 맛보았고, 산마르코 대성당과 베네치아의 궁전들을 보면서 그 아름다움에 흠뻑 빠지곤 했다.

사실 해외에서 우리에게는 우연하고 일회적인 만남들 외에는 사교 모임이라는 것이 전혀 없었다. 그렇지만 처음 2년 동안 표도르 미하일로비치는 그런 모임에서 완전히 벗어난 것을 기뻐하기까지 했다. 미하일 형이 죽은 이래 그를 덮쳐 온 실패와 불행에 맞서 싸우느라 그는 너무 지쳤고 문단의 사람들에게 너무 쓴맛을 보았던 것이다. 게다가 현실의 요란한 사건들을 떠나 홀로 고립된 상태에서 사색과 꿈에 완전히 몰두하는 것도 예술가에게는 가끔 유익할 때가 있다는 것을 그는 깨달았다. 변화의 소용돌이인 수도로 돌아온 후, 그는 해외에서 충분한 여유 시간을 가진 것이 얼마나 좋았던지 여러 번 회상하곤 했다. 그때는 자기 작품의 플롯을 구상하거나, 자신을 휘감은 황홀경과 감동에 완전히 도취된 채 서두르지 않고 마음먹은 책들을 다 읽을 수가 있었던 것이다.

또한 우리를 둘러싼 주위의 것들에서 멋진 인상을 받은 것 외에도 해외에 사는 동안 우리는 정말로 깊고 눈부신 기쁨의 감정을 맛보았다. 아이들이 태어났고 가정이라는 것이 생겼다. 그것은 표도르 미하일로비치가 언제나 꿈꾸어 왔던 것으로, 우리의 생활을 충만케 하고 빛나게 해주었다. 나는 운명에 감사드리고 싶다. "우리가 해외에서 보낸 그 멋진 몇 해, 놀랄 만큼 고귀한 품성을 지닌 사람과 거의 단둘이서 보낸 그 몇 해에 축복을!"

4년 남짓한 우리의 해외 체류에 대한 대략적인 설명을 마무리하면서, 그것이 우리에게 갖는 내적 의미에 관해 말해 보려 한다. 걱정 끊일 날이 없었고, 늘 돈이 부족했으며, 가끔은 가슴 답답한 향수에 시달렸지만, 이 모든 것에도 불구하고 장기간의 고립 생활은 남편의 마음속에 언제나 존재했던 기독교 사상과 감정이 성숙하게 발현하는 데 도움을 주었다. 해외에서 돌아와서 우리가 만난 친지들은 모두 표도르 미하일로비치가 못 알아볼 정도로 성격이 좋아졌다고, 부드러워지고 선량해지고 사람들에게 관대해졌다고 내게 말했다. 그에게 익숙한 완고함과 참을성 없는 성격은 거의 완전히 사라지고 없었다. 스트라호프의 기억을 빌려 보자.

"표도르 미하일로비치가 해외에서 보낸 4년이란 시간이 그의 인생의 황금기였다고 나는 확신한다. 그 시간 동안 그는 그무엇보다 깊고 순수한 사상과 감정을 소유하게 되었다. 그는 매우 열심히 일을 했지만 자주 궁핍에 시달렸다. 그럼에도 그는 평정을 유지했고 행복한 가정생활을 했다. 그는 이 기간 내내 거의 완전한 고립 상태에서 생활했다. 사상과 심오한 영혼이 곧게 발전하는 것을 가로막는 온갖 요소들로부터 떨어져 있었던 것이다. 아이들의 탄생과 그들에 대한 근심 걱정, 고통을 나누는 부부애, 심지어 첫 아기의 죽음까지, 이 모든 것들이 순수하고도 고귀한 경험이었다. 해외에서 그가 처한 조건과 자기 내면으로 침잠해 들어가는 긴 시간 속에서 그의 마음속에 언제나 살아 있었던 기독교 정신이 특히 만개한 것임에는 의심의 여지가 없다. 표도르 미하일로비치가 해외에서 돌아왔을 때, 그를 아는 모든 사람들은 이 같은 근본적인 변화를 분명히 알아차릴 수 있었다. 그는 종교적인 주제에 관해 쉼 없이 대화를 이끌었다. 그뿐이 아니다. 태도도 완전히 달라져서 아주 부드러워졌고, 가끔은 그야말로 온화한 사람이 되었다. 심지어 얼굴 윤곽까지도 이러한 마음 상태의 흔적을 담고 있었다. 입술에는 상냥한 미소가 흘렀다…… 가장 훌륭한 기독교적 감정이 그의 내부에 살아 있음이 분명했다. 이 감정들은 그의 창작 속에 점점 더 빈번히, 그리고 선명히 표현되었다. 그는 이렇게 해외에서 돌아온 것이다."

표도르 미하일로비치 자신도 먼 훗날 우리의 해외 생활을 회상하며 감사했다. 친지들은 내게서도 큰 변화를 감지했다. 나는 겁 많고 부끄럼 타는 계집애에서 단호한 성격을 지닌 여인으로 성숙한 것이다. 나는 더 이상 세속의 불운, 더 정확히 말하자면 우리가 페테르부르크로 돌아올 무렵 2만 5천 루블에 달했던 빚과 싸우는 것을 겁내지 않게 되었다. 쾌활하고 낙천적인 성격은 그대로 남아 있었지만, 그것은 가족 내에서, 친척들과 친구들 사이에서만 드러날 뿐이었다. 모르는 사람들, 특히 남자들의 모임에서 나는 예의바르고 차가운 태도로 한 마디도 하지 않고 주의 깊게 그들의 말을 듣기만 했다. 그것으로 내 생각을 말했던 것이다. 친구들은 내가 이 4년 동안 너무 나이가 들었다면서, 왜 외모에 관심을 갖지 않느냐, 왜 유행에 따라 옷을 입고 머리 모양을 다듬지 않느냐고 나를 책망했다. 그들 말에 동의하면서도, 나는 조금도 변하고 싶지 않았다. 표도르 미하일로비치가 외모 하나만 갖고 나를 사랑하는 것이 아니라 나의 이성과 성격의 훌륭한 점들 때문에 나를 사랑한다는 것, 그리고 그가 말했듯이 우리가 '마음으로 결합하게' 되었음을 굳게 믿었기 때문이다. 내가 유행에 뒤떨어진 모양새를 하고 남자들에게서 명백히 도망치는 것을 좋아한 사람은 남편 혼자뿐이었다. 그의 아무런 근거 없는 질투심이 생겨날 소지가 없었기 때문이다.

5장
|
다시 러시아에서

1. 귀국

1871년 7월 8일, 우리는 4년간의 해외 체류를 끝내고 페테르 부르크로 돌아왔다. 무덥고도 맑은 날이었다. 우리는 바르샤바 역에서 이즈마일롭스키 대로를 탔기 때문에 우리가 결혼식을 올렸던 성 트로이츠 교회 옆을 지나게 되었다. 우리는 교회에서 기도를 올렸다. 우리를 쳐다보면서 귀여운 우리 딸도 성호를 그었다.

"이봐, 아네치카" 표도르 미하일로비치가 말했다. "해외에서 4년을 지내는 동안, 때로 어려운 일도 있었지만 행복하게 살았 잖소. 그런데 페테르부르크 생활은 어떻게 될까? 우리 앞의 모든 게 안개 속이야…… 우리가 자립하기 전에는 힘들고 어려운 일들, 걱정거리들이 많이 생길 거야. 신이 도우시기만 바랄 뿐이오!"

"무엇 때문에 미리 괴로워해요?" 나는 그를 위로하려 애썼다. "희망을 가져요. 신께서는 우리를 버리시지 않아요! 중요한 것은 우리의 오랜 꿈이 이루어졌다는 거잖아요. 우리는 다시 고향에 온 거랍니다!"

우리는 볼샤야 코뉴시냐 거리에 있는 호텔에 묵었는데, 그곳에는 겨우 이틀간만 머물렀다. 곧 가족의 수가 늘어날 것을 고려하면 그곳에 계속 머무는 것은 불편한 일이었다. 돈이 모자랐던 것도 사실이다. 우리는 예카테린고프스키 대로 3번지 주택의 3층에 있는 가구 딸린 방 두 개짜리 집을 얻었다. 이 지역을 선택한 것은 무더운 7, 8월을 우리 딸이 가까이 있는 유수포프 정원에서 보낼 수 있도록 하기 위해서였다.

우리가 도착한 바로 그날부터 표도르 미하일로비치의 친척들이 찾아왔다. 우리는 그들 모두를 무척 정답게 맞이했다. 우리가 해외에서 체류했던 4년 동안 에밀리야 페도로브나의 처지는 많이 나아져 있었다. 큰 아들인 표도르 미하일로비치는 뛰어난 음악가여서 피아노 수업으로 돈을 많이 벌고 있었다. 둘째 아들인 미하일 미하일로비치는 은행에 다녔고, 딸인 예카테리나 미하일로브나 역시 속기 일을 하고 있었다. 그래서 이 가족은 아주 풍족한 생활을 하고 있었다. 게다가 에밀리야 페도로브나는 표도르 미하일로비치에게는 이제 가족이 있으므로 특별한 경우에만 자신을 도울 수 있을 것이라고 생각하게 되었다.

단 한 사람 파벨 알렉산드로비치만이 '아버지'——그는 표도르 미하일로비치를 끈질기게 이렇게 불렀다——가 자기는 물론이고 자기 가족까지 부양할 의무가 있다는 생각을 떨치지 못하고 있을 뿐이었다. 그렇지만 나는 그 역시 반갑게 맞아주었다. 실은, 그의 아내인 나제즈다 미하일로브나가 무척 마음에 들었던 것이 큰 이유였다. 그들은 그해 4월에 막 결혼한 참이었다. 그녀는 키가 자그마했고, 소박하면서도 영리한, 예쁜 여자였다. 나는 그녀가 어째서 파벨 알렉산드로비치 같은 구제불능의 인간에게 시집을 갔는지 도무지 이해할 수가 없다. 나는 그녀가 정말로 가여웠다. 그녀의 인생이 얼마나 힘이 들지, 나는 미리 알고 있었다.

페테르부르크에 도착한 후 8일이 지난 7월 16일 이른 아침에 우리의 큰 아들 표도르가 태어났다. 전날 밤에 나는 상태가 좋지 않음을 느꼈다. 표도르 미하일로비치는 꼬박 하루 밤과 낮 동안 나의 순산을 비는 기도를 드렸다. 나중에 그는, 만일 아들이 태어난다면 자정 10분 전에만 태어나도 사도에 준하는 성자 블라디미르 공작의 이름을 따서 아이의 이름을 블라디미르라고 짓기로 결심했다는 말을 들려주었다. 블라디미르 공작의 성명축일(聖名祝日, 성인의 축일)이 7월 15일이었던 것이다. 하지만 아기는 16일에 태어났고 남편의 이름을 딴 표도르라는 이름을 얻었다. 이것은 내가 오래 전에 결정해 둔 바였다. 표도르 미하일로비치는 사내아이가 태어났다는 사실에, 그리고 그토록 그를 불안하게 했던 가족 내의 '사건'이 순조롭게 끝났다는 사실에 행복해서 어쩔 줄을 몰라했다.

내가 몸이 회복되었을 때 우리 아들은 세례를 받았다. (두 딸아이 때와 마찬가지로) 표도르 미하일로비치의 친구이자 유명한 시인인 아폴론 니콜라예비치 마이코프가 아기의 대부가 되었다. 그리고 표도르 미하일로비치는 두 살이 채 안 된 자기 딸 류보피를 아기의 대모로 삼았다.

8월 말에 남편은 모스크바에 가서 『러시아 통보』 편집부로부터 1871년에 출판된 소설 『악령』의 원고료 일부를 받아 왔다. 돈의 액수는 특별히 많지 않았지만, 그래도 가구 딸린 방을 벗어나 겨울을 날 집으로 이사를 할 수 있는 가능성이 생겼다. 그러나 가구 딸린 방이 아닌 곳으로 이사를 가려면 가구가 있어야 하는데, 우리에게는 세간이 전혀 없었다. 그때 문득 머릿속에, 아프락신 상가에 가서 그곳의 가구상에게 가격을 완불하기 전까지는 가구를 상인 소유로 간주한다는 조건으로 매월 25루블씩 할부로 가구를 팔 수 없겠냐고 물어봐야겠다는 생각이 떠올랐다. 이 조건을 받아들인 상인이 한 사람 있었다. 그는 우리에게 400루블에 달하는 물건들을 그 자리에서 바로 내주었다.

그런데 무슨 물건이 그 모양이던지! 가구는 새것이긴 했지만 모두 소나무와 오리나무로 만든 것들이었다. 모양이 조잡했던 것은 말할 것도 없고, 얼마나 형편없이 만들었던지 3년 만에 풀 붙인 곳이 다 떨어지고 부서져서 새것으로 바꿀 수밖에 없었다. 하지만 나는 그런 가구만으로도 기뻤다. 가구가 있으면 우리의 집을 마련할 수 있기 때문이었다. 가구 딸린 방에서 계속 지낸다는 것은 생각할 수 없는 일이었다. 다른 것은 차치하고라도 바로 옆에서 애들이 울고 떠들고 하는 통에 남편이 잠을 자지도, 일을 하지도 못했기 때문이었다.

가구 문제를 해결하고서 나는 집을 구하기 시작했다. 파벨 알렉산드로비치가 나를 돕겠다고 자청하고 나섰다. 바로 그날 밤, 그는 방이 여덟 개인데 굉장히 싼 가격에 나와 있는 좋은 집을 찾았다고 했다. 월 100루블이라는 것이다. "우리한테 그렇게 큰 집이 무슨 필요가 있어요?" 깜짝 놀라며 내가 물었다.

"전혀 크지 않아요. 아버지 식구들이 쓸 거실, 서재, 침실, 아이 방이 있고, 우리가 쓸 거실, 서재, 침실이 있어요. 식당은 같이 쓰면 될 테고."

"아니, 정말로 우리와 함께 살 생각이에요?" 나는 그의 뻔뻔함에 경악했다.

"그럼 어떡해요? 아버지가 오시면 함께 살 거라고 아내한테도 이미 말한 걸요."

나는 그와 심각하게 이야기를 나누면서, 이제는 상황이 바뀌었기 때문에 어떤 경우에도 함께 사는 것에는 내가 동의하지 않는다는 사실을 보여 주어야만 했다. 파벨 알렉산드로비치는 늘 그랬던 것처럼 폭언을 하면서 표도르 미하일로비치에게 말하겠다고 협박하기 시작했다. 그러나 나는 그의 말을 들은 척도 하지 않았다. 4년간 독자적인 생활을 한 것이 내게 헛일은 아니었던 것이다. 파벨 알렉산드로비치는 자기가 협박한 대로 표도르 미하일로비치에게로 갔다. 그러나 "모든 살림은 아내에게 다 맡겼다. 그녀가 결정했으면 그대로 될 것이다"라는 대답을 들었을 뿐이었다.

파벨 알렉산드로비치는 자신의 계획을 무너뜨린 나를 오랫동안 용서하지 않았다. 한참을 돌아다닌 끝에 나는 기술 대학 근처의 세르푸호프 거리에 있는 아르한겔스크 여인의 주택에서 우리가 살 만한 집을 찾아냈다. 남편이 성가신 경제적 문제를 겪지 않도록 그 집은 내 명의로 빌렸다. 표도르 미하일로비치가 작업을 하고 잠을 잘 서재, 그리고 거실과 식당, 내가 잠을 자기도 할 커다란 아이 방, 이렇게 방이 네 개였다.

얼마 전에 새로 산 형편없는 가구를 쳐다보자 한숨이 나왔지만, 그래도 가재도구들과 겨울옷은 사지 않아도 된다는 것으로 나는 스스로를 위로했다. 해외로 떠날 때 그것들을 여러 사람에게 보관해 달라고 맡겨놓았던 것이다. 그러나 어쩌랴, 불운은 여기서도 나를 기다리고 있었다. 식기와 놋그릇들, 그리고 다른 부엌 용품들은 내가 아는 한 노부인 집에 보관되어 있었다. 그런데 우리가 없는 동안 그 부인은 사망했고, 그녀의 동생이 내것 남의 것 구분 없이 모든 유품을 다 가지고 시골로 떠났다는 것이었다. 또 우리의 모피 코트들은 저당 기일을 넘겨서 남의 손에 넘어가 버렸다. 우리가 정확하게 돈을 보냈음에도 불구하고 이자 지불을 맡기로 했던 부인이 일을 잘못 처리했던 것이다.

언니인 마리야 그리고리예브나에게 맡겨 두었던 유리 그릇 제품과 도자기들은 하녀의 부주의로 깨져 버렸다. 언니가 하녀에게 그것들을 씻으라고 했는데, 그녀가 미끄러지면서 도자기가 얹힌 쟁반을 마루에 떨어뜨린 것이었다. 나는 이 물건들을 잃은 것에 특히 마음이 아팠다. 나의 아버지는 도자기에 조예가 깊은 애호가여서 골동품 상점을 돌아다니며 근사한 물건들을 많이 구입하셨다. 아버지가 돌아가신 후 내 몫으로 남겨진 것 중에는 니콜라이 시대의 오래된 작센 자기들과 세브르 산 도자기, 그리고 면을 아주 세밀하게 깎아 만든 옛날 그릇들이 있었다. 목동들의 모습이 그려진 아름다운 찻잔들과 파리가 그려져 있는 유리컵을 잃어버린 것은 지금 생각해도 아쉽기 짝이 없다. 파리가 얼마나 살아 있는 것같이 그려졌던지, 그 컵을 사용한 사람들은 모두 컵에 파리가 붙어 있는 줄 알고 잡으려 하곤 했다. 어린 시절의 이 유쾌한 추억들을 되찾을 수만 있다면 억만 금인들 못 주겠는가!

남편의 물건들도 똑같이 서글픈 운명을 맞았다. 그는 훌륭한 서가를 갖고 있었고, 해외에서도 이 서가를 제일 그리워했다. 서가에는 그의 동료 작가들이 헌사를 담아 선사한 수많은 책들이 있었고, 그가 큰 관심을 가지고 있었던 역사와 종교에 관한 어려운 책들도 많이 있었다. 우리가 떠날 때 파벨 알렉산드로비치는 이 서가를 두고 가 달라고 남편에게 간청했다. 자기도 책을 보며 교양을 쌓고 싶다면서 서가를 있는 그대로 돌려주겠다고 약속했다. 하지만 결국은 그가 돈이 필요해서 고서적상에게 서가를 팔아 넘긴 것으로 밝혀졌다. 내가 힐책하자 그는 폭언을 하며 모든 게 우리 책임이라고, 왜 제때 자기에게 돈을 보내 주지 않았냐고 오히려 큰소리를 쳤다.

귀중한 서가를 상실한 것 때문에 표도르 미하일로비치는 크게 상심했다. 지금은 필요한 책을 사는 데 예전처럼 많은 돈을 지출할 수도 없었다. 게다가 그의 서가에는 지금은 살 수도 없는 희귀한 책들도 있었던 것이다.

내게 뜻밖의 기쁨을 안겨준 건 어떤 친척집에 보관해 두었던 큰 서류 바구니 하나였다. 그 속에 든 내용물을 살피다가 나는 소설 『죄와 벌』을 위시한 몇몇 중편소설의 창작 노트 몇 권과 『시대』와 『연대기』지 발행과 관련하여 죽은 형 미하일 미하일로비치가 남긴 다이어리 몇 권, 그밖에 다종다양한 숱한 서신들을 발견했다. 이 서류와 문서들은 나중에 표도르 미하일로비치의 일과 관련된 어떤 사실들을 입증하거나 반박해야 했을 때 무척 유용하게 쓰였다.

2. 빚 독촉이 시작되다

1871년 9월에 도스토옙스키가 해외에서 귀국했다는 소식이 한 신문에 실렸다. 이 때문에 우리는 엄청난 고생을 해야 했다. 그때까지 침묵하고 있던 우리의 채권자들이 대번에 빚을 갚으라고 요구하며 밀어닥쳤던 것이다. 힌터슈타인이 제일 먼저 나타나 몹시 험악한 말을 했다. 그에게 진 빚은 표도르 미하일로비치가 진 빚이 아니라 죽은 형이 잡지 일과 담배 공장을 하면서 진 빚이었다.

미하일 미하일로비치는 사업 의욕이 아주 강했던 사람으로 잡지 외에도 담배 공장을 소유하고 있었다. 담배 판매를 촉진시키기 위해 그는 가위나 면도기, 연필 깎는 칼 따위를 경품으로 끼워 팔았고, 이 깜짝 선물은 수많은 구매자들을 끌어들였다. 경품으로 제공한 물건들을 미하일 미하일로비치는 도매상인 힌터슈타인에게서 구입했다. 그는 외상으로 물건을 내주고는 이자를 높이 쳐서 받았다.

미하일 미하일로비치는 『시대』지의 구독율이 높았을 때 힌터슈타인에게 조금씩 대금을 갚아나갔다. 그가 채권자들 중에서 가장 요구 사항이 많은 사람이었던 것이다. 미하일 미하일로비치는 죽기 며칠 전에 아내와 표도르 미하일로비치에게 "이제야 마침내 거머리 같은 힌터슈타인에게서 풀려났다"라는 소식을 전했다.

형이 죽은 후 모든 빚이 표도르 미하일로비치에게 넘겨졌을 때, 힌터슈타인 부인이 그의 앞에 나타나서는 미하일 미하일로비치가 그녀에게 진 빚이 2천 루블 가량 남아 있다고 주장했다. 표도르 미하일로비치는 형이 힌터슈타인의 빚을 갚았다고 했던 말을 기억하고 있었기 때문에 그녀에게 그렇게 말했지만, 그녀는 이것은 별도의 빚이고 그녀가 미하일 미하일로비치에게 일체의 차용증 없이 빌려준 것이라고 했다. 그녀는 표도르 미하일로비치에게 돈을 갚든지 아니면 어음을 끊어달라고 무릎을 꿇고 애원하며 남편이 자기를 죽일 것이라고 울부짖었다. 사람의 정직함을 항상 믿어 온 표도르 미하일로비치는 그녀의 말을 믿고 1천 루블짜리 어음 두 장을 내주었다. 그 중 하나는 1867년까지 다 갚았고, 다른 어음은 5년 동안 이자가 붙어 1,200루블까지 금액이 늘어나 있었다.

힌터슈타인은 우리가 돌아오자마자 돈을 요구했다. 그가 보낸 협박 편지를 받은 표도르 미하일로비치는 그를 찾아가서 소설의 원고료가 들어오는 새해가 될 때까지 기한을 연장해달라고 부탁했다. 그러나 남편은 절망에 빠져 돌아왔다. 힌터슈타인이 더 이상은 기다릴 생각이 없다고 선언하며 그의 모든 동산을 차압하겠다고 했던 것이다. 그리고 만일 동산이 빚을 다 청산할 정도가 못 된다면 표도르 미하일로비치를 채무자 감옥[1]에 집어넣겠다고도 했다. 표도르 미하일로비치는 그에게 말했다. "제가 가족과 떨어져서 온갖 종류의 낯선 사람들과 함께 감옥에 앉아 있으면 어떻게 글을 쓸 수 있겠습니까?

당신이 내게서 일할 기회를 빼앗아 버리면 대체 무슨 돈으로 빚을 갚을 수가 있겠습니까?"

"당신은 유명한 문인이니까 문학 재단이 당신을 금방 구명해 줄 거라 생각하고 있지." 힌터슈타인은 이렇게 대답했다.

표도르 미하일로비치는 당시의 문학 재단 관계자들을 좋아하지 않았다. 그래서 그는 힌터슈타인에게 그들이 도와줄 것인지 의문스럽다고 말하면서, 설사 돕겠다 하더라도 그 도움을 받아들이느니 감옥에 앉아 있는 편을 택하겠다고 했다.

우리는 어떻게 하면 이 일을 잘 풀 수 있을지 오랫동안 상의한 끝에 힌터슈타인에게 새로운 거래를 제안하기로 했다. 지금 그에게 100루블을 주고 나머지 돈은 새해부터 한 달에 50루블씩 갚아가겠다는 제안이었다. 이 제안을 가지고 남편은 두 번째로 힌터슈타인을 찾아갔다. 그리고 무섭게 화가 나서 돌아왔다. 오랜 얘기 끝에 힌터슈타인이 그에게 이렇게 말했다는 것이다. "당신은 러시아에서 출중한 문인 아니오, 나는 한낱 독일 장사꾼일 뿐이고. 내가 유명한 러시아 문인을 채무자 감옥에 집어넣을 수 있다는 걸 당신에게 보여 주고 싶군 그래. 내 꼭 그렇게 할 테니 두고 보시지."

당시는 보불 전쟁에서 독일인들이 승리한 후여서 그들 모두가 자기 우월에 빠져 거만하게 굴던 때였다.

나는 힌터슈타인이 표도르 미하일로비치를 그런 식으로 대했다는 것에 분개했지만, 우리가 무뢰한의 손아귀에 들어 있다는 것과 그로부터 벗어날 수 없다는 것을 깨달았다. 힌터슈타인이 협박하는 데 그치지 않을 것이라는 것을 예견하고, 나는 남편에게는 일절 알리지 않고 나 혼자 사태를 수습해 보려 힌터슈타인을 찾아갔다.

그는 거만하게 나를 맞이하며 말했다. "돈을 내놓으시지, 아니면 일주일 뒤에 재산은 압류되어 공매로 팔리고 당신 남편은 타라소프 건물에 갇힐 테니까."

"우리 집은 표도르 미하일로비치 명의가 아니라 내 명의로 빌렸어요." 내가 냉정하게 대답했다. "가구도 외상으로 할부해서 산 거예요. 지불이 끝날 때까지는 가구상 소유죠. 그러니까 그걸 차압하는 건 불가능해요." 나는 그에게 증거로 등기부 등본과 가구업자와의 계약서 사본을 보여 주었다.

"채무자 감옥에 넣겠다고 협박하셨죠?" 나는 말을 계속했다. "경고하겠는데, 만일 그렇게 되면 당신 빚의 만기일까지[2] 그곳에 있으라고 내가 남편을 설득할 거예요. 내가 가까이 살면서 아이들을 데리고 그를 면회하고 일하게 도와주면 되니까요. 그러면 당신은 땡전 한 푼 못 받게 되죠. 그뿐이 아니죠. 당신은 '사식비'[3]도 지불해야만 해요. 장담하건대 당신은 고집을 부린 대가로 벌을 받을 거예요!"

그러자 힌터슈타인은 자기가 그렇게 오래 기다려 줬건만 표도르 미하일로비치는 빚을 갚을 생각도 안하고 감사할 줄도 모른다고 불평하기 시작했다.

"아니, 당신이 그에게 감사해야 하죠." 내가 격분해서 말했다. "그가 당신 아내에게 빚 대금으로 어음을 준 것에 대해서 말이죠. 아마도 이미 다 갚은 빚이었을 텐데 말이에요. 표도르 미하일로비치가 그렇게 한 건 그가 마음이 넓고 동정심이 많아서예요. 당신 아내가 울면서 당신이 자기를 죽일 거라고 말했으니까요. 이래도 당신이 표도르 미하일로비치를 계속 협박한다면 나는 이 모든 사연을 글로 써서 『조국의 아들』지에 실을 거예요. '정직한' 독일인들이 얼마나 능력이 있는지, 모든 사람들이 다 알게 할 거란 말이에요!"

나는 제정신이 아니어서 표현도 가리지 않고 말을 했다. 나의 다혈질이 이번에는 통했다. 이 독일인은 겁을 먹고 도대체 뭘 원하느냐고 물었다.

"어제 내 남편이 부탁한 대로 해요."

"좋소, 좋아. 돈을 줘요!"

나는 우리의 계약에 관한 상세한 영수증을 요구했다. 힌터슈타인이 뒤에 마음을 바꾸어 또다시 남편을 괴롭힐까 걱정되었기 때문이었다. 나는 승리를 쟁취하여 집에 돌아왔다. 당분간은 내 사랑하는 남편이 마음의 평정을 유지할 수 있을 것이었다.

3. 빚의 수렁에 빠지게 된 사연

그후로도 표도르 미하일로비치가 사망할 무렵까지 거의 10년간이나 우리가 빚쟁이들과 끊임없이 싸운 일들을 이야기하기에 앞서 그토록 우리 두 사람을 괴롭힌 이 빚이 도대체 어떻게 해서 생겨난 것인가를 해명하고 싶다.

그 많은 빚들 중 표도르 미하일로비치 자신이 진 빚은 3천 루블로, 정말 적은 부분에 지나지 않았다. 주요한 것은 미하일 미하일로비치가 담배 공장과『시대』지를 운영하면서 지게 된 빚이었다. 미하일 미하일로비치가 갑자기 사망한 후(그는 겨우 사흘간 앓았을 뿐이었다) 유복한, 심지어 풍족하다고도 할 수 있는 생활에 길들여진 그의 가족, 즉 그의 아내와 네 명의 아이들은 아무런 대책 없이 남겨지게 되었다. 그 당시 상처하고 아이들이 없었던 표도르 미하일로비치는 형의 빚을 갚고 그의 가족을 부양해야 할 의무가 자신에게 있다고 생각했다. 그가 신중하면서 세상 물정에 밝은 사람이었다면 그런 선의를 실현하는 것이 가능했을지도 모른다. 그러나 유감스럽게도 그는 사람의 정직함과 고결함을 지나치게 신뢰했다. 후에 표도르 미하일로비치가 어떻게 어음을 발행했는지 목격한 사람들의 이야기를 듣고 묵은 편지들을 통해 세세한 많은 사실들을 알게 되었을 때, 나는 완전히 어린아이 같은 그의 비현실성에 놀라고 말았다. 양심이 없고 조금이라도 마음이 동한 사람들은 모조리 그를 속이고 그에게서 어음을 얻어 갔던 것이다.

형이 살아 있을 때 표도르 미하일로비치는 잡지의 자금 부분에 관여하지 않았다. 그래서 재무 상태가 어땠는지 몰랐다.

형이 죽고서야 남편은『연대기』지 발간을 스스로 책임지지 않을 수 없었고,『시대』지 발간과 관련하여 청산되지 못한 빚 일체와 인쇄 및 용지, 제본 등등의 비용을 책임지지 않을 수 없었다. 하지만 표도르 미하일로비치가 알고 있는『시대』지 동료들 외에 여러 사람들이 그에게 나타나기 시작했는데, 그들 대부분은 일면식도 없던 사람들로서, 죽은 미하일 미하일로비치가 자신들에게 빚을 졌다고 주장했다. 어느 누구도 증빙서류를 내보이지 않았지만, 사람의 정직함을 믿었던 표도르 미하일로비치는 그들에게 서류를 요구하지도 않았다. (내게 말해 준 바에 따르면) 그는 청구인에게 대개 이렇게 말하곤 했다고 한다. "지금은 제게 돈이 전혀 없습니다. 하지만 원하신다면 어음을 끊어드릴 수 있습니다. 급하게만 요구하지 말아 주십시오. 갚을 수 있을 때 갚겠습니다."

사람들은 어음을 받아가면서 기다리겠다고 약속했다. 물론 그들은 약속을 지키지 않고 즉시 빚을 독촉하곤 했다. 내가 서류를 뒤져 그 진위를 확인했던 예를 하나 들어보겠다.

『시대』지에 자신의 작품을 게재했던 썩 뛰어나지 않은 작가 모 씨가 표도르 미하일로비치 앞에 나타나 미하일 미하일로비치 생전에 잡지에 기고했던 중편소설의 원고료 250루블을 지급해 달라고 청구했다. 평소처럼 남편은 돈이 없어서 어음을 제안했고, 모 씨는 대단히 고마워하면서 표도르 미하일로비치의 형편이 나아질 때까지 기다리겠노라 약속했다. 그러면서 만기가 닥쳐 그에게 독촉할 필요가 없도록 무기한 어음을 발행해 달라고 부탁했다. 2주일 뒤에 사람들이 이 어음에 따른 돈을 지불하라고 요구하면서 재산을 압류하겠다고 나섰을 때 표도르 미하일로비치가 얼마나 경악했겠는가. 표도르 미하일로비치는 어찌된 일인지 알아보러 모 씨 집으로 찾아갔다. 그는 당황하면서 주인이 집에서 내쫓겠다고 위협을 해서 궁지에 몰린 자신이 주인 여자에게 그 어음을 내주었고, 돈을 독촉하지 않고 기다려 주겠다는 약속을 그녀에게서 받아냈다는 변명을 늘어놓았다. 더 이야기해 봤자 아무 소용 없는 일이었다. 결국 표도르 미하일로비치는 이 빚을 갚기 위해 높은 이자를 주고 돈을 꾸어야만 했다.

이로부터 8년쯤 지나 무슨 일론가 남편의 서류를 뒤지던 나는『시대』편집부의 수첩을 발견했다. 그 속에서 작가 모 씨가 미하일 미하일로비치에게서 그 소설의 원고료를 받았다는 영수증을 발견했을 때 내가 얼마나 놀라고 분개했을지 상상해 보라! 그 영수증을 남편에게 보여 주었을 때 그가 한 말은 "모 씨가 나를 속일 거라곤 정말 상상도 못했어! 궁지에 몰리면 사람이 그 지경이 되는군!"이었다.

표도르 미하일로비치가 떠맡은 빚의 상당 부분은 그런 종류의 것으로 추정된다. 그 빚이 대략 2만 루블 정도였는데, 우리가 해외에서 돌아왔을 무렵에는 불어난 이자 때문에 빚은 거의 2만 5천 루블에 이르렀다. 우리는 남편이 죽기 1년 전에야 마침내 빚을 다 청산했다. 꼬박 13년이 걸린 셈이다. 그제야 우리는 재산을 압류하거나 매각하겠다는 독촉, 설명, 협박에 시달릴까 두려워하는 일 없이 자유롭게 살 수 있게 되었다.

이 가공의 빚들을 갚기 위해 표도르 미하일로비치는 과도하게 일해야 했다. 그렇게 열심히 일을 했음에도 그 자신과 우리 가족 모두 안락함이나 풍요로움은 말할 것도 없고 절박하게 필요한 것들도 포기해야만 했다. 언제나 우리 머리를 무겁게 짓누른 빚 변제에 관한 걱정만 없었더라도 14년간의 우리 부부생활은 더욱 행복하고 풍요롭고 평온했을 것이다.

그렇게 떠맡은 빚이 없었더라면, 그래서 서두를 필요 없이 원고를 인쇄에 넘기기 전에 다시 검토하고 다듬으면서 소설을 썼더라면, 남편은 작품의 예술적 측면에서도 성공할 수 있었을 것이다. 문단과 사회에서는 자주 도스토옙스키의 작품과 다른 재능 있는 작가들의 작품을 비교하면서, 도스토옙스키의 소설이 너무 복잡하고 혼란스러우며 너저분하게 쌓인 잡동사니 더미인 반면, 다른 작가들의 작품은 잘 다듬어져 있다고, 예를 들어 투르게네프의 경우는 거의 보석같이 정교하게 다듬어져 있다고 도스토옙스키를 비난하곤 했다. 또한 다른 작가들이 살았던 여건과 작업 환경을 남편의 환경과 비교하거나 그런 사실을 상기해야 한다고 생각하는 사람은 드물었다. 그들 거의 대부분(톨스토이, 투르게네프, 곤차로프)은 건강하고 유복한 사람들로서 자기 작품을 충분히 구상하고 다듬을 여유가 있었다. 하지만 표도르 미하일로비치는 두 가지 힘든 질병에 시달렸고, 대가족과 빚을 짊어지고 있었으며, 내일에 대한, 절박한 빵에 대한 괴로운 생각에 짓눌린 사람이었다. 이런 환경에서 자기 작품을 다듬는다는 것이 가능했겠는가? 2, 3장은 이미 잡지에 실렸고, 4장은 인쇄에 들어갔고, 5장은 우편으로 『러시아 통보』에 보냈는데, 나머지는 아직 쓰지도 못한 채 구상만 하고 있는 그런 경우가 그의 생의 마지막 14년 동안 한두 번 있었던 게 아니다. 그래서 표도르 미하일로비치는 이미 인쇄되어 나온 자기 소설을 읽다가 한순간 잘못 쓴 부분이 확연히 눈에 들어와 자신의 애초 구상이 훼손되었다는 것을 알고는 절망에 빠진 적이 너무 많았다.

"되돌려 놓을 수 있다면" 하고 그는 종종 말하곤 했다. "수정할 수만 있다면! 무엇 때문에 글이 잘 안 풀렸는지, 내 소설이 왜 성공하지 못할지 이제야 보이는군. 어쩌면 이 실수로 내 '사상'을 완전히 죽인 셈인지 몰라."

그랬다. 그것은 실로 예술가의 비애였다. 자신이 잘못한 것을 명백히 알면서도 그것을 고칠 기회를 갖지 못한 예술가의 비애 말이다. 불행히도 그는 한 번도 그런 기회를 갖지 못했다. 생계를 위해, 빚을 갚기 위해 돈이 필요했고, 그래서 몸이 아파도, 어떤 때는 발작이 있은 다음 날도 서둘러 일을 해야 했고, 기한 내에 글을 보낼 수 있도록 최소한의 선에서 필사본을 검토해야 했다. 그래야만 좀 더 빨리 돈을 받을 수 있었으니까.

표도르 미하일로비치는 (그의 첫 중편소설인 『가난한 사람들』을 제외하고는) 소설 플롯을 세밀하게 숙고하고, 모든 세부 사항을 검토한 후 허겁지겁 서두르는 일 없이 작품을 쓸 수 있었던 적이 생애 단 한 번도 없었다. 운명은 표도르 미하일로비치에게 그런 큰 행운을 주지 않았다. 그것은, 설령 이룰 수 없다 하더라도 그의 마음속 깊은 곳에 언제나 있었던 꿈이었다!

떠맡은 빚은 원고료를 받는 데도 잔인하게 작용했다. 잡지사들이 앞다투어 자신들의 소설을 얻으려고 경쟁한다는 것을 알고 있던 유복한 작가들(투르게네프, 톨스토이, 곤차로프)은 인쇄 용지 한 장당 500루블씩을 받았던 반면, 어려운 형편의 도스토옙스키는 그 스스로가 잡지사에 기고하겠다고 제안해야 했으며, 손을 내미는 측이 밑지고 들어가는 법이므로 그 잡지사들에게서 현저히 적은 액수를 받아야 했다. 그는 소설 『죄와 벌』, 『백치』, 『악령』의 원고료로 장당 50루블을 받았고, 『미성년』은 205 내지 210루블을 받았으며, 마지막 소설인 『카라마조프 가의 형제들』에 이르러서야 겨우 300루블을 받게 되었다.

한 번도 본 적이 없는 사람이 남긴 이 낯선 빚, 게다가 비양심적인 사람들이 남편을 기만하여 어음으로 떠넘긴 가공의 빚 때문에 내 인생이 엉망이 된 걸 생각하면 가슴이 쓰라려 온다. 당시의 내 생활이란 것은, 며칠에 얼마의 돈을 맞추어야 할까, 어떤 물건을 얼마에 저당 잡혀야 하나, 빚쟁이가 다녀간 일을 남편이 눈치채지 못하도록 혹은 물건을 저당 잡힌 것을 알지 못하도록 어떻게 해야 하나, 하는 끊임없는 고민들로 우울하기 짝이 없었다. 그렇게 하느라 내 청춘이 다 가 버렸고, 건강이 상했으며, 신경이 곤두서게 되었다.

만일 남편의 친구들 중에서 그가 잘 모르는 잡지 발행 일을 이끌어 줄 생각을 가진 친절한 사람들이 있었더라면, 이러한 불행의 절반은 막을 수 있었을 것이란 생각을 하면 더욱더 화가 난다. 내가 언제나 이해할 수 없고 잔인하다고 생각했던 일은, 표도르 미하일로비치가 친구로 여겼던 사람들이 그의 순전히 아이 같은 비현실성과 사람을 지나치게 믿는다는 점, 또 그의 질병 등을 알면서도, 미하일 미하일로비치가 사망한 후 남겨진 빚과 각종 청구 사항들을 남편 혼자 처리하도록 내버려두었다는 점이다. 그들은 정녕 표도르 미하일로비치가 각각의 빚에 대해 증거를 요구하고 모든 청구서들을 검토하는 것을 도와줄 수 없었단 말인가? 사람을 잘 믿는 표도르 미하일로비치 혼자서 청구서들을 검토하는 게 아니라는 소문이 퍼졌다면 많은 수의 청구서들이 나타나지 않았을 것이라고 나는 확신한다. 아, 그러나 남편의 친구들과 남편을 존경한다는 사람들 중 자기 시간을 희생하여 그에게 실질적인 도움을 주려한 사람은 단 한 명도 없었다. 그들은 모두 표도르 미하일로비치를 가엾게 여기고 그를 동정했지만, 이 모든 것은 '말, 말, 말' 뿐이었다.

표도르 미하일로비치의 친구들은 시인이고 낭만주의자들

로서 현실 생활을 전혀 모르는 사람들이라고 말할지도 모른다. 여기에 나는 그 모든 사람들이 자신의 개인적인 일은 더할 나위 없이 잘 처리할 줄 알았다는 말로 답을 대신하겠다. 어쩌면 표도르 미하일로비치가 자립을 원해서 제삼자가 지시하도록 하지 않았을 것이라고 반박할지도 모른다. 하지만 이런 반박도 옳지 않다. 그는 내게 기꺼이 자신의 모든 일을 전했고 나의 조언을 경청하고 그대로 실행했다. 물론 처음에는 나를 노련한 사업가로 생각할 수 없었음에도 불구하고 말이다. 친구들이 도우려 했다면, 표도르 미하일로비치는 내게 보낸 것과 똑같은 신뢰를 그들에게도 보냈을 것이다. 그런 친구들과 친구 관계를 생각하면 표도르 미하일로비치에게도 화가 난다.

4. 그래도 남편을 지켜야 한다

러시아로 돌아온 후 처음 얼마 동안은 내게 남겨진 지참 가옥을 팔아서 빚의 일부를 갚으리라는 희망을 갖고 있었다. 나는 동생의 결혼식을 보러 가신 어머니가 드레스덴에서 돌아오시길, 그리고 어머니가 안 계신 동안 우리의 가옥들을 관리해 온 언니가 로마에서 돌아오길 초조하게 기다렸다. 언니가 봄에 돌아와서 우리에게 모든 관리 내역을 넘겨주겠다고 약속했던 것이다.

　그러나 언니는 봄에 티푸스에 걸려 1872년 5월 1일, 로마에서 숨을 거두었다. 우리는 언니가 죽은 후에야 그녀가 이미 오래 전에 형부에게 모든 일에 대한 관리를 위임했으며, 형부 또한 언니와 함께 자주 페테르부르크를 비우다 보니 자신이 아는 어떤 사람에게 관리를 맡겨왔다는 것을 알게 되었다. 이 남자는 3~4년 동안 그 가옥들로부터 나온 수입을 유용하면서 세금을 내지 않았다. 엄청난 체납금이 쌓여 갔고, 결국 그 집들은 경매에 넘겨졌다. 우리에게는 이 체납금을 지불해서 집을 경매에 넘기지 않을 돈이 없었다. 하지만 우리는 집들이 좋은 가격에 팔려서 어머니가 돈을 받고, 그것을 약속한 집 대신 우리에게 주실 것을 기대했다.

유감스럽게도 우리의 기대는 무산되었다. 우리 집들을 관리했던 그 남자가 중개인과 짜고 그들에게 10년간 집을 임대해 준 것처럼 가짜 계약서를 작성한 후 선불로 전세금을 모두 받았던 것이다. 이 거래는 경매장에 가서야 밝혀졌다. 이로써 집을 사려는 사람이 아무도 나서지 않았고, 그러자 이 파렴치한은 체납금을 모두 내고 그 집들을 인수했다. 그러니까 가옥 세 채와 거기에 딸린 큰 별채 두 개, 그리고 넓은 토지를 몇 천 루블에 사들인 것이었다. 이렇게 해서 어머니와 동생, 그리고 내게는 아무것도 남지 않게 되었다. 물론 우리가 소송을 시작할 수도 있었지만, 우리에겐 소송 비용이 없었다. 게다가 소송을 제기하게 되면 우리는 형부에게 책임을 물어야만 했고, 그러면 그와 반목하게 돼 우리가 무척 사랑했던 조카들을 보지 못하게 될 것이었다. 우리의 비참한 상황을 타개할 수 있는 유일한 희망을 포기해야 했을 때, 나의 괴로움이란!

처음에 나는 빚쟁이들이 표도르 미하일로비치와 협상을 하도록 내버려두었다. 그러나 그 협상의 결과는 형편없는 것이었다. 빚쟁이들은 남편에게 폭언을 하며, 세간을 압류하고 채무자 감옥에 집어넣겠다고 협박했다. 표도르 미하일로비치는 그런 협상을 하고 나면 절망에 빠져 몇 시간이고 방안을 왔다 갔다하면서 관자놀이 근처의 머리칼을 쥐어뜯으며 이렇게 되뇌였다. "이제 우리가 도대체 무엇을 할 수 있단 말인가!" 그런 다음 날이면 간질 발작이 일어났다.

가엾은 남편이 나는 너무나 안타까웠다. 그래서 나는 그에게 말하지 않고 빚쟁이들과의 협상을 내가 떠맡으리라 결심했다. 그동안 얼마나 놀라운 유형의 사람들이 우리 집을 다녀갔던가! 그들은 주로 어음 거간들──관리의 미망인들, 가구 딸린 방의 주인들, 퇴역 장교들, 하급 법무사들이었다. 그들은 모두 헐값에 어음을 사서는 전액을 다 받으려고 했다. 재산을 압류하겠다고, 또 감옥에 넣겠다고 나를 위협하곤 했지만, 나는 이미 그런 사람들과는 어떻게 대화해야 하는지를 알고 있었다. 나의 논거는 힌터슈타인과 협상할 때 썼던 것과 똑같았다. 협박이 별 소용이 없다는 것을 안 빚쟁이들은 나와 협상을 했고, 우리는 표도르 미하일로비치의 어음 대신 별도의 계약을 맺었다. 하지만 정해 놓은 기한 내에 약속한 금액을 지불하는 것은 얼마나 어려웠던가! 온갖 수법을 다 동원하지 않을 수 없었다. 친척들에게서 돈을 빌리기도 하고 물건을 저당 잡히기도 하고 나와 가족들의 필수품조차 포기해야 했던 것이다!

돈이 들어오는 것은 불규칙했다. 그것은 전적으로 표도르 미하일로비치의 글이 성공하느냐 아니냐에 달려 있었다. 집세도 밀렸고 가게마다 외상을 지지 않을 수 없었다. 그러다 한번에 400 내지 500루블씩 돈이 들어오면(남편은 언제나 그 돈을 모두 내게 맡겼다), 다음 날 내게 남는 것은 겨우 20~30루블에 지나지 않을 때가 많았다.

빚쟁이들이 다녀간 일을 남편이 모른 채 지나가지 않게 되는 때도 가끔 있었다. 그러면 그는 누가 무슨 일로 다녀갔냐고 내게 꼬치꼬치 캐물었고, 내가 말하고 싶어 하지 않는 것을 보면서 뭔가를 숨긴다며 나를 비난하기 시작했다. 이러한 불만은 그의 편지에도 몇 차례 언급되었다. 하지만 나는 표도르 미하일로비치에게 언제나 솔직할 수만은 없었다. 제대로 글을 쓰려면 그에게는 안정이 꼭 필요했다. 불쾌한 일이 있으면 간질 발작이 일어나기 십상이었고, 그것은 그의 일을 방해했다. 그래서 그의 마음을 흔들어 놓거나 괴롭힐 수 있는 일은 모두 세심하게 숨겨야만 했다. 무슨 비밀스러운 일이 있는 것처럼 보이는 위험을 감수하고라도 그렇게 해야 했다. 이 모든 일은 얼마나 힘겨웠던가! 그런데도 나는 거의 13년 동안이나 그런 생활을 해야 했다!

남편 친척들의 무례한 부탁들 또한 떠올리기 쓸쓸한 기억이

다. 표도르 미하일로비치는 우리가 가진 돈이 아무리 적더라도 동생인 니콜라이 미하일로비치와 의붓아들, 그리고 특별한 경우에는 다른 친척들에게 도움 주는 것을 마다해서는 안 된다고 생각했다.

'동생 콜라'는 일정액(월 50루블) 외에도 집에 다녀갈 때마다 5루블씩 돈을 타갔다. 그는 착하지만 가난했다. 나는 그의 선하고 예의 바른 태도를 좋아했지만, 그럼에도 불구하고 그가 아이들의 생일이나 명명일을 축하한다든지, 아니면 우리의 건강이 걱정되어서라든지 등의 갖가지 핑계를 대며 자주 우리집을 찾아올 때면 화가 났다. 마음속에서는 인색하게 굴지 말자는 소리가 울렸지만, 집에는 겨우 20루블이 있을 뿐이고 내일은 또 누군가에게 돈을 지불해야 하는데, 남편의 동생이 찾아와서 결국 다시 물건을 저당 잡혀야 한다는 현실이 나를 괴롭혔다.

나를 특히 격분하게 만든 것은 파벨 알렉산드로비치였다. 그는 부탁을 하는 것이 아니라 요구했다. 그리고 그럴 권리가 있다고 굳게 믿고 있었다. 목돈이 들어올 때면 표도르 미하일로비치는 반드시 의붓아들에게 꽤 많은 돈을 주었다. 하지만 그에게는 항상 급히 돈 쓸 일이 생기곤 했고, 그러면 그는 우리가 물질적으로 얼마나 어렵게 살고 있는지를 잘 알면서도 의붓아버지에게 돈을 받으러 왔다.

"아빠는요? 건강은 어때요?" 집으로 들어서면서 그가 나를 보고 물었다. "아빠와 얘기할 게 있어서. 급하게 40루블이 필요해요."

"카트코프가 아직 한 푼도 보내 주지 않아서 우리에겐 돈이 조금도 없어." 내가 대답했다. "오늘은 내 브로치를 25루블에 저당 잡혔어. 이게 그 영수증이야, 봐!"

"그래서 어떡하라고! 또 다른 걸 저당 잡히면 되잖아."

"하지만 내 물건은 이미 다 전당포에 있는 걸."

"꼭 사야만 하는 게 있단 말이야." 의붓아들이 우겼다.

"우리가 돈을 받으면 그때 사면 되잖아."

"나는 더는 기다릴 수가 없어."

"그렇지만 우리한테는 돈이 없다구!"

"그게 나랑 무슨 상관이야! 어디서든 구해 오면 되잖아."

나는 파벨 알렉산드로비치가 의붓아버지에게 내게 없는 40루블이 아니라 15루블을 달라고 하도록 설득하기 시작했다. 그래야 5루블이라도 남겨서 내일 하루를 보낼 수 있었으니까. 오랜 간청 끝에 파벨 알렉산드로비치가 양보를 했다. 보아하니 이로써 내가 자기에게 큰 빚이라도 진 것처럼 생각하는 듯했다.

나는 남편이 의붓아들에게 돈을 줄 수 있도록 15루블을 그에게 주었다. 그 돈이면 우리가 3일은 편안히 지낼 수 있을 텐데 내일이면 또다시 뭔가를 저당 잡히러 가야만 할 일을 생각하니 서글프기 짝이 없었다. 이 뻔뻔스러운 인간이 내게 안겨

준 수많은 고통과 불쾌한 일들을 나는 도저히 잊을 수가 없다!

그런 무례한 돈 요구를 내가 왜 거부하지 않았는지 의아해할 수도 있을 것이다. 하지만 내가 파벨 알렉산드로비치와 언쟁을 하면 그는 곧바로 표도르 미하일로비치에게 나에 대해 불평하면서 모든 것을 왜곡하고 화를 낼 것이고, 그러면 말다툼이 벌어질 수도 있었다. 그리고 이런 소동들은 남편을 한없이 우울하게 만들 것이었다. 그의 안정이 소중했던 나로서는 우리 가족의 평화만 지킬 수 있다면 나 자신이 모든 것을 참고 포기하는 편이 나았다.

5. 새로운 친구들과의 교류

빚쟁이들이 불쾌하게 들러붙고 돈은 늘 부족했지만, 그럼에도 1871년과 72년 사이의 겨울을 떠올리면 나는 기분이 흐뭇해진다. 우리가 다시 고국 땅에, 러시아인들과 러시아적인 모든 것들 가운데 있다는 사실 하나만으로도 나는 너무 행복했던 것이다.

표도르 미하일로비치 역시 자신이 귀국한 것을, 그리고 친구들을 다시 볼 기회, 특히 현재 러시아인들의 삶을 관찰할 기회를 갖게 된 것을 무척 기뻐했다. 그는 자신이 어느 정도 러시아의 삶에서 소외되었다고 느끼고 있었던 것이다. 표도르 미하일로비치는 예전의 많은 친구들과 다시 교류하기 시작했다. 그는 자신의 친척인 블라디슬라블레프 교수의 집에서 학계의 많은 인사들과 만날 기회를 가졌는데, 그 가운데 한 사람인 그리고리예프(동방학자)와 특히 기분 좋게 담소를 나누곤 했다. 『시민』지의 발행인인 메시체르스키 공작의 집에서는 필리포프[4]를 소개받았을 뿐 아니라 그 집에서 수요 오찬을 함께 하는 모임의 성원들도 모두 소개받았다. 여기서 만난 사람이 바로 포베도노스체프인데, 그 뒤 무척 친해진 그들의 우정은 남편이 숨지는 그날까지 계속되었다.

크림 반도에 상주하고 있던 다닐렙스키가 그해 겨울 페테르부르크에 왔다간 일이 생각난다. 젊은 시절 푸리에 학설의 열렬한 신봉자인 그와 알고 지냈으며, 그의 책『러시아와 유럽』을 무척 높이 평가했던 표도르 미하일로비치는 옛 친분을 다시 찾고 싶어 했다. 그는 다닐렙스키와 몇몇 지적이고 재능있는 사람들(내가 기억하고 있는 사람들은 마이코프와 라만스키, 스트라호프 등이다)을 우리 집 점심 식사에 초대했다. 그들의 대화는 늦은 밤까지 계속 이어졌다.

그해 겨울에는 모스크바의 유명한 미술품 수집가이자 미술관 소유주인 트레차코프[5]가 남편에게 미술관에 소장할 그의 초상화를 그리게 해달라고 부탁했다. 이를 위해 유명한 화가인 페로프[6]가 모스크바에서 왔고, 작업을 시작하기 전 일주일간 그는 매일 우리를 찾아왔다. 페로프는 그야말로 다양한 정서 상태의 표도르 미하일로비치를 만나 대화를 나누고 논쟁을 유도하면서 남편의 얼굴에서 가장 특징적인 표정을 포착해 냈다. 그것은 표도르 미하일로비치가 예술적 사고에 몰입해 있을 때의 표정이었다. 페로프는 '도스토옙스키의 창작 순간'을 초상화에 붙박았다고 할 수 있을 것이다. 나는 표도르 미하일로비치의 서재에 들어갔다가 그의 얼굴에 그런 표정이 떠오른 것을 여러 번 보았다. 그리고 그렇게 그가 마치 '자기 마음속을 들여다 보고' 있는 것 같을 때는 아무 말 없이 서재를 빠져 나오곤 했다. 나중에 얘기하다 보면 표도르 미하일로비치는 자기 생각에 완전히 빠져서 내가 들어온 것도 눈치채지 못했고, 내가 자기 방에 다녀갔다는 것도 믿지 않았다.

페로프는 똑똑하고 친절한 사람이어서 남편은 그와 이야기하는 것을 좋아했다. 나는 그가 그림을 그리는 시간이면 언제나 그 자리에 참석했다. 페로프에 관해서는 정말 좋은 추억을 갖고 있다.

겨울은 빠르게 흘러갔고 1872년 봄이 왔다. 그와 함께 우리의 생활에는 불행과 재난이 연이었다. 그리고 그것은 오랫동안 잊을 수 없는 결과를 남겼다.

6. 1872년, 연이은 재난

'재난은 혼자 찾아오지 않는다'라는 옛말이 있다. 어떤 사람에게나 인생을 살면서 뜻밖의 온갖 불운과 실패가 연이어 덮치는 그런 시기가 있는 법이다. 우리도 마찬가지였다.

우리의 불운이 시작된 것은 1871년 말이었다. 당시 두 살 반이었던 우리 딸 릴랴(류보피의 애칭—옮긴이)가 우리가 보는 앞에서 방안을 뛰어다니다가 어딘가에 걸려 넘어졌다. 아이가 크게 비명을 질렀기 때문에 우리는 달려가서 아이를 일으켜 달래기 시작했다. 아이는 오른팔을 건드리지도 못하게 하면서 계속해서 울었다. 그래서 우리는 아이가 심하게 다쳤다고 생각하게 되었고, 표도르 미하일로비치와 유모, 그리고 하녀가 의사를 찾아 나섰다. 표도르 미하일로비치는 약국에 가서 가까운 외과 의사의 주소를 알아냈고 30분 뒤에 그를 데려왔다. 그와 거의 동시에 유모도 오부호프 병원에서 다른 의사를 데려왔다.

외과 의사는 다친 팔을 살펴본 후 탈골이 된 것이라고 말하면서 즉시 뼈를 제 위치로 맞추고 손에다 두꺼운 부목을 대어 붕대를 감았다. 두 번째 의사는 탈골이라는 외과 의사의 견해가 맞다면서 뼈가 제자리를 잡았다면 곧 유착될 것이라고 장담했다. 두 의사의 견해가 일치했으므로 우리는 마음을 놓았다. 우리는 외과 의사에게 왕진을 부탁했다. 그는 2주일 동안 매일 아침 우리 집에 와서 팔의 붕대를 풀어 보고 모든 것이 제대로 되어가고 있다고 말했다. 표도르 미하일로비치와 나는 외과 의사에게 아이의 손바닥에서 팔 쪽으로 3베르쇼크[7] 지점의 피부가 검붉은 색으로 튀어나온 것을 가리키며 괜찮은 거냐고 물었다. 그는 팔이 아프면 부어오르게 되어 있다면서, 이는 탈골 시 보통 생기는 출혈이고 점차 없어져 갈 것이라고 장담했다. 우리가 여행을 떠나는 것을 알고서 의사는 길을 가는 중에 안전하도록 목적지에 도착하기 전까지는 붕대를 풀지 말라고 했다.

　우리는 이 슬픈 사고에 대해 완전히 마음을 놓은 채 1872년 5월 15일에 스타라야 루사를 향해 길을 나섰다. 우리가 여름을 나기 위한 곳으로 이 휴양지를 선택한 것은 표도르 미하일로비치의 조카, 마리야 미하일로브나의 남편인 블라디슬라블레프 교수의 조언에 따른 것이었다. 조카도, 조카 사위도 루사는 조용하고 물가도 저렴한 곳이라고, 게다가 자기 아이들이 지난 여름에 그곳에서 온천욕을 한 덕분에 무척 건강해졌다고 했다. 아이들의 건강을 무척 염려하던 표도르 미하일로비치는 루사로 아이들을 데려가서 온천욕을 시켜 주고 싶어 했다.

　스타라야 루사로 처음 여행을 간 일은 우리 가족의 가슴 벅찬 추억들 중 하나로 내 기억 속에 선명히 각인되어 있다. 우리는 1871년과 72년 사이의 겨울을 별탈 없이 재미있게 보내긴 했지만, 사순절이 되면서부터 벌써 이른 봄에는 어디론가 멀리, 외진 곳으로 떠나고픈 꿈을 꾸기 시작했다. 그런 곳이라면 페테르부르크에서처럼 사람들에 둘러싸여 지내지 않고 남편과 해외에서 살 때처럼 서로가 함께인 것에 만족하며 살아갈 수 있을 것 같았다. 그런 우리의 꿈이 이루어졌던 것이다.

　우리는 화창하고 따뜻한 아침에 집을 떠나 네 시간 뒤에는 소스닌크 역에 도착했다. 거기서부터는 볼호프 강을 따라 기선을 타고 노브고로드까지 갈 예정이었다. 역에서 우리는 기선이 밤 1시에 떠난다는 것을 알게 되었다. 그러니까 거기서 꼬박 하루를 기다려야 했던 것이다. 우리는 여관에 묵었지만, 방 안에 있자니 갑갑해서 아이들과 나이든 유모를 데리고 시골길을 산책했다. 그런데 여기서 우스운 일이 생겼다. 산책하는 길에서 아기를 안고 오는 아낙을 만났는데, 그 아기의 얼굴이 빨간 반점과 물집으로 뒤덮여 있었다. 조금 더 가다가 서너 명의 어린아이들을 만났다. 그런데 그 아이들도 얼굴에 빨간 반점과 물집이 잡혀 있어서 우리는 무척 당황했다. 혹시 이 마을에 천연두가 번진 것은 아닐까, 우리 아이들이 감염되진 않을까, 하는 생각이 들었다. 표도르 미하일로비치는 집으로 돌아가자고 명령하듯 말하고 어떤 부인에게 이 마을에 무슨 병이 도냐고, 왜 아이들의 얼굴에 반점이 있냐고 물어보았다. 이부인은 화까지 내면서 자기 마을에 '병' 같은 건 없다고 '모기가 아이들을 물어서' 그렇다고 대답했다. 우리는 이내 천연두에 관해서는 마음을 놓게 되었다. 한 시간도 채 지나지 않아 우리 아이들 역시 얼굴과 손을 모기에게 물려 만신창이가 되었고, 따라서 이것이 정말 '모기'의 짓이라는 것을 믿게 되었기 때문이다.

자정에 우리는 기선으로 옮겨가서 아이들을 잠재웠고, 우리 둘은 3시까지 강물과 이제 막 꽃을 피운 볼호프 강변의 나무들을 바라보며 갑판에 앉아 있었다. 동이 틀 무렵이 되자 추워지기 시작했다. 나는 선실로 들어갔지만, 표도르 미하일로비치는 여전히 바깥에 앉아 있었다. 그만큼 그는 백야를 사랑했다!

아침 6시에 누군가가 내 어깨를 건드리는 것이 느껴졌다. 몸을 일으킨 순간, 표도르 미하일로비치의 말소리가 들렸다. "아냐, 갑판으로 나와 봐. 한번 봐, 얼마나 장관인지 몰라!"

정말 잠이 싹 달아날 정도로 놀라운 풍경이었다. 그때 이후 노브고로드를 떠올릴 때면 언제나 내 눈앞에는 이 풍경이 펼쳐지곤 했다. 경이로운 봄날 아침이었다. 햇빛이 강 건너편 기슭을 눈부시게 비추었다. 강 기슭에는 크레믈의 톱니 같은 흰 외벽이 우뚝 솟아 있었고 소피야 성당의 금빛 지붕이 불타듯 반짝이고 있었다. 아침 예배를 알리는 종소리가 차가운 공기를 둔탁하게 갈랐다. 자연을 사랑하고 이해했던 표도르 미하일로비치의 마음은 정갈하게 가라앉아 있었고, 그 마음이 나에게 물밀듯이 전해졌다. 우리는 오랫동안 이 매혹적인 순간이 깨질까 저어하며 말없이 나란히 앉아 있었다. 기쁨에 겨운 우리의 마음은 그날 온종일 지속되었다. 우리가 이렇게 기분 좋고 평안한 마음을 가진 것이 언제였던가!

아이들이 잠에서 깨자 우리는 스타라야 루사로 가는 다른 기선으로 옮겨 탔다. 승객이 적어서 우리는 좋은 자리를 잡을 수 있었다. 가는 길은 정말 멋졌다. 일리멘 호수는 거울처럼 잔잔했고, 하늘은 구름 한 점 없이 부드러운 회청색이었다. 마치 스위스의 어느 호수에 와 있는 것 같은 기분이 들 정도였다. 기선은 마지막 두 시간을 폴리스티강을 따라갔다. 몹시 굴곡이 심한 강이었기에 멀리 교회들이 보이는 스타라야 루사가 우리 앞으로 다가왔다가 멀어지기를 반복했다.

마침내 오후 3시에 기선이 선착장에 도착했다. 우리는 짐을 챙겨서 사륜마차에 올라타고 루먄체프 사제가 (블라디슬라블레프를 통해) 우리에게 빌려준 별장을 찾아 출발했다. 별장을 찾는 데는 오래 걸리지 않았다. 우리가 페테리티타 강변도로에서 퍄트니츠크 거리 쪽으로 돌자마자 마부가 내게 "저기 대문 앞에 당신들을 기다리고 있는 신부님이 서 계시는 게 보이죠"라고 말했다. 정말로, 사제와 그 가족은 우리가 5월 15일경에 온다는 것을 알고서 문 앞에 앉거니 서거니 하며 우리를 기다리고 있었다.

그들은 모두 우리를 반갑게 맞아 주었고, 우리는 좋은 사람들과 만났다는 걸 금방 알아챌 수 있었다. 첫 번째 마차에 탄 남편과 인사를 나눈 사제는 내가 페쟈를 안고 앉아 있던 두번째 마차로 다가왔다. 그런데 낯가림이 심해서 아무에게도 손을 내밀지 않던 우리 꼬마가 사제에게 무척 다정하게 손을 내밀더니 챙이 넓은 그의 모자를 벗겨서 땅에다 던져 버리는 것이 아닌가. 우리는 모두 웃음을 터뜨렸다. 표도르 미하일로비치와 내가 요안 루먄체프 사제와 존경스러운 그의 아내 에카테리나 페트로브나와 10년을 넘게 이어 간 우정이 시작된 순간이었다. 우리의 우정은 고귀한 품성을 지닌 이 사람들이 사망함으로써 끝이 났다.

　우리는 먼 길을 오느라 몹시 지쳐 있었지만 기분 좋고 즐거운 마음으로 스타라야 루사 생활의 첫날을 마치게 되었다.

　하지만 오 주여! 사람은 내일 일을 모르는 법! 그 내일, 우리에게 일어난 일이 그랬다. 11시쯤 아침 식사를 하고 난 후 아이들을 정원으로 내보내려 했지만 딸아이의 팔에 감은 붕대가 심하게 더러워져 있는 게 꺼림칙해진 나는 외과 의사가 아픈 팔을 보호하기 위해 대어 둔 부목을 풀기로 했다. 그도 그렇게 하라고 말한 바 있었다.

　그런데 며칠 만에 팔에 있던 혹은 많이 가라앉았지만, 대신 손바닥 바로 위쪽이 눈에 띄게 솟아올라 있는 것을 발견했다. 그것은 페테르부르크에서 남편과 내가 외과 의사에게 말한 적이 있는 바로 그 부위였다. 솟아오른 부위는 이미 예전처럼 부드럽지 않고 딱딱했다. 또한 팔의 윗부분은 손가락 하나만큼 깊이 들어가 있었다. 손목이 굽은 것이 틀림없었다. 나는 기겁을 하며 바로 표도르 미하일로비치를 불렀다. 그도 우리가 먼 길을 오는 동안 딸의 팔에 뭔가 좋지 않은 일이 생긴 것이라고 생각하여 몹시 불안해했다.

　우리는 요안 사제에게 의사를 불러 달라고 부탁했다. 의사는 가까이 살고 있어서 금방 도착했다. 그는 팔을 주의 깊게 살펴본 후 끔찍하게도, 딸아이의 팔은 탈골된 것이 아니라 골절된 것인데 그것을 엉터리로 죄어놓고 깁스 부목을 하지 않았기 때문에 뼈가 어긋나게 이어졌다고 했다. 그러면 나중에 딸아이의 팔이 어떻게 되는 거냐는 우리의 물음에 의사는 비틀림이 더 심해질 것이며 팔은 기형이 될 것이라고 대답했다. 왼팔은 정상적으로 자라날 수 있겠지만 오른팔은 성장 지체를 보일 것이라고, 한마디로 딸아이의 팔이 불구가 될 거라는 말이었다.

우리의 사랑스러운 딸이, 우리가 그토록 귀여워하고 사랑했던 딸이 불구가 될 것이라는 말을 들었을 때 남편과 내 심정이 어땠겠는가! 처음에 우리는 그 말을 믿지 않고 시내에 외과 의사가 없냐고 물었다. 의사는 온천욕을 하기 위해 루사로 후송된 군인들과 함께 온 군의관인 외과 의사가 있으나, 자신은 그를 알지 못하기 때문에 그의 자질을 보증할 수는 없다고 답했다. 우리는 그 외과 의사를 데려오기로 결정하고 의사에게도 좀 기다려 달라고 부탁했다.

사람 좋은 신부님이 외과 의사를 데리러 가서 30분 뒤에 거나하게 취한 군의관을 데려왔다. 호텔 어딘가에서 당구를 치고 있는 것을 찾아냈다고 했다. 군인을 상대하는 게 버릇이 된 의사는 어린 환자를 조심스럽게 다뤄야 한다는 생각은 하지도 않고 팔을 살피면서 막 붙고 있는 뼈를 얼마나 세게 눌렀던지 딸아이가 무섭게 비명을 지르며 울기 시작했다.

너무나 괴롭게도, 군의관은 의사의 말을 확인시켜 주었다. 즉 탈골이 아니라 뼈가 골절된 것인데, 그로부터 3주가 지났기 때문에 뼈가 이어지긴 했으나 어긋나게 이어졌다는 것이다. 이제 어떻게 해야 하느냐고 의사들에게 묻자, 두 의사 모두 이어지고 있는 뼈를 다시 부러뜨려서 연결한 후 깁스(고정되는) 부목을 대야 한다는 의견을 피력했다. 그러면 뼈가 바르게 자랄 거라면서 말이다. 그들은 뼈가 완전히 이어지지 않은 지금 가능한 한 빨리 수술을 해야 한다고 경고했다. 수술이 몹시 고통스럽지 않겠냐는 우리의 질문에 의사들은 그렇다고 대답했다. 외과 의사는 가녀린 우리 딸이 그런 고통스러운 수술을 견뎌 낼지 자신은 책임질 수 없다고 덧붙이기까지 했다.

"마취제를 써서 수술할 수는 없는 건가요?" 하고 표도르 미하일로비치가 물었다. 그러나 의사는 어린아이들에게 클로로포름 마취제를 썼다가 자칫 잘못하면 영원히 깨어나지 못할 수도 있기 때문에 위험하다고 대답했다.

이 뜻밖의 사실에 남편과 내가 얼마나 놀랐는지, 얼마나 비참했는지를 생각하면 지금도 마음이 아프다. 우리는 어찌해야 할 바를 몰라, 우리를 재촉하는 의사들에게 하루만 생각해 볼 시간을 달라고 했다. 우리의 처지는 실로 비극적이었다. 팔을 바로 펼 시도도 해보지 않고 딸아이를 불구자가 되게 내버려 둔다는 것은 생각도 할 수 없었다. 하지만 경험이 있는지 없는지도 모르고, 게다가 술 마시길 좋아하는 그런 의사를 어떻게 믿고(바로 얼마 전에 우리는 우리가 그렇게 믿었던 대가를 혹독하게 치르지 않았던가!) 수술을 맡기겠는가. 더욱이 그 외과 의사는 수술의 성공을 확신하지 못하고("사실, 손이 바르게 자라날지 보증은 못합니다. 어쩌면 재수술을 해야 할지도 모르지요." 이것이 진짜 그가 한 말이었다), 사랑스러운 우리 애가 고통스러운 수술을 견뎌 낼지도 확신하지 못한다는 이 모든 점이 우리를 무서운 절망의 구렁텅이로 몰아갔다.

주여, 남편과 제가 심사숙고하여 결정을 내리도록, 이 불행한 하루를 견디게 해주소서! 괴로움과 걱정 때문에 제정신이 아니었던 표도르 미하일로비치는 테라스를 앞뒤로 급히 왔다갔다하며 관자놀이 머리칼을 쥐어뜯었다. 그것은 언제나 그가 극단적으로 동요하고 있다는 징후였다. 나는 그가 발작을 일으키지나 않을까 시시각각 마음을 졸이며 아픈 딸과 그를 바라보며 울었다. 가엾은 우리의 딸아이는 내 옆을 떠나지 않고 함께 울었다. 한마디로 끔찍함의 연속이었다!

우리를 구해 준 것은 그때부터 우리의 친구가 된 요안 루만체프사제였다. 우리가 절망하는 것을 보고 그는 우리에게 말했다. "여기 의사들은 잊어버려요. 그들은 아무것도 모르고 아무것도 해낼 능력이 없어요. 그들은 당신 딸을 괴롭히기나 할 겁니다. 딸을 데리고 페테르부르크로 가는 게 나아요. 수술이 필요하면 거기서 하세요."

요안 신부님은 강한 어조로 많은 근거들을 제시하여 우리가 페테르부르크로 떠나는 결단을 내리도록 도우셨다. 하지만 이 여행이 꺼려지는 우리 나름대로의 이유도 있었다. 사람들로부터 떨어진 곳에서 평화롭게 여름을 보내고 겨울을 날 건강을 비축할 생각으로 좋은 별장을 찾아 이렇게 먼 길을 왔는데, 느닷없이 온 가족을 끌고 다시 사람 북적대는 페테르부르크로, 이제는 우리 집도 없는 그곳으로(우리는 떠나기 전에 집을 내놓았다) 돌아가야 하다니. 게다가 별장 임대료로 150루블을 낸 상태에서 수도 근교 어딘가에 또 별장을 물색해야만 하게 되었으니, 얼마 되지 않는 우리의 돈으로는 지독하게 절약을 해야만 버틸 수 있을 것이었다. 그리고 마음에 쏙 드는 별장과 우리에게 그토록 친절하게 대해 주는 사람들을 남겨두고 떠난다는 것도 아쉬웠다.

그런데 신부님이 다른 해결책을 내놓으셨다. 류바(류보피의 애칭―옮긴이)와 함께 떠났다가 수술이 끝나면 루사로 다시 돌아오라는 것이었다. 그동안 페쟈는 유모, 요리사와 함께 별장에 남겨두고 말이다. 신부님과 그의 아내 에카테리나 페트로브나는 우리가 없는 동안 아기와 유모 등을 잘 보살피겠다고 약속했다. 그들 두 사람 모두 우리의 아픔을 진심으로 동정했고 진심 어린 태도로 페쟈를 돌보겠다고 나섰기 때문에 그들이 아이를 잘 보살펴 줄 거라는 점에 대해서는 마음을 놓을 수가 있었다.

하지만 우리를 몹시 불안하게 했던 한 가지 사정이 있었다. 그것은 우리 아들이 겨우 생후 10개월이고 내가 계속 그 아이에게 젖을 먹이고 있었다는 점이다. 아기도 나도 아주 건강했기 때문에 나는 아기에게 송곳니가 날 때 젖을 떼리라 생각하고 있었다. 그런데 다른 음식이라곤 전혀 알지 못하는 그 어린 것을 갑자기 떼어 놓아야만 하는 것이다. 환경을 그렇게 갑자기 바꾸어 버리면 아기에게 나쁜 영향을 주어 아기가 병이 날 것 같은 생각이 들었다. 그리고 나 역시 수유를 갑자기 중단하면 건강에 좋지 않을 것 같았다. 이 모든 것이 우리 두 사람에게는 고민스럽기 짝이 없는 문제였다. 그러나 딸아이에 대한 두려움과 연민이 모든 것을 압도했기 때문에 우리는 바로 다음 날 페테르부르크로 떠났다.

출발하던 날, 우리는 얼마나 우울했던가! 나는 아침 내내 소중한 아들 녀석 곁을 떠나지 않았다. 표도르 미하일로비치는 아이 방으로 자꾸만 들어오곤 했지만 아들을 쳐다보질 못했다. 마침내 출발할 시간이 되었다. 나는 마지막으로 아이에게 젖을 먹이면서 아이를 가슴에 꼭 끌어안았다. 다시는 그 애를 못 볼 것 같은 생각이 들었다. 그런 다음 모두가 모여 앉아 성상 앞에서 기도를 드렸다. 우리는 즐거운 미소를 띤 아들에게 신의 축복을 빌었다. 그리고 마음속엔 걱정을 잔뜩 안고서 배를 타러 갔다.

루먄체프 가족을 떠올리면 마음속 깊이 감사를 드리게 된다. 그들이 염려해 준 덕택에 모든 일이 순조롭게 풀렸다. 나중에 전해들은 바로는 배가 고파진 아들 녀석은 계속해서 나를 찾았다고 한다. 녀석은 유모에게 손가락으로 문을 가리키며

'저기'라고 말했다. 노파가 아이를 안고 이 방 저 방 다니면서 내가 아무 데도 없다는 것을 보여 주자 눈물 범벅이 되어 먹을 것을 주어도 밀쳐 내고 밤새도록 잠도 자지 않았다. 그 이후엔 우유를 먹는 것에 적응하여 아주 건강해졌다. 하지만 그토록 페쟈를 그리워하던 내가 3주일 뒤 루사에 도착했을 때 그 아이는 나를, 자기 엄마인 나를 알아보지 못했고 내가 손을 벌려도 내게 오지 않았다. 나를 완전히 잊어버렸던 것이다. 그것은 정말 그 무엇보다 속상한 일이었다.

페테르부르크로 가는 길은 서글펐다. 우리 앞에 펼쳐진 일리멘 호수와 볼호프 강의 풍경도 우리의 관심을 끌지 못했다. 우리의 모든 관심은 어떻게 하면 딸아이를 지켜줄 수 있을 것인가에 쏠려 있었다. 밤이면 아이가 아픈 손 쪽으로 눕지 않도록, 그 손을 건드려 놀라지 않도록 하기 위해 남편과 내가 두 시간마다 번갈아 불침번을 섰다. 그렇게 우리는 먼 여정이 어서 끝나기만을 초조하게 기다렸다.

앞에서 말한 것처럼 우리에게는 집이 없었다. 그래서 당시 시내에 비어 있던 내 동생 집에 묵기로 했다. 동생은 아내와 함께 어머니를 모시고 교외의 별장에서 지내고 있었던 것이다. 날은 무덥고 숨이 턱턱 막혔다. 문을 열어 준 하녀가 우리에게 한 첫마디는 이것이었다. "노마님(내 어머니)이 편찮으세요."

"오, 이런. 무슨 일이야? 어머니는 어디 계셔? 별장에?"

"아뇨, 여기에 계셔요."

나는 어머니의 방으로 뛰어들어갔다. 어머니는 몹시 창백하고 여월 대로 여윈 모습으로 다리에 붕대를 감고서 소파에 앉아 계셨다. 나는 무슨 일인지 묻기 시작했고, 우리의 가구들을 코코레프 창고로 옮기던 날 사고가 났다는 것을 알게 되었다. 어머니는 무방비 상태로 계셨는데, 술 취한 것이 분명한 사내가 물건이 든 트렁크를 어머니의 발에 떨어뜨린 것이었다. 왼발의 엄지 발가락이 박살났고, 왕진을 온 의사는 염증이 생길 거라고 말하면서 움직이지 말라고 지시했다. 다 나으려면 한 달 이상 걸릴 것이라고 했다. 우리에게 그런 나쁜 일이 생겨 갑자기 돌아온 것을 아시고 손녀를 무척 사랑하셨던 어머니는 극히 상심하셨다. 어머니는 우시기 시작했고 몹시 걱정을 하시더니, 몸에 고열이 나기 시작했다. 저녁에 어머니를 보러 온 의사는 염증이 너무 심해져서 어쩌면 발가락을 절단해야 할 것 같다고 말했다. 이 새로운 불운을 접하고서 내가 얼마나 절망에 빠졌을지 상상할 수 있을 것이다.

표도르 미하일로비치는 도착 즉시 막시밀리아놉스크 의원 원장인 이반 마르티노비치 바르치에게로 갔다. 그는 당시 수도에서 가장 실력 있는 의사 중 한 사람이었다. 그는 표도르 미하일로비치와 예전에 알던 사이였으나 해외에서 돌아온 이후 남편은 아직 그를 찾아간 적이 없었다. 딸이 팔을 다쳤을 때 우리는 바르치를 찾아가고 싶었으나, 남편은 그가 우리에게 진료비를 받지 않을 것이라는 걸 알았고, 그 점 때문에 선뜻 나설

수가 없었다. 바르치에게 뭔가 선물을 할 만한 돈이 우리에게
는 없었다. 게다가 딸아이의 팔을 처음 치료해 준 외과 의사가
병을 잘 아는 것처럼 보였고, 실제로 그가 대수롭지 않은 탈골
일 뿐이라고 말했기 때문에, 그런 것을 가지고 바르치같이 저
명한 의사를 찾는다는 것은 겸연쩍은 일로 여겨졌다. 표도르
미하일로비치는 이러한 '우리의 부주의'(그가 글로 써놓은 것처
럼)에 대해 자신을 심하게 질책했으며 나와 자기 자신을 결코
용서하지 못했다.

바르치는 표도르 미하일로비치를 지극히 따뜻하게 맞아 주
었다. 그는 왜 애초에 자신을 찾아오지 않았냐고 책망하고는
저녁에 우리 집에 오겠다고 약속했다. 약속한 시간에 도착한
바르치는 자기 시계며 시계줄 등을 보여 주며 딸아이의 주의
를 돌린 다음, 조심스럽게 아이의 붕대를 풀었다. 공연히 아이
를 아프게 할까봐 팔은 만지지도 않았다. 아이의 팔을 보더니
그는 곧바로 스타라야 루사의 의사가 올바르게 진단을 했다
고, 뼈가 어긋나게 이어졌다고 말했다. 딸아이의 오른팔이 왼
팔보다 짧아지는 일은 없겠지만, 그럼에도 팔이 한쪽으로 굽
은 것과 손목 부근에 조금 솟아오른 부분은 눈에 띄게 될 것이
라고 경고했다. 이 비극을 바로잡기 위해서는 뼈를 다시 부러
뜨려서 깁스를 한 상태로 뼈를 이어야 한다고 했다. 표도르 미
하일로비치는 수술이 얼마나 고통스러울지 알고 있으므로 딸
아이가 그것을 견뎌낼 수 있을지 두렵다고 말했다.

"아이는 아무것도 느끼지 못할 걸세. 마취를 하고 수술할 테니까." 바르치가 대답했다.

"스타라야 루사의 의사들은 어린아이에겐 위험해서 마취제를 쓰지 않는다고 말하던데." 남편이 말했다.

"뭐, 스타라야 루사의 의사들이야 자기들 하고 싶은 대로 하면 되지. 그렇지만 우리는 젖먹이 아기들도 마취를 시킨다네. 모든 게 아무 탈없이 진행되네." 그는 남편의 지적에 웃으며 이렇게 말했다.

바르치는 이것저것 세세하게 질문하다가 나를 뚫어져라 쳐다보았다. 그의 노련한 눈은 열에 들뜬 내 모습을 놓치지 않았던 것이다. "부인 몸은 괜찮으신가요?" 그가 나를 향해 말했다. "얼굴이 왜 그렇게 붉은 거죠? 열이 있는 게 분명하군요!"

그래서 나는 밤새도록 열에 시달렸고, 하루종일 머리가 깨어질 듯 아프고 어지럽다고 고백하지 않을 수 없었다. 남편은 몹시 걱정하면서 왜 자신에게 몸이 아픈 것을 숨겼냐고 야단을 치기 시작했다.

"자, 부인, 잘 들어요. 따님은 우리가 낫게 해줄 거예요. 하지만 부인 몸이 회복되기 전에는 수술도 하지 않을 겁니다. 부인은 젖몸살이 날 수 있어요. 그걸 우습게 보면 큰일 납니다. 제가 처방을 해드릴 테니까 얼른 약국에 가서 약을 사오세요. 그리고 잠을 잘 잘 수 있도록 스스로 노력해 봐요." 바르치가 말했다.

바르치는 우리가 남의 집에 있는 데다 집에 환자까지 있다는 것을 알고서 막시밀리아놉스크 의원에 별실을 잡아줄 터이니, 3주 동안 그곳으로 옮겨 와 있으라고 권했다. 그는 뼈가 이어지는 데 3주 이상 걸릴 것이라고 예상했기 때문에, 치료에 필요한 시간만큼 우리가 페테르부르크에 머물 수 없다면 수술에 손을 댈 수 없다고 했다. 뛰어난 외과 의사인 그가, 후에 스타라야 루사의 의사가 부목을 풀고 치료를 해서 생겨날 수도 있는 수술 후유증의 책임을 자신이 질 수는 없다고 생각하는 것은 이해할 수 있는 일이었다.

우리는 다음 날 곧바로 병원으로 옮기기로 결정했다. 그러자 바르치는 가능하다면 그날이라도 바로 수술을 하겠다고 약속했다. 불안하기 그지없고 견디기 힘들었던 날이 왔다. 다음 날 12시경, 우리는 병원에 도착했다. 우리 딸의 대부인 아폴론 니콜라예비치 마이코프가 곧 우리와 합류했다. 바르치가 어제 친지들 중에서 누가 수술을 참관해야 한다고 해서 표도르 미하일로비치가 마이코프에게 이를 부탁했던 것이다.

딸아이가 평소처럼 아침 식사 후에 잠이 들면 아이를 마취시키기로 했다. 그런데 아이는 시내를 가로질러 온 데다 낯선 환경을 접하자 흥분하여 잠을 자지 못했다. 그래서 아이가 깨어 있는 상태에서 마취제를 투여하기로 결정했다. 바르치와 그의 조수인 의사 글라마가 병실로 들어왔다. 바르치는 우리가 수술하는 자리에 있으려고 하는 것을 알고는 이를 만류했다. "당치도 않습니다. 한쪽은 기절을 하고, 다른 한쪽은 발작을 일으킬 겁니다. 당신들을 깨우느라 수술은 때려치우게 된단 말이오! 그럴 순 없지. 당신들 둘 다 나가 있어야 해요. 만일 필요하게 되면, 내가 부르리다."

우리는 딸아이에게 몇 번이나 성호를 긋고 입을 맞추었다. 마취제 때문에 아이가 잠들기 시작하자 바르치는 내 손에서 아이를 받아 조심스럽게 침대에 뉘었다. 남편과 나는 병실에서 나왔다. 딸아이의 살아 있는 모습을 다시는 볼 수 없을 것 같아 마음이 천길 낭떠러지로 떨어지는 듯했다. 하인이 우리를 별실로 데려다 주었고, 우리만 남겨졌다. 표도르 미하일로비치의 얼굴은 백지장처럼 창백했고, 손은 떨리고 있었다. 나역시 불안한 마음에 겨우겨우 몸을 지탱하고 있었다.

"아냐, 기도합시다. 신의 도움을 청합시다. 주여, 우리를 도우소서!" 끊어지는 목소리로 남편이 내게 말했다. 우리는 무릎을 꿇고 앉아 기도를 드리기 시작했다. 아마 이 순간만큼 뜨겁게 기도를 올린 적은 없었을 것이다! 그런데 누군가가 급히 걸어오는 발소리가 들리더니 마이코프가 방으로 들어섰다. "저기로 갑시다. 바르치가 불러요." 그가 말했다.

표도르 미하일로비치도, 나도 똑같은 생각을 했다. 릴랴가 마취를 견디지 못했구나, 그 아이의 임종을 지키라고 바르치가 우리를 부르는구나, 하는 생각 말이다. 그때까지 나는 한 번도 그 같은 공포를 느껴본 적이 없었다. 맏딸이 죽던 순간이 떠올랐다. 남편이 내 손을 잡고 초조하게 손을 꽉 쥐었다. 우리는 거의 뛰다시피 허겁지겁 복도를 지났다. 방으로 들어선 우리의 눈에 흥분한 모습이 역력한 바르치가 들어왔다(그는 프록 코트를 벗은 채 양 소매를 걷어 부치고 있었다). 그가 손짓으로 우리를 침대로 불렀다. 침대에는 딸아이가 고요하게 잠들어 있었다. 그 애의 부러진 팔은, 일전에 우리를 놀라게 했던 솟아오른 부분 없이 완전히 곧게 펴진 채 작은 베개 위에 놓여 있었다.

"자, 보세요. 팔이 완전히 똑바르게 된 게 보이죠? 내 말을 믿지 않았지요? 이제 물러서 있어요. 마무리를 해야 하니까요."

그리고 그는 우리 셋이 보는 앞에서 팔에 붕대를 감고 깁스를 대고 어떻게 수술이 끝났는지 기억도 할 수 없을 만큼 빠른 속도로 모든 일을 마쳤다(7분만에). 글라마 의사는 계속 딸아이의 맥박을 관찰하고 있었다. 그런 다음 바르치는 딸아이를 깨울 시간이 되었다며, 나에게 아이의 이름을 큰 소리로 부르라고 시켰다. 아이는 한참 동안이나 깨어나지 못했다. 하지만 정신을 차리고서는 깁스를 댄 자신의 팔을 쳐다보며 무척 놀라서 자기 몸에 설탕(깁스의 색 때문) '막대기'가 있다고 큰 소리로 말했다.

아, 정말 모든 일이 끝나 의사들이 나가고 사랑스러운 우리 꼬맹이와 함께 우리만 남게 되었을 때 남편과 나는 미칠 듯이 행복했다. 우리를 휘감은 그 기쁨과 안도감을 묘사하기는 어렵다. 우리의 괴로움과 걱정이 모두 사라져 다시는 되풀이되지 않을 것처럼 생각되었다. 그러나 불행히도 현실은 그렇지가 않았다.

표도르 미하일로비치는 페테르부르크에서 하루를 더 머문 뒤 떠났다. 수술 결과(즉 뼈가 바르게 이어졌는지 여부)는 3주일 뒤에나 분명히 알 수 있었기 때문에, 그는 기다리지 않고 바로 페쟈를 보러 루사에 가기로 한 것이었다. 그는 내내 페쟈를 보고 싶어 했다. 내 경우는 더 말할 것도 없었다. 소중한 아들을 그렇게 매정하게 버려 두고 온 것을 생각하면 가슴이 저려오지 않을 수가 없었고, 아이에게 무슨 나쁜 일이라도 생기지 않았을까 하는 생각에 내내 괴로웠다. 그래서 나는 남편이 서둘러 루사로 간 것이 기뻤다. 그가 얼마나 자애롭고 아이들을 잘 보살피는 아버지인지 잘 알고 있었기에 나는 그가 우리의 사랑스런 아들을 지켜 주리라 믿었다.

그러나 릴랴와 함께 페테르부르크에 남게 된 내가 견뎌내야 할 고통이 어떤 것인지는 상상도 하지 못했다. 무엇보다도 딸아이가 방안을 뛰어다니다가 아픈 팔 쪽으로 넘어지지 않을까, 그 팔을 어딘가에 부딪히지 않을까 하는 걱정이 무섭도록 나를 짓눌렀다. 조금만 잘못 움직여도 깁스는 부서질 수 있었고, 부목이 움직이게 될 수 있었다. 그렇게 되면 뼈는 다시 어긋나게 이어질 터였기에 나는 매 순간 딸아이의 뒤를 쫓았다. 하지만 아이의 성격이 워낙 활달하여 항상 두려워하며 긴장된 상태에 있다 보니 신경이 몹시 상하게 되었다. 나는 밤에도 잠을 잘 못 잤다. 릴랴가 자면서 아픈 팔 쪽으로 눕지나 않는지 보기 위하여 매 순간 잠이 깨곤 했던 것이다. 더욱이 딸아이는 가족과 함께 사는 것에, 즉 주변에 아버지와 동생, 유모 등이 있는 생활에 익숙해져 있었다. 그런데 여기서는 완전히 혼자 지내는 처지였으므로 당연히도 아이는 지루해했고, 까탈을 부리며 울곤 했다. 게다가 시내는 무덥고 숨이 막혔고, 병원 건물에는 약 냄새가 진동했다. 바깥으로 나가지 않을 도리가 없었다. 그리고 무엇보다 어머니를 찾아 뵙고 싶기도 했다. 어머니의 상처는 아직도 회복되지 않고 있었던 것이다. 그런데 거리에 나서면 도처에 아이가 넘어지고 다칠 것 투성이였다. 아이를 팔에 안고 가자니 힘에 부쳤고, 걸리자니 거리가 너무 멀었다. 마차를 타고 가는 것은 정말 괴로웠다. 마차에 오르거나 내리다가 팔을 다치기가 쉽기 때문이었다.

릴랴에 대한 두려움 외에도 남편에게 무슨 일이 생기지 않았을까, 발작이 일어난 건 아닐까 하는 생각이 머릿속을 떠나지 않았다. 그의 편지를 읽고 그가 우리를 그리워하며 걱정하고 있다는 것을 알았지만, 그를 도울 방법이 없었다. 사랑스러운 아들 녀석도 사무치게 그리웠다. 또한 어머니 발의 상처가 아물기는커녕 점점 더 악화되고 있는 것도 불안했다. 이 모든 것들 때문에 내 신경은 더할 수 없이 날카로워졌다. 나는 하루에도 몇 번씩 울음을 터뜨렸고 소리내어 울곤 했다.

하지만 불행은 끈질기게도 우리를 놔주지 않았다. 표도르 미하일로비치가 떠난 뒤 며칠이 지나 내 동생 이반 그리고리 예비치(그는 아내의 출산이 가까워 오고 있어서 매일 어머니와 나를 보기 위해 잠깐씩만 별장을 비울 수 있었다)가 한눈에 알아볼 정도로 침통하고 다 죽어가는 표정으로 나를 찾아왔다. 나는 무슨 일이 있었냐고 캐묻기 시작했고, 그는 모든 게 다 괜찮다고 대답했다. 아내는 건강하고 어머니도 조금 좋아지셨다는 것이다. 그렇다면 '도대체 왜 그렇게 암담한 표정이었을까, 가끔 눈에 눈물까지 맺히지 않았던가' 하고 나는 생각했다.

그는 곧 가 버렸지만, 나는 표도르 미하일로비치나 내 아들에게 무슨 나쁜 일이 생겼는데 동생이 나한테 이를 숨기고 있다는 생각이 떠올랐다. 나의 불안은 극에 달해, 밤새도록 잠을 잘 수가 없었다. 온갖 끔찍한 상상이 떠올랐다. 아침 일찍 나는 동생에게 반드시 다녀가라는 전보를 띄웠다. 전보를 받고 온 동생은 전날과 마찬가지로 침통하고 암담한 모습이었다. 나는 루사의 가족에게 무슨 나쁜 일이 생긴 게 아니냐는 의심을 털어놓으면서 그들에 대한 걱정 때문에 더 이상은 견딜 수가 없다고, 그래서 딸아이의 치료가 잘못되는 위험을 감수하고라도 오늘 당장 딸을 데리고 집으로 떠날 것이라는 말을 덧붙였다. 동생은 루사에서는 나쁜 소식이 전혀 없었다고, 그의 비통함은 다른 이유 때문이라고 나를 설득했다.

동생은 그렇지 않아도 온갖 불운한 일들에 지친 나를 슬프게 하고 싶지 않았지만, 내가 당장이라도 루사로 떠날 듯하자 결국 우리 가족에게 닥친 새로운 비극을 전했다. 그것은 하나뿐인 언니 마리야 그리고리예브나 스바트콥스카야의 죽음이었다.[8] 나도, 동생도 마샤 언니를 너무나 사랑했다. 그녀가 세상을 떠났다는 소식에 나는 아연실색했다. 언니는 매우 아름답고 건강하고 낙천적인 여성으로, 얼마 전에 겨우 서른 살이되었을 뿐이었다. 언니의 죽음도 사무치게 애석했지만, 그녀의 네 아이들은 이제 어떻게 되나 하는 생각이 들자 동생과 나는 걱정에 빠졌다. 언니는 아이들에게 무척 자상한 어머니였기 때문이다. 우리의 절망은 끝이 없었다. 가엾은 내 딸은 우리가 우는 것을 보고는 저도 눈물을 흘렸다. 이 비통한 날을 나는결코 잊을 수 없을 것이다!

처음 얼마간의 절망의 시간이 지나고 나서, 나는 이 보상받을 수 없는 우리의 상실을 동생이 어떻게 알게 되었는지 물어보았다. 동생은 어머니의 부탁으로 언니의 아이들을 보러 갔는데, 거기서 아침에 막 귀국한 형부와 마주쳤다는 것이다. 언니의 죽음이 내게 끔찍한 충격이 될 것을 아는 동생은 내가 슬픔에 못 이겨 병이 날까봐, 그래서 아픈 딸아이를 누군가 다른사람이 보살피지 않으면 안 되게 될까봐 내게 말을 하지 않기로 한 것이었다. 동생은 나와 슬픔을 나누고 일을 의논할 수 있게 되어 마음이 한결 나아졌다고 했다. 우리 둘 앞에는 힘든 과제가 남아 있었다. 어머니에게 마샤 언니의 죽음을 알려야 했던 것이다. 맏딸인 언니는 어머니가 제일 사랑하는 자식이었다. 동생과 나는 어머니가 이 비극을 견디지 못하고 뇌졸중을 일으키거나 정신이 나가지 않을까 두려웠다.

동생과 나는 처음에는 언니의 죽음을 어머니에게 숨기기로 했다. 나는 어머니를 설득하여 내가 루사로 갈 때 함께 모시고 가서 어머니가 점차 그 비극적인 소식을 맞을 준비가 되시면 거기서 우리에게 일어난 비극을 말할 생각이었다. 이 경우 나는 남편이 도와줄 것을 기대했다. 그는 언제나 내 어머니와 무척 정답게 지냈고 어머니에게 영향력이 있었기 때문이다. 하지만 표도르 미하일로비치는 우리의 계획에 강력하게 반대했다. 그렇게 하면 어머니의 고통이 커지기만 한다는 것이었다. 그는 지금 당장 어머니에게 말을 해야 하며, 그래야만 어머니가 자신의 고통을 어미 잃은 손자들과 나눌 수 있다고 우리를 설득했다.

상황이 더 복잡해진 것은, 어머니를 치료했던 의사가 이 소식을 알고는 발이 다 나을 때까지는 어머니에게 이 사실을 숨겨 달라고 부탁했기 때문이다. 의사는 그런 소식을 들으면 불안하고 슬픈 마음 때문에 염증이 더 심해질 것이 분명하고 그렇게 되면 발가락을 절단해야만 할 것이라고 주장했다. 어떤 결단을 내릴 것인가? 동생과 내게는 참으로 어려운 문제였다. 게다가 동생에게는 자기의 걱정거리도 있었다. 아내의 출산이 며칠 앞으로 다가와 있었던 것이다. 첫 번째 출산이었기 때문에 동생과 그의 아내는 무척 불안해하고 있었다. 그리고 내게는 나대로의 걱정거리가 있었다. 표도르 미하일로비치, 사랑스러운 아들 녀석, 딸아이 수술의 성공 여부, 그리고 어머니의 병환 등, 그런데 이제 또 새로운 고통이 나를 내리치다니! 자비로우신 주께서 우리에게 시련을 내리시면 그 시련을 극복할 힘도 분명 주실 터이건만!

결국 우리는 당분간 어머니에게 언니의 죽음을 숨기기로 결정했다! 하지만 그것은 얼마나 힘든 일이었던가! 어머니는 마치 산 사람처럼 언니 이야기를 하고, 언니에게 편지를 쓰고, 그녀가 돌아오면 줄 선물을 마련하셨다. 죽은 언니를 생각하면 슬픔과 눈물이 밀려오건만, 어머니가 언니 이야기를 하는 것을 들어야 했고, 행여 말이 잘못 나올까봐 한 마디 한 마디를 조심해야 했던 심정이 어떠했겠는가. 어머니는 내가 울고 있는 것을 종종 알아채셨다. 하지만 나는 딸아이의 수술 때문에, 아니면 루사에 있는 가족들 때문에 걱정이 되어 그렇다고 말을 돌렸다.

시간은 흘러갔다. 그렇지만 우리는 그 비밀을 털어놓는 일을 차일피일 미루고 있었다. 그런데 병든 딸에게서 아무런 소식이 없는 것에 상심하신 어머니가 갑자기 언니의 아이들을 보러 가겠다고 하셨다. 동생과 내가 아무리 만류해도, 길을 나섰다가는 아픈 발이 도질 것이라고 아무리 설득을 해도 어머니는 고집을 꺾지 않으셨다. 또한 그 무렵에 표도르 미하일로비치의 편지가 와서 우리의 결정을 흔들어 놓았다.

결국 우리는 방문 날짜를 정했다. 나는 의원의 간호사에게 릴랴 곁에 두세 시간 앉아서 장난감을 가지고 놀아달라고 부탁을 해두었다. 하지만 간호사가 잠시 아이 곁을 비우는 사이에 딸아이에게 나쁜 일이 생길 것 같은 생각에 몸이 떨렸다. 동생 역시 몸이 무거운 아내를 남겨둔 것을 극도로 불안해했다. 그렇게 우리는 마차를 타고 어머니를 죽은 언니의 아이들에게로 모셔갔다. 그날 동생과 내가 겪은 괴로움이란! 우리는 어머니의 아픈 발을 자극하지 않기 위해 천천히 움직였다. 나는 꼭 형장에 끌려가는 기분이었다. 1분 1분 시간이 지날 때마다, 마차 바퀴가 한 바퀴씩 회전할 때마다 새로운 불행에, 어쩌면 심지어는 어머니의 죽음에 다가가고 있다는 생각이 들었다. 얼마나 끔찍했던가! 많은 세월이 흐른 지금까지도 그날은 내게 끔찍한 악몽으로 떠오른다.

우리는 (이탈리안 거리에 있는) 언니의 집에 도착했다. 수위와 관리인이 어머니를 부축하여 이층까지 모시고 갔다. 계단에서 언니의 아이들 중 언니와 함께 외국에 나갔던 랄랴와 올랴가 어머니를 향해 달려왔다. 그런데 아이들과 함께 나와야 할 언니가 보이지 않는 것에 가엾은 어머니는 몹시 놀라셨다. (나중에 어머니가 말씀하신 바에 의하면) 딸이 이미 이 세상 사람이 아니라는 확신이 불현듯 어머니를 엄습했다고 한다.

"마샤가 죽었구나! 내 소중한 딸 마샤가 죽었어!" 어머니는 이성을 잃고 통곡하셨다. 아이들이 울기 시작했다. 동생과 나도 울었다. 파벨 그리고리예비치(언니의 남편) 역시 마음을 가누지 못한 채 우리에게로 나왔다. 가슴이 찢어지는 슬픔과 절망의 장면이 펼쳐졌다. 나는 그것을 필설로 형용할 수가 없다. 두 시간쯤 흘렀을까, 우리는 조금씩 정신을 차렸다. 어머니를 집으로 모셔다 드리는 것을 생각해야 했던 것이다. 어머니를 언니네 집에 그대로 있게 한다는 것은 생각할 수 없는 일이었다. 미처 여독도 풀지 못한 그 가족들 중 누가 환자인 어머니를 돌본단 말인가. 그리고 어머니 자신도 집으로 가기를 원하셨다. 혼자 있고 싶으신 거였다. 동생은 만삭의 아내에게로 서둘러 가야 했고, 나는 릴랴가 있는 병원으로 돌아가야 했다. 그럼에도 우리의 눈물과 절망은 멈출 줄을 몰랐고, 결국 며칠 뒤에 다시 어미 잃은 아이들에게 모시고 오겠다는 우리의 약속과 설득에 어머니가 일어서셨다.

우리는 올 때와 마찬가지로 천천히 어머니를 집으로 모시고 갔다. 어머니를 모셔다 놓고 나는 병원으로 달려갔다. 다행히도 그곳에는 아무 일도 없었다. 나는 침대에서 깊은 잠에 빠져 있는 릴랴와 간호사를 발견했다. 나는 곧바로 딸아이에게 옷을 입혀서 아이를 데리고 어머니 집으로 갔다. 남은 하루를 그곳에서 종일 보낼 생각이었다. 그 크나큰 고통 속에 어머니 혼자 남겨둘 수는 없는 일이었다. 어머니와 나는 한없이 울었다. 그래도 동생과 내가 그토록 힘겨운 비밀을 어머니에게 숨길 필요가 없어졌다는 것 때문에 조금은 마음의 짐을 던 느낌이었다.

릴랴를 데리고 루사로 돌아온 뒤에는 어느 정도 평화롭고 조용한 시간이 찾아왔다. 그러나 그것은 그리 오래가지 않았다. 심한 감기를 앓은 끝에(그해 여름은 비가 많이 오고 추웠다) 나의 목에 종기가 생긴 것이었다. 며칠 동안 열이 40도 가량 올랐다. 나를 치료한 의사는 여름철에 파견 나온 수석 군의관 쉔크였다. 어느 날 그는 표도르 미하일로비치에게 만일 하루 이내에 종기가 터지지 않는다면 내 생명을 책임질 수 없다고 말했다. 내 기력이 많이 약해졌고 심장 박동도 나쁘다는 것이었다. 이 말을 듣고 표도르 미하일로비치는 완전히 절망에 빠졌다. 그는 나를 걱정시키지 않으려고 내 앞에서는 울지 못하고 요안 사제에게로 가서 책상 앞에 앉아 손으로 얼굴을 감싸고 눈물을 흘렸다. 사제의 부인이 그에게 다가가 의사가 무슨 말을 했냐고 물었다.

"안나 그리고리예브나가 죽어가고 있답니다!" 울음 때문에 제대로 말을 잇지 못하면서 표도르 미하일로비치가 말했다. "그녀 없이 제가 무엇을 하겠습니까? 그녀 없이 제가 과연 살아갈 수 있을까요? 그녀는 저의 전부란 말입니다!"

선량한 이 성직자의 아내는 그의 어깨를 감싸 안고 그를 설득하기 시작했다. "울지 말아요, 표도르 미하일로비치. 절망하지 말아요. 주께선 자비로우세요. 당신과 아이들을 홀로 남겨두지 않으실 겁니다!" 그분의 진심 어린 염려와 설득이 남편에게 영향을 미쳐 그의 떨어진 사기를 북돋워 주었다. 표도르 미하일로비치는 그녀가 염려해 주던 것을 기억할 때마다 항상 그녀에게 감사했고 또 그녀를 무척 존경했다.

앓고 있는 동안 나의 절망이 어떠했을지는 상상할 수 있을 것이다. 나는 상태가 악화되고 있다는 것을 알았다. 벌써 며칠 동안이나 말 한 마디 할 수 없었고, 종이에다 원하는 것을 써넣을 뿐이었다. 하루에 두 번 의사가 적어둔 체온을 보면서(표도르 미하일로비치는 그 종이를 숨겼지만, 아무것도 모르는 유모는 내가 부탁하자 그것을 보여주었다) 나는 사태가 어디로 가고 있는지를 명확히 알게 되었다. 나는 죽는 것이 무섭도록 안타까웠고, 소중한 남편과 아이들을 남겨둔다는 것이 더없이 괴로웠다. 한없이 암울한 그들의 미래가 떠올랐다. 엄마 없이, 병들고 가난한 아버지 밑에서 아이들이 무엇을 할 수 있겠는가? 내 어머니는 늙고 병들었고, 언니는 죽었다. 착한 동생에게 희망을 거는 수밖에 없었다. 그러면 내 아이들을 버려두지는 않을 것이었다. 소중한 남편도 너무나 가여웠다. 누가 그를 사랑할 것이며, 누가 그를 염려하고 그의 고통과 슬픔을 나누어 가지겠는가? 나는 눈짓으로 표도르 미하일로비치와 아이들을 가까이 오게 해서 입을 맞추고 신의 축복을 빌었다. 그리고 내가 죽을 경우 그가 어떻게 해야 할지 남편에게 주는 글을 썼다. 그런데 고비를 맞기 전 마지막 이틀 동안 어떤 희미한 마음의 평정 같은 것이 찾아왔다. 표도르 미하일로비치도, 아이들도 불쌍하게 여겨지지 않았고, 마치 내가 벌써 이 세상을 떠난 것같이 느껴졌다.

다행히도 그날 밤 나는 고비를 넘겼다. 목에 났던 종기가 터졌고, 나는 회복되기 시작했다. 2주일 뒤에 목에 또다시 종기가 생겼지만, 그것은 이미 정도가 약했다. 1872년에 우리에게 일어났던 연이은 불운의 나날들은 그것으로 끝이 났다.

살아오면서 나는 수많은 고통을 맛보았고, 지독히도 힘겨운 상실을 겪기도 했다. 남편과 아들 알료샤의 죽음이 그것이다. 하지만 이처럼 연이은 불운의 나날은 더 이상 되풀이되지 않았다.

6장
|
1872~1873년

1. 1872년을 회상하며

1872년 가을이 되어서야 우리는 그 여름 우리에게 닥쳤던 불운한 사건들의 충격에서 벗어나 조금씩 안정을 찾아갔다. 우리는 스타라야 루사에서 돌아와 이즈마일로프 연대 제2중대에 있던 메베스 장군의 가옥으로 이사를 했다. 우리 집은 안마당의 가장 안쪽에 자리잡은 가옥의 2층이었다. 이 집엔 방이 5개였고, 거실에는 창문이 3개가 달려 있었다. 표도르 미하일로비치의 서재는 보통 크기였는데, 아이들 방과는 멀리 떨어져 있어서 아이들이 뛰어다니는 소리에 방해받지 않고 일을 할 수 있었다. 남편은 여름 내내 소설을 썼지만 전에 구상해 둔 플롯을 버리고 셋째 장을 모두 새로 쓸 정도로 자기 작품을 불만스러워했다.

10월에 남편은 모스크바에 가서 소설의 셋째 장이 『러시아 통보』의 마지막 2권에 실리도록 계약을 맺고 왔다. 소설 『악령』은 독자들에게는 큰 반향을 불러일으켰지만 그와 동시에 수많은 문단의 적을 만들었다는 것을 말해 둘 필요가 있겠다.

겨울이 끝나갈 무렵 표도르 미하일로비치는 세묘노프[1]의 집에서 거의 25년 동안 보지 못했던 왕년의 푸리에주의자 다닐렙스키와 재회하게 되었다. 남편은 다닐렙스키의 『러시아와 유럽』이라는 책에서 깊은 감동을 받고 다시 한 번 그와 만나길 원했다. 다닐렙스키가 곧 떠나야 했기 때문에 남편은 그를 다음 날 점심에 우리 집으로 초대하였고, 그 소식을 들은 다닐렙스키의 친구들과 추종자들도 점심을 먹으러 가겠다고 청했다. 남편이 집에 올 손님들을 열거하는데 그 수가 20여 명에 이르러서 나는 놀라움을 금할 수가 없었다. 그러나 부족한 살림에도 불구하고 나는 제대로 음식을 준비해 냈다. 그날 점심 시간은 활기로 넘쳤으며 손님들은 재미있는 이야기를 나누느라 밤이 이슥할 때까지 우리 집에 있었다.

나는 곤궁한 물질적 형편을 고민하다 최근에 내가 괄목할 만한 발전을 보인 속기 일을 다시 시작하여 우리의 소득을 높이는 방법을 모색하게 되었다. 우선 친척들과 지인들에게 어떤 기관에든 속기 일이 있으면 구해 달라고 부탁했다. 올힌 선생님이 아는 사람을 통해 일거리를 구해 주셨는데, 산림관리자 대회의 일이었다. 산림 관련 잡지의 편집인 샤프라노프는 내게 8월 3일부터 13일까지 모스크바에 와 있어 달라고 요청했다. 하지만 아쉽게도 당시 나는 그 여름의 고통스러운 사건에 너무 짓눌려 있었던 까닭에 그 일을 거절하고 말았다.

1872년 겨울에는 젊은 아내를 데리고 얼마 전에 상트 페테르부르크로 이사를 한 동생이 서부 지역 도시 중 한곳에서 무슨 대회가 열리는데(무슨 대회인지는 정확히 기억나지 않는다) 그 대회에서 속기사를 구하고 있다는 소식을 알려왔다. 나는 곧장 결정권을 가진 대회의 의장에게 편지를 썼다. 물론 남편도 동의한 것이었다. 표도르 미하일로비치는 가족을 위해서는 내가 아이들과 살림에 신경을 쓰고 그의 일을 도와주는 것으로 충분하다고 주장했지만, 내 힘으로 돈을 벌려는 나의 간절한 바람을 알고 있었기에 반대하지는 않았던 것이다(후에 그는 대회 의장이 거절하기를 바랐다고 고백했다). 의장은 나를 채용하겠다며 조건을 알려 왔다. 조건은 그다지 마음에 들지 않았다. 교통비와 숙박비로 대부분이 나갈 만큼의 액수였던 것이다. 하지만 돈보다 일을 시작한다는 것이 더욱 중요했다. 만일 내가 맡은 일을 잘 해낸다면 대회 의장의 추천서를 가지고 더 좋은 조건의 다른 일을 구할 수가 있을 것이기 때문이었다.

내가 없는 동안 어머니가 우리 집에 와서 아이들을 돌봐 주고 살림을 해주겠다고 약속하셨다. 때문에 남편도 나의 여행에 반대할 심각한 이유가 없었다. 당시 그는 소설 『악령』의 플

롯을 바꾸고 있을 때였기 때문에 내가 당장 그를 도울 일도 없
었다. 그럼에도 남편은 내가 여행하는 것을 못마땅해했다. 그
는 나를 보내지 않으려고 여러 가지 구실을 꾸며냈다. 그는 젊
은 여자가 어떻게 아는 사람 하나 없는 낯선 도시에 혼자 갈 수
있겠느냐고 물었다. 남편이 반대한다는 이야기를 들은 내 동
생은 그 대회에 서부 지역을 잘 아는 옛 친구가 가게 된 사실을
생각해 내어, 나와 남편을 그 친구에게 소개시켜 주고 그로부
터 여러 정보도 얻고자 친구와 우리를 자기 집에 초대했다.

약속 시간에 맞춰 우리는 동생의 집에 도착했다. 오랫동안
발작이 일어나지 않던 표도르 미하일로비치는 기분이 아주
좋은 상태였다. 우리는 동생의 친구를 기다리면서 동생 부부
와 화기애애하게 이야기를 나누고 있었다. 나는 그 친구를 한
번도 본 적은 없지만 동생으로부터 이야기는 많이 들었다. 그
는 열정적이고 급한 성격 때문에 '거친 아시아인'이라고 불렸
고, 착하지만 그다지 똑똑하지는 않은 캅카스 출신의 청년이
었다. 그는 자신의 별명에 매우 분개하면서 자신이 '유럽인'이
라는 증거로 예술 분야마다 자신의 우상을 만들었다. 음악에
는 쇼팽, 미술에는 레핀,[2] 문학에는 도스토옙스키가 그의 신이
었다.

그가 도착하자 동생은 현관으로 나가 손님을 맞이했다. 표
도르 미하일로비치를 소개받을 뿐만 아니라 자신이 그를 도울
수 있다는 사실을 접한 그 젊은 친구는 기쁨에 휩싸였지만, 동

시에 겁을 집어먹었다. 거실에 들어와서 자신의 신을 보자마자 그는 너무 당황한 나머지 아무 말도 못하고 남편과 내게 겨우 고개 숙여 인사만 할 뿐이었다. 나이가 스물 셋 정도인 그는 키가 크고 곱슬머리에 눈이 툭 불거지고 입술이 새빨갰다.

친구가 당황하는 것을 보고 동생은 서둘러 그를 내게 소개했다. 그 '아시아인'은 나의 손을 잡고 손에다 입을 맞춘 다음 손을 몇 번 힘껏 흔들고는 혀짧은 소리로 말했다. "당신이 대회에 가시는 데 제가 도움이 될 수 있다니 정말 기쁩니다!" 그의 감격에 겨운 모습에 나는 웃음이 났지만 남편은 무척 화를 냈다. 표도르 미하일로비치는 드물긴 했지만 여자들의 손에 입을 맞추기도 하고, 그것에 별 의미를 부여하지 않았지만, 누군가가 내 손에 입맞추는 것은 항상 싫어했다. 남편의 기분이 변한 것을(남편은 항상 급격하게 기분이 바뀌곤 했다) 눈치챈 동생이 서둘러 대회에 관한 사무적인 얘기를 꺼냈다. '아시아인'은 여전히 당황하여 표도르 미하일로비치 쪽은 쳐다보지도 못하고 주로 나를 쳐다보면서 질문에 대답했다. 그가 답한 내용 중 친절하지만 황당했던 말들이 생각난다.

"알렉산드리아까지 가는 게 어렵진 않은가요?" 내가 물어보았다. "여러 번 갈아타야 하나요?"

"걱정하지 마세요, 안나 그리고리예브나. 제가 직접 동행해 드릴게요. 원하시면, 당신과 같은 객차에 타고 갈 수 있어요."

"알렉산드리아에 젊은 여자가 묵을 수 있는 좋은 호텔이 있소?" 남편이 그에게 묻자, 그 젊은이는 반가운 듯 그를 보며 열성적으로 외쳤다. "안나 그리고리예브나가 원하시면 같은 호텔에 방을 잡을 수 있어요. 원래는 친구 집에서 머물려고 했지만 말이에요."

"아냐, 들었어? 이 젊은 친구가 당신과 함께 묵을 수 있다는군! 대단히 좋은 일이군 그래!" 표도르 미하일로비치는 큰 소리로 고함을 지르며 있는 힘껏 탁자를 내리쳤다. 그 바람에 그의 앞에 놓여 있던 찻잔이 바닥으로 날아가서 깨졌고, 동생의 아내는 불이 꺼져 흔들리는 전등을 붙잡으러 달려갔다. 표도르 미하일로비치는 자리에서 벌떡 일어나더니 현관으로 달려가 외투를 걸치고는 뛰어나가 버렸다. 나는 얼른 옷을 입고 그의 뒤를 쫓아 뛰어나갔다.

밖에 나와 보니 남편은 우리 집과는 반대 방향으로 뛰어가고 있었다. 그는 숨을 헐떡이며 괴로워하면서도 서 달라는 나의 말을 듣지 않았다. 5분쯤 뒤 나는 그를 따라잡았다. 나는 그의 앞을 막으며 두 손으로 그가 대충 걸치고 있는 외투자락을 붙잡고 소리쳤다.

"페쟈, 당신은 미쳐가고 있어요! 대체 어디로 가는 거예요? 이건 우리 집으로 가는 길이 아니잖아요! 제발 멈춰요. 이러면 안 되잖아요. 외투부터 제대로 입어요. 감기 걸린단 말이에요!"

나의 흥분한 모습이 효과를 거뒀다. 그는 멈춰 서서 외투를 여몄다. 나는 단추를 채워 주고 그의 팔을 잡아 반대 방향으로 이끌었다. 표도르 미하일로비치는 곤혹스러워하며 아무 말도 하지 않았다.

"그것 봐요. 또 질투했군요, 그렇죠?" 내가 분개하며 말했다. "당신은 내가 '거친 아시아인'과 처음 만난 지 몇 분 만에 서로 사랑에 빠져서 함께 도망치려 한다고, 그렇게 생각하는 거예요? 당신, 부끄럽지도 않아요? 당신이 그렇게 질투하는 것 때문에 내가 얼마나 속이 상하는지 모르겠어요? 우리가 결혼한 지 5년이나 되었어요. 그동안 내가 당신을 얼마나 사랑해 왔는지, 우리 가족의 행복을 얼마나 소중히 여겨 왔는지 당신도 잘 알잖아요. 그런데도 어떻게 우연히 처음 만난 사람을 두고 질투해서 나와 당신을 이렇게 우스운 꼴로 만들 수가 있어요?"

남편은 내게 사과와 변명을 함께 늘어놓으면서 다시는 질투하지 않겠다고 약속했다. 나는 그에게 오랫동안 화를 내지는 못했다. 충동적으로 터져 나오는 질투심을 그가 자제할 수 없다는 것을 잘 알고 있었기 때문이다. 나는 감격에 겨운 젊은이와 갑작스레 격분하여 뛰쳐나온 남편을 생각하며 웃기 시작했다. 내 기분이 바뀐 것을 보면서 남편 역시 자신을 조롱하며 동생의 집에서 물건을 몇 개나 깼냐고, 그리고 그 감격에 겨운 숭배자를 자신이 혹시 죽이지는 않았냐고 물었다.

아름다운 저녁이었다. 우리는 걸어서 집으로 갔다. 길이 멀어서 집에 도착하기까지 한 시간 이상이 걸렸다. 집에 왔더니 동생이 와 있었다. 우리가 갑작스럽게 뛰쳐나가는 것을 본 후 동생은 겁이 나서 우리 집으로 달려왔는데 우리가 집에 없자 아연실색했다. 그는 한 시간 내내 우울하기 짝이 없는 예감에 사로잡혀 있었는데, 우리가 다정한 모습으로 들어오는 것을 보자 몹시 놀라워했다. 우리는 차나 함께 마시자며 동생을 붙잡았고 좀 전에 벌어졌던 일을 떠올리며 많이 웃었다. 그 캅카스 청년에게 우리의 기이한 도망을 어떻게 설명했느냐는 물음에 동생은 이렇게 대답했다. "그가 대체 어떻게 된 일이냐고 묻길래, 그걸 모르겠으면 지옥에나 떨어져 버리라고 했지."

그 사건을 겪은 후 나는 그 여행을 포기할 수밖에 없다는 것을 깨달았다. 물론 그 시점에서도 남편이 나를 보내 주도록 설득할 수는 있었다. 하지만 내가 떠나고 나면 그는 걱정과 불안에 휩싸이기 시작할 것이고, 결국 견디지 못하고 나를 찾아 알렉산드리아로 왔을 것이다. 그랬으면 구설수에 올랐을 것이고, 그렇지 않아도 없는 돈을 헛되이 써 버리게 되었을 것이다. 결국 속기 일을 하여 돈을 벌어 보려 했던 나의 시도는 이렇게 끝이 나고 말았다.

2. 1872년, 성탄절과 페쟈의 병

1872년 성탄절에 우리 가족에게는 웃지 못할 사건이 생겼다. 표도르 미하일로비치는 매우 자상한 아버지여서 늘 아이들을 즐겁게 해줄 수 있는 일을 찾았다. 그가 특히 신경을 쓴 것 중

하나는 트리를 만드는 일이었다. 그는 나에게 반드시 크고 가지가 많은 트리를 사오라고 요구했고, 자신이 직접 의자에 올라가서 초를 꽂고 '별'을 고정시키며 트리를 장식했다(장식품은 해마다 다시 쓰곤 했다).

1872년의 트리는 특별했다. 이 트리를 장식하는 데 큰 아들 페쟈가 처음으로 '의식적으로' 참여했던 것이다. 트리에 미리 불을 밝힌 후 표도르 미하일로비치가 두 아이들을 거창하게 거실로 안내했다. 당연히 아이들은 반짝거리는 불빛과 장식품, 그리고 트리를 둘러싼 장난감들을 보고 넋을 잃었다. 아버지가 선물을 나누어 줬다. 딸아이에게는 예쁜 인형과 장난감 찻잔 세트를, 아들 녀석에게는 큰 나팔과 북을 주었다. 아들 녀석은 당장 나팔을 불어대며 놀았다. 하지만 두 아이에게 가장 큰 인상을 준 것은 화려한 갈기와 꼬리가 달린 마분지로 만든 말 두 마리였다. 말에는 좌석이 두 개인 널찍한 나무 썰매가 매달려 있었다. 아이들은 장난감을 내던지고 썰매를 탔다. 페쟈는 고삐를 잡아 흔들면서 말을 몰았다. 딸아이는 썰매에 금방 싫증이 나서 다른 장난감을 갖고 놀았지만, 아들 녀석은 그렇지가 않았다. 녀석은 신이 나서 제정신이 아니었다. 아마도 스타라야 루사에서 우리 별장 옆을 지나가곤 하던 농부들이 하던 것이 기억나는지 녀석은 고삐를 쥐고 소리를 질렀다. 하는 수없이 거짓말로 구슬려서 아이를 거실에서 데리고 나와 잠자리에 들게 할 수밖에 없었다.

남편과 나는 우리의 작은 명절을 낱낱이 떠올리며 오랫동안 자리에 앉아 있었다. 남편이 아이들보다 더 만족한 모습이었다. 나는 12시에 잠자리에 들었다. 남편은 그날 내게 자랑했던 볼프에게서 구입한 흥미로운 새 책을 읽을 생각이었다.

그러나 일은 그의 생각대로 되지 않았다. 1시쯤에 아이 방에서 미친 듯한 울음소리가 들렸다. 그가 화급히 가보니 아들 녀석이 얼굴이 새빨개지도록 소리를 지르며 프로호로브나 노파의 손에서 벗어나려 하고 있었다. 아이는 무언가 분명치 않은 말을 떠들어대고 있었다(당시 페쟈는 생후 18개월이 채 못 되었던 때여서 말을 제대로 못했다). 아이의 비명 소리에 나도 잠이 깨어 아이 방으로 뛰어갔다. 페쟈의 소리가 너무 커서 같은 방에서 자던 딸아이가 깰까 봐 남편은 자기 서재로 아이를 데려가기로 했다.

거실을 지날 때 불빛에 비친 썰매를 보자마자 아이는 울음을 그치고 몸 전체를 썰매 쪽으로 향했다. 아이가 너무나 완강하게 몸을 기울였기에 계속 안고 있을 수가 없었던 남편은 아이를 썰매에 앉혔다. 뺨에는 아직도 눈물이 흐르고 있었지만 아이는 벌써 웃음소리를 내며 고삐를 잡아 흔들고 또 흔들면서 말을 재촉하는 것 같은 소리를 냈다. 아이가 완전히 진정했기 때문에 표도르 미하일로비치는 녀석을 다시 방으로 데려가려고 했다. 그러자 페쟈는 자지러지게 울기 시작하여 다시 썰매에 앉혀 줄 때까지 계속 울었다.

우리는 처음에는 아이에게 이상한 병이 생긴 게 아닌가 겁이 나서 한밤중임에도 불구하고 의사를 부르려 했으나 곧 사태를 파악하게 되었다. 아마도 트리와 장난감들, 그리고 썰매에 앉아 경험한 즐거움 등으로 상상력이 자극을 받은 상태에서 밤에 잠이 깬 녀석은 말 생각이 나서 자신의 새 장난감을 요구했던 모양이었다. 유모가 잘 알아듣지 못하여 그 요구가 충족되지 않으니까 녀석은 큰 소리를 지르고 그토록 소란을 피워 자기 목표를 달성했던 것이다. 어찌할 도리가 없었다. 아이는 말 그대로 '진이 빠지도록 놀았고' 잠을 자려 하지 않았다. 어른 셋이 다 밤을 새우지 않도록 나와 유모가 자고 표도르 미하일로비치는 아이와 있다가 아이가 피곤해하면 잠자리에 데려가기로 했다.

다음 날 남편은 나에게 즐거운 불평을 했다. "폐쟈가 밤새 나를 못살게 굴었어! 두세 시간 동안 녀석에게서 눈을 뗄 수가 없었지. 썰매에서 떨어져 다칠까 봐 말이야. 유모가 두 번이나 잠을 자자고 녀석을 부르러 왔지만, 손을 내저으며 또 울려고 하더군. 그렇게 함께 5시까지 있었어. 그때쯤 되니까 피곤했던지 한쪽으로 몸이 기울기 시작하더라구. 내가 안고 있다가 깊은 잠에 빠진 걸 보고 아이 방에 데려다 눕혔어. 그러느라 사놓은 책은 펼쳐 보지도 못했지 뭐요." 표도르 미하일로비치가 웃으며 말했다. 우리를 놀라게 했던 사건이 이렇게 무사히 끝나서 무척 만족스러운 모습이었다.

3. 1873년, 『악령』의 출판과 편집

소설 『악령』을 마무리하고서 표도르 미하일로비치는 이제 무엇을 해야 할지 한동안 마음의 갈피를 잡지 못하고 있었다. 『악령』의 집필이 너무도 힘들어서 곧바로 새로운 소설에 착수한다는 것은 불가능하게 여겨졌다. 해외에 있을 때 구상했던 것처럼 『작가 일기』를 월간지로 발행하는 일은 어려웠다. 잡지를 발행하고 가족을 부양하기 위해서는(빚을 갚는 것은 말할 것도 없고) 상당한 돈이 필요했는데, 러시아 문학에서 지금껏 없던 형식과 내용을 가진 잡지가 과연 성공할 수 있을지 의문이었기 때문이다. 『작가 일기』가 실패할 경우 우리는 헤어날 수 없는 수렁에 빠지게 될 것이었다.

표도르 미하일로비치는 극심한 동요를 겪었다. 만일 그때 메시체르스키 공작이 주간지 『시민』[3]의 편집장을 맡아 달라는 제안을 하지 않았더라면 남편이 어떤 결정을 했을지 모르겠다. 『시민』지는 꼭 1년 전에 창간되어 그라도프스키가 편집을 맡아 발행되고 있었다. 새로운 잡지의 편집부 주위에는 같은 생각과 신념을 가진 인물들이 모여들었다. 그들 중 포베도노스체프, 마이코프, 필리포프, 스트라호프, 포레츠키[4] 등은 표도르 미하일로비치에게 호감을 가진 사람들이어서 그들과 함께 일을 한다는 것이 그에게는 매력적으로 여겨졌다. 머릿속에 성숙해 가던 희망과 회의를 독자들과 자주 나눌 수 있는 기회를 갖는다는 것도 그에 못지 않게 매력적인 일이었다. 그리고 훗날 얻게 된 그런 외형으로는 아니더라도 『작가 일기』의 구상을 『시민』지의 지면을 빌려 실현할 수도 있었다.

『시민』지 일은 금전적인 측면에서 보면 비교적 좋은 일이었다. 칼럼 「작가 일기」의 원고료, 그리고 후에는 '정치' 기사들의 원고료를 제외하고도 편집장의 월급으로 3천 루블을 받았다. 다 합해 보면 우리는 1년에 5천 루블 정도를 벌었는데, 매월 정해진 액수의 돈을 받는다는 것 역시 좋은 점이었다. 그의 건강과 정서를 짓누르는 생계비 걱정에 맡은 일을 소홀히 하지 않아도 되기 때문이었다.

어쨌거나 표도르 미하일로비치는 자신에게 호감을 가진 사람들이 『시민』지의 편집일을 맡으라고 권하는 것을 받아들이면서, 자신이 이 일을 수락한 것은 창작 작업에서 잠시 숨을 돌리고 현재 일어나고 있는 일들을 좀 더 가까이에서 알아보기 위한 임시 방편이라는 것을 숨기지 않았다. 창작에의 욕구가 또다시 생겨나면 그의 천성에 맞지 않는 일은 그만둘 것이라고 했다.

우리가 처음으로 출판한 소설 『악령』이 세상에 나왔던 1873년은 내게 가장 기억에 남는 시간이다. 이 소설을 출판하면서 남편과 내가 공동으로 했던, 그리고 그가 죽은 후에도 38년 동안 계속된 나의 출판 활동이 시작된 것이다.

우리의 자금 사정이 나아질 거라는 희망을 가지게 된 이유 중 하나(아마 이것이 가장 중요한 이유일 것이다)는 소설 『백치』,

그리고 그 후에는 소설 『악령』의 단행본 판권을 파는 것이 가능했다는 점이었다. 그런데 해외에 있을 때는 판권을 판매하는 것이 곤란했고, 러시아에 돌아와서는 발행인들과 개인적으로 협상할 기회가 있었지만 쉽지 않았다. 그들 누구와 접촉을 해도 매우 불리한 가격 조건을 제시했기 때문이다. 예를 들면 서적 판매상 바주노프는 소설 『영원한 남편』의 단행본(2,000부) 발행 판권으로 150루블을 지불했다. 『악령』의 판권은 500루블에 불과했다. 그것도 2년 할부로.

표도르 미하일로비치는 청년시절 자기 작품을 스스로 출판하려는 꿈을 갖고 있었고, 그 꿈에 대해 형에게 편지를 쓴 적도 있었다. 해외에서 지낼 때 내게도 그런 말을 하곤 했다. 그의 생각에 나도 관심이 생겨서 출판과 책을 배급하기 위한 조건들을 차츰 알아보려 애썼다. 마침 남편의 명함을 주문할 일이 있어 인쇄소 주인과 얘기를 나눌 기회가 있었다. 나는 그에게 어떤 조건으로 책을 출판하는지를 물어보았다. 그는 대부분의 책들이 현금 거래를 원칙으로 발행되지만, 잘 팔리고 지명도 높은 문인의 작품이라면 모든 인쇄소가 기꺼이 6개월간 신용 대부를 해줄 것이라고 했다. 6개월 안에 대금을 갚지 않을 경우 그 금액에 알맞은 이자를 징수하는 조건이었다. 같은 조건으로 인쇄 용지도 구할 수 있었다. 그는 또한 내가 발행할 경우 예상되는 출판 비용, 즉 용지 가격과 인쇄 및 제본 가격도 알려주었다. 그의 계산에 따르면 『악령』을 3,500부 출판할 경우 4

천 루블 정도의 비용이 들었다. 세 권짜리 책을 큼직하고 세련된 활자를 써서 희고 매끄러운 용지에 인쇄를 할 경우, 책 값을 3루블 50코페이카 이상으로 정하라는 충고도 해주었다. 책을 팔아 얻은 총액 12,250루블에서 30퍼센트는 서적 판매상에게 판매 수수료로 내주어야 했다. 그런데 다른 제반 비용을 고려해 볼 때 이 경우에도 소설이 성공적으로 판매된다면 우리가 받는 돈은 상당한 금액이 될 수 있었다.

그 무렵 자신의 저서를 직접 출판하는 작가는 아무도 없었다. 그런 용감한 사람이 나타나도 그 용기에 대한 대가는 늘 고통스러운 손해를 맛보는 것이었다. 당시에는 바주노프, 볼프, 이사코프 등 몇몇 서적 관련 회사들이 있었다. 이들이 판권을 사서 책을 출판하고 러시아 전역에 책들을 보급했다. 학회나 개인이 출판한 책들의 경우, 서적 판매상들은 책의 보관과 광고비(사실 그들은 광고에 매우 인색했음에도)가 비싸다는 것을 구실로, 창고 보관과 위탁 판매용으로 50퍼센트 할인 가격에 책을 가져갔다. 결국엔 창고나 위탁 판매로 내주었던 책은 판매되지 못하고 출판자에게 되돌아오는 경우가 허다했고, 심지어는 책이 다 손상된 채로 돌아오기도 했다.

나는 소설 『악령』을 출판하고 싶었다. 그래서 서점마다 얼마만큼의 판매 수수료를 받는지 물어보려 애썼지만 애매한 대답만 들을 뿐이었다. 수수료는 책에 따라 다르다거나, 40~50퍼센트 이상 수수료를 받을 수도 있다고 했다. 어느 날 남편에게 줄 책을 3루블에 사면서 나는 확인차 판매원을 떠보았다. 판매상들이 50퍼센트에 책을 공급받으니까 사실은 1.5루블짜리 책이 아니냐면서 책값을 2루블로 깎아달라고 했던 것이다. 판매원은 내 말에 화를 내면서 자신들은 판매 수수료를 20~25퍼센트, 어떤 책은 30퍼센트밖에 받지 않는다고 했다. 그것도 다량 구매 조건으로 그렇다는 것이었다. 그런 질문을 자꾸 해본 끝에 나는 서적판매상들에게 몇 권의 책을 몇 퍼센트의 수수료로 주어야 하는지 알게 되었다.

우리가 친지들에게 직접 소설을 출판하고 싶다는 얘기를 하자 그들은 경험 없는 사람들은 반드시 실패하게 마련이라면서 모르는 분야의 사업은 하지 말라고 했다. 기존의 빚에다 또 다른 많은 빚을 질 수 있다는 것이었다. 그들은 많은 충고와 반대의 말을 했지만, 그만두라는 친구들의 충고는 우리를 막지 못했다. 우리는 새로운 생각을 실행하기로 했다.

인쇄 용지는 그때나 지금이나 항상 부드러운 고급 용지만을 생산하는 바르구닌 공장에서 구입했다. 인쇄는 그 당시 판첼레예프 형제의 소유로 넘어온 자미슬로프 인쇄소에 맡겼다. 책에 대한 걱정 속에서 1872년 말과 다음 해 초가 지나갔다. 첫 번째와 두 번째 교정쇄를 내가 읽고 저자 교정을 표도르 미하일로비치가 맡아 보았다.

1월 20일 무렵 책이 제본되어 일부가 우리 집으로 배달되어 왔다. 표도르 미하일로비치는 책의 표지 디자인에 아주 만족했고 나 역시 무척 마음에 들었다. 책이 출판되기 전날, 남편은 유명한 서적 판매상 중 한 사람에게 책을 보여주러 갔다. (자신이 늘 그에게서 책을 샀기 때문에) 그가 어느 정도는 사주리라 기대했던 것이다. 서적 판매상은 책을 손에 놓고 돌려보면서 말했다.

"그럼, 뭐, 위탁 판매로 200권을 가져오세요."

"판매 수수료는 얼마로 할까요?" 남편이 물었다.

"50퍼센트 이하는 안 돼요."

남편은 아무 말도 하지 않았다. 낙심하여 집으로 돌아온 그는 자신의 실패담을 말해 주었다. 나도 걱정이 되었다. 판매상의 200권 위탁 판매 제안은 조금도 마음에 들지 않았다. 나는 그가 책을 판다 해도 우리가 그 돈을 빨리 받을 수 없다는 것을 알고 있었다.

1873년 1월 22일, 우리의 인생에 뜻깊은 날이 왔다. 그날은 「목소리」지에 소설 『악령』의 광고가 게재되었다. 10시쯤에 파사주 아래쪽에 위치한 포포프 서점에서 사람이 왔다. 나는 현관에 나가 무슨 일로 왔냐고 물어봤다.

"광고가 나왔더군요. 그 책 10권이 필요해서요."

나는 조금 흥분한 상태로 책을 가지고 나와서 말했다.

"10권은 35루블인데, 20퍼센트 할인해서 28루블에 드리죠."

"수수료가 그렇게 적나요? 30퍼센트는 안 됩니까?"

"그럴 수는 없어요."

"그럼 25퍼센트는요?"

"안 돼요." 그 사람이 가버리면 첫 구매자를 놓치는 것이라는 생각에 마음을 졸이면서 내가 말했다. 그는 "안 된다면, 그렇게 해야죠"라며 내게 돈을 내밀었다.

나는 너무나 기분이 좋아서 그가 마차를 타고 갈 수 있도록 30코페이카를 주었다. 얼마 후 타도시에 사는 사람들에게 책을 공급하는 서적상에서 사환이 찾아왔다. 그 역시 나와 흥정을 한 후 20퍼센트 할인 가격에 10권을 샀다. 글라주노프 서점에서 온 사환은 25퍼센트를 할인해 준다면 25권을 사겠다고 했다. 사겠다는 책의 양이 많았기 때문에 나는 그만큼 할인을 해주었다. 그러고도 몇 명의 사람들이 더 왔다. 그들은 10권씩 샀고 나는 20퍼센트 이상 할인하지 않았다. 12시쯤 표도르 미하일로비치가 알고 지내는 서점 주인이 판매원을 보냈다. 그는 200권을 위탁으로 받으러 왔다고 말했다. 아침의 성공적인 판매로 기운을 얻은 나는 위탁판매는 하지 않는다며, 현금으로만 팔고 있다고 대답했다.

"표도르 미하일로비치가 위탁으로 팔겠다고 약속했기 때문에 책을 가지러 왔는데요."

나는 책은 남편이 출판했지만 판매는 내가 맡아서 하고 있으며, 몇몇 서적 판매상들이 이미 현금으로 책을 구입해 갔다고 말했다.

"표도르 미하일로비치를 만나뵐 수 없을까요?"

판매원은 남편이 양보해 주기를 기대하는 것이 분명했다.

"남편은 밤새 일을 했기 때문에 2시까진 깨울 수 없답니다."

그러자 판매원은 200권을 내어주면 돈은 나중에 남편에게 직접 주겠다고 제안했다. 나는 강경한 입장을 취했다. 그에게 책의 양에 따른 할인율을 설명해 주며 책이 전부 500권이 왔는데 오늘 다 팔 수 있을 것 같다고 말해 주었다. 그는 머뭇거리다가 어쩔 수 없다는 듯 가 버렸다. 그런데 한 시간쯤 후에 그 서점의 다른 판매원이 찾아와서 30퍼센트 할인율에 50권을 현금으로 구입했다. 나는 이 기쁜 소식을 표도르 미하일로비치에게 한시바삐 알리고 싶었지만 그가 방에서 나올 때까지 기다려야만 했다.

말이 나온 김에 한마디 덧붙이자면 남편의 성격에는 한 가지 이상한 점이 있었다. 그는 아침에 일어나면 때때로 자신을 괴롭힌 간밤의 꿈이나 악몽의 인상이 강하게 남아 있어서 그런지, 아침 시간에는 극히 말을 삼갔으며 말을 꺼내는 것조차 싫어했다. 그런 까닭에 아무리 일이 급할지라도 아침에는 그의 평온을 깨뜨리지 않고 그가 뜨거운 커피를 두 잔 정도 마신 다음 서재로 일하러 갈 때를 기다리는 것이 습관이 되었다. 그가 서재로 들어가면 나는 그에게로 가서 좋고 나쁜 소식들을 모두 이야기해 주곤 했다. 그때는 남편이 제일 편안한 마음이 될 때였으므로 그는 모든 일에 관심을 표하면서 이것저것 물어보기도 했고, 아이들을 불러 함께 놀기도 했다. 이날도 그랬다. 그는 아이들과 놀고 있었다. 나는 그의 방에 들어가 아이들을 다른 방으로 보내고 나서 내가 늘 앉던 책상 옆 자리에 앉았다. 내가 말을 하지 않는 것을 보고서 남편은 나를 놀리듯 바라보며 물었다. "어때, 아네치카, 장사는 잘 되어 가요?"

"굉장히 잘 되고 있죠." 난 그의 말투를 흉내 내며 대답했다.

"한 권은 팔았겠지?"

"한 권이 아니라 150권을 팔았어요."

"정말이야?! 그럼 당신에게 축하를 해줘야겠군!" 표도르 미하일로비치는 내가 농담을 하는 줄 알고 계속 놀리듯 말했다.

"지금 난 사실을 말하고 있는 거예요. 왜 내 말을 믿지 않아요?" 나는 약간 약이 올랐다. 그래서 내가 판 책의 부수가 적힌 종이와 모두 합해서 300루블 정도 되는 지폐 다발을 호주머니에서 꺼내 보였다. 집에 돈이 많지 않다는 걸 알고 있던 남편은 내가 보여 준 금액을 보고 농담이 아니라는 것을 알게 되었다.

4시부터 전화가 다시 오기 시작했다. 새로운 손님들이 찾아오기도 했고 아침에 왔던 손님들이 또다시 책을 사러 오기도 했다. 우리의 출판이 큰 성공을 거둔 게 틀림없었다. 나는 모처럼 생긴 이 기쁜 일을 자축했다. 물론 돈을 벌게 되어 기뻤으나 가장 중요한 것은 내가 관심을 가질 일을 찾게 되었다는 것이며, 또 그것이 사랑하는 남편이 출판한 책을 파는 일이라는 것이었다. 문단에 있던 사람들의 주의에도 불구하고 사업이 이렇게 성공적으로 진행된 것이 나로서는 너무도 뿌듯했다.

남편도 매우 흡족해했다. "사람들이 오래 전부터 벌써 그 소설을 문의하고 있다"는 어떤 판매원의 말을 내가 전해 주었을 때는 특히 더 그랬다. 남편이 작품 활동을 하는 동안 독자들만이 오로지 관심과 공감을 표현하며 그를 지지해 주었기 때문에 그는 그들을 몹시 소중히 여겼다. 당시 (벨린스키, 도브롤류보프, 부레닌을 제외한) 평론가들은 그의 천재성을 규명하려 노력하지 않고 그의 작품을 무시하거나 적대했던 것이다. 남편이 죽은 지 35년도 더 지난 지금, 그의 작품에 대한 평론들을 다시 읽으면 얼마나 피상적이고 천박하고 경망스러운지, 또 종종 얼마나 깊은 적대감을 드러내고 있는지 이상할 정도다.

서적 판매상 코잔치코프가 찾아와서 300권을 4개월 만기 어음으로 사겠다고 제안했을 때 나의 기쁨은 최고조에 달했다. 그는 30퍼센트의 판매 수수료를 요구했다. 지방에서 판매를 하기 위해 구입하는 것이므로 도시에서의 판매에 장애가 되지는 않을 터여서 나는 그의 제안이 괜찮다고 생각했다. 그가 어음으로 책을 사겠다는 것에 난처해진 표도르 미하일로비치가 내게 조언을 구하러 왔다. 그때 나는 상거래용 어음에 대해서는 아는 것이 전혀 없었으므로 멀지 않은 곳에 사는 인쇄업자의 의견을 구하러 갔다. 남편에게는 내가 다녀올 동안 손님과 대화를 계속하라고 말했다. 다행히 나는 판첼레예프 형제 중 한 사람을 만날 수 있었다. 그는 그런 안정적인 판매 기회를 놓치지 말라고 충고하면서 코잔치코프의 어음은 받아도 괜찮으며 우리의 인쇄 대금으로 자신이 그 어음을 받을 수도 있다고 했다. 나는 그 소식을 안고 집으로 돌아왔다. 코잔치코프는 (늘 어음용지를 가지고 다니는 노련한 상인처럼) 735루블짜리 어음 세 장을 즉석에서 끊어 주었고, 남편은 인쇄소에서 책을 넘겨 받을 수 있도록 그에게 메모를 작성해 주었다.

한마디로 우리의 출판 사업은 눈부신 출발을 했다. 그해 말까지 우리는 3천 부의 책을 팔았다. 나머지 500부를 판매하는 데는 그후 이삼 년이 더 걸렸다. 결국 서적 판매상에게 준 수수료와 제반 비용을 제외하고도 우리는 4천 루블 이상의 이익을 냈고, 이로써 우리를 불안케 했던 빚을 다소 갚을 수 있었다.

처음에는 손해가 없었던 건 아니었다. 두세 명의 협잡꾼들이 우리가 출판에 미숙한 점을 악용하긴 했지만 나는 그렇게 손해를 보면서 장사할 때 조심해야 할 점을 배웠다. 그리고 처음에는 화려해 보이지만 나중에는 손해가 되는 제안들에 속아 넘어가지 않는 법도 배울 수 있었다.

『악령』이라는 소설 제목은 책을 사러 온 손님들로 하여금 다양한 이름으로 책을 부르게 만들었다. 어떤 사람들은 그 책을 "악귀"라고 부르기도 했고, 어떤 사람은 '귀신' 가지러 왔어요"라고 말하기도 했다. 또 "'악마' 열 마리 주세요"라고 한 사람도 있었다. 나이든 유모는 이렇게 불리는 소설 제목을 듣고는 불평을 하면서 우리 집에 '부정한 힘'이 나타나면서부터 그 악령이 키우는 아이(나의 아들)가 낮이면 불안해하고 밤에는 잠도 잘 자지 못한다고 말하곤 했다.

『시민』지의 편집을 맡은 초기에 표도르 미하일로비치는 맡은 일의 새로움과 인쇄소에서 다양한 사람들을 만나게 되는 일에 많은 관심을 가졌다. 나도 처음에는 남편의 일에 변화가 생긴 게 기뻤다. 주간지를 편집하는 일은 크게 어렵지 않을 것이고, 3년 동안 썼던 소설 『악령』을 마친 후 남편이 좀 쉴 수 있는 시간을 가져야 한다고 생각했던 것이다. 그러나 그런 내 판단이 잘못된 것임을 알게 되었다. 그것은 남편의 성격과는 너무도 어울리지 않는 일이었다.

남편은 편집장으로서 맡은 일을 매우 성실하게 했다. 잡지에 게재할 기사들을 직접 통독했을 뿐만 아니라 발행인이 쓴 원고같이 서툴게 쓰인 기사들을 교정해 주곤 했다. 때문에 남편은 이 일을 하는 데 너무 많은 시간을 바치게 되었다. 아직도 내가 보관하고 있는 두세 장의 시 원고는 서투르기 짝이 없지만 재능이 번뜩이는 시들이었다. 남편의 손을 거친 후 이 시들이 얼마나 아름다운 모습으로 세상에 등장했는지 모른다.

기사들을 통독하고 교정하는 것 외에 필자들과 서신을 주고받는 일도 힘들었다. 많은 필자들이 자신이 쓴 문구들을 고집했으며, 그 문구들이 생략되거나 바뀔 때면 신랄한 내용의 편지, 때로는 거친 욕설을 담은 편지를 써 보냈던 것이다. 표도르 미하일로비치도 불만을 표한 필자에게 그에 못지 않은 신랄한 내용의 답신을 써 보내고는 다음 날이면 후회하기 일쑤였다.

편지를 부치는 일은 내가 맡고 있었다. 나는 다음 날이면 남편이 마음을 가라앉히고 무엇 때문에 그렇게 열을 올렸던가 후회하리라는 것을 알았기 때문에, 남편이 쓴 편지를 곧바로 부치지 않았다. 다음 날 남편이 신랄한 답을 한 것을 후회할 때면 편지가 '우연히도' 아직 발송되지 않은 것을 알게 되었고, 남편은 침착한 마음으로 답변을 할 수가 있었다. 내가 보관하고 있는 문서들 속에는 그런 '열받은' 편지들이 열 통도 넘게 보관되어 있다. 그 편지들은 화나고 속상한 상태에서 자제력을 잃고 기자로서의 위신에 대한 고려 없이 자신의 의견을 피력한 것이기에, 남편이 전혀 원하지 않았음에도 남편과 그 사람이 언쟁하게 만들었을 것이었다. 남편은 그런 편지를 내가 '우연히' 부치지 않은 것에 대해 언제나 고마워했다.

표도르 미하일로비치는 개인적인 면담을 얼마나 많이 해야 했었는지 모른다. 편집실에는 빅토르 페오필로비치 푸치코비치라는 비서가 있었지만 대부분의 필자들은 편집장과 직접 만나기를 원했다. 그래서 가끔씩 큰 오해가 빚어지기도 했다. 늘 솔직하게 말하고 정직하게 행동하는 남편은 자기의 의견을 직설적으로 말하곤 했고, 이 때문에 그는 언론인들 가운데 수많은 적을 만들고 말았다.

편집 일을 하는 동안에 그는 물질적인 문제뿐만 아니라 정신적인 고통도 많이 겪었다. 『시민』의 경향에 공감하지 않는 독자들, 혹은 메시체르스키 공작 자체를 싫어하는 독자들은 자신들의 적대감을 도스토옙스키에게로 옮기거나 아예 그를 증오하기까지 했다. 그가 문단에 많은 적들을 갖게 된 데도 『시민』지 같은 보수적인 기관지의 편집장을 지냈던 탓이 크다. 표도르 미하일로비치가 죽기 전은 물론 죽은 후에도 여전히 많은 사람들이 그가 『시민』의 편집장을 지낸 것을 용서하지 못했고, 그 여파가 지금도 언론에 나타나고 있다.

새로운 활동의 초기에 표도르 미하일로비치는 큰 실수를 저질렀다. 남편은 『시민』지에 (메시체르스키 공작이 쓴 「상트 페테르부르크의 키르기스 대의원들」이라는 기사 속에) 황제 폐하가 대의원들에게 한 말을 허가 없이 게재했던 것이다. 당시의 출판물 검열 조건으로는 황실의 일원이 한 연설, 특히 황제의 연설문은 대신의 허가를 받아야만 출판될 수가 있었는데, 남편은 그런 법 조항을 전혀 몰랐다.

그는 배심원이 배석하지 않은 재판에 넘어갔다. 1873년 6월 11일에 상트 페테르부르크의 지방 법원에서 심리가 열렸다. 그는 법원에 출두하여 자신의 잘못을 인정하고 25루블의 벌금형과 48시간 구류를 선고받았다. 그가 받은 판결이 언제 집행될지 모르는 상황 때문에 그는 우리 가족이 있는 스타라야 루사로 올 수가 없어 무척 걱정을 했다. 이 구류 건으로 남편은 상트 페테르부르크 지방 법원의 법원장이었던 아나톨리 페도로비치 코니와 아는 사이가 되었다. 그는 남편이 편한 기간에 구류를 살 수 있도록 가능한 모든 일을 다해 주었다. 그때부터 시작된 남편과 코니의 우정은 그가 죽을 때까지 지속되었다.

『시민』의 편집부 사무실 근처에 살기 위해 우리는 집을 옮겨 리고프카의 구세프 거리에 있는 슬리프찬스키 주택에서 살게 되었다. 이번의 집 선택은 정말 최악이었다. 방이 작은 데다 방 배치도 좋지 않았던 것이다. 우리는 한겨울에 이사를 했기 때문에 많은 불편을 감수해야 했다. 우리를 불편하게 한 것 가운데 하나는 노심초사하는 성격의 집주인이었다. 그는 남편과 나를 정말 질리게 만들 정도로 괴팍스러운 노인이었다. 남편은 내게 보낸 8월 19일자 편지에서 그에 관해 언급하고 있다.

1873년 봄에 나는 의사의 조언에 따라 아이들을 데리고 스타라야 루사로 갔다. 작년에 이미 많은 도움을 준 온천욕 치료를 계속하기 위해서였다. 이번에는 루만체프 사제의 집에 묵지 못했다. 다른 이가 벌써 그 집을 빌렸기 때문이다. 그래서 우리는 아락체예프[5] 시절 둔전병으로 근무했던 육군 대령 출신의 알렉산더 카를로비치 그리베의 집에 묵게 되었다.

가족과의 이별은 표도르 미하일로비치에게는 괴로운 일이었다. 그는 우리를 그리워하여 여름 동안 세 번이나 스타라야 루사를 다녀갔다. 남편은 메시체르스키 공작이 부재중이었던 관계로 재정 문제 전반을 책임지게 되었으므로 푹푹 찌는 그 더운 날씨에 수도에서 지내면서 페테르부르크의 여름이 주는 온갖 불편함을 견뎌야만 했다.

위에서 언급한 상황은 표도르 미하일로비치의 신경에 영향을 미쳤고, 전반적으로 건강을 해치게 되었다. 1873년 가을, 그는 이미 편집장으로서의 일에 부담을 느끼기 시작했고 자신이 좋아하는 순수한 창작 활동을 다시금 하고픈 꿈을 꾸기 시작했다.

1873년에 표도르 미하일로비치는 정신계몽 애호가협회와 상트 페테르부르크 슬라브 자선협회의 회원이 되어 그 모임의 집회와 회의에 참석했다. 교류의 폭이 넓어졌고 남편의 친구들과 지인들이 우리 집에 자주 놀러오게 되었다. 스트라호프는 몇 년 동안이나 일요일이면 우리 집에서 점심을 먹었고, 마이코프도 자주 우리를 방문했다. 그밖에도 그해 겨울에는 당시 막 학교를 마친 무척 젊었던 솔로비요프[6]가 우리를 방문하기 시작했다.

처음에 그가 표도르 미하일로비치에게 편지를 썼고, 그후 남편은 그를 우리 집으로 초대했다. 당시 솔로비요프는 우리에게 아주 매력적인 인상을 남겼다. 그와 자주 만나 대화를 나눌수록 남편은 그를 더 많이 사랑하게 되었고, 그의 지성과 견실한 교양을 높이 샀다. 언젠가 한번 남편은 솔로비요프에게 자신이 그에게 끌리는 이유를 말한 적이 있다.

"자네를 보면 어떤 사람이 떠오른다네." 표도르 미하일로비치가 말했다. "젊은 시절 내게 큰 영향을 주었던 시들로프스키란 분이지. 자네의 얼굴과 성격이 그분과 어찌나 닮았는지 때때로 그의 영혼이 자네에게 옮겨간 것이 아닌가 하는 생각이들 정도라네."

"그분은 작고하신 지 오래되었나요?" 솔로비요프가 물었다.

"아니, 4년 전에 돌아가셨지."

"그럼, 그분이 돌아가시기 전에는 20년 동안 제가 영혼 없이 돌아다녔다고 생각하신단 말씀이에요?" 블라디미르 솔로비요프가 박장대소하며 물었다.

솔로비요프는 원래 활달한 성격이었고 잘 웃었다. 그의 웃음은 전염성이 있어 누구나 그를 따라 웃게 되었다. 그런데 가끔은 그의 산만한 주의력 때문에 웃지 못할 일이 생기기도 했다. 예를 들면 표도르 미하일로비치가 50살이 넘은 것을 알고 있던 그는, 나도 그 정도 나이일 거라고 생각하고 있었다. 어느 날 우리가 『40년대 사람들』이라는 피셈스키의 소설에 대해 얘기를 나누게 되었을 때, 솔로비요프가 우리 둘을 향해서 말했다. "그렇군요. 당신들은 40년대 사람들이라서 그럴 수도 있겠군요……."

그의 말에 표도르 미하일로비치는 웃음을 터뜨리며 나를 약올렸다. "아냐, 들었어? 블라디미르 솔로비요프가 당신도 40년대 세대에 끼워 주는군 그래."

"조금도 틀린 말이 아닌 걸요." 내가 대답했다. "사실 난 정말 40년대 사람이잖아요. 1846년에 태어났으니까요."

솔로비요프는 자신이 실수한 것을 알고 무척 곤혹스러워했다. 그는 그때 처음으로 나를 제대로 쳐다보고는 남편과 나의 나이 차이를 알아차렸다.

블라디미르 솔로비요프의 얼굴에 대해 표도르 미하일로비치는 그를 보면 자신이 좋아하는 안니발 카라치의 그림 중 「젊은 예수의 머리」가 떠오른다고 말했다.

1873년에 표도르 미하일로비치는 유격대원 제니스 다비도프[7]의 딸인 율리아 제니소브나 자세츠카야를 알게 되었다. 당시 그녀는 페테르부르크에서 처음으로 (이즈마일로프 연대 제2중대에) 노숙자들을 위한 쉼터를 만든 상태였다. 자세츠카야는 『시민』지 편집부 비서를 통해 자신이 마련한 쉼터에 표도르 미하일로비치를 초대했다.

자세츠카야는 레드스톡 교파[8]의 신도였다. 표도르 미하일로비치는 그녀의 초대를 받아 몇 차례 레드스톡 경과 이 교파의 뛰어난 전도사들이 모이는 종교 회합에 참석하기도 했다. 표도르 미하일로비치는 자세츠카야의 지성와 보기 드문 선한 마음을 무척 귀히 여겨 그녀를 자주 방문했고 서신 교류도 했다. 그녀도 우리 집에 자주 왔는데, 매우 착하고 상냥한 여성이어서 나도 정이 들었다. 남편이 세상을 떠났을 때 그녀는 나에게 많은 위로가 되어 주었다.

1873년에 우리는 카시피레프 네를 자주 방문했다. 이 가족의 가장인 바실리 블라디미로비치는 잡지 『여명』을 발행하고 있었으며, 그의 아내인 소피야 세르게예브나는 『가정의 저녁』이라는 아동 잡지의 편집장이자 발행인이었다. 이들 부부는 우리에게 무척 호의적이어서 표도르 미하일로비치는 그 집을 방문하는 것을 좋아했다.

1873년에 그들의 집에서는 많은 문인들이 참석하는 재미있는 모임이 열리곤 했다. 그 모임에서 유명한 작가 피셈스키는 아직 출판되지 않은 자신의 소설 『소시민들』을 낭독하기도 했다. 피셈스키의 외모는 좋은 인상을 주지는 않았다. 하지만 뚱뚱하고 둔해 보이는 인상과 달리 그는 뜻밖에도 자기가 쓴 소설 주인공들의 유형을 너무나 뚜렷이 드러내며 멋지게 글을 읽었다.

1873년에 표도르 미하일로비치는 스타켄슈나이더 가족과의 오래된 친분 관계를 회복했다. 그 가족의 중심은 유명한 건축가의 딸인 엘레나 안드레예브나였다. 똑똑한 데다 문학적 소양을 갖추고 있었던 그녀는 일요일마다 자기 집에서 문인과 화가들의 모임을 가졌다. 그녀는 남편과 나를 항상 잘 대해 주었고 우리는 무척 잘 맞았다. 하지만 당시 나는 어린 아이들을 유모의 손에 남겨 두는 것이 불안했기 때문에 모임에 자주 나갈 수는 없었다.

남편은 내가 어쩔 수 없이 집에 있어야 하는 상황을 항상 안타깝게 생각했다. 그래서 1873년 겨울에는 파티, 볼피니, 칼촐라리, 스칼치, 에베라르디 등 유명한 스타들이 나오는 이탈리아 오페라를 보고 오라고 강권했다. 나의 자리는 상층 보통석이었는데, 바로 맞은편에 거대한 샹들리에가 있어서 무대의 오른쪽에서 공연하는 것만을 볼 수 있었다. 가끔은 다리만 보이기도 해서 옆 좌석에 앉은 사람에게 "진노랑 장화를 신은 사람이 누구예요?" 혹은, "분홍색 구두를 신은 사람이 누구죠?" 하고 물어보기도 했다. 하지만 불편한 좌석도 배우들의 매혹적인 목소리에 빠진 나를 방해하지는 못했다. 아이들 걱정은 하지 않았다. 그날 저녁엔 남편이 집에 있었기 때문이다. 그는 조금만 무슨 소리가 나거나 아이의 울음소리가 들리면 무슨 나쁜 일이 생겼을까 걱정하며 곧바로 확인을 하러 가곤 했다.

1. 1874년, 구류 그리고 네크라소프

1874년의 처음 몇 달은 순조롭지 못했다. 표도르 미하일로비치는『시민』지 일 때문에 날씨 여하를 불문하고 집을 나서야만 했고, 잡지 발간을 앞두고는 열기로 후끈 달아오른 교정실에 몇 시간씩 앉아 있어야 했다. 그래서인지 그는 감기에 자주 걸렸는데, 조금만 기침이 나도 증세가 악화되어 급성 천식 증세가 나타나곤 했다. 남편을 진료하던 코실라코프 교수는 압축공기 치료를 받으라고 조언하며 (가가린스크 거리에 위치한) 시모노프 의원을 추천해 주었다. 표도르 미하일로비치는 그곳에서 일주일에 세 번씩 종 모양의 기구 아래 두 시간 동안 앉아서 치료를 받았다. 그곳의 압축공기 치료는 남편의 건강에 많은 도움이 되었지만, 시간을 많이 뺏긴다는 단점이 있었다. 압축 공기 치료를 받으려면 하루를 완전히 날려 버려야 했던 것이다. 그는 일찍 일어나서 예약 시간에 맞추려 서둘러야 했고, 그와 함께 치료받기로 된 환자들이 예약 시간보다 늦을 때면 그들을 기다려야 했다. 이 모든 것이 남편의 기분에는 좋지 않은 영향을 미쳤다.

당시 그를 힘들게 했던 또 다른 일은, 작년에 『시민』에 실었던 기사 때문에 선고받은 48시간 구류를 편집 작업과 건강 문제로 아직까지 치르지 못한 것이었다. 남편은 결국 코니와 합의하여 3월 중순 이후에 구류를 이행하기로 했다.

3월 21일 아침, 경찰서장이 우리 집에 나타났다. 표도르 미하일로비치는 벌써부터 그를 기다리고 있었다. 그들은 먼저 지방 법원으로 갔는데, 나는 두 시간 뒤 남편이 어느 구치소에 수감되어 있는지 알아보기 위해 관할 경찰서에 들렀다. 그가 센나야 거리(지금의 시 연구소가 있는 자리)의 구치소에 송치되어 있다는 걸 안 즉시, 나는 작은 옷가방과 침구를 챙겨 그곳으로 가져 갔다. 범상한 시절이었던지라 금방 남편을 만나 보게 해주었다. 표도르 미하일로비치는 기분이 좋아 보였다. 그는 아이들이 자기를 보고 싶어 하지 않느냐고 묻고는 자기 대신 아이들에게 과자를 주라고 부탁했다. 그리고 아빠는 장난감을 사러 모스크바에 갔다고 말해 달라고 했다.

저녁에 아이들을 재운 후 나는 견딜 수가 없어 다시 남편에게로 갔다. 하지만 늦은 시간이라 나를 들여보내 주지 않았고, 경비를 통해 그에게 신선한 빵과 편지를 전해 줄 수 있을 뿐이었다. 나는 그와 이야기를 나누고 아이들에 관해 그를 안심시켜 주지 못해서 속이 상한 나머지 구치소의 창문(스파스 거리 쪽에서 마지막 창문) 아래에 서서 남편을 바라보았다. 그는 책상에 앉아 책을 읽고 있었다. 나는 5분쯤 서 있다가 조용히 창을 두드렸다. 남편은 금방 일어나서 창문 쪽을 쳐다보았다. 그는 나를 발견하고는 기분 좋게 미소지으며 머리를 끄덕였다. 그때 초병이 내 쪽으로 다가왔기 때문에 나는 자리를 떠나야만 했다.

나는 마이코프에게 가서(그는 근처의 사드 거리에 살고 있었다) 내일 남편에게 면회를 가 달라고 부탁했다. 친절한 마이코프는 솔로비요프에게도 남편의 구류 사실을 알려 주었다. 다음 날 솔로비요프 역시 남편을 면회했다. 이틀째에 나는 남편에게 두 번 다녀왔다(저녁에는 또다시 창문가로 갔는데, 이번에는 남편이 먼저 나를 기다리고 있었다). 셋째 날 12시에 아이들과 나는 '모스크바에서' 돌아온 아빠를 기쁘게 맞이했다. 그는 오는 길에 가게에 들러 아이들의 장난감을 사왔다. 구류를 살고 돌아온 표도르 미하일로비치는 무척 즐거워하며 아주 멋진 이틀을 보냈다고 말했다. 같은 방에 있던 수감자는 어떤 수공업자였는데 낮에는 몇 시간씩 잠을 잤다고 했다. 그래서 남편은 아무런 방해도 받지 않고 빅토르 위고의 『레 미제라블』——그가 높이 평가했던 작품이다──을 다시 읽을 수 있었다.

"갇혀 있으니 좋더군." 그가 즐겁게 말했다. "예전에 이 위대한 작품에서 받은 경이로운 감동을 다시 느낄 만한 시간을 대체 내가 언제 낼 수 있었겠어?"

1874년 초에 표도르 미하일로비치는 『시대』의 편집 일을 완전히 그만두기로 결정했다(그의 서명이 들어간 마지막 호는 4월 15일에 나왔다). 표도르 미하일로비치는 다시금 순수한 예술 작업에 빠져들어 갔다. 그의 머릿속에는 새로운 전형과 구상들이 생겨났고, 그는 그 생각들을 새 작품에 구현하고픈 욕구를 느꼈다. 물론 『러시아 통보』가 다음 해에 쓸 원고들을 이미 확보해 놓았다면 어디에 소설을 실어야 하는지가 걱정거리였다. 정말이지 남편은 자기가 먼저 일감을 제안해야 하는 입장이었기 때문에 언제나 힘들어했다. 그런데 우리가 걱정하던 문제가 운 좋게 해결된 한 가지 일이 생겼다.

4월의 어느 날 아침, 12시가 다 된 시간에 일하는 아이가 내게 어떤 명함을 내밀었다. 거기에는 '니콜라이 알렉세예비치 네크라소프'라는 글자가 새겨져 있었다. 표도르 미하일로비치가 이미 옷을 다 차려 입은 상태여서 그가 곧 외출할 것임을 알고 있었던 나는, 일하는 아이에게 방문객을 거실로 모시라고 지시한 다음 명함을 남편에게 전해 주었다. 5분쯤 뒤에 표도르 미하일로비치는 기다리게 해서 미안하다고 사과를 하고 손님을 자기 서재로 안내했다.

나는 남편과 젊은 시절에 친구였다가 나중에는 문학의 적이 된 네크라소프가 무슨 일로 온 것인지 궁금해서 죽을 지경이었다. 나는 『시대』와 『연대기』가 발간되던 60년대에 이미 그가 『동시대인』[1]에서 표도르 미하일로비치에 대해 혹평했던 바 있고, 최근에도 미하일롭스키, 스카비쳅스키, 엘리세예프 등의 진영[2]에 서서 잡지에 여러 번 악의적인 독설을 퍼붓곤 했던 것을 기억하고 있었다. 또한 표도르 미하일로비치는 해외에서 돌아온 이후 아직까지 네크라소프와 만났다는 얘길 내게 한 적이 없었다. 따라서 그가 방문했을 때는 특별한 이유가 있어야 했다. 얼마나 궁금했던지 나는 참지 못하고 서재에서 식당으로 가는 문 뒤에 서서 남편과 네크라소프의 이야기를 엿들었다. 너무나 기쁘게도 네크라소프가 남편을 편집 동인으로 초빙하면서, 내년에 『조국의 기록』[3]지에 게재할 소설을 청탁하고 싶다는 말이 들려 왔다. 그는 원고료로 장당 250루블을 제시했다. 그때까지 표도르 미하일로비치는 장당 150루블을 받아 왔는데 말이다.

네크라소프는 우리 집 세간이 무척 검소한 것을 보고 원고료를 그만큼 인상해 주면 표도르 미하일로비치가 매우 기뻐하며 그 자리에서 제안을 수락할 거라고 생각했음에 틀림없다. 그러나 표도르 미하일로비치는 그런 제안을 해줘서 고맙다고 한 뒤 이렇게 말했다.

"니콜라이 알렉세예비치, 두 가지 이유 때문에 당신에게 긍정적인 답을 줄 수가 없군요. 첫째, 나는 『러시아 통보』에 내 작품이 필요한지 물어본 연후에 결정을 해야 하오. 만일 그 잡지에 내년의 물량이 있다면, 나는 자유로운 몸으로 당신에게 소설을 주겠다고 약속할 수 있소. 나는 오래 전부터 『러시아 통보』 동인으로 활동해 왔고, 내가 부탁하는 일마다 카트코프는 늘 선의의 관심을 가지고 대해 주었소. 그러니 그들에게 먼저 물어보지 않고 그 잡지를 떠난다는 것은 경우에 어긋나는 일이 될 것이오. 1주나 2주 안에 모든 게 분명해지겠지요. 그런데 니콜라이 알렉세예비치, 나는 일을 하면 언제나 2, 3천 루블 정도의 선금을 받는다는 걸 미리 말해 두어야 되겠군요."

네크라소프는 이를 전적으로 수용하겠다고 했다.

"두 번째 문제는," 표도르 미하일로비치가 말을 이었다. "아내가 당신 제안을 어떻게 받아들일까 하는 것이오. 지금 물어보고 오겠소." 그러고는 남편은 내게로 왔다. 여기서 실로 우스운 상황이 벌어졌다. 표도르 미하일로비치가 내게 오자 나는 참지 못하고 얼른 그에게 말했다. "아니, 뭘 물어본다는 거예요? 하겠다고 해요, 페쟈. 얼른 하겠다고 해요."

"뭘 하겠다고 하라는 거요?" 남편이 놀라며 물었다.

"오, 주여! 뭐긴 뭐예요. 네크라소프가 제안한 것 말이죠."

"아니, 당신이 어떻게 그가 제안한 걸 알지?"

"이야기를 모두 들었어요. 문 뒤에 서 있었거든요."

"그럼, 엿들었다는 거야? 이런, 아네치카. 어떻게 당신이 그런 일을? 부끄럽지도 않소?" 남편이 괴로운 듯 소리를 질렀다.

"하나도 부끄럽지 않아요! 당신은 나한테 비밀이 하나도 없고, 뭐든지 반드시 내게 말하잖아요. 그러니 엿들은 게 뭐가 대수예요, 남의 일도 아니고 우리 일인데."

표도르 미하일로비치는 나의 그런 논리에 양팔을 벌리는 시늉으로 항의의 표시를 할 뿐 달리 어쩌지 못했다. 그는 서재로 돌아가 네크라소프에게 말했다. "아내와 당신의 제안에 대해 의논했소. 그녀는 내 소설이 『조국의 기록』에 실리는 것에 대해 만족이라오."

네크라소프는 그런 일에 내 동의가 필요했다는 것이 좀 기분 나빴던지 이렇게 말했다. "당신이 '엄처 시하'에 있으리라곤 짐작도 못 했는데요."

"그게 뭐가 놀랄 일이오?" 표도르 미하일로비치가 반박했다. "나는 아내와 무척 사이가 좋소. 게다가 나는 아내의 지혜와 일처리 능력을 신뢰하기 때문에 내 일은 전부 그녀에게 맡기고 있지요. 그러니 우리 두 사람에게 중요한 이런 문제에 대해 어떻게 그녀의 의견을 구하지 않을 수 있겠소?"

"물론, 그렇죠. 이해합니다……." 네크라소프는 이렇게 말하고 난 후 다른 이야기를 꺼냈고, 20분쯤 더 앉아 있다가 자리를 떴다. 남편과 정답게 작별 인사를 한 후 그는 『러시아 통보』에서 답을 받는 대로 연락을 달라고 부탁했다. 표도르 미하일로비치는 조속히 이 문제를 해결하기 위해서는 『러시아 통보』에

서신을 띄울 것이 아니라 자기가 직접 모스크바에 다녀와야겠다고 생각하고 4월 말에 그곳으로 출발했다. 카트코프는 네크라소프가 제안한 내용을 귀담아 듣고는 같은 원고료를 지불하겠다고 했다. 하지만 표도르 미하일로비치가 선금으로 2천 루블을 달라고 부탁하자, 바로 얼마 전에 어떤 작품(그것은 소설 『안나 카레니나』였다)을 입수하느라 거금을 지출해서 편집부가 자금 문제로 어려움을 겪고 있다고 말했다. 그렇게 해서 이 소설은 네크라소프 쪽으로 넘어가게 되었다.

2. 1874년, 외유

표도르 미하일로비치는 스타라야 루사에서 5월 한 달 동안 가족과 함께 지낸 후에 6월 4일 페테르부르크로 떠났다. 코실라코프 교수의 조언대로 치료차 엠스[4]로 가기 위해서였다. 그가 페테르부르크에 있는 동안 메시체르스키 공작과 또 다른 그의 친척은 엠스로 가지 말고 소젠으로 가라고 남편을 설득했다. 남편을 계속 치료해 왔던 폰 브레트첼 박사도 남편에게 같은 조언을 했다. 이들이 하도 완강히 주장하는 바람에 표도르 미하일로비치는 어떻게 해야 할지 곤혹스러웠다. 그래서 그는 베를린으로 가서 당시 의료계의 저명 인사인 프뢰리히 교수에게 조언을 구하기로 했다.

베를린에 도착하자마자 남편은 그 저명한 교수를 찾아갔다. 그런데 교수는 2분간 그를 진찰하고 청진기를 가슴에 살짝 대보기만 하더니 엠스의 의사인 구텐타그의 주소를 그에게 적어 주었다. 러시아 의사들의 세심한 진찰에 익숙했던 표도르 미하일로비치는 독일의 이 저명한 의사가 보인 무성의한 태도가 무척 불만스러웠다.

표도르 미하일로비치가 베를린에 도착한 때는 6월 9일이었다. 은행이 모두 문을 닫았기 때문에 그는 카울바하[5]의 작품을 보러 궁정 박물관으로 향했다. 많은 사람들이 그의 작품에 대한 비평을 썼기 때문이다. 하지만 표도르 미하일로비치는 이 화가의 작품을 마음에 들어 하지 않았다. 그는 카울바하의 작품에는 '오로지 차가운 풍자만이' 있을 뿐이라고 했다. 그러나 박물관의 다른 그림들, 특히 옛 거장들의 그림들은 남편에게 놀라운 감흥을 불러일으켰다. 그는 우리가 처음 베를린에 갔을 때 이 귀중한 예술 작품들을 함께 둘러보지 못한 것을 매우 아쉬워했다.

베를린에서 표도르 미하일로비치는 우리가 여름을 보내는 별장의 여주인이 드레스덴에서 그가 내게 사 준 것과 비슷한 검정색 캐시미어 숄을 구해 달라고 한 부탁을 들어주기 위해, 상점을 여기저기 돌아다녔다. 그는 부탁받은 일을 성공적으로 처리하여 비교적 저렴한 가격에 아주 멋진 숄을 구입했다. 덧붙여 말하지만, 남편은 물건을 고르는 안목이 있어서 그가 산 물건들은 모두 나무랄 데가 없었다.

베를린을 떠나는 길에 표도르 미하일로비치는 주변의 빼어난 자연경관에 완전히 도취되고 말았다. 그는 내게 "상상할 수 있는 매혹적이고, 섬세하고, 환상적인 모든 것이 세상에서 가장 매력적인 이 풍경 속에 담겨 있소. 구릉과 산, 성곽들, 그리고 마르부르크나 림부르크같이 아름다운 탑이 있는 도시들, 경탄을 금할 길 없는 산과 계곡의 어우러짐 ─나는 여태껏 이런 풍경을 한 번도 본 적이 없소. 엠스에 이를 때까지 햇빛이 작열하는 무더운 아침을 그렇게 달려갔소"라고 편지를 썼다. 표도르 미하일로비치는 엠스의 아름다움에 대해서도 희열에 찬 글을 썼다. 하지만 후에 그는 (가족에 대한 그리움과 외로움으로 인해) 엠스에 있으면서 늘 침울해했다.

표도르 미하일로비치는 도착 당일 호텔에 짐을 푼 뒤 폰 브레트첼이 써 준 편지를 가지고 의사 오르트를 찾아갔다. 오르트는 매우 주의 깊게 남편을 진찰하고는 일시적인 카타르성 염증이 생겼다고 했다. 그는 이 병은 진행될수록 호흡이 곤란해지므로 매우 심각하다고 하면서, 온천수를 마시라고 처방하고 4주간 치료를 받으면 회복될 것이라고 했다.

같은 날, 남편은 오래 찾아다닌 끝에 하우스 블뤼처 7번지의 이층에 방 2개를 구했다. 방세는 일주일에 12탈러였다. 그밖에 하루에 1.5탈러를 내면 아침 커피와 점심, 그리고 차와 간단한 저녁을 주인이 차려 주기로 했다.

표도르 미하일로비치는 6월 16일자 편지에서 내게 자신이 엠스에서 어떻게 시간을 보내고 있는지 썼다. "푸시킨만 읽고 있는데 그에게 푹 빠져 있소. 날마다 새로운 무엇인가를 발견하고 있으니까." 같은 편지에서 남편은 "어제 저녁 산책길에 처음으로 빌헬름 황제를 만났소. 키가 크고 위엄 있는 노인이었소. 여기서는 모두들 자리에서 일어나서 (부인들도) 모자를 벗고 고개 숙여 인사를 하더군. 황제는 아무한테도 인사 하지 않고 가끔 손만 흔들었고. 우리의 차르는 그와는 정반대로 이곳에서 모든 사람에게 인사를 하지. 독일인들은 이 점을 높이 평가하고 있소. 독일인들도, 러시아인들(특히 귀족 부인들)도 길에서 차르를 만나 무릎 굽혀 인사할 기회를 엿본다고들 하더군."

  일주일 정도 지나자 표도르 미하일로비치는 벌써 가족들을 그리워하기 시작했다. 지금까지 그는 가족들과 잠시 헤어져 있어 보았을 뿐이고, 그런 때도 급한 일이 생기면 언제든지 우리에게 돌아올 수 있었다. 표도르 미하일로비치의 향수병은 내 편지가 제때 배달되지 않고 남편의 예상보다 훨씬 늦게 도착하면서 더욱 커져갔다. 그가 걱정하리란 것을 알았기 때문에, 나는 매번 편지를 직접 우체국으로 가져가서 집배원에게 곧장 배달해 달라고 부탁하곤 했다. 스타라야 루사의 우편 업무가 느리다고 불평한 남편의 편지를 그들에게 가져가 보여주기도 하고, 우리의 교신이 끊기지 않게 해달라고 애원도 해보았지만 아무 소용이 없었다. 편지는 루사에서 이삼일씩 방치되어 있었던 것이다. 우리는 편지가 그렇게 늦게 전달되는 이유를 1875년 봄이 되어서야 알 수 있었다.

하우스 블뤼처에서 3주를 보낸 후 표도르 미하일로비치는 4번지와 5번지 사이의 빌레 달게르 호텔로 거처를 옮겼다. 집주인 여자가 과도한 집세를 요구하는 데다 그를 윗층으로 올려보내려고 생각했기 때문이었다. 새 집은 천장이 높고, 밤늦게까지 열려 있는 발코니가 있어 그가 지내기에 아주 좋았다.

엠스에서 지내는 동안 표도르 미하일로비치는 러시아에서 온 몇몇 사람들과 알고 지냈다. 그들은 그에게 무척 호의적으로 대해 주었다. 그가 만난 사람들 중에는 쿠블리츠키, 스타켄슈나이더, X씨, 그리고 카트코프의 집에서 만난 적이 있던 샬리코바 공작 부인 등이 있었다. 이 쾌활하고 사람 좋은 노(老) 공작 부인은 특유의 유쾌하고 솔직한 태도로 표도르 미하일로비치가 고독을 견뎌 낼 수 있도록 많은 도움을 주었다. 나는 이 점에 대해 그녀에게 깊이 감사하고 있다. 남편은 매일 (하루에 두 번) 장거리 산책을 하는 습관을 가지고 있었는데, 그 즐거움을 누리지 못하게 되자 우울증이 더욱 깊어져 갔다. 그에게 사람들로 북적이는 휴양 도시의 조그만 공원을 산책한다는 것은 생각할 수도 없는 일이었고, 그렇다고 산에 오르자니 건강이 허락하질 않았다. 앞으로 다가올 겨울을 우리가 어떻게 날 것인가 하는 생각 역시 그를 불안하게 했다. 우리가 네크라소프에게서 받은 상당한 액수의 선금은 이미 다 써 버린 상태였다. 일부는 급한 빚을 갚았고, 또 일부는 남편의 해외 여행에 쓰였다. 그러나 소설의 일부라도 넘겨 주지 않고서 네크라소프에게 돈을 더 달라고 요구하는 것은 염치없는 일이었다.

이 모든 상황이 한꺼번에 남편에게 영향을 미쳤다. 그의 신경은 매우 날카로워졌고(어쩌면 온천수를 마신 탓인지도 몰랐다), 그래서 그는 사람들 사이에서 모든 사람에게 예의범절을 가르치려 드는 '성질 급한' 러시아인이라는 평판을 듣게 되었다. 남편이 많은 위안을 얻은 것은 아이들에 관한 나의 편지, 즉 아이들의 장난과 아이들이 한 말들에 관한 이야기였다. "사랑스러운 나의 아냐, 아이들에 관한 당신의 이야기를 읽으니 꼭 내가 가족들 곁에 있는 것처럼 기분이 새롭구려"(6월 9일자 편지). 같은 편지에서 표도르 미하일로비치는 우리 아이들의 양육에 결함이 있음을 언급했다. "그 애들에게는 '자기들만의' 친구가 없어. 자기 또래의 친구 녀석들 말이오." 사실 우리가 친하게 지내는 사람들 중에는 우리 아이들 또래의 아이가 있는 집이 드물었다. 아이들은 요안 루만체프 사제의 가족을 만나는 여름에만 친구들을 가질 수 있었다.

봄에 남편의 요양 계획을 세우면서 우리는 그가 엠스에서 치료를 마치고 나면, 요양을 위해 다른 곳에서 얼마간 더 머물기로 결정했다. 만약 돈이 된다면 남편은 짧은 기간이나마 파리에 다녀올 수도 있을 것이었다. 그래서 나는 문득 남편이 파리에 가게 되면 장례식 등의 행사 때 내가 입을 옷을 만들 검은색 실크 천을 사오도록 그에게 50루블을 보내야겠다는 생각이 떠올랐다. 살면서 그런 옷이 필요한 행사가 종종 있었기 때문이다. 그런데 내가 검은 색 천을 사달라며 돈을 보낸 것에 남편은 깜짝 놀랐다. 발작을 하고 난 뒤라 더했을지는 모르지만, 남편은 내 의도를 이해하지 못하고, 아니 확인하지도 않고서 나를 나무라기까지 했다. 그럼에도 불구하고 내 바람을 들어줘야겠다는 생각을 버리지 못한 그는 베를린을 경유할 때 수많은 상점을 섭렵한 끝에 기가 막힌 실크 옷감을 내게 보내왔다. 세관에서는 구입한 물건을 신고했음에도 불구하고, 그의 신고서는 거들떠보지도 않고 그의 모든 책과 노트를 열심히 뒤졌다. 무슨 금지 품목이라도 발견할 것을 기대하면서 말이다.

파리로 가기에는 남편에겐 돈이 부족했다. 하지만 우리의 맏딸 소냐, 그가 가슴에 묻은 우리 딸의 무덤을 살아 생전에 다시 한 번 찾고 싶다는 간절한 소망만은 외면할 수 없었던 그는 제네바에 들렀다. 거기서 그는 '플랭 팔레스' 아동 묘지에 두 번 찾아갔고, 지난 6년 동안 딸아이의 묘비 위로 무성히 자란 삼나무 가지 몇 개를 꺾어 내게 보내 주기도 했다. 그후 남편은 페테르부르크에서 이삼일 묵은 뒤 8월 10일경에 스타라야 루사로 돌아왔다.

3. 1874~1875년, 스타라야 루사에서 보낸 여름과 겨울

1874년 여름에 엠스에서 내게 보낸 편지에서 표도르 미하일로비치는 앞으로 우리가 겪어야 할 힘든 시간들에 관한 암울한 생각들을 몇 번이나 언급하고 있다. 우리가 언제나 물질적으로 힘겹게 살아 온 것은 사실이지만, 그때 우리의 처지는 정말로 그런 생각이 들지 않을 수가 없을 정도였다.

4월에 네크라소프가 우리 집에 와서 표도르 미하일로비치에게 앞으로 쓸 소설을 1875년도 『조국의 기록』에 기고해 달라고 부탁했다는 사실은 이미 언급한 바 있다. 남편은 네크라소프와의 관계를 회복한 것에 대해 무척 기뻐했다. 그는 네크라소프의 재능을 높이 평가했다. 우리 두 사람 모두 『러시아 통보』에서 받았던 것보다 100루블이나 높은 원고료를 네크라소프가 제안한 것에 만족한 상태였다.

그런데 이 일은 표도르 미하일로비치에겐 힘든 측면이 있었다. 『조국의 기록』은 바로 얼마 전, 남편이 『시대』와 『연대기』를 편집하던 시기에 이 잡지들과 격렬한 투쟁을 벌였던 반대 진영의 잡지였다. 『조국의 기록』 편집진에는 표도르 미하일로비치의 문학적 적인 미하일롭스키, 스카비쳅스키, 엘리세예프가 있었고 플레셰예프도 부분적으로 참여하고 있었던 것이다. 그들이 남편에게 소설의 기풍을 자신들의 정치적 지향에 맞도록 바꾸라고 요구할지도 모를 일이었다. 하지만 표도르 미하일로비치는 어떤 경우에도 자신의 신념을 양보할 사람이 아니었다. 그럴 경우 『조국의 기록』 측에서는 자신들과 견해가 다른 남편의 글을 게재하고 싶어 하지 않을 수도 있었다. 애초부터 다소라도 심각한 견해차가 생긴다면 표도르 미하일로비치는 아무리 비참한 대가를 치르더라도 자기 소설을 돌려달라고 요구할 것이 뻔했다.

1874년 12월 20일자 편지에서 이런 생각들로 골치를 썩이면서 그는 내게 이렇게 썼다. "이제 네크라소프는 얼마든지 나를 압박할 수 있소. 만일 그들이 지향하는 것과 상반되는 어떤 것이 내게 있다면 말이오. …… 하지만 우리가 비록 올 한 해를 입에 풀칠이나 하며 견디게 되더라도 나는 한 구절도 양보하지 않을 거요."

『조국의 기록』과 불화가 생길 경우 우리는 어떻게 해야 하는가? 이런 생각을 하면 우리 두 사람은 극도로 불안해졌다. 이미 받은 선금을 당장 돌려줘야 한다는 것은 말할 필요도 없었다. 하지만 그 돈의 일부는 이미 써 버린 상태였으므로 즉시 지불한다는 것은 우리로서는 너무도 어려운 일이었다. 더욱이 표도르 미하일로비치가 소설을 실을 때까지 어떻게 무슨 돈으로 살아야 할지 막막한 상태였다. 사실 당시 남편이 자신의 신념대로 글을 쓸 수 있었던 잡지는 『러시아 통보』가 유일했다.

예견되는 불행한 사태에 대한 다양한 해결책을 궁리한 끝에 나는 우리 가족의 생활비를 (최대한) 줄여야 한다는 생각에 이르렀다. 우리가 아무리 검소하게 살아도, 우리를 괴롭혀 온 빚과 이자를 지불하는 것 외에 생활비로 1년에 3천 루블 이상을 지출해 왔다. (언제나 소박한 집이었건만) 집세 하나만 해도 1년에 7, 8백 루블이 들었고, 장작 값을 포함하면 1천 루블이나 들었다. 그때 내 머릿속에 이대로 스타라야 루사에서 겨울을 나야겠다는 생각이 떠올랐다. 게다가 루사의 온천욕이 아이들 건강에 많은 도움이 되었기 때문에 남편과 나는 수도에서는 겨울만 나고 이듬해 봄에 다시 스타라야 루사로 오겠다는 결심을 굳힌 차였다. 그렇게 되면 8~9개월도 안 있을 예정으로 수도로 이사를 해야 했는데, 그중 한 달 반은 집을 구하고 세간을 정리하느라 허비할 것이고 봄에는 또 이사를 준비하느라 보내야 할 것이었다. 표도르 미하일로비치는 오랜 숙원이었던 자신의 독립 기관지 『작가 일기』의 출판에 착수하기 위해 가능한 한 빨리 소설을 완성할 수 있게 되길 바랐는데, 이렇게 왔다 갔다하는 데 시간을 소비하는 것은 시간을 버리는 거나 마찬가지였다.

스타라야 루사는 집값이 저렴하다는 것은 말할 필요도 없고, 생활용품도 페테르부르크보다 세 배는 값이 쌌다. 그리고 수도에 살면 어쩔 수 없이 써야 하는 잡다한 소비도 할 필요가 없었다.

생활비 절감 외에도, 나 개인적으로는 겨울 내내 우리 가족이 여름에 지냈던 것처럼 조용하고 평화롭게 오붓한 시간을 보낼 수 있다는 것이 너무나 마음에 들었다. 겨울이 되면 언제나 기쁜 마음으로 회상하곤 했던 그 여름처럼 말이다. 아이들과 보내는 시간을 더없이 큰 행복으로 여기는 남편도 페테르부르크에서는 겨울이 되면 가족과 보내는 시간이 적어졌다.

겨울이면 그는 1872년부터 회원으로 있던 슬라브 자선단체의 회의와 모임에 자주 나가야 했고, 자기 방에서 일해야 하는 시간도 많았다. 이 모든 게 표도르 미하일로비치를 나와 아이들에게서 떼어 놓았다. 그러나 스타라야 루사에서 겨울을 나면 우리는 행복한 가정 생활을 망쳐 놓았던 많은 일들로부터 단번에 해방될 수 있을 것이었다.

루사에서 겨울을 난다는 생각을 굳힌 후 나는 집을 물색하기 시작했다. 겨울에 그리베 씨의 별장에서 묵는 것은 여러 가지 이유에서 불가능했다. 하지만 루사에서 넓은 집을 찾는 일은 그다지 어렵지 않았다. 성수기에는 월 300~400루블에 세놓던 별장들이 겨울에는 텅 비기 때문에 월 15~20루블에 이 집들을 빌릴 수 있었다. 그러나 표도르 미하일로비치가 없었으므로 확실하게 결정을 내릴 수가 없었다. 또 그가 페테르부르크를 경유하여 돌아오는 길에 마땅한 집을 찾을 수도 있었는데, 그렇게 되면 스타라야 루사에서 겨울을 나는 것을 생각할 이유가 없었다.

표도르 미하일로비치가 스타라야 루사로 돌아온 것은 7월 말이었다. 그는 페테르부르크에서 이삼일을 묵었지만 집은 구하지 않았다. 아니, 구하려고 애쓰지도 않았다. 가족이 그리운 나머지 집으로 서둘러 돌아왔던 것이다. 그가 도착한 후 며칠이 지나서 겨울을 지낼 집 이야기가 나왔다. 우리가 언제 스타라야 루사를 떠나야 하는가에 관해 이야기하는 중이었다. 그제야 나는 제안을 내놓는 형식으로 이렇게 말했다. "저기, 겨울을 루사에서 나면 어떨까요?"

표도르 미하일로비치는 펄쩍 뛰며 내 제안에 반대했다. 그의 반대 이유는 뜻밖의 것이었지만, 나로서는 참으로 고마운 이유였다. 남편은 내가 여름에 그랬던 것처럼 루사에서 고립된 생활을 하면 지겨울 거라고 했다. "작년 겨울에도 당신은 아무데도 가지 않고 아무런 여흥도 즐기지 않았잖소. 신의 은총으로 올 겨울엔 일이 잘 풀릴 것이고, 돈도 더 많이 벌 수 있을 것이오. 옷도 맞추고 모임에도 나가요. 나는 겨울은 수도에서 나야 한다고 결정했소. 루사에 있으면 당신은 완전히 기력이 쇠할 테니 말이오!"

나는 겨울은 우리에게 일하는 계절이 될 것이라고, 『미성년』을 빨리 완성해야만 하기 때문에 옷이니 여흥이니 하는 것은 생각조차 할 수 없다고 표도르 미하일로비치를 설득했다.

"그런 것들은 정말 내게 조금도 필요하지 않아요. 내게 더 소중하고 즐거운 건 여기서 지내는 것 같은 평온하고 조용한 생활을 우리 가족이 함께하는 거예요. 여러 가지 뜻밖의 일들로 시달리지 않는 그런 생활 말이에요."

나는 오히려 루사에 있으면 그가 마땅한 모임도 갖지 못하고 해서 지겨워질까 두렵다고 말했다. 하지만 이를 해결할 방도가 있었다. 겨울을 루사에서 보내는 동안 두세 번 페테르부르크에 가서 그가 소중히 여기고 관심을 두고 있는 친구들을 보고 오면 되는 것이었다. 그가 혼자서만 다녀오게 되면 여비도 그다지 많이 들지 않을 터였다. 또 한편으로 그것은 그의 감정을 일신하고 문학적, 예술적 관심사에서 그가 뒤지지 않게 해줄 기회였다.

나는 루사에서 겨울을 나는 것이 물질적으로나 다른 측면에서나 모두 편할 것 같다는 뜻을 확실히 비췄다. 내가 그린 평화로운 가정 생활의 풍경은 남편의 마음을 사로잡았다. 그런 환경에서라면 그도 완전히 창작에 몰입할 수 있을 것이었다.

그러나 표도르 미하일로비치는 넓고 따뜻한 집을 찾을 가능성에 대해 회의적인 태도를 보였다. 그래서 나는 당장 산책길에 레온티예프 장군의 비어 있는 별장을 보러 가자고 말했다. 그 집은 겨울이면 언제나 세를 놓는다는 말을 들었던 것이다.

이 별장을 보고 나자 문제는 완전히 해결되었다. 표도르 미하일로비치는 활기 넘치는 일린스크 거리에 위치한 레온티예프 별장의 아래층을 특히 마음에 들어 했다. 그 가옥은 커다란 2층집이었는데, 성수기에는 두 층을 800루블에 세놓았다. 우리의 마음에 꼭 든 이 집에는 6개의 주인용 방이 있었다. 집이 남편의 마음에 든 주요한 이유는 네 개의 창문이 있는 큰 방이 가운데 있어 그의 방(침실과 서재)과 아이들이 쓰는 공간을 가로막고 있다는 것이었다. 그 덕분에 아이들이 뛰노는 소리가 남편에게까지 들리지 않아 그가 글을 쓰거나 잠자는 것을 방해하지 않았고, 아이들도 거리낌없이(남편이 언제나 특히 걱정한 부분이다) 소리치고 마음대로 뛰놀 수 있었다.

우리는 바로 그 자리에서 관리인 여자와 계약을 맺고 이듬해 5월 15일까지 월 15루블에 집을 빌렸다. 시간을 허비하지 않으려고 우리는 바로 이사해서 겨우살이를 준비하기로 했다.

스타라야 루사에서 보낸 1874년과 1875년 사이의 이 겨울은 내 기억 속의 가장 아름다운 부분 중 하나로 자리잡고 있다. 아이들은 매우 건강해서 겨우내 의사를 부를 일이 한 번도 없었다. 우리가 수도에서 살았을 때는 없었던 경우였다. 표도르 미하일로비치 역시 건강했다. 엠스에서 치료를 받은 결과가 좋았던 것이다. 기침이 잦아들었고, 호흡도 현저히 깊어졌다. 잘 조화되고 평온한 생활을 한 덕분에, 그리고 뜻밖의 불쾌한 일들이 (페테르부르크에서는 그런 일이 정말 잦았다) 일어나지 않은 덕분에, 남편의 신경은 안정감을 회복했고 간질 발작 횟수도 줄었으며 그 강도도 약해졌다. 그 결과 표도르 미하일로비치는 화내거나 흥분하는 일이 드물어졌고, 거의 언제나 온화한 상태에서 수다를 떨기도 하며 즐거워했다. 6년 뒤에 남편을 무덤에 눕게 만든 지병이 그때는 아직 진행되지 않은 때여서 남편은 호흡 곤란으로 고통을 겪지도 않았다.

그는 아이들과 뛰어다니며 놀았다. 나와 아이들, 그리고 스타라야 루사의 우리 친구들은 똑똑히 기억하고 있다. 저녁이면 표도르 미하일로비치가 아이들과 놀면서 작은 오르간[6] 소리에 맞춰 아이들과 또 나와 어울려 카드릴, 왈츠, 마주르카를 추곤 하던 일을. 남편이 특히 좋아했던 춤은 마주르카였다. 그는 '구제불능의 폴란드인'처럼 신이 나서 기세 좋게 마주르카를 추곤 했다. 어느 때인가 내가 이런 내 생각을 그에게 말했더니 그는 무척 흡족해했다.

스타라야 루사에서 우리의 일상은 시간별로 배분되었고 시간표는 철저히 지켜졌다. 남편은 밤에 일을 하고 11시가 넘어서 일어났다. 그는 커피를 마시러 나오면서 아이들을 불렀다. 그러면 아이들은 기뻐하며 그에게 달려가 아침에 있었던 일이며 산책하면서 보았던 것들을 전부 다 이야기했다. 표도르 미하일로비치는 아이들을 쳐다보며 기뻐하고 한참 동안 그들과 정말 활기차게 이야기를 나누었다. 전에도, 그리고 후에도 나는 남편처럼 아이들의 세계로 들어가 그들의 관심을 끄는 이야기를 해줄 줄 아는 사람을 본 적이 없다. 그럴 때면 표도르 미하일로비치는 완전히 어린아이가 되었다.

정오가 지나면 표도르 미하일로비치는 나를 서재로 불러 밤에 써놓은 것들을 받아쓰게 했다. 표도르 미하일로비치와 일하는 것은 언제나 큰 즐거움이었다. 그리고 그의 작업을 돕고, 독자들 중 맨처음으로 작가의 입을 통해 직접 작품의 내용을 듣는다는 사실에 나는 큰 자긍심을 가졌다. 표도르 미하일로비치는 보통 필사본대로 곧바로 소설을 구술했다. 하지만 자기의 글에 만족하지 못하거나 미심쩍은 부분이 있으면 구술을 하기 전에 한 장(章) 전체를 단번에 다 읽어 주었다. 그럴 때는 통상적인 구술을 할 때보다 훨씬 더 큰 감동을 맛볼 수 있었다.

4. 우리의 구술 작업

말이 나왔으니, 우리의 구술 작업에 대해 몇 마디 해보겠다. 표도르 미하일로비치는 언제나 집안에 칠흑 같은 어둠이 깔리고 그의 생각의 흐름을 방해하는 것이 아무것도 없는 밤에 일을 했다. 구술은 낮 2시에서 3시 사이에 했다. 그 시간은 내 인생에서 가장 행복한 시간들 중 하나로 떠오른다. 내가 그토록 사랑하는 작가 자신의 입을 통해, 그가 자기 주인공들의 말 속에 부여한 바로 그 뉘앙스로 새 작품을 읽어 주는 것을 듣는 일은 나로선 행운이었다.

구술을 끝내고 나서 남편이 언제나 내게 했던 말이 있다. "자, 무슨 말을 해줄 거요, 아네치카?"

그러면 나는 "훌륭하단 말이죠!" 하고 말하곤 했다.

그러나 나의 이 '훌륭하다'는 말은 표도르 미하일로비치에게 구술한 내용이 잘 쓰이긴 했지만 특별한 감동을 불러일으키지는 못했다는 의미로 받아들여졌다. 남편은 내가 직설적으로 내 느낌을 말하는 것에 커다란 가치를 부여했다. 어찌된 일인지 내가 감동을 받거나 침울한 느낌을 받은 소설의 장면들은 대부분 세간에서도 똑같은 평가를 받곤 했다. 남편은 독자들과의 대화를 통해, 그리고 평론가들의 비평을 통해 그런 사실을 확신하게 되었다.

나는 솔직하고 싶었기 때문에 감동을 느끼지 않은 것에 대해 찬사나 칭찬을 하지는 않았다. 나의 이러한 솔직함을 남편은 무척이나 귀하게 여겼다. 나는 내가 받은 인상을 숨기지 않았다. 호흘라코바 부인[7]이나 『백치』에 나온 장군의 대화를 읽고 내가 얼마나 웃었는지, 또 『카라마조프 가의 형제들』에 나오는 검사의 말을 두고 얼마나 남편을 놀려댔는지 기억한다.

　"아휴, 참. 당신이 검사가 아니어서 유감이에요! 당신이라면 연설 하나로 정말 무고한 사람을 시베리아로 보낼 텐데 말이에요."

　"그러니까, 당신 생각에는 검사의 연설이 제대로 되었다는 거지?" 표도르 미하일로비치가 물었다.

　"아주 제대로 되었답니다." 내가 확인해 주었다. "어쨌든 당신이 법조계로 나가지 않은 게 유감이군요! 당신이 장군이라면 나는 장군 부인이 되었을 텐데. 퇴역한 소위 부인이 아니고 말이에요."

　표도르 미하일로비치가 페추코비치[8]의 말을 구술하고서 내게 같은 질문을 했을 때는 이렇게 말했던 것이 기억난다.

　"이번엔 당신이 왜 변호사가 되지 않았냐고 말해야겠군요! 당신은 진짜 범죄자를 눈보다 더 희게 만들어 놓았을 걸요. 변호사가 되지 않은 건 당신의 소명을 등한시한 거라고요! 페추코비치는 정말 훌륭하게 그려졌어요!"

　하지만 울지 않을 수 없었던 경우도 있었다. 일류셰치카의 장례가 끝난 후 알료샤가 소년을 데리고 돌아오는 장면을 남편이 나에게 구술했을 때, 나는 너무나 감동한 나머지 한 손으로는 글을 쓰면서 다른 손으로는 눈물을 닦았다. 표도르 미하일로비치는 심란한 내 마음을 눈치채고 내게 다가와서는 아무말 없이 나의 머리에 입을 맞추어 주었다.

표도르 미하일로비치는 나를 너무 이상화하여 내가 자신의 작품을 매우 심도 있게 이해한다고 생각했으나 실제로는 그렇지 않았다. 그는 내가 그의 소설에 담긴 철학적 측면을 이해한다고 믿고 있었다. 『카라마조프 가의 형제들』의 한 장을 구술한 뒤에 그가 늘상 하던 질문에 내가 이렇게 대답했던 것으로 기억한다.

"정확히 말해서, 사실 받아쓴 내용(대심문관에 관한 이야기가 나온 부분이었다)을 잘 이해하지 못했어요. 내 생각엔 그걸 제대로 이해하려면 철학적으로 성숙해야 하는데 나는 그렇지가 못하니까요."

"조금 기다려 봐. 내가 더 분명하게 말해 줄 테니까." 남편이 말했다. 그리고 그는 더 분명한 표현을 내게 전했다.

"자, 이젠 알겠지?" 남편이 물었다.

"지금도 무슨 뜻인지 잘 모르겠어요. 나한테 똑같이 말해 보라고 해봐요. 나는 못할 테니까."

"아니, 당신은 이해했어. 당신이 던진 세 가지 질문을 보면 알 수 있지. 당신이 서술을 할 수 없다면 그건 단지 훈련이 부족하기 때문이고, 형식만 갖추지 못했을 뿐이야."

이참에 말해야겠다. 가끔씩 비참하고 어려운 일들을 겪어가며 오랜 세월을 함께 살아갈수록, 남편의 작품이 지닌 틀이 나를 향해 점점 더 넓게 열렸고, 나는 남편의 작품을 점점 더 깊게 이해하기 시작했다는 걸.

우리가 스타라야 루사에서 지냈던 시절 중에서 내 기억에 떠오르는 장면은, 표도르 미하일로비치가 막 집필한 소설의 한 장, 즉 소녀가 목을 매는 장면(『미성년』의 1부 9장)을 내게 읽어 주었던 일이다. 구술을 마치고 남편은 나를 돌아보면서 소리쳤다.

"아냐, 무슨 일이야? 여보, 얼굴이 창백해졌어. 피곤한 거요, 아니면 어디가 아픈 거요?"

"당신이 날 기겁하게 만들었잖아요!" 내가 대답했다.

"오, 주여. 그 장면이 그렇게 괴로웠단 말이오? 정말 미안하오! 정말 미안해!"

5. 스타라야 루사의 겨울

1874년으로 돌아가 보자. 표도르 미하일로비치는 나와 함께 아침을 먹은 뒤 구술을 마치고 나면 『수도승 파르베니의 방랑』(그해 겨울에 그가 읽은 책이다)을 읽거나 편지를 쓰고, 3시 반에는 날씨가 어떻든 스타라야 루사의 텅 비고 조용한 거리로 산책을 나갔다. 그는 거의 언제나 플로트니코프 상점에 들러 페테르부르크에서 막 도착한 물건들(먹거리와 과자들)을 샀다. 그는 모든 물건을 조금씩만 샀다. 가게에서는 그를 알고 있었고 또 존경했기 때문에, 그가 반 파운드씩 물건을 사더라도 싫은 기색 없이 새로 들어온 물건이 있으면 서둘러 그에게 보여주곤 했다.

5시가 되면 아이들과 함께 모여서 식사를 했다. 이때가 되면 남편은 언제나 기분이 좋았다. 제일 처음 하는 일은 아들의 유모인 프로호로브나 노파[9]에게 보드카 잔을 건네는 것이었다. 표도르 미하일로비치가 "유모, 보드카 한 잔 드세요!" 하면, 그녀는 잔을 비운 뒤 빵 조각을 소금에 찍어 먹었다. 식사 시간은 즐거웠다. 아이들은 쉴새없이 떠들었고, 우리는 저녁을 먹을 때면 아이들이 이해할 수 없는 진지한 이야기는 전혀 나누지 않았다. 식사를 마친 후 나는 커피를 마시고 남편은 30분, 혹은 그보다 좀 더 많은 시간을 아이들과 함께 보냈다. 그는 아이들에게 이야기도 들려주고 크릴로프[10]의 우화도 읽어 주었다.

저녁 7시에는 나와 표도르 미하일로비치가 함께 저녁 산책을 나섰다. 우리는 돌아오는 길에 반드시 우체국에 들렀다.[11] 그 시간이면 페테르부르크에서 오는 우편물을 확인할 수 있었기 때문이다.

9시에는 아이들을 재웠다. 표도르 미하일로비치는 반드시 아이들이 잠들기 전에 "좋은 꿈 꾸거라" 하고 말하고 나서 '우리 아버지', '성모', 혹은 그가 좋아하는 기도 구절인 '모든 희망을 당신에게 걸지니, 성모여, 당신의 보호 아래 우리를 지켜 주소서' 등을 아이들과 함께 암송했다.

10시에는 온 집안에 어둠이 깔렸다. 시골의 풍습대로 모든 사람들이 일찍 잠자리에 들었기 때문이다. 표도르 미하일로비치는 신문을 읽으러 서재로 들어갔고, 하루 일과를 보내며 아이들과 씨름하느라 지친 나는 내 방에서 잠시 동안 조용히 앉아 있는 것을 즐겼다. 방에 자리를 잡고 앉아 나는 혼자 하는 카드 게임을 시작했다. 내가 아는 카드 게임은 12가지나 되었다. 서재에 있던 남편은 틈틈이 내 방으로 건너와서는 신문에서 읽은 내용을 애기해 주기도 하고, 나와 함께 이런저런 애기를 나누기도 했다. 방에 들어오면 먼저 그는 내가 카드 게임을 마칠 수 있도록 도와주었다. 그때를 회상하면 마음이 따뜻해진다. 그는 내가 좋은 기회를 놓치기 때문에 카드 게임을 제대로 하지 못하는 거라고 했다. 그러면서 놀랍게도 언제나 내가 보지 못하고 놓쳐 버린 필요한 카드를 찾아내는 것이었다. 카드 게임은 머리를 많이 써야 했기 때문에 남편이 도와주지 않고서 내가 혼자 성공하는 경우는 드물었다.[12]

11시 종이 울리면 남편은 내 방문 앞에 다시 나타났다. 내가 자야 될 때라는 뜻이었다. 내가 한 번만 더 카드 게임을 하게 해달라고 부탁하면 남편은 그렇게 하라고 하곤 했다. 그러면 우리는 함께 게임을 했다. 내가 잠자리에 들기 위해 침실로 들어가고 나면, 남편을 제외한 집안의 모든 사람들이 다 잠드는 거였고, 남편 혼자만 새벽 두세 시까지 일을 하느라 씨름했다.

스타라야 루사에서 보낸 겨울의 상반기는 매우 순조롭게 지나갔다. 그때 말고 언제 또 표도르 미하일로비치와 내가 그렇게 평온한 시간을 보냈는지 기억이 없다. 생활은 언제나 한결같았다. 어제가 오늘 같고 오늘이 내일 같은 날들이어서 내 기억 속에는 모든 날들이 하나로 겹쳐 있고, 이 시기에 무슨 사건이 있었는지 정확하게 기억할 수가 없다.

하지만 겨울 초입에 일어났던 웃지도 울지도 못할 일화 한 가지는 기억이 난다. 시장 상인들이 니제고로드의 야시장에서 성인용과 아동용 가죽옷을 들여 놓았다는 소문을 듣게 되어 어느 땐가 남편에게 그 말을 했다. 그는 무척 관심을 보이면서 언젠가 가죽옷을 입어 본 적이 있다며, 우리 페쟈에게 그런 옷을 사주고 싶다고 했다. 우리는 가게로 갔다. 점원이 거의 10벌쯤 되는 가죽옷들을 우리에게 보여 주었는데, 이게 좋은 것 같기도 하고 저게 좋은 것 같기도 했다. 우리는 몇 벌의 옷을 고른 다음 치수를 맞춰 보도록 집으로 보내 달라고 부탁했다. 표도르 미하일로비치는 그 옷들 중 가슴과 칼라 부분에 수가 놓여져 있는 밝은 노란색 옷을 제일 마음에 들어했다. 그 옷은 마침 아들의 얼굴과 잘 어울렸다. 높다란 마부 모자를 쓰고 가죽옷에 붉은 혁대를 찬, 볼이 발그스레한 우리의 뚱보 녀석은 완벽한 미남 같이 보였다. 딸아이를 위해서는 화사한 외투를 주문했다. 그러고서 남편은 날마다 아이들이 산책을 나가려 할 때 그 녀석들을 쳐다보며 흐뭇해했다.

그러나 우리의 흐뭇함은 오래가지 않았다. 어느 운 없는 날, 나는 밝은 노란색 가죽옷 앞 칼라에 커다란 기름 얼룩이 있는 것을 발견했다. 게다가 가죽 위의 기름 자국은 덕지덕지 여러 겹으로 겹쳐 있었다. 우리는 어째서 가죽옷에 기름 얼룩이 묻었는지 이해할 수가 없었다. 아들 녀석이 산책을 하면서 옷에 기름을 묻힐 일이 없었기 때문이다. 하지만 진상은 곧 밝혀졌다. 우리 집의 늙은 식모는 반쯤 눈이 먼 남편과 함께 살았는데, 그는 아침부터 부엌에 앉아 있곤 했다. 아침을 먹고 나서 손이 더러워진 그가 손 밑에 있는 수건을 발견하지 못하고, 말리기 위해 부엌에다 걸어 놓은 가죽옷에 기름 묻은 손가락들을 닦았던 것이다. 우리는 여러 가지 방법으로 가죽에서 기름 때를 제거해 보려 했지만, 새로 세탁을 하고 나면 얼룩은 더 잘 눈에 띨 뿐이었다. 결국 예쁜 가죽옷은 완전히 망가졌다. 나는 옷이 훼손되어 너무 속이 상했다. 옷을 교환할 수도 없는 노릇이었다. 부엌일을 감독하지 못한 식모에게 화가 난 나는 발끈해서 하마터면 그녀와 형편없는 그녀의 남편을 함께 쫓아낼 뻔했다. 하지만 표도르 미하일로비치가 그 사람들을 변호하며 나를 말렸다. 물론 이 사소한 일은 곧 잊었다.

우리의 출판물인 소설 『악령』과 『백치』가 큰 성공을 거두었기 때문에, 우리는 루사에서 겨울을 난 다음 『죽음의 집의 기록』도 출판하기로 했다. 이 책은 이미 오래 전에 품절되어 서적

상들이 자주 문의하곤 했던 것이었다. 교정쇄는 우리가 있는 루사로 왔지만 책이 출판될 무렵에는 내가 수도로 가야 했다. 일정량의 책을 팔고(나는 그 일을 아주 잘 해냈다), 위탁 판매용으로 책을 배포하고, 인쇄소에 결제를 하는 등등의 일을 처리해야 했기 때문이다. 이런 사업상의 일 외에도 친척들과 친구들을 만나고, 성탄절에 쓸 장난감과 트리 장식물도 사야 했다. 우리 아이들에게도, 그리고 우리에게 그토록 호의적인 루만체프 사제 댁 아이들에게도 성탄 트리를 장식해 주고 싶었던 것이다.

나는 12월 17일에 출발해서 23일에 돌아왔다. 얼어붙은 일리멘 호수를 건너 돌아오는 길에 나는 커다란 공포를 맛보았다. 함께 출발했던 마차 몇 대가 호수에서 길을 잃었고, 눈보라가 거세어졌다. 우리는 혹독한 바람 속에서 밤을 꼬박 보내는 위험을 감내했다. 다행히도 마부들이 말들의 고삐를 풀어 주었더니, 이 똑똑한 짐승들은 사방으로 헤매다 결국에는 다져진 길을 찾아내어 우리를 그리로 이끌어 주었다.

그 당시 스타라야 루사에서는 여름이고 겨울이고 화재가 자주 일어나 거리란 거리는 모두 불타 버렸다. 화재는 대부분 밤에 일어났다(페카르네 혹은 바냐에서). 표도르 미하일로비치는 바로 얼마 전에 오렌부르크가 완전히 타버린 것을 기억하면서 무척 불안해했다. 불이 나면 대성당의 종이 울리기 시작했고, 불이 더 격렬하게 번지면 불이 난 곳 근처의 교회 종각에서 종을 울렸다. 평소에는 용감하고 아무것도 두려운 것이 없건만 급작스런 일이 생기면 '이성을 잃고' 어리석은 행동을 하기 시작하는 나의 성격을 잘 알고 있던 표도르 미하일로비치는 집에 불이 날까 특히 걱정했다. 그래서 우리는 루사에 거주하는 동안에는 경종이 울리는 소리를 듣자마자 서로 깨워 주기로 굳게 약속했는데, 보통은 표도르 미하일로비치가 종소리를 듣고서 조용히 내 어깨를 흔들며 깨웠다. "일어나, 아냐. 놀라지 말아요. 어디선가 또 불이 난 거요. 걱정하지 말고 있어. 어디서 불이 났는지 보고 올 테니까!"

나는 곧바로 자리에서 일어나서, 자고 있는 아이들에게 양말과 장화를 신기고 웃옷을 준비해 두었다. 만일 아이들을 밖으로 데리고 나가야 할 경우 감기에 걸리지 않도록 하기 위해서였다. 그런 다음 커다란 수건들을 꺼내어 그중 하나에는 남편의 옷가지 전부와 수첩, 그리고 필사본들을 (가능한 한 세심하게) 싸놓고, 다른 수건에는 옷장과 서랍장에 있던 내 옷과 아이들의 물건을 모두 싸놓았다. 이렇게 한 후에야 나는 가장 중요한 것을 구했다는 사실에 안도했다. 처음에는 모든 보따리들을 현관 앞에 내놓았다. 그러나 표도르 미하일로비치가 불이 난 곳을 살핀 다음 집으로 들어오다가 어둠 속에서 보따리들에 부딪혀 넘어질 뻔한 일이 있은 후부터는 보따리들을 방에 그대로 두었다.

표도르 미하일로비치는 "3베르스타 떨어진 곳에서 불이 났어요. 하지만 나는 벌써 짐을 다 싸놓았지요"라고 말하면서 여러 번 나를 놀려댔다. 하지만 나를 설득하는 것이 불가능하고, 그렇게 짐을 싸는 것이 내 마음을 안정시킨다는 것을 알고서 그는 경종이 울릴 때마다 내가 '짐을 싸도록' 내버려두었다. 그러나 그는 위험한 순간이 지나고 나면 그의 물건들을 즉시 제자리에 놓아달라고 했다.

1875년 봄에 우리가 레온티예프 가옥에 있던 우리의 겨울 집에서 그리베 별장으로 다시 이사를 하게 되었을 때 그 집의 수위가 작별인사를 하며 했던 말이 생각난다.

"다른 무엇보다 주인 양반이 떠나게 된 게 너무나 안타깝습니다."

"그건 왜요?" 남편과 그가 이야기를 나누며 지내는 사이가 아니었다는 것을 아는 내가 물었다.

"왜 그렇긴요, 주인 마님. 밤에 어디선가 불이 나면 성당의 종이 울리잖아요. 그러면 주인 양반이 바로 나타나시는 걸요. 수위실 문을 두드리며, '일어나게, 어딘가에 불이 났어!'라고 말씀하시지요. 그래서 교구 감독관이 레온티예프 장군 집 수위만큼 정확하고 성실한 사람은 시내에 없다고, 종이 울리기만 하면 벌써 문 앞에 서 있다고 칭찬해 주시기까지 한 걸요. 그런데 이제 주인 양반께서 떠나신다니 저는 어쩝니까? 그러니 제가 주인 양반께서 떠나시는 게 아섭지 않겠습니까?"

집으로 오면서 나는 문지기가 했던 말을 남편에게 전했더니, 그는 크게 웃으며 말했다. "그것 봐. 나한테는 그런 장점이 있단 말이야. 나 자신도 그 점은 믿어 의심치 않지."

우리의 생활은 평상시의 질서대로 흘러갔고 소설 작업도 매우 성공적으로 진행되었다. 그것은 우리에게 무척 중요한 일이었다. 왜냐하면 표도르 미하일로비치가 페테르부르크에 간 길에 코실라코프 교수를 만났는데, 그는 작년의 온천 치료 결과가 유익했다면서 봄에는 다시 한 번 엠스에 가서 치료를 더 받으라고 남편에게 간곡하게 충고했기 때문이었다.

1875년 4월에는 여권을 만드느라 허둥지둥해야만 했다. 페테르부르크에서는 전혀 어려운 일이 아니었지만, 이곳 루사에 살면 노브고로드 현(縣)지사로부터 여권을 발급받아야 했다. 남편이 어떤 서류를 노브고로드로 보내야 하고, 돈은 얼마나 드는지 알아보기 위해 나는 스타라야 루사의 경찰서장을 만나러 갔다. 당시의 경찰서장은 육군대령 고트스키였다. 사람들 말에 따르면 그는 다분히 경솔한 사람으로 이웃 지주들에게 놀러 다니기를 좋아한다고 했다. 내 명함을 받고서 경찰서장은 곧바로 나를 자신의 집무실로 불러서 안락의자에 앉히고는 무슨 일로 왔느냐고 물었다. 그는 책상 서랍을 열더니 내게 푸른 색 표지의 제법 두툼한 노트를 내밀었다. 나는 그 표지를 펼쳐보고 깜짝 놀라고 말았다. 거기에는 '스타라야 루사에 일시 거주하고 있는 비밀감시 대상 퇴역 육군소위 표도르 미하일로비치 도스토옙스키 건'이라고 적혀 있었다. 나는 몇 장을 넘겨

보다가 크게 웃어대기 시작했다.

"이게 뭐예요? 그러니까 당신들이 눈에 불을 켜고 우리를 감시하고 있었단 말이죠? 우리에게 일어나는 모든 일을 당신은 잘 알고 있겠네요? 그런 건 생각지도 못했는데요!"

"맞습니다. 당신 가족이 하는 모든 일을 저는 알고 있습니다. 당신 남편에 대해서는 지금까지는 무척 만족하고 있다는 말씀을 드릴 수 있겠군요." 경찰서장은 진지하게 말했다.

"남편에게 당신의 칭찬을 전해도 될까요?" 내가 조소하며 말했다. "네. 남편은 아주 훌륭하게 처신하고 있으며, 앞으로도 저를 당황하게 하는 일은 하지 않을 것으로 기대한다고 전해주십시오."

집에 와서 나는 경찰서장이 한 이야기를 표도르 미하일로비치에게 전했다. 남편 같은 사람이 어떻게 그따위 바보 같은 경찰의 감시하에 있을 수 있냐는 취지에서 웃으며 한 말이었다. 그러나 표도르 미하일로비치는 내가 전한 소식을 매우 심각하게 받아들였다.

"악랄한 인간들은 눈앞에서 다 놓치고, 나같이 차르와 조국에 온 마음과 생각을 다 바치는 헌신적인 사람을 의심하고 감시하고 있다니. 이건 모욕이야!"

이 입 가벼운 경찰서장 덕분에 우리를 너무나 화나게 했던 일의 진상이 비로소 밝혀졌던 것이다. 내가 스타라야 루사에서 엠스로 보낸 편지들이 당일에 발송되지 않고 하루 내지 이

틀씩 지연되곤 했던 이유가 말이다. 엠스에서 루사로 보낸 편지들도 마찬가지였다. 내가 보낸 편지를 제때 받지 못해서 남편은 크게 걱정했을 뿐만 아니라 간질 발작을 일으키기도 했다. 1874년 6월 16일자 편지를 보면 이를 분명히 알 수 있다. 이제야 우리는 우리의 편지가 검열을 받았다는 것과 편지의 발송은 경찰서장의 조인이 있어야 가능한데 경찰서장이 이삼일씩 외유하는 일이 잦아서 그렇게 늦어졌다는 사실을 분명히 알게 되었다.

　나와 남편의 교신에 대한 검열은 그후에도 이러저러한 관청들에 의해 지속되었고, 이 때문에 남편과 나는 마음 고생을 많이 했다. 하지만 그 같은 불편을 해소하는 것은 불가능했다. 표도르 미하일로비치 자신이 경찰의 감시를 해제해 달라는 소송을 제기하지 않은 데다, 차르 당국이 남편에게 『작가 일기』의 편집과 발행을 허락한 만큼 그의 활동에 대한 비밀감시는 사실상 해제된 거라고 식견 있는 사람들이 주장했기 때문이다.

　하지만 검열은 1880년까지 계속되었다. 그해 푸시킨 축제 때 표도르 미하일로비치는 어떤 고위급 인사에게 이 사실을 말했고, 그의 직권으로 비밀감시는 해제되었다.

6. 1875년, 페테르부르크와 엠스 여행

2월 초에 표도르 미하일로비치는 페테르부르크에 가서 2주일을 보내야 했다. 여행의 주요 목적은 네크라소프를 만나 향후 소설의 인쇄 기한을 계약하는 것이었다. 또 코실라코프 교수에게 조언을 구하기도 해야 했다. 지난해에 했던 치료가 성공적이었기 때문에 남편은 건강을 위해 그해에도 엠스로 갈 생각이었다.

수도에 도착한 다음 날, 남편을 불안에 떨게 만든 억울한 사건이 일어났다. 교구 감독관이 그를 소환했던 것이다. 그는 지정된 시간(오전 9시)에 일어날 수가 없었기 때문에 낮에 그를 찾아갔지만 아무도 만날 수가 없어서 저녁에 다시 가야 했다. 남편을 소환한 것은 그가 임시 거주증을 소지하고 있었기 때문인 것으로 밝혀졌다. 그는 상시 거주증을 제시하라는 요구를 받았지만, 그에겐 그런 게 없었다. 표도르 미하일로비치는 감독관보에게 자신이 1859년부터 임시 거주증을 가지고 살아왔고, 그것에 근거하여 여권을 발급받았지만 지금껏 어느 누구도 그 거주증 외에 다른 것을 요구한 적이 없었다고 말했다.

1875년 2월 7일자 편지를 인용해 보겠다. "감독관보하고도 역시 실랑이가 벌어졌소. '당신에게 여권을 발급할 수가 없습니다. 그뿐입니다. 우리는 법을 지켜야 하니까요.' '그럼, 제가 어떻게 해야 합니까?' '상시 거주증을 주세요.' '지금 그걸 어디서 구하란 말입니까?' '그거야, 우리는 모르죠.' 대강 이런 식이었소. 이 사람들이 생각하는 건 '작가' 앞에서 어떻게 폼을 잡을까 하는 것뿐이라오. 결국은 내가 '페테르부르크에는 거주증이 없는 사람이 2만 명이요. 그리고 당신들은 지금 누구나

다 아는 사람을 부랑자처럼 억류하고 있는 겁니다'라고 말했지. 그랬더니 '당신이 러시아 전역에서 유명한 사람이라는 건 우리도 아주 잘 알지요. 하지만 우리에겐 법이라는 게 있어요. 그렇다고 해도 당신이 걱정할 일은 없잖아요? 우리가 내일이나 모레쯤 당신에게 임시 거주증 대신 다른 증명서를 내어드리면 되죠. 그럼 당신은 아무 상관도 없으시겠죠?' 하는 게 아니겠소. '맙소사, 그렇다면 처음부터 그렇게 말을 하지, 입씨름을 한 이유가 뭐요?'" 남편이 출발할 때까지 그들이 그의 임시 거주증을 보관하고 있다가 새것으로 바꾸어 준 것으로 일은 끝이 났다. 남편은 쓸데없이 불안을 겪어야 했던 것이다.

남편은 2월 6일과 8일의 편지에서 네크라소프와의 우정 어린 만남에 대한 흡족함과 그가 『미성년』 1부의 마지막을 읽고서 감탄의 말을 표현한 것을 내게 알려 왔다.

"'밤새도록 앉아서 읽었네. 그만큼 글에 빨려들었단 말일세. 내 나이에, 이런 건강 상태로 그러기란 쉽지 않지. …… 게다가 자네의 참신함은 대단해……' 네크라소프가 제일 마음에 들어 한 부분은 리자와의 마지막 장면이었어. 그는 또 이렇게 말했지. '그런 참신함은 우리 나이의 작가들에게선 이미 찾아볼 수 없는데 말이야. 레프 톨스토이의 최근 소설은 전에 이미 그의 글에서 읽었던 것의 재탕이더군. 예전 것보다 낫기는 하지만 말일세.' 그는 자살 장면과 대화에서 '완성도의 극치'를 발견했다고 했고, 초반부의 두 장(章) 역시 마음에 들어 했어. 그는 가장 취약한 건 8장이라며 거기서는 많은 사건들이 그저 표면적일 뿐이더라고 하더군. 당신은 어때? 교정쇄를 다시 읽었는데, 나도 이 8장이 제일 마음에 안 들어서 그중 많은 부분을 버렸다오."

루사로 돌아온 후 남편은 네크라소프와 나눈 많은 대화들을 내게 전해 주었다. 그래서 나는 젊은 시절의 친구와 허물없는 교류를 재개한 것이 남편에게 얼마나 소중한 일인지 새삼 깨닫게 되었다. 표도르 미하일로비치는 그 시기에 있었던 몇몇 문인들과의 만남을 그리 좋아하지 않았다. 수도에서 보낸 2주일 동안 몹시 분주했고, 따라서 기진맥진했던 남편은 가족에게 돌아와서 우리가 모두 아무 탈없이 건강하게 있는 것을 보고 더할 수 없이 기뻐했다.

우리가 스타라야 루사에서 지내는 동안 표도르 미하일로비치는 언제나 온후했고 기분이 좋았다. 나에게 농담을 하곤 했던 것을 보면 알 수 있다. 1875년 봄이 오던 어느 날 표도르 미하일로비치가 잔뜩 찌푸린 얼굴로 자기 방을 나왔다. 나는 덜컥 겁이 나서 몸은 어떠냐고 그에게 물었다.

"아주 좋아." 표도르 미하일로비치가 대답했다. "그런데 짜증나는 일이 생겼어. 침대에 쥐가 나타났지 뭐요. 잠이 깼는데, 발 위로 뭔가가 지나가는 게 느껴져서 이불을 걷었더니 쥐가 한 마리 있잖아. 정말 역겨웠어!" 혐오감으로 얼굴을 찡그리며 표도르 미하일로비치가 말했다. "침대에서 찾아내야 해!" 그가 덧붙였다.

"그럼요, 꼭 그래야죠." 내가 대답했다.

표도르 미하일로비치는 식당으로 커피를 마시러 가고 나는 하녀와 식모를 불렀다. 우리는 힘을 모아 침대를 살피기 시작했다. 이불과 시트, 베개를 걷어내고 침대보를 갈았지만 아무것도 찾지 못하자, 쥐구멍을 찾기 위해 책상과 책장을 벽에서 떼어내기 시작했다.

우리가 소란을 피우는 소리를 듣고 표도르 미하일로비치는 나를 불렀다. 내가 응답하지 않자 그는 아이들 중 누군가를 보내 나를 불렀고, 나는 방 정돈을 끝내는 대로 가겠다고 대답했다. 그러자 표도르 미하일로비치는 이번에는 아주 강경하게 나를 식당으로 내려오라고 했다. 나는 곧바로 그에게로 갔다.

"그래, 쥐는 찾았어?" 조금 전처럼 얼굴을 잔뜩 찌푸린 채 그가 물었다.

"어디서 찾겠어요, 도망가 버렸는 걸. 그런데 너무 이상한 건, 침실에는 쥐구멍이 어디에도 없다는 거예요. 현관문을 통해 들어온 게 분명해요."

"4월 1일이야, 아네치카, 4월 1일이라고!" 표도르 미하일로비치가 말했다. 그의 선한 얼굴에 부드럽고 유쾌한 미소가 번져갔다. 4월 1일이 만우절이란 것을 깨닫고는 나를 놀려 주려 했던 것인데, 나는 날짜를 까맣게 잊은 채 그의 거짓말을 정말로 믿어 버린 것이었다. 우리는 항상 '만우절'이면 서로서로 속

이려 했기 때문에 웃을 일들이 많았다. 우리 '새끼들'——남편
은 아이들을 보통 이렇게 불렀다——도 거기에 적극 참가했다.

5월 말에 표도르 미하일로비치는 또다시 며칠간의 일정으
로 페테르부르크로 간 다음, 거기서 해외로 나가게 되었다. 그
는 이번엔 정말 마지못해서 엠스로 향했다. 나는 그가 치료받
지 않은 채 여름을 나지 않도록 하기 위해 열심히 그를 설득해
야 했다. 그가 가고 싶어 하지 않은 이유는 내 몸이 온전치 못
해서였다(나는 '임신한 상태'였다). 가족에 대한 통상적인 그리
움 외에도 남편은 나에 대해 크게 염려하고 있었던 것이다.

정말 큰일 날 뻔했던 일도 있었다(그것은 벌써 남편의 치료가
끝나가던 중의 일이다). 6월 23일에 나는 페테르부르크에서 온
편지 한 통을 받았다. 그 편지에는 『상트 페테르부르크 통보』
에 표도르 미하일로비치가 중병에 걸렸다는 소식이 실렸다
고 쓰여 있었다. 편지 내용을 믿을 수가 없었던 나는 미네랄리
니예 보디의 열람실로 달려가서 어제 신문을 찾아냈다. 그 신
문 159호의 사회면에 다음과 같은 짤막한 단신이 실려 있었다.
"우리는 유명 작가 F. M. 도스토옙스키가 중병을 앓고 있다는
소식을 접했다."

이 기사를 읽고 내가 어떠했을지 상상할 수 있을 것이다. 표
도르 미하일로비치에게 언제나 심각한 영향을 끼치는 이중 간
질 발작이 일어났음이 분명하다는 생각이 머릿속에 떠올랐
다. 하지만 신경에 충격을 받았거나, 아니면 다른 어떤 끔찍한

일이 일어난 것일 수도 있었다. 말할 수 없이 절망적인 심정으로 나는 우체국으로 달려가 남편에게 전보를 띄웠다. 집에 돌아와 답신을 기다리면서 남편에게로 떠날 준비를 하기 시작했다. 아이들은 루만체프 부부에게 맡겨 둘 생각이었다. 주인 부부는 남편에게 가지 말라고 나를 설득하려 했으나, 나는 사랑하는 남편이 병이 중해 죽을 수도 있는데 내가 그의 곁에 없다는 것을 용인할 수가 없었다. 다행히도 6시경에 그가 무사하다는 소식이 왔다. '임신한' 몸으로, 그것도 남편과 아이들에 대한 걱정으로 가슴을 앓으면서 길을 떠났을 경우 무슨 일이 일어났을지를 생각하면 지금도 오싹해진다. 주께서 재난으로부터 우리를 구해 주신 것이었다. 하지만 신문에 이 근거 없는 소식을 실어 남편과 나를 몇 시간 동안 괴롭힌 사람이 누구인지는 알아내지 못했다.

표도르 미하일로비치는 아이들과 나에 대해 지나치게 걱정을 한 것 외에도, 일에 진전이 없어서 『미성년』 연작을 정해진 기한 내에 보낼 수 없을 것이라는 생각에 괴로워했다. 6월 13일자 편지에서 표도르 미하일로비치는 이렇게 쓰고 있다. "무엇보다 나를 괴롭히는 건 일이 잘 안 된다는 거요. 지금까지 앉아서 고민하고, 망설이고 있소. 시작할 힘도 없소. 예술 작품은 이렇게 쓰는 것이 아니오. 주문을 받고 억지로 쓰는 게 아니라 시간과 의지를 갖고 써야 한단 말이오. 결국은 곧 글을 쓰기 위해 자리에 앉긴 하겠지만, 어떤 글이 나올지는 모르겠소. 이렇게 우울해서야 '착상' 자체를 망쳐 놓고 말거야."

겨울에 살 집을 구하는 문제도 표도르 미하일로비치를 무척 걱정시켰다. 비록 우리가 루사에서 더할 나위 없이 잘 지내긴 했지만 이듬해 겨울에도 그곳에 있는 것은 곤란했다. 특히 다음 해(1876년) 초에 표도르 미하일로비치가 오랫동안 구상해 왔던 잡지 『작가 일기』를 발간할 예정이었기 때문에 더욱 그랬다. 표도르 미하일로비치가 페테르부르크에 들를 때 집을 물색할 것인가, 아니면 온 가족이 수도에 와서 잠시 호텔에 묵으며 거주할 곳을 찾을 것인가 하는 점이 문제였다. 두 경우 모두 나름의 불편이 있었다. 내 생각은 남편이 돌아올 무렵에 내가 직접 페테르부르크로 가서 남편과 함께 집을 구해야겠다는 쪽으로 기울어져 있었다. 남편은 그때의 내 건강 상태를 염두에 두고 내 결정에 단호히 반대했다. 그래서 표도르 미하일로비치가 이삼일 페테르부르크에 머물면서 집을 구해 보고, 알맞은 집을 구하지 못할 경우 그냥 루사로 돌아오기로 결정했다.

7. 1875년, 알료샤의 탄생과 페테르부르크로의 귀환

표도르 미하일로비치는 7월 6일에 엠스에서 페테르부르크로 돌아와 이삼일을 거기 머물렀다. 하지만 그 같은 짧은 시간에 안락한 집을 찾는 것은 어려운 일이었다. 그는 몇몇 집을 둘러본 뒤 집 구하는 일을 포기하고 루사로 왔다. 집과 가족이 몹시 그리웠던 것이다. 오랜 고민 끝에 우리는 새 식구가 태어날 때까지 루사에 머물기로 결정했다. 우리 아이들을 무척 예뻐했던 주인 부부가 한여름에 아이들을 데리고 움직이지 말라고 설득했던 것도 우리 결정에 큰 영향을 미쳤다.

표도르 미하일로비치는 루사에 머무는 것에 흔쾌히 동의했다. 그곳에서는 내가 출산을 할 때까지, 그리고 출산한 후에도 그가 편안히 소설을 집필하는 것이 가능했기 때문이다. 페테르부르크에 가서 네크라소프에게 『미성년』원고료를 당당하게 요구하려면 열심히 일을 해야 했다. 수도에서 생활을 시작하려면 돈이 절실히 필요했다.

모든 일이 순조로웠다. 표도르 미하일로비치의 건강은 거의 회복된 듯했고, 아이들은 건강하게 자라났다. 그리고 나 역시도 남편이 돌아와서인지 출산을 앞두고 언제나 느끼던 죽음의 공포를 거의 느끼지 않게 되었다. 이런 평화로운 생활이 한 달간 계속되었다. 그리고 8월 10일, 신은 우리에게 아들을 선사하셨다. 우리는 그 애의 이름을 알렉세이[13]라고 지었다. 표도르 미하일로비치와 나는 신의 세상에 우리 알료샤가 태어난 것이 더할 수 없이 행복하고 기뻤다. 그 기쁨에 힘입어 나는 아주 빨리 기력을 되찾았고 속기 작업으로 다시금 남편을 도울 수 있었다.

8월은 한 달 내내 날씨가 좋았지만, 9월 들어서 이른바 '늙은 아낙의 여름'이 왔다. 불가사의하게 따뜻하고 조용한 날씨였다. 날씨가 급변할까 염려되어 우리는 15일쯤에 페테르부르크로 떠나기로 했다. 길은 평탄치 않았다. 폴리스티강의 수위가 얕아져서 기선이 도시까지 들어오지 못하고 루사에서 18베르 스타 거리에 있는, 우스트리카 마을 반대쪽 일리멘 호수에 정 박해 있었던 것이다. 어느 고혹적이고 따뜻한 아침에 우리는 긴 대열을 지어 길을 떠났다. 맨 처음 천막을 친 마차에는 표도 르 미하일로비치가 두 아이들을 데리고 탔고, 두 번째 마차에 는 갓 태어난 아이와 유모, 그리고 내가 탔다. 세 번째 마차에 는 산처럼 쌓인 트렁크와 보따리, 짐더미 위에 식모가 앉았다. 우리는 방울 소리를 울리며 즐겁게 길을 갔다. 표도르 미하일 로비치는 나에게 아무 일도 없는지 알아보기 위해, 또 아이들 과 자기가 얼마나 재미있게 가고 있는지 나에게 자랑하기 위 해 수시로 말을 멈추게 했다.

두 시간 반쯤 후에 우리는 우스트리카에 도착했는데, 거기 서 예상치 못했던 일과 맞닥뜨렸다. 어제 기선에 한 무리의 승 객을 태운 후 떠나면서 선장이 말하기를 오늘은 승객이 적을 것이니 내일 오겠다고 했다는 것이다. 하는 수 없이 하룻밤을 거기서 묵어야만 했다. 두세 집에서 주인들이 달려나와 자기 집에서 민박을 하라고 청했다. 우리는 그중 깨끗한 집을 골라 온 식구가 그 집으로 자리를 옮겼다. 나는 그 자리에서 주인 여 자에게 숙박비는 얼마를 받느냐고 물었다. 여자는 친절하게 대답했다. "걱정 마세요, 마님. 많이 받지 않아요. 손해만 보지 않도록 주시면 돼요."

방은 적당한 넓이였고, 침대가 널찍해서 가로로 아이들을 눕혀 재우면 되었다. 나는 간이 의자에서 자기로 하고 표도르 미하일로비치는 모양새가 자신의 어린 시절을 연상시킨다는 낡은 소파에서 자기로 했다. 부리는 사람들은 건초 곳간에서 재워주겠다고 했다. 우리는 귀족처럼 식료품을 다 가지고 길을 나섰다. 그래서 식모가 곧바로 식사 준비를 하는 사이에 우리는 모두 산책을 나가서 호수가 보이는 산기슭에 모직 돗자리를 깔고 자리를 잡았다. 갓 태어난 아기도 데리고 나갔다. 아기는 바깥 공기를 마시며 잠을 잤다. 정말 즐거운 하루였다. 표도르 미하일로비치는 무척 기분이 좋아서 아이들과 장난을 쳤고 아이들을 뒤쫓아 달음박질도 했다. 나 역시 긴 여정의 일부를 아무 탈없이 보낼 수 있게 되어 흡족했다. 저녁을 먹은 뒤 금방 어둠이 내려 우리는 모두 일찍 잠자리에 들었다.

다음 날 아침 8시에 멀리 기선의 연기가 보였다. 한 시간이나 한 시간 반쯤 뒤에 배가 우스트리카에 당도할 것이라는 말을 듣고 우리는 짐을 챙기기 시작했다. 아이들에게 길 떠날 옷을 입히고 나서 나는 계산을 하러 갔다. 주인 여자는 어디론가 모습을 감추었고 그녀의 아들이 대신 돈을 받으러 나타났다. 얼굴이 퉁퉁 부은 것으로 보아 꽤 술을 좋아하는 사람 같았다.

엉망으로 휘갈겨 써놓은 계산서에는 14루블 몇 코페이카라고 적혀 있었다. 2루블은 닭고기 값이고, 2루블은 우유 값, 그리고 10루블이 숙박비라는 것이었다. 나는 머리끝까지 화가 치밀어 항의를 하기 시작했다. 하지만 주인 아들은 조금도 물러서지 않고 돈을 전부 지불하지 않으면 우리의 짐을 내주지 않겠다고 협박했다. 결국 계산서대로 지불하지 않을 수 없었고, 나는 화를 참을 수가 없어서 그에게 '도둑놈'이라고 소리쳤다.

그러는 사이 기선이 가까이 와서 강변에서 조금 떨어진 지점에 멈춰 섰다. 기선까지는 보트를 타고 가야 했다. 강변으로 내려가 보니 보트는 강변에서 열 걸음쯤 떨어진 곳에 서 있었다. 농부들은 신을 벗고 물속을 걸어 보트로 갔다. 그렇지만 우리는 덩치 좋은 아낙들이 등에 업어 보트로 옮겨 주었다. 남편과 내가 아이들 때문에 얼마나 걱정하고 무서웠는지 상상할 수 있을 것이다. 남편이 제일 먼저 업혀 가서 무서워 비명을 지르며 울어대는 아이들을 받아 안았다. 마지막으로 나와 갓난아기가 업혀 갔다. 보트에 앉아 있으니, 저렇게 작은 아이들을 데리고 어떻게 기선의 발판을 올라가나 무서워졌다. 다행히 모든 일이 순조롭게 풀렸다. 선장이 우리 쪽으로 선원을 보내어 아이들을 옮기게 해주었던 것이다. 민박집 주인의 아들이 별도의 배로 보내 준 우리의 짐들도 그 무렵에 당도했다.

황홀한 날이었다. 일리멘 호수는 청록색으로 물들어 스위스의 호수를 떠올리게 했다. 배는 조금의 흔들림도 없었다. 그래서 우리는 네 시간 내내 갑판에 앉아 있을 수 있었다. 3시쯤 우리는 노브고로드에 도착했다. 표도르 미하일로비치와 나는 아이들을 데리고 곧장 기차역으로 갔다. 우리의 짐은 다른 승객들의 짐과 함께 짐마차꾼이 운반해 주기로 했다. 한 시간 뒤 짐이 도착했는데, 나는 짐꾼을 믿지 못하여 직접 짐을 보러 내려 갔다. 우리의 짐은 검은 색과 황색의 커다란 가죽 트렁크 두 개와 몇 개의 여행용 손가방들이었다. 모든 짐이 제대로 있는 것을 보고서야 안심이 되었다.

하루는 후딱 지나갔다. 저녁 7시에 역무원이 내게 다가와서, 사람들이 모여들기 전에 미리 표를 끊고 짐을 맡기는 것이 좋다고 했다. 나는 그 말에 동의하여 표를 샀다. 그리고 돌아와서는 역무원에게 두 개의 트렁크와 두 개의 큰 손가방을 가리키며 짐칸에 실을 것이라고 지시했다. 그러자 놀랍게도 그가 검은 색 트렁크를 가리키면서 내게 느닷없이 말하는 것이었다. "마님, 이건 마님 트렁크가 아닌데요. 다른 승객께서 조금 전에 제게 보관해 달라고 주신 거예요."

"어떻게 내 짐이 아니란 말이에요? 그럴 리가 없어요!" 나는 고함을 지르고 트렁크를 보러 달려갔다. 트렁크는 모양이나 크기가 딱 우리 것과 같았다(그것 역시 고스티니 드보르에서 10루블을 주고 구입한 것이 틀림없었다). 하지만 의심의 여지없이 다른 사람 것이었다. 덮개 위에는 거의 다 지워져 가는 어떤 이니셜까지 있었다.

"오, 주여! 그렇다면, 우리 트렁크는 대체 어디에 있는 거죠? 찾아주세요." 내가 역무원에게 말했지만, 그는 검은 색의 다른 트렁크는 없었다고 대답했다. 나는 절망에 빠졌다. 없어진 트렁크에는 표도르 미하일로비치의 물건들이 모두 들어 있었다. 그의 겉옷과 내의, 그리고 무엇보다 중요한 소설『미성년』의 필사본이 들어 있었던 것이다. 남편은 내일 그것을『조국의 기록』에 가져가서 우리에게 절실히 필요한 원고료를 받아와야 했다. 결과적으로 최근 두 달간의 노력은 물거품이 되었을 뿐만 아니라 필사본을 다시 작성하는 것도 불가능해졌다. 그 트렁크에는 표도르 미하일로비치의 창작 노트도 들어 있었던 것이다. 창작 노트가 없으면 아무 소용이 없었다. 그는 다시 소설 플롯을 짜야만 할 것이었다.

이 불운한 일이 어떤 사태인지는 단번에 상상할 수 있었다. 괴로움을 못 이겨 나는 이성을 잃고 표도르 미하일로비치와 아이들이 있는 공동 대기실로 뛰어들어 갔다. 나의 질린 얼굴을 본 남편은 유모가 부인용 대기실에 데리고 있는 갓난아기에게 무슨 일이 생긴 건 아닌가 하여 깜짝 놀랐다. 겨우겨우 할 말을 찾은 나는 무슨 일이 일어났는지를 남편에게 이야기했다. 표도르 미하일로비치는 기겁했고, 하얗게 질린 얼굴로 조용히 말을 했다. "이건 정말 엄청난 재난이야. 이제 우리는 뭘 해야 하지?"

문득 여관에서의 일이 기억난 내가 말했다. "알겠어요. 그 뻔뻔스러운 주인 여자의 아들이 트렁크를 기선에 보내지 않은 거예요. 내가 자기를 도둑놈이라고 했다고 나한테 앙갚음하려고 말이에요."

"당신 말이 맞는 것 같소." 표도르 미하일로비치는 내 말에 동의했다. "이대로 가만히 있을 수는 없지. 트렁크를 찾도록 노력해야 해. 혹시 진짜로 트렁크가 사라져 버린 건 아닐까? 자, 우리 이렇게 합시다. 당신은 아이들과 함께 페테르부르크로 가요(아이들과 하녀를 데리고 여기 호텔에 묵는다는 건 말이 안 되오. 돈도 부족하고). 나는 여기 남아서 내일 레르흐(노브고로드의 현지사인데 표도르 미하일로비치와 아는 사이였다)에게 가보겠소. 그에게 경찰을 보내달라고 부탁해서, 내일이라도 기선을 타고 우스트리카로 가겠소. 만일 그 집 주인이 트렁크를 자기 집에 남겨두었다면 수색이 두려워서 내놓을 가능성이 많소. 자, 그러니 당신은 마음을 놓아요! 당신 얼굴이 지금 어떤지 아오? 아기를 위해서라도 당신 몸을 돌봐야지! 가서 찬물로 얼굴을 씻고 우리 아기에게 빨리 돌아가요!"

나는 완전히 절망한 상태였다. 나는 이 불운한 일에 대해, 우리가 가진 것 중에서 제일 소중한 것을 등한시한 것에 대해 나 자신을 책망했다. 나의 부주의로 두 달에 걸친 남편의 노고가 다 날아가 버린 것이다! 내 입에서는 이런 말이 흘러나왔다. '하지만 정말 내 눈으로 보았고 우리 트렁크라고 믿었는데! 우리 트렁크와 똑같은 트렁크가 나타나는 이런 기막힌 우연의 일치가 어디 있담!'

나는 짐 보관소의 버팀목에 기대어 서 있었다. 눈물이 뺨을 적셨다. 순간 한 가지 생각이 번쩍 떠올랐다. '만일 트렁크가 선착장에 남아 있었다면? 그런 경우에는 물론 누군가 그것을 치웠을 것이다. 만일 그곳에서 트렁크를 처리했다면?' 나는 역무원에게 선착장에 가서 트렁크가 그곳에 있는지 알아보고 여기로 가져와 줄 수 없겠냐고 물었다. 만일 트렁크를 내주지 않는다면 내일 주인이 찾으러 올 것이라고 말해달라고 했다. 당직이기 때문에 자리를 비울 수가 없다는 역무원의 대답에 나는 오래 생각할 것도 없이 직접 선착장에 가기로 했다. 나는 역밖으로 나갔다. 광장에 두 명의 마부가 있는 것을 발견하고는 "선착장에 데려다 주겠어요? 왕복으로 1루블 반을 드릴게요"라고 소리쳤다. 한 사람은 시간이 없다고 말했지만, 열아홉 살쯤 되어 보이는 젊은 사람이 그러마고 했다. 나는 마차에 뛰어올라 선착장으로 갔다.

시간은 저녁 8시쯤이었고 상당히 어두웠다. 시내를 달릴 때는 등불이 켜져 있고 지나가는 사람들이 있어서 무섭지 않았지만, 볼호프스크 다리를 건너서 오른쪽으로 돌아 무슨 긴 창고 같은 곳들을 지날 때는 심장이 뛰었다. 어둠 속에서 창고 저 깊숙한 곳에 사람들이 숨어 있을 것만 같았다. 부랑자 같은 사람들 둘이 우리 뒤를 쫓아오는 것만 같았다. 젊은 마부는 겁을 먹고 말에 박차를 가했다. 말은 앞 발을 모두 들어 펄쩍 뛰며 질주했다. 20분쯤 뒤 우리는 선착장에 도착했다. 나는 마차에서 뛰어내려 다리를 건너 기선 정박소로 달려갔다. 그곳은 온통 캄캄했다. 수위가 잠든 것이 분명했다. 나는 있는 힘을 다해

한 쪽 벽을, 또 다른 쪽 벽을, 그 다음엔 창문을 두드렸다. 그리고 힘껏 소리치기 시작했다. "문을 열어요, 빨리 문을 열어요!"

5분쯤 지났을까, 포기하고 마부에게로 돌아가려고 했을 때, 갑자기 웬 노인의 기침 소리가 들리더니 곧이어 목소리가 흘러나왔다. "누구요? 무슨 일이요?"

"할아버지, 빨리 문 좀 열어 주세요." 목소리로 보아 노인이라고 짐작을 하고서 나는 소리를 질렀다. "여기에 커다란 검은색 트렁크를 두고 갔어요. 그걸 찾으러 왔어요."

"여기 있어." 그 목소리가 대답했다. "그러니까 빨리 가져가!"

"이쪽으로 와." 노인은 이렇게 말을 하고 난 후 측면 벽에서 나무로 된 격벽을 밀치더니 선착장 쪽으로 나의 검은색 트렁크를 내밀었다. 그때 내가 얼마나 기뻤을지 상상할 수 있을 것이다!

"할아버지, 이 트렁크를 마부에게까지 들어주시면 보드카를 드릴게요." 내가 부탁을 했지만, 그 노인은 내 말을 못 들었는지, 아니면 밤의 습한 기운이 싫었던지 격벽의 빗장을 질렀다. 정박소는 전과 같이 어둠에 잠겼다.

나는 트렁크를 움직여 보았다. 트렁크는 무거웠다. 4파운드는 되는 것 같았다. 나는 젊은 마부를 부르러 달려갔지만, 그는 마부석에서 내리려 하지 않았다. "여기가 어떤 곳인지 직접 보고 계시잖아요. 내가 내리면 말을 훔쳐갈 거란 말이에요!" 어쩔 수가 없었다. 나는 되돌아 뛰어와서 트렁크의 손잡이를 움켜잡고 걸음을 옮길 때마다 계속 가다서다를 반복하며 끌기 시작했다. 다리는 또 왜 그렇게 길던지, 정말 힘이 들었다. 간신히 마차 앞에 도착하자, 마부가 자리에서 일어나 트렁크를 좌석과 마부석 사이에 놓았다. 나는 트렁크 위에 자리를 잡고 앉았다. 만일 '깡패들'이 우리를 덮치더라도 내주지 않을 작정이었다. 마부가 말을 채찍질하기 시작했다. 우리는 멈추라고 소리를 지르는 웬 사람들 사이를 번개처럼 질주하여 15분 뒤에는 상가(商街)인 토르고바야 광장으로 진입했다. 그곳은 안전했다. 마부는 생기를 되찾고는 자신이 얼마나 무서웠는지 이야기하기 시작했다. "자리를 뜨고 싶었지만, 마님이 걱정되더군요. '깡패' 두 명이 다가와서 어떤 사람을 태워 왔냐고 꼬치꼬치 캐묻는 거예요. 그래서 남자 어른을 태워 왔다고 말했어요. 당신이 누군가에게 고함치는 소리가 들리니까 그냥 가버리더라구요."

나는 이 젊은 마부에게 어서 빨리 역으로 가달라고 간청했다. 내가 떠난 이후 시간이 많이 흘렀으므로, 표도르 미하일로비치가 내가 없어진 걸 알고 찾아다닐 수도 있다는 생각만이 머리를 가득 메웠던 것이다. 남편은 내가 보이질 않자, 부인용 대기실로 갔다가 거기에 내가 없는 걸 알고는 아이들과 알료샤를 유모에게 맡겨둔 뒤 나를 찾아 나섰던 것으로 확인됐다. 그는 역무원실로 가서 나를 본 사람이 없냐고 물었다. 어떤 사람이 내가 마부를 고용하여 시내 저쪽으로 갔다는 말을 했다. 표도르 미하일로비치는 그런 늦은 시간에 내가 어디로 갔는지를 몰라 절망에 빠졌다. 그는 한시바삐 나를 만나기 위해 출입문으로 나왔다.

나는 멀리서 그를 발견하고 고함을 질렀다. "표도르 미하일로비치, 나예요. 트렁크를 찾았어요!"

역의 출입문 주변이 썩 밝지 않았던 것이 다행이었다. 내 모습, 마차의 좌석이 아닌 트렁크 위에 앉은 부인의 모습이란 과히 아름답지 않았을 테니까. 표도르 미하일로비치에게 내가 벌인 일을 모두 이야기하자 그는 겁에 질려 내가 제정신이 아니라고 했다.

"오 주여, 오 주여!" 그가 소리 높여 말했다. "당신이 자신을 어떤 위험에 빠뜨렸는지 한번 생각해 봐. 마부가 여자를 태우고 가는 것을 보고 당신을 뒤쫓아간 강도들이 당신에게 덤벼들어 돈을 뺏고 죽일 수도 있었단 말이오! 아이들과 나는 어찌 되었을지 한번 생각해 봐. 우리의 꼬마 천사들을 위해 신이 당신을 보호해 주신 거요! 아아, 아냐, 아냐! 당신의 그 열성이 큰일을 내고 말 거야!"

표도르 미하일로비치는 나의 열성, 혹은 흔히들 말하는 다혈질의 성격과 결과를 따져 보지 않고 한순간에 결정을 내려 행동에 옮기는 것이 나의 결점이라고 했다. 나에게 보낸 편지에도 어느 부분에선가 그런 언급을 한 적이 있다. 표도르 미하일로비치는 조금씩 마음을 진정시켰고, 바로 그날 밤 우리는 길을 떠나서 정말 무사히 페테르부르크에 당도했다.

　내가 이 일화를 소개한 것은 그 까마득한 시절에 스타라야 루사로 가는 일처럼 그다지 멀지 않은 여행을 하는 데도 우리가 얼마나 많은 우여곡절을 겪어야만 했는지를 보여 주는 대표적인 사례라고 생각했기 때문이다.

8장
|
1876~1877년

1. 1876년, 나의 장난

1876년 5월 18일, 한 가지 사건이 일어났다. 그 일을 떠올리면 나는 공포에 휩싸이게 된다. 사건의 진상은 이랬다. 그해 『조국의 기록』에 소피야 이바노브나 스미르노바[1]의 새 소설 「성격의 힘」이 실렸다. 표도르 미하일로비치는 스미르노바와 친하게 지냈고 그녀의 문학적 재능을 무척 높이 평가하고 있었다. 그는 그녀의 근작에도 관심을 보이며 잡지가 나오면 자기에게 갖다 달라고 부탁했다.

나는 언제나 남편이 『작가 일기』 일을 쉬는 날을 골라, 그에게 『조국의 기록』을 가져다주곤 했다. 하지만 잡지의 신간은 보통 이삼일 기한으로 대여해 주기 때문에 연체료를 물지 않고 제때 도서관에 그 책들을 반납하기 위해 언제나 남편보고 책을 빨리 읽도록 독촉하곤 했다. 4월호도 마찬가지였다.

표도르 미하일로비치는 소설을 다 읽고서 우리의 다정한 소피야 이바노브나(나 역시도 그녀를 무척 높이 평가했다)가 이 소설에 나오는 남자 유형들 중 하나를 아주 잘 그려냈다고 말했다. 그날 밤에 남편은 어떤 모임에 나갔고, 나는 아이들을 재운 뒤 「성격의 힘」을 읽기 시작했다. 그런데 그 소설 속에 어떤 파렴치한이 소설의 주인공에게 보낸 익명의 편지가 나와 있었다. 편지의 내용은 이랬다.

자비로우신 나으리, 고결하신 표트르 이바노비치!

당신은 저를 전혀 모르시겠지만, 저는 당신의 감정을 아는 까닭에 당신에게 이런 글귀로 호소하는 용기를 내어 봅니다. 당신의 고결함을 저는 잘 알고 있습니다. 당신의 고결함에도 불구하고 당신과 가까운 어떤 여인이 그렇듯 비열하게 당신을 속이고 있다는 사실에 제 가슴에는 분노가 치밀었습니다. 당신이 그녀를 천 베르스타 밖으로 내친다면 그녀는 날개를 펼친 비둘기처럼 기뻐하며 창공을 날아오르지, 부부의 집으로 돌아가려 하지 않을 것입니다. 그녀의 가슴을 뛰게 만든 사람의 손아귀 속으로 그녀를 내친다는 것은 당신에게도, 그녀에게도 파멸을 의미할 뿐입니다. 그는 알랑거리는 외모로 그녀의 환심을 사고 그녀의 마음을 훔쳤습니다. 그녀에게 그의 눈빛보다 더 사랑스러운 눈빛은 없습니다. 그가 그녀에게 부드러운 말을 건네지 않는다면 그녀는 자신의 어린 아이들마저 지긋지긋해 할 것입니다. 이 나쁜 인간이 누구인지 알고 싶으시겠지만, 이름을 말씀드리지는 않겠습니다. 누가 당신 집에 자주 드나드는지 직접 한번 보세요. 갈색머리를 조심하세요. 당신 집 문턱을 닳도록 드나드는 갈색머리를 발견하면 눈여겨 보세요. 그 갈색머리가 당신을 가로막은 지 오래랍니다. 당신만이 짐작도 못하고 계시지요.

제가 당신께 이런 비밀을 알려드리려는 건 당신이 고결한 사람이기 때문일 뿐 다른 어떤 이유도 없습니다. 제 말이 믿어지지 않으시면, 부인이 초상화가 달린 목걸이를 걸고 있을 테니, 한번 보십시오. 그녀의 가슴에 있는 그 목걸이에 누가 들어 있는지를.

— 당신은 영원히 알지 못하시겠지만 당신을 흠모하는 여인이.

당시에 나는 정말 온화한 기분으로 지냈다는 점을 말할 필요가 있겠다. 남편의 간질 발작은 일어나지 않은 지 오래였고, 아이들도 병치레 없이 잘 자라고 있었다. 우리의 빚도 조금씩 청산되고 있었으며 『작가 일기』도 성공 가도를 달리고 있었다. 이 모든 것이 내 속에 있던 내 성격 특유의 낙관적인 기분을 유지시켜 주었다. 바로 그런 기분의 영향으로 익명의 편지를 읽는 순간, 머릿속에 장난스러운 생각 하나가 스쳐갔던 것이다. 그 편지를 (두세 구절과 이름, 부칭을 바꾸거나 지워 버리고) 베껴서 표도르 미하일로비치 앞으로 보낸다는 생각이 그것이었다. 바로 어제 스미르노바의 소설 속에서 그 편지를 읽었기 때문에 그는 곧바로 이것이 장난이라는 것을 눈치챌 것이고, 우리는 함께 웃음을 터트릴 것이라고 나는 생각했다. 한편으로는 남편이 편지를 심각하게 받아들일지도 모른다는 생각도 스쳐 갔다. 그럴 경우 그가 이 익명의 편지에 어떤 반응을 보일까, 내게 보여 줄까, 아니면 휴지통에 던져 버릴까 몹시 궁금했다. 나는 평소처럼 생각난 것을 행동에 옮겼다.

처음에는 내 필체로 편지를 쓰려 했다. 하지만 나는 매일 남편을 위해 『작가 일기』의 속기를 정서하고 있었기 때문에 내 필체는 그에게 금방 들켜 버릴 것이었다. 장난에는 어느 정도의 위장이 필요한 법, 그래서 나는 내 필체보다 좀 더 둥그스름한 필체로 편지를 베껴 쓰기 시작했다. 그렇게 하는 것은 사실 굉장히 어려웠다. 그래서 편지지를 몇 장이나 구겨버리고 나서야 제대로 된 편지를 쓸 수 있었다. 다음 날 아침 나는 편지를 우체통에 넣었다. 편지는 낮이면 다른 서신들과 함께 우체국에서 우리 집으로 배달될 것이었다.

그날 표도르 미하일로비치는 어딘가에 가서 오래 머물었는지 5시 정각에 집으로 돌아왔다. 그는 아이들이 저녁을 먹는 데 기다리게 하지 않으려고 실내복으로 갈아입고는 편지들을 살펴보지 않고 바로 식당으로 들어왔다. 식사 시간은 떠들썩하고 즐거웠다. 표도르 미하일로비치는 기분이 좋아서 말을 많이 했고 아이들의 질문에 대답하면서 웃곤 했다. 식사를 마친 후 남편은 평소처럼 찻잔을 들고 자기의 서재로 갔고 나는 아이들 방으로 갔다. 10분쯤 지난 뒤에 나는 내가 보낸 편지가 어떤 효과를 낳았는지 알아보러 갔다.

나는 방으로 들어가 평소에 앉던 책상 옆자리에 앉아서 일부러 표도르 미하일로비치가 대답을 해야 할 만한 말을 꺼냈다. 하지만 그는 침울한 표정으로 아무 말이 없었고 천근만근 되어 보이는 무거운 발걸음으로 방안을 왔다갔다했다. 나는 그의 기분이 엉망인 것을 알아차리고는 한순간 안 됐다는 생각이 들었다. 침묵을 깨려고 내가 물었다. "당신, 왜 그렇게 침울해요, 폐쟈?"

표도르 미하일로비치는 분노의 눈길로 나를 쳐다보더니 방안을 두 번 더 왔다갔다하고 나서 내 맞은편에 멈춰 섰다. 그가 숨막히는 듯한 목소리로 물었다. "당신, 목걸이 하고 있지?"

"하고 있어요."

"나한테 보여 줘 봐!"

"왜요? 이미 많이 봤잖아요."

"목-걸-이를 보-여-달-란 말이야!" 표도르 미하일로비치는 있는 대로 고함을 질렀다. 그제야 나는 장난이 지나치게 멀리 나갔다는 것을 깨달았다. 나는 그를 진정시키기 위해 목걸이를 꺼내려고 원피스의 옷깃을 젖혔다. 그러나 나는 내 손으로 목걸이를 꺼내지 못했다. 표도르 미하일로비치가 끓어오르는 분을 이기지 못하고 급히 내게로 돌진해서 있는 힘껏 목

걸이 줄을 잡아당겼던 것이다. 아주 가는 줄이 달린 그 목걸이
는 베네치아에서 그가 직접 사준 것이었다. 줄은 순식간에 끊
어졌고 초상화가 든 작은 갑만 남편의 손에 남았다. 그는 재빨
리 책상 옆으로 돌아가서 몸을 숙여 그것을 열기 시작했다. 어
디를 눌러 열어야 할지를 모르는지 그는 한참 동안 그 작은 갑
을 쥐고 씨름을 했다. 나는 그의 손이 떨리는 것을 보았다. 갑
이 금방이라도 그의 손에서 미끄러져 책상으로 떨어질 것만
같았다. 나는 그가 너무 가여웠고 나 자신에게 견딜 수 없이 화
가 났다. 내가 직접 열어 주겠다고 다정하게 말을 붙였지만, 표
도르 미하일로비치는 분을 못 이기는 고갯짓으로 내 말을 거
절했다. 마침내 남편이 잠금 장치를 제대로 다루어 초상화가
들어 있는 갑이 열렸다. 한 면에는 우리 딸 류보치카의 초상이,
다른 면에는 그 자신의 초상이 보였다. 그는 완전히 멍한 표정
으로 계속해서 초상화를 쳐다보며 할 말을 잃었다.

"그래, 뭘 찾아냈나요?" 내가 물었다. "폐쟈, 어떻게 익명의
편지를 믿을 정도로 어리석을 수가 있어요?"

표도르 미하일로비치는 날카롭게 나를 향해 돌아섰다.

"당신이 그 익명의 편지를 어떻게 알지?"

"어떻게 알겠어요? 내가 당신에게 보낸 편지니까 알죠!"

"당신이 보냈다니, 무슨 말을 하는 거야! 믿을 수가 없군!"

"그럼, 내가 지금 보여 줄게요!"

나는 『조국의 기록』이 놓여 있는 다른 책상으로 가서 책장을

이리저리 넘겨 편지지 몇 장을 찾아냈다. 전날 필체를 바꾸느라 연습했던 종이들이었다. 표도르 미하일로비치는 양팔을 벌리며 경악을 금치 못했다.

"그러니까 당신 자신이 이 편지를 지어냈다는 거요?"

"아뇨, 내가 지어낸 게 아니에요! 그냥 소피야 이바노브나의 소설에서 베껴 썼어요. 바로 어제 당신도 그걸 읽었잖아요. 그래서 나는 당신이 금방 짐작을 할 거라고 생각했어요."

"그런 걸 어떻게 기억하나! 익명의 편지라는 것들은 죄다 그런 식으로 쓰는 걸. 나는 도대체 이해가 안 돼. 무엇 때문에 그런 편지를 내게 보낸 거지?"

"그냥 장난치고 싶었어요." 내가 해명했다.

"도대체 이런 장난을 한다는 게 가당키나 해? 나는 정말 30분 동안 괴로워서 죽을 것 같았단 말이오!"

"당신이 이런 오셀로 같은 사람이라는 걸 누가 알았겠어요? 조금도 신중히 생각해 보지 않고 화부터 내다니요."

"이런 상황에서 신중하게 생각하는 사람은 아무도 없어! 바로 이런 데서 당신이 진실한 사랑과 진실한 질투를 경험해 보지 못했다는 게 드러나는 거야."

"진실한 사랑은 지금도 느끼고 있어요. 하지만 '진실한 질투'라는 건 뭔지 모르겠군요. 그건 당신 책임이에요. 당신은 왜 나를 배신하지 않는 거죠?" 나는 그의 기분을 누그러뜨리기 위해 농담을 했다. "제발 좀 나를 배신해 봐요. 그러면 나는 당신보다 착하니까, 당신은 건드리지 않을 거예요. 대신 그 여자, 그 못된 여자의 눈을 할퀴어 버릴 거예요!"

"당신은 늘 농담을 하는군, 아네치카." 미안한 듯한 목소리로 표도르 미하일로비치가 말을 꺼냈다. "하지만 어떤 불행한 일이 생겼을지 생각을 해봐! 정말이지 내가 격분해서 당신의 목을 조를 수도 있었잖아! 신이 우리 아이들을 불쌍히 여겨 그 애들을 구해 주었다고 할 수 있겠군. 생각해 보라고. 만약 내가 목걸이에서 내 초상화를 찾지 못하기라도 했으면 당신에 대한 일말의 의심이 항상 마음속에 남아 있었을 거고, 그 때문에 나는 평생 괴로웠을 거야. 제발 부탁인데, 그런 장난은 치지 말아요. 격분한 상태에서 나는 나 자신을 책임질 수 없단 말이오!"

이야기를 나누는 동안 나는 목을 움직이는 것이 왠지 불편하게 느껴져서 손수건으로 목을 어루만졌다. 손수건에 피가 묻어났다. 완력으로 줄이 뜯겨져 나갈 때 피부가 긁힌 모양이었다. 손수건에 묻은 피를 보고 남편은 절망에 빠졌다.

"오, 주여. 내가 무슨 짓을 한 거지! 아네치카, 내 소중한 사람, 나를 용서해 주오! 내가 당신에게 상처를 입히다니! 아프지? 많이 아프지?"

나는 '상처'는 전혀 없고 단지 긁힌 자국만 있을 뿐이라며 내일이면 아물 것이라고 그를 안심시켰다. 표도르 미하일로비치는 진정으로 괴로워했고, 자신이 그렇게 폭발한 것을 부끄러워했다. 그날 저녁 내내 그는 사과와 후회, 그리고 정말 다정하고 자상한 말들로 일관했다. 나의 어리석은 장난이 그렇게 무사히 마무리되어 나 자신도 더할 나위 없이 기뻤다.

나는 표도르 미하일로비치에게 그런 고통을 안겨 준 것을 진심으로 후회했다. 그리고 그런 종류의 장난은 다시는 치지 않겠다고 나 자신에게 맹세했다. 질투심이 나의 소중한 남편을 거의 책임질 수 없는 광분 상태로까지 몰고 갈 수 있다는 것을 경험했기 때문이다. 나는 문제의 그 목걸이와 익명의 편지(1876년 5월 18일자)를 아직까지 보관하고 있다.

2. 1876년, 암소 찾기

1876년 여름에 스타라야 루사에는 상트 페테르부르크 대학의 교수인 니콜라이 페트로비치 바그네르[2]가 가족과 함께 거주하고 있었다. 그는 폴론스키[3]의 서신을 가지고 우리 집에 찾아왔는데, 남편에게 좋은 인상을 주었다. 그들은 무척 자주 만나게 되었다. 표도르 미하일로비치는 새로 사귀게 된 이 사람이 강신술(降神術)에 광적으로 빠져 있는 데 대해 큰 관심을 보였다.

어느 날 공원에서 바그네르와 마주쳤는데, 그가 나에게 말했다.

"어제 표도르 미하일로비치 때문에 깜짝 놀랐답니다!"

"무엇 때문에요?" 내가 궁금해서 물었다.

"저녁에 산책을 하다가 댁에 들르려고 했지요. 그런데 교차로에서 마침 바깥 양반을 만나게 되어 제가 물었죠. '산책 가십니까, 표도르 미하일로비치?' 그러자 바깥 양반은 '아니오, 산책 나온 게 아니라 일이 있어서요'라고 대답했어요. 그래서 제가 다시 '제가 함께 가도 될까요?'라고 묻자 그는 '원하시면, 그러시지요'라고 무뚝뚝하게 대답하더군요. 무슨 걱정이 있는 듯이 보였어요. 대화를 하고 싶어 하지 않더군요. 그렇게 첫 번째 사거리에 이르렀죠. 거기서 마주 오는 어떤 아낙네를 만났는데, 표도르 미하일로비치가 그녀에게 갈색 암소 한 마리를 못 보았냐고 묻더군요. 그녀는 못 보았다고 대답했지요. 저는 그가 갈색 암소에 관해 묻는 게 이상하게 여겨졌지만 '들판에서 돌아오는 첫 암소를 보면 내일 날씨를 알 수 있다'라는 미신이 생각나더군요. 그래서 '표도르 미하일로비치가 내일 날씨를 알아보려고 암소에 관해 묻는구나' 하고 생각했죠. 하지만 한 구역을 채 못 가서 이번엔 어떤 소년과 마주쳤는데 똑같은 질문을 하는 거예요. 그래서 내가 참지 못하고 물었죠. '표도르 미하일로비치, 대체 갈색 암소가 당신에게 무슨 소용이죠?' '무슨 소용이라니요? 암소를 찾고 있는 겁니다.' '찾는다고요?' 나는 깜짝 놀랐어요. '그래요, 우리 소를 찾고 있어요. 녀석이 들판에 나가서 돌아오지 않았거든요. 집안 식구들 모두가 암소를 찾아 나섰답니다. 나도 마찬가지고.' 그제야 표도르 미하일로비치가 거리 이쪽저쪽의 도랑들을 왜 그렇게 유심히 살펴보았는지, 그리고 왜 그렇게 넋이 빠진 모습이었는지 알겠더군요."

"그런데 그게 뭐가 그렇게 놀랄 일인가요?"

"어떻게 놀라지 않겠어요?" 그가 대답했다. "그 지고한 관념들로 가득 찬 언어와 지성과 상상력을 가진 위대한 예술가가 갈색 암소 따위를 찾아 거리를 헤매고 있는데 말이에요."

"니콜라이 페트로비치, 당신은 모르시는군요. 표도르 미하일로비치는 재능 있는 작가일 뿐만 아니라 자상한 가장이랍니다. 집안에서 일어나는 모든 일에 관심을 가지고 있지요. 만일 암소가 정말로 어제 집으로 돌아오지 않았다면, 우리 아이들, 특히 막내는 우유를 못 먹었을 거예요. 아니면 병에 걸렸을지도 모르는 남의 암소가 짠 우유를 얻어 먹었겠죠. 그래서 남편이 소를 찾아 나선 거랍니다."

우리에게 우리 소유의 암소가 있었던 것은 아니었다. 하지만 루사로 여름을 보내러 오면 근방의 농민들이 여름 한철 우리에게 자신들의 암소를 맡기려고 앞다투어 찾아왔다. 그들의 희망은 겨우내 여윈 소를 맡겨 가을에는 배불리 먹인 소를 찾는 것이었다. 우리는 이 농민들에게 여름 한 철에 10루블이나 15루블을 지불했다. 그런데 만일 소가 쓰러지거나 부리지 못할 정도로 상태가 나빠지면 90루블을 지불해야만 했다. 여름마다 서너 번씩 소가 무리와 함께 들에서 돌아오지 않는 경우가 생겼다. 그러면 젖먹이 아이를 돌보는 유모를 제외한 온 집안 식구가 사방으로 소를 찾아 나섰다. 우리 가족의 기쁨과 슬픔을 가슴으로 함께했던 표도르 미하일로비치는 그런 경우에도 우리를 도왔고 두세 번은 직접 우리 소를 집으로 몰고 와서 쪽문으로 밀어 넣기도 했다. 가족에 대한 남편의 이런 진정한 배려에 나는 항상 진한 감동을 받았다.

3. 1876년, 겨울 그리고 친분

그해 겨울에는 표도르 미하일로비치의 친분 관계가 무척 넓어졌다. 도처에서 그를 무척 따뜻하게 맞아 주었다. 그것은 그의 지성과 재능을 높이 평가한 탓이기도 했지만, 그가 인간의 온갖 고통에 공명하는 따뜻한 가슴을 지녔기 때문이기도 했다.

하지만 나는 그해 겨울 사교 모임에 나가지 않기로 했다. 하루 종일 『작가 일기』 일과 집안일을 하느라, 그리고 아이들과 씨름하느라 지쳐서 저녁이 되면 오로지 쉬면서 재미있는 책을 읽고 싶은 생각뿐이었다. 아마도 모임에 나갔더라면 지루해하는 모습으로 있었을 것이 분명했다. 그리고 모임에 나가지 않는 것이 나로서는 조금도 아쉽지 않았다. 러시아로 우리가 돌아온 직후부터 남편이 죽는 날까지 계속된 우리의 습관이 있었기 때문이다. 내가 모임에 나가지 않아서 답답해하는 것 ─ 사실 나는 그렇지 않았음에도 ─ 을 항상 안타깝게 여기던 표도르 미하일로비치는 나를 즐겁게 해줄 요량으로 손님들에게서 본 것과 들은 이야기, 혹은 이런저런 사람들과 나눈 얘기들을 전부 다 내게 이야기해 주었고, 이것은 곧 우리의 습관이 되었다. 표도르 미하일로비치가 얼마나 흡인력 있게 이야기를 하던지, 또 얼마나 풍부한 표현력으로 상황을 전달하던지 내게는 그의 이야기가 완전히 그 모임과 마찬가지였다.

그가 모임에서 돌아오기를 언제나 학수고대하고 있던 생각이 지금도 난다. 그는 보통 밤 1시나 1시 반에 돌아왔다. 그 시간이 되면 나는 그를 위해 막 끓인 차를 준비해 두었다. 그는 품이 헐렁한 여름 외투(그가 실내 가운 대신 입었던 옷이다)로 갈아입은 뒤 뜨거운 차를 마셨다. 그러고는 그날 저녁 모임에 관해 이야기를 하기 시작했다. 표도르 미하일로비치는 내가 세세한 이야기를 듣고 싶어 한다는 것을 알았기 때문에 자신이 나눈 대화를 아낌없이 죄다 전해 주었다. 그러면 나는 항상 "그래서 그녀가 당신에게 뭐라고 말했어요? 당신은 그에게 뭐라고 대답했어요?" 하고 자세히 캐묻곤 했다.

표도르 미하일로비치는 방문을 마치고 돌아온 뒤에는 더 이상 일에 손을 대지 않았다. 그래도 늦게 잠자리에 드는 것이 습관이 되어 있었으므로 우리는 어떤 때는 그 이야기를 나누며 새벽 5시까지 앉아 있기도 했다. 그러면 표도르 미하일로비치는 머리가 아플 테니까 내일 마저 이야기를 해주겠다고 나를 설득하여 억지로 잠자리에 들게 했다.

때로는 어떤 문학, 혹은 정치 논쟁에서 자신이 어떻게 이기게 되었는지를 자랑하기도 했고, 때로는 어떤 사람을 알아보지 못하여 어떤 오해가 생겼는지 자신의 실수를 얘기하면서 그 실수를 어떻게 만회해야 할지 내 의견과 조언을 구하기도 했다. 가끔은 다른 사람들이 자신에게 얼마나 불공평한 태도를 보이며 자신을 모욕하거나 자존심을 상하게 하려 했는지 이야기하며 노골적으로 불평을 토로하기도 했다. 그와 직업이 같은 사람들, 지성과 재능을 겸비한 그 사람들은 남편에게 너그럽지 못한 경우가 잦았고, 사소한 빈정거림이나 모욕적인 말로 그들이 볼 때 그의 재능이 얼마나 하찮은지 보여 주려 애쓰는 경우가 많았던 것이 사실이다. 어떤 사람들은 표도르 미하일로비치와 대화를 나누면서도 그의 새 작품에 관한 이야기는 아예 한 마디도 하지 않았다. 마치 혹평을 하여 그를 슬프게 하고 싶지 않다는 듯이 말이다. 그가 그들로부터 듣고 싶은 말은 칭찬이나 찬사가 아니라 소설 속에 자신이 구상한 이념이 제대로 드러났는지에 관한 진실된 의견이라는 것을 그들이 잘 알고 있었음은 물론이다. (잡지가 나온 지 벌써 한 달이 지난 후에) '친구'에게 소설의 마지막 장을 읽어 보았냐고 표도르 미하일로비치가 직접 묻자, 그 '친구'는 "젊은 친구들이 책을 가져가서는 손에서 손으로 건네며 소설을 칭찬하더라"고 대답한 경우도 있었다. 이 말을 한 사람은 표도르 미하일로비치에게 소중한 것은 새파란 젊은이의 의견이 아니라 바로 '친구' 자신의 의견이라는 것을 잘 알고 있었고, '친구'가 소설이 나온 지한 달이 다 되도록 그것을 읽지 않을 정도로 그의 작품에 관심이 없다는 것을 알면 그의 마음이 괴로울 것이라는 점도 잘 알고 있었다.

기억나는 예를 또 하나 들자면, 모임에서 표도르 미하일로비치를 만난 한 문인은 그에게 소설 『백치』를 이제야 겨우 다 읽었다고, 나온 지 5년이 지났지만 소설이 마음에 들었다고, 하지만 부정확한 점을 발견했다고 말했다.

"뭐가 부정확하던가?" 표도르 미하일로비치는 소설의 사상이나 주인공의 성격에서 그런 점이 있을 것이라고 생각하며 관심을 보였다. "내가 올여름 파블롭스크에서 지냈는데, 딸아이들과 산책을 하면서, 소설의 여주인공인 아글라야 예판치나가 살았다는 스위스 시골풍의 화려한 별장을 계속 찾아봤네만 당신 생각 같은 그런 별장은 파블롭스크에는 없더군."

마치 표도르 미하일로비치가 소설에다 상상의 별장이 아니라 반드시 존재하는 별장을 묘사할 의무라도 있다는 듯한 태도다.

또 다른 문인은 (이건 그 뒤의 일이다) 엄청난 호기심을 갖고 (소설 『카라마조프 가의 형제들』에 나오는) 검사의 연설을 두 번 읽었는데 두 번째 읽을 때에는 손에 시계를 들고 소리 내어 읽었다고 했다.

"시계는 왜?" 남편이 놀라며 물었다.

"소설에서 연설이 ……분간 계속되었다고 하기에 맞는지 시험해 보고 싶어서 말이오. 근데 ……분이 아니고 겨우 ……이던 걸."[4]

표도르 미하일로비치는 처음에는 검사의 연설 자체가 이 문인의 관심을 끌어서, 흔히 무언가에 감동을 받으면 그렇듯이 다시 한 번 읽어 보려 했다고 생각했다. 그러나 이유는 다른 것이었고, 그것은 표도르 미하일로비치를 의도적으로 모욕하거나 상처 받게 하려 한 경우가 아니면 언급할 수 없을 정도로 사소한 것이었다. 동시대의 문단 사람들이 남편을 그렇게 대한 예는 적지 않았다.

물론 그의 자존심을 건드리는 이 모든 빈정거림은 지성과 재능을 갖춘 사람들이 할 일이 아니었다. 하지만 그럼에도 불구하고 그들은 병든 남편의 무너진 신경을 아프게 자극했다. 나는 이 나쁜 사람들에 대해 자주 분통이 터졌고, 그들의 모욕적인 발언이 표도르 미하일로비치에 대한 '직업적인 질투심'이라고 해석하는 방향으로 생각이 기울었다(내가 잘못 안 것이라면 용서하기 바란다). 표도르 미하일로비치에게는 그런 질투심이 전혀 없었다. 그는 글이나 말로 대하는 상대방이 자신과 신념이 다르다 할지라도 그들의 재능 있는 작품들은 항상 정당하게 평가했다. 그의 이러한 점은 인정해야 한다.

나는 표도르 미하일로비치가 모임에서 본 부인들의 옷차림을 묘사해 주는 것이 언제나 재미있었다. 그는 가끔 자신의 마음에 든 옷을 내가 꼭 지어 입었으면 좋겠다는 바람을 피력하기도 했다.

"이것 봐, 아냐." 그가 말했다. "그녀의 드레스는 정말 근사했어. 스타일은 아주 평범해. 오른쪽은 약간 들어 올려져 있고 깔끔했어. 뒤는 마룻바닥까지 내려왔지만 끌리지는 않았고, 왼쪽은 잘 기억이 안 나지만, 마찬가지로 들어올려져 있었던 것 같아. 그런 옷을 당신도 만들어 입어 봐. 무척 잘 어울릴 거야."

표도르 미하일로비치가 묘사한 것으로는 그 모양을 이해하기가 좀 어려웠지만, 나는 그렇게 하겠다고 약속했다. 표도르 미하일로비치는 또한 색깔에 대해 가끔 실수를 했고 색을 제대로 분별하지 못했다. 그는 지금은 전혀 사용하지 않는 이름의 색상, 예를 들어 남자홍(藍紫紅) 색을 자주 거명했다. 그는 내 얼굴 빛에는 남자홍색이 꼭 어울린다고 강변하면서 그런 색의 옷을 지어 입으라고 부탁했다. 나는 남편을 기쁘게 해주려고 상점에 그런 색의 옷감이 있는지를 물어보았다. 상인들은 그게 무슨 색인지 몰랐다. 그런데 (그후에) 남자홍이라는 것이 짙은 보라색이고, 예전에 모스크바에서는 그런 색의 벨벳 천으로 관을 덮었다는 것을 어떤 노파에게 들어 알게 되었다. 짙은 보라색은 다른 사람들에게 잘 어울릴 수도 있고 내게도 잘 어울릴지도 모른다. 그렇지만 나는 그런 색 옷감으로 옷을 만들어 입지 못해 남편의 바람을 들어주지 못하고 말았다.

한마디 더 하자면, 남편은 언제나 내가 붉은 색 옷을 입고 붉은 모자를 쓴 것을 보면서 매우 흡족해했다. 그의 꿈은 화사한 옷을 차려 입은 나를 보는 것이었다. 그럴 때면 그는 나보다 훨씬 더 기뻐했다. 그러나 우리의 자금 사정은 언제나 어려웠기 때문에 옷차림에 신경을 쓰는 것이 불가능했다. 그런 만큼 어쩌다가, 혹은 내 뜻에 반해서까지 내게 옷을 사주거나 아니면 외국에서 내게 줄 어떤 아름다운 물건을 사올 때면 남편은 얼마나 흐뭇해하고 행복해했는지 모른다. 표도르 미하일로비치는 엠스에 갈 때마다 내게 선물을 사주기 위해 돈을 아껴 쓰려 애썼다. 한번은 상아로 만들어진 화려한 (조각조각 이어진) 수공예품 부채를 사왔고, 또 한번은 회청색 에나멜이 칠해진 멋진 쌍안경을 사왔다. 언젠가는 호박 장신구(브로치와 귀걸이, 그리고 팔찌)를 사온 적도 있다.

그는 내게 줄 선물을 한참 동안 들여다 보며 고르다가 가격을 물어보았고, 내가 선물을 마음에 들어 하면 더없이 흡족해했다. 남편이 내게 선물하는 것을 좋아한다는 걸 알았기에 나는 선물을 받을 때면 언제나 한껏 기쁨을 표현했다. 비록 때로는 그가 유용하기보다는 사치스러운 물건을 산 것에 마음이 쓰라렸지만 말이다. 한번은 카트코프에게서 돈을 받은 표도르 미하일로비치가 모스크바의 근사한 상점에서 한 벌에 12루블씩 하는 슈미즈(원피스로 된 여성 속옷—옮긴이)를 한 다스 사왔다. 나는 물론 감격하는 표정으로 선물을 받았다. 하지만 마음속으로는 돈이 무척 아까웠다. 내의는 충분히 있었으므로 그 돈이면 내게 꼭 필요한 다른 여러 가지 물건들을 살 수 있었기 때문이다.

이 화려한 속옷 선물의 이면에는 내게 큰 위로가 된 우스운 일화가 있다. 어느 날 밤 2시 무렵에 남편이 내 방에 들어와 큰 소리로 나를 깨웠다. "아냐, 이게 당신 속옷이야?" "속옷이라뇨? 아마 그럴 거예요." 나는 잠에 취해서 무슨 말인지 이해하지 못했다. "어떻게 당신이 이렇게 변변치 못한 내의를 입을 수가 있소?" 남편이 화를 내며 말했다. "입을 수 있고 말고요. 근데 당신이 무슨 말을 하는 건지 모르겠어요. 여보, 나 좀 자게 해줘요!"

남편이 내 방에 들어와 화를 내고 나간 그 수수께끼 같은 간밤의 사건은 아침이 되어서야 풀렸다. 하녀가 말하기를, '주인 나리'가 처음에는 자신과 식모를 무섭게 했고, 그런 다음에는 또 깜짝 놀라게 했다는 것이다. 하녀가 내게 얘기해 준 자초지종은 이랬다. 저녁에 그녀는 자기 속옷 두 벌을 빨아서 창문 뒤의 빨랫줄에 널어 놓았다. 밤이 되자 바람이 거세어져서 얼어붙은 속옷들이 창문에 부딪히기 시작했다. 표도르 미하일로비치는 자기 서재에서 일을 하다가 창문 두드리는 소리를 듣고는 그 소리에 아이들이 깰까 봐 부엌으로 갔다. 그는 걸상 위에 올라서서 창의 통풍구를 열고 옷들을 하나씩 조용히 걷었다. 그런 다음 그 옷 두 벌을 난로 위의 빨랫줄에 찬찬히 펼쳐 널었다. 바로 이때 표도르 미하일로비치가 그 속옷을 살펴보게 되었고(그것은 물론 아주 거친 회색 아마포로 만든 것이었다), 그런 다음 마음이 심란해져서 나를 깨우러 온 것이었다.

하녀에게 얘기를 들은 내가 남편에게 자초지종을 말해 주었더니 그는 자신이 실수한 것을 알고 웃음을 터뜨렸다. 왜 하녀를 깨우지 않았냐는 내 물음에 남편은 이렇게 대답했다. "깨우기가 안쓰러워서 말이오. 하루종일 일하느라 지쳤으니 쉬도록 해줘야지." 부리는 사람에 대한 남편의 태도는 늘 그런 식이었고, 자신을 위해 쓸데없는 일거리를 요구하는 법이 없었다.

표도르 미하일로비치가 특히 흐뭇해했던 때는 세상을 뜨기 2년 전 어느 날, 다이아몬드가 박힌 귀걸이를 내게 선물했던 때였다. 약 200루블이나 되는 그 귀걸이를 사기 위해 남편은 보석에 대해 잘 아는 판첼레예프의 조언을 구했다. 남편이 낭독을 했던 문학의 밤에서 내가 그 귀걸이를 처음으로 착용했던 것으로 기억한다. 다른 문인들이 낭송을 하는 동안 남편과 나는 거울로 장식된 벽을 따라 나란히 앉아 있었다. 문득 남편이 옆을 쳐다보면서 누군가에게 미소를 짓고 있는 것을 발견했다. 그는 이어 나를 돌아보며 기쁨에 찬 목소리로 이렇게 소곤거리는 것이었다. "반짝거려. 정말 아름답게 반짝거려!" 수많은 등불 아래 내 보석이 찬란하게 빛을 발하고 있는 것을 보고 남편은 아이처럼 좋아했던 것이다.

4. 1876년, 투르게네프에게 진 빚

1876년 한 해 동안 우리에게 일어났던 일 중에서 기억에 남는 일은 한 가지 작은 오해로서, 그 일이 있기 불과 이삼일 전에 간질 발작을 일으켰던 남편을 몹시 흥분시킨 사건이다.

표도르 미하일로비치 앞에 알렉산드르 페도로비치 오토(오네긴)라는 젊은이가 나타났다. 그는 파리에 살고 있었고 후에 푸시킨의 서적과 문서들로 이루어진 귀한 소장품을 갖게 된 사람이다. 오토 씨는 그의 친구 투르게네프에게 표도르 미하일로비치의 집에 가서 빚을 받아 달라는 부탁을 받고 왔다고 했다. 남편은 놀라서 투르게네프가 정말 안넨코프[5]에게서 50탈러를 받지 못했냐고 물었다. 남편은 지난 해 7월 러시아로 돌아오는 기차에서 안넨코프를 만났을 때 투르게네프에게 전해 주라며 그 돈을 주었던 것이다.

오토 씨는 안넨코프로부터 돈을 건네받은 것은 사실이지만, 투르게네프는 비스바덴에 있던 표도르 미하일로비치에게 50탈러가 아니라 100탈러를 보낸 것으로 기억하고 있다고 말했다. 그래서 그는 표도르 미하일로비치에게 받을 돈이 아직 50탈러가 더 남아 있다고 생각한다는 것이었다. 남편은 자신이 실수했다고 생각하여 안절부절 못하면서 즉시 나를 불렀다.

"말해 봐, 아냐. 내가 투르게네프에게 얼마를 빚졌지?"

내게 손님을 인사시키고 난 후 남편이 물었다.

"50탈러요."

"정확해? 잘 기억하고 있는 거야? 잘못 안 건 아니고?"

"분명히 기억하고 있어요. 투르게네프가 당신에게 얼마를 부쳤는지 편지에다 정확하게 기입해 놓았으니까요."

"나한테 그 편지를 보여 줘, 어디 있소?" 남편이 채근했다.

물론 편지가 당장 내 손에 있지는 않았다. 하지만 나는 그것을 찾아보겠다고 약속하면서 그 젊은이에게 이틀쯤 뒤에 다시 우리를 찾아 달라고 부탁했다.

표도르 미하일로비치는 내 쪽에서 뭔가 실수를 하지 않았을까 몹시 심란해했고, 내가 밤새 뒤져서라도 편지를 찾고야 말겠다고 작정한 것에 대해 걱정했다. 남편의 걱정은 내게로 전해졌다. 나는 이번 경우에는 어떤 오해가 있지 않았나 하는 생각이 들었다. 불행히도 지난 몇 해 동안의 남편의 서신들은 정말 엉망진창인 상태에 있었다. 그래서 나는 최소한 300~400통의 편지들을 다 살펴본 끝에 마침내 투르게네프의 편지를 찾을 수 있었다. 편지를 다 읽고 난 후 나는 우리가 실수한 것이 아니라는 것을 확신하게 되었고 남편도 안심하였다.

이틀이 지나 오토 씨가 왔을 때, 우리는 그에게 투르게네프의 편지를 보여 주었다. 그는 무척 당혹스러워하며, 자기가 그 편지를 투르게네프에게 보낼 수 있도록 편지를 자신에게 달라고 부탁했다. 이후에 편지를 다시 우리에게 돌려주겠다는 약속도 했다.

3주쯤 뒤에 오토 씨가 또다시 우리 앞에 나타났다. 그는 편지를 갖고 왔는데, 그것은 우리가 그에게 건네준 편지가 아니라 표도르 미하일로비치가 비스바덴에서 투르게네프에게 쓴 편지였다. 그 속에는 투르게네프에게 50탈러를 빌려 달라고 부탁한 내용이 들어 있었다. 이렇게 해서 우리의 말이 다 옳았던 것으로 밝혀졌고, 이 오해는 불식되었다. 결국 오토 씨만 고

생을 했다. 그는 세월이 지난 후(1888년 12월 19일) 나에게 편지를 보냈는데, 거기엔 다음과 같이 자신을 상기시키는 내용이 담겨 있었다.

저와 표도르 미하일로비치의 작은 인연은 그의 입장에선 불쾌했을 만한 오해 때문에 생겨났습니다. 그때 저는 내키지 않는 역할을 했었지요. 저는 아주 오래 전, 당신들이 아직 페스키에 살고 있었을 때 당신들 앞에 나타났던 사람입니다. 표도르 미하일로비치가 금전적으로 어려웠던 때에, 게다가 병으로 인해 그 상황이 더욱 악화되었을 때, 제 친구 투르게네프의 위임장을 가지고 표도르 미하일로비치에게 빚을 받으러 갔었지요. 그랬더니 당신들은 직접 내게 전반적인 일의 정황을 믿음직하게 설명해 주셨지요. 그리고 나중에 표도르 미하일로비치는 흥분하고 열난 상태에서도 투르게네프의 요구가 부당하다는 것을 입증해 보였습니다. 저는 워낙 직선적인 성격이라 그 당시 투르게네프에게 신랄한 편지를 썼습니다. 사태는 분명했기 때문이지요. 투르게네프는 자신의 실수를 인정했지만, 저는 그의 우정을 잃을 뻔했습니다. 쌍방 간의 싸움에 끼어든 제삼자에게 흔히 생기는 일이지요.

5. 1877년, 잃어버린 외투

1877년 초에 '사건'이 하나 일어났다. 그 덕분에 우리는 당시 수도의 범죄수사 체계를 알 수 있게 되었다. 나의 새 여우털 코트를 도둑맞은 사건이었다.

러시아로 돌아온 후 나는 드레스덴에서 입고 다녔던 회색 양가죽 반코트를 겨울마다 꺼내 입었다. 표도르 미하일로비치는 내가 그렇게 얇은 옷을 입은 걸 보고는 독감에 걸려 심하게 앓을 것이라며 질색하곤 했다. 물론 그 코트는 러시아의 12월과 1월의 혹한에는 맞지 않는 것이었다. 그래서 날씨가 몹시 추울 때 나는 코트 위에 두꺼운 모직 숄을 걸쳐야 했는데, 보기에는 꽤나 흉했을 것이다. 하지만 러시아로 돌아온 뒤 처음 몇해 동안은 우리를 그토록 괴롭혔던 빚을 갚는 일에만 매달려야 했기 때문에, 가을이면 따뜻한 모피 옷을 사는 문제가 제기되곤 했어도 좀처럼 해결되진 않았다. 그러다 1876년 말 마침내 우리의 오랜 바람이 이루어질 가능성이 생겼다. 이렇듯 사소한 가정사에 대해서도 표도르 미하일로비치가 얼마나 큰 관심을 가져 주었는지를 나는 기억하고 있다.

내가 항상 옷에 돈을 쓰는 데 인색하다는 것을 알고서 그는 직접 이 일을 해결하기로 마음먹었다. 그는 나를 데리고 제제린 모피 상점(지금의 메르첸스 상점, 남편은 여름에는 항상 이 상점에 자신의 모피옷을 보관했다)에 가서는 수석 판매원에게 코트에 달 여우털이나 담비털로 만들어진 깃을 '양심껏' 골라 달라고 부탁했다. (남편을 흠모하는) 그 판매원은 여우털을 산더미처럼 쌓아 놓은 뒤 각각의 장단점을 지적하면서, 마침내 정해진 금액(100루블)에 맞는 나무랄 데 없는 모피를 골라 주었다. 거의 같은 가격의 담비털 깃도 정말 멋졌다. 그 상점에는 검은 공단 견본 천들도 있었는데, 표도르 미하일로비치는 그 천들을 불빛에 비춰 보기도 하고, 색깔이 내게 어울리는지 살펴보는 데다, 옷감 조직이 튼튼한지까지 시험했다. 옷을 어떤 스타일로 할 것인가 하는 말이 나오자 (그때는 소매 없는 망토 스타일의 외투가 막 유행하던 시기였다) 남편은 새로운 스타일의 옷을 보여 달라고 부탁했다. 그는 옷을 보자마자 이 '멍청한' 유행에 반대했다. 판매원이 농담으로 소매 없는 외투는 자기 아내에게서 벗어나고 싶었던 어떤 재단사가 고안한 것이라고 하자, 남편은 이렇게 말했다. "나는 아내에게서 벗어나고픈 마음이 조금도 없으니까 옛날 식대로, 소매 있는 코트를 만들어 주시오."

남편이 내 코트에 그렇게 열띤 관심을 가지고 주문하는 모습을 보면서 나는 소매 없는 코트를 고집할 수가 없었다. 2주일 뒤 코트가 배달되어 내가 그것을 입어 보았을 때 표도르 미하일로비치는 흡족해하며 말했다. "당신은 완전히 남부 모스크바의 여자 상인이 됐군! 그 옷이 있으니 이제 당신 감기 걱정은 하지 않아도 되겠군 그래."

그런데 그토록 몇 년을 기다리다가 마음을 졸여가며 '제작한' 바로 그 코트를 도둑맞은 것이다! 그것도 백주 대낮에, 10분 남짓한 시간 동안 일어난 일이었다. 내가 어딘가 외출했다가 돌아오니, 표도르 미하일로비치는 벌써 일어나 내가 어디 있냐고 묻고는 곧바로 자기 서재로 들어갔다고 했다. 나는 보통 때는 코트를 내 방으로 가지고 들어갔지만 이번에는 현관의 옷걸이에 걸어 놓았다. 남편과 잠시 얘기를 나눈 뒤 현관으로 돌아왔더니 옷걸이에 있던 코트가 그새 없어진 게 아닌가. 한바탕 소동이 일어났다. 부엌에 있던 하녀 둘은 아무도 못 보았다고 했다. 문과 정문 계단을 쳐다보았더니 문이 열려 있었다. 나를 도와 코트를 벗겨주었던 하녀가 문 잠그는 걸 잊은 것이 분명했다. 도둑은 이 틈을 이용했던 것이다.

표도르 미하일로비치는 코트를 잃어버린 것 때문에 무척 마음 아파했다. 게다가 겨울 추위가 아직도 꼬박 두 달은 남아 있었다. 나 또한 완전히 절망적인 상태가 되어 '미친 듯이 날뛰면서' 하녀들을 야단쳤고 나 자신에게도 코트를 현관에 둔 것에 화가 치솟았다. 우리는 수석 문지기를 불렀고, 그는 도난 사실을 경찰에 알렸다. 저녁에 웬 경찰 관리가 하녀를 심문하러 와서는 내가 직접 범죄 수사과에 들러 꼼꼼히 수색해 달라는 부탁을 하라고 조언했다.

다음 날 아침, 나는 오피체르스크 경찰서에 갔다. 내 성을 보더니 간부들 중 누군가가 금방 나를 맞으러 나왔다(남편이 살아 있을 때 내 성을 들으면 관청에서는 언제나 모종의 감탄이 흘러나오곤 했다. '보게, 신문에 글을 싣는 문인이야!'라고 말이다). 내 말을 주의 깊게 다 듣고 나서 그 관리는 의심 가는 사람이 있냐고 물었다. 나는 하녀들은 믿는다고 말했다. 하녀들은 내가 스타라야 루사에서 데리고 온 아이들로 3년 동안 우리 집에서 일했는데, 나는 그 애들에게서 나쁜 점을 전혀 발견하지 못했다. 그밖에도 생각나는 사람은 아무도 없었다.

"집에 자주 오는 방문객들을 말씀해 주시죠." 관리가 말했다.

"우리의 지인들이죠. 그리고 또 상점에서 책과 잡지들을 배달하는 사람들이 있어요. 하지만 그 사람들은 언제나 부엌을 통해 들어와요. 어제는 그들 중 누구도 오지 않았고요."

"그러면 거지들, 그러니까 구걸하러 오는 사람들은 없나요?"

"있지요. 많이 오는 편이라고 해야죠. 남편은 너무나도 착한 사람이어서 누구에게든 도움을 거절하지 못한답니다. 물론 상황에 따라 돕지만요. 남편 수중에 돈이 한 푼도 없는 상태인데, 우리 집 근처에서 거지들이 그에게 자비를 구하면, 그는 그들을 집으로 데리고 와서 돈을 주는 경우가 있죠. 그러면 그 다음부터 이 사람들은 직접 우리 집에 찾아오기 시작하는 거예요. 문에 붙은 문패를 보고 남편의 이름을 알아가지고는 표도르 미하일로비치 씨를 찾는 거죠. 물론 내가 나가지요. 그러면 그들은 자신들의 궁핍한 처지를 말하곤 합니다. 나는 그들에게 3, 40코페이카씩 내주곤 했어요. 비록 우리가 특별히 잘 살지는 못하지만, 그 정도 도움을 언제든지 줄 수 있으니까요."

"그렇다면 그 거지 중 누군가가 훔쳐간 겁니다."

"저는 그렇게 생각하지 않아요. 전 그 가난한 사람들 편이에요." 내가 말했다. "그들이 비록 아주 귀찮고 시간을 많이 빼앗는 상대이긴 하지만 도둑이라는 건 믿어지지 않아요. 그들은 너무나 불운하고 혜택받지 못한 사람들일 뿐이에요."

"어디 한번 봅시다." 관리가 말했다. "이바노프, 사진첩을 가져오게." 부하 직원이 두꺼운 사진첩을 가져와서는 내 앞의 책상에 그것을 내려놓았다. "한번 보시는 게 어떻겠습니까?" 그가 제안했다. "아마, 아는 얼굴들이 있을 겁니다."

나는 호기심에 그 사진첩을 검토하기 시작했다. 그러다 세번째 장에서 잘 아는 얼굴을 발견했다. "오, 주여!" 나는 비명을 질렀다. "이 사람은 잘 알아요. 우리 집에 자주 오곤 했어요. 이 사람도 왔었고, 그리고 이 사람도." 사진첩을 한 장씩 넘길 때마다 나는 똑같은 말을 반복했다. 내가 '아는' 사람의 사진 밑에는 '현관 절도'라는 범죄명이 쓰여져 있었고, 역시 내가 잘아는 한 사람의 사진 밑에는 '총기를 가지고 침입한 강도'라고 적혀 있었다.

나는 질겁했다. 우리 집에 자주 드나들던 사람들, 내가 보통 혼자서 대화를 나누던 사람들이 도둑들이었던 것이다. 심지어 그 가운덴 물건을 훔칠 뿐만 아니라 나나 표도르 미하일로비치를 죽일 수도 있는 살인자도 있었다. 우리 가족이 무서운 위험에 빠질 뻔 했던 것이다. 공포에서 오는 한기에 등이 오싹했고, 머릿속엔 끔찍한 생각이 떠올랐다. 이 사람들은 우리 집에 계속 올 것이고, 우리는 앞으로 죽음의 위험 앞에 무방비 상태로 있게 될 것이다! 설령 이제부터 그들에게 도움 주는 것을 거부한다 할지라도, 우리의 거부 의사는 그들을 더욱 포악하게 만들어 결국 우리는 위험을 자초하는 꼴이 되고 말 것이었다.

나는 울적한 마음으로 몇 분간 앉아 있다 입을 열었다. "남편이 우리가 잘 아는 이 사람들의 사진을 못 봐서 정말 유감이에요. 아마 남편은 그들이 도둑이라는 걸 믿지 않을 거예요."

"그럼 아는 사람들의 사진을 골라 가지시지요. 우리한테는 사본이 또 있으니까요. 사진이 있으면 유용할 겁니다. 만일 그들 중 누군가가 당신 집에 나타나면 범죄 수사과에 갔더니 범죄자들의 사진을 주더라고 말하세요. 제 말을 믿으세요. 그들은 서로서로 정보를 나누니까 한 1년쯤은 그 사람들에게서 벗어날 수 있을 거예요."

나는 이 놀라운 수집품을 받게 된 것이 그 어떤 선물을 받은 것보다 더 기뻤다. 지금도 나는 그 사진들을 보관하고 있다. 그 친절한 관리는 나를 배웅하면서 노련한 경관 한 명을 보내 주겠다고 약속했다. 그 경관이라면 내가 도둑맞은 물건을 찾아 줄지도 모른다며, 이른바 어떤 악의 소굴에서 도둑을 찾아내야 하는지를 알고 있기 때문에 더욱 그러하다고 했다.

그런 의미심장한 꼬리표가 붙은 사진을 보고서 표도르 미하일로비치는 나 이상으로 놀랐다. 몇몇 인물들은 그가 너무나 잘 아는 사람들이었다. 저녁 산책 시간에 올덴부르스크 왕자

기념병원의 정문 옆에서 그들과 자주 마주쳤기 때문이다. 그곳에서 그들은 마치 아동 병원에서 자기 자식이나 조카가 죽은 양 아이들의 장례를 치를 돈을 보태 달라고 행인들에게 구걸하곤 했다. 표도르 미하일로비치에게도 그들은 자주 이런 부탁을 했고, 그는 그들이 거짓말을 한다는 것을 알면서도 단한 번도 돈 주는 걸 거절하지 않았다.

선사받은 사진 모음은 정말로 유용했다. 도둑을 맞은 뒤 처음 한 달간은 어느 누구도 도와달라는 부탁으로 우리를 신경쓰이게 하지 않았다. 그 뒤 가장 집요한 동냥아치 중 한 사람이나타났다. 그가 찾아왔던 지난 2년 동안 나는 소소한 금액이지만 계속 돈을 내주어 그의 병든 모친뿐만 아니라 숙모 몇 명의장례도 치르도록 도와주었다. 그는 이번에도 또 어떤 병든 숙모의 약값을 보태 달라며 찾아왔다. 나는 자신을 보호하기 위해 부엌에 있던 루케리야(키가 큰 계집아이)를 불러 나오게 하고는 그녀에게 30코페이카가 있냐고 물었다. 그녀는 식탁 위에 돈을 놓았고, 나는 이 '현관 절도범'을 향해 엄하게 말했다. "제 말 잘 들으세요. 여기 이 30코페이카를 가져가세요. 그리고부탁인데, 다시는 오지 말아요. 우리 집에서 얼마 전에 코트를도둑 맞았어요. 그 일 때문에 범죄 수사과에 갔더니 그곳에서'현관 절도범들'의 사진을 제게 주더군요. 그러면서 누구든 구걸을 하러 오는 사람이 있으면 모두 경찰에 제보해 달라고 했어요. 웬일인지는 모르지만 거기에 당신 사진도 있더군요. 보시겠어요?"

"아니요, 부인을 번거롭게 해드릴 이유가 없지요." 방문객은 이렇게 재빨리 말하고는, 가져가라고 준 돈마저 책상 위에 남겨둔 채 순식간에 사라졌다. 그로부터 무척 오랫동안 그들 중 누구도 찾아오는 일이 없었다. 그가 사진 얘기를 동료들에게 전한 것이 분명했다. 표도르 미하일로비치 역시 그때부터 거리에서 사람을 집으로 데려오는 적은 한 번도 없었다. 수중에 돈이 없을 경우, 그는 거지에게 출입 통로에서 기다리라고 한 뒤 하녀를 시켜 돈을 내주었다.

다음 날 범죄 수사과에서 약속한 경관이 나타났다. 그는 사건에 대해 아주 시시콜콜한 부분까지 세세하게 이야기하도록 강요했다. 그는 정말 아무 필요도 없는 것들에 대해서 비밀스러운 말투로 캐물었다. 내가 그 경관에게 도둑맞은 물건들을 찾아내는 일이 더러 있느냐고 물었더니 그는 이렇게 대답했다. "부인, 그건 주로 일을 당한 사람이 자기 물건을 돌려받고 싶어하느냐, 그렇지 않느냐에 달려 있습니다."

"제 생각엔 모두들 되찾고 싶어 할 것 같은데요."

"모두가 그렇죠. 하지만 다른 사람들보다 더 신경을 쓰는 사람들이 있지요. 예를 들자면, G 공작의 집에서 5천 루블 가량의 귀중품을 도난 당한 적이 있어요. 그는 내게 직접 '찾아 주면 10퍼센트는 당신에게 주겠소'라고 말하더군요. 결국 공작은 물건을 찾았답니다. 모든 경관이 다 자신의 노력이 보상받을 것이라는 걸 안다면 기분이 좋겠지요."

그러면서 그 경관은 두세 개의 사례를 더 들었다. 나는 잠시 남편에게 가서 경관에게 10퍼센트의 사례를 약속하고 5루블이라도 현금으로 줘야겠다고 말했다. 표도르 미하일로비치는 머리를 저으며 수사해 봐야 아무 소용이 없을 것이라는 말만 했다. 경관에게로 돌아온 나는 10퍼센트를 주기로 약속하고 5루블을 주었다. 그랬더니 그는 무슨 긴급한 조치를 즉각 취하겠다고 약속했다.

경관은 이틀 뒤에 다시 나타나서 코트 도둑의 흔적을 찾았지만 사전에 소문이 퍼질까 봐 내게 도둑의 이름을 말해 주지는 못한다고 했다. 그러면서 그는 또다시 불필요한 세부사항들을 캐물으며 내 시간을 빼앗았다. 뇌물을 주면 그가 곧 갈 거라는 생각이 들어 나는 그에게 5루블을 주었다. 그리고 내가 항상 무척 바쁘니 이 일과 관련해 무엇이라도 중요한 정보를 전해야 할 때만 찾아오라고 부탁했다.

일주일 반이 흐른 어느 날 남편과 함께 식당에 앉아 있을 때 루케리야가 소리를 지르며 뛰어들어 왔다. "기뻐하세요, 마님. 모피 옷을 찾았다는군요! 경관이 지금 곧 오겠다고 우리한테 말했답니다."

물론 우리 모두는 무척 기뻐했다. 경관은 도둑이 내 모피 코트를 (모이카에 있는) 전당포에 맡겼다고 했다. 그는 붙잡힌 도둑이 그 전당포의 영수증을 갖고 있었다며 그 옷이 내 것임을 입증하는 서류를 제시하면 전당포에서는 무상으로 옷을 내주어야 한다고 했다. 경관은 내게 그 옷에 대한 권리가 있음을 즉시 알려야 한다며 자기와 함께 지금 바로 전당포로 가서 코트를 돌려받자고 했다.

표도르 미하일로비치는 경관의 이러한 제안을 몹시 못마땅해 했다. 그는 자기가 경관과 함께 가겠다고 했지만, 경관은 남편은 남자이기 때문에 없어진 코트의 모든 특징들을 설명할 수가 없다면서 이를 거부했다. 나는 빨리 물건을 되찾고 싶었기 때문에 경관과 함께 가도록 허락해 달라고 남편을 설득했다. 만일 아는 사람이라도 만나면 두터운 베일로 얼굴을 가리겠다고 했다. 이렇게 해서 나는 화창한 대낮에 범죄 수사과 경관을 대동하고 페테르부르크의 도심 전체를 가로질러 물건을 찾으러 가게 되었다. 네프스키 대로를 어슬렁거리는 시내의 모든 도둑들이 우리를 보고 그들이 모르는 여자 도둑 하나가, 그들이 잘 아는 범죄 수사과 경관과 함께 가고 있다며 의아해 할 것을 생각하니 절로 웃음이 나왔다.

모이카에 도착했을 때 나는 마부에게 돈을 내려 했지만 경관은 전당포에서 모피 코트를 내준 후 집으로 돌아갈 때 마부가 필요할 것이라고 말했다. 그래서 나는 마부에게 기다리라고 말한 뒤 경관과 함께 전당포로 들어갔다. 그곳에서 우리는 별실로 안내되었고, 10분쯤 뒤에 여우털로 만든 부인용 코트가 내 눈앞에 나타났다. 첫눈에 나는 그 옷이 남의 것임을 알 수 있었다. 나는 경관에게 이건 내 옷이 아니라고 말했다.

"한 번 잘 살펴보세요." 그가 내게 당부했다. "소매를 보시면 알 수 있을지도 모르겠네요. 부인들은 다른 데보다 소매를 보고 알아내더군요."

전당포 측에서 경관을 잠깐 보자며 불러냈다. 그때 코트 깃에 부착된 전당포의 꼬리표가 내 눈앞에서 흔들거렸다. 나는 그것을 읽으려고 몸을 숙였다. 그 코트가 1876년 11월에, 그러니까 내 코트를 도둑맞은 것보다 4개월도 더 전에 맡겨졌다는 것을 꼬리표에서 읽었을 때 내 분노가 어떠했겠는가! 경관은 이를 잘 알고 있었음이 분명했다. 그런데도 그는 내가 자기 물건도 못 알아보거나, 아니면 내 것을 찾지 못하니 남의 것이라도 가질 거라고 예상했던 것이다. 경관이 돌아왔을 때 나는 그에게 꼬리표를 보여 주고 이런 명백한 사기를 벌인 것에 대해 전당포 사장이 보는 앞에서 분통을 터뜨렸다. 그는 몸을 한껏 움츠리더니 진열장에 무언가 살필 것이 있다는 듯 금방 자리를 떴다.

전당포에서 나온 나는 마부에게 마차를 타지 않을 것이라고 말하면서, 그리스 대로에서 여기까지 온 요금에 기다린 것까지 합쳐서 얼마를 주어야 하냐고 물었다. 마부는 7루블을 받아야 한다고 했다. 아침부터 '나으리'를 모시고 다녔는데, 그가 지금 막 입구에서 나오면서 '부인이 다 지불할 것'이라고 말했다는 것이다. 나는 머리 끝까지 화가 치밀었다. 마부가 요구한 돈을 다 지불해야 했음은 말할 것도 없다. 표도르 미하일로비치의 예상이 맞았다. 코트를 찾아 보아야 아무 소용이 없었던 것이다. 없어진 물건값에 17루블만 보탠 꼴이 되었다. 경관을 추천했던 그 친절한 관리에게 불평을 하는 건 남편의 생각처럼 아무 의미가 없었다. 만약 그랬다면 그는 다른 경관을 보내 주었을 것이고, 그러면 똑같은 일이 반복될 것이었다. 코트를 잃어버렸다는 사실을 받아들이고 앞으로 그 같은 일이 생길 경우 그런 대단한 기관에 도움을 청하는 일 따위는 하지 않겠다고 다짐하는 것이 백배 더 유익했다.

6. 1877년, 집을 사다

1877년 초에 우리는 무척 가슴 아픈 소식을 들었다. 우리가 최근 4년 동안 여름을 났던 스타라야 루사의 별장 주인인 그리베 씨가 세상을 떠났다는 소식이었다. 우리 가족을 언제나 따뜻하게 대해 주었던 그 마음 좋은 노인의 사망 소식을 전해 듣고 나는 진정 안타까웠다. 게다가 그의 별장이 누구에게 넘어갈지, 새 주인이 우리를 여름 손님으로 맞아줄지 걱정이 되기도 했다. 이 문제는 우리에게 중요한 것이었다. 지난 5년 동안 우리는 스타라야 루사를 무척 사랑하게 되었고, 그곳의 온천욕과 진흙팩이 우리 아이들에게 베푼 혜택을 소중히 여기고 있던 우리는 앞으로도 그곳을 계속 이용하고 싶었다. 게다가 그 도시 자체의 좋고 나쁨을 떠나 우리는 그리베 씨의 별장을 좋아했다. 그 별장만큼의 가치를 지닌 다른 곳을 찾기란 어려울 것 같았다. 그리베 씨의 별장은 도시 풍의 집이 아니라 귀족의 영지에 가까웠다. 그곳은 넓은 테니스 코트와 텃밭, 그리고 헛간과 지하실 등을 갖추고 있었다. 표도르 미하일로비치는 특히 그 집에서 정원에 있는 훌륭한 러시아식 한증 목욕탕을 높이 샀다. 그는 목욕을 하지 않을 때에도 그곳을 자주 이용하곤 했다.

그리베 씨의 별장은 콜롬트 근방의 도시 외곽에 자리잡고 있었다(지금도 있다). 그곳은 아락체예프 시절에 심은 느릅나무가 무성한 페레리티타강 기슭이었다. (정원을 따라 이어진) 집의 두 면으로는 커다란 도로가 나 있었고 한 면만이 이웃집 정원에 접해 있었다. 표도르 미하일로비치는 이따금씩 목조 도시(오렌부르크) 전체를 불태워 버리곤 하던 화재를 두려워해서 우리 별장이 그렇게 외따로 떨어져 있는 것을 무척 마음에 들어 했다. 테니스 코트와 포장된 넓은 앞마당도 남편의 마음에 들었다. 비가 와서 도시 전체가 진흙 속에 잠겨 버려 비포장 도로로 걸어다니는 것이 불가능한 그런 날이면 그는 그 앞마당에서 산책을 하곤 했다. 산책은 그의 건강을 위해 꼭 필요한 일이었기 때문이다. 하지만 특히 우리 마음에 들었던 것은 크지는 않지만 편리하게 배치된 별장의 방들이었다. 방에는 묵직하고 고풍스러운 느낌을 주는 붉은 나무로 만든 가구들과 세간이 있어 따뜻하고 안락한 기분으로 지내기에 그만이었던 것이다. 게다가 그곳에서 우리의 사랑스런 알료샤가 태어났다는 생각을 하면 그 집이 꼭 고향집같이 여겨졌다.

우리는 즐겨 찾던 장소를 잃어버릴지도 모른다는 생각에 한동안 마음이 심란했다. 하지만 우리는 곧 그리베 씨의 상속녀가 그 도시를 떠나게 되어 천 루블에 집을 내놓았다는 사실을 알게 되었다. 그런 돈은 루사에 사는 사람들에겐 비싼 가격이었다. 당시 우리에겐 돈이 없었지만 나는 그 별장을 놓치고 싶지 않았다. 그래서 남동생인 이반 그리고리예비치에게 우선 그의 명의로 집을 산 뒤 나중에 우리에게 돈이 생기면 그때 되팔아 달라고 부탁했다. 동생은 내 부탁을 들어주어 집을 구입했지만, 나는 남편이 죽고 나서야 겨우 그 집을 내 명의로 사게 되었다.

어쨌든 그렇게 집을 산 덕택에 우리는 남편 말처럼 '우리의 둥지를 틀게 되었다'. 우리는 이른 봄이면 즐겁게 그 집으로 갔다가 늦가을이 되면 너무나 아쉬운 마음으로 그곳을 떠나오곤 했다. 표도르 미하일로비치는 스타라야 루사의 우리 별장을 자신이 육체적·정신적으로 평안할 수 있는 장소로 여겼다. 그래서 그는 아끼고 관심이 가는 책들을 읽는 일을 루사에 갈 때까지 미루곤 했다. 그곳에서는 휴일의 방문객들로 인해 그가 바라는 혼자 있는 시간이 깨어지는 일이 비교적 드물었기 때문이다.

1877년 4월 중순에 표도르 미하일로비치는 무슨 일인가로 국립 은행에 다녀와야 했다. 나는 남편이 은행 지점을 찾는 데 어려움을 겪을까봐 함께 가겠다고 자청했다. 네프스키 대로를 지나다가 우리는 신문 판매대 옆에 사람들이 붐비고 있는 것을 발견하고는 마차를 잠시 세웠다. 나는 운집한 사람들 사이로 뚫고 들어가 방금 나온 호외를 샀다. 그것은 '1877년 4월 12일 키시네프에서 공포한 러시아 군의 터키 국경 진군 선언문'이었다. 이러한 선언문이 나오리라는 것은 오래 전부터 짐작하고 있었지만, 이제 현실이 되었던 것이다.[6] 선언문을 읽고 나서 표도르 미하일로비치는 마부에게 카잔 대성당으로 가자고 지시했다. 성당에는 적지 않은 인파가 모여 카잔의 성모상 앞에서 끊임없는 기도를 올리고 있었다. 표도르 미하일로비치는 금세 인파 속으로 사라졌다. 그가 경축일 때조차도 보는 사람들이 없는 조용한 가운데서 기도 드리는 걸 좋아한다는 것을 아는 나는 그의 뒤를 따라가지 않았는데, 30분이나 지난 뒤 성당의 한구석에 있는 그를 찾아냈다. 그는 얼마나 기도에 몰입했던지 처음 본 순간 나를 알아보지 못할 정도였다. 우리가 은행에 가던 중이었다는 것은 문제가 되지 않았다. 그만큼 뜨겁게 사랑하는 조국에 몰아닥친 사태와 그 엄청난 결과가 그를 흔들어 놓았던 것이다. 그 선언문을 남편은 자신의 주요 서류 사이에 넣어 두었다. 이것은 지금도 그의 기록 보관소에 보존되어 있다.

1877년에 우리는 『작가 일기』를 계속해서 발간했다. 비록 잡지가 도덕적으로나 물질적으로 성공을 거두어 성장을 했다고는 하나 잡지의 성장과 더불어 월간지 출판과 관련된 힘든 일들도 늘어났다. 잡지 배송, 구독자 명부 작성, 구독자들과의 서신 교류 등등의 일이 그랬다. 이 일에서 나를 보조하는 사람이 (배송 담당 외에는) 없었으므로 나는 피곤하기 짝이 없었고, 그때까지 튼튼했던 내 건강에도 영향을 미쳤다. 근 2년 동안 나는 심하게 여위었고 기침을 하기 시작했다. 언제나 내 건강을 챙겨 주던 착한 남편은 여름 내내 내가 푹 쉬어야 한다고 주장했다. 가족을 돌보며 스타라야 루사에서 그렇게 휴식을 취한다는 것은 불가능했다. 그래서 남편은 내 동생이 시골에 있는 자기 집에 와서 여름을 보내라고 한 초청을 받아들이기로 했다. 5월 초에 우리는 온 가족이 함께 미로폴리예 근처에 있는 남동생의 집을 향해 쿠르스카야 현으로 떠났다.

당시의 머나먼 여행이 생생하게 기억난다. 우리가 탄 기차는 모스크바에서, 그리고 다른 큰 기차역들에서 몇 번 정차했다. 전선으로 가는 군대의 이동 때문에 기차가 몇 시간씩 서 있어야 했던 것이다. 기차가 정차할 때마다 표도르 미하일로비치는 매점에서 빵과 과자, 궐련과 성냥을 사서 객차 안으로 가져와 군인들에게 그 물건들을 나눠 주고 그들 중 몇몇과는 오래도록 담소를 나누기도 했다.

이 긴 여행을 떠올릴 때면 내가 놀라워했던 사실이 생각난다. 일상적인 생활에서는 이따금씩 그토록 흥분을 잘했던 표도르 미하일로비치가 여행길에서는 너무나 편안하고 참을성 많은 동반자였다는 것이다. 무슨 일이든 좋다고 했고, 트집을 잡거나 이러저러한 요구를 하는 법이 없었다. 아니, 오히려 나와 유모가 어린아이들에 대한 걱정을 덜 수 있도록 온 힘을 다해 노력했다. 여행길에서 아이들은 빨리 지쳤고 까탈을 부리곤 했던 것이다.

아이들을 달래는 남편의 재주에 나는 정말이지 놀랐다. 셋 중 누구 하나가 까탈을 부리기 시작하면 표도르 미하일로비치는, 자기 자리에서 (그는 같은 객차에서 우리와 조금 떨어진 곳에 앉아 있었다) 일어나 우리에게 와서는 까탈 부린 녀석을 품에 안고 어느새 그 아이를 달래곤 했다. 남편은 아이들과 대화를 나누고 그들의 관심거리 속으로 들어가서 믿음을 얻는 특별한 기술이 있었다(우연히 만난 남의 아이들과도 그랬다). 그가 아이들과 얼마나 재미있게 놀아 주었던지 아이들은 순식간에 쾌활해져서 그의 말에 순종했다. 그것은 그가 평소에 어린아이들을 항상 사랑해 주었기 때문일 것이다. 주어진 상황에서 그가 어떻게 행동해야 하는지를 말해 준 것은 바로 그러한 아이들에 대한 끝없는 사랑이었을 것이다.

6월 말에 표도르 미하일로비치는 『작가 일기』의 5,6월 여름 합본호를 편집하여 발행하기 위해 시골을 떠나 페테르부르크로 가야 했다. 그가 떠나던 날 나도 맏이와 둘째 아이를 데리고 코레네보 역으로 갔다. 키예프 순례길에 나선 것이다. 내가 순례길에 아이들을 데리고 나선 이유는 표도르 미하일로비치가 어린 시절에 밝고 순수한 인상을 경험하는 일이 매우 중요하다고 생각했기 때문이었다. 내가 오래 전부터 키예프에 가서 그곳 성지들을 참배하는 것을 꿈꾸어 왔다는 사실을 알고 있던 남편은 내게 자기가 없는 때를 이용해 키예프에 다녀오라고 제안했고, 우리는 순조롭게 이를 실행했다.

표도르 미하일로비치는 『작가 일기』 여름호의 발간과 배송 문제를 잘 처리했다. 그러나 그는 유감스럽게도 나에게서 오랫동안 편지를 받지 못해 많은 걱정을 했다. 특히 그에게 보내는 편지를 페테르부르크에 있는 우리 집 문지기 앞으로 보낸 것에 화를 냈다. 실은 여행을 떠나기 전 그와 내가 그렇게 하기로 합의를 본 것이었는데도 남편은 간질 발작이 있은 뒤라 우리의 합의를 까맣게 잊었던 것이다. 우리가 그런 합의를 했던 것은 표도르 미하일로비치가 봄에 시골로 떠나면서 중앙 우체국에 페테르부르크의 자신 앞으로 오는 수많은 서신들을 여름 동안 머물 미로폴리예로 보내 달라는 신청을 했기 때문이었다. 그래서 남편이 잠시 페테르부르크에 있는 동안은 내 편지가 시골로 보내지지 않도록 문지기 앞으로 보내기로 했던 것이다.

당시 몇 해 동안 표도르 미하일로비치는 다로보예에 있는 돌아가신 어머니의 영지에 가 볼 수 없는 것 때문에 여러 차례 안타까워했다. 어린 시절에 그는 매해 여름을 그곳에서 보냈다고 했다. 1877년 여름에는 표도르 미하일로비치의 건강이 아주 좋았기 때문에, 나는 그에게 페테르부르크에서 미로폴리예로 돌아오는 길에 모스크바에 들러서 다로보예에 다녀오라고 했다.

표도르 미하일로비치는 내 말대로 다로보예에 갔고, 누이인 베라의 집(영지는 그녀에게로 넘어갔다)에서 이틀을 묵었다. 나중에 그의 친척들이 내게 해준 얘기로는, 남편은 그곳에 도착해서 자신에게 소중했던 추억 속의 공원과 교외의 수많은 곳들을 찾아 다녔다고 한다. 심지어는 집에서 2베르스타나 떨어져 있는 어린 시절에 즐겨 찾던 '체르마시냐' 숲까지 걸어서 갔다왔다고 한다. 나중에 그는 소설 『카라마조프 가의 형제들』에 나오는 숲에 이 숲의 이름을 붙였다. 표도르 미하일로비치는 농사꾼들과 자기 동년배들의 오두막에도 들렀다. 그는 그들 중 많은 이들을 기억하고 있었다. 그를 어린 시절부터 알고 있던 노인네들과 동년배들은 그를 반갑게 맞아주었고 오두막 안으로 들어오게 해 차를 대접했다.

다로보예 여행이 남긴 수많은 추억들에 대해 남편은 정말 신이 나서 우리에게 전해 주었다. 그는 아이들에게 다로보예에 꼭 함께 가서 자신이 즐겨 찾던 장소들을 모두 보여 주겠다고 약속했다. 자신이 어린 시절을 보낸 장소들을 자식들에게 보여 주고 싶어 했던 남편의 바람을 실현하기 위해 나는 1884년에 아이들을 데리고 다로보예로 갔다. 우리는 그의 친척들이 알려 준 대로 표도르 미하일로비치가 마지막으로 다녀갔던 곳들을 모두 들렀다.

우리 가족은 모든 것이 순조로운 가운데서 1877년 여름을 즐겁게 보냈다. 단지 9월에도 시골에 남아 있을 수가 없는 것이 아쉬웠을 뿐이었다. 『작가 일기』의 7, 8월 여름 합본호를 출간해야 했기 때문에 우리는 8월 말에 페테르부르크로 돌아왔다. 또다시 자질구레한 근심걱정들로 가득 찬 평범한 생활이 시작되었다. 아는 사람들, 혹은 모르는 사람들도 매일같이 표도르 미하일로비치를 찾아왔다.

그해 가을에는 남편을 따르던 작가 솔로비예프[7]가 특히 우리 집에 자주 왔다. 하루는 그가 우리 집에 와서 남편에게 필드 부인이라는 어떤 흥미로운 부인을 알게 된 이야기를 해주었다. 그 부인은 솔로비예프의 과거를 아주 정확하게 맞춘 뒤 몇몇 일들을 예언했는데, 놀랍게도 그 예언들이 적중했다는 것이다. 솔로비예프가 남편과 이야기를 마치고 돌아가려 할 때, 저녁마다 장거리 산책을 하던 남편도 그와 함께 집을 나섰다. 가는 길에 남편은 솔로비예프에게 필드 부인이 사는 곳이 여기서 머냐고 물었다. 가깝다고 솔로비예프가 대답하자 남편은 지금 바로 그녀의 집에 가 보자고 그를 졸랐다. 솔로비예프가 좋다고 하여 그들은 이 여자 점쟁이의 집으로 갔다. 물론 필드 부인은 안면부지의 이 손님이 누구인지 알지 못했다. 하지만 그녀가 표도르 미하일로비치에게 예언한 것은 정확하게 적중했다. 필드 부인은 남편에게, 그가 상상조차 할 수 없었던 대단한 영광과 숭배가 머지않은 장래 속에서 그를 기다리고 있다고 예언했다. 이 예언은 푸시킨 축일에 실현되었다! 하지만 불행히도 조만간 가족의 고통이 그를 덮칠 것이라고 했던 그녀의 슬픈 예언 역시 적중했다. 우리의 사랑스런 알료샤가 죽은 것이다. 점쟁이의 슬픈 예언을 표도르 미하일로비치는 아이가 죽고 난 다음에야 내게 알려 주었다.

연말이 가까워 오면서 표도르 미하일로비치는 『작가 일기』를 내년에도 계속 출판할 것인가 하는 문제를 두고 고민하기 시작했다. 잡지 발간에서 나온 성과에 남편은 아주 만족했다. 그와 주고받은 편지에 표현되어 있듯이, 우리가 알지 못하는 수많은 사람들이 찾아와서 보여 준 신뢰 넘치고 진실한 태도는 그에게 보석 같은 것이었다. 그럼에도 예술 창작을 향한 욕구가 이를 압도했다. 표도르 미하일로비치는 『작가 일기』의 간행을 이삼 년 정도 중단하기로 결정하고 새 소설 집필에 착수했다. 남편을 사로잡고 뒤흔들었던 문학적 과제들이 어떤 것들이었는지는 그가 죽은 뒤에 발견된 메모를 보면 알 수가 있다. 남편은 1877년 12월 24일에 다음과 같은 메모를 써 놓았다.

평생의 경고
1. 러시아 판 캉디드[8]를 쓸 것.
2. 예수 그리스도에 관한 책을 쓸 것.

3. 나 자신의 회고록을 쓸 것.

4. 사십제(四十祭)[9]에 관한 대하소설을 쓸 것(마지막 소설과 계획되어 있는 『일기』 간행을 제외한 이 모든 것들은 최소한 10년은 걸리는 작업인데, 내 나이 지금 56세다).

7. 1877년, 네크라소프의 죽음

표도르 미하일로비치는 1877년 11월을 몹시 비통한 심정으로 지냈다. 고통스러운 병마에 오랫동안 시달려 온 네크라소프가 죽어가고 있었던 것이다. 네크라소프와 남편은 젊은 날의 우정과 문단에 데뷔하던 시절의 추억을 공유하고 있었다. 사실 네크라소프는 표도르 미하일로비치의 재능을 처음으로 인정해 주었던 사람들 중 하나로서, 당시의 지식인 사회에서 그가 성공을 거둘 수 있도록 도와주었다. 물론 그 뒤 그들 두 사람은 정치적 신념으로 인해 결별해야 했고, 60년대에는 『시대』와 『동시대인』 두 잡지간에 격렬한 논쟁이 벌어진 것도 사실이다. 하지만 표도르 미하일로비치는 앙심을 품지 않았다. 그래서 네크라소프가 『조국의 기록』에 그의 소설을 싣자고 제안했을 때 남편은 그에 응하여 젊은 시절의 옛 친구에 대한 우정을 되살렸다. 그리고 네크라소프는 진심으로 그 우정에 답했다.

네크라소프의 병이 위중하다는 것을 알고 표도르 미하일로비치는 그의 상태를 알아보기 위해 자주 네크라소프의 집에 찾아갔다. 때로는 네크라소프가 잠들어 있었는데, 이럴 때 남편은 자기 때문에 환자를 깨우지 말라고 부탁하고 마음에서 우러난 인사만을 남기고 돌아왔다. 네크라소프가 깨어 있을 때 남편이 들르면 그 시인은 남편에게 자신이 최근에 지은 시들을 읽어주기도 했다. 네크라소프는 그 시들 중 「불행한 사람들」(「두더지들」이란 제목으로 알려져 있다)이라는 시를 가리키며, "이건 내가 자넬 위해 쓴 거야!"라고 말했다. 이 말에 남편은 깊은 감동을 받았다.

당시 네크라소프와의 만남에서 남편은 대체로 깊은 인상을 받았다. 그런 까닭에 12월 27일, 네크라소프의 사망 소식을 들었을 때 남편은 마음 깊은 비탄에 빠졌다. 그날 밤 내내 그는 숨을 거둔 시인이 쓴 시들을 소리내어 읽었다. 그의 시들 중 많은 것들에 진정으로 감탄하면서 그 시들을 러시아 시문학의 정수라고 했다. 그의 극단적인 동요를 지켜보면서 간질 발작이 일어나지 않을까 걱정이 되었던 나는 아침이 될 때까지 서재에서 남편 옆에 앉아 있었다. 그의 이야기를 통해 내가 미처 몰랐던 젊은 시절의 그와 네크라소프에게 일어난 일화들도 알게 되었다. 표도르 미하일로비치는 네크라소프의 장례식에 다녀와서는 출상과 하관에도 참석하겠다고 결심했다.

12월 30일 이른 아침, 우리는 네크라소프가 살았던 크라엡스키 가옥이 있는 리테이나야 거리에 도착했다. 그곳에서 월계수 화환을 손에 든 한 무리의 젊은이들을 만났다. 표도르 미하일로비치는 이탈리아 거리까지 관을 전송했다. 그러나 심한 추위 속에서 머리에 아무것도 쓰지 않은 채 걷는 것은 그의 건강에 위험했기 때문에, 나는 집으로 돌아갔다가 2시간 뒤 노보제비치 수도원에서 열리는 장례 예배에 가자고 남편을 설득했다. 남편은 내 말을 따랐고, 우리는 정오에 수도원으로 갔다.

표도르 미하일로비치는 열기로 후끈한 교회 안에 30분 정도 서 있다가 바깥 공기를 쐬러 나가자고 했다. 밀레르[10]도 우리와 함께 나왔다. 우리는 네크라소프가 묻히게 될 묏자리를 찾으러 갔다. 묘지의 적막함이 표도르 미하일로비치의 마음을 가라앉혔다.

그는 내게 "아냐, 내가 죽거든 나를 여기 묻어 줘. 당신이 원하는 다른 데가 있으면 거기 묻든지. 하지만 문인교(文人橋)에 있는 볼코프 묘지에는 절대 묻지 말아 줘. 적들과 함께 누워 있고 싶지는 않아. 살아서도 충분히 많이 당했으니까!"

그가 하는 장례 치르는 얘기를 듣고 있자니 무척 괴로웠다. 나는 그가 매우 건강하니 죽음을 생각할 이유가 없다고 장담했다. 또 그에게 가능한 한 오래오래 살아달라고 간청하면서 그의 침통한 마음을 돌리기 위해 미래의 그의 장례식을 환상적으로 그리기 시작했다.

"좋아요, 볼코프가 싫으면 네프스키 수도원에 묻어 드릴게요. 당신이 그토록 사랑하는 주콥스키 옆에 말이에요. 하지만 제발 지금 당장은 죽지 말아요! 나는 네프스키 교회 합창단을 부를 거예요. 주교님이 예배를 집전하시겠죠. 어쩜 두 분이 집전하실지도 모르겠어요. 이것 봐요, 나는 이 엄청난 젊은이들의 행렬 정도가 아니라 페테르부르크 전체가 당신 뒤를 따르도록 할 거예요. 화환은 세 배쯤 크게 만들 거고요. 봐요. 내가 얼마나 휘황찬란한 장례식을 당신에게 약속하는지 말이에요. 하지만 조건이 하나 있어요. 당신이 아직 더 오래, 오래, 오래도록 살아야 한다는 거예요! 그렇지 않으면 나는 너무나 불행할 거예요!"

나는 일부러 과장된 약속을 한 것이다. 그렇게 하면 표도르 미하일로비치가 그 순간의 암울한 생각에서 헤어날 수 있다는 걸 알았기 때문이다. 그리고 나는 소기의 목적을 달성했다. 표도르 미하일로비치는 미소를 지으면서 말했다. "좋아, 좋아. 오래 살도록 노력할게."

밀레르가 나의 풍부한 상상력에 관해 무어라고 한마디 했고, 대화는 다른 것으로 옮겨갔다.[11]

네크라소프의 무덤을 둘러싼 한 무리의 젊은이들은 『조국의 기록』 관계자들의 몇몇 연설이 끝난 뒤 도스토옙스키에게 발언을 부탁했다. 표도르 미하일로비치는 깊은 심적 동요 때문에 끊어지는 목소리로 간단한 연설을 했다. 그는 연설에서 고인이 된 시인의 재능을 높이 평가하고 그가 사망함으로써 러시아 문단은 커다란 재목을 잃었다고 했다. 많은 사람들이 말했던 것처럼 이 연설이야말로 아직 흙으로 메워지지 않은 네크라소프의 열린 무덤 앞에서 행해진, 마음에서 우러난 절절한 연설이었다. 널리 회자되었던 이 연설은 1877년『작가 일기』12월호에 게재되었다. 글의 구성은 다음과 같았다.

1. 네크라소프의 죽음 — 그의 무덤에서 말한 것에 대하여.
2. 푸시킨, 레르몬토프, 그리고 네크라소프.
3. 시인과 시민 — 인간 네크라소프에 관한 일반적 해석.
4. 네크라소프를 위한 증언.

많은 문학가들은 이 글이 인간 네크라소프를 가장 잘 옹호한 것으로서 당대의 어느 평론가가 쓴 것보다 더 훌륭하다고 말했다.

9장

|

1878~1879년

1. 1878년을 회상하면서

1878년 사순절 기간에는 솔로비요프가 정신계몽 애호가협회의 위임을 받아 솔랴노이 고로독 건물에서 연속 철학 강의를 했다. 이 강의를 듣기 위해 몰려온 청강생들로 강당 전체가 미어졌는데, 그들 가운데는 우리가 아는 사람들도 많았다. 집안의 모든 일이 다 평탄했으므로 나도 표도르 미하일로비치와 함께 강의를 들으러 다녔다. 하루는 강의를 듣고 돌아오는 길에 남편이 내게 물었다.

"오늘 니콜라이 니콜라예비치(스트라호프)가 우리를 이상하게 대했던 것 모르겠소? 언제나 우리 쪽으로 오곤 했는데 오늘은 오지도 않았고, 중간에 쉬는 시간에 만났을 때도 인사를 하는 둥 마는 둥 하더니 금방 다른 사람에게 말을 걸었잖아. 우리 한테 화가 난 걸까? 당신 생각은 어때?"

"맞아요. 나도 그가 꼭 우리를 피하는 것 같았어요." 내가 대답했다. "하지만 작별 인사를 하면서 그에게 '일요일 잊지 마세요'라고 말했더니 '댁으로 갈게요'라고 대답하던 걸요."

나는 내가 성급한 언동으로 일요일마다 우리 집에 오는 손님이 기분 상할 만한 말이나 행동을 한 게 아닐까 조금 불안했다. 남편은 스트라호프와 담소 나누는 것을 무척 소중하게 여겨서 약속한 식사시간이 되기 전에 내게 그 사실을 환기해 주는 일이 잦았다. 좋은 포도주와 스트라호프가 좋아하는 생선 요리를 준비해 놓도록 하기 위해서였다.

그 다음 일요일 점심 시간에 니콜라이 니콜라예비치가 왔다. 나는 무슨 일인지 분명히 해야겠다고 생각해서 그에게 직설적으로 우리한테 화가 났냐고 물었다.

"무슨 생각을 하신 거예요, 안나 그리고리예브나?" 스트라호프가 물었다.

"남편과 제 생각엔 지난 번 솔로비요프 강의 때 당신이 우리를 피하는 것 같았어요."

"아이고, 그건 특별한 경우였어요." 스트라호프가 웃음을 터뜨렸다. "당신들뿐만 아니라 아는 사람 모두를 피했죠. 그날 강의에 레프 니콜라예비치 톨스토이 백작이 나와 함께 갔거든요. 그가 아무에게도 자기를 소개시키지 말라고 부탁하기에,

별 수 없이 모든 사람들에게 거리를 두었답니다."

"뭐라고! 톨스토이가 당신과 함께 있었단 말이지!" 표도르 미하일로비치가 통탄을 금치 못하며 소리 높여 말했다. "그를 보지 못하다니, 이렇게 안타까울 수가 있나! 물론 원치 않는 사람과 무리하게 인사를 나누겠다고 하진 않았겠지만 말이야. 그래도 자네는 왜 내게 누구와 같이 있는지 귀띔이라도 해주지 않았나? 그랬으면 그의 얼굴이라도 보았을 텐데!"

"초상화를 봐서 얼굴은 알고 있잖아요." 니콜라이 니콜라예비치가 웃으며 말했다.

"초상화 따위가 뭔가, 그게 그 사람을 온전히 전할 수가 있나? 직접 얼굴을 봐야 한다고. 한 번만 봐도 평생 가슴속에 남게 되는 사람이 간혹 있지. 니콜라이 니콜라예비치, 톨스토이를 내게 보여 주지 않은 자네를 결코 용서하지 않겠네!"

그 후로도 표도르 미하일로비치는 톨스토이의 얼굴을 보지 못한 데 대한 아쉬움을 여러 번 토로했다.

2. 1878년, 알료샤의 죽음

1878년 5월 16일, 우리 가족을 경악케 한 끔찍한 불행이 일어났다. 우리의 막내아들 알료샤가 숨을 거둔 것이다. 아이는 늘 건강하고 쾌활했기에 우리에게 닥친 이 슬픔을 예견할 수 있는 일은 아무것도 없었다. 죽던 날 아침, 아이는 알아듣기 힘든 자기만의 언어로 옹알거리면서 우리가 스타라야 루사로 떠나기 전에 우리를 찾아온 유모 프로호로브나 노파와 큰 소리로 웃고 있었다. 그런데 갑자기 아이의 얼굴에 가벼운 경련이 일기 시작했다. 유모는 아이들이 이가 날 때 가끔씩 일어나는 경기인 줄 알았다. 하지만 바로 그때 아이의 몸에서 중요한 일이 일어나고 있었던 것이다. 나는 몹시 겁이 나서 우리를 늘 치료해 준 소아과 의사 초신을 곧바로 불렀다. 그는 멀지 않은 곳에 살고 있어서 즉시 우리 집으로 와 주었다. 그는 이 병에 대해 특별한 의미를 부여하지 않는 듯 무언가를 처방하면서 경기는 곧 지나갈 것이라고 장담했다.

하지만 알료샤의 경련은 계속되었다. 나는 표도르 미하일로비치를 깨웠고, 그는 엄청나게 걱정했다. 우리는 신경질환 전문가에게 의뢰하기로 결정했고, 내가 우스펜스키 교수를 찾아갔다. 그의 병원에는 접수처가 있었고, 스무 명 남짓한 사람들이 대기실에서 기다리고 있었다. 그는 나를 잠깐 동안 맞아들이더니 환자들을 다 보는 대로 곧장 우리 집으로 오겠다고 했다. 그러면서 진정제 같은 것을 처방해 주고, 아이가 숨쉬는 것을 한 번씩 도와줄 거라며 쿠션처럼 생긴 산소통을 가져가고 했다.

집으로 돌아온 나는 불쌍한 내 어린 것이 조금 전과 똑같은 상황에 있는 것을 보았다. 아이는 의식이 없었고, 그 작은 몸이 이따금 경련으로 떨렸다. 하지만 고통은 없는 것 같았다. 신음소리를 내거나 비명을 지르진 않았으니까 말이다. 우리는 그

작디작은 아픈 아이의 곁을 떠나지 못하고 초조하게 의사를 기다렸다. 2시쯤에 마침내 의사가 나타났다. 그는 아이를 진찰하고는 내게 말했다. "울지 마세요, 걱정하지 마세요. 이건 곧 지나갈 겁니다!"

표도르 미하일로비치는 의사를 배웅하러 나갔다가 하얗게 질린 얼굴로 돌아와서 소파 옆에 무릎을 꿇고 앉았다. 의사가 아이를 좀 더 편하게 진찰할 수 있도록 우리가 아이를 소파에 옮겨 놓았던 것이다. 나 또한 남편 옆에 무릎을 꿇고 앉았다. 도대체 의사가 무슨 말을 하더냐고 묻고 싶었지만(나중에야 그때 의사가 표도르 미하일로비치에게 임종의 고통이 벌써 시작되었다고 했던 것을 알았다) 그는 내게 아무 말도 하지 말라는 신호를 보냈다.

한 시간쯤 흘렀을까, 경련이 눈에 띄게 줄어드는 것이 보였다. 의사의 말에 안심을 했던 나는 경련이 지나가고 아이가 편안한 잠을 자는 것이라고, 아마도 곧 회복이 될 모양이라고 생각하며 기뻐하기까지 했다. 그랬으니 갑자기 아이의 숨이 멎고 죽음이 찾아왔을 때 나의 절망이 어떠했겠는가. 표도르 미하일로비치는 아이에게 입을 맞추고 세 번 성호를 그은 다음 목놓아 울기 시작했다. 나 역시 통곡했고, 사랑스러운 알료샤를 너무나 좋아했던 우리 아이들도 애처롭게 울었다.

표도르 미하일로비치는 이 죽음으로 크나큰 충격을 받았다. 그는 어찌된 일인지 알료샤를 특히 사랑했다. 마치 그 아이를 곧 잃게 될 것이라는 걸 예감이라도 한 듯한 병적인 사랑이었다. 남편을 특히 짓누른 것은 아이가 자신으로부터 유전된 간질로 죽었다는 사실이었다. 그는 우리를 짓밟은 운명의 일격을 겉으로는 담담하고 용감하게 견뎌냈다. 하지만 나는 그가 정말 걱정되었다. 자신의 깊디깊은 슬픔을 그렇게 자제하고 있는 것이 그렇지 않아도 약해져 있던 그의 건강에 치명적인 사태를 불러올 것 같았기 때문이다.

표도르 미하일로비치의 마음을 조금이라도 편하게 하고, 그 비통한 생각에서 그가 벗어날 수 있도록 하기 위해, 나는 솔로비요프에게 옵티나 은둔자 수도원에 다녀오도록 남편을 설득해 달라고 간청했다. 우리에게 이 불행한 일이 닥친 후 우리를 자주 찾아 주곤 하던 솔로비요프는 그해 여름 그 수도원에 갈 예정이었던 것이다. 그는 나를 돕기로 하고 수도원에 함께 가자고 표도르 미하일로비치를 설득하기 시작했다. 나도 남편에게 솔로비요프와 다녀오는 것이 좋겠다고 간청했다. 결국 표도르 미하일로비치는 6월 중순에 모스크바로 가는(훨씬 전에 이미 그는 카트코프에게 자신의 새 소설[『카라마조프 가의 형제들』을 말함—옮긴이]을 제안하기 위해 모스크바로 갈 작정을 하고 있었다) 기회를 이용해 솔로비요프와 함께 옵티나 은둔자 수도원에 다녀오기로 결정했다. 표도르 미하일로비치 혼자였다면 나는 그렇게 외진 곳에, 당시만 해도 험난한 길을 그가 떠나도록 하지 않았을 것이다. 솔로비요프는 비록 내게 '이 세상 사람

같지 않은' 느낌을 주긴 했지만, 표도르 미하일로비치가 간질 발작을 일으킬 경우 그를 보호해 줄 수 있는 사람이었다.

소중한 우리 아들의 죽음으로 나는 세상이 뒤집히는 듯한 충격을 받았다. 얼마나 정신을 놓았던지, 또 얼마나 비통해하고 울었던지 아무도 나를 알아보지 못할 정도였다. 평소의 낙천적인 성격은 사라져 버렸고, 그와 함께 항상 넘치던 열정도 사라졌다. 그리고 무감각이 그 자리를 대신했다. 나는 모든 일에 냉담해졌다. 살림살이에도, 일에도, 심지어 내 아이들한테까지도 그랬다. 나는 온종일을 지난 3년간의 추억에 빠져 지냈다. 표도르 미하일로비치는 그때의 내 생각과 내가 회의했던 것들, 그리고 내가 한 말들의 많은 부분을 『카라마조프 가의 형제들』에 옮겨놓았다. '여신도'(女信徒)라는 장(章) 속에서 자식을 잃은 여인이 조시마 장로에게 자신의 애통함을 토로하는 장면이 바로 그런 부분이다.

표도르 미하일로비치는 나의 상태 때문에 무척 괴로워했다. 그는 나를 설득하며 신의 의지에 복종하라고, 신께서 우리에게 내리신 불행을 겸손하게 받아들이라고 간청했다. 또 자신과 아이들을 가엾게 여겨달라고 애원했다. 내가 자신과 아이들에게 '무관심'해졌다는 것이었다. 그의 설득과 간청이 나를 움직였다. 나의 격렬한 슬픔으로 인해, 불행한 남편이 더욱더 낙담하지 않도록 하기 위해 나는 자신을 이겨냈다.

알료샤의 장례를 치른 직후(우리는 그 아이를 볼셰-오흐첸 묘지에 묻었다) 우리는 스타라야 루사로 이주했다. 그 후 6월 20일에 표도르 미하일로비치는 이미 모스크바에 가 있었다. 거기서 그는 다음 해인 1879년에 그의 새 소설을 『러시아 통보』에 싣는 것과 관련해 잡지 편집부와 매우 빠른 시간 내에 성공적으로 합의를 보았다. 그 일을 끝마치고 표도르 미하일로비치는 옵티나 은둔자 수도원으로 갔다. 그와 솔로비요프가 함께 한 여행기, 아니 더 정확하게 '유랑기'는 그가 내게 보낸 1878년 6월 29일자 편지에 잘 그려져 있다.

표도르 미하일로비치는 옵티나 은둔자 수도원에서 돌아온 후 상당히 안정을 찾은 듯 온유해져서 내게 수도원의 풍습에 관해 많은 이야기를 들려주었다. 그는 그곳에서 이틀 밤을 묵으면서 당시 명망이 높았던 암브로시예 장로를 세 번 보았다. 한 번은 밀집한 군중들 틈에서였고, 두 번은 독대를 했다. 표도르 미하일로비치는 그와 나눈 대화에서 마음으로부터 우러나온 깊은 감동을 받았다. 그가 우리에게 닥친 불행과 격렬한 방식으로 표출된 나의 고통에 대해 이야기하자, 장로는 내가 신을 믿느냐고 그에게 물었다. 표도르 미하일로비치가 그렇다고 답하자 자신의 축복을 내게 전해 달라고 부탁했다. 이때 장로가 들려준 말들이 바로 『카라마조프 가의 형제들』에서 조시마 장로가 비탄에 빠진 어미에게 들려준 말들이었다. 표도르 미하일로비치의 말을 듣고 나니 모든 이들의 존경을 한 몸에 받는 이 장로가 얼마나 사람의 마음을 깊이 꿰뚫어 보고 앞을 내다볼 줄 아는 선지자인지 알 수 있었다.

가을에 페테르부르크에 돌아온 우리는 죽은 아들의 추억들이 곳곳에 배어 있는 집에 머물 엄두가 나지 않아 쿠즈네치니 거리 5번지로 이사했다. 그곳은 2년 반 후 남편이 죽음을 맞은 운명의 집이었다.

이층에 있던 우리 집은 6개의 방과 책을 쌓아 둘 큰 창고, 현관, 그리고 부엌으로 이루어져 있었다. 7개의 창문이 쿠즈네치니 거리를 향해 나 있었고, 지금은 대리석 판이 붙박혀 있는 곳에 남편의 서재가 있었다. (지금은 막혀 있는) 건물의 정문 출입구는 서재 옆에 있던 우리 집 거실 밑에 있었다.

나와 남편이 아무리 슬퍼하지 않고 신의 의지에 복종하려 애써도 우리의 사랑스러운 알료샤를 잊을 수는 없었다. 때문에 서글픈 추억으로 지새운 그 가을과 겨울은 내내 암울했다. 우리가 겪은 그 상실의 아픔 때문에, 그렇지 않아도 자식들에게 언제나 열정적이었던 남편은 남은 아이들을 더욱더 뜨겁게 사랑하고 걱정했다.

겉으로 보이는 생활은 예전과 같았다. 표도르 미하일로비치는 새 작품을 구상하느라 열심히 일했다(소설의 플롯을 짜는 일은 글을 쓰는 그의 일 중 언제나 가장 중요하고도 힘든 부분이었다. 몇몇 소설, 예를 들어 『백치』 같은 경우는 플롯을 몇 번씩 수정하곤 했으니까 말이다). 일은 성공적으로 진행되어 1878년 12월에는 소설 『카라마조프 가의 형제들』의 플롯을 다 짰을 뿐더러 인쇄 용지 9장 분량을 벌써 다 썼을 정도였다. 1879년 『러시아 통보』 1월호에 실린 것이 바로 그 부분들이다.

1878년 12월(14일)에 표도르 미하일로비치는 귀족회합 강당에서 페테르부르크 여자 대학생들을 대상으로 열린 문학과 음악의 밤 행사에 참가했다. 그는 소설 『상처받은 사람들』 중에서 '넬리 이야기'를 낭독했다. 표도르 미하일로비치가 글을 읽자 모든 청취자들이 놀라움을 금치 못했다. 그것은 작가가 글을 읽는 것이 아니라 미성년인 여자아이가 자신의 고달픈 인생을 말하고 있는 것 같은 범상치 않은 진솔함이 담긴 낭독이었던 것이다. 그토록 단순한 낭독으로 청취자들에게 지울 수 없는 인상을 남길 수 있다는 것은 특별한 능력이었다. 여대생들은 낭독하는 사람의 마음을 뜨겁게 받아들였다. 남편을 진심으로 대해 주던 이 열광적인 젊은이들 사이에 있는 것을 그가 무척 즐거워했던 기억이 난다. 후에 표도르 미하일로비치는 젊은 학생들을 위해 글을 낭독해 달라는 요청을 받으면 언제나 기꺼이 그에 응하곤 했다.

3. 1878년, 『작가 일기』 발간 중단

『작가 일기』의 마지막 호 바로 전 호에 표도르 미하일로비치가 건강상의 이유로 잡지 출판을 중단한다는 소식이 실렸을 때, 남편은 『작가 일기』의 구독자들과 독자들로부터 위문 편지를 받았다. 어떤 이들은 그의 병을 염려하며 쾌유를 기원했고, 또 어떤 이들은 당시 사회에 파장을 일으키는 모든 것들에 대해 그토록 민감하게 응수했던 잡지의 발간이 중단되는 것에 유감을 표했다. 몇몇 사람들은 표도르 미하일로비치가 매월 잡지를 내는 것이 힘겹다면, 당대의 두드러진 사건들에 대한 그의 성의 있는 판단을 가끔씩이라도 들을 수 있도록 건강이 허락하는 대로 비정기적으로 『작가 일기』를 발행해 주었으면 하는 바람을 피력했다. 그런 편지들이 연초에만 백 통이 넘게 왔다. 이 편지들을 보며 남편은 무척 고마워했다. 표도르 미하일로비치에게 그 편지들은 자신에게 동지들이 있으며, 사회가 그의 사심 없는 목소리를 경청하고 그를 믿어 준다는 증거였다. 이와 관련해 표도르 미하일로비치가 친구인 야놉스키에게 보낸 편지를 보관하고 있는데, 여기 조금 발췌해 본다.

잡지를 발간한 이 두 해 동안 내가 얼마만큼 러시아 사람들의 공감을 얻었는지 자네는 믿지 못할 걸세. 의견을 같이한다는, 심지어는 진심으로 사랑한다는 표현까지 쓴 편지들을 수백 통씩 받았네. 잡지 발간을 중단한다고 공지했던 10월부터 그런 편지들이 매일같이 러시아 전역에서, 사회 각계각층(정말 다양하더군)에서 오고 있네. 유감을 표명하기도 하고, 일을 그만두지 말아 달라고 부탁하기도 하네. 모든 사람들이 나에게 표현해 준 그런 수준의 공감을 내가 언표하지 못하는 건 오로지 일을 그만두는 내가 부끄럽기 때문이네.

내가 지난 두 해 동안 러시아 사람들이 보낸 이 수백 통의 편지에서 얼마나 많은 것을 배웠는지 자네가 알 수 있다면! 내가 얻은 가장 중요한 교훈은 우리 러시아에는 페테르부르크 지식층의 일그러진 시각이 아니라 진실하고 올바른 러시아인의 시각을 가진 사람들이 내가 2년 전에 생각했던 것과는 비교할 수도 없을 만큼 훨씬 더 많았다는 거라네. 내가 아무리 열망하고 상상한다 해도 이런 결과를 생각할 수는 없었을 정도로 많아.

우리 러시아가 많은 점에서 이전에 생각했던 것처럼 그렇게 비관적이지는 않다는 것을 믿게나. 중요한 것은 인민에게서 유리된 채 그들을 전혀 이해조차 못하는 우리 지식인들의 사고방식에 조만간 변화가 오리라는 믿음, 새롭고 올바른 삶을 갈구한다는 증언들이 무수히 많다는 점일세.

자네는 크라옙스키[1]에게 분노하고 있지만, 그 혼자만 그런 것은 아니네. 그들 모두가 인민을 부정하고 비웃었지. 그리고 인민의 운동을, 그들의 신성한 의지 표명을, 그들의 요구를 나타낸 형식을 지금도 비웃고 있네. 그렇게 함으로써 이 양반들은 쉽게 사라질 것이네. 그들은 제 역할을 다 했고 너무 노쇠했으니 말일세. 인민을 이해하지 못하는 사람들은 필연적으로 투기꾼들과 유태인들과 한 패가 될 수밖에 없네. 이것이 바로 우리의 '진보적인' 사상을 대변하는 자들의 종말일세. 하지만 새로운 변화가 진행되고 있네. 군대에서 우리의 젊은이들과 여성들(간호사들)은 모두가 기대하고 예견했던 것과는 다른 것을 보여 주었네. 기다려 보세(내 생각에 결국 크라옙스키는 세르비아 전쟁[2] 이후 내내 자신의 진정성을 과시하려 애쓰는 듯하네. 윗분들에게 잘 보이려 하는 게지. 하지만 한번 발을 잘못 들인 이상 그게 어디 그리 쉽겠나).

그런데도 우리나라에서는 『모스크바 통보』와 외국에서 높이 평가하는 그 신문의 사설을 제외한 다른 모든 신문들에서는 얻을 게 거의 없네. 다른 신문들은 시간만 때우고 있더군. 내가 이 두 해 동안 받은 수백 통의 편지들은 모두 다른 그 무엇보다도 나의 사상의 진실성과 정직함을 칭찬하고 있었네. 말하자면 우리나라에는 무엇보다 바로 그런 점이 부족하다는 것이고, 모두들 그걸 갈망하고 있지만 찾지 못하고 있다는 게지. 그런 걸 보면 지식층의 대표자들은 우리나라의 시민이 아닌 것 같네.

1878년 2월 6일 표도르 미하일로비치는 과학 아카데미의 상임서기에게 다음과 같은 서류 한 장을 받았다. "황실 과학 아카데미는 귀하의 문학적 공로에 존경을 표하는 마음으로 귀하를 러시아어와 문학 부문의 객원 회원으로 선출하였습니다."

1877년 12월 29일, 아카데미의 경축 회의에서 그는 회원으로 선출되었다. 표도르 미하일로비치는 비록 자신의 문단 동년배들과 비교해 볼 때 조금 늦긴 했지만(그가 활동한 지 33년 만이니까) 무척 흡족해했다. 1878년 초에 표도르 미하일로비치는 매월 문인 협회에서 주최했던 저녁 모임에 가곤 했던 것으로 기억한다. 저녁 모임은 보렐이나 말로야로슬라베츠 등 여러 레스토랑에서 열렸다. 이 저녁 모임을 위해 저명한 화학자 멘델레예프[3]의 사인이 담긴 초청장이 배포되었다. 모임 자리에는 그야말로 다양한 부류의 문인들이 모였기 때문에 어쩔 수 없이 표도르 미하일로비치는 거기서 자신의 문학적 숙적들을 만나게 되곤 했다. 겨울 한철 동안(1878년) 표도르 미하일로비치는 이런 저녁 식사에 네 번 갔다왔는데, 돌아올 때면 언제나 몹시 흥분해서 뜻밖의 만남과 그날 소개받은 사람들에 대해 내게 재미있게 이야기해 주었다.

4. 1878년, 남편을 흠모한 여인의 방문

1878년 어느 이른 봄날, 우리 가족은 모두 모여 평화롭게 점심을 먹고 있었다. 장시간의 산책을 통해 생기를 찾은 표도르 미하일로비치는 무척 기분이 좋아서 아이들과 즐겁게 얘기를 나누고 있었다. 이때 갑자기 요란하게 벨이 울려 일하는 아이가 문을 열어 주러 달려갔다. 반쯤 열린 현관 문을 통해 약간 째지는 듯한 어떤 여자의 목소리가 들렸다. "아직 살아 있나요?"

일하는 아이는 무슨 말인지 몰라 아무 말도 하지 못했다.

"표도르 미하일로비치가 아직 살아 있냐고 묻고 있잖아요?"

"네? 네. 주인님께서는 살아계시죠." 멍해진 여자애가 대답했다.

내가 무슨 일인지 알아보러 나가려 할 때, 문 가까이에 앉아 있던 표도르 미하일로비치가 순식간에 자리를 박차고 일어나더니 거의 달리다시피 현관으로 나갔다. 그러자 나이가 지긋한 웬 부인이 의자에서 일어나 그를 향해 손을 뻗으며 환호성을 질렀다. "살아계시군요, 표도르 미하일로비치! 당신이 아직 살아계셔서 얼마나 기쁜지 몰라요!"

"부인, 무슨 일이신지요?" 이번에는 표도르 미하일로비치가 몹시 놀라 큰 소리로 말했다. "저야 살아 있지요. 그리고 앞으로도 오래 살 생각이랍니다!"

"우리 하리코프에 소문이 나돌고 있어서요." 부인이 흥분한 상태로 말을 했다. "당신 부인이 당신을 버렸고, 아내의 배반으로 인해 당신은 중병에 걸렸는데 돌봐 줄 사람도 없이 앓고 있다고 말이에요. 그래서 당신을 돌보려고 제가 한걸음에 달려온 거랍니다. 차에서 내려 곧바로 당신에게로 온 거예요!"

여인이 외치는 소리들을 듣고 나도 현관으로 나왔다. 표도르 미하일로비치는 아주 화가 난 상태였다. "들어봐, 아냐." 그가 내 쪽으로 몸을 돌렸다. "어떤 후레자식이 당신이 나를 버리고 도망쳤다는 헛소문을 뿌리고 다녔다는군. 당신 기분은 어때? 당신 기분이 어떠냔 말이야!"

"제발 진정해요, 여보. 흥분하지 말아요." 내가 말했다. "무슨 오해가 있는 거겠죠. 자, 들어가요. 현관에 있으면 추워요." 그러면서 나는 표도르 미하일로비치를 살며시 식당 쪽으로 끌고 갔다. 그는 내 말을 듣고 자리를 떴다. 하지만 식당 쪽에서는 오랫동안 그의 화난 고함소리가 들려왔다.

나는 이 생면부지의 여인과 이야기를 나누었다. 그녀는 학교 선생인 것으로 밝혀졌는데, 무척 착했지만 그리 똑똑해 보이지는 않았다. 그녀는 질이 나쁜 아내에게 버림받은 저명한 작가를 돌본다는 생각에 매료되었던 듯했다. 그러면 그를 더 좋은 세계로 인도할 수도 있고, 나중에는 그가 자신의 품안에서 숨을 거두었다는 사실을 평생 자랑스러워 할 수도 있을 것이었다. 나는 당황해하는 것이 분명한 이 가엾은 부인이 너무나 안쓰러웠다. 그래서 잠깐 양해를 구하고 식당으로 들어가 그녀에게 식사를 대접하고 싶다고 남편에게 말했다.

표도르 미하일로비치는 손을 내저으며 조용히 속삭였다. "좋아, 그녀한테 들어오라고 해. 하지만 내가 나간 다음 불러!" 남편은 자리에서 벌떡 일어나 자기 방으로 가버렸다.

나는 그 부인에게로 다시 가서 조금 숨을 돌리고 점심을 들라고 권했다. 그러나 그녀는 자신을 대한 남편의 태도에 실망한 나머지 거절의 뜻을 밝히며, 하녀에게 자신의 꽤 큼직한 고리짝을 마부한테까지만 들어다 달라고 부탁했다. 들어올 때는 그것을 문지기가 들어다 주었다. 나는 그녀를 더 이상 붙잡지 않았고, 다만 어디에 묵을 것인지, 그리고 이름이 무엇인지만 알아두었다.

남편에게로 돌아왔을 때 그는 굉장히 화가 난 상태였다. "사람들이 머리를 짜내 무슨 비열한 짓을 한 건지 생각해 봐." 그는 흥분하여 방안을 왔다갔다하면서 말했다. "당신이 나를 버렸다니! 얼마나 비열한 중상모략이야! 어떤 놈이 그런 말을 만들어 냈을까?"

이 사건에서 남편이 가장 경악해 마지않은 것은 나를 두고 중상모략을 할 수 있다는 생각이었다. 비교적 별것도 아닌 이 사건으로 그가 그렇게 심하게 마음 고생을 하는 것을 보고 나는 그에게 하리코프에 있는 그의 옛 친구 베케토프 교수에게 편지를 써서 그곳에서 우리에 관해 어떤 소문이 떠돌고 있는지 물어보라고 했다. 남편은 내 충고를 받아들여, 그날 저녁 베케토프에게 편지를 썼고 마음을 조금 가라앉혔다. 바로 다음 날 그는 내게 그 미지의 부인을 찾아가 봐 달라고 부탁했다. 하지만 나는 그녀를 만나지 못했다. 그녀는 아침에 벌써 되돌아가 버렸던 것이다.

5. 1879년

새해 첫 두 달을 우리는 평온하게 보냈다. 표도르 미하일로비치는 전력을 다해 소설을 집필했고 작업은 성공적으로 진행되었다. 3월 초에 남편은 몇몇 문학의 밤 행사에 참가해야만 했다. 3월 9일에는 문학 재단의 요청을 받고 귀족회합 강당에서 낭독을 했다. 그날 저녁에는 투르게네프, 살티코프[4], 포테힌[5] 등 우리나라 최고의 작가들이 대거 참가했다. 표도르 미하일로비치는 『카라마조프 가의 형제들』중 '비밀 이야기'를 낭독용으로 골랐다. 그는 더할 수 없이 훌륭하게 낭독을 끝냈고 요란한 박수 갈채를 받았다. 문학의 밤은 대단히 성공적이어서 3월 16일에 (살티코프를 제외한) 동일한 출연진으로 한 번 더 행사를 갖기로 결정되었다. 3월 16일의 낭독 시간에 남편은 여대생 청취자 대표로부터 꽃다발을 받았다. 러시아풍의 수가 놓여진 리본에는 낭독자에게 공명한다는 글귀가 적혀 있었다.

3월 20일쯤 남편은 비통한 결과를 가져올 수도 있었던 불쾌한 사건을 겪었다. 표도르 미하일로비치가 평소처럼 점심 전 산책을 하고 있을 때, 니콜라옙스크 거리에서 어떤 취객이 그를 쫓아와서 뒤통수를 가격했다. 얼마나 심하게 맞았던지 남편은 포장 도로 위에 넘어져 타박상을 입었으며, 얼굴은 피투성이가 되었다. 순식간에 사람들이 모여들었고 경찰이 나타났다. 취객은 관할 경찰서로 연행되었고 남편도 그곳에 출두해 달라는 부탁을 받았다. 표도르 미하일로비치는 경찰서에서 자신은 그 취객을 용서했으니 그를 방면해 주라고 경찰 간부에게 부탁했고, 간부는 그렇게 하겠다고 약속했다. 하지만 다음 날 이 '습격' 소식이 신문에 나자, 피해자가 명망 있는 문인임을 고려하여 경찰이 작성한 조서는 13지구 조정 재판관인 트로피모프의 심의를 받기 위해 이양되었다.

3주쯤 지나서 표도르 미하일로비치는 법정으로 소환되었다. 재판 심리에서 표도르 안드레예프라는 이름의 농민으로 밝혀진 피고는 "술을 많이 마신 상태에서 '나으리'를 살짝 건드렸을 뿐인데 나으리가 쓰러졌다"고 해명했다. 표도르 미하일로비치는 법정에서 가해자를 용서한다고 선언하며 그를 처벌하지 말 것을 부탁했다. 조정 재판관은 그의 부탁을 받아들이긴 했으나, 거리에서 '소란을 일으킨 죄'를 적용하여 농민 안드레예프에게 4일간의 경찰서 구류를 대체할 수 있는 60루블의 벌금형을 선고했다. 남편은 입구에서 가해자를 기다렸다가 선고받은 벌금을 납부하라고 그에게 60루블을 주었다.

부활절 주간에는(4월 3일) 솔랴니 고로독에서 프레벨렙스키 협회가 주최한 문학 낭독 행사가 열렸다. 표도르 미하일로비치는 그곳에서 「예수의 크리스마스 트리에 초대된 소년」을 낭독했다. 행사가 아이들을 위한 것임을 고려하여 남편은 그 자리에 우리 아이들도 데려가고 싶어 했다. 아이들이 아버지가 무대에서 작품을 낭독하는 것을 듣고, 사람들이 아버지를 얼마나 따뜻하게 맞아 주는지를 볼 수 있도록 말이다. 이번에도 그는 열광적인 환대를 받았다. 어린이 청취자 그룹이 그에게 꽃다발을 선사했다. 표도르 미하일로비치는 행사의 마지막까지 남아서 우리 아이들을 강당마다 데리고 다니며 장난을 치고, 그 아이들이 지금까지 보지 못한 광경에 환호하는 것을 기뻐했다.

부활절 당일에 표도르 미하일로비치는 페테르부르크 여자 대학의 요청으로 알렉산드로프스크 여자 고등학교 건물에서 낭독을 했다. 그는 『죄와 벌』의 한 장면을 골랐는데, 그의 낭독은 놀라운 결과를 낳았다. 여대생들은 표도르 미하일로비치에게 뜨거운 갈채를 보냈을 뿐만 아니라, 중간 휴식 시간에는 그를 에워싸고 그와 대화를 나누며 자신들이 관심을 갖고 있던 다양한 문제들에 관한 의견을 물었다. 그리고 행사가 끝난 뒤 그가 떠날 채비를 하자 200명이 넘는 많은 사람들이 그의 뒤를 따라 현관까지 내려와서는 그가 옷 입는 것을 도와주었다. 나는 남편과 나란히 서 있었는데, 맹렬하게 달려드는 인파에 밀려나서 한참 뒤쪽에 있게 되었다. 내가 없으면 남편이 가지 않을 것임을 알고 있었기에 나는 그냥 그 자리에 남아 있었다. 실제로 외투를 입고 나서 표도르 미하일로비치는 주위를 둘러보았다. 내가 보이지 않자 그는 애처로운 목소리로 말했다. "제 아내는 어디 있나요? 저하고 같이 있었는데요. 부탁인데, 아내를 좀 찾아 주십시오." 남편이 자신을 에워싼 숭배자들에게 호소하자 그들은 친절하게 내 이름을 외치기 시작했다. 다행히 나를 그리 오래 부를 필요는 없었다. 내가 금방 남편에게로 다가갔으니까.

봄이 왔다. 우리는 늘 그랬던 것처럼 스타라야 루사로 출발을 서둘렀다. 코실라코프 교수가 표도르 미하일로비치에게 반드시 엠스로 가라고 처방을 내린 상태였지만, 남편은 별장에서 우리와 함께 지내면서 자유롭게 일하고 싶어했다.

불행하게도 그해 봄은 추웠고 비가 자주 내렸다. 그래서 남편은 건강이 전혀 나아지질 않았고, 우리 모두를 걱정시킬 정도로 야위었다. 그러나 여름은 아주 유쾌하게 시작되었다. 피서철을 맞아 우리 두 사람이 무척 좋아했던 자클라르-코르빈이 루사로 왔던 것이다. 남편은 산책에서 돌아오면 거의 매일 자신의 인생에서 중요한 의미를 가졌던 이 똑똑하고 착한 여인과 담소를 나누러 가곤 했다.

7월 하순(18일)에 표도르 미하일로비치는 해외로 떠났고, 24일 엠스에 도착했다. 그는 빌레 달게르에 있는 전에 묵었던 집에 머물면서 주치의인 오르트 씨를 찾아갔다. 남편이 마지막으로 다녀간 것이 벌써 3년 전인데도 이 의사는 그를 알아보고 '크렌헨 온천수가 원기를 되찾게 해줄 것'이라고 약속하면서 그를 위로해 주기까지 했다. 7월 25일에 남편이 내게 쓴 글엔 오르트 씨의 진단 소견이 나와 있다. "그는 내 폐포가 심하게 늘어나 변성되면서 심장에까지 영향을 미쳐 심장의 위치까지 바뀌었다고 했소. 이 모든 것이 폐기종의 결과요. 비록 심장은 아주 건강하지만 말이오(나를 위로하려고 덧붙인 말이다). 위치가 이렇게 바뀐 건 별 대단치는 않은 것이고 특별히 위험하지도 않다고 하오. 물론 그는 의사로서 환자를 안심시킬 의무가 있겠지. 하지만 폐기종이 아직 초기인데도 벌써 이런 작용을 일으켰다면, 나중에는 어떤 일이 일어나겠소? 그렇지만 나는 온천수에 큰 기대를 걸고 있소."

의사의 설명은 나를 너무 당혹스럽고 걱정스럽게 만들었다. 최근 몇 년 동안 남편의 원기 왕성하고 강한 모습을 보아온 나로서는 그의 병이 그렇게 불길하게 진행되리라고는 예상치 못했기 때문이었다. 하지만 크렌헨의 물을 마셔서 남편이 언제나 큰 덕을 보았다는 것을 알기에 이번에도 건강이 좋아지고 있을 거라 생각하면서 나 자신을 위로했다.

나는 표도르 미하일로비치가 반가운 친구들 중 누구라도 만나게 되길 크게 기대했다. 그런 만남이 그의 흥을 돋우면 가족과 떨어져 지내게 될 때마다 앓아 온 향수병을 앓지 않을 것이기 때문이었다. 하지만 정말 유감스럽게도 나의 희망은 실현되지 않았다. 엠스에 머문 5주 내내 남편은 아는 사람을 단 한 명도 만나지 못했다. 그는 완전히 혼자인 자신의 처지에 대해 쓰디쓴 하소연을 하곤 했다. "정말 울화가 치미는 건 열람실에는 철이 지나도 한참은 지난 『모스크바 통보』와 읽으면 화만 치솟는 빌어먹을 『목소리』지만 있다는 사실이오. 아이들을 쳐다보고 그 아이들과 얘기를 나누는 게 유일한 낙이오. 여기는 아이들이 많거든. 하지만 심지어 아이들과 만날 때도 불쾌한 일이 생기는 경우가 있다오. 오늘 다른 아이들과 무리를 지어 학교에 가는 다섯 살 정도 되어 보이는 아이를 만났는데, 손바닥으로 눈을 가리고 울고 있더군. 나는 그 아이에게 무슨 일이냐고 물었지. 지나가던 독일인들에게서 알게 된 사실은 그 애의 눈에 염증이 생긴 지 벌써 한 달이 다 되었다는 거야(통증이 아주 심하고). 그런데 제화공인 아버지란 작자가 아이를 의사에게 데려가길 원치 않는다는군. 약값으로 돈을 쓰지 않으려고 말이야. 그 말을 들으니 정말 기분이 말이 아니었어. 신경이 다

곤두섰소. 나는 무척 우울하오. 여보, 울적한 건 보통 일이 아니오. 울적하면 일도 고통이야. 차라리 유형 생활이 나아, 아니 유형이 더 나았소!"

표도르 미하일로비치가 내게 보낸 편지들은 우울함 그 자체였다. 8월 13일자 편지에서 남편은 이렇게 쓰고 있다. "가엾은 에밀리야 페도로브나의 소식을 듣고 무척 슬펐소. 사실 형수의 병은 오래 살 수 없는 것이었기에 그 소식은 당연한 것이었소. 그렇지만 나로서는 형수가 죽음으로써 이 땅에 남아 내게 형을 기억하게 했던 모든 것이 끝난 것 같은 기분이오. 페쟈 하나가 남아 있긴 하지. 내가 무릎에 안고 돌봐 주었던 형의 아들 표도르 미하일로비치 말이오. 페쟈에게 내 깊은 애도의 뜻을 담은 편지를 써 주오. 나는 어디로 보내야 할지 모르니까……. 내가 지난 5일에(날짜를 기록해 두었지) 무슨 꿈을 꾸었는지 한번 상상해 보오. 꿈에 형이 보이더군. 형은 침대에 누워 있었는데 목의 동맥이 잘려 피를 흘리고 있었어. 나는 공포에 떨며 의사에게 달려가야 한다고 생각했지. 그런데 의사를 불러올 때까지 계속 형이 피를 흘릴 거라는 생각이 들어 멈칫했다오. 이상한 꿈이었지. 그런데 중요한 건, 8월 5일이 형수가 죽기 전날이라는 거요. 내가 형수에게 크게 미안해해야 한다고는 생각지 않소. 도울 수 있었을 때는 도왔고, 지속적인 도움을 중단했을 때는 이미 형수를 도울 수 있는 가까운 이들, 아들, 사위가 있었으니까. 형이 죽던 해에 나는 아무것도 따져보지 않고, 아까워하지 않고, 내가 가진 전 재산인 1만 루블을 모두 그 가족을 위해 썼을 뿐만 아니라 나 자신의 정력과 문학적 명성까지도 희생했소. 출판 일이 실패하면서 치욕을 감수해야 했고 정말 소처럼 일을 했소. 죽은 형도 저 세상에서 나를 나무랄 수는 없을 게요."

편지의 끝에다 그는 이렇게 덧붙였다. "내일이면 내가 여기서 침묵할 날들이 꼭 2주일 남게 되오. 이건 단순한 고립이 아니라 침묵이오. 나는 말하는 걸 완전히 잊어버렸고 꼭 미친 사람처럼 혼잣말까지 하고 있다오." 8월 16일자 편지에는 이렇게 적혀 있다. "내 우울함은 무어라 묘사가 안 되오. 말하는 법도 잊어 버렸소. 어쩌다 우연히 큰 소리로 말을 하게 되면 나 자신도 놀라는 지경이야. 이렇게 4주째가 되면 내 목소리도 듣지 못하게 될 거야."

나 또한 남편의 심기가 불편한 것 때문에 무척 괴로웠다. 특히 그에게 내가 보내기로 약속한 돈이 오지 않아서 그가 걱정하고 있다는 걸 안 뒤로는 더했다. 그런데 나는 돈을 부칠 수가 없었다. 『러시아 통보』의 편집부와 오해가 발생했기 때문이었다. 편집부는 페테르부르크의 아헨바흐와 콜리 사무소로 환증서를 보냈는데, 나는 아이들을 하루라도 혼자 남겨두지 않겠다고 남편에게 약속을 했기 때문에 찾으러 갈 수가 없었다. 결국 환증서를 다시 되돌려 보내고 돈을 현금으로 스타라야 루사로 보내 달라고 부탁해야만 했다. 나는 돈을 받자마자 즉시 남편에게 부쳤다.

6. 1879년, 영지를 구입하고픈 마음

표도르 미하일로비치는 자신의 문학 활동이 미진해지거나 자신이 죽을 경우 가족들의 앞날이 어찌 될까 걱정하면서, 우리가 빚을 다 청산하면 작은 영지를 구입해 거기서 나오는 소득으로 생계비의 일부분을 해결하겠다는 생각을 자주 했다.

1879년 8월 13일 엠스에서 보낸 편지에서 남편은 내게 이렇게 썼다. "내 사랑하는 사람, 나는 계속해서 나의 죽음(여기서는 아주 심각하게 생각하게 되오)을 그리고 당신과 아이들에겐 무엇을 남겨 줄 것인가를 생각하고 있소. 모두들 우리가 돈이 있다고 생각하지만 우리에겐 아무것도 없소. 지금 나는 카라마조프를 놓고 씨름하고 있소. 보석같이 다듬어서 유종의 미를 거두어야 하는데, 사실 어렵고 모험을 감수하는 일이어서 많은 힘을 소진하고 있소. 하지만 이건 또한 운명을 건 작업이오. 이 소설이 내 이름을 확고히 다져 주어야 하오. 그렇지 않으면 아무런 희망도 없소. 소설을 탈고하여 내년 말에는 『작가 일기』의 구독 신청 공고를 낼 거요. 그래서 구독료로는 영지를 구입하고, 생활비와 『작가 일기』 다음 호의 출판비는 책 판매 대금으로 어떻게든 꾸려 가 볼 생각이오. 강력한 대책을 취해야지, 그렇지 않으면 결코 아무것도 얻지 못할 것이오. 하지만 의논을 더 해야 하고, 당신과 한참 말다툼도 해야 할 테니까 우선은 이 정도로 충분하오. 당신은 시골을 좋아하지 않지만 내게는 확신이 있소. 부동산은 아이들이 자랐을 때 자산이 되어 줄 것이라는 것과 땅을 소유한 자는 국가의 정치 권력도 나누어 소유한다는 것이 그것이오. 이건 아이들의 장래이고, 그들이 어떤 사람이 될 것인가를 결정하는 문제요. 강하고 자립적인 시민(어느 누구 못지 않은)이 될 것이냐, 아니면 시시한 사람이 될 것이냐 하는 것 말이오."

그 다음에 쓴 편지들 중 한 장에서는 다음 구절이 눈에 띈다. "나는 여기서 미래를 어떻게 건설할 것인가, 어떻게 영지를 살 것인가 하는 문제를 내내 꿈꾸고 있소. 이 문제에 거의 미쳐 있다면 믿겠소? 아이들과 그들의 장래가 정말 걱정스럽소."

나는 이 문제에 관해서 원칙적으로는 남편의 의견에 전적으로 동의했다. 하지만 우리 처지에 영지를 사서 아이들의 장래를 보장해 준다는 생각은 실현 불가능하다는 것을 알고 있었다. 첫 번째 중요한 문제는 영지를 구입하게 된다고 해도 영지를 관리할 사람이 없다는 점이었다. 설령 표도르 미하일로비치가 농촌 생활에 대해 알고 있다 하더라도 문학 일로 바쁜 상태에서 영지 관리를 한다는 것은 힘들었고, 나는 시골 생활에 대해서 아는 바가 전혀 없었다. 나에게는 전적으로 미지의 세계인 그곳의 생활을 배우고 적응하느라 몇 년이 흘러갈 것이 분명했다. 관리인에게 영지를 위탁하는 방법이 있었지만, 내가 알고 있는 수많은 지주들의 경험으로 미루어 보아 남에게 주인 노릇을 맡긴다는 것이 어떤 결과를 가져올지는 안 봐도 뻔했다.

하지만 표도르 미하일로비치는 자신에게 위안을 주는 그 생각에 너무 강하게 집착하고 있어서 나로서는 반대를 한다는 것이 정말 미안했다. 그래서 나는 남편의 친척인 쿠마니나 숙모가 유산으로 남긴 우리 몫의 토지를 받을 때까지만 기다리자고 부탁했다. 그러면 우리에게 분배된 토지에서 작게나마 시골 생활을 꾸리기 시작할 수 있을 거라고 했다. 표도르 미하일로비치는 내 말에 동의하고 소설 『카라마조프 가의 형제들』로 받은 돈을 『러시아 통보』 편집부에 남겨두기로 했다. 영지를 제대로 꾸리기 위해 돈이 필요할 때를 대비해서 비축해 두자는 것이었다.

쿠마니나 숙모가 유산을 남긴 것은 벌써 70년대 초반의 일이었다. 그 유산은 영지들 중 랴잔에서 100베르스타 떨어진 스파스 클레피카 마을 부근에 있던 6천 제샤치나 면적의 땅이었다. 도스토옙스키의 형제들 네 사람의 몫(누이들에게는 형제들이 돈을 지불해야만 했다)은 영지의 3분의 1에 해당하는 약 2천 제샤치나로, 그 중 표도르 미하일로비치의 몫은 500제샤치나였다.

쿠마니나 숙모에게는 상속자가 많았기 때문에 그들이 서로 합의를 보는 데는 많은 어려움이 있었다. 영지를 통째로 팔려고 했으나 구매하겠다는 사람이 나타나지 않았고, 그러는 동안 우리와 다른 상속자들은 세금으로 돈을 내야 했다. 우리의 대리인 또한 영지로의 출장과 서류 준비, 법정 비용 등의 이유를 대며 돈을 요구했다. 결국 이 상속 때문에 골치 아프고 돈을 쓸 일만 얻게 된 셈이었다.

그래서 결국은 상속자들이 토지를 현물로 취하자는 결론에 도달했다. 하지만 아주 오래된 숲에서 완전히 늪인 곳에 이르기까지 토지가 천차만별이었기 때문에 남편과 나는 훨씬 적은 면적을 받되 질이 좋은 땅만을 받기로 했다. 그러나 지역을 고르기 위해서는 영지를 방문하여 둘러보아야만 했다. 상속자들이 땅을 고르고 자기 몫으로 떨어진 면적만큼 경계를 지어 나누기 위해서는 그들이 모두 다 봄에 영지로 모여야 한다는 얘기가 해마다 오갔다. 그러나 언제나 한 사람 내지 두 사람이 오지 못하게 되는 일이 생겨 일의 해결은 다음 해로 다시 미뤄지곤 했다.

마침내 1879년 여름, 상속자들은 모스크바에 모여 최종 협상에 들어가기로 했다. 이 일이 성공한다면 모두 랴잔으로, 그리고 거기서 영지로 가서 현지에서 일을 최종적으로 결정지을 것이었다. 당시 표도르 미하일로비치는 엠스에서 치료를 받고 있어서 보름 후에나 돌아올 예정이었다. 우리를 그토록 힘겹게 했던 문제를 종결지을 수 있는 이런 기회를 놓치게 되면 너무 안타까울 터였다. 다른 한편으로 나는 영지로 가는 문제를 남편에게 알려야 할지 고민에 빠졌다. 더구나 그 일이 무산될 수도 있는 게 아닌가? 표도르 미하일로비치가 자기 자식들을 얼마나 사랑하는지, 또 그들이 살아갈 일에 대해 얼마나 노심초사하는지를 잘 아는 나로서는 먼 거리를 가야 하는 여행 소식으로 그에게 걱정을 끼치고, 또 그로 인해 그의 치료가 중단되는 것이 싫었다.

다행히도 나는 전에 이미 남편으로부터 아이들을 상트 닐라 스톨벤 수도원(루사에서 100베르스타 거리)에 데려가도 좋다는 허락을 받아 둔 터였다. 그곳으로 여행을 하자면 일주일 이상 걸릴 것이었기 때문에 나는 우선 이삼일 정도 모스크바에 다녀오기로 결심했다. 하지만 모스크바에 도착해서 영지로 향하는 주요 상속자들을 만난 후, 나는 이참에 아이들과 함께 그곳에 가서 땅을 둘러보고 남편의 바람에 가장 어울릴 만한 곳을 점찍어 두기로 마음먹었다.

근 열흘이나 계속된 영지로 가는 길은 모든 것이 순조로웠다. 그리고 나는 남편의 몫으로 '페호르케'라 불리던 200제샤치나의 건축 가능한 임야와 100제샤치나의 들판을 고르는 데 성공했다. 표도르 미하일로비치는 내 선택에 만족했다. 하지만 엠스에서 보낸 편지에서 그는 내가 '비밀 행동'을 한 것을 무섭게 나무랐다. 표도르 미하일로비치에게 무언가를 숨기는 일은 나 자신에게도 언제나 괴로운 일이었다. 하지만 때로는 그런 것이 필요했다. 그에게 걱정을 끼치지 않기 위해, 그리고 (피할 수도 있는) 걱정거리를 만들어 공연한 간질 발작을 일으키지 않도록 하기 위해서였다. 발작을 한 번 겪고 나면, 특히 가족과 멀리 떨어진 상태에서 그런 일을 겪고 나면 남편은 너무도 고통스러운 후유증에 시달렸다.

9월 초에 우리는 루사에서 수도로 돌아왔다. 그리고 일상적인 생활이 시작되었다. 2시쯤 되면 사람들이 우리 집에 모여들었다. 아는 사람들도 있었고, 내가 모르는 이들도 있었다. 그들은 줄을 서서 기다렸다가 표도르 미하일로비치의 방에 들어갔고, 어떤 때는 한 시간씩 그의 방에 앉아 있기도 했다. 장시간의 대화가 남편에게 얼마나 피곤한 일인지를 아는 나는 가끔씩 하녀를 시켜 남편을 내 방으로 오게 해서는, 그에게 뜨거운 차 한 잔을 내밀곤 했다. 그러면 그는 얼른 차를 다 마시고 아이들에 대해 묻고는 서둘러 방문객에게로 돌아갔다. 때때로 이야기가 너무 길어지면 나는 표도르 미하일로비치를 식당으로 오게 하기도 했다. (무슨 무슨 단체가 주최하는) 문학의 밤에 낭독을 해달라고 부탁하러 온 이러저러한 대표단이나 모르는 방문객들 틈에서 줄을 서서 기다리기가 어려운 친구들을 만나게 해주기 위해서였다.

그해 겨울에는 (『카라마조프 가의 형제들』의 성공에 힘입어) 표도르 미하일로비치에 대한 세간의 호감이 점점 커지고 있었다. 그래서 무도회나 문학의 밤, 콘서트 등의 초대장과 입장권이 쇄도하기 시작했다. 남편은 정중한 거절의 편지, 혹은 감사의 편지를 써야 했고, 때로는 초청자의 기분을 상하지 않게 하려고 나를 자기 대신 직접 보내기도 했다. 그러면 나는 두 시간씩 시간을 버리면서 행사 주최자를 찾아가 남편을 대신하여 감사의 말과 함께 그가 급한 일로 인해 행사에 참석할 수 없어 미안해한다는 사과의 뜻을 전하곤 했다. 이 모든 것이 우리의 생활을 피곤하게 했고, 이런 일로 만족감을 얻는 경우는 드물었다.

1879년 12월에 표도르 미하일로비치는 몇 차례 문학 낭송회에 참석해야 했다. 12월 16일에는 라린 여자 고등학교의 불우학우 돕기 모임의 초청을 받아 낭독을 했다. 그는 「예수의 크리스마스 트리에 초대된 소년」을 낭독했다. 낭송회는 낮 1시에 열렸다. 참석자들 중에는 유명한 재담꾼인 배우 고르부노프가 있었다. 그가 자리함으로써 낭독자 대기실의 분위기가 활기를 띠었던 기억이 난다. 발췌한 부분을 다 낭독한 문인들은 홀에 있는 청중들에게로 나가지 않고 낭독자 대기실에 남아 있었다. 이반 고르부노프는 신이 나서 재치가 번쩍이는 이야기들, 잘 알려지지 않은 이야기들을 들려주었고, 낭독회 포스터에 초상화 같은 것을 그리기도 했다.

12월 30일에 또 문학의 아침이 열렸다. 그 행사에서 표도르 미하일로비치는 거장의 솜씨로 『카라마조프 가의 형제들』 중 '위대한 대심문관'을 낭독했다. 낭독은 대단한 성공을 거두었고 청중들은 박수 세례로 수차례 작가를 무대에 나오게 했다.

7. 1879~1880년

1879년과 1880년에 표도르 미하일로비치는 다양한 자선 단체들과 문학 재단 등등의 요청으로 자주 행사에 참가하여 낭독을 해야 했다. 남편의 건강이 좋지 않았기 때문에 나는 그런 문학의 밤 행사가 있으면 항상 그와 동행했다. 사실은 나도 정말 예술적인 그의 낭독을 듣고 그를 존경하는 페테르부르크의 청중들이 언제나 그에게 보내 주었던 열광적인 박수 갈채 속에 함께 있고 싶은 마음이 컸다.[6]

문학의 밤 행사는 대부분 알렉산드린 극장 맞은 편의 시(市) 신용조합 강당이나 폴리테이스크 다리 옆의 귀족회합 강당에서 열렸다. 유감스럽게도 나의 이러한 세상 속으로의 외출은 표도르 미하일로비치의 질투심이 폭발하는 바람에 종종 얼룩지고 말았다. 그의 질투는 전혀 예상치 못한 아무런 근거도 없는 것으로서 때때로 나를 난처한 상황에 처하게 만들곤 했다. 한 가지 예를 들어보겠다.

언젠가 한번 우리는 어느 문학의 밤 행사에 조금 지각을 하게 되어 다른 참가자들은 이미 다 모여 있을 때 낭독자 대기실에 들어가게 되었다. 우리가 들어가자 그들은 모두 표도르 미하일로비치를 정답게 환영했고, 남자들은 내 손에 입을 맞추었다. 이 세속의 풍습(손에 입맞추기)이 남편에게는 불쾌한 느낌을 준 모양이었다. 그는 모든 사람들에게 냉랭하게 인사를 하고는 구석으로 가 버렸다. 나는 한순간에 사태를 깨달았다.

환대해 주던 사람들과 몇 마디 더 말을 나눈 뒤, 나는 남편의 기분을 풀어 주려고 그의 옆자리에 앉았다. 하지만 잘 되지 않았다. 두세 가지 내 물음에 남편은 대답을 하지 않더니, 조금 뒤 나를 '표독스럽게' 돌아보며 말하는 것이었다. "그에게 가 버려!"

나는 놀라서 물었다. "그에게라니 누구 말이에요?"

"몰-라-서 물어?"

"모르겠어요. 대체 누구에게 가라는 거예요?" 내가 웃었다.

"지금 막 당신 손에 열렬히 입맞추던 그 자식한테 말야!"

대기실에 있던 남자들은 모두 내 손에 정중하게 입을 맞추었기 때문에 남편이 비난한 주인공이 누구인지 내가 알 수 없는 것은 당연한 일이었다. 이 모든 대화를 남편은 작은 목소리로 말했지만 가까이 앉아 있던 사람들은 모두 다 똑똑히 들을 수가 있었다. 나는 너무 당혹스럽고 부부간의 다투는 모습을 보이기 싫어서 이렇게 말했다. "좋아요, 표도르 미하일로비치. 당신은 기분이 엉망이고 나와 말하기가 싫은 모양이군요. 그렇다면 강당으로 나가서 내 자리를 찾아 앉아 있는 게 더 낫겠어요. 잘 있어요!"

그리고 나는 자리를 떴다. 5분도 채 지나지 않아 행사 주최자 중 한 사람인 가이제부로프[7]가 내게 다가와 남편이 찾는다고 말했다. 남편이 책에다 표시해 둔 낭독할 부분을 찾지 못하고 있다고 짐작한 나는 즉시 낭독자 대기실로 갔다. 남편은 적대감을 보이며 나를 맞았다. "참지 못하겠던가 보지? 그 인간을 보러 오셨군 그래?" 남편이 말했다.

"그래요, 물론이죠." 내가 웃으며 말했다. "그리고 당신도 보러 왔어요. 뭐 필요한 것 없나요?"

"아무것도 필요 없어."

"그렇지만 당신이 날 불렀잖아요?"

"부를 생각 없었어! 마음대로 상상하지 말아!"

"좋아요, 안 불렀다면 잘 있어요. 난 갈게요."

10분쯤 뒤에 이번에는 주최자 중 다른 사람이 내게 다가왔다. 표도르 미하일로비치가 그에게 내가 어디 있는지 알려 달라고 했으므로, 그는 남편이 나를 보고 싶어 한다고 생각하고 내게 온 것이었다. 나는 방금 대기실에 갔다왔고, 남편이 곧 있을 낭독에 모든 주의를 집중할 수 있도록 그를 방해하고 싶지 않다고 대답했다. 그리고 그에게로 가지 않았다.

첫 번째 휴식 시간에 관리자가 내게 와서 남편이 자기에게 와 달라고 간곡하게 청한다고 했다. 나는 급히 대기실로 가서 사랑하는 남편 곁으로 갔다. 그는 미안한 표정으로 쩔쩔매고 있었다. 그는 내게로 몸을 구부려 거의 들릴 듯 말 듯한 목소리로 말했다.

"날 용서해 줘, 아네치카. 내 손을 잡고 행운을 빌어 줘. 지금 낭독하러 나간단 말이오!"

나는 표도르 미하일로비치의 마음이 진정되어 더할 수 없이 흡족했다. 다만 참석자들 중 누가(모두들 고르기라도 한 듯 나이가 지긋한 사람들이었다) 내게 돌발적인 사랑을 보였다고 그가 의심한 것인지 알 수가 없을 뿐이었다. 그가 경멸하듯 "그 프랑스 자식을 찾아봐, 맨발로 달려와 아첨을 늘어놓을 테니"라는 말을 던진 것으로 보아, 그의 질투 어린 의심의 대상이 이번에는 그리고로비치[8] 노인이었을 것이라는(그의 어머니가 프랑스인이니까) 추측을 할 뿐이었다.

그 문학의 밤 행사에 갔다와서 나는 남편에게 아무 근거 없이 질투를 하는 것에 대해 심한 잔소리를 늘어놓았다. 표도르 미하일로비치는 늘 그랬던 것처럼 용서를 구하고 자신이 잘못했다고 했다. 그리고 다시는 이런 일이 없을 거라고 맹세하며 진심으로 후회했다. 하지만 그는 갑자기 폭발하는 감정을 다스릴 수 없어서 거의 한 시간 동안 미칠 듯한 질투심을 느꼈고 너무나 불행했다고 말했다.

그런 종류의 언쟁이 문학의 밤이 열릴 때마다 매번 반복되었다. 남편은 꼭 관리자나 아는 사람을 보내 내가 어디에 앉아 있는지, 누구와 이야기를 하고 있는지 알아보게 했다. 또 그 자신도 자주 대기실의 반쯤 열린 문 쪽으로 다가와 멀리서 내가 지정석에 앉아 있는지 찾아보곤 했다(낭독자의 가족들에게는 보통 첫 번째 열에서 몇 걸음 떨어져 있는 오른쪽 벽 옆의 좌석을 제공했다).

무대로 나와서도 남편은 박수치는 청중들에게 인사를 한

뒤 낭독을 시작하지 않고 오른쪽 벽을 따라 앉아 있는 부인들을 모두 찬찬히 훑어보았다. 그러면 나는 남편이 나를 금방 발견할 수 있도록 때로는 흰 손수건으로 이마를 문지르거나, 자리에서 일어서곤 했다. 그렇게 내가 강당에 있다는 것을 확인한 뒤에야 남편은 낭독을 시작했다. 나의 지인들과 행사 관리자들조차 남편이 이렇게 나를 탐색하고 엿보는 것을 눈치채고 있었음은 말할 필요도 없다. 그래서 그들은 가볍게 남편과 나를 놀려 대곤 했는데, 나는 이 때문에 때로는 너무 화가 났다. 이런 일에 진저리가 났던 나는 어느 날 문학의 밤에 가는 길에 표도르 미하일로비치에게 말했다.

"여보! 만일 당신이 오늘도 그렇게 사람들 틈에서 내가 어디 있는지 찾거나 쳐다보면, 자리에서 일어나 강당을 나가 버릴 거예요. 분명히 말해 두는 거예요."

"그러면 나는 무대에서 뛰어내려와 당신 뒤를 쫓아갈거요. 당신에게 무슨 일이 생긴 건지, 당신이 어디로 가 버렸는지 알아보기 위해 말이야." 남편은 정말 진지한 말투로 이렇게 말했다. 나는 내가 갑자기 나가 버릴 경우 그가 충분히 그런 일을 벌이고도 남을 것이라는 확신이 들었다.

8. 표도르 미하일로비치의 건망증

남편은 간질 발작으로 기억력이 현격히 나빠졌는데, 주로 사람들의 얼굴과 이름을 기억하지 못했다. 사람들의 얼굴을 알아보지 못해서 그는 적지 않은 적을 만들고 말았다. 심지어 사람들이 그에게 이름을 말해 줘도 그는 세세하게 물어보지 않고는 자기 앞에 선 사람이 대체 누구인지 도저히 알지 못했고, 이것 때문에 사람들은 기분 나빠 했다. 그의 병에 대해 잊어버렸거나 혹은 알지 못했던 사람들은 표도르 미하일로비치가 거만한 사람이고 그의 건망증은 자신들을 모욕하기 위해 미리 계획된 것이라고 생각했다.

기억에 남는 한 일화가 있다. 표도르 미하일로비치는 마이코프의 집에 갔다가 그 집 계단에서 마침 작가인 베르그[9]를 만난 일이 있었다. 그는 언젠가 『시대』에서 일한 적이 있었지만, 남편은 그를 잊어버렸다. 베르그는 무척 반갑게 남편에게 인사를 했으나 그가 전혀 자기를 알아보지 못한다는 것을 알고는 이렇게 말했다. "표도르 미하일로비치, 저를 못 알아보시겠어요?"

"미안합니다만, 모르겠군요."

"저 베르그입니다."

"베르그?" 표도르 미하일로비치가 되물으며 그를 쳐다보았다(남편은 그 말을 듣는 순간 『전쟁과 평화』에 나오는 로스토프의 사위인 전형적인 독일인 '베르그'가 머릿속에 떠올랐다고 한다).

"시 쓰는 베르그 말입니다." 그가 설명했다. "정말 저를 기억하지 못하세요?"

"시 쓰는 베르그?" 남편이 따라 말했다. "아, 자네군. 무척 반갑네, 무척 반가워!"

하지만 그렇게 애써 자기를 밝혀야 했던 베르그는 남편이 고의로 그를 못 알아보는 척했다고 확신하고 평생 이 모욕적인 일을 기억하며 살았다. 이처럼 남편은 건망증 때문에 수많은 적들을, 특히 문단의 적들을 만들어 냈다.

남편의 건망증과 밖에서 만난 사람들의 얼굴을 알아보지 못하는 것 때문에 나도 종종 난처한 상황에 처해서 그를 대신해 사과를 해야 했다. 이와 관련해 우스운 일이 생각난다. 남편과 나는 1년에 두세 번 경축일을 맞아 사촌 오빠인 미하일 스니트킨에게 초대를 받아 그의 집에 가곤 했다. 오빠는 자기 집에 친척들을 불러모으는 것을 무척 좋아했다. 거기서 우리는 거의 매번 나의 대모인 알렉산드라 파블로브나를 만났다. 결혼 후 나는 그 숙모를 찾아뵌 적이 없었다. 그녀의 남편과 표도르 미하일로비치는 정치적 견해가 달라 잘 맞지 않았기 때문이었다. 그녀는 나의 남편이 자기에게 공손하게 인사를 할 뿐, 한 번도 말을 건네지 않는 것 때문에 무척 기분 나빠 했다. 그녀는 이 일에 대해 모든 친척들에게 말했고, 친척들이 내게 그 말을 전했다.

그런 이야기를 들은 다음 스니트킨 오빠의 집에 가던 날, 나는 남편에게 알렉산드라 파블로브나와 대화를 나누고, 가능한 한 그녀에게 친절하게 대해 주라고 부탁했다.

"좋아, 좋아." 표도르 미하일로비치가 약속했다. "당신은 누가 당신의 대모인지만 말해 줘. 그러면 내가 재미있는 이야기거리를 찾아보지. 당신 마음에 쏙 들게 해줄게!"

그 집에 도착해서 나는 남편에게 소파에 앉아 있는 부인 한 사람을 가리켰다. 그는 처음에는 그녀를, 그 다음에는 나를, 다음에는 다시 그녀를 유심히 쳐다보았다. 그리고 그녀에게 공손하게 인사를 한 후 저녁 내내 그녀에게 다가가지도 않았다. 집으로 돌아와서 나는, 그런 작은 부탁도 못 들어주냐며 남편을 책망했다.

"아냐, 말해 봐." 당혹스러운 표정으로 남편이 말했다. "누가 누구의 대모라는 거야? 당신이 그녀의 대모라는 거야, 그녀가 당신의 대모라는 거야? 아까 당신들 두 사람을 살펴봤어. 그런데 서로 거의 나이 차이가 안 나잖아! 실수하는 게 아닐까 하는 의심이 들었어. 그래서 그녀 옆에는 가지 않는 게 낫겠다고 결정한 거야."

사태는 이랬다. 나와 대모는 비교적 나이 차이가 적은 편이었다(16살). 그런 데다가 나는 언제나 무척 소박하게 대부분 검은 옷을 입었던 데 비해, 그녀는 제대로 차려 입고 예쁜 장신구로 치장하는 것을 좋아했기 때문에 자기 나이보다 훨씬 젊어 보였다. 이렇게 그녀가 나이보다 젊어 보인 점이 남편을 혼란스럽게 만들었던 것이다.

그러나 이런 일은 1년 뒤 성탄절에 다시 한번 일어났다. 스니트킨 오빠의 집에서 필경 대모와 만날 것이라고 생각한 내가 남편에게 그녀와 내가 얼마나 가까운 사이인지를 누누이 설명하면서 같은 부탁을 했을 때의 일이다. 남편은 내 말을 매우 주의 깊게 듣는 눈치더니(하지만 이때 그는 다른 생각을 했던 것이 분명하다), 이번에야말로 꼭 그녀와 대화를 하겠노라 약속했다. 하지만 이번에도 역시 약속은 지켜지지 않았다. 작년에 들었던 의심이 또다시 들어서, '우리 둘 중 누가 누구의 대모인지' 결정을 내릴 수가 없었고, 남들이 보는 앞에서 나한테 물어보는 것은 불편했다는 것이다.

자신과 가장 가까운 이들의 평범한 이름과 성들을 잊어버리는 남편의 건망증은 때때로 그를 불편한 처지에 놓이게 했다. 어느 날 남편은 어떤 서류에 나의 서명을 대신 써 주러 드레스덴에 있는 우리 영사관에 간 적이 있다(나는 그때 몸이 아파서 직접 갈 수가 없었다). 남편이 급하게 집으로 돌아오는 것을 창문으로 보고 나는 그를 맞으러 나갔다. 그는 흥분된 얼굴로 집으로 들어와서는 뿌루퉁한 목소리로 내게 물었다. "아냐, 당신 이름이 뭐지? 성은 뭐야?"

"도스토옙스카야죠" 그런 이상한 물음에 놀란 나는 당혹스러움을 감추지 못하고 대답했다.

"도스토옙스카야라는 건 알지. 당신 처녀 때 성이 뭐냐고? 영사관에서 당신 친정 성이 뭐냐고 물었는데 잊어버렸지 뭐야. 또다시 거기에 가야 해. 자기 아내의 성을 잊어버린 것을 보고 관리들이 비웃는 것 같더군. 당신 명함에다가 그 성을 써

줘. 길을 가다가 다시 잊어버릴지도 모르니까!"

살아 생전에 남편은 그런 경우가 종종 있어, 유감스럽게도
많은 적을 만들고 말았다.

10장
|
마지막 해

1. 서적 판매상

1880년 초는 우리가 새 회사인 'F. M. 도스토옙스키의 서적 판매상'을 개업한 기념비적인 해다(다른 도시에 사는 주민만을 대상으로 하는 서적상이었다). 비록 해마다 우리의 자금 사정이 나아져 가고, (60년대 초부터 표도르 미하일로비치 몫으로 떨어진) 빚의 대부분을 갚았다곤 하지만, 그럼에도 우리의 물질적 상황은 위태위태했다. 생활하는 데 점점 더 많은 돈이 들고 복잡한 일이 많아지는데도 '만일의 경우'에 대비해 무엇 하나 비축해 둘 수가 없었다. 이 점이 우리로서는 너무나 불안했다. 더구나 표도르 미하일로비치는 일하는 것이 점점 더 힘들어지고 있다는 것을 스스로 인식하고 있었다. 사실 그의 병(폐기종)이 조금씩 더 악화되고 있었으므로, 건강이 나빠져서 집필 활동이 중단되는 것을 우려할 만했다. 나는 바로 그런 서글픈 사태를 대비하여 어느 정도는 여윳돈을 갖고 싶었다. 아니면 그럴 만한 돈을 벌 수 있는 부업이라도 하고 싶었다. 하지만 여자가 할 수 있는 일이라는 게 지금도 상당히 제한적인데, 하물며 그때는 말할 필요도 없었다.

나는 우리에게 조금이라도 도움이 될 만한 일이 무엇일지 오랫동안 곰곰이 생각했다. 오랜 궁리 끝에, 그리고 아는 사람들에게 조언을 구한 끝에 타도시의 주민들을 대상으로 한 서적상을 해야겠다는 생각을 하게 되었다. 게다가 몇 번의 출판 경험 덕분에 나는 이미 부분적으로 서적 관계 일에 대해 아는 바가 있었다.

내가 시작한 사업은 두 가지 장점을 갖고 있었다. 첫 번째 장점이자 가장 큰 장점은, 내가 집 밖에 나가지 않아도 이 일을 할 수 있다는 점이었다. 일을 하기 전처럼 남편의 건강을 돌보고, 아이들을 양육하고, 집안 살림을 할 수가 있었던 것이다. 두 번째 장점은 서적 판매상을 여는 데는 돈이 거의 들지 않는다는 점이었다. 가게를 얻을 필요도 없고, 상품을 갖춰놓을 필요도 없었다. 처음에는 주문한 책들을 돈을 받고 구입해 주는 것만 해도 괜찮았던 것이다. '등록증' 발급에 쓰인 돈과 책을 사고 소포를 포장하여 우체국으로 배달할 사환을 고용하는 데 드는 돈이 유일한 지출이었다. 그런 경비로 드는 돈은 1년에

250~300루블 정도였으므로 한번 모험을 해볼 만했다.

물론 사업이 성공하기 위해서는 신문에 광고를 내는 것이 필요했다. 하지만 처음이기 때문에 나는 젤라틴판(版)[1] 광고물에 기대를 걸고 『작가 일기』의 옛 구독자들에게 그 광고물을 발송했다. 다음 해에는 『가정의 저녁』 출판인과 경비를 공동으로 부담하여 수천 부의 광고지를 발송할 생각이었다. 이 광고지는 1881년 초에 발송되었지만, 그때는 이미 판매에 영향을 미치기엔 너무 늦은 때였다.

물론 내가 구상한 사업은 도스토옙스키가 서적 판매상인 경우에만 성공을 기대할 수 있는 것이었다. 이렇게 해서 국세청에서 '등록증'을 받은 후 표도르 미하일로비치는 상인으로 변신해야 했는데, 이 일을 두고 그의 적들은 잊지 않고 그를 조롱했다. 하지만 이러한 조롱은 남편의 자존심을 조금도 건드리지 못했다. 왜냐하면 그는 이 일을 깊이 따져본 뒤 내 구상에 동의했고, 나와 마찬가지로 우리의 사업이 성공할 것이라 믿었기 때문이다.

내가 사업의 성공에 희망을 걸 수 있었던 것은 주요하게는 『작가 일기』의 경험 덕분이었다. 1876~1877년에 『작가 일기』를 구독했던 사람들은 편집부가 꼼꼼하게 일을 처리한다는 것을 익히 알고 있었으므로, 자신들에게 필요한 책을 주문할 때도 동일한 발행인이 서적을 판매하면 신뢰를 가질 것이라고 예상했던 것이다. 내 희망은 정당한 것으로 판명되었다. 두세 달도 지나지 않아 『작가 일기』 구독자들 중 우리 서적상을 통해 매달 책을 주문하는 그룹(서른 명)이 형성되었던 것이다. 그중 기억나는 경우는 엘레츠키 공작의 소개로 폴타바의 주교가 매달 (개인 서가용이나 선물용으로) 많은 양의 값비싼 출판물들을 주문했던 일이다. 또 민스크 출신의 기술자도 기억에 남는다. 그는 엄청난 액수의 책들을 주문하곤 했지만 그중 그의 일과 관련된 책은 하나도 없었다.

하지만 안정적으로 형성된 구매자 그룹 말고도 새로 문을 연 서적 판매상을 눈여겨 본 개인들도 적지 않았다. 물론 어떤 신문의 구독자들처럼 구매 대금으로 25코페이카를 다 지불한 상태에서 주문을 취소하는 성가신 고객들도 있었다. 그러나 그보다 더 성가셨던 고객은 옛날옛적에 절판된 책을 구해 달라고 강요했던 사람들이다. 그런 경우에는 오랫동안 성실하게 그 책을 찾아본 뒤 다시 돈을 되돌려 줘야 하곤 했다.

주문서를 작성하고 영수증을 만들어 책을 처리하기만 하면 되었으므로, 서적 판매는 나의 개인 시간을 많이 뺏지는 않았다. 그리고 누가 서점에서 일해 본 적이 있다며 추천해 주었던 표트르는 어린 나이(15세)에도 불구하고 책 구입과 발송을 훌륭하게 처리했다.

표도르 미하일로비치는 우리 사업의 진행에 무척 관심을 가졌다. 매월말에 나는 그를 위해 수입과 지출 내역서를 작성했다. 통상적으로 잡지나 신문의 구독 예약 신청이 몰리는 연초와 연말에는 이익이 80~90루블이었고, 여름철에는 40~50루블이었다. 첫해에는 지출을 모두 제한 순이익이 811루블 정도였고, 남편과 나는 이런 결과를 앞날을 향한 길조로 여겼다.

사업의 규모를 금방 넓힐 수 있는 기회도 있었다. 교육 기관이나 지방 공탁소들이 외상으로 책을 주문할 수 있냐고 문의했던 것이다. 하지만 그 책들을 구입하자면 막대한 자금이 필요했기 때문에 이익이 뻔히 눈앞에 보이는데도 그런 구매자는 거절할 수밖에 없었다.

타도시의 주민들을 대상으로 한 서적 판매업은 고수익 사업이었다. 물론 꼼꼼하고도 능숙하게 일을 처리할 때 그렇다는 건 말할 필요도 없다. 지난 30년간 내 눈앞에서 이와 같은 작은 규모의 서적 판매상들이 안정적인 서적 판매회사로(바시마코프네 형제들, 파나피진, 클류킨) 변신해 갔다. 내가 만약 서적 판매업을 계속했더라면 지금쯤 '신시대' 못지 않은 서점을 소유했을 것이라 확신한다. 하지만 나는 서적 일을 계속하지 못했다. 남편의 작품 전집을 출판하는 일에 매달려야 했기 때문이다. 그것은 나의 전력과 전 시간을 다 바쳐야 하는 일이었다.

표도르 미하일로비치가 사망한 후 나는 서적 판매상의 문을 닫을 것이라는 공고를 냈다. 그러자 많은 사람들이 회사를 자신들에게 넘겨 달라고 부탁하기 시작했다. 그중에는 회사를 매입하고 싶어 하는 사람들까지 있어 매입 대금으로 1,500루블 가량을 제시하기도 했다. 하지만 나는 그에 응하지 않았다. F. M. 도스토옙스키의 이름을 내건 서적 판매상을 운영할 수 있는 사람은 회사의 품위를 지킬 책임감을 느끼고 있는 나 자신뿐이었다. 누군가 회사를 매입했다면 혹은 그저 넘겨받았다면, 그 사람이 이 문제를 어떻게 바라보았을지, 또 그 회사를 제대로 운영하지 못했거나 비양심적으로 운영했을 경우 내 소중한 표도르 미하일로비치의 이름이 비난받거나 조롱당하지는 않았을지, 나로서는 알 수 없는 일이다.

그렇게 해서 1881년 3월 초에 F. M. 도스토옙스키 서적 판매상의 존재는 사라졌다. 하지만 나는 얼마 가지 않았던 이 회사를 떠올리면 늘 즐거워진다. 그것은 주로 구매자들과 서적 판매상 사이에 형성되었던 좋은 관계 때문이다. 몇몇 사람들은 순진하게도 진짜로 도스토옙스키가 책 파는 일을 한다고 생각하고 그에게 보내는 편지를 썼다. 어떤 사람들은 서적 판매상 앞으로 편지를 부치면서 자신이 소설 『카라마조프 가의 형제들』, 혹은 다른 작품들을 읽고 받은 감동을 표도르 미하일로비치에게 전해 달라고 부탁했다. 또 영수증을 보낼 때 거기에다 '위대한 작가'의 건강이 어떤지 알려 달라고 부탁하며 그의 만복을 기원하는 사람들도 있었다. 이와 같은 몇몇 순수하고도 열광적인 편지들을 보고 표도르 미하일로비치는 깊은 감동을 받았다. 그는 자신의 이름으로 그 편지의 주인공들에게 경의와 인사의 말을 써 달라고 내게 부탁하곤 했다. 자신의 문단 친구들이나 그 밖의 친구들 및 평론가들에게서 너무나 자주 악의를 맛보았던 남편은, 그의 재능에 대한 순박하고 순진한 감동의 표현이나, 그를 전혀 모르지만 그의 예술 활동에 공감하는 사람들로부터 받는 존경과 충정 같은 것을 무척 소중히 여겼다.

2. 1880년 초, 문학의 밤 그리고 지인들의 집을 찾아서

1880년은 대체로 좋은 분위기 속에서 시작되었다. 지난해 (1879년) 엠스에 다녀온 뒤 표도르 미하일로비치의 건강은 눈에 띌 정도로 많이 좋아졌고, 간질 발작도 현저히 드물어졌다. 아이들도 아주 건강했다. 『카라마조프 가의 형제들』은 의심의 여지없는 성공을 거두었고, 그 소설의 몇몇 장들에 대해서는 자기 작품에 언제나 엄격하기 그지없던 표도르 미하일로비치도 무척 만족해했다. 우리가 구상했던 회사(서적 판매상)가 만들어졌고 우리의 출판물도 잘 팔리고 있었다. 전반적으로 모든 일이 그런 대로 잘 굴러가고 있었던 것이다. 이 모든 정황들이 함께 어우러져서 남편에게 좋은 영향을 주었다. 그는 즐겁고도 약간 들뜬 기분을 유지하고 있었다.

연초에 표도르 미하일로비치는 솔로비요프의 철학박사 학위논문 토론에 큰 관심을 보이며 그 자리에 꼭 참석하고 싶어했다. 나도 인파 속에서 그가 감기에 걸리지 않도록 보호하기 위해 남편과 함께 갔다. 빛나는 토론이었고, 솔로비요프는 반대파의 매서운 공세를 성공적으로 반격해 냈다. 표도르 미하일로비치는 이날 승리의 주인공과 악수를 나누기 위해 청중들이 흩어져 돌아갈 때까지 기다리며 남아 있었다. 솔로비요프는 남편이 좋지 않은 건강에도 불구하고 자신에게 기념할 만한 날에 친구들과 함께 와 준 것에 무척 기뻐했다.

1880년에 표도르 미하일로비치는 힘을 다해 『카라마조프가의 형제들』을 집필하면서도 여러 기관들의 요청으로 문학의 밤 행사에 수차례 참가해야 했다. 남편의 거장다운 낭독 솜씨는 언제나 청중들을 끌어모았다. 그는 아무리 바쁜 때일지라도 건강이 허락하는 한 그런 행사에 참가하는 것을 한 번도 거절하지 않았다.

그해 연초에 있었던 낭독들 중 기억에 남는 것은 다음과 같다. 베인베르그[2]의 부탁으로 콜로멘 여자 고등학교에서 2월 2일에 했던 낭독, 그리고 상트 페테르부르크 자비의 집 미성년 분과의 요청으로 시 의회 강당에서 3월 20일에 했던 낭독[3]이 그것이다. 남편은 (『카라마조프 가의 형제들』 중) '조시마 장로와 아낙들의 대화'를 낭독 자료로 골랐다.

표도르 미하일로비치는 다음 날(3월 21일)에는 교육대학의 요청으로 귀족회합 강당에 가야 했다. 그는 낭독 자료로 『죄와 벌』 중 '라스콜니코프가 꾼 지친 말[馬]의 꿈'을 골랐다. 그의 낭독은 엄청난 감동을 불러일으켰다. 사람들이 공포에 질려 하얗게 된 얼굴로 앉아 있는 모습과 흐느껴 우는 모습들을 나는 직접 보았다. 나 자신도 눈물을 주체할 수가 없었다. 그해 봄, 남편이 마지막으로 낭독한 것은 '라스콜리니코프와 마르멜라도프네 가족의 대화'로서, 이 행사는 3월 28일에 상트 페테르부르크 대학생 돕기 협회의 요청으로 귀족회합 건물에서 열렸다.

문학의 밤 행사에서 청중들은 표도르 미하일로비치를 너무나 정성스럽게 맞아 주었다. 그가 무대에 등장하면 우뢰와 같은 박수갈채가 터져 나왔고, 박수는 몇 분간이나 계속되었다. 남편은 낭독자용 작은 탁자에서 일어나 고개 숙여 인사를 하고 감사의 말을 전했지만, 청중들은 그에게 낭독할 기회를 주지 않았다. 낭독을 하는 동안에도 여러 번 귀가 먹먹할 정도의 박수를 보내 그의 낭독을 중단시켰으며, 낭독이 끝났을 때도 마찬가지였다. 남편은 서너 차례 앙코르에 응하여 무대로 나가야만 했다. 그의 재능에 대한 청중들의 열광적인 반응에 표도르 미하일로비치가 기뻐하지 않을 수 없었음은 물론이다.

낭독을 하기 전에 표도르 미하일로비치는 언제나 자신의 목소리가 약해서 앞 열에만 겨우 들리는 것이 아닐까 걱정했다. 하지만 그런 경우 표도르 미하일로비치의 흥분된 신경 상태 때문에 평상시의 약한 목소리가 커져서 더 분명해졌고, 커다란 강당의 구석구석까지 한 마디 한 마디의 말이 다 들릴 정도로 울려 퍼졌다.

객관적으로 평가하건대 표도르 미하일로비치는 일급 낭독자였다. 그가 자기 작품이나 다른 사람들의 작품을 낭독할 때면 각각의 작품이 갖는 모든 뉘앙스와 특별함이 너무나 명료하고 훌륭하게 전달되었다. 그런데 사실 표도르 미하일로비치는 그 어떤 웅변술에도 기대지 않고 그저 읽기만 했을 뿐이었다. 읽는 것만으로 그는 거대한 감동을 불러일으켰던 것이다 (그가 『상처받은 사람들』 중 '넬리 이야기'를 읽거나 일류셰치카를 생각하는 알료샤 카라마조프를 읽을 때면 특히 더 그랬다). 참석자들의 눈에서 눈물이 흐르는 것을 나는 보았다. 그 부분을 다 외고 있는 나 자신도 울 정도였다. 표도르 미하일로비치는 매번 낭독에 앞서 짤막한 서두언을 하는 것이 유용하다고 생각했다. 작품을 읽지 않았거나, 읽었더라도 잊어버린 사람들이 잘 이해할 수 있도록 하기 위해서였다.

1879~1880년 겨울에 표도르 미하일로비치는 문학의 밤 행사에 참가한 것 말고도 자주 지인들을 방문하곤 했다. 매주 토요일에는 (빌렌스키 학구[學區]의 주임이었던) 존경하는 이반 페트로비치 코르닐로프의 집을 방문하여 많은 학자들과 고위 공직에 종사하는 이들을 만났다.

유명한 건축가의 딸인 엘레나 안드레예브나 스타켄슈나이더의 집에서 열리는 파티에도 가곤 했다. 그녀의 집에는 매주 화요일에 걸출한 문인들이 많이 모였는데, 이따금 그들은 자기 작품을 낭독하기도 했다. 그녀의 집에서는 또 가정 연극 공연이 열리기도 했다. 예를 들면, 1880년 겨울 「돈 후안」을 공연할 때 남편과 내가 그 자리에 있었던 것이 기억난다. 공연을 했던 사람은 자기 역할을 능란하게 소화해 낸 아베르키예바(도나 안나 역)과 시인 슬루체프스키[4] 그리고 스트라호프였다. 스트라호프가 맡은 역할은 그에게 딱 어울리는 것이었다. 표도르 미하일로비치는 그에게 박수를 보내며 그날 저녁 무척 즐거워했다.

그해 겨울, 스타켄슈나이더의 집에서 남편은 나중에 유명한 여성 작가 미쿨리치가 된 리지아 이바노브나 베셀리트스카야를 알게 되었다. 남편의 선구안과 탁월한 감각에 대해 한 마디 하겠다. 표도르 미하일로비치는 이 젊은 아가씨와 두세 차례 말을 나눈 뒤, 그녀가 아직 어린 데다 그 앞에서 당연히 곤혹스러워했음에도 불구하고 그녀에게서 평범한 아가씨의 모습이 아니라 이상을 향한 열정과 무언가 고상한 소질, 아마도 문학적 재능 같은 것을 간파했다. 남편은 잘못 보지 않았다. 나중에 소설 『미모치카』를 쓴 이 아가씨는 자신의 작품들로 러시아 문학에 두드러진 족적을 남겼던 것이다.

표도르 미하일로비치는 엘레나 알렉산드레예브나 스타켄슈나이더를 매우 존경하고 좋아했다. 그녀는 변함없이 선량하고 온화한 태도로 자신의 지병을 견뎌냈고, 한 번도 그런 처지를 원망하는 법이 없었다. 아니 오히려 상냥한 태도로 다른 모든 사람들에게 용기를 북돋아 주었다. 스타켄슈나이더 가족 중에서 특히 호감이 가는 사람은 엘레나 안드레예브나의 남동생인 아드리안 안드레예비치였다. 그는 머리가 비상한 사람으로서 표도르 미하일로비치의 재능을 진심으로 존경했다. 남편은 법조계의 질서와 관련된 모든 사안에 대해 다재다능한 법률가인 아드리안 안드레예비치와 상의했다. 남편에게 이를 가는 비판자(그런 사람들이 많았다)조차도 누락된 부분이나 부정확한 구석을 찾아낼 수 없을 만큼 『카라마조프 가의 형제들』에서 미치카 카라마조프의 재판 과정의 모든 세부사항들이 정확했던 것은 모두 아드리안의 덕이었다.

표도르 미하일로비치는 포베도노스체프를 찾아가는 것을 너무나 좋아했다. 남편은 포베도노스체프가 회의주의적인 성향을 지녔음에도 비범한 민감함과 깊은 이해심으로 그와의 대화에서 날카로운 지적 기쁨을 끌어내곤 했다.

하지만 1879~1880년에 남편이 가장 자주 찾은 사람은 작고한 시인 알렉세이 톨스토이 백작의 미망인이었던 소피야 안드레예브나 톨스타야였다. 그녀는 매우 명민했으며, 교양 있고 박학다식한 여성이었다. 그녀와 담소를 나누는 것을 남편은 너무도 즐거워했다. 그는 여성들에게는 드문 철학적 사고의 미묘한 점들을 통찰하고 평가해 내는 백작 부인의 능력에 언제나 깜짝 놀라곤 했다. 그녀는 두뇌가 비상했을 뿐만 아니라 자비심 많은 부드러운 마음을 지닌 사람이었다. 언젠가 한 번 그녀가 내 남편을 기쁘게 해준 일이 있었는데, 나는 이 일을 평생토록 깊이 감사하는 마음으로 기억하고 있다.

어느 날인가, 백작 부인과 드레스덴 미술관에 관한 이야기를 나누던 표도르 미하일로비치는 회화 중에서 「시스티나의 성모」를 가장 높이 평가하면서 외국에서 커다란 성모의 초상화를 들여오고 싶지만 아무래도 잘 안 될 것 같고, 여기서는 그런 것을 구할 수가 없어서 애석하다는 말을 덧붙였다. 표도르 미하일로비치는 엠스에 갔을 때 그 그림의 질 좋은 사본을 꼭 사고 싶어 했지만, 결국 그러한 바람도 이루지 못했다. 나 역시 성모가 그려진 커다란 사본을 찾아 수도의 동판화 가게를 다 돌아다녔지만 허탕만 쳤다.

그 얘기를 나누고 3주쯤 지났을 때였다. 어느 날 아침 남편이 아직 자고 있을 때 솔로비요프가 우리 집에 어마어마한 캔버스를 운반해 왔다. 수려한 시스티나의 성모 초상화가 실물 크기로 캔버스를 가득 채우고 있었고, 성모를 둘러싸고 있는 인물들은 없었다.

톨스타야 백작 부인과 절친한 친구 사이였던 솔로비요프는, 백작 부인이 드레스덴에 있는 아는 사람에게 부탁을 하여 이 초상화를 받았다는 사실과 표도르 미하일로비치가 이 그림을 '좋은 추억으로' 받아 줬으면 좋겠다고 한 백작 부인의 말을 내게 전했다. 1879년 10월 중순의 일이었다. 그때 불현듯 내 머릿속에 그 초상화를 액자에 넣어 표도르 미하일로비치의 생일인 10월 30일에 그녀가 선물하면 좋겠다는 생각이 떠올랐다. 나는 이런 생각을 솔로비요프에게 전했고, 그도 내 생각에 동의했다. 특히 액자가 없으면 초상화가 훼손될 수도 있었으므로 액자를 짜는 일은 꼭 필요했다. 나는 솔로비요프에게 부탁하여 나의 충심 어린 감사의 말을 백작 부인에게 전해 달라고 하고, 그와 함께 남편이 생일 전에 이 선물을 보게 되는 일이 없도록 해달라고 했다.

그렇게 해서 남편의 생일 전날인 29일 저녁, 제판공이 어두운 색깔의 참나무로 세공한 멋진 액자 속에 담긴 초상화를 보내왔다. 나는 소파(표도르 미하일로비치의 침대) 바로 위에 액자를 걸기 위해 못을 박았다. 그 위치가 이 걸작품의 모든 특징들이 햇빛을 받아 제일 잘 드러날 수 있는 곳이었다.

우리 가족의 경사스러운 날 아침, 표도르 미하일로비치가 차를 마시러 식당으로 갔을 때 그림은 이미 제자리에 걸려 있었다. 즐겁게 축하 인사를 하고 이야기를 나눈 뒤 우리는 아이들과 함께 서재로 향했다. 그의 두 눈에 그토록 사랑하는 성모가 들어왔을 때 표도르 미하일로비치의 놀라움과 희열이 어떠했겠는가!

"어디서 이걸 구할 수가 있었소, 아냐?" 남편은 내가 그 그림을 샀다고 생각하고 그렇게 물었다. 그 그림은 톨스타야 백작 부인의 선물이라고 내가 설명하자 남편은 그녀의 따뜻한 관심에 마음 깊이 감동했고, 바로 그날 감사 인사를 하기 위해 그녀에게로 갔다.

표도르 미하일로비치 생애의 마지막 해에 나는, 이 위대한 그림 앞에 서서 내가 들어오는 소리도 듣지 못하고 마음 깊이 감화되어 있던 그를 얼마나 자주 보았는지 모른다. 그럴 때면 나는 기도하는 그의 마음을 깨뜨리지 않기 위해 조용히 방에서 물러나오곤 했다. 톨스타야 백작 부인의 선물로 인해 남편이 성모의 얼굴 앞에서 희열과 깊은 감동을 맛볼 수 있었으니, 그녀에 대해 내가 진심으로 고마워하는 것은 당연하지 않겠는가! 이 초상화는 우리 가족의 유물로서 지금은 우리 아들이 보관하고 있다.

표도르 미하일로비치가 톨스타야 백작 부인을 방문하는 것을 좋아했던 데에는 또 다른 이유가 있었다. 그녀 주위에는 매우 정다운 가족들이 있었기 때문이다. 그녀의 조카인 소피야 페트로브나 히트로보는 보기 드물게 공손한 젊은 여인으로 아들 둘과 매력적인 딸, 이렇게 세 아이를 두고 있었다. 그 아이들이 우리 아이들과 동갑내기여서 우리는 아이들을 서로 인사시켜 주었다. 아이들은 친구가 되었고, 남편은 이를 무척 기뻐했다.

톨스타야 백작 부인의 집에서 표도르 미하일로비치는 상류 사회의 부인들을 많이 만나게 되었다. 레프 톨스토이 백작의 친척 톨스타야 백작 부인, 나리시키나, 코마롭스카야 백작 부인, 율리아 아바자, 볼콘스카야 공작 부인, 반랴르스카야, 가수 라브롭스카야(체르첼레바야 공작 부인) 등이 그들이다. 이 부인들은 모두 표도르 미하일로비치를 매우 다정하게 대해 주었고, 그들 가운데 몇몇은 진심으로 그의 재능을 흠모했다. 표도르 미하일로비치 또한 남자들의 모임에서는 문학적, 정치적 논쟁으로 인해 그렇게 자주 화를 내었건만 그 여성들과의 대화에서는 언제나 섬세하고 절제된 모습을 보였다.

표도르 미하일로비치가 말년에 자주 방문했거나 함께 이야기하길 좋아했던 인물들 가운데 게오르기예프 마을 공동체의 수장인 엘리자베타 니콜라예브나 게이젠 백작 부인이 생각난다. 남편은 이 백작 부인의 지칠 줄 모르는 자선 활동과 언제나 고결했던 생각들 때문에 그녀를 무척이나 존경했다.

남편은 또 율리야 제니소브나 자세츠카야(유격대원 제니스 다비도프의 딸)의 집에 가서 그녀와 뜨거운 종교적 신념에 관해 우호적인 논쟁을 벌이는 것을 즐겼다. 그는 때때로 필로소포바[5]의 집에도 가곤 했다. 남편은 그녀의 정열적인 활동을 무척 높이 평가하면서 그녀는 '지혜로운 심장'을 지녔다고 말했다.

한마디 더 하자면, 표도르 미하일로비치에게는 흉금을 터놓는 여자 친구들이 많았다. 그들은 흔쾌히 그에게 자신들의 비밀과 의혹들을 털어놓고 친구로서의 조언을 구하곤 했고, 그는 그런 부탁을 한 번도 거절한 적이 없다. 오히려 그 반대로 그는 마음에서 우러난 선의를 가지고 여성들의 이해관계 속으로 뛰어들어, 때로는 상대방의 마음이 괴로울 것을 감수하면서도 자신의 의견을 진실하게 표명하곤 했다. 본능적으로 그를 신뢰했던 사람들은 여성의 마음 깊은 곳과 그녀들의 고통을 표도르 미하일로비치만큼 잘 이해하고 짐작하는 사람은 드물다는 것을 깨닫곤 했다.

3. 푸시킨 축제와 모스크바 여행

1880년 3월에 문인들 사이에서는 모스크바에 짓고 있는 푸시킨 동상이 완성되어 이번 봄에는 사람들 앞에 공개될 것이고, 특히 성대한 제막식을 치를 것이라는 소문이 돌았다. 지식인 사회에서는 곧 다가올 이 사건에 큰 관심을 보였으며, 많은 이들이 이 행사에 참석할 생각을 하고 있었다. 모스크바에는 동상 제막 위원회가 결성되었다. 모스크바 대학 부속 러시아문학 애호가협회는 동상 제막식 행사를 공개 회합으로 거행한다는 결정을 내렸다. 협회 회장인 유리예프는 걸출한 문인들에게 행사에 와 달라는 초대장을 발송했고, 표도르 미하일로비치도 그 초대장을 받았다. 초대장에는 그가 원한다면 축하 회합에서 푸시킨을 기념하는 연설을 할 시간을 주겠다는 제안이 들어 있었다. 그 연설을 둘러싸고 수도에서는 당시의 양 진영, 즉 서구주의자와 슬라브주의자 대표들이 연설을 할 것이라는 가당찮은 말들이 떠돌아서 표도르 미하일로비치를 몹시 동요하게 했다. 그는 병세만 괜찮다면 반드시 모스크바에 가서 자신이 수많은 세월 동안 머리와 가슴속에 품고 있던 모든 생각을 푸시킨에 관한 연설을 통해 다 말하겠다고 공언했다. 그러면서 그는 내가 자기와 함께 갔으면 좋겠다고 했다. 물론 모스크바에 가는 것은 나로서는 말할 수 없이 기쁜 일이었다. 그렇게 특별한 경축행사를 보게 될 뿐만 아니라, 사전에 예감한 것처럼 남편으로서는 마음이 죄는 그런 순간에 그의 곁에 있을 수 있다는 점에서 더욱 그랬다.

그러나 나로선 너무 안타깝고 표도르 미하일로비치로선 정말 유감스럽게도 우리가 함께 모스크바로 가는 일은 실현될 수 없었다. 두 사람의 여행 경비를 계산해 보았더니 우리로선 감당할 수 없는 액수였기 때문이다. 언제나 아이들에게 열성적이었던 표도르 미하일로비치는 우리 막내 알료샤가 죽은 뒤부터는 아이들의 생활과 건강에 대해 더욱더 신경을 썼다. 따라서 아이들을 유모에게 맡기고 우리 둘만 떠난다는 것은 생각도 할 수가 없었으므로, 아이들을 데리고 가야 했다. 하지만 모스크바 체류 기간이 짧아도 일주일 이상 걸릴 것이고, 아이들과 좋은 호텔에 묵으면 왕복 차비를 포함하여 적어도 300루블 이상은 들 것이었다. 게다가 그런 경축행사에 가자면 나도 화려하지는 않더라도 어쨌거나 격식에 맞는 밝은 옷차림을 해야 할 것이었다. 그렇게 되면 여비는 더 늘어났다.

운 나쁘게도 당시 『러시아 통보』와의 계산 문제에 약간의 오해가 생겨서 편집부로부터 돈을 받는 것이 곤란한 상황이었다. 한마디로 오랜 고민과 동요 끝에 우리는 내가 모스크바의 경축 행사에 가고 싶은 유혹을 뿌리칠 수밖에 없다는 결론을 내렸다. 그 뒤 남은 인생 내내 나는 소중한 남편이 푸시킨 축제에서 누렸던 그 대단한 승리의 현장에 있을 기회를 놓친 것이

못내 애석했다.

자유롭고 고요한 분위기에서 푸시킨을 기념할 연설을 구상하고 작성하기 위해 남편은 일찍 스타라야 루사로 옮겨가고 싶어 했다. 그래서 5월초에 우리 가족은 모두 함께 별장으로 가게 되었다. 4월에 지인들이 『유럽 통보』에 안넨코프의 「골목 상대의 10년」이라는 기사가 실렸는데 거기에 도스토옙스키에 관한 부분이 있다는 말을 전해 왔다. 남편은 그 기사에 큰 관심을 보이며 도서관에서 그 잡지의 4월호를 빌려 와 달라고 내게 부탁했다. 나는 루사로 떠나기 직전에야 아는 사람에게서 그 책을 입수할 수 있었고, 우리는 루사에 책을 가지고 갔다.

남편은 안넨코프의 기사를 다 읽고 나서 분노했다. 안넨코프는 자신의 회상을 통해, 도스토옙스키는 자신의 문학적 재능을 대단히 높이 평가하여 첫 작품인 『가난한 사람들』에 특별한 표식을 달도록 요구했고, 결국 '페이지 가장자리에 테두리를 둘러' 인쇄를 했다고 말했던 것이다. 남편은 그런 중상모략에 불같이 화를 내며 즉시 수보린[6]에게 편지를 썼다. 안넨코프가 『유럽 통보』에서 말한 것 같은 '테두리' 같은 것은 있지도 않았다는 내용을 그의 이름으로 『신시대』[7]에 게재해 달라는 부탁을 담은 편지였다. 표도르 미하일로비치의 동년배들은 대부분(예를 들어 마이코프 같은 이) 당시의 일을 잘 기억하고 있었기 때문에 다들 안넨코프의 그런 기사에 분노했다. 수보린은 남편의 편지와 동시대인들의 증언에 근거하여 '테두리'에 관해 두 건의(1880년 5월 2일과 16일자) 재기 넘치는 짧은 기사를 작성하여 『신시대』에 게재했다.

안넨코프는 표도르 미하일로비치의 반박에 대한 답변으로 자신이 실수를 했다고 말하면서 '테두리' 요구는 남편의 다른 작품, 즉 「플리스밀리코프 이야기」(남편이 쓴 적도 없는)에 관련된 것이었다고 했다. 안넨코프의 중상모략에 너무 화가 난 남편은 푸시킨 축제에서 그를 만나게 되면 아는 척도 하지 않을 것이며, 그가 다가온다면 손도 내밀지 않으리라 결심했다.

푸시킨 동상 제막식은 5월 25일로 예정되어 있었다. 하지만 표도르 미하일로비치는 허둥지둥하는 일 없이 모든 경축 회의에 참석하는 데 필요한 입장권을 받기 위해 며칠 전에 가기로 결정했다. 그 밖에도 슬라브 자선협회의 회장으로서 협회를 대표하여 경축행사에 참석하기 때문에 그는 동상에 바칠 화환도 주문해야 했다.

남편은 5월 22일에 길을 떠났다. 나는 아이들과 함께 그를 역까지 배웅했다. 사랑하는 내 남편이 작별 인사로 했던 말이 떠오른다. "가엾은 당신, 내 아네치카! 당신이 가지 못해서 얼마나 애석하고 아쉬운지 몰라! 당신과 함께 가게 되길 그렇게 바랐건만!"

이별을 앞두고 마음이 무거운 데다, 더 중요하게는 남편의 건강과 마음의 상태가 말할 수 없이 걱정되었던 나는 이렇게 대답했다. "가지 말라는 운명이겠죠. 하지만 대신에 당신이 날 위로해 주면 되잖아요. 매일같이 꼭 편지를 써요. 당신에게 무슨 일이 있는지 내가 전부 알 수 있도록 시시콜콜한 일까지 다 말이에요. 그렇지 않으면 난 끝도 없이 걱정하게 될 거예요. 편지를 쓴다고 약속하는 거죠?"

"약속하지, 약속하고 말고." 남편이 말했다. "매일 쓰겠소."

자신이 한 번 한 말에 늘 충실한 나의 남편은 약속을 지켰다. 그는 내게 하루에 한 번뿐만이 아니라 어떤 때는 두 번씩 편지를 썼다. 그만큼 그는 내가 자신에 대한 걱정을 털어 버리기를, 그리고 늘 그랬듯이 자신이 느낀 모든 감동을 나와 나누기를 원했던 것이다.

헤어질 때, 우리는 둘 다 그의 부재가 기껏해야 일주일 정도일 거라고 생각했다. 모스크바로 가고 오는 데 이틀, 그리고 남편이 반드시 참석해야 했던 경축 행사에 닷새가 걸리니까 말이다. 그리고 남편은 내게 모스크바에서 괜히 며칠 더 우물쭈물하는 일은 없을 거라고 말했다. 하지만 남편은 일주일이 아니라 22일 뒤에 돌아왔다. 그가 없는 그 3주일이 내게는 고통스러운 불안과 걱정의 연속이었다.

내가 표도르 미하일로비치가 혼자 있는 것을 그렇게 애태우며 걱정한 건 지난해(1879년) 말에 있었던 일 때문이었다. 엠스에서 돌아온 표도르 미하일로비치는 나의 사촌 오빠인 의사 미하일 스니트킨을 방문했다. 그는 자신의 흉부를 진찰하고 엠스에서의 치료가 큰 효과를 보았는지 말해 달라고 부탁했다. 오빠는 소아과 의사이긴 했지만 흉부 질환 전문의이기도 했던지라 남편은 의사로서 그를 신뢰했고, 또 선량하고 똑똑한 사람으로서 그를 좋아했다. 당연히(모든 의사들이 그러하듯이) 그는 남편을 안심시키면서 무난히 겨울을 날 수 있을 것이라고, 건강에 대해 아무 염려할 필요가 없으며 단지 알고 있는 주의사항만 잘 지키면 된다고 단언했다.

하지만 나의 집요한 질문에 오빠는 표도르 미하일로비치의 병이 더 악화되었으며, 지금의 폐기종 상태로는 생명이 위험할 수도 있다고 고백했다. 그는 남편의 폐 혈관들이 너무 가늘고 약해졌기 때문에 어떤 물리적인 압박을 받으면 언제든지 터질 가능성이 있다고, 따라서 과격한 운동을 하거나 무거운 물건을 들고 옮기는 일을 해서는 안 된다고 했다. 또 그는 좋은 일로든 나쁜 일로든 모든 흥분은 금물이라고 남편에게 충고한 사실도 내게 말해 주었다.

오빠는 소위 '폐색'이라고 하는 응혈이 생겨서 피가 급격하게 흘러나가는 것을 막아 주는 경우가 종종 있기 때문에, 동맥이 터진다고 해서 항상 사망에 이르는 것은 아니라고 나를 안심시켜 주었다. 하지만 내가 얼마나 겁이 났을지, 그리고 남편의 건강을 얼마나 세심하게 관찰하게 되었을지 상상할 수 있을 것이다.

불쾌한 만남이나 대화가 오갈 수 있는 집에 남편이 혼자 가지 못하게 하려고 나는 집에 있으면 지루하다고 불평하면서 모임에 같이 가고 싶다는 의사를 표명하기 시작했다. 내가 사교 모임에 너무 나가지 않는다며 언제나 안타까워하던 표도르 미하일로비치는 내 결심에 기뻐했다. 그래서 1879년과 1880년 겨울에 나는 지인들의 집에서 열리는 회합이나 문학의 밤에 자주 남편과 동행하곤 했던 것이다. 나는 우아한 검은 색 실크 원피스를 외출용으로 주문하고, 천연색의 장신구 두 개를 샀다. 남편은 장신구들이 내게 무척 잘 어울린다고 했다. 파티나 모임에서 나는 남편이 불쾌한 만남이나 대화를 갖는 것을 막기 위해 종종 꾀를 내야 했다. 저녁 식탁에서 어떤 신사나 숙녀에게서 멀리 떨어진 곳에 남편의 자리를 배치해 달라고 집 주인에게 부탁하거나, 남편이 열을 올리거나 심하게 논쟁하기 시작하는 것을 보면 무슨 그럴싸한 구실을 대고 남편을 불러내는 식으로 말이다. 한마디로 나는 항상 긴장 상태에 있었다. 그러니 사교 모임에 나가는 것이 나에게는 기쁜 일일 수가 없었다.

그런데 이렇게 내가 남편의 건강에 대해 말할 수 없이 걱정하고 있었던 그런 때에, 내가 예상했던 일주일이 아니라 22일간이나 남편과 떨어져 지내야 했던 것이다. 오, 그 시간 동안 내가 겪은 고통이란! 특히 남편의 편지로 볼 때 그가 집에 돌아오는 것은 점점 더 연기되고 있는 반면, 그에게 위험하기 그지없는 흥분과 불안은 늘어가고 있다는 것을 알고서 내가 겪었던 마음 고생은 이루 말할 수가 없었다. 그런 흥분이 꼭 이중 발작은 아니라 해도 발작으로 끝나게 될 것만 같았다. 더욱이 간질 발작을 일으킨 지가 오래되었으므로 조만간 발작이 일어날 것 같았다. 남편에게 발작이 일어나면 그는 정신을 채 차리기도 전에 나를 찾아 호텔을 헤매다닐 것이고,[8] 그곳에서는 그를 미친 사람으로 생각하여 그가 정신이 나갔다는 소문이 모스크바 전체에 퍼질 것이다. 또 발작 후에 그의 안정 상태가 깨지지 않도록 지켜줄 사람이 아무도 없으면 그가 초조해져서 어떤 광적인 행동을 할지도 몰랐다. 이런 생각들이 끊임없이 나를 괴롭혔다.

나는 모스크바로 가서 누구의 눈에도 띄지 않고 남편을 관찰하기만 하면서 거기서 지내야겠다는 생각을 몇 번이나 했는지 모른다. 하지만 유모에게 맡겨진 아이들을 남편이 끝없이 걱정하리라는 것을 알았으므로 길을 떠나는 결단을 내릴 수가 없었다. 나는 모스크바의 친구들에게 만일 표도르 미하일로비치에게 발작이 일어나면 그 즉시 내게 전보를 쳐 달라고 부탁했다. 그러면 내가 첫 기차로 가겠다며 말이다. 하루하루 시간이 흘러갔다. 동상 제막식은 자꾸만 연기되었다. (편지로 볼 때) 남편에게 기분 나쁜 정황들이 늘어갔고, 그와 함께 나의 마음고생도 커져 갔다. 이렇게 긴 시간이 흐른 지금도, 나는 그때를 생각하면 조마조마한 기분을 떨칠 수가 없다.

이 시기와 관련된 일화가 하나 있다. 만일 표도르 미하일로비치가 회의에서 돌아오자마자 자신의 푸시킨 기념 연설에 모스크바 청중들이 너무나 열광했다는 흥분된 편지를 쓰지 않았다면, 이 일화를 소개할 일도 없었을 것이다. '망아지' 한 마리를 사게 된 일 말이다.

우리의 장남 페쟈는 어렸을 때부터 지나치리만큼 말을 좋아했다. 스타라야 루사에서 여름을 날 때마다 남편과 나는 그 아이가 저러다가 말에 치여 다치지 않을까 염려하곤 했다. 태어나서 두세 살쯤 되었을 때, 페쟈는 한 번씩 나이든 유모의 품에서 뛰쳐나가 낯선 말에게 달려가서는 말의 다리를 끌어안곤 했다. 다행히도 농촌의 말들은 아이들이 제 주위를 뱅뱅 돌곤 하는 것에 익숙해져 있었으므로, 그때마다 별탈 없이 지나갈 수 있었다.

아이는 자라면서 살아 있는 말을 사달라고 조르기 시작했다. 표도르 미하일로비치는 그러마고 약속을 했지만, 어찌어찌하다보니 못 사주고 말았다. 그러다 1880년 5월에 정말 우연히 망아지 한 마리를 사게 되었는데, 후에 나는 그 일을 뼈아프게 후회했다. 망아지를 사게 된 전후 사정은 다음과 같다.

어느 날 아침 일찍 나는 아이들을 데리고 시내의 장터로 갔다. 우리가 페테리티타 강변을 따라 걷고 있을 때 우리 옆으로 짐마차 한 대가 쏜살같이 지나갔다. 마차에는 거나하게 취한 한 사내가 앉아 있었고, 그 마차를 뒤쫓아 아주 날씬한 망아지 한 마리가 말을 앞서거니 뒤서거니 하면서 달리고 있었다. 우리는 그 망아지를 넋을 잃고 바라보았는데, 아들 녀석은 자기가 갖고 싶었던 게 바로 저런 망아지라고 말했다.

15분쯤 지나서 광장으로 가는 길에 몇 명의 사내들이 말과 망아지 주변에 모여 무언가 다툼을 벌이고 있는 것을 보았다. 우리는 다가가서 무슨 이야기인지 들어보았다. 취기가 돈 사내가 망아지를 '가죽용'으로 팔면서 4루블을 달라고 하고 있었다. 사겠다는 사람들이 벌써 나타났지만, 아들의 부탁 때문에, 그리고 망아지를 죽이는 것이 애처로워서 나는 6루블에 사겠다고 제안을 했고, 결국 망아지는 내 손에 넘어왔다. 말에 대해, 그리고 농촌 생활에 대해 아무것도 몰랐던 나는 말 주인이 '빈 속을 채우러' 간 사이에 옆에 있던 사내들에게, 어미 잃은 망아지가 살 수 있겠느냐고 여러 차례 물어보았다. 의견이 분분했다. 어떤 사람들은 살지 못할 거라고 했고, 또 어떤 사람들은 무엇을 먹이느냐에 달렸다며 조언을 했다. 그리고 잘 돌보면 그 망아지가 제법 그럴싸한 말이 될 거라고도 했다. 하지만 마음이 흔들려 봤자 이미 아무 소용이 없었다. 결국 우리는 짐마차의 뒤를 따라 집으로 갔고 우리 옆에는 망아지가 달음박질 치고 있었다.

나는 그날로 남편에게 우리가 망아지를 구입한 사실을 알렸다. 그런데 내 편지는 우연히도 표도르 미하일로비치가 그 유명한 연설을 했던 바로 그날, 회의에 참석했던 사람들 모두가 표도르 미하일로비치에게 열광했던 바로 그날 도착하게 되었다! 표도르 미하일로비치는 미칠 듯한 기쁨의 감정을 이기지 못한 채 내 편지를 읽고 "망아지에게 키스를 보낸다"는 말을 쓸 정도였다. 그만큼 그는 모든 사람들에게, 그리고 모든 것들에게 북받쳐 오르는 감동과 희열의 감정을 쏟아내고 싶었던 것이다!

처음 며칠간 망아지는 별탈 없이 잘 지냈다. 하루에 우유를 다섯 항아리씩 마셨고, 기분이 좋았으며, 강아지처럼 아이들을 쫓아 뛰어다녔다. 하지만 그 이후에는 상황이 나빠졌다. 말에 대해 잘 알고 있던 표도르 미하일로비치는 망아지가 '축 늘어진' 모습이라는 것을 발견하고는 바로 수의사를 불렀다. 우리는 수의사가 한 충고를 따랐지만, 아마도 이미 늦었던 모양이었다. 망아지는 3주 뒤에 죽었고, 아이들은 절망했다. 나는 망아지를 샀던 나 자신을 용서할 수가 없었다. 물론 망아지는 다른 주인을 만났더라도 틀림없이 죽을 운명이었지만, 그랬다면 그때 내가 느꼈던 죄의식 같은 것은 느끼지 않을 수 있었을 것이다.

4. 모스크바에서 돌아온 표도르 미하일로비치

나의 마음 고생이 마침내 끝이 난 그 행복한 날이 찾아왔다. 표도르 미하일로비치가 6월 13일에 스타라야 루사로 돌아왔던 것이다. 오랫동안 찾아볼 수 없었던 활기차고 만족스러운 모습으로 그는 돌아왔다. 모스크바에서 간질 발작이 일어나지 않았을 뿐만 아니라 신경이 흥분해 있었던 덕분인지 그는 내

내 기운이 넘치는 것 같았다. 모스크바에서 일어난 사건들에 대한 그의 이야기와 나의 질문은 끝이 없었다. 그의 이야기는 너무나도 흥미진진했다. 나는 그 이후 푸시킨 축제를 묘사한 다른 어떤 글에서도 그만큼 재미있는 이야기들을 보지 못했다! 남편은 모든 사태를 유심히 살폈다가 짧은 시간에 그것들을 머릿속에 기억할 줄 아는 특별한 능력을 지녔다.

그중에서도 남편은 마지막 날 2차 저녁 회의를 끝내고 지칠 대로 지쳐, 하지만 작별 인사를 나눈 모스크바 시민들의 열광적인 환대에 말 못할 행복을 느끼며 돌아왔던 때의 이야기를 해주었다. 그는 녹초가 되어 자리에 누웠지만, 한밤중이 되자 다시 한번 푸시킨의 동상으로 갔다. 따뜻한 밤이었지만, 거리에는 아무도 없었다. 스트라스나야 광장에 다다른 표도르 미하일로비치는 오전 회의 연설을 끝낸 뒤 선사 받은 거대한 월계수 화환을 간신히 끌어올려 자신의 '위대한 스승'을 기념한 동상 발치에 놓고 머리가 땅에 닿도록 큰절을 했다.

드디어 러시아가 천재적인 작가 푸시킨의 진가를 이해하고 높이 평가하여 '러시아의 심장' 모스크바에 그의 동상을 건립했다는 생각을 하자, 남편에겐 진정한 기쁨이 밀려왔다. 또 젊은 시절부터 이 위대한 민중 시인을 열광적으로 존경했던 자신이 그 숭배의 마음을 연설을 통해 그에게 선물로 바칠 기회를 누렸다는 것에 가슴이 뿌듯했다. 마지막으로, 자신의 개인적인 선물에 열광적인 박수갈채를 보내 준 청중들에게서 환희를 맛보았다. 그의 표현대로 이 모든 것은 표도르 미하일로비치에게 '지극한 행복의 순간'을 만들어 주기 위한 것이었다. 당시에 받았던 느낌들을 내게 이야기할 때 남편은 마치 그 잊지 못할 순간을 다시 체험하기라도 하는 듯 감격에 겨운 모습이었다.

표도르 미하일로비치는 그 다음 날 아침 당시 모스크바의 일류 사진작가였던 파노프가 자신을 찾아 온 이야기도 해주었다. 파노프는 남편에게 그의 초상 사진을 찍게 해달라고 간청했다. 남편은 모스크바를 떠나는 게 시급했기 때문에 시간을 허비하지 않으려고 파노프와 함께 그의 사진관으로 갔다. 그 날 찍은 사진 속에는 남편이 전날의 기념비적 사건에서 받은 감흥이 생생하게 드러나 있었다. 언제나 표정이 달랐던(기분이 변화무쌍했던 덕분에) 표도르 미하일로비치의 수많은 초상 사진 중에 나는 이 사진을 으뜸으로 꼽는다. 남편이 가슴 벅찬 기쁨이나 행복을 느낀 순간에 내가 그의 얼굴에서 수없이 봐 온 그 표정이 이 사진에 어려 있는 것을 보기 때문이다.

그러나 열흘쯤 지났을 때 남편의 기분은 급격하게 달라졌다. 남편이 미네랄리니예 보디 열람실에서 매일같이 읽던 신문들의 비평이 화근이었다. 표도르 미하일로비치를 향한 신문과 잡지의 비판, 반박, 중상모략, 그리고 심지어는 욕설이 눈사태처럼 그를 덮쳤다. 남편의 푸시킨 기념 연설을 그토록 감격하며 귀 기울이고 그에게 뜨거운 박수를 보내고 악수를 하기

위해 몰려들 정도로 그 연설에 놀라움을 금치 못하던 문단의
대표적인 인물들이 갑자기 최면 상태에서 정신이라도 번쩍 든
듯, 그 연설을 비난하고 연설자를 모욕하기 시작했던 것이다.
푸시킨 기념 연설에 대한 당시의 비평들을 읽어 보면 남편을
향한 그 무례함과 파렴치함에 분노가 치민다. 그런 글을 쓴 사
람들은 자신이 욕보이고 있는 사람이 놀라운 재능의 소유자이
며, 자신이 선택한 장에서 35년 동안이나 일을 하고 있고, 수만
명의 러시아 독자들로부터 사랑과 존경을 받아 온 사람이라는
사실을 잊고 있었다. 이 형편없는 공격으로 남편이 심한 모욕
감을 느끼고 괴로워했다는 사실을 말할 필요가 있다. 그는 그
글들로 인해 너무 상심한 나머지 내가 예견한 대로 금세 두 번
의 간질 발작을 일으켰고, 그로 인해 2주 내내 의식이 몽롱한
상태였다.

밀레르에게 보낸 1880년 8월 26일자 편지에서 표도르 미하
일로비치는 이렇게 적고 있다. "모스크바에서 내가 했던 말에
대해 우리 언론이 내게 줄기차게 어떤 짓을 했는지 한번 보게.
마치 내가 사기나 강도, 아니면 무슨 은행 위조사건이라도 저
지른 것 같은 태도네. 유한체프[9]도 나같이 더러운 욕을 먹진 않
았네."

정말 표도르 미하일로비치는 동료 문인들로부터 받은 너무
나 무수한 고통을 감내해야 했다! 그렇지만 남편은 자신을 패
배자로 생각지 않았다. 그 모든 공격에 답을 하는 것은 불가능

했으므로 그는 문학 논쟁에서 자신과 필적할 만한 경쟁자로 간주할 수 있는 인물, 즉 상트 페테르부르크 대학의 교수인 그라도프스키[10]가 1880년 『목소리』에 실렸던 논문 「꿈과 현실」을 반박하기로 결심했다. 표도르 미하일로비치는 자신의 답글을 푸시킨 기념 연설과 함께 1880년에 유일하게 간행된 『작가 일기』에 게재했다. 연설문은 처음에 『모스크바 통보』에 게재되었는데 독자들로부터 다시 실어 달라는 요구가 쇄도했기 때문에 함께 실은 것이었다. 잡지를 출판하기 위해 나는 사흘간 수도에 다녀와야 했다. 연설문 「푸시킨」과 그라도프스키에 대한 반박글이 실린 『작가 일기』는 어마어마한 성공을 거두었다. 내가 아직 수도에 있을 때 6천 부가 다 팔려서, 더 많은 부수의 재판을 주문해야 했는데, 그것 역시 가을에는 전량 다 매진되었던 것이다.

자신에 대한 비판자에게 답글을 쓴 후 표도르 미하일로비치는 어느 정도 마음의 안정을 찾고 소설 『카라마조프 가의 형제들』의 마무리 작업에 착수했다. 인쇄 용지 약 20장 분량의 마지막 4분의 1을 쓸 일이 남아 있었는데, 우리는 그 소설을 단행본으로 발간할 생각이었으므로 10월까지는 작품을 끝내야 했다. 작업의 편의를 위해 우리는 9월말까지 스타라야 루사에 머물렀다. 하지만 그곳의 가을이 너무 아름다웠으므로 아쉬울 것은 없었다.

우리가 페테르부르크로 돌아온 뒤 표도르 미하일로비치는

문학의 밤 행사에서 몇 차례 낭독을 하게 되었다. 푸시킨 축제에 참석한 바 있고, 또 어느 문학의 밤 행사에서 표도르 미하일로비치가 푸시킨의 시 「예언자」를 낭송하는 것을 들은 적이 있는 당시 문학 재단의 대표 가예프스키가, 귀족학교 개교 기념일인 10월 19일에 재단 주최로 열리는 문학의 밤 행사에서 낭독을 해달라고 남편에게 간청했다. 그날 남편은 「구두쇠 기사(騎士)」 중 지하실 장면을 낭독했고, 그 다음에는 시 「따뜻한 봄날」을 낭송했다. 그리고 청중들의 앙코르가 쇄도하자 그는 푸시킨의 「예언자」를 낭송했고, 청중들은 열광적인 환호를 보냈다. 그 우뢰와 같은 박수 갈채에 신용조합 건물의 벽이 다 흔들리는 것만 같았다. 그것은 정말 청중들에게 지울 수 없는 인상을 남긴, 예술적 절정의 경지에 오른 낭송이었다. 20여 년이 지난 뒤에도 표도르 미하일로비치가 그 천재적인 시를 얼마나 놀랍도록 잘 낭송했는지를 기억하는 사람들을 종종 만날 정도였으니까. 그 후에 열린 1880년의 모든 낭송회에서 청중들은 어김없이 표도르 미하일로비치에게 「예언자」를 낭송해 달라고 요구했다.

1880년 10월 19일의 문학의 밤은 표도르 미하일로비치가 참가했던 것에 힘입어 성대하게 끝났고, 이로 인해 문학재단 대표는 동일한 행사를 일주일 뒤인 10월 26일에 다시 한 번 갖기로 결정했다. 이날 행사는 일주일 전에 있었던 낭독회의 소문이 퍼져 대성황을 이루었다. 좌석은 가득 찼고, 통로에도 청중들이 무리지어 서 있었다. 표도르 미하일로비치가 나오자 청중들은 한참 동안 그가 말할 기회를 갖지 못할 정도로 엄청난 환호를 보냈다. 나중에는 시를 한 연 읽을 때마다 박수 갈채를 보내 낭송을 중단시켰고, 그가 연단에서 내려가지도 못하게 했다. 표도르 미하일로비치가 「예언자」를 낭송했을 때 열기는 최고조에 달했는데, 그것은 정말 말로 형언할 수 없는 열광의 도가니였다. 표도르 미하일로비치는 다분히 냉정한 우리나라의 청중들이 그토록 힘찬 환호를 보내는 것에 깊은 감동을 받았다.

문학재단은 1880년 11월 21일에도 표도르 미하일로비치가 참가하는 문학의 밤을 열었다. 표도르 미하일로비치는 1부에서는 네크라소프의 시 「미혹의 어둠으로부터」를 낭송했고, 2부에서는 고골의 대하소설 『죽은 넋』의 1부 중 한 부분을 낭독했다. 그 이후 남편은 11월 30일에는 상트 페테르부르크 대학학생들의 요청으로, 그리고 12월 14일에는 페테르부르크 대학생 돕기 협회 주최로, 마지막으로 12월 22일에는 멘그젠 백작부인의 집에서 성 그세니 고아원의 요청으로 낭독 행사를 가졌다. 마지막 낭독회의 휴식 시간에 남편은 마리야 페도로브나 황후의 요망에 따라 내실(內室)로 초청되었다. 황후는 표도르 미하일로비치에게 낭독 행사에 참가해 주어 고맙다는 뜻을 전하고 그와 오랫동안 환담을 나누었다.

문학의 밤 낭독에 참가하는 것을 남편은 무척 즐거워했다.

낭독 뒤에 수반되는 요란스러운 박수 갈채는 그에게 소중하고도 기쁜 일이었다. 하지만 유감스럽게도 그것은 그를 너무 흥분시켰고, 얼마 남지 않은 그의 기력을 소진시키는 것이기도 했다.

마지막 겨울에 표도르 미하일로비치를 특히 사랑해 주었던 사람들은 언제나 민감하게 공명(共鳴)하는 우리의 젊은이들이었다. 그들은 고등교육 기관에서 열리는 콘서트나 무도회의 입장권을 항상 그에게 보내 주곤 했다. 콘서트 장에서 남편은 늘 사람들에게 에워싸여 있었다. 젊은이들은 그의 뒤를 무리지어 따라다녔고, 그에게 질문을 던지곤 했다. 남편은 거의 연설을 하다시피 그 질문들에 대답해야 했다. 그들은 때로는 그와 뜨거운 논쟁을 벌이기도 하고 호기심 어린 표정으로 그의 반박에 귀를 기울였다. 그의 재능을 사랑하고 높이 평가했던 젊은이들과의 이 살아 있는 교류가 남편에게는 더없이 매력적인 일이었다. 그는 이런 대화의 시간을 끝내고 돌아오면 육체적으로는 무척 피곤해했지만, 기분은 한껏 고조되어 흥미진진했던 대화 내용을 세세하게 내게 이야기해 주었다(나는 그런 모임에서는 언제나 그와 그리 멀지 않은 거리의 한쪽 구석에 서 있곤 했다).

1880년 12월 초에는 소설 『카라마조프 가의 형제들』이 단행본으로 3,000부가 출간되었다. 이 소설의 출판은 금세 엄청난 성공을 거두었고, 발행 부수의 절반이 며칠만에 다 팔렸다. 물론 그의 새 소설이 불러일으킨 관심을 확인한 것은 표도르 미하일로비치에게 소중한 일이었다. 이것은 온갖 불행으로 얼룩진 그의 생의 마지막 기쁨이었다고 할 수 있을 것이다.

11장

도스토옙스키의 죽음과 장례식

천성적으로 표도르 미하일로비치는 보기 드물게 근면한 사람이었다. 만일 그가 부자여서 생계비 걱정을 하지 않아도 되었을지라도, 그는 한가하게 무위도식하며 지내지 않고 지칠 줄 모르는 집필 활동을 위한 주제들을 항상 찾았을 것이라고 나는 생각한다.

1881년 초에 오랫동안 우리를 괴롭혀 왔던 모든 빚이 청산되었다. 아니, 그뿐이 아니라 『러시아 통보』 편집부에는 받을 돈이 남아 있기까지 했다(약 5천 루블). 따라서 곧바로 작업에 착수해야 할 절박한 필요성은 없었지만 표도르 미하일로비치는 쉬고 싶어 하지 않았다. 그는 『작가 일기』를 다시 출판하기로 결심했다. 암울한 최근 몇 년 동안 그는 러시아의 정치 상황에 대해 많은 우려를 했는데, 그 생각들을 자유롭게 피력할 수 있는 것은 자신의 잡지뿐이었기 때문이다. 게다가 1880년에 유일하게 한 번 발간했던『작가 일기』의 엄청난 성공을 보며 우리는 잡지를 새로 발간해도 넓은 독자층이 생겨날 것이라는 희망을 가졌다. 또한 진심에서 우러난 자신의 생각들이 널리 유포되는 것을 남편은 무척 소중하게 여겼다. 남편은『작가 일기』를 2년간 출판한 뒤『카라마조프 가의 형제들』2부를 집필하려는 꿈을 안고 있었다. 2부에는 전편의 주인공들이 거의 다 등장하지만, 시간은 거의 20년을 뛰어넘어 현재에 이르고, 그들은 살면서 많은 일을 겪고 많은 것을 이루게 될 것이었다. 표도르 미하일로비치가 구상한 그 소설의 플롯은 그의 말과 창작 노트를 통해 볼 때 정말 흥미로웠다. 그 소설이 빛을 보지 못한 것은 정말 안타까운 일이다.

『작가 일기』의 구독 신청은 성공적으로 진행되어 1월 20일경에는 대략 ……[1]명의 구독자가 생겼다. 표도르 미하일로비치는 구독자가 만족하기 전까지는 잡지 구독료로 받은 돈을 자기 것으로 생각하지 않는 좋은 습성이 있었다. 그래서 국립은행에 자기 명의로 된 계좌를 만들어 두고, 구독료로 받은 돈을 내가 그 계좌에 넣곤 했다. 이런 식의 관리를 했기 때문에 그가 죽은 후, 잡지 구독자들에게 구독료를 즉시 반환할 수가 있었다.

1월 초순에 표도르 미하일로비치는 최상의 컨디션이었다.

지인들의 집을 방문하고 가정 연극에 동참하겠다고 하기까지
할 정도였다. 톨스타야 백작 부인의 집에서 다음 달 초에 공연
하기로 되어 있던 연극이었다. 알렉세이 톨스토이 백작의 3부
작 중 2, 3막을 올리자는 얘기가 오갔고, 남편은 「이반 뇌제의
죽음」에 나오는 수도사 역할을 맡았다.

  벌써 석 달째 간질 발작도 일어나지 않은 상태였다. 그의 활
기차고 기운이 넘치는 모습을 보고 우리는 모두 겨울을 무사
히 넘길 수 있으리라는 희망을 가졌다. 1월 중순부터 남편은
『작가 일기』 1월호 작업을 시작했다. 그 잡지를 통해 그는 '국
민회의'[2]에 대한 자신의 생각과 바람을 피력하고 싶어 했다.
그런데 그런 성격의 글은 검열을 통과할 수 없었기 때문에 남
편은 그 점에 무척 신경을 썼다. 그때 막 검열위원회 위원장으
로 임명되었던 니콜라이 사비치 아바자가 톨스타야 백작 부인
을 통해 그의 이러한 고민을 알게 되었다. 그는 표도르 미하일
로비치의 글은 자신이 직접 검열할 테니 마음을 놓아도 된다
고 남편에게 전해 달라고 했다. 1월 25일에 논문이 완성되어
식자(植字)를 위한 조판에 넘겨졌다. 이제는 최종 교열을 보고
검열에 넘긴 다음, 월말 발행을 위해 인쇄에 들어가는 일만 남
아 있었다.

  1월 25일은 일요일이어서 방문객들이 많이 찾아왔다. 밀레
르 교수가 와서 푸시킨의 사망일인 1월 29일에 학생들이 주관
하는 문학의 밤에 참가해 낭독을 해달라고 남편에게 부탁했

다. 국민회의에 대한 그의 논문이 어떤 운명을 맞을지, 다른 글로 대체해야 하는 것은 아닌지 알지 못하고 있던 차라, 남편은 처음엔 그 제안을 거절했지만, 조금 후에 다시 승낙했다. 집에 왔던 손님들이 모두 지적한 것처럼 남편은 아주 건강했고 기분도 좋았다. 몇 시간 뒤에 일어날 일을 예견케 하는 것은 아무것도 없었다.

1월 26일에 표도르 미하일로비치는 평소와 다름없이 낮 1시에 일어났다. 내가 서재로 가자 그는 나에게 지난밤 작은 사건이 하나 있었다고 말했다. 그의 펜대가 마루에 떨어져서 책장 밑으로 굴러 들어가 버렸던 것이다(이 펜대는 그가 무척 아끼던 것으로, 남편은 글을 쓸 때뿐 아니라 궐련을 마는 데도 그것을 사용했다). 펜대를 꺼내기 위해 남편은 책장을 움직였다. 책장은 당연히 무척 무거웠고 남편은 힘을 쓰지 않으면 안 되었다. 그 때문에 갑자기 폐 혈관이 터졌고, 피를 토하게 되었다. 하지만 토한 피의 양이 얼마 되지 않았기 때문에 그는 대수롭지 않게 생각하고 밤중에 내가 걱정할까 봐 나를 깨우지도 않았다. 그 얘기를 듣고 너무나 걱정이 된 나는, 남편에게는 아무 말도 하지 않고 사환인 표트르를 남편의 주치의 폰 브레트첼에게 보내어 즉시 와 달라고 부탁했다. 불행하게도 그는 이미 환자를 왕진하러 간 상태였고, 5시 이후에야 올 수가 있었다.

표도르 미하일로비치는 아주 침착했다. 그는 아이들과 이야기도 나누고 장난도 쳤으며 『신시대』를 읽기 시작했다. 3시쯤에 손님이 한 사람 집에 찾아왔다. 그는 남편에게 호의적인 무척 선량한 사람인데, 언제나 격렬한 논쟁을 벌이는 단점을 갖고 있었다. 그들은 『작가 일기』 다음 호에 실릴 논문에 대한 이야기를 하기 시작했다. 손님이 뭔가를 증명하기 시작하자 간밤의 출혈로 인해 약간 불안한 상태였던 남편이 그의 말에 반대했고, 그들 간의 뜨거운 논쟁이 점점 가열되고 있었다. 내가 손님에게 두 번씩이나 남편의 건강 상태가 온전치 않으므로 큰 소리로 말하거나 말을 많이 하는 것은 해롭다고 말을 했건만, 두 사람을 달래어 보려던 나의 시도는 결국 실패로 끝나고 말았다.

마침내 5시가 되어 손님은 떠나고 우리는 식사를 하기 위해 모두 모였다. 그런데 표도르 미하일로비치가 갑자기 자기 소파에 앉더니, 3분 정도 아무 말이 없었다. 순간 그의 턱이 피로 물들면서 피가 구레나룻을 따라 가늘게 흘러내리는 것이 보였다. 나는 비명을 질렀다. 내 비명 소리를 듣고 아이들과 하녀가 달려왔다. 하지만 표도르 미하일로비치는 겁을 먹지 않았다. 오히려 그는 울음을 터뜨리는 아이들을 달래고 나를 안정시키기 시작했다. 그는 아이들을 책상 쪽으로 데리고 가서 조금 전에 배달된 『잠자리』라는 잡지를 보여 주었다. 그가 보여 준 것은 그물에 휘감겨 물에 빠진 두 사람의 어부를 그린 풍자 만화였다. 심지어 그는 아이들에게 그 만화에 나온 시를 읽어 주기까지 했는데, 얼마나 즐겁게 읽었던지 아이들은 곧 울음을 멈쳤다.

한 시간쯤 평화로운 시간이 흘렀다. 그리고 의사가 도착했다. 그를 부르러 내가 두 번째로 사람을 보냈던 것이다. 의사는 남편의 흉부를 진찰하고 타진해 보기 시작했다. 다시 출혈이 반복되었다. 이번에는 그 정도가 너무 심해서 남편은 의식을 잃었다. 정신이 돌아오자 그가 나를 향해 던진 첫 마디는 "아냐, 부탁이야! 즉시 사제를 모셔와. 고해를 하고 성찬을 받고 싶어!"라는 말이었다.

의사는 특별한 위험이 없다고 장담했지만, 환자를 안심시키기 위해 나는 그가 원하는 것을 들어주었다. 우리는 블라디미르 교회 근처에 살고 있었기 때문에 우리의 부름을 받은 메고르스키 사제는 30분 만에 우리 집에 와 주었다. 표도르 미하일로비치는 평온하게 신부님을 맞이하여 오랫동안 고해를 올리고 성찬을 받았다. 사제가 떠난 뒤 성찬을 받은 것을 축하하기 위해 아이들을 데리고 서재로 들어갔을 때 남편은 나와 아이들을 축복하고, 아이들에게 평화롭게 살며 서로를 사랑하고 나를 지켜 주라고 당부했다. 아이들을 내보낸 후 표도르 미하일로비치는, 내가 그에게 행복을 주었다며 내게 고맙다는 말을 했다. 그는 또 자신이 내 마음을 괴롭힌 일이 있었다면 용서해 달라고 했다. 나는 산 것도 죽은 것도 아닌 상태로, 뭐라고 말 한마디 할 기력도 없이 그렇게 서 있었다.

의사가 들어와서 남편을 소파에 눕혔다. 의사는 그에게 조금이라도 움직이거나 말을 해서는 안 된다고 했다. 그러고는 바로 의사 둘을 부르러 사람을 보내 달라고 부탁했다. 한 사람은 그가 아는 의사인 프레이페르였고, 다른 사람은 남편이 이따금 조언을 구하곤 했던 코실라코프 교수였다. 코실라코프는 폰 브레트첼 의사의 쪽지를 보고 환자의 상태가 위중하다는 것을 알고서 금방 우리에게 와 주었다. 의사들은 이번에는 진찰을 한다고 환자를 불안하게 하지 않았다. 코실라코프는 출혈량이 비교적 적었으므로(세 번에 걸쳐 2컵) '응혈'이 형성될 수 있고, 그러면 쾌유되어 갈 것이라고 진단했다. 주치의 폰 브레트첼은 밤새도록 표도르 미하일로비치의 침상을 지켰다. 남편은 편안히 잠이 든 모습이었다. 나는 아침이 다 되어서야 깜박 잠이 들었다.

1월 27일은 무사히 지나갔다. 출혈은 다시 일어나지 않았다. 남편은 마음의 안정을 찾은 듯 쾌활해졌으며, 아이들을 불러 달라고 하여 그들과 소곤소곤 이야기를 나누기까지 했다. 낮이 되자 그는 『작가 일기』에 대해 걱정하기 시작했다. 수보린 제판소에서 정판공이 마지막 교정쇄를 갖고 왔다. 전체 글이 인쇄 용지 두 장에 다 놓으려면 일곱 줄을 삭제해야 했다. 난감해하는 남편에게 나는 그 전의 페이지들에서 몇 줄을 줄이면 어떻겠냐는 제안을 했고, 그는 동의했다. 나는 정판공을 30분가량 기다리게 한 후, 남편에게 글을 읽어 줘 가면서 한두 번의 교정 끝에 성공적으로 일을 마무리지었다. 정판공을 통해 잡지가 교정쇄 상태로 검열관 아바자에게 넘어갔고, 그가 검열을 통과시켰다는 이야기를 들은 남편은 상당히 안심했다.

한편, 표도르 미하일로비치의 병이 중하다는 소문이 시내 전체에 퍼져서 낮 2시부터 밤 늦게까지 초인종이 계속 울려대는 바람에 하는 수 없이 초인종을 묶어두어야만 했다(그러니까 초인종 밑에 달린 방울을 묶어두었다는 말이다). 그의 건강 상태를 알아보기 위해 아는 사람들, 또 모르는 사람들이 찾아오거나 동정의 편지를 보내왔고 전보를 보내기도 했다. 환자에게는 어느 누구도 들여 보내서는 안 되었기 때문에 내가 남편의 건강 상태를 알리러 지인들 앞에 이삼 분씩 나오곤 했다. 남편은 모두들 관심을 기울여 주고 동정을 베풀어 준 것에 대해 매우 흡족해하며, 나에게 귓속말로 뭔가를 자세히 물어보기도 하고, 어떤 마음 좋은 편지에 대해서는 답신으로 몇 마디 말을 구술해 주기까지 했다.

코실라코프 교수가 왔다. 그는 남편의 상태가 많이 좋아졌다고 했다. 일주일 뒤면 자리를 털고 일어날 수 있을 것이고, 이 주일 뒤에는 완전히 회복될 것이라고 환자를 격려했다. 그가 환자에게 가능한 한 잠을 많이 자야 한다고 지시했던 까닭에 우리 집은 전체가 아주 일찍 잠자리에 들었다. 간밤을 안락의자에서 지새면서 잠을 제대로 못 잤던 나는, 그날 밤에는 남편이 나를 부르기 쉽도록 그가 누워 있던 소파 옆 마루에다 내가 잘 요를 깔았다. 잠을 제대로 못 잔 데다 불안한 하루를 보낸 까닭에 나는 금방 곯아떨어졌다. 밤에는 몇 차례 자리에서 일어나 등잔 불빛 아래 내 소중한 사람이 고요히 자고 있는 모습을 보기도 했다. 내가 잠이 깬 건 아침 7시 무렵이었는데, 깨어 보니 남편이 내 쪽을 쳐다보고 있었다.

"여보, 기분이 어때요?" 그를 향해 몸을 기울이며 물었다.

"이것 봐, 아냐." 표도르 미하일로비치가 거의 귓엣말을 하듯 나직한 목소리로 말했다. "벌써 세 시간째 깨어 있었소. 계속 생각을 했지. 그런데 지금에야 분명히 알았소. 나는 오늘 죽을 거요."

"무엇 때문에 그런 생각을 해요?" 소름끼치는 불안을 느끼며 내가 말했다. "이제 정말 많이 좋아졌잖아요. 더 이상 출혈도 없고 말이에요. 코실라코프의 말대로 '응혈'이 생긴 게 분명해요. 오, 주여. 그런 의심을 해서 자신을 괴롭히지 말아요. 당신은 오래오래 살 거예요. 내가 보증해요!"

"아니오. 나는 알고 있소. 오늘 죽게 되어 있는 것을. 아냐, 불을 밝히고 내게 성경을 주오!"

이 성경은 남편이 토볼스크(그가 유형을 갔던 곳)에 있을 때 12월 당원의 아내들(안넨코바와 그의 딸 올가 이바노브나, 무라비예바-아포스톨 폰 비지나)이 선사한 것이었다. 그들은 감옥의 간수에게 그곳에 유형 와 있는 정치범들을 면회할 수 있게 해 달라고 간청했다. 한 시간 가량 정치범들과 함께 있으면서 그녀들은 그들이 새로운 길을 가도록 축복해 주었고 성호를 그으며 한 사람 한 사람에게 『신약성경』을 나누어 주었다. 그것은 감옥에서 읽을 수 있도록 허가된 유일한 책이었다. 표도르 미하일로비치는 유형에 처했던 4년 내내 이 성경을 손에서 놓지 않았다. 후에 그 성경은 언제나 그의 책상 위 눈에 잘 띄는 곳에 놓여 있었다. 그는 어떤 일에 대해 깊이 생각하거나 회의가 들 때면 종종 이 성경을 손에 잡히는 대로 펴서 펼쳐진 부분의 첫 쪽에 나와 있는 글을 통독했다. 표도르 미하일로비치는 지금 자신의 의심을 성경을 통해 확인하고자 하는 것이었다. 그는 직접 성경을 펼친 다음 내게 읽어 달라고 부탁했다.

펼쳐진 곳은 마태복음 3장 14절이었다. "요한이 제지하며 가로되 '제가 당신께 세례를 받아야 할 터인데 어찌 당신께서 제게로 오십니까?' 그러나 예수께서 그에게 답하여 가라사대 '막지 말라,[3] 우리가 이렇게 하여 위대한 정의를 이루는 것이 합당한지라.'"

"당신도 들었지. '막지 말라', 그러니까 내가 죽는단 뜻이지." 남편은 이렇게 말하며 책을 덮었다. 나는 흐르는 눈물을 막을 수가 없었다. 표도르 미하일로비치는 나를 위로하기 시작했다. 그는 내게 다정하고 부드럽게 말을 건네며 나와 함께 살았던 행복한 생활을 감사드렸다. 그는 내게 아이들을 부탁하면서 나를 믿으며 내가 언제나 아이들을 사랑하고 지켜 주기를 바란다고 말했다. 그런 다음, 14년 동안 결혼 생활을 한 아내에게 남편으로서는 좀처럼 하기 드문 말을 내게 했다. "기억해 줘,

아냐. 내가 당신을 언제나 뜨겁게 사랑했다는 걸. 그리고 꿈에서라도 당신을 배반한 일이 없다는 걸 말이오."

나는 가슴에서 우러난 그의 말에 마음 깊이 감동했다. 하지만 내가 동요하는 모습을 보이면 그에게 해로울까 봐 걱정스러웠다. 나는 그에게 죽음을 생각하지 말라고, 그런 마음을 품어 우리 모두를 절망하게 하지 말라고 애원하면서, 잠을 청해서 푹 쉬라고 부탁했다. 남편은 내 말대로 말을 멈추었다. 하지만 평화가 깃든 그의 얼굴에서는 죽음을 향한 생각이 떠나지 않고 있으며, 그가 저세상으로 가게 되는 일을 두려워하지 않고 있다는 것이 분명히 드러나 보였다.

오전 9시쯤에 표도르 미하일로비치는 내 손을 놓지 않은 채 평화롭게 잠이 들었다. 나는 조금이라도 몸을 움직이면 그가 깰까 봐 미동도 하지 않고 앉아 있었다. 하지만 11시쯤 남편은 갑자기 깨어나 베개에서 머리를 들었다. 출혈이 다시 시작되었던 것이다. 비록 나는 씩씩한 모습을 보이려고 안간힘을 다하고, 출혈량이 얼마 되지 않으니까 사흘째 그런 것처럼 다시 '응혈'이 생길 것이라고 남편에게 단언했지만, 완전히 절망했다. 내 위로의 말에 표도르 미하일로비치는 서글프게 머리를 저을 뿐이었다. 죽음에 대한 예언이 오늘 실현되고야 만다는 것을 확신한 것 같았다.

낮에는 다시 친척들과 아는 사람들, 그리고 모르는 사람들이 찾아오기 시작했고, 또다시 편지와 전보가 도착했다. 표도르 미하일로비치의 의붓아들도 찾아왔다. 지난밤에 내가 편지를 써서 남편의 병환을 알렸던 것이다. 파벨 알렉산드로비치는 환자의 방에 꼭 들어가고 싶어 했지만 의사가 허락하지 않았다. 그러자 그는 문틈으로 방안을 들여다보기 시작했다. 남편은 그가 엿보는 모습을 발견하고는 말했다. "아냐, 그를 들여보내지 말아. 녀석은 나를 무너뜨릴거야!"

그러는 동안 파벨 A. 이사예프는 몹시 흥분하여 남편의 상태가 어떤지 알아보려고 와 있는 모든 사람들——아는 사람이건 모르는 사람이건 간에——에게 '아버지'가 유언장을 작성하지 않았으니 그의 재산을 처리할 수 있도록 공증인을 집으로 불러야 한다고 말하고 다녔다. 환자를 보러 온 코실라코프 교수는 의붓아들이 공증인을 데려오려 한다는 것을 알고서 반대 의견을 말했다. 그는 온 힘을 다해 환자를 지켜 주어야 하는데, 재산 처리 및 그에 관한 해명 등을 요구하는 그런 일은 죽음이 임박했다는 생각을 환자가 강하게 갖도록 할 뿐이고, 조금이라도 동요를 보이는 것은 환자를 죽이는 일이라고 공언했다. 사실 유언은 필요 없었다. 표도르 미하일로비치의 작품에 대한 저작권은 이미 1873년에 그가 내게 양도한 상태였다. 『러시아 통보』의 편집부에 남아 있던 5천 루블 정도를 제외하고는 남편에게 아무것도 없었다. 그리고 많지 않은 그 돈의 상속인은 우리, 즉 나와 아이들이었다.

나는 하루종일 한시도 남편 곁을 떠나지 않았다. 그는 내 손을 쥐고 속삭이는 목소리로 말했다. "가엾은…… 소중한 사람…… 내가 당신에게 남겨 주는 게 없구려……. 가엾은 당신, 얼마나 살기가 어려울까……!"

나는 그를 달래고 회복될 수 있다고 그를 위로했다. 하지만 그의 마음속에는 그런 희망이 없는 것이 분명했다. 그를 괴롭힌 것은 자신이 가족에게 거의 아무것도 남겨 주지 못한다는 생각이었다. 정말이지, 『러시아 통보』 편집부에 보관되어 있던 4~5천 루블이 우리의 유일한 자산이었다.

그가 몇 차례 "아이들을 불러 오라"고 속삭였다. 나는 아이들을 불렀고, 남편은 그들에게 입술을 내밀었다. 아이들은 그에게 입을 맞추고 의사의 지시대로 곧장 방에서 나갔다. 남편은 슬픈 눈빛으로 그들이 나가는 모습을 지켜보았다. 사망하기 두 시간 전에 남편의 부름을 받고 아이들이 들어왔을 때 남편은 아들 페챠에게 성경을 건네주라고 했다.

하루 종일 우리 집에는 온갖 사람들이 몰려와 북적거렸지만, 나는 나가 보지 않았다. 마이코프가 와서 얼마 동안 남편과 이야기를 나누었다. 마이코프의 인사에 남편은 거의 속삭이듯 답했다.

7시쯤에는 거실과 식탁에 많은 사람들이 모여 그때쯤 우리를 방문한 코실라코프를 기다렸다. 갑자기 아무런 눈에 띄는 이유도 없이 표도르 미하일로비치가 몸을 떨었다. 그는 소파에서 조금 몸을 일으켰고, 핏줄기가 또다시 그의 얼굴을 물들였다. 우리는 표도르 미하일로비치에게 얼음 한 줌을 주었지만 출혈은 멎지 않았다.

이 시간쯤에 마이코프가 아내와 함께 다시 왔다. 심성이 고운 마이코프의 아내는 의사인 체레프닌을 부르러 다녀오겠다고 했다. 표도르 미하일로비치는 의식이 없었다. 그의 머리맡에 무릎을 꿇고 있던 나와 아이들은 울음소리를 크게 내지 않으려고 안간힘을 쓰며 조용히 흐느꼈다. 의사가 사람에게 남아 있는 마지막 감각이 청각이므로 정적을 깨뜨리는 모든 소리들은 임종의 순간을 더디게 하여 죽어 가는 자의 고통을 연장시킬 수가 있다고 경고했기 때문이었다. 나는 내 손을 남편의 손에 포개었다. 그의 맥박이 점점 약해지는 것이 느껴졌다.

저녁 8시 30분에 남편은 숨을 거두었다. 체레프닌 의사는 남편의 심장이 멎는 순간을 포착할 수 있었을 뿐이었다. 최후의 순간이 오자 나와 아이들은 절망에 목 놓아 울었다. 아직 채 식지 않은, 우리가 사랑했던 망인의 얼굴과 손에 입을 맞추며 무슨 말인가를 하기도 했다. 이 모든 것이 내게는 어렴풋하게 떠오른다.

하지만 내가 분명하게 의식한 것이 딱 하나 있었다. 그것은 끝없는 행복으로 가득했던 나 자신의 삶이 그가 죽는 순간 끝났다는 것, 내 마음은 영원히 고아가 되었다는 사실이었다. 나는 그렇게 뜨겁게, 모든 것을 초월하여 내 남편 표도르 미하일로비치를 사랑했다. 나는 드물디드문 이 고귀한 도덕적 품성의 소유자가 우정으로 나를 대하고, 나를 사랑하고 존경한다는 사실에 크나큰 자긍심을 가졌다. 그를 잃은 것은 그 무엇으로도 보상받을 수 없었다. 진정 끔찍했던 이별의 그 순간, 나는 남편의 죽음을 견뎌 낼 수 없을 것 같았다. 그 자리에서 바로 심장이 터지거나(그만큼 내 가슴은 심하게 뛰고 있었다) 정신이 나갈 것만 같았다.

물론 거의 모든 사람들이 살면서 사랑하는 이나 가까운 이를 잃는 경험을 했을 것이고, 그래서 그러한 이별의 깊은 슬픔이 어떤 것인지 잘 알고 있을 것이다. 하지만 대부분의 경우 사람들은 그 잊지 못할 순간의 비통한 심정을 가족과 함께, 혹은 가까운 사람들과 친척들 가운데서 견뎌 내고, 주체할 수 없는 자신의 감정을 저어하거나 억누를 필요 없이, 원하는 대로 할 수 있는 대로 토로할 수 있었을 것이다.

하지만 불행히도 나는 그런 복을 누리지 못했다. 남편은 수많은 사람들이 보는 앞에서 숨을 거두었다. 일부는 그에게 호의를 가진 사람들이었지만, 일부는 그에게도, 또 홀로 남겨진 우리 가족의 위로받을 길 없는 비통함에도 전혀 무관심한 사람들이었다. 그 자리에 있던 사람들 가운데는 마치 나의 비통함을 더하게 하기 위해 온 것 같은 마르케비치[4] 같은 문인도 있었다. 그는 단 한 번도 우리를 찾아온 적이 없었는데, 그때는 톨스타야 백작 부인의 부탁을 받고 남편이 어떤 상태인지 알아보려고 들렀던 것이다. 마르케비치가 어떤 사람인지를 아는 나는, 그가 남편의 마지막 순간을 묘사하지 않고는 못 배길 것임을 확신했다. 그리고 내 사랑하는 남편이 그에게 깊은 애정을 가진 사람들 가운데서 조용히 눈을 감을 수 없는 현실을 진심으로 원망했다. 나의 우려는 현실로 드러났다. 다음 날 나는 마르케비치가 이 가슴 아픈 사건을 "예술적으로" 묘사한 글을 『모스크바 통보』에 보낸 사실을 알게 되었다. 이삼일 뒤에 나는 그 글(『모스크바 통보』 132호)을 직접 읽어 보았다. 나는 그 속에 나온 많은 장면을 알아보지 못했고, 마치 내가 한 말인 양 써놓은 말들을 읽고도 그런 말을 한 게 나라는 사실도 알아차리지 못했다. 그만큼 그 말들은 내 성격과도, 그리고 그 끝 모를 비극적 순간의 내 심정과도 맞지 않는 것이었다.

그러나 자비로우신 신은 나를 위로하는 은혜도 베풀어 주셨다. 그 애통한 저녁, 10시쯤 되었을 때 동생인 이반 그리고리예비치 스니트킨이 왔다. 그는 시골에서 업무상 모스크바로 가 있었는데, 집으로 가는 길에 왠지 모르게 문득 페테르부르크에 가서 우리를 보고 가야겠다는 생각이 들었다는 것이다. 물론 어느 신문에선가 표도르 미하일로비치의 병에 관한 기사를 읽은 적은 있지만, 그는 거기에 큰 의미를 부여하지 않았다. 남편에게 한 번씩 일어나는 이중적 간질 발작이 또 일어났다고 짐작했기 때문이었다. 기차가 연착하는 바람에 그는 호텔에 숙소를 잡은 뒤 저녁 때 우리 집에 들르기로 작정했다. 현관에 이르렀을 때 동생은 우리 집의 창문이 죄다 환하게 불을 밝히고 있고, 출입구 옆에는 농민들이 입는 긴 외투 차림의 수상쩍은 사람 두세 명이 서 있는 것을 보고 깜짝 놀랐다. 그중 한 사람이 계단을 내려와 동생에게 달려오더니 귓속말로 이렇게 말했다. "나으리, 자비를 베푸시지요. 저한테 주문을 하도록 좀 도와주십시오, 제발 부탁드립니다."

"주문이라니 그게 무슨 말이오?" 아무것도 모르는 동생이 물었다.

"저희는 관 짜는 사람들입니다. 그러니까 저, 관 말이지요."

"여기서 누가 죽었단 말입니까?" 동생이 별생각 없이 기계적으로 물었다.

"무슨 작가라던데요. 성은 뭔지 모르겠네요. 문지기가 말해 줬답니다."

그의 말을 듣고 동생은 심장이 얼어붙었다. 그는 계단을 뛰어올라 열려 있는 현관문으로 달려갔다. 그곳은 사람들로 북적대고 있었다. 동생은 외투를 벗어 던지고 서재로 달려왔다. 그곳에는 서서히 식어 가는 표도르 미하일로비치의 시신이 아직 소파에 뉘어져 있었다. 나는 소파 옆에 무릎을 꿇고 서 있다가 들어오는 동생을 발견하고 울음을 터뜨리며 그에게 몸을 던졌다. 우리는 힘껏 끌어안았다. 내가 물었다. "바냐, 표도르 미하일로비치가 숨을 거두었단 얘길 누구한테 들었어?" 나는 동생이 페테르부르크에 살지 않고 모스크바에 있었다는 사실도, 그래서 남편이 죽은 소식을 들을 수도, 또 그렇게 빨리 올 수도 없었다는 것을 까맣게 잊고 있었다. 남편의 죽음이 너무도 급작스럽고 비통해서(전날까지만 해도 코실라코프 교수는 내게 남편이 회복되리라는 강한 희망을 주었던 것이다), 나는 사태를 명확히 인식할 수 있는 능력을 상실할 만큼 넋이 나가 있었다.

그토록 비통한 때에 동생이 와 준 것을 나는 신의 은총이라고 생각한다. 사랑하는 동생이자 나의 진정한 친구인 그가 옆에 있어 주어 위안이 되었을 뿐만 아니라, 시신을 안장하는 일과 관련된 사소하지만 복잡다단한 걱정거리들을 위임하고 조언을 구할 수 있는, 내게 깊은 애정을 가진 가까운 이가 옆에 있게 되었기 때문이다. 실제로 나는 동생 덕분에 실무적인 모든 문제에서 벗어났고, 그 슬픈 나날에 힘들고 기분 나쁜 많은 일들을 피할 수 있었다.

1월 28일 저녁은 그에 연이은 나흘간(1월 29일부터 2월 1일까지)의 날들과 마찬가지로 내 기억 속에서 마음을 짓누르는 악몽처럼 떠오른다. 일어났던 많은 일들이 눈앞에 선명히 그려지기도 하고, 또 많은 일들은 기억에서 완전히 사라져 버리기도 했다. 다른 사람들의 이야기를 듣고 알게 된 일들도 많다. 기억이 나는 일은 그날 밤 자정쯤 수보린이 집에 온 일이다. 남편을 무척 존경하고 좋아했던 그는 남편의 죽음에 너무나 절망한 모습이었다. 수보린은 자신이 한밤중에 우리 집을 찾은 일을 『신시대』에 묘사해 놓았다.

밤 1시쯤 필요한 모든 준비가 끝났다. 우리가 사랑한 고인은 이제 서재 한가운데 있는 단상 위의 관 속에 뉘었다. 머리맡에는 성상이 놓인 선반과 불을 밝힌 램프가 서 있었다. 고인의 얼굴은 평안했다. 그는 죽은 것이 아니라 잠이 들어 이제야 '위대한 정의'를 깨달았다는 듯 꿈 속에서 미소를 짓고 있는 것만 같았다.

한밤중이 되자 외부인들은 모두 돌아갔다. 아버지의 죽음으로 극심한 절망에 빠져 저녁 내내 울었던 아이들을 잠자리에 눕힌 다음, 우리 세 사람(어머니와 동생, 그리고 나)은 누구의 방해도 받지 않고 고인의 시신 옆에 있을 수 있었다. 운명에 깊이 감사하는 마음으로 나는 그 마지막 밤을 떠올린다. 그날 밤 나의 소중한 남편은 온전히 우리 가족에게 속해 있었다. 나는 보는 사람들이 없는 가운데서 거리낌없이, 감정을 억누르지 않고 비통한 심경을 토로하며 마음껏 울었고, 고인의 명복을 간절히 빌었다. 또 가정생활에서 불가피하게 벌어졌던 사소한 다툼들, 언제나 뜨겁게 나를 사랑했던 남편을 내가 의식적으로나 무의식적으로 기분 상하게 만들었을지 모르는 모든 일들에 대해 고인에게 용서를 빌었다.

동생과 나는 새벽 4시까지 앉거나 서거니 하며 고인의 관 옆을 지키고 있었다. 동생이 내일 있을 어쩔 수 없는 힘든 일들을 견디려면 기운이 있어야 한다며 설득하여 나는 억지로 잠을 청했다.

1월 29일, 11시쯤에 무척 존엄한 얼굴의 신사 한 분이 당시의 내무부 대신이던 로리스-멜리코프 백작을 대신하여 내게 왔다. 그는 남편을 잃은 일에 대해 백작의 이름으로 심심한 조의를 표한 뒤, 남편의 장례 비용을 전하려 한다고 말했다. 나는 그 돈의 액수가 얼마나 되는지는 몰랐지만 그 돈을 받고 싶지 않았다. 물론 나는 모든 정부 부처에서 직원들이 죽으면 그 가족들에게 장례 비용을 지원하는 것이 관행이고, 그런 도움은 어느 누구도 욕하지 않는다는 것을 알고 있었다. 하지만 내가 그러한 원조를 제의받자 몹시 마음이 상했다. 나는 도움을 주려 한 것에 대해 로리스-멜리코프 백작에게 무척 감사한다는 말을 전해 달라고 했다. 하지만 남편이 번 돈으로 그의 장례를 치르는 것이 나의 도덕적인 의무라고 생각하므로 그 돈은 받을 수 없다고 밝혔다.

그밖에도 그 관리는 백작의 명으로 내 아이들은 국비를 받아 원하는 학교에 들어가게 될 것이라고 말했다. 나는 그에게 백작의 훌륭한 제의를 진심으로 고맙게 생각한다는 말을 백작에게 전해 달라고 부탁했다. 하지만 그 순간 나는 마음속으로 결심했다. 내 아이들은 국비가 아니라 아버지가 일하여 번 돈, 나중에는 어머니가 일하여 번 돈으로 교육을 받게 할 것이라고 말이다. 참으로 기쁘게도 나는 스스로 다짐한 그 약속을 지킬 수 있었다. 내 아이들은 아버지의 작품 전집에서 나오는 돈으로 교육을 받았던 것이다. 장례 비용에 대한 원조와 아이들의 교육에 대한 원조를 거절한 후, 나는 잊지 못할 내 남편이 살아서 그런 제의를 받았더라면 했을 행동을 내가 한 것이라 깊이 확신했다.

11시 무렵부터 표도르 미하일로비치의 사망 소식을 신문에서 알게 된 사람들이 그의 관 옆에서 기도를 올리려고 찾아오기 시작했다. 사람들이 어찌나 많이 왔던지 다섯 개의 방들이 금세 사람들로 빽빽하게 채워졌다. 고인의 명복을 비는 예배를 드릴 무렵에는 나와 아이들이 관 옆으로 다가가기 위해 사람들 사이를 겨우겨우 뚫고 지나가야 할 정도였다.

나는 고인을 위한 예배를 드리기 위해 남편이 고해성사를 올렸던 사제를 모셔왔다. 첫째 날에는 블라디미르 교회의 합창단이 성가를 불렀다. 신문에 공고를 냈던 마지막 이틀 동안의 대예배(낮 1시와 저녁 8시)에서는 나의 개인적인 바람에 따라 보그다노비치의 지휘하에 이사아키예프 대성당의 합창단이 성가를 불렀다.

그런데 내가 계획했던 고인을 위한 예배를 모두 끝낸 뒤에도 날마다 다양한 기관의 대표단이 둘셋씩 자기 교회의 사제와 합창단을 대동하고 찾아와서 고인이 된 작가의 관 앞에서 추모 예배를 드릴 수 있게 해달라고 부탁했다. 그중 기억에 남는 것은 해병대 대표단인데, 그곳의 수석 사제는 빼어난 해군 합창단의 노래에 맞춰 매우 화려한 예배를 집전했다.

남편의 관 앞에서 행해진 예배에 참석했던 사람들의 이름을 일일이 나열하지는 않겠다. 표도르 미하일로비치에게 공감하고 그의 재능을 귀히 여겼던 우리 문학의 출중한 대표들이 모두 그 자리에 있었다. 또한 노골적으로 남편을 적대시했던 사람들도 있었으며, 그의 사망 소식을 듣고 러시아 문학이 얼마나 큰 상실을 겪었는지를 깨닫고 러시아 문학의 고결한 대표자들 중 한 사람인 그에게 존경의 염을 바치길 원했던 사람들도 있었다. 어느 날 저녁 추모 예배에는 당시 아직 어렸던 드미트리 콘스탄티노비치 대공(大公)이 가정교사를 대동하고 나타나, 그 자리에 있던 사람들이 깜짝 놀라며 감동을 받기도 했다.

1월 29일 하루 동안 수많은 사람들이 내게 표도르 미하일로비치를 어디에 매장할 거냐고 물었다. 네크라소프를 묻으며 남편이 노보제비치 수도원을 마음에 들어 하던 기억이 나서 나는 그곳에 그를 묻으리라 결심했다. 묘지를 계약하는 문제는 형부에게 부탁하고, 장소를 고르는 일은 내 딸 릴랴에게 맡겼다. 나는 그 아이를 이모부와 함께 노보제비치 수도원에 보냈는데, 실은 딸아이가 시내를 벗어나 맑은 공기를 마실 수 있도록 하기 위한 것이 주요한 목적이었다(불쌍한 내 아이들! 장례를 치르기까지 3일 동안 그 아이들은 입추의 여지가 없는 방 안에 앉아 있었고, 고인을 위한 모든 추모 예배에 다 참석했다. 딸 릴랴는 아버지의 재능을 흠모하는 사람들에게 고인의 가슴에 놓여 있던 화환에서 뽑아낸 꽃 몇 송이를 기념으로 나누어 주곤 했다).

형부와 딸아이가 노보제비치로 가고 있을 때 『상트 페테르부르크 통보』의 편집장인 코마로프가 왔다. 그는 알렉산드르 네프스키 수도원을 대신하여 수도원 묘지에 남편이 영면할 자리를 마련해 주겠다며, 장소는 어디든 좋을 대로 하라는 소식을 전했다. 코마로프가 말했다. "수도원에서는 묘지를 아무 대가 없이 드리겠다고 합니다. 정교의 신앙을 열성적으로 옹호해 온 작가 도스토옙스키의 유골이 수도원 영내에 묻힌다면 영광이라면서요." 알렉산드르 네프스키 수도원 측의 제안은 너무나 귀한 것이어서 거절한다는 것이 정말 유감이었다. 하지만 형부가 노보제비치 수도원에서 매장지를 이미 구입했을 수도 있었다. 나는 어떻게 해야 할지, 코마로프에게 어떤 답을 주어야 할지 몰랐다. 그러나 다행히도 형부가 돌아와서 수도원 원장이 우리 딸아이가 선택한 장소에 무슨 문제가 생겼다고 해서 묘지 구입 문제를 내일까지 미루어 놓았다는 소식을 전했다. 나는 무척 기뻤다. 알렉산드르 네프스키 수도원측은 묘지 어디서나 무덤 장소를 골라도 좋다고 했기 때문에 나는 코마로프에게 치흐빈스코예 묘지에서, 남편이 무척 좋아했던 작가인 카람진[5]이나 주콥스키의 무덤 근처에 자리를 골라 달라고 부탁했다. 운이 좋게도 시인 주콥스키의 비석 옆에 빈 자리가 있었고, 그 자리가 잊지 못할 내 남편의 영원한 안식처가 되었다.

1월 30일의 낮 예배에는 황실 집사인 아바자가 와서 재무부 대신의 서한을 내게 전달했다. "고인이 된 남편이 러시아 문학에 기여한 공로에 감사하는 뜻에서" 황제 폐하께서 해마다 2천 루블의 연금을 나와 아이들에게 하사했다는 내용이었다. 서한을 읽고 나는 아바자에게 좋은 소식을 가져와 주어서 고맙다고 인사를 했다. 그리고 이제부터 아이들과 나의 앞날이 보장되었다는 이 좋은 소식을 남편에게 전하기 위해 곧장 그의 서재로 들어갔다. 나는 방안으로 들어가자마자, 누워 있는 그의 시신을 보고 그가 이제 더 이상 이 세상 사람이 아니라는 사실이 떠올라 슬피 울었다(말이 나온 김에 한마디 하자면, 나의 이러한 이해할 수 없는 건망증은 남편이 죽은 후 적어도 두 달 가량 지속되었다. 어떤 때는 외출했다가 그가 점심 식사를 기다리지 않도록 하려고 집으로 서둘러 돌아가기도 했고, 그를 위해 당과를 사기도 했다. 무슨 소식을 들으면 지금 바로 남편에게 알려야겠다고 속으로 생각하기도 했다. 물론 1분도 지나지 않아 남편은 이미 죽었다는 사실이 떠올랐고, 그러면 말할 수 없이 괴로워지곤 했다).

남편의 시신이 우리 집에 있었던 이틀 반의 시간을 떠올리면 어떤 두려움 같은 것이 밀려온다는 것을 말하지 않을 수 없다. 제일 괴로웠던 것은 우리 집이 단 한 시간도 외부인들에게서 자유로울 수 없다는 점이었다. 일군의 사람들이 빽빽하게 정문으로 몰려들면, 또 한 대열이 뒷문에서 밀려와 우리 집의 방이란 방은 다 거쳐서 서재에 머물었다. 그러면 어쩔 땐 공기가 탁해지고 산소가 부족하여 관이 놓인 단상을 둘러싼 램프와 큰 촛대의 불이 꺼지기도 했다. 낯선 사람들은 낮뿐만 아니라 밤에도 우리 집에 있었다. 표도르 미하일로비치의 관 옆에서 밤을 새우려고 하는 사람들도 있었고, 몇 시간이고 그의 옆에서 「시편」을 읽고 또 읽으려는 사람들도 있었다. 관을 내어가기 전날 밤에는 남편을 깊이 흠모했던 니콜라이 페도로비치 게이젠 백작이 관 옆에서 「시편」을 낭송했다.

물론 이 모든 것은 표도르 미하일로비치를 흠모하는 사람들의 진심 어린 애도이자 고인에 대한 깊은 존경을 증명하는 것이었으므로, 나는 이토록 남편에게 호의적인 사람들에게 진정 감사하는 마음만을 느끼고 표현할 수 있을 뿐이었다. 하지만 이들에게 진심으로 고마워하는 마음 한편으로, 왠지 이들이 내게서 남편을 앗아 갔다는 느낌, 그의 주변에 있는 사람들이 아무리 그를 사랑한다지만 그와 가장 가까운 존재인 내가 그와 단둘이 있을 수도 없고, 그가 숨을 거두던 날 밤에 그랬던 것처럼 소중한 그의 얼굴과 손에 다시 한 번 입맞출 수도, 그의 가슴에 머리를 묻을 수도 없다는 사실에, 어떤 '분노' 같은 것이 치미는 것을 느끼기도 했다.

외부인들 때문에 마음대로 내 감정을 분출할 수도 없었다. 내일이면 어떤 한가한 탐방 기자가 나의 비통함을 어쭙잖은 글로 써낼 것이 두려웠기 때문이다. 내가 나의 절망에 마음껏 빠질 수 있었던 유일한 피난처는 어머니가 묵고 계셨던 작은 방 한곳뿐이었다. 나는 도저히 참을 수가 없어지면 어머니가 묵는 방으로 들어가 문을 잠그고 침대에 몸을 던졌다. 그리고 모든 사태를 조금이라도 분명하게 이해하려고 애를 썼다. 그러나 다들 나를 가만두지 않았다. 곧 문을 두드리는 소리와 함께 무슨무슨 기관의 대표단이 와서 내게 조의를 표하고자 한다는 말이 들렸고, 나는 밖으로 나와야 했다. 그러면 근사한 말을 미리 준비해 온 대표단의 단장은 고인이 러시아 문학에서 어떤 의미를 지니는지, "그의 죽음으로 러시아가 얼마나 엄청난 상실을 감수해야 하는지!"에 관해 말하기 시작하는 것이었다. 나는 아무 말 없이 그의 말을 경청하고, 뜨거운 감사의 인사를 하고 악수를 나눈 뒤 다시 어머니 방으로 갔다. 그리고 또 얼마간 시간이 지나면 새로운 대표단이 와서 어김없이 나를 보고 개인적으로 조의를 표하고자 했고, 나는 다시 나가서 남편의 의의에 관한 말, "러시아가 누구를 잃었는가"에 관한 말을 들었다. 사흘 동안 수많은 애도의 말을 듣고 난 뒤, 나는 마침내 절망적인 심정이 되어 속으로 말했다.

"주여, 저들은 어찌 이리도 나를 괴롭힙니까! '러시아가 누구를 잃었는가'가 내게 무슨 소용인가요? 이 순간에 제게 '러시아'가 무어란 말인가요? 생각해 보세요. 제가 누구를 잃었나요? 세상에서 가장 좋은 사람, 내 생의 행복과 기쁨과 자랑이 되었던 사람, 나의 태양이요 나의 신인 그런 사람을 제가 잃었단 말이에요! 저를 가여워해 주세요. 지금 이 순간에 내게 러시아의 상실이니 뭐니 하는 그런 말을 하지 말고 나를 위로해 달란 말이에요!"

수없이 많은 대표단들 중 어느 한 사람이 '러시아'가 아닌 내게 애석함을 표하고자 했을 때, 나는 마음 깊이 감동하여 그 모르는 이의 손을 움켜잡고 그 손에 입을 맞추었다.

확신컨대, 그때의 내 생각은 어지럽고 비정상적이었다. 내가 정말 건강에 안 좋은 생활을 했던 것도 거기에 한몫을 했다. 나는 5일 동안(1월 26일부터 31일까지) 숨막히는 방에서 나가지 못했고, 차와 빵만으로 끼니를 때웠던 것이다. 마음 좋은 지인들은 아이들을 데리고 나가 산책도 시켜 주고 자기 집에 데려가서 점심도 먹이곤 했다. 우리 집 뒷문으로 사람들이 몰려드는 상황에서는 식모가 음식을 준비하는 것이 불가능했기 때문이었다. 그래서 모두들 차갑고 마른 것들만을 먹고 있는 실정이었다.

마지막 날(1월 30일)에 나는 히스테리 증세를 보였다. 히스테리가 계속되던 와중에 내가 죽을 수도 있었던 사건이 일어났다. 추모 예배를 끝내고 나서 나는 목에 신경성 경련이 일어나는 것을 느꼈다. 나는 가까이 있던 사람들 중 누군가에게 발레리안 신경 안정액을 갖다 달라고 부탁했다. 거실에서 내 주변에 서 있던 사람들이 황급히 하녀를 불러 "어서 발레리안을 가져와. 발레리안 말이야. 발레리안이 어디 있지?" 하고 말하기 시작했다. '발레리안'이라는 사람 이름이 있는 까닭에 엉망진창이 된 내 머릿속에 우스운 생각 하나가 떠올랐다. '울고 있는 미망인을 위로하려는 모든 사람들이 '발레리안'이라는 사람을 부르며 도움을 청하고 있다.' 이런 어줍은 생각을 하자 미친 듯이 웃음이 터져 나왔다. 나는 옆 사람들이 했던 것처럼 "발레리안, 발레리안!" 하고 고함을 지르기 시작했다. 심한 히스테리에 빠졌던 것이다.

공교롭게도 하녀는 발레리안 신경 안정액을 찾지 못했다. 그래서 사람들은 그녀를 곧바로 약국으로 보내 그 약을 사오게 했다. 그리고 내가 기절할 경우 정신을 차리게 하기 위해 암모니아수도 함께 사오라고 했다. 10분 뒤에 두 가지 약이 도착했다. 나는 계속해서 웃으면서 내 주위에 있던 부인들의 손을 때리고 있었다. 그 가운데 사람 좋은 소피야 빅토로브나 아베르키예바가 어떤 물약을 서른 방울 정도 한 잔에 따라서 내가 저항했음에도 불구하고 마시게 했다. 그러자 갑자기 혀가 무섭게 타는 느낌이 들었다. 나는 손수건을 움켜잡고 거기에다 마셨던 것을 다 토해 냈다. 나중에 밝혀진 바로는 소피야 빅토로브나가 다급한 나머지 약병들을 혼동하여 내게 발레리안이 아닌 암모니아수를 주었던 것이다. 밤사이에 입안의 살갗과 혀가 다 벗겨졌고 그런 상태는 거의 일주일 동안 계속되었다. 나중에 들은 바로는 만일 그때 내가 그 약을 삼켰더라면 식도와 위도 화상을 입었을 것이고, 그랬다면 죽음에 이르지는 않더라도 상황이 심각했을 것이라고 한다.

잊고 말하지 않은 사실이 하나 있다. 남편이 죽은 다음 날 우리 집에 찾아왔던 많은 사람들 중에는 유명한 화가인 크람스코이가 있었다. 그는 고인의 초상화를 실물 크기로 그리고자 했고, 대단한 솜씨로 그 그림을 그려냈다. 그 초상화 속의 표도르 미하일로비치는 죽은 것이 아니라 그저 잠들어 있는 것처럼 보인다. 밝은 얼굴은 마치 아무도 모르는 내세의 비밀을 이제는 알게 되었다는 듯 미소마저 띠고 있다.

크람스코이 외에도 몇몇 화가들과 사진작가들이 와서 화집을 발간한다며 고인의 초상을 그리거나 사진을 찍었다. 지금은 유명해졌지만 당시에는 무명이었던 조각가 레오폴드 베른스탐이 우리를 방문하여 남편의 얼굴본을 떠가기도 했다. 덕분에 나중에 그는 남편과 놀라울 정도로 흡사한 흉상을 제작할 수 있었다.

1월 31일 토요일, 우리 집에서 알렉산드르 네프스키 수도원으로 표도르 미하일로비치의 시신을 내가는 예식이 거행되었다. 이날의 장례 행렬에 대해서는 무수히 많은 사람들이 말한 바 있기 때문에 나는 언급하지 않으련다. 사실 나는 장례 행렬 전체는 보지 못했고 삽화에서도 본 적이 없다. 관 바로 뒤에서 따라갔기 때문에 가까이 있던 것들밖에 보지 못했던 것이다. 구경꾼들의 말에 의하면, 행렬은 진풍경을 연출했다고 한다. 꽃을 든 사람들의 긴 대열, 장례 성가를 부르는 젊은이들의 합창 소리, 그리고 인파의 머리 위로 높이 들어올려진 관과 장엄한 행렬의 뒤를 따르는 수만 명에 이르는 엄청난 규모의 사람들——이 모든 것은 크나큰 감흥을 불러일으켰다. 표도르 미하일로비치의 유골에 경의를 표하는 이 비장한 행렬이 갖는 가치는, 어느 누구도 그것을 준비하지 않았다는 데 있었다.

후에 이렇게 공을 많이 들인 장례식은 하나의 풍습이 되었지만, 사실 우리는 장례를 준비하는 데 별 어려움이 없었다. 당시에는 (비교적 검소했던 시인 네크라소프의 장례식을 제외하고는) 성대한 장례 행렬이라는 것이 아직 없을 때였고, 게다가 그런 준비를 하기에는 이틀 정도의 시간은 너무 짧았다.

관을 내가기 전날 밤, 동생은 나를 기쁘게 해줄 요량으로 여덟 개 기관에서 남편의 관에 놓을 화환을 가져올 것이라고 말했다. 그런데 다음 날 아침이 되자 화환이 70개에 이르렀다. 어쩌면 더 많았는지도 모르겠다. 나중에 밝혀진 바로는, 모든 기관과 단체들이 각자 자기 명의로 화환을 주문하고 대표단을 선발했다고 한다. 한마디로 그야말로 다양한 경향을 지닌 모든 분파들이 도스토옙스키의 사망에 대한 애도라는 공통의 감정으로, 그리고 가능한 한 성대하게 그에게 경의를 표하고자 하는 진실한 바람으로 함께 모인 것이었다.

장례 행렬이 집을 나선 것은 11시경이었는데, 두 시간 뒤까지도 행렬은 알렉산드르 네프스키 수도원에 이르지 못했다. 나는 우리 아이들과 나란히 걸어갔다. 비통한 마음이 떠나질 않았다. 아버지 없이, 그토록 뜨겁게 아이들을 사랑했던 표도르 미하일로비치 없이, 내가 어떻게 아이들을 키울 것인가? 남편에 대한 기억을 앞에 놓고 나는 이제 얼마나 무서운 책임을 지게 된 것인가, 과연 내가 제대로 나의 의무를 다할 수 있을까? 표도르 미하일로비치의 관을 뒤따르면서 나는 우리 아이들을 위해 살겠다고 맹세했다. 그리고 나의 힘이 닿는 한, 잊을 수 없는 내 남편의 기억을 되살려 받들고 그의 숭고한 이상을 유포하는 일에 남은 내 인생을 바치겠다고 맹세했다. 생이 얼마 남지 않은 지금, 나는 양심에 조금의 거리낌도 없이 말할 수 있다. 남편의 유골을 옮기던 그 힘들었던 시간에 내가 했던 모든 약속을 내 힘과 능력이 닿는 한 다 지켰음을.

같은 날 저녁, 표도르 미하일로비치의 관이 안치된 알렉산드르 네프스키 수도원 내 두홉스카야 교회에서 성대한 저녁 기도식이 거행되었다. 나는 아이들을 데리고 저녁 기도식에 참가했다. 교회는 기도를 드리는 사람들로 가득 차 있었다. 특히 젊은이들, 여러 고등교육기관의 학생들과 신학 대학생들이 많았다. 그들 대부분은 밤새도록 교회에 남아서 도스토옙스키의 관 앞에서 교대로 시편을 낭송했다.

나중에 나는 한 가지 흥미로운 사실을 들었다. 그러니까 수위가 교회를 청소하러 갔을 때 교회 안에는 단 하나의 담배꽁초도 없었다는 것이다. 수도사들은 이 사실에 너무나 놀랐다. 보통 장시간 예배가 계속되면 거의 언제나 누군가 교회 안에서 살짝 담배를 피우고는 꽁초를 버리고 가기 때문이었다. 그런데 그 기도식에 참석했던 사람들은 고인을 존경하는 마음으로 어느 누구도 담배를 피우지 않았던 것이다.

1881년 2월 1일에는 알렉산드르 네프스키 수도원 내 성령 교회에서 표도르 미하일로비치의 장례식이 열렸다. 교회는 위용을 과시하고 있었다. 교회 한가운데에 있는 단상에 높이 올려진 고인의 관에는 수많은 화환들이 덮혀 있었다. 나머지 화환들은 금빛, 은빛의 명의가 찍힌 넓은 리본을 단 채 긴 받침대에 세워져서 교회의 벽을 따라 쭉 놓여졌다. 이 때문에 교회는 특별히 더 아름다워 보였다.

장례식 날 동생이 우리 아들과 어머니를 모시고 네프스키 수도원으로 갔다. 나와 딸은 남편의 열렬한 숭배자였던 율리야 자세츠카야가 자기 마차로 그곳에 데려다주기로 했다. 우리는 10시에 길을 나섰다. 수도원에 몇 백 사젠[6] 못 미친 곳에서 자세츠카야의 마차는 어떤 대위가 탄 마차와 나란히 서서 달리게 되었다. 그 대위가 고개를 숙여 인사를 하자 자세츠카야는 그에게 손을 흔들어 주었다. 광장에는 수천 명에 이르는 엄청난 인파가 몰려와 있었다. 마차를 타고 정문까지 가는 것은 불가능했다. 광장 한가운데서 나와 딸은 마차에서 내려 정문을 향해 걸어갔다. 자세츠카야는 대위가 자신을 성당까지 데리고 갈 거라면서 그를 기다리려고 마차에 남았다. 우리는 간신히 인파를 헤치고 나아갈 수 있었지만 사람들이 곧 우리를 제지하며 입장권을 요구했다. 슬픔에 잠기고 정신이 없었던 와중이라 당연히 나는 입장권을 챙겨야 한다는 생각을 전혀 하지 못했고, 입장권이 없어도 우리를 들여보내 줄 거라 생각했다. 나는 내가 "고인의 미망인이고 이 아이는 그의 딸"이라고 말했다.

"여기엔 도스토옙스키 미망인이 많더군요. 혼자서 오기도 하고, 아이들과 오기도 했죠." 이것이 내가 들은 대꾸였다.

"하지만 제가 상복 입은 게 보이지 않으시나요?"

"그 사람들도 다 베일까지 썼답니다. 명함을 보여 주시죠."

물론 명함도 갖고 오지 않은 터였다. 나는 계속 들여보내 달라고 우기다가 장례식 관리자들 중 누구라도 불러 달라고 부탁했다. 그리고 로비치, 리카체프, 아베르키예프 등의 이름을 대 봤지만 "우리가 그 사람들을 어디서 찾습니까? 이 수천의 인파 속에서 어떻게 금방 그들을 찾겠소?"라는 대답을 들어야 했다.

나는 절망적인 심정이 되었다. 남편의 장례식에 내가 없다면 나를 잘 모르는 사람들이 어떤 생각을 하겠느냐는 문제는 제쳐두고라도, 내가 그의 관 앞에서 기도를 올리고 통곡하며 남편과 마지막 작별 인사를 못하게 되는 것이 너무나 괴로웠다. 자세츠카야는 벌써 들어갔을 것이므로 나를 구해 줄 수 없다고 생각했기 때문에 나는 어찌할 바를 몰랐다.

다행히도 남편과 마지막 작별을 못 나누는 그런 일은 일어나지 않았다. 자세츠카야의 동행이 명령하듯 나의 신분을 증명했고 우리는 안으로 들어갈 수 있게 되었다. 나는 딸아이와 함께 교회로 뛰어갔다. 다행히 예배는 막 시작되는 참이었다.

대수도원의 원장들과 수도사들이 배석한 가운데 네스토르

수석 대주교님과 비보르그스키 교구 주교가 망자의 명복을 비는 예배를 집전했다. 장례식은 신학 대학교 총장인 야니셰프와 남편을 개인적으로 알고 지냈던 부수도원장 시메온이 거행했다. 알렉산드르 네프스키 수도원의 합창단과 이사아키예프 대성당의 합창단이 감동적인 성가를 불렀으며, 야니셰프 사제장은 탁월한 연설을 통해 작가이자 그리스도 교인으로서 표도르 미하일로비치가 지니고 있던 모든 장점을 선명하게 보여주었다.

장례식이 끝난 후 남편을 흠모하는 사람들이 그의 관을 들어 교회 밖으로 운구했다. 그들 가운데서도 슬픔에 북받친 모습이 역력한 젊은 철학자 솔로비요프는 단연 눈에 띄었다.

치흐빈스코예 묘지는 사람들로 발 디딜 틈이 없었다. 사람들은 비석 위에 기어올라 가 있기도 했고 나무 위에 앉아 있기도 했다. 철책에 매달려 있는 사람도 있었다. 행렬은 양쪽에 늘어선 여러 대표단의 화환들 사이를 통과하여 천천히 움직여 갔다. 열린 분묘 위에 관을 내린 후 연설이 시작되었다. 첫 연설은 페트라셉스키 단원이었던 팔림이 했고, 뒤를 이어 밀레르, 베스투제프-류민 교수, 솔로비요프, 가이제부로프, 그리고 그밖의 많은 사람들이 연설을 했다. 열린 분묘 위에서 고인을 기리는 수많은 시들이 낭송되었다. 사람들은 가지고 온 화환으로 관을 덮었고, 화환들은 분묘의 거의 맨위까지 쌓였다. 나머지 화환들은 그 자리에 있던 사람들이 나뭇가지와 꽃들을 서로 나누어 기념으로 가져갔다. 4시가 되어서야 겨우 봉분(封墳)을 마쳤다. 나는 울다 지치고 배고픔에 기력을 잃은 아이들을 데리고 집으로 돌아갔다. 그러나 몰려든 인파는 그후로도 오랫동안 흩어질 줄을 몰랐다.

12장
|
그가 세상을 떠난 뒤

1. 톨스토이와의 대화

나는 생애 단 한 번 레프 톨스토이 백작을 만나 담소를 나누는 행운을 누렸다. 그때 우리가 나누었던 이야기는 오로지 표도르 미하일로비치에 관한 것이었기 때문에 나의 회고록에 그를 등장시켜도 무방하리라고 생각한다.

내가 소피야 안드레예브나 톨스타야 백작 부인과 인사를 나눈 것은 1885년의 일이다. 그때까지 나와 서로 알지 못했던 그녀는 페테르부르크로 오는 길에 출판 문제로 조언을 구하기 위해 나를 찾아왔다. 백작 부인은 자기 남편의 저작들을 모스크바의 서적 판매상인 살라예프가 지금까지 출판해 왔는데, 비교적 적은 액수를 인세로 받아 왔다고(내 기억이 틀리지 않는다면 2만 5천 루블) 내게 설명했다. 아는 사람들을 통해 내가 남편의 저작을 성공적으로 출판하고 있다는 사실을 전해 듣고 레프 니콜라예비치 톨스토이 백작의 작품들을 자신이 직접 출판해 보려고 결심한 그녀는, 책을 펴내는 데 특별한 어려움이나 번거로운 일들이 많은지를 내게 알아보려고 온 것이었다. 백작 부인은 내게 정말 좋은 인상을 주었다. 그래서 나는 기꺼이 내 출판의 모든 '비밀'을 그녀에게 알려 주고 독자 명부와 내가 낸 책의 광고 샘플들도 주었다. 또 내가 실수했던 몇몇 사례들을 말해 주며 주의를 주기도 했다. 세부적인 일들이 너무 많았으므로 나는 언니 쿠진스카야의 집에 묵고 있던 백작 부인을 방문해야 했고, 그녀도 석연치 않은 점들을 명확히 하기 위해 두세 차례 더 나를 찾아왔다.

정말 기쁘게도, '출판인으로서의' 내 조언이 유용해 그녀의 출판은 눈부신 성공을 거두고 많은 이익을 남겼다. 그때부터 20여 년 동안 백작 부인은 자신이 직접 톨스토이 백작의 저작들을 출판하여 큰 성공을 거두었다.

백작 부인과 자주 만나 대화를 나누다 보니 우리는 서로를 잘 알게 되어 친해졌다. 소피야 안드레예브나 백작 부인은 천재적인 자기 남편의 진정한 수호천사였다. 페테르부르크에 올 때면 백작 부인은 늘 나를 찾았고, 나 또한 모스크바에 가게 되면 어김없이 그녀에게 들렀다. 후에 황제 알렉산드르 3세의 시신을 아르한겔 대성당으로 운구해 갈 때 나는 그녀와 그녀의 가족이 '도스토옙스키 박물관'의 창문을 통해 그 장면을 볼 수 있게끔 해주기도 했다.

나는 봄이나(나의 '박물관'을 방문하기 위해) 가을에는(크림에서 돌아오는 길에) 대부분 모스크바에서 지내면서 백작 부인을 방문하곤 했지만, 한 번도 레프 니콜라예비치 톨스토이 백작과는 마주친 적이 없었다. 그는 이른 봄이면 야스나야 폴랴나의 영지로 떠났고 그곳에서 가을을 났다. 그러던 어느 겨울 저녁, 나는 모스크바의 백작 부인 집에 갔다가 톨스토이 백작이 집에 있다는 것을 알게 되었다. 그는 병이 나서 아무도 만나지 않고 있었다. 나와 이야기를 나눈 후 백작 부인은 남편에게로 가고 나는 남아서 그녀의 가족들과 대화를 하고 있었다. 10분쯤 뒤에 백작 부인이 돌아와서는 내가 와 있다는 사실을 남편에게 알렸더니 나를 꼭 만나 보고 싶어 한다면서 그의 방으로 청했다고 했다. 그녀는 내게 그날 백작의 간 질환이 격발하여 몹시 기력이 쇠한 상태이니 오랫동안 이야기를 나누지는 말아 달라고 부탁했다. 나는 백작 부인을 따라 완전히 모스크바식으로 지어진 회랑을 통해 이쪽 집채에서 저쪽 집채로 건너갔다. 가는 동안 내 마음은 그리 편치 않았다. 내가 언제나 감탄해 마지않으며 읽었던 시적인 작품들을 쓴 그 천재적인 작가를 보게 되기를 그렇게도 바랐건만, 그의 앞에 선다는 것에 대한 어떤 두려움이 나를 휘감았다. 내가 전혀 원치 않는 일이지만 내가 그에게 불쾌한 인상을 심어 줄 수도 있다는 생각이 들었다.

우리는 넓지만 나지막한 방안으로 들어갔다. 레프 니콜라예비치 톨스토이 백작이 소파에 앉아 있었다. 그는 초상화에서 본 그 유명한 푸른색 상의를 입고 있었다. 그가 나를 맞으며 기쁨에 찬 소리를 지르는 바람에 나의 두려움은 순식간에 사라졌다.

"이렇게 놀라울 수가 있소. 우리나라 작가들의 아내는 어쩜 이렇게 남편들을 닮았단 말이오!"

"정말 제가 표도르 미하일로비치와 닮았나요?" 내가 반갑게 물었다.

"너무 많이 닮았소! 내가 도스토옙스키의 아내로 상상했던 모습이 바로 당신 같은 사람이라오."

물론, 남편과 나는 조금도 닮지 않았다. 하지만 톨스토이 백작이 다른 무슨 말을 했더라도 내가 남편과 닮았다는 생뚱맞은 거짓말을 한 것보다 더 기쁘지는 않았을 것이다. 백작이 금방 가까운 친척 같은 느낌이 들었다. 레프 니콜라예비치는 나를 자기 옆의 안락의자에 앉게 했다. 그는 베개 같은 것으로 감싼 가슴을 가리키며 건강이 여의치 못하다고 천천히 말했다. 잠시 침묵이 흘렀다.

"친애하는 레프 니콜라예비치, 저는 오래 전부터 당신을 만날 날을 꿈꾸어 왔답니다." 내가 말했다. "제 남편의 죽음에 관해 당신이 스트라호프에게 보낸 훌륭한 서신에 대해 진심으로 감사의 말을 전하고 싶어서요. 스트라호프가 제게 그 서신을 주어서 제가 보물처럼 간직하고 있답니다."

"나는 느낀 바를 그대로 썼을 뿐입니다." 레프 니콜라예비치 백작이 말했다. "남편분과 한 번도 만나지 못한 것을 언제나 유감스럽게 생각하고 있지요."

"그이도 그 점을 얼마나 아쉬워했는지 모른답니다! 사실, 만날 기회가 있었거든요. 블라디미르 솔로비요프가 솔랴노이 고로독에서 강연을 했을 때 그곳에 오셨잖아요. 표도르 미하일로비치는 스트라호프를 책망하기까지 했답니다. 당신이 그 강의에 왔다고 왜 말해 주지 않았냐고요. 남편은 그때 이렇게 말했죠. '이야기를 나눌 수 없다면, 그의 얼굴이라도 보았을 텐데'라고 말이에요."

"정말인가요? 남편분도 그 강의에 있었습니까? 그런데 왜 니콜라이 니콜라예비치는 내게 말해 주지 않은 거죠? 이렇게 안타까울 수가! 도스토옙스키는 제게 귀한 사람이었습니다. 어쩌면, 제가 여러 가지 문제에 관해 물어보고 내게 많은 것을 답해 줄 수 있는 유일한 사람이었는지도 모르죠."

백작 부인이 들어왔다. 그녀가 주의를 준 일이 생각나서 나는 자리를 뜨려고 일어났다. 그러나 백작이 나를 제지하며 말했다.

"아닙니다. 조금만 더 앉아 계세요. 남편분이 어떤 사람이었는지, 당신 마음속에 그리고 기억 속에 어떤 사람으로 남아 있는지 제게 말씀해 주십시오."

표도르 미하일로비치를 거론하면서 그의 마음에서 우러나온 그 어조에 나는 깊은 감동을 느꼈다.

"제 소중한 남편은," 내가 감격에 겨워 말했다. "이상적인 인간 그 자체였답니다! 인간의 아름다움을 돋보이게 하는 지고의 도덕과 종교적인 품성에서 그이는 가장 높은 경지에 달한 사람입니다. 그이는 선량하고 마음이 넓고 가슴이 따뜻한 사람이었죠. 정의롭고 사심이 없으면서도 섬세하고 자비로운 사람이었어요. 세상 누구도 그이 같은 사람은 없답니다! 그 사람의 강직하고도 고결한 심성 때문에 그토록 많은 적이 생겼죠! 남편을 떠난 사람 중에 이러저러한 형태로 남편의 조언과 위로, 도움을 받지 않은 사람이 한 사람이라도 있었나요? 물론 그가 발작을 일으킨 후 몸이 안 좋은 상태거나, 아니면 고통스러운 작업을 하고 있을 때 그를 만나게 되면 그는 엄격한 모습이었겠죠. 하지만 그의 도움을 필요로 하는 사람을 만나면 그런 엄격함은 순식간에 선량함으로 바뀌곤 했답니다. 자신의 성마른 성격이나 엄격한 성격을 누그러뜨리려고 그가 얼마나 부드러운 말을 많이 했는지 모릅니다. 자기 식구들과 일상적인 생활을 할 때보다 사람의 성격이 더 극명하게 드러나는 때는 없지요. 그 사람과 14년을 함께 살면서 그의 행동을 보고, 이따금 현실감각이라곤 전혀 없는 그 행동들이 우리에게 해가 된다는 것을 잘 알고 있으면서도 저는 오로지 놀라고 감탄할 수밖에 없었답니다. 일정한 경우에 남편은 고결함과 정의를 최고로 생각하는 사람이 해야 할 바로 그런 행동을 했다는 것을 인정해야만 한답니다!"

"저 역시 언제나 그에 관해 그렇게 생각했답니다." 레프 니콜라예비치 백작이 생각에 잠기며 감동적으로 말했다. "도스토옙스키는 언제나 내게 진정한 그리스도의 감정으로 충만한 사람으로 생각되었으니까요."

백작 부인이 다시 들어왔다. 나는 자리에서 일어나서 내가 좋아하는 작가가 내민 손을 굳게 잡았다. 그리고 드물게 맛보는 황홀한 감정을 느끼며 방을 나섰다. 그랬다, 이 사람은 사람의 마음을 사로잡을 줄 아는 능력의 소유자였던 것이다!

텅 빈 모스크바의 거리를 걸어 집으로 돌아오는 길에 나는 조금 전에 느낀 깊은 감동을 확인하면서 다시는 레프 니콜라예비치 백작을 만나지 않겠다고 다짐했다(그리고 그것을 지켰다). 선량한 백작 부인이 야스나야 폴랴나로 오라고 여러 번 청했음에도 불구하고 나는 가지 않았다. 혹 다음 번에 백작을 만났을 때 그가 아프거나, 흥분해 있거나, 아니면 연약한 모습이어서 그에게서 다른 사람의 모습을 보게 될까봐, 그러면 내가 느꼈던 그 황홀함이 영원히 사라지게 될까 봐 두려웠다! 우리가 사는 동안 한두 번 있을까 말까 한 마음의 행복을 빼앗길 이유가 무엇이겠는가?

2. 스트라호프에게 답함

이제 글을 마칠 때가 다 된 시점에서 남편에 대한 추악한 중상
모략으로부터 남편을 지키기 위해 나서야 할 때가 되었다. 그
런 모략을 한 사람은 바로 남편과 나, 그리고 우리 가족 모두가
십여 년간 진실한 친구로 여겼던 이였다. 1913년의 『현대 세
계』 10월호에 실린 레프 톨스토이 백작에게 보내는 스트라호
프의 편지(1883년 11월 28일자) 이야기다.

　그해 11월, 여름을 나고 페테르부르크로 돌아와서 친지들을
만났을 때 거의 모두가 내게 스트라호프가 톨스토이 백작에게
보낸 편지를 읽어 보았냐고 물어서 나는 조금 놀랐다. 그 편지
가 어디에 실렸냐는 내 물음에 그들은 어떤 신문에서 읽었다
고 할 뿐 어느 신문인지는 기억하지 못하겠다고 대답했다. 나
는 그런 건망증에 별다른 의미를 부여하지 않았고, 그 소식에
특별한 관심을 갖지도 않았다. (내가 생각할 때) 스트라호프가
남편에 대해 좋은 말들 외에 무슨 말을 쓸 수 있었겠냐 싶었기
때문이었다.

　남편은 언제나 그를 뛰어난 작가로 내세웠고 그의 활동을
인정하고 작업을 위한 주제나 구상을 제안해 주었기 때문이
다. 나중에야 나는 '건망증 심한' 나의 친구들과 지인들이 이
위선적인 친구가 편지로 어떤 짓을 했는지 내게 말해서 나를
지옥의 고통에 빠뜨리고 싶지 않았던 것임을 알게 되었다. 내
가 그 악의에 찬 편지를 읽은 것은 1914년 여름이 되어서였다.

모스크바의 '도스토옙스키 기념 박물관'을 보완하기 위해, 용역업체가 입수하여 내게 보내 준 수많은 신문과 잡지의 기사들을 내가 막 분류하기 시작했을 때였다. 여기 그 편지가 있다.

친애하는 레프 니콜라예비치, 쓸 말은 무궁무진하지만 당신께 간략하게 편지를 씁니다. 제대로 글을 전개시키기엔 건강도 좋지 않고, 또 그러자면 시간도 많이 걸릴 것입니다. 아마도 지금쯤은 이미 도스토옙스키의 전기를 받으셨겠지요. 관심과 아량을 베푸시길 부탁드립니다. 그 글이 어땠는지 말씀해 주십시오. 한데, 이번 경우엔 당신께 털어놓고 싶은 게 있습니다. 글을 쓰는 동안 내내 나는 전투를 했습니다. 내 속에서 끓어오르는 혐오감과 싸우면서 그 기분 나쁜 감정을 떨쳐 버리려고 노력했지요. 이 감정에서 벗어날 길을 찾도록 좀 도와주셨으면 합니다.

저는 도스토옙스키를 좋은 사람으로도, 행복한 사람으로도 생각할 수가 없습니다(본질적으로 이는 일치하는 것이니까요). 그는 악한이고 질투심 강하고 방탕한 사람이었습니다. 그럼에도 그는 그런 그를 가련하게 여기고, 만약 그가 그토록 악의적이고 똑똑하지 않았다면 오히려 그런 그를 조롱거리로 여겼을 격동과 혼란의 시기 속에서 평생을 살았죠. 그 자신은 자기가 루소처럼 참으로 훌륭하고 행복한 사람이라고 여기면서요. 그의 전기를 쓰다 보니 이 모든 성격이 생생하게 기억나더군요. 스위스에서는 제가 보는 앞에서 어찌나 하인을 마구 부리던지 그 하인이 화가 나서 "저도 인간이란 말이에요!"라고 그에게 말했을 정도였죠. 우리 휴머니즘의 전도사에게 그런 말을 한 것을 듣고, 또 자유로운 스위스인의 인간의 권리에 관한 개념이 표출되는 것을 보고 당시 놀랐던 기억이 납니다.

그런 장면이 그에게는 끊임이 없었죠. 자신의 사악한 심성을 억누를 수가 없었으니까요. 그가 남자답지 않게 빙빙 말을 돌리면서 느닷없이 던지는 돌출적인 말과 행동을 여러 차례 보고도 저는 아무 말도 하지 않았습니다. 하지만 두어 번은 그에게 몹시 심한 말을 하기도 했죠. 그런 심한 말에 대한 그의 반응은 보통 사람들과는 너무나 달랐어요. 무엇보다 가장 나쁜 점은 그가 그런 걸 즐겼다는 사실입니다. 그는 한 번도 자신이 저지른 온갖 비열한 행위를 끝까지 뉘우친 적이 없었습니다. 그는 그런 행위에 유혹을 느꼈고 자랑하며 떠벌렸죠. 여자 가정교사가 데리고 온 어린 계집애와 목욕탕에서…… 그걸 그가 얼마나 자랑을 했는지, 비스코바토프가 제게 말해 주더군요. 그런 동물적인 색욕에 취한 그에겐 여성의 아름다움과 매력에 대한 아무런 취향도, 감정도 없었다는 거죠. 아시겠습니까? 이건 그의 소설에도 잘 드러나 있습니다.

그와 가장 닮은 인물은 『지하로부터의 수기』의 주인공[1], 그리고 『죄와 벌』에 나오는 스비드리가일로프[2], 『악령』의 스타브로긴[3]이죠. 스타브로긴이 나오는 한 장면(소녀를 겁탈하는 장면)을 카트코프가 싣지 않으려고 하자 도스토옙스키는 그 자리에서 여러 사람들에게 그 장면을 읽어 줬지요.

그는 천성이 그러함에도 달콤한 감상주의와 숭고하고 인본주의적인 공상에 대해선 무척 호의적이었어요. 그러한 공상이 그의 지향점이고 그의 문학적 음악이자 길이죠. 하지만 본질적으로 그의 모든 소설은 자기 정당화이고, 또한 인간의 내면에는 갖가지 추잡함과 고상함이 공존할 수 있다는 것에 대한 증명입니다. 이런 생각들을 떨쳐 버릴 수가 없다는 것이, 해서 제 능력으로는 화해의 지점을 찾을 수가 없다는 것이 너무나 괴롭습니다! 과연 제가 신경질을 내고 있는 걸까요? 질투하는 걸까요? 그에게 악담을 퍼붓고 싶어 하는 걸까요? 전혀 그렇지 않습니다. 기쁘고 밝은 내용이 될 수도 있었을 기억이 나를 짓누르기만 한다는 사실에 저는 오로지 울고만 싶은 심정입니다!

우리를 너무 잘 아는 사람들은 자연히 우리를 좋아하지 않는다던 당신의 말이 생각나는군요. 하지만 그렇지 않은 경우도 있습니다. 가까이 지내면서 어떤 사람의 성격을 알게 되면 그 성격 탓으로 빚어진 모든 일을 나중에는 용서해 줄 수도 있습니다. 진실로 선량해지려 노력한다면, 가슴 속에 진정한 따스함의 불씨라도 있다면, 아니 한순간이라도 진실로 참회한다면 모든 것을 덮어줄 수도 있습니다. 내가 이와 비슷한 그 무엇이라도 도스토옙스키에게 있었던 기억이 난다면 나는 그를 용서하고 그를 위해 기뻐했을 것입니다. 하지만 자신을 근사한 사람으로 격상시키는 것과 머릿속에만 존재하는 문학적 인본주의, 그뿐입니다. 주여,

이 얼마나 역겹습니까!

그는 자신이 행복하다고 상상하고 자신을 주인공으로 생각했던, 그리고 자기 자신만을 자애롭게 사랑했던 정말 불행한 악인이었습니다. 나 자신도 다른 사람에게 혐오감을 불러일으킬 수 있다는 것을 알기 때문에 다른 사람들에게서 받는 그런 느낌을 이해하고 그런 것을 용서하는 법을 나는 배웠습니다. 그래서 도스토옙스키에 대해서도 출구를 찾을 수 있으리라 생각했습니다. 하지만 찾을 수가, 찾을 수가 없군요!

제가 쓴 전기에 대해 짤막하게 언급해 보죠. 저는 위에서 언급한 도스토옙스키의 여러 측면을 사실에 입각해 기록하고 언급할 수 있었습니다. 많은 경우들이 제가 묘사해 놓은 것보다 훨씬 더 생생하게 머릿속에 그려집니다. 그러면 이야기가 훨씬 더 실화에 가까웠겠지요. 하지만 그러한 진실은 사장되도록 내버려 두겠습니다. 어디서건 무슨 일에서건 우리가 그렇듯이, 생의 겉면 하나만 보여 주면 그것으로 족하니까요!

…… 전에 찾아뵈었을 때 말씀드린, 제가 무척 좋아하고 갖고 계시다면 흥미로워하실 것 같은 두 권의 책(사본)을 보내드렸습니다. 프레상스[4]는 최고 수준의 학식을 보여주는 매력적인 책입니다. 졸리의 책은 물론 마르쿠스 아우렐리우스의 가장 훌륭한 번역본이지요. 감탄이 절로 나오는 번역 솜씨입니다.

다음이 톨스토이 백작의 답변이다.

프레상스의 책은 나도 읽어 보았소. 하지만 난해함 때문에 바로 그 학식이 빛을 잃고 말더군요. 여기 잘생긴 순종의 말이 있어요. 경주마는 보통 1천 루블을 호가하지요. 그런데 갑자기 어떤 결함이 발견되면 아무리 멋진 말이라도 똥값이 되고 맙니다. 살면 살수록 되도록 결함을 안 보면서 사람들을 평가하게 되오. 투르게네프와 화해했다고 하셨지요. 그리고 그가 점점 좋아진다고 하셨죠. 재미있는 사실은 그는 결함이 없기 때문에 당신이 원하거나 가야 할 필요가 있는 곳으로 당신을 데려다 준다는 거죠. 반면 다른 한 사람은 경주마이기 때문에 당신은 그 잘 달리는 말을 타고는 아무 데도 가지 못한다는 겁니다. 그가 시궁창으로만 빠뜨리지 않으면 그나마 다행이지요. 프레상스와 도스토옙스키는 둘 다 결함을 갖고 있지요. 그래서 한 사람은 학식이 그렇게 출중한데도, 그리고 또 한 사람은 지성과 동정심이 그렇게 넘치는데도 아무 소용이 없게 되었죠. 사실 투르게네프가 도스토옙스키를 극복한 것은 예술성 때문이 아니라 그가 결함을 갖고 있지 않다는 점 때문이지요.

스트라호프가 1883년 12월 12일에 톨스토이에게 답신으로 쓴 편지는 이러했다.

친애하는 레프 니콜라예비치, 만일 그렇다면 투르게네프에 관한 글을 좀 쓰시지요. 당신의 글과 같이 심오한 이면을 내포하는 그런 글에 제가 얼마나 목말라 있는지요! 우리의 글쓰기란 기껏 자기 위안이거나 다른 사람들을 위해 놀아 주는 희극입니다. [도스토옙스키의] 회고록에서 나는 문학적 측면에만 집중했지요. 문학사에 대해 조금 쓰고 싶었지만 제가 무관심한 쪽이라 도저히 쓸 수가 없었습니다. 도스토옙스키에 관해서는 개인적으로 그의 장점만을 부각시키려고 노력했습니다만, 그에게 없던 성격을 제가 만들어 줄 수는 없는 노릇이지요. 문학 활동에 관한 제 이야기에는 아마도 관심이 없으셨겠지요. 하지만 직설적으로 말해도 될까요? 도스토옙스키에 관한 당신의 규정은 많은 점에서 분명히 이해가 가지만, 그럼에도 그것으로는 약합니다. 그 무엇도 도스토옙스키의 예의 그 성격을 뚫고 그의 마음속에 들어갈 수가 없는데, 어떻게 사람이 완전히 딴사람이 될 수가 있겠습니까? 말 그대로 아무것도 아닌 것이죠. 제게 그는 그런 영혼입니다. 오, 불행하고 가여운 우리 창조물들이여! 한 가지 구원이 있다면 자신의 영혼을 버리는 거겠죠.

스트라호프의 편지를 읽고 나는 분한 마음을 가눌 길이 없었다. 10년 넘게 우리 가족을 찾아왔던 사람이, 남편으로부터 그토록 따뜻한 대접을 받았던 사람이 거짓말쟁이였다니! 그런 더러운 중상모략을 남편에게 뒤집어씌우다니! 그런 저질스런 인간에게 남편과 내가 속았던 것을 생각하니, 그를 신뢰했던 것을 생각하니 나 자신에게 화가 났다.

나는 스트라호프가 편지에서 "글을 쓰는 동안 내내 끓어오르는 혐오감과 싸웠다"고 한 것에 놀랐다. 대체 무엇 때문에 혐오감을 느끼면서, 그리고 자신이 쓰기로 한 전기의 대상인 그 사람을 존경하지도 않으면서 그 일을 거절하지 않았단 말인가? 자존심이 조금이라도 있는 사람이었다면 그러진 않았을 것이다. 발행인인 내가 전기 작가를 찾느라 애쓰는 것이 가여워서? 하지만 밀레르가 전기 쓰는 일은 자신이 맡겠다고 했었다. 물론 나중에 남편의 전기를 썼던 다른 문인들(아베르키예프, 슬루체프스키)도 염두에 두고 있었다.

스트라호프는 편지에서 도스토옙스키가 악한이었다고 말하면서 그 증거로 남편이 급사를 마음대로 부려먹었다는 어처구니없는 예를 들었다. 남편은 병 때문에 가끔씩 몹시 성을 내곤 했다. 아마 그가 사다 달라고 한 물건을 늑장을 부리며 갖다 주지 않는(급사를 '부려먹었다'고 표현할 만한 다른 무슨 일이 있겠는가?) 하인에게 고함을 쳤을지도 모른다. 하지만 그것은 그가 사악해서가 아니라 참을성 없는 그의 성격 때문일 뿐이다. 하인이 "저도 인간이란 말이에요!"라고 대답했다는데, 그것은 사실일 수가 없다. 스위스의 평민들은 몹시 거칠어서 화가 났다면 점잖게 항변하는 정도가 아니라 심한 욕설을 퍼부었을 것이다. 그들은 자신들이 처벌받지 않는다는 것을 너무나 잘 알고 있었던 것이다.

어떻게 스트라호프가 표도르 미하일로비치가 "악한"이고

"자신만을 자애롭게 사랑했다"는 글을 쓰겠다고 손을 번쩍 들수 있었는지 이해할 수가 없다. 스트라호프 자신이야말로 도스토옙스키네 두 형제가 『연대기』의 폐간으로 인해 처했던 끔찍한 상황의 증인이다. 바로 그 자신이 쓴 졸렬한 글(「운명적 문제」) 때문에 잡지가 폐간되지 않았던가. 스트라호프가 그런 정체불명의 글을 쓰지만 않았다면 잡지는 계속 간행되어 이익을 남겼을 것이고, 미하일 도스토옙스키가 사망한 뒤 남편의 어깨 위에 잡지 빚이 몽땅 넘어오는 그런 일도 없었을 것이다. 그랬다면 그가 그 잡지로 떠맡은 빚을 갚느라 남은 평생을 그토록 괴롭게 살지 않아도 되었을 것이다. 스트라호프야말로 남편이 살아 있었을 때뿐만이 아니라, 이제 밝혀졌듯이 그가 죽은 뒤에도 그에게는 악의 화신이었다고 진정으로 말할 수 있다. 스트라호프는, 남편이 죽은 형의 가족과 병든 동생 니콜라이 미하일로비치, 그리고 의붓아들 파벨 이사예프를 오랜 세월 동안 도와주는 것을 목격한 사람이다. 자기 자신만을 사랑하는 사악한 심성의 소유자라면 그렇게 고생해 가며 빚을 갚지도 않았을 것이고 친척들의 운명이 어찌되든 걱정도 하지 않았을 것이다. 이렇게 표도르 미하일로비치가 어떻게 살았는지를 시시콜콜히 알면서 그에 대해 "악한"이었다고, "자기 자신만을 자애롭게 사랑했다"고 말하는 것은 스트라호프로서는 지독하게 염치없는 짓이다.

남편과 14년을 함께 살았던 내 입장에서는 그가 한없이 선량한 사람이었다는 것을 입증할 의무가 있다. 그는 자신과 가까운 사람들에게만 선량했던 건 아니었다. 불행을 겪고 실패나 재앙을 겪은 사람들의 이야기를 듣게 되면 그는 그들 모두에게 선의를 베풀었다. 그에게 부탁을 할 필요는 없었다. 그 스스로가 알아서 도움을 주려고 갔기 때문이다. 유력한 친구들(포베도노스체프, 필리포프, 비시네그라드스키[5])이 있었기 때문에 남편은 모르는 이의 불행을 돕기 위해 그들의 영향력을 이용하곤 했다. 얼마나 많은 노인들을 그가 양로원에 모셨던가, 고아원에 있는 아이들을 위해 그가 얼마나 애썼던가, 얼마나 많은 실직자들에게 일자리를 구해 주었던가! 또 낯선 사람들이 들고 온 문서를 얼마나 많이 읽고 수정해 주었던가, 얼마나 많은 사람들이 자신의 비밀스런 일에 대해 그에게 진솔한 고백을 했고, 또 그가 조언을 해주었던가. 그는 이웃에게 도움을 줄 수 있는 일이라면 시간도 노력도 돈도 아끼지 않았다. 돈이 없을 땐 어음에 서명을 해주었고, 때로는 그것 때문에 자신이 대신 돈을 지불하기도 했다. 그의 선량함 때문에 우리 가족이 해를 입는 일도 종종 있었다. 나는 때때로 그가 왜 그리도 한없이 착하기만 한지 화가 나기도 했다. 하지만 선행을 베풀 수 있다는 것이 그에게 얼마나 큰 행복인지를 알고 나서는 나도 기뻐하지 않을 수가 없었다.

스트라호프는 또 도스토옙스키가 "질투심이 강했다"고 썼다. 하지만 대체 그가 누구를 질투했단 말인가? 러시아 문학에 관심을 가진 사람이라면 누구나 표도르 미하일로비치가 푸시킨의 천재성을 평생 동안 우러러보았다는 것을 알고 있다. 그가 모스크바의 푸시킨 동상 제막식에서 했던 기념 연설은 이 위대한 시인을 숭상하는 훌륭한 헌사였다.

더 있다. 표도르 미하일로비치가 『작가 일기』에 쓴 자신의 논문에서 톨스토이 백작에 대해 했던 말을 기억한다면 남편이 그의 천재성을 질투했다고 보기 어렵다. 예를 들어 1877년도 『작가 일기』를 보자. 1월호에서 「유년시대와 소년시대」의 주인공을 논하면서 표도르 미하일로비치는 그 작품이 "어린이의 마음에 대한 매우 진지한 심리학 시론으로서 놀랍게 잘 쓴" 글이라고 했다. 2월호에서는 톨스토이를 "대단히 높은 경지의 예술가"라고 칭했다. 『작가 일기』 7~8월호에서 남편은 "우리가 유럽에 내세울 수 있고, 유럽에 대해 우리 자신을 대표하는 특별한 의미의 사실"로서 『안나 카레니나』를 제시했다. 더 나아가(같은 글에서) 그는 "소설의 여주인공이 치명적인 병에 걸린 장면에서 그는 소설이라는 독창적인 무대에서 시인의 배역을 멋지게 맡은 자"라고 했다. 그 논문의 결론으로 남편은 "『안나 카레니나』의 저자 같은 사람들은 사회의 스승이요, 우리의 스승이다. 우리는 그들의 제자일 뿐이다"라고 말하고 있다.

유명 소설가 곤차로프에 대해서도 표도르 미하일로비치는 그의 "비상한 두뇌"뿐만 아니라 재능을 높이 평가했으며, 진심으로 그를 좋아하여 자신이 가장 좋아하는 작가라고 불렀다.

젊었을 때 남편은 열광적인 투르게네프 지지자였다. 1845년 11월 16일에 형에게 쓴 편지에서 그는 투르게네프에 대해, "형, 어떻게 이런 사람이 다 있지! 난 그에게 반하고 말았어. 시인에다 수재이고, 귀족이고, 미남이고, 부유하고, 똑똑하고, 교양도 있지, 나이는 25세이고. 자연이 그에게 내리지 않은 선물이 무엇인지 모르겠군. 게다가 좋은 학교에서 제대로 교육받아 품성 또한 올곧기 그지없고 훌륭하지"라고 썼다.

후에 표도르 미하일로비치는 신념의 문제로 그와 결별했지만 투르게네프는 1877년 3월 28일(4월 9일)자 자신의 편지에 이렇게 적었다. "우리 두 사람 사이에 오해가 생겨 우리의 개인적인 관계는 끊어졌지만 당신에게 이 편지를 쓰기로 했습니다. 확신컨대, 그러한 오해가 당신의 최고의 재능과 당신이 우리 문학에서 정당하게 차지하고 있는 지위에 대한 내 견해에 아무런 영향도 줄 수 없었음을 당신도 믿어 의심치 않을 것입니다."

1880년 모스크바의 푸시킨 축제 때 푸시킨이 그려 낸 타티아나에 대해 논하면서 표도르 미하일로비치는 "러시아 여성이 갖는 이 같은 긍정적 유형의 아름다움은 투르게네프가 쓴 「귀족의 집」에 나오는 리자의 모습을 제외하고는 우리의 예술 문학에 두 번 다시 나타나지 않았다"고 말했다.

표도르 미하일로비치가 시인 네크라소프를 어떻게 대했는지 새삼 말해야 한단 말인가? 네크라소프는 젊은 시절의 기억으로 남편에게 언제나 소중한 사람이었다. 남편은 그를 위대한 시 「블라스」(남자 이름—옮긴이)를 지은 위대한 시인이라 칭했다. 네크라소프의 죽음에 관한 글에서 표도르 미하일로비치는 "그는 ('새로운 언어'를 가지고 우리에게 온) 시인의 대열에서 푸시킨과 레르몬토프 바로 뒤에 서야 한다"라고 했다. 그 글을 러시아 문학 연구자들은 시인의 죽음에 관해 쓰인 글들 중 으뜸으로 여겼다.

우리의 출중한 작가들이 쓴 작품들과 그들의 천부적 재능에 대한 남편의 태도는 이러한 것이었다. 그러므로 도스토옙스키가 질투심이 강했다는 스트라호프의 말은 부당하기 이를 데 없는 중상모략이다.

그러나 그보다 훨씬 더 부당하여 역겨울 정도인 것은 남편이 "방탕"했으며 "비열한 행위에 유혹을 느꼈고 그런 것을 자랑하며 떠벌렸다"는 스트라호프의 말이다. 그 증거로 스트라호프는 소설 『악령』의 한 장면을 꺼내면서 그 장면을 "카트코프가 싣지 않으려고 하자 도스토옙스키는 그 자리에서 여러 사람들에게 그 장면을 읽어 줬다"라고 했다.

표도르 미하일로비치가, 소설의 주인공이 자기 자신에게 치욕적인 범죄 행위를 하는 장면을 설정한 것은 니콜라이 스타브로긴의 예술적 특성을 살리기 위해서였다. 카트코프는 실제로 이 장면을 게재하고 싶어 하지 않았고 남편에게 그 부분을 변경해 달라고 부탁했다. 표도르 미하일로비치는 몹시 괴로워했고, 카트코프가 받은 인상이 정확한 것인지를 확인하고 싶어서 자신의 친구들인 포베도노스체프, 마이코프, 스트라호프 등에게 그 부분을 읽어 주었던 것이다. 스트라호프가 주장하듯이 자랑하기 위해서가 아니라 심판받는 기분으로 그들의 의견을 구하고자 했던 것이다. 그들 모두가 그 장면 설정이 "아주 현실적"이라고 하자, 남편은 스타브로긴의 성격상 꼭 필요한 이 장면을 새롭게 변형해 꼭 넣어야겠다고 생각했다. 여러 가지 안이 있었고, 그 가운데 목욕탕 장면이 있었다(이것은 누군가가 남편에게 이야기해 준 적이 있는 실제 사건이었다). 이 장면에서는 '여자 가정교사'가 범죄 행위에 참여했다. 남편 이야기를 들은 인물들(스트라호프도 거기 포함되어 있었다)은 그런 정황 설정은 그런 파렴치한 범죄를 통해 '가정교사'를 비난하는 것처럼 비쳐지고, 그렇게 되면 '반여성적 시각' 때문에 독자들로부터 비난을 받을 수도 있다는 의견들을 제시했다. 이전에 그가 대학생인 라스콜리니코프를 살인자로 내세우자 마치 그가 우리의 젊은 세대, 대학생들을 범죄자로 모는 것처럼 되어, 비난을 받은 적이 있는 것처럼 말이다.

바로 이 소설의 한 대안이었던 스타브로긴의 추악한 역할을 스트라호프는 주저하지 않고 악의적으로 표도르 미하일로비치가 실제 그런 것처럼 얘기했던 것이다. 스트라호프는 잊고 있었다. 그런 사치스러운 방탕을 하려면 엄청난 돈이 들기 때문에 매우 부유한 사람들만이 그럴 수 있을 뿐이고, 남편은 평생을 돈에 쪼들리며 살았다는 사실을.

스트라호프가 비스코바토프 교수를 거론한 것은 정말 경악할 만했다. 그 교수는 우리 집에 한 번도 온 적이 없으며, 표도르 미하일로비치 역시 그에 대해 매우 경박하다는 생각을 하고 있었다. 마이코프에게 보낸 편지에 남편이 드레스덴에서 어떤 러시아 사람을 만난 이야기를 하고 있는데, 그것이 그 증거이다.

자기 작품의 주인공들이 벌이는 저열한 행동들을 너무나 사실적으로 묘사했음에도 불구하고 남편은 평생 '타락'이라는 것을 모르고 살았다. 그것은 내가 증명할 수 있다. 위대한 예술가는 천부적인 재능이 있기 때문에 자기 작품의 주인공들이 저지른 범죄 행위를 직접 해봐야 할 필요성을 느끼지 못한다. 그렇지 않고서 그가 두 명의 여성을 살해한 라스콜리니코프를 그토록 예술적으로 묘사했다면, 자신이 직접 누군가를 죽였다고 고백했어야 할 것이다.

표도르 미하일로비치가 나를 어떻게 대했는지, 내가 부도덕한 소설을 읽지 않도록 어떻게 나를 지켜 주었는지, 내가 어렸기 때문에 누군가에게서 전해 들은 음담패설을 그에게 전했을 때 그가 얼마나 화를 냈던지를 떠올리면 나는 한없이 고마운 마음이 든다. 대화를 나눌 때도 남편은 언제나 자신을 매우 절제했으며 냉소적인 표현도 쓰지 않았다. 아마도 그를 기억하는 사람들이라면 누구나 내 말에 동의할 것이다.

스트라호프의 중상하는 편지를 읽고 나서 나는 항의를 하기로 결심했다. 하지만 어떻게 할 것인가? 반박을 하기에는 시간이 너무 많이 흘렀던 것이다. 그 편지는 1913년 10월에 공개되었는데, 내가 알게 된 것은 거의 1년이나 지나서였다. 뒤늦게 신문에 실린 반박문이 무슨 의미가 있겠는가? 새로운 소식들에 묻혀 반박문은 설 자리를 잃을 것이다. 나는 친지들과 의논을 했다. 그들 중 몇 명은 죽은 내 남편을 잘 아는 사람들이었다. 의견이 분분했다. 어떤 사람들은 그런 추악한 비방은 무시해 버리는 게 그에 합당한 대우라고 했다. 표도르 미하일로비치가 러시아와 세계 문학에서 차지하는 의의가 너무나 크기 때문에 중상을 한다 해서 그의 찬란한 기억이 손상되지는 않을 것이라고도 했다. 그들은 그런 편지가 등장했어도 문단에서 아무런 반향도 불러일으키지 못했다는 사실을 지적하면서, 그만큼 대다수의 작가들은 그것이 중상이라는 것을 분명히 알고 있으며 중상한 자가 어떤 사람인지도 다 알고 있다고 했다.

그와는 반대로, "아니 땐 굴뚝에 연기 나랴!"라는 속담을 들면서 반드시 반박을 해야 한다고 주장하는 사람들도 있었다. 그들은 남편을 내조하고 그를 기념하기 위한 일에 평생을 바친 내가 반박하지 않고 가만히 있으면 사람들은 그 중상 속에 무언가 진실이 들어 있는 것이라는 결론을 내릴 수도 있다고 말했다. 내가 침묵하는 것은 그 중상을 확인시켜 주는 격이라는 것이었다.

그러나 스트라호프의 편지에 격분한 많은 사람들은 나 혼자서만 반박하는 것으로는 부족하다는 결론을 내렸다. 표도르 미하일로비치를 좋은 감정으로 기억하는 친구들과 사람들이 스트라호프의 중상에 반대하는 항의 성명서를 작성해야 한다는 것이었다. 몇몇 사람들이 성명서를 작성하고 서명을 받는 일을 책임지겠다고 했다. 다른 사람들은 별도의 서신들을 작성하여 자신들의 분노를 표명하고 싶어 했다. 많은 친구들이 그 중상에 대항하여 다양한 시기에 잡지에 게재되었던 글들, 표도르 미하일로비치가 여간해선 보기 힘든 선하고 자비로운 사람이라는 것을 묘사하고 있는 회고글들을 따로 모아 발표해야 한다는 의견을 말했다. 친지들의 조언을 좇아, 나는 나의 회고록에 항의 성명과 그런 글들을 함께 싣기로 했다.

나의 말년을 우울하게 했던 이 불운한 편지 사건과 관련하여 많은 사람들과 이야기를 나누면서 나는 스트라호프가 왜 이런 편지를 쓰게 되었다고 생각하느냐고 그들의 의견을 물었다. 대다수의 사람들은 '직업적 질투심'이라는 쪽으로 기울었다. 그런 일은 문단에서 비일비재하다는 것이었다. 그런가 하면 표도르 미하일로비치가 솔직하고 신랄했기 때문에 스트라호프의 기분을 상하게 했는지도(이 부분에 관해서는 그 자신도 언급을 하고 있다) 모르며, 그래서 망인이 되었을지라도 복수를 하고 싶었는지도 모른다는 얘기도 있었다.

어쨌거나 스트라호프는 인쇄물을 통해 자신의 견해를 드러낼 용기는 없었다. 도스토옙스키를 옹호하는 많은 사람들이 도전장을 던질 것임을 알았기 때문이다. 사람들과 논쟁을 하는 것은 스트라호프의 성격에 맞지 않았다. 스트라호프와 가까이 알고 지내던 사람들 중의 한 사람은, 그가 편지를 통해 톨스토이가 보는 앞에서 도스토옙스키를 "폄하하고 그의 명성에 먹칠을 하고" 싶었을 것이라는 생각을 내게 피력하기도 했다. 내가 설마 하는 눈치를 보이자 그는 스트라호프에 관한 자신의 매우 독창적인 견해를 말했다.

"꼭 집어 말해, 스트라호프가 누굽니까? 그는 지금은 없어졌지만 옛날에는 많았던 '귀족의 사랑방 손님' 같은 치죠. 생각해 보세요. 그는 몇 달씩 톨스토이나 페트, 다닐렙스키의 집에 손님으로 묵습니다. 겨울이면 정해진 날에 지인들의 집에 가서 저녁을 먹으면서 이 집 저 집 소문과 유언비어를 옮기고 다닙니다. 작가나 철학자로서 그에게 관심을 가지는 사람들은 거의 없지만 그는 어디서나 환영받는 손님이죠. 왜냐하면 톨스토이에 관한 새로운 소식을 항상 전해 주니까요. 사람들은 그를 톨스토이의 둘도 없는 친구로 생각하지요. 그는 이 우정을 무척 소중하게 여겼으며, 스스로를 톨스토이의 버팀목이라고 생각했습니다. 그런데 도스토옙스키의 사망 소식을 듣고 톨스토이가 망인을 자신의 '버팀목'이었다고 하면서 그를 만나 보지 못했던 것을 진심으로 안타까워하자 스트라호프가 얼마나 상처를 받았겠습니까. 어쩌면 톨스토이가 평소 도스토옙스키의 천부적 재능에 대해 감탄하면서 그에 관한 얘기를 자주 했는지도 모르지요. 그랬다면 스트라호프는 모멸감을 느꼈겠지요. 그로서는 톨스토이의 눈앞에서 도스토옙스키의 찬란한 모습이 빛을 잃도록 하기 위해 비방을 할 충분한 이유가 있는 셈입니다. 어쩌면 스트라호프는 후손들 앞에서 그를 모욕함으로써 언젠가 수모를 갚으려는 생각을 했는지도 모릅니다. 자신의 천재 친구가 사람들의 마음을 끄는 힘을 지녔는지를 알고 있기 때문에 후에 톨스토이와 자신이 주고받은 편지들이 게재된다면 많은 세월이 흐른 뒤일지라도 자신의 목적이 달성될 것이라고 예상했을 수도 있지요."

이러한 독특한 견해에 공감하지는 않지만, 스트라호프의 편지에 나온 말을 인용하는 것으로 내 생의 이 괴로웠던 일화를 마무리하겠다. "인간의 내면에는 갖가지 추잡함과 고상함이 공존할 수 있다."

3. 그를 회고하는 사람들

나는 기나긴 일생 동안 '회고하는 사람들' 때문에, 즉 남편을 아는 사람들이나 마치 개인적으로 아는 것처럼 말하는 사람들이 그에 관해 쓴 회고록들 때문에 많은 고통을 받았다. 무슨무슨 잡지에 어떤 사람이 쓴 자전적 회고록에 남편을 거론되어 있다는 기사를 읽을 때면 매번 우울한 예감 때문에 심장이 오그라들었다. 그럴 때마다 '또다시 뭔가를 과장하거나 꾸며 내거나 헛소문을 써 놓거나 했겠지'하는 생각이 들었다. 그리고 그런 내 예감은 여간해서 틀리는 법이 없었다. 양심적인 사람들이라고 해서 언제나 표도르 미하일로비치의 진짜 성격과 행동을 이해하고 그의 도덕적 품성을 올바르게 평가했던 것은 아니라는 점에서도 내 생각은 틀리지 않았다. 물론 여기서 내가 말하는 것은 사적인 회고에만 국한될 뿐 예술 활동에 대한 분석은 포함되지 않는다. 그들 중 어떤 사람들은 사적인 회고를 할 때와는 달리 표도르 미하일로비치 자신이 자기 작품을 이해하고 평가했던 것과 거의 흡사하게 그의 예술 세계를 이해했던 것이다.

표도르 미하일로비치를 회상하는 사람들의 거의 틀에 박은 듯한 동일한 어조는 언제나 나를 질리게 했다. 그들 모두는 약속이라도 한 듯이 표도르 미하일로비치를 침울하고, 사람들 사이에 있는 것을 힘들어하고, 다른 사람들의 의견에 귀기울이는 참을성이라곤 없으며, 모든 사람들과 언쟁을 하고 대화를 나누는 상대방을 어떻게든 모욕하고 싶어 하는 사람으로 묘사하고 있었다(아마도 그의 작품들을 보고 그런 판단을 한 것 같다). 또한 지나치게 거만하고 자신이 '대단하다'는 생각으로 가득 찬 사람으로 묘사하고 있었다. 몇 안 되는 사람들——미쿨리치, 남편의 모스크바 친척들, 모스크바 근교의 별장에서 그를 본 적이 있다는 신사분, 그리고 폰-포흐트——만이 표도르 미하일로비치에 대해 전혀 다른 인상을 피력했는데, 그것이야말로 실제와 일치하는 것이었다.

침울한 표정의 표도르 미하일로비치가 아무 말 없이 팔짱을 낀 채 거실로 들어와서 아무에게도 인사의 말도 건네지 않고 안락의자에 앉아 찡그린 얼굴로 침묵을 지킴으로써, 그가 오기 전까지 화기애애하던 모임의 분위기에 찬물을 끼얹었다는 얘기를 몇 번이나 듣고 읽었는지 모른다. 30분씩 때로는 그 이상 "엄숙하게" 침묵을 지키거나 드물게는 질문과 인사에 한두 마디씩 대답만 하다가 표도르 미하일로비치는 마침내 보통 사람들에게로 "하강"을 단행하여 대화를 시작하지만, 보통은 모임에 온 사람들 전체와 이야기를 나누는 것이 아니라 자신을 따르는 척하는 사람들이나 자신을 흠모하는 사람들만을 골라 그들과 살짝 이야기를 하고, 나머지 사람들에게는 경멸을 담은 혹은 누군가를 멸시하는 말을 한 번씩 던질 뿐이라는 것이다. 상대방은 그런 말을 즉시 주워담았다가 이러쿵저러쿵 해석을 하고, 그런 다음에는 여러 가지 말이 추가되어 표도르 미하일로비치의 성마른 성격과 스스로에 대한 과대 평가를 보여주는 새로운 예로서 문단에 전해졌던 것이다.

표도르 미하일로비치가 모임에서 말을 별로 하지 않았던 건 사실이다. 하지만 그 이유는 아주 간단했다. 그는 해외에서 돌아온 이후, 더 정확하게는 1872년부터 호흡기 카타르와 폐기종을 앓았다. 엠스로 휴양을 다녔음에도 불구하고 병은 해마다 더욱 악화되었고, 폐활량은 점점 줄어들었다. 집에 있을 때조차 그는 때때로 숨이 막혀 헐떡이거나 멈출 수 없이 기침을 쏟아냈다. 그 정도로 가슴이 압박을 견디지 못했고, 결국은 일이 일어나고 말았다. 폐의 출혈로 목숨을 잃고 말았던 것이다.

꽁꽁 얼어붙은 날씨에, 혹은 더 나쁘게는 축축한 날씨에 길을 걸어서 3층에 있는 어딘가(신용조합 강당, 귀족회합 강당 등)에, 때로는 그가 좋아했던 폴론스키의 5층 집을 방문했을 때 가엾은 내 남편이 어떤 일을 겪었을지 이제 상상이 될 것이다. 그는 계단을 오를 때면 계단마다 멈춰 서서 숨을 헐떡였고, 때로는 내게 "빨리 가지 마. 숨을 못 쉬겠어. 꼭 겹겹이 접힌 양모 손수건을 통해 숨을 쉬는 것만 같아"라고 말하곤 했다. 나는 물론 빨리 걷지 않았다. 해서 우리가 3~4층까지 올라가는 데는 20~25분이나 걸리곤 했다. 그렇게 천천히 올라가도 남편은 창백하고 기진맥진한 상태가 되어 숨을 헐떡이며 손님들 앞에 나타나곤 했다. 밑에서 수위가 새로운 손님이 왔음을 알리는 종을 울리지 않으면 그나마 다행이었다. 하지만 손님들은 대개 같은 시간에 모여들기 때문에 아는 사람들이 종종 우리보다 앞서 들어가서는 주인에게 표도르 미하일로비치가 오고 있다는 사실을 알렸다. 그런데 남편은 계단의 간이의자에 몸을 의탁하면서 어떤 때는 30분이 지나서야 들어가곤 했다.

'이렇게 오랫동안 자신의 등장을 기다리도록 하다니 과연 '올림프스의 신'답지 않은가?'——그에게 적대적인 사람들은 이렇게 생각하고 수근댔다. 남편의 도착 소식을 들은 주인들이나 그를 흠모하는 사람들은 그를 맞기 위해 현관으로 나와서 그에게 인사를 하고 외투와 모자, 목도리를 벗는 것을 도와주었다(가슴이 아픈 사람은 서둘러 여러 동작을 하는 것이 너무 힘이 든다). 표도르 미하일로비치는 완전히 기력을 잃고 한 마디말도 내뱉을 힘이 없는 상태가 되어 거실로 들어가서 조금이라도 휴식을 취해 정신을 차리려고 애썼다. 그가 모임에 갔을 때 침울한 표정을 보인 진짜 이유는 그런 것이었다.

표도르 미하일로비치를 아는 사람들은 대부분 그가 간질만 앓고 있는 것이 아니라는 것을 잘 알고 있었다. 하지만 남편은 아무에게도 자신의 건강에 대해 하소연하는 법이 없었고 애써 기운찬 모습으로 자선 단체나 다른 기관들을 위해 낭독하는 것을 한 번도 거절한 적이 없었으므로 그의 얼굴을 아는 대부분의 사람들은 죽음의 순간까지도 그의 폐 질환을 심각하게 생각하지 않았다. 그런 까닭에, 남편의 침울하고 말없는 모습을 그의 천성과는 거리가 먼 귀족적이고 고상한 척하는 성격 탓으로 돌릴 수 있었던 것이다. 사람들에게는 누구에게나 그런 나쁜 버릇이 있게 마련이다.

가정집(톨스타야 백작부인, 스타켄슈나이더, 폴론스키, 가이제르부로프 등등의 집)에서 열린 파티에 가는 것으로 남편은 작업에서 벗어나 휴식을 취하고 누군가와 속마음을 터놓고 이야기를 나눌 기회를 찾았다. 그런 까닭에(자만심이나 '올림프스 신의 등장'과는 아무 상관도 없다) 그는 자신에게 호의를 보이는 사람들과 조용조용 담소를 나누었고, 때로는(특히 발작을 일으킨 직후에는) 새로운 사람들과 인사하는 것조차 꺼렸던 것이다.

반대로, 표도르 미하일로비치가 모임에서 장광설을 늘어놓거나 논쟁을 시작하고 사람들을 성가시게 하거나 조롱하는 말을 하는 것을 너무나 싫어했다는 것은 내가 증명할 수 있다.

얀줄이 자신의 회고록에서 가이제르부로프의 집에서 열린 일요 모임에서 남편을 만난 일을 언급한 부분은 정말 불쾌하고 신경이 곤두설 정도로 기가 막혔다. 얀줄 씨는 남편이 학계와 그 대표적인 학자들에 관해 말을 하자 마치 그 자리에 있던 모든 사람들이 격분한 것처럼 어떤 장면을 묘사했다. 그가 쓴 글을 읽으면 마치 남편이 대학 교육을 받은 사람들을 질투하고 기회만 있으면 학계를 대표하는 사람들을 모욕하고 싶어 한 것 같은 인상을 받게 된다(비단 나 혼자만의 느낌이 아니다). 표도르 미하일로비치는 진정한 교육을 높게 평가했고, 지적이고 재능 있는 교수들과 학자들 중에는 그와 오랫동안 교분을 나눈 진실한 친구들이 있었다. 남편은 언제나 그들과 즐겁고 흥미진진하게 만남을 갖고 담소를 나누었다. 예를 들자면 라만스키, 그리고리예프, 바그네르, 코니, 부틀레로프[6] 등이 그런 사람들이었다. 물론 그는 학술 활동이나 언론 활동에 유익한 족적을 남기지 않았던 평범한 학자들(표도르 미하일로비치는 그런 사람들을 많이 거명했다)은 하찮게 생각했다. 그에게는 그럴 만한 권리가 있다고 나는 생각한다.

표도르 미하일로비치가 사람들과 개별적으로 대화를 나누는 버릇이 있다는 것(미쿨리치, 솔로비요프, 드 볼란 등 그를 회고하는 많은 사람들이 이를 증명해 준다)을 잘 아는 나로서는, 남편이 집주인과 조용히 나누는 대화(남편은 잘 울리지 않고 가라앉는 차분한 목소리를 지녔다)를 얀줄이 도대체 어떻게 들었는지, 또 남편의 발언이 자신을 모욕하려는 목적을 가지고 직접 자신을 대상으로 했다는 것을 어떻게 알았는지 의아하게만 여겨질 뿐이다.

유감스럽게도 얀줄의 회고록은 그 장면을 목도한 많은 사람들이 이미 세상을 떠나서 진위를 확인해 줄 수 없는 그런 시점에서 나왔다. 더욱더 이상한 점은 이 '회고자'와 남편의 두 번째 만남이다. 표도르 미하일로비치는 극장에 가는 일이 거의 없었으며, 가더라도 항상 나와 함께였다(그런데 나는 이 만남이 기억에 없다). 남편은 사람의 얼굴에 대한 기억력(특히 한 번 만난 사람들에 대한)이 너무 없었으므로 그가 얀줄 교수를 알아봤을 리도 없다.

1901년에 발간된 『역사 통보』(3월호)에 상트 페테르부르크 신학대학 학생의 회고록이 게재되었는데, 그 글은 한 마디 한 마디가 다 꾸며낸 것이었다. 그는 그리스도의 수의를 내가는 행사가 열리는 그리스도 수난일에 알렉산드르 네프스키 수도원에서 남편을 만났다고 했다. 사순절과 부활제 주간에 열리는 모든 큰 예배에 남편은 언제나 나와 함께 갔다([비좁고 숨막히는 공간에서] 남편이 발작을 일으킬까 염려되었기 때문이다. 그리고 우리는 즈나멘스카야 교회의 우측 예배당에 다녔고, 마지막 3년간은 블라디미르 교회에 다녔다). 네바 강에 아직 얼음이 떠다니는 봄에 (우리 집에서 5베르스타 떨어진 곳에 있는) 네프스키 수도원에 간다는 생각은 남편의 머리에 떠오를 수도 없었다. 마지막 몇 년 동안 그는 감기에 걸리지 않으려고 무척 주의했기 때문이다.

그가 남편을 방문했을 때 남편의 서재 구석에서 보았다는 푸시킨의 흉상 같은 것은 있지도 않았다. 우리 집에는 흉상이라곤 하나도 없었다.

마지막으로, 성령 교회에서 고인에게 마지막 입맞춤을 했다는 것도 있을 수 없는 일이다. 가까운 이들에게조차 관을 열어 준 일이 없고, 관 뚜껑을 들어올린 것은 단 한 번 '매장'을 할 때뿐이었다. 한마디로 나는 이 모든 것을 회고자가 꿈속에서 본 것이라고 생각한다. 그가 꿈을 현실로 생각하고 회고록에 그런 이야기를 썼을 것이다. 하지만 그가, 1914년의 『역사 통보』(6월호)에 「60년대 세대의 회상」이라는 제목으로 글을 실은 가장 최근의 '회고자' 피르소프가 그랬던 것처럼 남편에게 나쁜 습관을 갖다붙이지 않은 것에 대해서는 무척 고맙게 생각한다. 피르소프는 자신이 스타라야 루사에 있을 때 표도르 미하일로비치를 보았다고 했다. 그곳에서 남편이 매일 저녁 음악회에 갔고 생각에 심취하여 발을 질질 끌면서 군악대 주위를 서성거렸다는 것이다. 집으로 돌아오자마자 그가 방 안을 서성거리면서 소설 몇 쪽을 구술한 것으로 보아 음악을 들으면서 작품을 구상한 것이 분명하다고 써 놓았다. 그런데 무엇보다 궁금한 것은 1858~ 1859년에 그가 모스크바의 시인 플레셰예프[7]의 집에서 남편을 처음 만났을 때(그때 남편의 나이는 37~38세였다)도 남편은 마찬가지로 발을 질질 끌면서 계속해서 방안을 왔다갔다했다는 것이다. 한 마디도 맞는 말이 없다. 표도르 미하일로비치는 걸어다니는 것을 좋아했고 또 장시간 걸어다닐 수 있었다. 하지만 발을 끄는 법은 결코 없었다. 그는 절도 있게 발걸음을 옮기며 걸었다. 그것은 군대에서부터 비롯된 그의 오랜 습관이었다. 그 글의 저자는 자신이 쓴 글이 이치에 맞지 않는다는 것을 모르고 있다. 발이 아픈 사람들만이 발을 질질 끄는 것이고, 그런 사람들은 끊임없이 돌아다니기보다는 한자리에 앉아 있는 것을 더 좋아한다.

스타라야 루사에서 표도르 미하일로비치는 음악회에 간 적이 없었다. 열람실에 신문을 읽으러 다니거나 미네랄리니예 보디 공원을 걸어다녔다. 그럴 때도 항상 사람들에게서 멀리 떨어져 있었다. 그리고 스타라야 루사에는 군악대가 없었다. 작은 규모의(10~12명) 현악단이 있었지만, 그들의 연주를 듣고 영감을 얻는다는 것은 터무니없는 말이다. 게다가 모여든 사람들이 보는 앞에서 현악단 주위를 서성거렸다는 것도 황당한 일이다. 내 남편은 자신을 그렇게 우스꽝스러운 꼴로 만들 사람이 결코 아니었다. 나는 자문해 본다. 대체 이 사람들은 무슨 목적으로 도스토옙스키의 이름을 갖다 붙여 이렇듯 있지도 않은 일을 꾸며 내는 것일까?

에필로그　회고록에 부쳐

내게는 평생 수수께끼같이 여겨지는 것이 있었다. 내 남편은
다른 많은 남편들이 자기 아내를 사랑하고 존경하듯 나를 사
랑하고 존경했을 뿐만 아니라, 내가 마치 그를 위해 창조된 특
별한 존재라도 되는 것처럼 나를 거의 경배했다. 나를 대하는
남편의 이러한 태도는 결혼 초기만이 아니라 그가 죽는 그 순
간까지 지속되었다. 그런데 사실 나는 특별한 미인도 아닌데
다 어떤 천부적인 재능도 없었고 지적 수준도 특별하지 않았
다. 그저 중등교육(여자 고등학교를 마친)을 받은 평범한 여자
였을 뿐이었다. 그럼에도 불구하고 나는 너무나 지적이고 천
재적이었던 사람으로부터 깊은 존경과 거의 숭배에 가까운 대
접을 받았던 것이다.[1] 이 수수께끼가 어느 정도 풀리게 된 것
은, 로자노프[2]가 『문단의 추방자들』이라는 책에서 1890년 1월
5일에 자신에게 보낸 스트라호프의 편지에 달아 놓은 각주를
읽고 나서였다. 그 각주를 여기 옮겨 본다.

어느 누구도, 심지어 '친구'라 할지라도 우리를 뜯어고칠 수는 없다. 그런데 생의 가장 큰 행복은 완전히 다른 구조, 다른 기질, 다른 사고방식을 지닌 사람을 만나는 것이다. 언제나 자신의 모습으로 남아, 조금도 우리를 흉내 내지 않고 우리에게 아부하지도(흔히 있는 일!) 않고 자신의 정신세계를 갖고 있어 우리의 심리에, 우리의 혼란에, 우리의 뒤엉킴에 말려들지 않는 그런 사람 말이다. 그런 사람이라면 우리의 튼튼한 벽이 될 것이고 우리 누구에게나 있는 '멍청함'과 '무분별함'을 물리치는 반격이 될 것이다. 우정은 일치에서 나오는 것이 아니라 대립에서 나온다. 진실로, 신은 스트라호프를 내게 스승으로 선사하셨다. 그와의 우정과 그에 대한 감정은 언제나 내게 어떤 튼튼한 벽이 되었다. 나는 언제나 그 벽에 기댈 수 있다고, 아니 더 정확하게는 의지할 수 있다고 느꼈다. 그리고 그 벽은 우리를 무너뜨리는 것이 아니라 우리를 살아나게 한다.

실제로 남편과 나는 "완전히 다른 구조, 다른 기질, 다른 사고방식을 지닌" 사람들이었다. 그러나 "언제나 자신의 모습으로 남아" 조금도 서로를 흉내 내거나 서로에게 아부하지 않고 자신의 정신세계를 갖고 있어 나는 남편의 심리에, 또 그는 나의 심리에 말려들지 않았다. 그렇게 남편과 나, 우리 두 사람은 자신이 자유로운 영혼임을 느끼며 살았다. 인간 정신의 심오한 문제들에 관해 혼자서 많은 시간을 생각하곤 했던 표도르 미하일로비치는 내가 자신의 정신세계에 개입하지 않는 점을 높이 샀다. 그래서 가끔씩 내게 "당신은 여자들 중에서 나를 이해한 유일한 사람이야!"라는 말을 하곤 했다(이것이 그에게는 무엇보다 중요했던 것이다). 나에 대한 그의 태도는 언제나 내게 "어떤 튼튼한 벽이 되었다. 나는 언제나 그 벽에 기댈 수 있다고, 아니 더 정확하게는 의지할 수 있다고 느꼈다. 그리고 그 벽은 나를 무너뜨리는 것이 아니라 나를 살아나게 했다".

이로써, 남편이 내가 상식을 벗어나는 그 어떤 행동을 하지 않았음에도 나에 대해 가졌던 놀라울 정도의 믿음이 어느 정도 설명되었으리라 믿는다. 바로 이러한 관계로 해서 우리 두 사람은 14년간의 결혼 생활 내내 지상에서 가능한 최고의 행복을 누리며 살 수 있었던 것이다.

—1916년, 안나 도스토옙스카야

* * *

안나 그리고리예브나는 1917년 여름, 남부에서 심한 말라리아에 걸렸다. 그녀는 페테르부르크로 돌아오려 했으나 그렇게 하지 못했다. 그녀의 몸은 질병과 궁핍으로 완전히 망가진 상태였다. 그럼에도 그녀는 보기 드문 용기로 고통을 견뎌 냈다. 그녀를 치료했던 의사 코브리기나는 안나 그리고리예브나를 회상하면서 "자기 생의 마지막 몇 달 동안 그녀는 놀라운 정신력으로 사람들에게 깊은 감동을 주었다. 그녀는 지칠 줄 모르는 활력과 폭넓고 예리한 지성, 그리고 주변의 모든 것을 향한 부단한 관심으로, 도스토옙스키의 아내로서가 아니라 그녀 자체로 사람들을 놀라게 하고 깊은 관심을 갖도록 했다. 그녀는 모든 일에 나이에 걸맞지 않는 열정과 집중력을 보여 주었다. 당신 앞에 있는 사람이 노파라는 사실을 믿을 수 없을 정도로……. 그녀는 여간해선 볼 수 없는 완전무결한 성격을 지녔다. 또한 사람을 끝까지 사랑하고 증오할 줄 아는 사람이었다……"고 말했다.

안나 그리고리예브나는 1918년 6월 9일에 숨을 거두었고, 그곳에 있는 아우트스코예 묘지에 묻혔다. 사망 50주년이 되는 1968년이 되어서야 그녀의 마지막 소원이 이루어져 알렉산드르 네프스키 수도원에 있는 남편의 묘로 이장되었다.

정선태

신은 당신 마음과 당신 가슴의 작은 씨앗들과 보배들이 없어지
지 않도록, 아니 그 반대로 풍부하고 화려하게 자라서 꽃을 피우
도록 하기 위해 당신을 내게 맡기셨소. 성숙하고 한결같으며, 마
음의 빛을 흐리는 모든 미미한 것들로부터 구원받은 온전한 모
습의 당신을 내가 신께 내세움으로써 내가 지은 크나큰 죄를 속
죄할 수 있도록, 신이 당신을 내게 주신 것이오.
—도스토옙스키가 안나 그리고리예브나에게 보낸 편지에서

정선태 서울대학교 국어국문학과 및 동대학원 졸업. 문학평론가, 문학박사. 주요 논문
으로 「계몽의 담론—개화기 문학적 서사담론의 정치적 리얼리즘에 관한 연구」, 「입
센주의의 '번역'과 동아시아의 근대성」 등이 있으며, 저서로는 『개화기 신문 논설의
서사 수용 양상』, 역서로는 『동양적 근대의 창출』, 『일본문학의 근대와 반근대』 등이
있음.

　나는 내가 공부하는 연구실에서 개설한 '도스토옙스키를 읽
는다!'라는 제목의 강좌를 통해 스물네 번에 걸쳐 도스토옙스
키의 전집을 집중적으로 강의한 적이 있다. 마침 국내 출판사
에서 그의 전집이 간행된 터라 그 순서에 따라 1권에서 25권까
지 차근차근 읽어 가자는 게 강의 목표였다. 하지만 작품들을
읽어 가는 과정에서 19세기 러시아의 정치적 상황 및 사상적
지형도를 파악하는 일을 피해 갈 수는 없었다. 잘 알려져 있다
시피 도스토옙스키의 작품은 다양한 방식으로 당시 러시아가
처한 제반 상황과 불가분의 관계를 맺고 있다. 그런 까닭에 그
의 텍스트를 보다 깊이 있고 풍부하게 읽어 내기 위해서는 러
시아의 역사와 사상사, 종교적 스펙트럼, 서구화 과정 등등을
이해하는 것은 필수항목에 속한다.

　그리하여 나는 콘스탄틴 모출스키가 쓴 평전 『도스토옙스
키』를 위시하여 E. H. 카의 『도스토옙스키론』, 고바야시 히데
오의 『도스토옙스키의 생활』, 베르자예프의 『도스토옙스키의
세계관』은 물론이고 차크스의 『러시아사』 및 랴자노프스키의
『러시아의 역사』, 니콜라스 체르노프의 『러시아 정교회사』, 아
니킨의 『러시아 사상가들』 등을 뒤져 가며 강의노트를 작성했
다. 요컨대 나에게 도스토옙스키를 만나는 일은 러시아와, 적
어도 19세기 러시아와 만나는 것과 맞먹는 일이었던 셈이다.

그런데도 채워지지 않는 아쉬움이 남아 있었다. 그의 두 번째 아내 안나 그리고리예브나 도스토옙스카야가 쓴 도스토옙스키에 관한 회고록을 참조할 수 없었기 때문이다. 나는 부랴부랴 이 회고록의 영역판을 구해 읽고서야 아쉬움을 달랠 수 있었다.

안나 그리고리예브나는 1866년부터 속기사로서, 아내로서, 그의 성실한 독자이자 비평가로서 도스토옙스키를 가장 가까이에서 지켜본 사람이다. 따라서 그녀의 기록은 한 위대한 작가의 일상적인 삶과 행적뿐만 아니라 글쓰기 과정에서 드러내곤 했던 그의 '자잘한' 습관과 버릇까지 아우르고 있는, 말하자면 도스토옙스키와 그녀를 주인공으로 한 하나의 '문학적 텍스트'라 해도 전혀 손색이 없다. 안나 그리고리예브나를 만나기 전까지 도스토옙스키의 결혼 생활은 참으로 불행했다. 유형지에서 만난 아들이 하나 딸린(그 아들이 이 회고록에 등장하는 파벨 알렉산드로비치다) 과부 마리야와의 결혼은 그녀가 지병인 폐결핵으로 사망함으로써 끝이 난다.『도박꾼』에서 볼 수 있듯이 수슬로바라는 처녀와 열애중이었던 도스토옙스키는 아내 마리야의 죽음으로 혹독한 정신적 시련을 겪는다. 그 과정에서 만난 사람이 1881년 1월 죽을 때까지 이 '비극적 영혼'을 곁에서 지킨 안나 그리고리예브나이다.

* * *

　"인간 심성의 가장 깊은 곳까지 꿰뚫어 보는 심리적 통찰력으로, 특히 영혼의 어두운 부분을 드러내 보임으로써 20세기 소설 문학 전반에 깊은 영향을 끼친 작가"로 알려진 표도르 미하일로비치 도스토옙스키! 왜 지금 도스토옙스키이며, 도스토옙스키를 과연 어떻게 읽을 것인가? 그의 작품을 만날 때마다 되살아나는 물음이다. 이 질문에 답하기 위해 우리는 안나 그리고리예브나의 회고록을 읽기 전에 도스토옙스키가 등장하기까지 러시아 근대문학의 전개를 간략하게나마 살펴볼 필요가 있다.

　1838년 공병 학교에 다니던 도스토옙스키는 형 미하일에게 다음과 같은 편지를 쓴다. "나는 한 가지 계획을 갖고 있습니다. 미치는 것입니다." 미치겠다는, 미치고 말겠다는 계획 아닌 계획, 그렇다면 그는 도대체 왜 미치고자 했을까. 미치지 않고서는 견디지 못할 필연적인 이유라도 있었던 것일까.

　그는 같은 편지에서 해답의 실마리를 제시한다. "사람의 넋의 분위기는 하늘과 땅의 합류(合流) 속에 있습니다. 사람은 어쩌면 그렇게도 반합리적인 어린이일까요. 정신적인 자연의 법칙이 깨어져 있습니다……이 세계는 죄 깊은 상념으로 흐려진 천국의 정령을 위한 연옥(煉獄)처럼 느껴집니다. 이 세상은 부정적인 뜻을 취했기 때문에 고원하고 우아한 정신적인 것에서 사티르가 나온 것이다, 이렇게 생각합니다……인간이란 정말 천박하기 짝이 없습니다."

다음 해인 1839년 그는 또 이렇게 쓴다. "나의 영혼은 이전처럼 사나운 충동을 느끼지 않게 되었습니다. 마치 비밀을 숨긴 사람의 마음처럼 아주 고요합니다. '인간 및 인생은 무엇을 의미하는가'를 배우는 점에서는 나도 상당한 진보를 보였습니다. ……나는 자신 있습니다. 인간은 신비롭습니다. 그것을 풀어내야만 합니다. 만일 평생 그것을 계속해서 풀어 나간다면 시간을 허비했다고는 말할 수 없을 것입니다. 나는 이 신비와 대결하고 있습니다. 왜냐하면 인간이 되고 싶기 때문입니다."

그에게 인간은 합리성을 거부하는 어린아이와 다를 바가 없다. 그런데 합리성이라는 척도로만 재단하는 순간 인간은 '고원하고 우아한 정신'을 상실하고 만다. 그런 인간은, 도스토옙스키가 보기에, 천박하기 이를 데 없다. 『지하로부터의 수기』에서 볼 수 있듯 $2 \times 2 = 4$라는 수학적 공식에 기대고 있는 근대적 인간관은 인간을 천박하기 짝이 없는 조잡한 물질의 조합으로만 파악할 따름이다. 그는 이와 같은 인간관에 정면으로 도전한다. 그에 따르면 인간은 이성만으로는 재단할 수 없는 신비한 존재다. 그 신비와 대결하기 위해 그는 미칠 수밖에 없었던 것이며, 『죄와 벌』, 『악령』, 『미성년』, 『백치』, 『카라마조프가의 형제들』 등 그의 걸작은 '광인'이 그려낸 신비로운 인간의 형상들로 가득하다.

'인간 영혼의 심연을 파헤친' 작가 도스토옙스키의 등장은 돌발적인 것이 아니다. 도스토옙스키는 짧지 않은 기간 동안 러시아 근대문학사를 이끌어 왔던 여러 시인과 작가들의 정신과 사상을 자양분으로 하여 자신의 영역을 구축했던 것이다. 그런 까닭에 러시아 근대문학사의 전개를 살피지 않고서는 그의 문학사적 위상을 놓치기 십상이다.

먼저 러시아 근대문학의 형성과 표트르 대제(1682~1725)의 개혁은 긴밀한 관련성을 지니고 있다. 표트르 대제의 개혁은 근대적인 문명의 수용과 근대문학에 있어 중요한 전환점이 된다. 그는 즉위와 동시에 정치·경제·문화 등 모든 영역에 걸쳐서 서구의 문명을 너무 빠르다 싶을 정도로 대담하게 받아들인다. 많은 교육기관의 설립과 대대적인 서적의 출판 그리고 신문 발행 등 그의 개혁은 국민의 일상생활과 언어, 문자에 이르기까지 그 영향을 확대해 나갔다. 그의 사후, 문학은 교회의 지배에서 벗어나 세속적인 내용을 소재로 쓰였으며 당대 러시아의 현실세계와 깊은 관련을 맺는다. 이 시기 문학적 흐름을 고전주의라 명명하는데, 통상 1730년에서 1770년에 이르는 시기를 일컫는다. 고전주의 문학은 주로 민족국가와 민족문화의 형성기에 등장한다. 그리고 고전주의는 중세 기독교의 신비적 종교사상이나 미신과 대치되는 당대의 국가적 사회적 이상과 이념을 존중하며 그 토대는 이성과 지식이다. 그런데 프랑스 고전주의 영향 아래 형성된 러시아의 고전주의는 대체로 시민

적이고 민주적인 경향을 보여 준다. 그것은 현실에 대한 강한 관심과 사회적인 악, 즉 전제정치와 농노제에 대한 적극적인 비판으로 특징지을 수 있다. 칸체미르(1708~44), 트레지아콥스키(1703~69), 로모소노프(1711~65), 수마로코프(1719~77) 등이 이 시기를 대표하는 작가들이다.

하지만 예카테리나 2세의 반동정치가 시작되면서 이러한 문학적 경향도 감상주의로 급선회한다. 집권 초기 계몽군주로 자처한 예카테리나 2세는 농노제를 강화하면서 반동적인 정치를 펼친다. 그리하여 러시아 사회는 농민의 궁핍과 경직된 분위기가 지배하게 되며 그 결과 1773년에서 1775년에 걸쳐 푸가초프의 반란이 일어난다. 뒤숭숭한 상황에서 문학 역시 감상주의적 경향으로 흐르지만 사회비판적 성격을 잃지는 않는다. 이 시기 러시아 감상주의 문학의 특징은 고전주의식의 이성 존중에 반대되는 감정과 공상을 중요시함으로써 인간의 개인생활과 내면적 심리묘사를 강조한다는 점이다. 제르쟈빈(1734~1816), 크냐즈닌(1742~1791), 폰비진(1745~1792), 라지시체프(1749~1802), 카람진(1766~1826) 등이 대표적인 작가들이다. 특히 『여단장』과 『미성년』 등을 쓴 폰비진은 이 시기의 가장 뛰어난 극작가인데, 그는 당시의 지배적인 분위기였던 프랑스의 문학적 취향에 반대하면서 자신의 비판적 정신을 키워 나간다. 다시 말해 반(反)프랑스적인 민족주의를 지향했던 것이다. 여기에서 우리는 도스토옙스키가 치열하게 고민했던 이른바 서구주의와 슬라브주의의 대립 구도의 맹아를 볼 수 있다.

푸시킨의 등장은 새로운 러시아 문학의 탄생을 알리는 신호탄이었다. 많은 연구자들이 동의하듯이 본격적인 러시아 근대 문학은 푸시킨(1799~1837)에서부터 시작한다. 잘 알고 있다시피 19세기 초 러시아는 전국민을 소용돌이로 몰고 간 '1812년 조국전쟁'을 치른다. 이 전쟁에서의 승리는 애국적 감정과 민족적 각성을 고조시켰으며, 러시아 현실에 대한 비판과 농노제 및 전제정치에 대한 적대감 그리고 자유를 향한 동경을 불러일으켰다. 그러나 현실은 변화하지 않는다. 농노제와 행정기관의 부패 그리고 권위주의에 대한 반발은 데카브리스트운동으로 표출되며, 이는 19세기 전반에 걸쳐 진보적인 지식인들의 혁명적 운동으로 계승된다. 그리고 그 중심에 푸시킨이 있었다. 그는 인민의 입장에 서서 전제정치를 비판하고 농노제를 저주했다. 따라서 러시아 사회를 향한 개혁의 호소와 자유 수호 사상이 그의 작품의 주조를 이룬다. 「예브게니 오네긴」, 「청동기사」 등이 그의 대표적인 운문이며, 소설로는 『벨킨 이야기』, 『대위의 딸』, 『스페이드의 여왕』 등을 손꼽을 수 있다. 특히 『스페이드의 여왕』은 푸시킨 산문의 최고봉으로 일컬어진다.

레르몬토프(1814~1841)는 푸시킨 이후 러시아의 황금시대를 마지막으로 장식한 시인이라 할 수 있다. 푸시킨의 죽음을 몰고 온 러시아 사회를 저주한 「시인의 죽음」에서 볼 수 있듯 그의 시는 격렬한 어조가 주류를 이룬다. 특히 낭만적인 힘과 사실적인 힘이 조화를 이루고 있는 소설 『우리 시대의 영웅』은 그의 대표작이라 할 만한데, 사실상 레르몬토프 작품의 특성은 낭만적인 것과 사실적인 것의 종합에서 드러난다고 할 수 있다. 그는 현실세계를 뛰어난 직관으로 포착하고 인식하는 힘(낭만적 정신)에 입각해 현실을 부정적으로 그려 내고자 했던 것이다. 레르몬토프의 낭만적 정신은 암울한 시대의 반영과 전조(前兆)로서 주어져 있는 미래의 예견으로 가득 차 있다.

도스토옙스키는 "우리는 모두 고골의 '외투'에서 나왔다"고 말한 바 있다. 그만큼 고골이 러시아 근대문학에서 차지하고 있는 위치는 각별하다. 고골 문학의 특징은 현실에 대한 부정적 형상화라 할 수 있는 바, 이와 관련하여 벨린스키는 "고골 작품들의 근본적인 특징은 부정이다. 이 부정은 생생하고 문학적이긴 하지만 이들은 이상(理想)의 이름으로 등장할 수밖에 없었다"라고 단정한다. 고골 문학의 이러한 이상과 부정 사이에는 바로 러시아의 현실이 있었던 셈이다. 결국 현실에 대한 작가의 관계 속에서 현실의 구체적인 구현으로서 드러난 것이 바로 고골의 문학작품이라 할 수 있는데, 이는 대개의 경우 부정이라는 계기를 통해 실현되었다. 그러나 이 관계에서 작가가 현실에 대한 전망을 상실하게 될 때, 그 부정은 다시 현실을 떠난 이상으로 귀결되고 만다. 고골에게 있어 이상의 문제는 그의 부정의 정신과 연관되어 굴곡을 겪게 마련이다. 그가 부정의 정신으로 충만한 상태에서 제시하는 이상의 전망은 대단히 혁명적이었지만, 부정과 이상의 긴장감이 결여되었을 때에는 정반대의 현상이 나타난다. 이른바 '고골의 비극'!

고골은 말년에 신비적인 종교적 세계관에 감염되어 전제정치와 농노제를 옹호하고 나선다. 이에 대해 벨린스키는 이렇게 말한다. "진리와 인간의 이름을 모욕하는 것은 견딜 수가 없다. 어떤 사람이 종교의 탈을 뒤집어쓰고 덕성의 이름을 빌려 학정과 허위와 불명예를 설교하는 것을 그냥 두고 볼 수 없다……당신의 발 아래를 굽어보라. 당신은 깊은 나락의 언저리에 있다!" 널리 알려져 있다시피 『외투』와 『검찰관』이 고골의 최고 작품이며, 특히 『외투』의 주인공 아카키 아카키예비치라는 하급관리는 도스토옙스키 작품에서도 변주되어 등장한다. 그 외에 『죽은 넋』과 『대장 부리바』도 빠뜨릴 수 없다.

"러시아는 세 번의 혁명을 치렀지만 러시아의 오블로모프들은 여전히 남아 있었다." 이것은 러시아 사회의 정체성·기생성·원시성을 지적한 레닌의 말이다. 곤차로프(1812~1891)의 문학사적 의의는 『흔히 있는 일』, 『오블로모프』, 『단애』라는 세 장편소설에서 집중적으로 드러난다. 그는 이 작품들에서 농노제적 질서와 지주에 의해 생산되는 타성과 구습, 귀족적 무위도식, 자유주의 등을 비난하며 삶에 대한 적극적 태도를 반어적으로 제기한다. 특히 도브롤류보프가 '오블로모프주의'라는 용어를 사용하고 있는 데서도 알 수 있듯, 곤차로프는 러시아의 기생적 계층을 신랄하게 비판하는 데 전력을 기울인다.

곤차로프와 더불어 러시아 근대문학을 거론하는 자리에서 빼놓을 수 없는 인물이 서구주의자 투르게네프이다. 『아버지와 아들』, 『처녀지』, 『사냥꾼의 수기』 등을 쓴 투르게네프(1818~1883)는 가볍고 싱싱한 자연묘사와 풍부한 러시아어 활용을 통해 19세기 중반 러시아 리얼리즘 문학의 발전에 새로운 활력을 불어넣은 작가로 일컬어진다. 베를린에 유학하던 그는 바쿠닌과 그라놉스키를 비롯한 진보적 지식인들과 친교를 맺고 서구주의자로서 일정한 사상적 영향을 받는다. 러시아 문학의 무겁고 어두운 분위기를 어느 정도 벗어나 밝고 명랑한 정조를 창조하게 되는 것 역시 "독일이라는 바다에 푹 빠져 있던" 그가 수용한 서구주의의 영향이라 할 수 있다. 시대상황에 대한 예민한 촉각, 러시아 농민과 자연에 대한 섬세한 서정적 묘사, 완벽한 미학적 원칙 구사, 진보적 사상에 대한 동조 등을 투르게네프 문학의 장점이라 한다면, 혁명적 변혁 사상거부, 서구 부르주아 사회에 대한 동경 등은 약점으로 지적할수 있다. 도스토옙스키와 투르게네프의 만남과 헤어짐에서 보듯, 도스토옙스키는 그에 대해 묘한 양가감정을 지니고 있었던 듯하다.

이들의 뒤를 이어 도스토옙스키가 등장한다. 러시아 근대문학에서 우리는 두 갈래 흐름을 발견할 수 있다. 푸시킨과 레르몬토프가 두 흐름의 원천이다. 푸시킨과 같이 낭만주의에서 출발한 독창적인 천재인 레르몬토프는 푸시킨의 후계자이긴 하지만 그와 분명히 다르다. 즉 푸시킨이 객관적인 태도로 생활현상과 인간 심리의 제양상을 뚜렷이 재현하는 조화의 천재라고 한다면, 레르몬토프는 내면의 혼돈스러운 고민과 불안과 초조와 분열을 주관적으로 강하게 표현하려는 반역자형의 작가라 할 수 있다. 이를테면 푸시킨의 창작이 넓은 친화력을 지닌 인생 긍정의 예술이라면 레르몬토프의 예술은 인생에 대한 저주와 도전의 예술이라고 할 수 있는 것이다. 푸시킨의 예술은 곤차로프, 투르게네프, 톨스토이, 체홉 등에 의해 계승되어 러시아 문학의 리얼리즘을 형성하며, 레르몬토프의 예술과 정신은 고골과 도스토옙스키 등에 의해 계승되어 러시아 문학의 다른 한 축을 형성한다. 이로써 도스토옙스키의 위상은 어느 정도 밝혀진 셈이다. 이제 안나 그리고리예브나가 그녀의 회고록을 통해 보여 주는, 잔인한 천재나 위대한 영혼이 아닌, 인간 도스토옙스키의 삶의 이면을 살펴볼 차례다.

* * *

이 회고록은 1911년에서 1916년까지 여러 시기로 나뉘어 노트 몇 권에 기록한 것들을 재편집한 것이다. 이 회고록의 필자인 안나 그리고리예브나가 표도르 미하일로비치 도스토옙스키를 만난 것은 그녀가 스무 살이 되던 해, 그리고 도스토옙스키가 마흔다섯 살이 되던 해인, 1866년 10월 어느 날이었다. 1866년이면 그가 『가난한 사람들』과 『죄와 벌』의 전반부의 성공으로 명성을 날리고 있던 때였다.

25년이라는 세월의 간격! 그렇다면 둘의 관계는 어떠했을까. 안나는 회고록의 말미에서 이렇게 말한다. "실제로 남편과 나는 '완전히 다른 구조, 다른 기질, 다른 사고방식'을 지닌 사람들이었다. 그러나 '언제나 자신의 모습으로 남아' 조금도 서로를 흉내 내거나 서로에게 아부하지 않고 자신의 정신세계를 갖고 있어 나는 남편의 심리에, 또 그는 나의 심리에 말려들지 않았다. 그렇게 남편과 나, 우리 두 사람은 자신이 자유로운 영혼임을 느끼며 살았다. 인간 정신의 심오한 문제들에 관해 혼자서 많은 시간을 생각하곤 했던 표도르 미하일로비치는 내가 자신의 정신세계에 개입하지 않는 점을 높이 샀다." 흔히 안나를 두고 도스토옙스키를 '지극정성으로 내조한 여성' 정도로 말하는 사람들이 적지 않지만, 위의 진술을 보면 그들의 관계는 각자의 독자적인 정신세계를 침범하지 않으면서도 대화와 토론을 통해서 서로의 영혼을 사랑한 관계였다고 해야 옳을 것이다. 이런 그들에게 25년이라는 나이 차이는 그다지 중요하지 않았다.

그의 편지를 일별하면 알 수 있듯이 도스토옙스키도 그러했지만 특히 안나는 그녀의 남편을 때론 어린아이를 대하듯 다

독거리고, 때론 지쳐 돌아온 동지를 대하듯 그의 상처를 어루만져 주었다. 그런 까닭에 그녀가 그의 죽음을 마주하고서 다음과 같이 생각한 것은 조금도 이상하지 않다.

최후의 순간이 오자 나와 아이들은 절망에 목 놓아 울었다. 우리는 울음을 터뜨리고 통곡했다. 아직 채 식지 않은, 우리가 사랑했던 망인의 얼굴과 손에 입을 맞추며 무슨 말인가를 하기도 했다. 이 모든 것이 내게는 어렴풋하게 떠오른다. 하지만 내가 분명하게 의식한 것이 딱 하나 있었다. 그것은 끝없는 행복으로 가득했던 나 자신의 삶이 그가 죽는 순간 끝났다는 것, 내 마음은 영원히 고아가 되었다는 사실이었다. 나는 그렇게 뜨겁게, 모든 것을 초월하여 내 남편을 사랑했다. 나는 드물디드문 이 고귀한 도덕적 품성의 소유자가 우정으로 나를 대하고, 나를 사랑하고 존경한다는 사실에 크나큰 자긍심을 가졌다. 그를 잃은 것은 그 무엇으로도 보상받을 수 없었다. 그 자리에서 나는 바로 심장이 터지거나 정신이 나갈 것만 같았다.

안나는 누가 뭐라 해도 도스토옙스키를 '고귀한 도덕적 품성의 소유자'라고 믿어 의심치 않았다. 도스토옙스키의 '고귀한 도덕적 품성'을 증명하는 일화는 이 회고록 곳곳에서 어렵지 않게 발견할 수 있다. 그와의 만남을 안나는 인생의 축복으로 여겼고, 그와 함께한 14년 동안의 삶은 참으로 행복했노라고 스스럼없이 말한다. 하여, 도스토옙스키가 죽음의 강을 건 넌 후 그녀의 마음이 '영원한 고아'가 되었다는 진술은 절절한 고백으로 와닿는다.

스트라호프가 톨스토이에게 보낸 편지에서 읽을 수 있듯 도 스토옙스키는 "자신이 행복하다고 상상하고 자신을 주인공으로 생각했던, 그리고 자기 자신만을 자애롭게 사랑했던 정말 불행한 악인"이었는지도 모른다. 그리고 "질투심이 강하고 방탕한 사람"이었는지도 모른다. 스트라호프는 도스토옙스키를 『지하로부터의 수기』에 등장하는 그 병적인 주인공, 『죄와 벌』의 스비드리가일로프, 『악령』의 스타브로긴과 다를 게 없는 인물이라 단정하지 않았던가! 그러나 안나 그리고리예브나는 도스토옙스키를 일컬어 "지혜롭고 선하지만 모든 이에게서 버림받은 것 같은 불행한 사람"이라고 말한다. 이 불행한 영혼을 지키는 것, 그것이 그녀의 사명이라면 사명이었을 터, '불행한 영혼의 수호자' 안나는 그를 적극적으로 옹호하면서 후기 걸작들을 낳는 데 산파 역할을 자임한다.

누구나 짐작하겠지만, 1866년 11월 8일의 청혼에서 결혼에 이르기까지의 과정은 결코 순탄하지 않았다. 특히 도스토옙스키 자신의 자의식은 깊고도 지독했다. 그의 말마따나 늙고 병든 사람, 빚에 시달리는 사람이 이처럼 건강하고 젊고 낙천적인 아가씨에게 무엇을 줄 수 있었겠는가. 하지만 안나는 '늙고 병든 데다 빚에 시달리는' 도스토옙스키의 자상한 보호자였을 뿐만 아니라 그의 성실한 독자이기도 했다. 아니 독자 그 이상이었다. 그녀는 말한다. "『죽음의 집의 기록』을 읽고는 얼마나 많은 눈물을 흘렸는지 몰라요! 내 가슴에는 강제노역의 끔찍한 생활을 견뎌낸 도스토옙스키에 대한 동정과 연민이 가득 찼어요. 그런 감정을 안고서 당신 집에 일하러 갔던 거예요. 내가 크나큰 감동을 받은 작품을 써낸 사람의 삶의 무게를 조금이라도 가볍게 하는 데 도움을 주고 싶었어요."

다른 평론가들이 도스토옙스키의 소설들을 형식도 제대로 갖추지 못한, 잡다한 사건들의 집합에 불과한 미완성품이라고 혹평했을 때에도 그녀는 그의 능력을 조금도 의심하지 않았다. 이러한 정신적 후원자가 없었더라면 과연 도스토옙스키의 대작들이 탄생할 수 있었을까.

도스토옙스키가 '앓고' 있던 질병 중의 하나가 '도박 중독증'이었다. 속기사의 자격으로 도스토옙스키와 '함께' 『도박꾼』을 받아 적기 시작하던 때의 상황을 안나 그리고리예브나는 이렇게 묘사하고 있다.

우리는 둘 다 새 소설의 주인공들의 삶 속으로 뛰어들었다. 표도르 미하일로비치가 그런 것처럼 내게도 좋아하는 인물들과 원수 같은 이들이 생겨났다. 나는 재산을 탕진한 노파와 에이슬리 씨에게 호감을 가졌고 폴리나와 소설의 주인공에게선 경멸을 느꼈다. 나는 그의 무기력함과 도박에 대한 집착을 용서할 수 없었다.

표도르 미하일로비치는 전적으로 '도박꾼' 편이었다. 그는 주인공이 느낀 여러 감정과 인상들은 자신이 경험했던 바라고 말했다. 그는 강한 성격을 소유하고, 사는 동안 이를 입증할 수 있지만, 그렇다고 해도 룰렛에 대한 집착을 이겨 낼 힘은 없노라고 강변했다.

그럼에도 불구하고 안나 그리고리예브나는 도박 중독자였던 도스토옙스키를 용서했다. 아니 용서가 아니라 그의 도박 심리를 이해하고 감싸 안았으며 급기야는 도박에서 창작으로 그를 되돌려 놓는 데 성공한다.

4년 동안 빚에 쫓겨 유럽을 전전하고 있을 때, 그들은 집세 걱정에 하루도 편할 날이 없었다. 그럼에도 도스토옙스키의 도박벽은 사라질 줄 모른다. "내 사랑하는 남편에게 이런 단점이 있다는 것을 인정하는 것이 괴롭고도 화가 났다. 하지만 나는 곧 깨달았다. 이것은 단순한 '의지박약'의 문제가 아니라, 인간을 완전히 삼켜 버리는 욕망이며 통제 불가능한 어떤 것이어서 아무리 강한 성격의 소유자라 할지라도 그에 맞서 싸울 수 없다는 것을. 도박은 복종하지 않을 수 없는 그 무엇이다. 도박에 빠지는 것은 병으로 보아야 하며 그것을 막을 방법은 없다. 유일한 투쟁 방법은 도망치는 것이다." 그러나 도망칠 수가 없었다. 돈이 없었기 때문이다.

이 회고록에 따르면 안나는 도스토옙스키가 돈을 잃었다고 해서 책망한 적도 결코 없었으며, 그 문제로 그와 말다툼을 벌인 적도 없었다고 한다. 뿐만 아니라 저당잡힌 자신의 물건들을 기간 내에 되찾지 않으면 팔리고 만다는 것을 알면서도, 그리고 집주인과 소소한 빚쟁이들에게 불쾌한 일을 당하면서도 그녀는 아무런 불평 없이 마지막 남은 돈까지 그에게 내주었다는 것이다. 왜 그랬을까. 이와 관련하여 안나는 다음과 같이 적고 있다.

나는 한순간도 돈을 따는 것을 기대한 적이 없다. 희생해야만 할 100탈러가 너무 아까웠지만, 나는 이전의 경험을 통해 알고 있었다. 새로이 격렬한 감정을 체험하고 도박과 모험을 향한 자기 마음을 충족시키고 나면 표도르 미하일로비치는 안정된 마음으로 돌아올 것이고, 돈을 따겠다는 희망이 얼마나 공허한지 확신하면서 새로운 힘으로 창작에 매진하여 이삼 주 안에 잃은 돈을 모두 되찾을 것이라는 사실을.

도스토옙스키의 도박 중독증을 이해하기란 쉽지 않다. 그러나 '악령'처럼 끊임없이 그를 괴롭힌 생활비의 압박과 빚 독촉이 도스토옙스키를 도박장으로 내몰았다는 추정은 가능하다. '2만 5천 루블에 달하는 빚'을 그들은 13년 동안 갚아야 했다. 도스토옙스키가 죽기 1년 전에야 마침내 빚을 다 청산했다고 한다. 빚이라는 또다른 질병! "그렇게 떠맡은 빚이 없었더라면, 그래서 서두를 필요 없이 원고를 인쇄에 넘기기 전에 다시 검토하고 다듬으면서 소설을 썼더라면, 남편의 작품의 예술적 측면에서도 성공할 수 있었을 것이다." 안나의 이 말은 조금도 과장이 아니다. 톨스토이, 투르게네프, 곤차로프 등은 건강하고 유복한 사람들로서 자기 작품을 충분히 구상하고 다듬을 여유가 있었다. 하지만 도스토옙스키는 간질병이라는 힘겨운 질병에 시달렸고 대가족과 빚을 짊어지고 있었으며 내일에 대한, 절박한 빵에 대한 괴로운 생각들에 짓눌린 사람이었던 까닭에 늘 쫓기면서 원고와 씨름해야 했다. 이러한 정신적 고통을 이해하고 있었던 안나는 기꺼이 자신의 패물을 팔아 가면서까지 그를 '격렬한 모험'의 현장으로 내보낸다. 이것을 우리는 어떻게 받아들여야 할까.

도스토옙스키를, 아니 안나 그리고리예브나를 괴롭힌 것은 도박 중독증만이 아니었다. 간질 발작이 천형처럼 그의 심신을 후벼팠고, 안나는 이를 고통스럽게 지켜보아야만 했다. "나는 간질 환자들이 일반적으로 발작이 시작되면 내지르는 사람의 소리라 할 수 없는 울부짖음을 수십 번이나 들어야 했다"(『백치』에서 미시킨 공작이 발작을 일으켰을 때의 모습을 상상해 보라!). 이 회고록에는 맏딸 소피야와 아들 알료샤의 탄생과 죽음이 비교적 상세하게 그려져 있는데, 이 아이들의 죽음은 도스토옙스키를 걷잡을 수 없는 소용돌이 속으로 몰아넣었고 그의 지병을 치명적으로 악화시킬 수도 있었다. 안나의 말을 들어 보자.

표도르 미하일로비치는 이 죽음으로 크나큰 충격을 받았다. 그
는 어찌된 일인지 알료샤를 특히 사랑했다. 마치 그 아이를 잃게
될 것이라는 걸 예감이라도 한 듯한 병적인 사랑이었다. 표도르
미하일로비치를 특히 짓누른 것은 아이가 자신으로부터 유전된
병인 간질로 죽었다는 사실이었다. 그는 우리를 짓밟은 운명의
일격을 겉으로는 담담하고 용감하게 견뎌 냈다. 하지만 나는 자
신의 깊디깊은 슬픔을 그렇게 자제하고 있는 것이 그렇지 않아
도 약해져 있던 그의 건강에 치명적인 사태를 불러올 것 같아 정
말 우려되었다.

그러나 도스토옙스키의 곁에는 정신적 동반자 안나가 있었
다. 그녀는 고통스러워하는 그의 모습을 지켜보면서, 그리고
그의 고통을 나누면서 어머니처럼 또는 의사처럼 그의 발작을
조금씩 치유해 갔다. 따라서 도스토옙스키가 이렇듯 절박한
상황에서도 쉬지 않고 글을 쓸 수 있었던 것은 그의 천부적 재
능을 인정하고 그것이 넘쳐나오도록 보살핀 안나의 노력이 있
었기 때문이라고 해야 할 것이다.

안나 그리고리예브나의 회고록에서도 중요하게 다루어지
고 있듯이 1867년 겨울에서 1871년 7월에 걸친 이들 부부의
유럽 여행은 도스토옙스키의 창작 여정에서 전환점이라고 할

수 있다. 베를린―드레스덴―바덴바덴―제네바―밀라노―피렌체 등으로 이어지는 4년 간의 유럽여행, 아니 고립 생활이 지닌 내적인 의미는 무엇이었을까? 안나는 여행을 마친 뒤 러시아로 돌아온 뒤의 정황을 이렇게 쓰고 있다.

걱정이 끊일 날이 없고 늘 돈이 부족했으며, 가끔은 가슴 답답한 향수에 시달렸지만 이 모든 것에도 불구하고 장기간의 고립 생활은 남편의 마음속에 언제나 존재했던 기독교 사상과 감정이 성숙하게 발현하는 데 도움을 주었다. 해외에서 돌아와서 우리가 만난 친지들은 표도르 미하일로비치가 몰라볼 정도로 성격이 좋아졌다고, 부드럽고 선량해지고 사람들에게 관대해졌다고 내게 말했다. 그에게 익숙한 완고함과 참을성 없는 성격은 거의 사라지고 없었다.

시베리아 유형이 그의 삶에서 전기가 됐다는 사실은 잘 알고 있는 바와 같다. 이와 함께 유럽여행은 도스토옙스키의 정신을 단련하고 한층 성숙하게 한 계기였음을 어렵지 않게 이해할 수 있다.

그 정신적 성숙의 과정, 그러니까 그가 어떤 사람들과 어떻게 만났으며, 어떤 책들을 읽고 무엇을 보았는지를 이 회고록은 생생하게 전해 준다. 예컨대 라파엘로의 「시스티나의 성모」, 『악령』과 『미성년』에서 황금시대라 예찬해 마지않았던 클로드 로랭의 「풍경」, 한스 홀바인의 「그리스도의 시신」 등이 그를 어떻게 사로잡았는지를 안나 그리고리예브나는 담담한 필치로 보여 준다. 한 구절만 보도록 하자

한스 홀바인이 그린 그림은 참혹한 고통을 겪은 뒤 십자가에서 끌려 내려와 썩도록 방치된 예수 그리스도를 형상화한 것이었다. 부풀어 오른 그리스도의 얼굴은 피투성이가 되어 있었고 그 모습은 처절했다. 그림은 표도르 미하일로비치를 압도했다. 그는 그 그림 앞에 아연실색한 표정으로 멈춰 섰다. 나는 도무지 그 그림을 쳐다볼 수가 없었다. 특히 홀몸이 아니었던 나는 너무나 참혹한 느낌이 들어 다른 전시실로 갔다. 15분인가 20분쯤 뒤에 돌아와 보니 표도르 미하일로비치는 그 그림 앞에 붙박힌 듯 계속 서 있었다. 그의 흥분된 얼굴에는 겁에 질린 듯한 표정이 어려 있었다. 그것은 간질 발작이 시작되는 순간에 내가 여러 번 본 적이 있는 표정이었다. 나는 가만히 남편의 팔을 잡고 그를 다른 전시실로 데리고 가서 의자에 앉혔다.

도스토옙스키가 미술 작품에 남다른 관심을 보였다는 것은 그의 작품 곳곳에서 어렵지 않게 발견할 수 있거니와, 위의 회고는 그의 대작들의 행간을 읽는 데 쏠쏠한 즐거움을 제공할 것임에 틀림없다.

* * *

안나 그리고리예브나의 이 회고록에 의하면 도스토옙스키
는 1877년 12월 24일자 메모에 다음과 같이 적어놓았다고 한
다. "〈평생의 경고〉 1. 러시아판 캉디드를 쓸 것. 2. 예수 그리스
도에 관한 책을 쓸 것. 3. 나 자신에 관한 회고록을 쓸 것. 4. 40
제(祭)에 관한 대하소설을 쓸 것." 하지만 그의 약속은 1881년
그의 죽음으로 지켜지지 못했다. 『카라마조프 가의 형제들』을
비롯한 몇 작품에 간헐적으로 보일 따름이다. 그럼에도 그는
우리에게 위대한 작가로 남아 있다.

새삼스러운 말이지만 20세기에 접어들어서 아니 오늘날에
이르기까지도 도스토옙스키는 가장 널리 읽히는 19세기 소설
가로 손꼽힌다. 시몬즈(E. J. Simmons)에 따르면, 그 까닭은 아
마 그가 소설 속에서 1, 2차 세계대전 사이의 세대 및 전후세대
를 괴롭힌 도덕적·종교적·정치적 문제들을 효과적으로 형상
화했기 때문이다. 독일의 철학자 니체는 도스토옙스키의 영향
을 받았다고 인정했고, 나치 지배 이전의 한 독일 비평가는 마
르틴 루터 다음으로 독일에 가장 큰 정신적 영향을 끼친 인물
은 바로 도스토옙스키라고 말한 바 있다.

20세기 프랑스의 경우, 소설가 앙드레 말로는 도스토옙스키
가 자기 세대의 지성사에 깊은 영향을 미쳤다고 말했으며, 철
학자 장 폴 사르트르는 자신의 실존철학은 이성의 횡포에 대

한 도스토옙스키의 비난에서 영감을 얻었노라고 고백했다. 그리고 레닌이 도스토옙스키의 소설에 대해 "나는 그런 쓰레기를 읽을 시간이 없다"라며 평가절하했다고는 하지만, 도스토옙스키의 작품은 소련에서도 널리 읽혔으며 유명한 소련 작가들은 그의 작품에서 적지 않은 영향을 받은 게 사실이다. 자신의 이상을 독자들에게 전달하고 독자들의 체험을 변형시키는 능력이 작가의 위대성을 가늠하는 척도가 된다면 도스토옙스키는 20세기 현대 소설 전반에 강력한 영향력을 행사했다고 보는 게 옳을 것이다. 확신을 갖지 못한 채 회의라는 질병에 허덕이며 신음하는 현대 소설의 인물들은 도스토옙스키의 반영웅적 주인공들로부터 창조된 형상이기 때문이다.

우리의 경우도 예외는 아니다. 식민지 시대 많은 작가들의 영혼을 사로잡았다는 사실은 어렵지 않게 확인할 수 있거니와, 지금도 작가들뿐만 아니라 문학을 사랑하는 사람들이라면 반드시 통과해야 할 '늪'으로 남아 있다. 힘겹긴 하겠지만 도스토옙스키라는 늪을 통과하는 순간 우리는 삶에 관하여 조금은 깊이 있게 얘기할 수 있을는지 모른다. 그리고 그 과정에서 안나 그리고리예브나 도스토옙스카야가 들려주는 위대한 작가 도스토옙스키의 삶의 내면 풍경은 우리에게 튼실하고도 믿음직한 길라잡이가 될 것임에 틀림없다. 간결하고 명료한 문체로 진솔하게 쓰인 이 회고록이 있어 우리는 이제 '잔인한 천재' 도스토옙스키에게 한층 가까이 다가갈 수 있을 것이다.

1819 　아버지 미하일 안드레예비치 도스토옙스키와 어머니 마리야 표
　　　 도로브나 결혼.

1820 　형 미하일 미하일로비치 도스토옙스키 태어남.

1821 　10월 30일, 아버지 미하일 안드레예비치가 군의관으로 있던 모
　　　 스크바의 마린스키 빈민구제 병원에서 표도르 미하일로비치 도
　　　 스토옙스키 태어남.

1822(1세) 　12월 5일, 여동생 바르바라 태어남.

1825(4세) 　3월 15일, 남동생 안드레이 태어남.

1829(8세) 　7월 22일, 쌍둥이 여동생이 태어났으나 베라만 살아남음.

1837(16세) 　1월 29일, 시인 푸시킨 사망. 러시아 전체에 충격을 줌. 2월 27일,
　　　　　 어머니 마리야 표도로브나 사망.

1838(17세) 　1월 16일, 페테르부르크의 공병사관 학교 입학. 수업을 몰래 빠
　　　　　 져나가 각종 소설(호프만, 위고, 라신, 괴테 등)을 탐독. 이는 나
　　　　　 중에 그의 소설적 취향에 영향을 미침.

1839(18세) 　6월, 도스토옙스키의 아버지, 자신의 영지인 다로보예에서 농노
　　　　　 들에게 살해됨.

1843(22세) 　8월, 공병사관 학교를 소위로 졸업하고 페테르부르크 공병국 제
　　　　　 도실에서 근무.

1844(23세) 　10월, 군대 제대 후, 프랑스 소설을 러시아어로 번역하는 일을
　　　　　 함. 이전부터 심취해 있던 발자크의 『외제니 그랑데』를 번역 출

간. 소설 『가난한 사람들』 집필 시작.

1845(24세) 『가난한 사람들』 집필 마침. 친구를 통해 벨린스키에게 소설을 전달. 벨린스키는 도스토옙스키의 재능을 칭찬. 작품이 성공을 거둠. 각종 사교모임에 초대되었으나 적응하지 못함. 투르게네프와 만나게 되고, 벨린스키와 네크라소프가 있는 문학 모임의 일원이 됨.

1846(25세) 『페테르부르크 선집』에 『가난한 사람들』 발표. 2주 후 두번째 소설 『분신』이 『조국의 기록』에 실림. 『분신』에 대한 벨린스키의 혹평으로 좌절감을 겪음. 문학 모임과의 긴장 관계가 형성됨. 봄, 프랑스의 공상적 사회주의를 지지하는 그룹의 지도자인 미하일 페트라셉스키와 처음 만남. 10월, 게르첸과 만남. 『조국의 기록』에 「프로하르친 씨」 발표. 11월, 네크라소프를 포함한 『동시대인』 그룹과 불화가 생김.

1846 8월 30일, 성 알렉산드르 넵스키 성찬일에 안나 그리고리예브나 스니트키나가 페테르부르크에서 태어남.

1846~47 각종 원인 불명의 신경병을 앓음. 간질 발작 시작?

1847(26세) 1월, 「아홉 통의 편지로 된 소설」을 『동시대인』에 발표. 1~3월, 벨린스키와 절연. 10~12월, 『조국의 기록』에 「여주인」을 발표.

1848(27세) 페트라셉스키 그룹과 가까워지고, 사회주의 사상에 이끌림. 「약한 마음」, 「정직한 도둑」, 「백야」 등이 『조국의 기록』에 실림. 독일, 프랑스 등지에서 혁명 발발.

1849(28세) 페트라셉스키 그룹 내 좌익인 스페시네프와 듀로프(강제적인 권력 탈취를 주장하는 당파)의 영향을 받음. 비밀 인쇄소를 만드는 데 참가. 4월 15일, 그룹 모임에서 '고골의 사악한 정치적 반동을 비난하는' 벨린스키의 편지를 낭독. 4월 23일, 정치범으로 체포되어 사형을 선고받음. 완성되지 않은 소설인 「네토츠카 네즈바노바」가 『조국의 기록』에 실림. 12월 22일, 사형받기 직전

황제의 특사로 사형 면제, 4년의 강제노동을 포함한 시베리아 추방령으로 감형. 12월 24일, 쇠사슬에 묶여 시베리아로 추방.

1850(29세) 데카브리스트들의 부인 중 한 명이 도스토옙스키에게 『신약성경』을 줌. 『신약성경』을 반복해서 읽음. 이 시기에 중대한 사상적 전환이 일어남.

1850~54 옴스크에서 중노동을 하며 죄수 생활.

1853(32세) 주기적인 간질 발작 시작.

1854(33세) 감옥에서 풀려나고 사병 신분으로 몽골 접경 지역의 세미팔라친스크 전선에 배치됨. 형 미하일과 서신 교환.

1856(35세) 하급 장교로 승진됨.

1857(36세) 파벨이라는 아들이 있는 과부 마리야 드미트리예브나 이사예프와 결혼. 귀족 신분을 되찾았으나 정부의 비밀감찰은 1875년까지 계속됨. (수감 시절인 1849에 구상했던) 「꼬마 영웅」을 익명으로 『조국의 기록』에 발표.

1859(38세) 제대를 허가받고 시베리아를 떠남. 8월, 트베리에 도착. 12월 16일, 페테르부르크에 돌아가 집필활동을 해도 된다는 허가를 받음. 「아저씨의 꿈」이 『러시아 말』지에 실림. 『스체판치코보 마을 사람들』을 『조국의 기록』에 발표.

1860(39세) 「죽음의 집의 기록」 1부가 『러시아 세계』에 실림.

1860~65 형 미하일과 『시대』와 『연대기』지 편집. 서구주의에 반대하고 슬라브주의 옹호함. 『시대』에 『상처받은 사람들』과 『죽음의 집의 기록』을 발표.

1862(41세) 여름, 첫 번째 해외여행(런던, 파리, 제네바 등).

1862~63 겨울, 『시대』지의 기고자였던 수슬로바와 가까워짐.

1863(42세) 「여름 인상에 대한 겨울 메모」를 『시대』에 발표. 4월, 스트라호프의 기사가 문제가 되어 『시대』 강제 폐간됨. 8~10월, 두 번째 해외여행을 떠난다. 수슬로바와 비스바덴, 바덴바덴, 함부르크

등에서 도박. 이때의 경험은 『도박꾼』과 『백치』 등에 매우 잘 묘사되어 있음.

1864(43세) 『연대기』의 편집장이 됨. 『연대기』에 『지하로부터의 수기』 발표. 4월 15일, 부인 마리야 드미트리예브나 폐결핵으로 사망. 그녀의 아들 파벨을 책임진다고 맹세. 7월 10일, 형 미하일 죽음. 그의 빚과 가족의 생계를 떠맡음. 8, 9월, 신예 작가 안나 코르빈 크루콥스카야의 두 개의 단편 출간.

1865(44세) 『연대기』지 종간. 안나 코르빈 크루콥스카야에게 청혼했으나 거절당함. 여름, 빚을 해결하기 위해 악덕 출판업자 스첼롭스키와 3천 루블에 모든 작품의 저작권을 그에게 양도하고, 1866년 11월 1일까지 새 소설을 써 주기로 계약. 7~10월, 세 번째 해외여행. 중간에 수슬로바를 만남. 도스토옙스키 전집 2권이 출판됨.

1866(45세) 『러시아 통보』에 『죄와 벌』 연재 시작. 10월 4일, 소설 『도박꾼』의 속기사로 추천된 안나 그리고리예브나 스니트키나와 처음 만남. 10월 30일, 『도박꾼』 집필을 성공적으로 마침. 세 번째 전집 출판. 11월 8일, 안나 그리고리예브나에게 청혼, 안나가 청혼을 받아들임.

1867(46세) 2월 15일, 삼위일체 대성당에서 결혼식을 올림. 의붓아들 파벨과 함께 생활. 4월 14일, 신혼부부는 빚더미와 법적인 여러 문제를 피해 '석 달만' 해외에서 체류하려 하나, 이는 4년 동안 계속됨. 안나, 1년 반 동안의 결혼생활을 속기로 자신의 일기에 기록. 7월 10일, 바덴에서 투르게네프와 만남. 제네바로 이동.

1868(47세) 2월 22일, 딸 소피야가 태어남. 3개월 만에 갑작스럽게 죽음. 『백치』가 『러시아 통보』에 연재됨. 도스토옙스키와 안나는 밀라노와 피렌체 등으로 이동.

1869(48세) 프라하 등지를 여행하고 둘째 딸 류보피가 태어난(9월 26일) 드레스덴으로 돌아감. 11월 21일, 모스크바에서 혁명가 네차예프

가 이끄는 '민중의 복수'라는 단체가 배신을 이유로 이바노프라는 대학생을 살해. 후에 이 사건은 『악령』의 주된 모티프가 됨.

1870(49세) 잡지 『여명』에 『영원한 남편』을 발표.

1871(50세) 7월 8일, 페테르부르크로 돌아감. 7월 16일, 아들 표도르(페쟈) 탄생.

1871~72 『러시아 통보』에 소설 『악령』을 연재. 안나 그리고리예브나는 도스토옙스키의 속기사, 비서, 필사자, 재정 담당자 등으로 계속 활동하면서 가족 부양을 위해 다른 일도 모색.

1873~74 도스토옙스키는 자신의 독립 기관지인 『작가 일기』가 처음에 고정 칼럼 형식으로 실렸던 『시민』지의 편집장이 됨. 잡지의 반동성과 건강 등을 이유로 곧 그만 둠. 안나는 출판업자가 되어 소설 『악령』을 단행본으로 출판.

1874(53세) 『백치』 단행본으로 출판. 3월 26일, 도스토옙스키는 출판 검열에 걸려 48시간 구류를 선고받음. 6월, 폐기종 치료를 위한 바트 엠스로의 첫 번째 요양. 8월, 살티코프 셰드린, 네크라소프 등과의 관계 회복.

1875(54세) 『조국의 기록』에 소설 『미성년』을 연재. 8월 10일, 둘째 아들 알렉세이(알료샤) 탄생.

1876(55세) 『미성년』 단행본으로 출판. 독립 기관지 『작가 일기』 11호까지 발간. 1월호에 「예수의 크리스마스 트리에 초대된 소년」 발표. 11월호에 「온순한 여자」 발표.

1877(56세) 『작가 일기』 9호까지 발간. 4월, 러시아 황제가 터키에 대한 전쟁을 선언. 이를 읽고 카잔 성당에서 기도를 드림. 「우스운 사람의 꿈」을 『작가 일기』에 발표. 12월 27일 네크라소프 사망. 12월 29일, 과학 아카데미 러시아 문헌분과 객원회원이 됨. 12월 30일, 네크라소프의 장례식에서 연설.

1878(57세) 5월 16일, 3살 된 아들 알료샤가 유전적인 간질병으로 죽음. 6월,

솔로비요프와 옵티나 수도원에 다녀옴.

1879~80 『카라마조프 가의 형제들』을 『러시아 통보』에 연재. 안나, 책을 직접 우편 배달하는 사업을 시작.

1880(59세) 6월, 모스크바에서 열린 푸시킨 동상 제막식에서 연설. 대중들에게 열렬히 환영받음. 각종 문학의 밤 행사에서 자신의 소설 (『상처받은 사람들』 중 '넬리 이야기' 등) 및 러시아 시인들의 시 (푸시킨의 「예언자」 등) 낭독. 청중들에게 뜨거운 감동을 줌. 『작가 일기』 8월에 한 번만 발행됨.

1881(60세) 1월 28일, 폐출혈 발생 이틀 후 페테르부르크에서 사망. 1월 31일, 알렉산드르 네프스키 수도원 묘지에 묻힘. 대대적인 애도객의 행렬이 이어짐.

1881~1918 안나 그리고리예브나, 남편의 작품들을 영원히 불멸토록 하는 데 남은 여생을 바침. 도스토옙스키 박물관을 설립하고, 스트라호프에게 남편의 전기를 청탁함. 남편의 작품 서지 목록과 그의 작품집을 출간.

1894 안나, 결혼 초기부터 작성했던 일기 해독, 정서 착수.

1911~16 안나, 도스토옙스키 회고록 작업 계속.

1913 딸 류보피 평생 해외에 거주.

1917 캅카스 지방에 머물던 안나는 전쟁과 혁명 때문에 아들 표도르와 연락이 두절됨. 안나, 여름에 심한 말라리아에 걸림.

1918 6월 9일, 급성 장염으로 안나 사망(72세).

1921 심장병으로 아들 표도르 사망.

1926 딸 류보피 백혈병으로 사망.

주석

1장

1. 가을에 나타나는 유럽의 늦더위형 날씨로, 북미에서 쓰이는 인디안 서머(indian summer)는 이와는 조금 다른 늦가을의 더위를 일컫는다.

2. 미터법 시행 전 러시아의 거리 단위. 1베르스타는 1,067킬로미터에 해당.

3. 러시아 정교에서는 아기가 태어나면 교회에서 세례를 받고 세례명을 얻는데, 그 세례명과 같은 이름의 성자의 기일(忌日)을 명명 축일이라고 하여 매년 생일처럼 기념한다.

4. 십자가에 못 박혀 죽은 그리스도의 시신을 덮어 감쌌다는 좁고 긴 아마포로, 천 위에 예수의 형상이 드러나 보인다. 동방 정교의 5대 성물 중 하나.

5. 세례를 받은 신자에 대해 사제가 이마에 성유를 바르고 성신의 은총을 주는 가톨릭과 동방 정교의 의식.

6. 예수의 최후를 기념하여 그의 살과 피를 상징하는 빵과 포도주를 나누는 의식.

7. 미터법 이전 러시아의 토지 면적 단위. 1제샤치나는 1,092헥타르에 해당.

8. 이콘. 동방 정교에서 받드는 예수, 성모, 성인, 순교자들의 초상.

9. 가톨릭이나 동방 정교에서 사순절(四旬節) 전 일주일간 열리는 축제. 이 기간 동안은 육식을 금한다.

2장

1. 러시아의 성명은 이름, 부칭, 성의 순으로 이루어져 있으며, 부칭은 아버지의 이름을 빌려 남자는 '-비치', 여자는 '-브나'가 된다. 예를 들어, 이름이 알렉산드르인 사람의 아들은 부칭이 알렉산드로비치, 딸은 알렉산드로브나가 되는 것이다.

2. 이 말은 표도르 미하일로비치가 흔히 쓰던 표현이었다. 그는 정확한 약속 시간을 정하고 거기다 항상 "이르지도, 늦지도 않게"라는 말을 덧붙였다.[지은이]

3. 소냐의 친아버지인 술주정뱅이. 술 때문에 일자리를 잃고, 가정을 곤경에 빠뜨리고, 소냐를 매춘의 길로 내몬다. 이 모든 것을 자신의 탓으로 인정하면서 그로 인한 고통을 즐기는 유형이다. 타락을 추구하고, 그런 자신을 비하하는 끝없는 과정 끝에 결국은 술에 취해 마차에 치여 최후를 맞는다.

4. 그것은 그가 간질 발작을 일으켰을 때 넘어지면서 어떤 날카로운 물체에 부딪혀 오른쪽 눈을 크게 다쳤기 때문이었다. 그는 융게 교수에게 치료를 받고, 경련 완화제인 아트로핀 한 방울을 눈에 넣으라는 처방을 받았다. 이 때문에 동공이 그렇게 확대된 것이었다.[지은이]

5. 전통적인 사상·이론·진리·지식·규범 등의 가치를 일체 부정하는 주의를 니힐리즘이라고 한다. 이 용어를 만든 사람은 독일의 철학자 야코비인데, 19세기 말에서 20세기에 주로 사용되었으며 중세에는 특정 이교도들을 가리키기도 했다. 러시아 문학에서는 나데즈딘이 『유럽의 사절』에 쓴 글에서 푸시킨을 언급하면서 처음으로 사용한 듯하다. 이때 나데즈딘은 니힐리즘을 회의주의와 같은 뜻으로 사용했는데, 그후 1858년 베르비도 동일한 뜻으로 사용했다. 니힐리즘을 혁명과 같은 뜻으로 해석하는 데 크게 기여한 저명한 보수파 언론인 카트코프는 모든 도덕원리를 부정함으로써 사회에 위협이 되는 것을 니힐리즘으로 보았다. 투르게네프는 소설 『아버지와 아들』(1862)에서 니힐리스트 바자로프를 통해 이 용어를 대중화했다. 그 결과 1860, 1870년대의 니힐리스트는 헝클어진 머리와 지저분한 용모, 무례한 행동과 누더기 차림으로 전통과 사회질서에 반항하는 자로 여겨졌다. 그리하여 니힐리즘 철학은 알렉산드르 2세의 살해와 당시 절대주의에 대항한 비밀조직의 정치적 테러와 관련된 것으로 오해받기 시작했다. 니힐리스트는 보수주의자들의 눈에는 시대의 저주였지만, 체르니셉스키와 같은 자유주의자들에게는 민족사상 발전의 과도기적 요소, 즉 개인의 자유를 위한 투쟁의 한 단계이자 반항적인 젊은 세대의 진정한 정신적 대변자였다.

6. 1845~49년 사회주의적 사상을 가진 페트라솁스키(1821~1866)의 문하에 젊은 사상가와 작가들이 모여서 프랑스의 공상적 사회주의자 푸리에의 저작을 연구하고 러시아의 전제정치와 농노제를 비판하였다. 이 그룹에는 페트라솁스키와 스페시네프 등 과격한 혁명적 사상을 가진 자와 다닐렙스키 등 자유주의적 사상가의 2파가 포함되어 있었는데, 도스토옙스키와 마이코프 형제 등의 문인들도 가입해 있었다. 그들은 모두 당시의 정치체제에 비판적이었으나 사상적인 토의에 그치고 행동에 옮기는 일은 없었다. 그러나 1848년 혁명의 영향을 두려워한 니콜라이 1세는 이들 서유럽의 유해사상을 근절하려고 1849년 4월 그들을 체포하여 본보기로 사형을 선고한 후 22명을 노역이나 병역에 처하였는데, 이를 페트라솁스키 사건이라 한다.

7. 이때 느낀 감정에 대해 도스토옙스키는 소설 『백치』에서 주인공 미시킨 공작의 입을 빌려 이렇게 말하고 있다. "…… 살인죄로 어떤 사람을 처형한다는 것은 살인 그 자체보다 훨씬 더 끔찍한 일입니다. 사형을 당한다는 것은 노상강도에게 죽임을 당하는 것보다 훨씬 잔인한 일이지요. …… 사형선고를 받았을 때, 가장 끔찍한 고통은 아무 데도 도망칠 곳이 없다는 사실입니다. …… 도대체 인간이라면 이런 상황에서 어떻게 미치지 않을 수 있단 말입니까? 왜 인간이 이런 소름끼치고 무력하고 아무 쓸모없는 굴욕을 당해야 합니까? 사형선고를 받고 이런 고통을 당한 직후 다음과 같은 말을 들은 어떤 사람이 있습니다. '너는 이제 가도 좋다. 너는 집행유예가 되었다.' ……"

8. 『도박꾼』은 원래 제목이 '룰레텐부르크'였다.

9. 이 인쇄용지 1장은 책의 쪽수로 보면 약 15.5쪽에 해당한다.

10. 1861~63년에 상트 페테르부르크에서 발간된 정치 및 문예 월간지. 도스토옙스키의 형 미하일 도스토옙스키가 편집장을 맡았으나 실질적인 편집장은 도스토옙스키였다. 평론가 그리고리예프, 스트라호프, 마이코프 등이 참여했으며, 슬라브주의에 입각하여 지식인들이 '대지'에 뿌리내릴 것을 호소하는 '대지주의자'들의 기관지 역할을 했다. 당대에 함께 발행되었던 혁명적 민주주의 세력의 대변지 『동시대인』과 적대관계에 놓여 있었다. 『시대』는 1863년 4월에 정부의 검열 때문에 문을 닫아야 했고, 도스토옙스키 형제는 그 뒤를 이어 잡지 『연대기』를 발간했다. 1864년 7월에 형 미하일이 죽자 도스토옙스키가 이 잡지의 발행인이 되었는데, 그는 1년 반 이후 『연대기』가 발행 정지될 때까지 이 역할을 맡았다. 따라서 그는 발행인으로서 자신의 책임을 어느 정도 느껴 33,000루블에 달하는 빚을 자신이 지기로 했다.

11. 알렉세이 페오필락토비치 피셈스키(1821~1881). 러시아의 작가. 근대적 개혁 전의

러시아의 생활상을 그린 『천 개의 영혼』, 농민의 삶을 그린 『고달픈 운명』, 종교 생활의 의미를 그린 『40년대 사람들』 등의 대표작이 있다. 프세볼로드 블라디미로비치 크레스톱스키(1840~1895)는 러시아의 작가. 엽기적인 소설 『페테르부르크의 빈민굴』과 도시의 밑바닥 풍경을 그린 『밑바닥』 등의 대표작이 있다. 미하일 이바노비치 글린카(1804~1857)는 러시아의 작곡가. 러시아 고전음악의 창시자. 오페라 「황제를 위한 삶」, 「이반 수사닌」, 「루슬란과 류드밀라」로 러시아 국민음악과 오페라의 서막을 열었다. 몇 안 되는 그의 작품은 모두 후기 러시아 음악의 기초가 된 것으로 인정받는다. 「루슬란과 류드밀라」는 서정적 멜로디와 다양한 색채의 관현악법을 보여주며, 발라키레프, 보로진, 림스키 코르사코프가 자신들의 양식을 세우는 토대가 되었다. 차이콥스키는 글린카의 관현악곡 「카마린스카야」가 러시아 교향악의 바탕을 마련했다고 평했다.

12. 아폴론 니콜라예비치 마이코프(1821~1897). 모스크바 출생. 화가 가정에서 태어나 소년 시절부터 시를 쓰기 시작했다. 서사시 「두 운명」(1845), 「마셴카」 등 자연과 풍의 목가적인 시를 썼으나, 뒤에는 종교적인 작풍으로 변하여 로마나 그리스의 역사를 주제로 한 예술지상주의 시인으로 변모하였다. 알렉산드르 페트로비치 밀류코프(1817~1897)는 상트 페테르부르크 대학을 졸업하고 고등학교와 대학에서 문학을 가르쳤다. 1847년 『러시아 시 개론』을 펴내며 벨린스키의 계승자임을 자처했다. 몇 세대의 학생들이 이 책을 통해 러시아 문학을 접하게 되었다. 수필과 평론 등 여러 저서를 남겼으며, 도스토옙스키와 함께 페트라솁스키 사건에 연루되었으나 방면되었다.

13. 니콜라이 알렉세예비치 네크라소프(1822~1877). 러시아의 시인. 1847년부터 66년까지 잡지 『동시대인』의 편집장을 지냈고, 1868년부터는 미하일 살티코프(셰드린은 그의 필명이다)와 함께 『조국의 기록』 편집장을 맡았다. 도시민의 일상사와 농민의 고단한 삶, 여성과 아동 문제를 다루면서 사회의 불의와 인간의 고통 문제에 천착했다. 『러시아의 여인들』, 『추위, 빨간 코』, 『러시아는 누구에게 살기 좋은가』 등의 대표작이 있다.

14. 언젠가 한번은 일하러 들어가다가, 시베리아에 있는 친구들이 표도르 미하일로비치에게 선물한 아름다운 중국 화병 중 하나가 사라진 것을 발견했다. "설마 화병이 깨진 건 아니겠죠?" 내가 물었다. 그러자 표도르 미하일로비치는 "아니오. 깨진 건 아니고, 저당 잡혔소. 25루블이 급히 필요해서 저당 잡힐 수밖에 없었소"라고 대답했다. 그로부터 3일쯤 뒤에 남아 있던 화병도 같은 운명에 처해지고 말았다. 다음 날, 속

기 일을 마치고 식당 방을 지나다 점심 식탁에 나무 숟가락이 놓여 있는 것을 발견했다. 나는 배웅하던 표도르 미하일로비치에게 웃으며 말했다. "오늘은 모밀죽을 드시겠군요." "무얼 보고 그런 말을 하는 거지?" "숟가락이요. 사람들 말이, 모밀죽은 나무 숟가락으로 먹어야 제일 맛있다잖아요." "저런, 틀렸소. 돈이 필요해서 은수저를 전당포에 맡긴 거요. 그런데 한 다스에서 몇 개가 빠지면 돈을 훨씬 적게 쳐준다고 해서 내 것도 다 내줘야만 했던 거요." 표도르 미하일로비치는 자신의 금전적 어려움에 대해 언제나 너무 솔직하게 대응했다. [지은이]

15. 안나 코르빈 크루콥스카야가 정치적으로 급진적이었다는 것은 사실이지만, 도스토옙스키가 그녀와 실제로 약혼을 했다거나 정치적 신념의 차이로 그 약혼을 파기했다는 증거는 없다. 그녀의 여동생 소피야 코발렙스카야의 기록에 따르면 도스토옙스키는 안나 코르빈 크루콥스카야에게 청혼을 했지만 거절당했다고 한다.

16. 구슬을 굴려서 하는 도박의 일종. '룰렛'이라는 말은 작은 바퀴를 뜻하는 프랑스어에서 유래했다. 빨간색과 검은색으로 번갈아 칠해지고 각 칸마다 숫자가 적혀 있는 바퀴를 돌린 후, 작은 구슬을 바퀴와 반대 방향으로 굴려서 구슬이 어느 칸에 멈출 것인가에 돈을 건다. 16세기 말경에 유행하기 시작하여 유럽의 상류사회에서는 연회 때 손님 접대의 한 방법으로 사교적으로 하는 풍습이 생길 정도로 유행하였다. 그러나 여러 가지 잡음과 폐단이 생기면서 19세기에는 금지하는 나라가 많이 늘어났다.

17. 소설 『도박꾼』에 나오는 등장 인물들. 주인공 알렉세이 이바노비치는 독일의 룰레텐부르크에 거주하는 퇴역 장군 집의 가정교사로, 장군의 양녀 폴리나 알렉산드로브나에게 연정을 품고 있는 인물. 룰렛으로 빚과 가난으로 점철된 인생을 보낸다. 파산한 노파 안토니다 바실리예브나 타라세비체바는 퇴역 장군의 늙은 숙모로, 장군이 그녀의 죽음과 유산을 기대하고 있는 가운데 엄청난 금액을 룰렛 게임에서 모두 잃은 뒤 죽음을 맞는다. 에이슬리는 폴리나를 사랑하는 부유한 영국인으로 그녀를 돕기 위해 시간과 돈을 아끼지 않는다. 한편 장군의 양녀로 자존심이 강하고 오만한 폴리나 알렉산드로브나는 자신을 둘러싼 세 남자와 석연치 않은 관계를 맺고 있는데 알렉세이 이바노비치에게 룰렛을 해서 돈을 벌어 오라고 하기도 한다.

18. 소설 『도박꾼』은 많은 부분에서 자전적인 요소를 가지고 있다. 이 소설은 도스토옙스키의 룰렛 도박에 대한 심취와 그의 연인 폴리나(아폴리나리야 수슬로바)에 대한 열정적인 사랑을 보여 준다. 1863년에 그는 수슬로바와 함께 유럽을 여행하다가 바덴바덴에서 도박을 한다. 이 소설에 대한 안나 그리고리예브나의 '문학적' 평가는 주목

할 만하다("나는 에이슬리와 도박으로 재산을 탕진한 노파에게 연민을 느꼈지만, 폴리나와 소설의 주인공 이바노비치에겐 경멸을 느꼈다"). 한 가지 흥미로운 사실은 도스토옙스키의 삶에 있어서 수슬로바의 위치가 매우 중요하다는 것을 그녀도 분명히 알고 있었음에도 이 회고록에는 수슬로바의 이름이 한 번도 등장하지 않는다는 것이다. 안나가 실제로 수슬로바에 대한 격심한 질투 때문에 마음의 고통을 겪었다는 것은 그녀가 결혼 첫 해에 써놓은 일기를 통해 알 수 있다.

19. 러시아식 만두. 생선이나 고기, 야채 등을 속으로 넣는, 재료도 다양한 대표적인 러시아 음식.

20. 알렉산드르 니콜라예비치 세로프(1820~1871). 러시아의 작곡가, 음악 평론가. 오페라 「유디트」, 「악귀」 등이 대표작이다. 러시아 음악 비평의 기초를 닦은 사람으로 글린카, 바그너, 베토벤 등에 관한 평론을 남겼다.

21. 알렉세이 콘스탄티노비치 톨스토이(1817~1875). 명문귀족 출신으로 청년시절에 궁정에 들어가서 명예로운 여러 관직을 두루 거쳤고 서유럽에서 많은 시간을 보냈다. 1850년대 두 명의 사촌과 함께, 재무부의 한 서기로 등장하는 '코즈마 프룻코프'라는 필명으로 익살스러운 시를 공동출판하기 시작했다. 그밖의 풍자적 시들은 자신의 이름으로 발표했다. 뛰어난 해학과 풍자를 담은 시와 진지한 시, 역사적 주제를 다룬 장편소설과 드라마, 자연에의 사랑과 고대 러시아에 대한 연모가 담긴 시정이 넘치는 작품을 발표하였다. 16세기의 이반 4세 시대를 소재로 한 역사소설 『백은공작(白銀公爵)』(1863), 운문 사극 3부작 「이반 뇌제의 죽음」(1866), 「황제 표트르 이바노비치」(1868), 「황제 보리스」(1870) 등의 대표작을 남겼다. 그밖에 극시(劇詩) 「돈 후안」(1862) 등이 있다.

22. 안에 숯불을 넣어 물을 끓이는 러시아 특유의 차 주전자. 삼발이로 세워 놓고 주둥이가 넓은 것이 신선로와 유사하다.

23. 도스토옙스키의 어린 시절은 안나가 표현한 것만큼 행복하거나 평온하지는 않았다. 주된 이유는 아버지와의 관계 때문인데, 도스토옙스키의 아버지는 난폭하고 급한 성격의 소유자로, 도스토옙스키가 18세 되던 해인 1839년에 농노들에게 살해된다. 반면 그의 어머니는 보기 드물게 선량하고 문학적·음악적 재능이 탁월한 사람이었다. 어머니에 대한 도스토옙스키의 추억은 『카라마조프 가의 형제들』에서 알료샤의 어머니 모습에 많이 반영되어 있다.

24. 소피야 바실리예브나 코발렙스카야(1850~1891). 러시아의 수학자. 페테르부르크

과학 아카데미의 첫 여성 객원회원이었으며, 유명한 고생물학자인 코발렙스키의 아내였다. 그녀는 수학적 분석과 기계학, 천문학 등의 분야에서 많은 연구업적을 남겼고, 수필과 소설을 쓰기도 했다.

25. 프랑스 정부에 대항하여 파리에서 일어난 봉기(1871. 3. 18~5. 28). 보불전쟁에서 프랑스의 패배와 나폴레옹 3세의 제2제정(1852~70)이 몰락하는 과정에서 일어났다. 1871년 2월 프로이센과의 평화조약을 결정하기 위해 소집된 국민의회는 지방의 보수적 성향 때문에 왕당파가 다수를 차지했다. 공화주의적인 파리 시민들은 베르사유에서 열리는 국민의회가 왕정을 부활시키지 않을까 염려했다. 임시 국민정부의 행정 수반을 맡고 있던 아돌프 티에르는 파리의 질서 유지를 위해 국민방위군(주로 파리 포위전 때 싸운 노동자들로 이루어짐)을 무장해제시키기로 결정했다. 3월 18일 시(市) 수비대의 대포들을 치우려 하자 파리에서 저항이 일어났다. 그 뒤 3월 26일 수비대 중앙위원회가 조직한 자치선거에서 혁명파가 승리했고 이들은 코뮌 정부를 세웠다. 새 정부에는 자코뱅파와 사회주의자들인 프루동파, 블랑키파 등이 있었다. 자코뱅파는 1793년 혁명의 전통에 따라 파리 코뮌이 혁명을 주도해 나가야 한다고 주장했다. 프루동파는 전국에 걸친 코뮌의 연합을 주장했으며 블랑키파는 폭력혁명을 요구했다. 내부적 분열에도 불구하고 코뮌이 채택한 강령은 1793년을 연상시키는 조치들(종교에 대한 지원 폐지, 혁명력 사용)과 제한된 사회개혁조치(10시간 노동, 제빵공의 야근 철폐)를 추구했다. 리옹·생테티엔·마르세유·툴루즈 등지에서 일어난 코뮌은 곧바로 진압되었으므로 파리 코뮌은 홀로 베르사유 정부와 맞서야 했다. 그러나 코뮌 병사(Federe)들은 군사조직을 갖추지 못해 공세를 취할 수가 없었고, 5월 21일 정부군이 방비가 없는 곳을 통해 파리로 들어왔다. 뒤따른 피의 일주일(la semaine sanglante) 동안 정규군은 코뮌의 반발을 진압했다. 반란자들은 방어를 위해 길에 방책을 치고 공공건물(그중에는 튈르리 궁전과 시청 건물이 있었음)에 불을 질렀다. 반란자들 약 2만 명과 정부군 750명 가량이 죽었다. 코뮌이 와해된 뒤 정부는 무자비한 탄압을 가하여 약 3만 8천 명을 체포하고 7천 명 이상을 추방했다.

26 콘스탄틴 페트로비치 포베도노스체프(1827~1907). 러시아의 정치인, 법학자, 사회평론가. 황제가 된 알렉산드르 3세와 니콜라이 2세가 즉위하기 전 법학을 가르쳤다. 1880~1905년에는 종무원장(宗務院長)을 역임했다. 종교와 교육, 민족 문제 분야에서 정부 정책을 결정짓는 데 중요한 역할을 담당했다. 보수주의와 전제정치를 옹호했다.

27. 니콜라이 바실리예비치 고골(1809~1852). 러시아의 소설가, 유머작가, 극작가. 1830

년대 초 우크라이나의 농촌을 무대로 한 단편들이 수록된 『디칸키 근교 농촌 야화』로 문단에 지반을 구축했으며, 1835년부터는 「광인일기」와 「코」 등 추악한 현실세계에 대한 증오와 삶에 패배한 '소인'(小人)에 대한 동정을 나타내는 사실주의적인 작품들을 많이 썼다. 1836년에 쓴 희곡 「검찰관」은 관료사회의 악을 철저히 폭로했기 때문에, 보수적인 관리들과 언론들에게 크게 비난 받았고 이 때문에 고골은 로마로 피신, 그곳에서 10여 년 동안 지내면서 대작 『죽은 넋』의 제1부를 계속 집필하는 한편, 상트페테르부르크를 소재로 한 최고의 걸작 「외투」를 완성했다. 평론가 벨린스키가 「검찰관」, 『죽은 넋』, 「외투」 같은 작품에서 '낭만주의 학파'와는 대조적으로 앞으로 러시아 소설의 방향에 큰 영향을 줄 '자연주의 학파'의 강령을 이끌어 냈을 정도로 고골이 러시아 문학에서 차지하는 위치는 대단하다. 고골은 처음으로 러시아의 참모습을 그려 낸 작가였으며, 보잘것없는 소인을 문학의 주인공으로 형상화시킨 작가였다. 톨스토이, 곤차로프, 투르게네프로 이어진 푸시킨의 고전적·사실주의적 산문과는 대조적으로, 고골의 화려하고 격양된 문체는 도스토옙스키를 거쳐 상징주의 시인이자 소설가인 벨리에게 이어졌으며, 혁명 후의 몇몇 소비에트 작가들에게도 영향을 주었다. 바실리 안드레예비치 주콥스키(1783~1852)는 러시아의 시인, 번역가. 러시아 문학의 중요한 선각자로서 푸시킨이 러시아 운문체와 언어를 형성하는 데 영향을 미쳤다. 모스크바에서 교육을 받았으며, 1812년 나폴레옹 전쟁에 참전했다. 1815년 황제 측근이 되어 1826년부터 황태자의 가정교사로 일하다가 1841년 독일로 이주했다. 그는 시란 감정의 표현이어야 한다는 믿음으로 이성을 강조하는 고전주의에 대응한 러시아 낭만주의 문학의 선구자 니콜라이 카람진을 추종했다. 카람진을 옹호한 다소 익살맞은 문학 서클 '아르자마스회'를 설립해 고전주의자들에게 대항했고, 푸시킨과 마찬가지로 개인의 체험과 낭만주의적 풍경 개념, 민요 등에 특히 관심을 가졌다. 그는 독일과 영국의 동시대 작가 뷔르거, 실러, 괴테, 스콧, 바이런, 사우디의 작품 및 호메로스의 『오디세이』 같은 고전들을 러시아에 소개했다.

28. 소설 『상처받은 사람들』에 나오는 인물들. 발콥스키 공작은 페테르부르크 사교계의 대표적인 인물로 악한의 전형. 냉정하고 철저한 계산에 의해 움직이는 인물이다. 발콥스키 공작의 영지 관리인으로 일하는 선량하고 도덕적인 성격의 소유자인 이흐메네프 노인은 딸인 나타샤가 발콥스키 공작의 아들과 사랑하는 걸 용서하지 못하다가, 사생아로 태어난 불쌍한 넬리에게 감화되어 딸과 화해한다. 넬리는 발콥스키 공작이 버린 여자에게서 태어난 사생아로 일평생 고통받는 순진한 소녀다. 이흐메네프 노인

의 외동딸인 나타샤는 자기 집에서 자라난 고아인 이반 페트로비치의 선량함과 사람됨을 좋아하지만 바람기 많은 발콥스키 공작의 아들 알료샤에게 끌리는 마음을 어쩌지 못하며 두 남자 사이에서 방황한다.

29. 도스토옙스키 최초의 장편소설 제목이 『네토치카 네즈바노바』다. 1849년 『조국의 기록』 1월호에 1부가 실렸으나 같은 해 페트라솁스키 사건으로 도스토옙스키가 체포됨으로써 5월호에 그의 이름이 빠진 채 3부가 실리는 것으로 중단되었고, 유형 후에도 완성하지 못한 채 미완성의 상태로 단행본으로 간행되었다.

30. '초대받지 않은'이라는 뜻의 러시아어가 '네즈바니'인데, 도스토옙스키의 작품 제목이자 주인공의 성이기도 한 '네즈바노바'는 이 단어를 연상시킨다.

31. 1870년에 상트 페테르부르크에 문을 연 러시아 최초의 경가극 극장. 극장명인 부프는 '장난', '오락'을 뜻하는 라틴어이다. 명칭으로 알 수 있듯 이 극장은 클래식 위주의 공연이 아니라 경가극을 주로 선보였으며 음악과 무용, 희극 등 다양한 장르를 결합시키는 전위적인 시도를 주도했다. 러시아의 대문호 톨스토이와 네크라소프 등이 즐겨 이곳을 찾았다고 한다.

32. 마르키 드 사드(1740~1814). '사디즘'(sadism)이란 용어를 낳은 프랑스의 성애문학 작가. 작품에서 다루고 있는 본능의 발산과 성도착적 욕망을 실제 인생에서도 그대로 보여준 문제적 인물. 근대에 와서 성본능에 대한 날카로운 관찰을 시도하여 인간의 자유와 악(惡)의 문제를 철저하게 추구하였다는 평가를 받은 그의 글은 문학사의 한 기점을 이루고 있다.

33. 예수가 40일 동안 광야에서 금식하고 시험받던 수난을 기억하기 위하여 단식 속죄를 하도록 규정한 기간. 부활 주일 전 40일 동안.

34. "내가 새벽에 가 보면 그의 서재에 불이 켜져 있더라고. 그러니까 일을 하고 있는 게지." 알론킨은 이렇게 말하곤 했다.[지은이]

3장

1. 교회 의식으로 치르지 않은 결혼.

2. 니콜라이 니콜라예비치 스트라호프(1828~1896). 러시아의 철학자, 사회평론가, 문학평론가. 페테르부르크 과학 아카데미 객원회원(1872년). 종교를 최고의 인식 형태로 간주하고 근대적 유물론과 관념론을 비판했다. 러시아 대지주의적 관점을 고수했다. 톨스토이의 『전쟁과 평화』 비평 및 최초로 나온 도스토옙스키 전기가 잘 알려진 그의

글들이다.

3. 파벨 알렉산드로비치는 나보다 넉 달 늦게 태어났다.[지은이]

4. 파벨 알렉산드로비치가 어떤 사람인지를 잘 보여주는 예가 있다. 우리가 해외에서 돌아왔을 때 파벨 알렉산드로비치는 표도르 미하일로비치에게 볼스코-캄스키 은행에 취직시켜 달라고 부탁했다. 표도르 미하일로비치가 예브게니 이바노비치 라만스키에게 이 문제를 청탁했고, 파벨 알렉산드로비치는 처음에는 페테르부르크에서, 나중에는 모스크바에서 일자리를 얻었다. 여기서 그는 은행의 많은 사람들에게 그의 '아버지' 도스토옙스키가 라만스키와 친하다며, 자신은 연줄이 많다고 떠벌렸다. 그 라만스키가 언젠가 모스크바를 지나는 길에 볼스코-캄스키 은행을 방문하게 되었다. 라만스키는 국립은행의 경영자로서, 금융계에 큰 영향력을 갖고 있었다. 은행에서는 그를 공식적으로 환대했다. 그가 왔다는 사실을 알고 파벨 알렉산드로비치는 이사들이 모여 있는 홀에 들어와서 라만스키에게 다가가 손을 내밀며 말했다. "안녕하세요, 예브게니 이바노비치, 어떻게 지내셨어요? 저를 못 알아보시나요? 저는 도스토옙스키의 아들이에요. 아버지 집에서 뵀죠." "미안하네, 자네를 못 알아봤군. 많이 변했군 그래." 라만스키가 대답했다. "나이가 들어가는 거죠, 뭐. 아저씨는 정말 근사해지셨군요!" 알렉산드로비치는 크게 웃어댔다. 그러면서 아주 다정하게 라만스키의 어깨를 툭툭 쳤다. 라만스키는 불쾌했지만 점잖은 사람이었기 때문에 표도르 미하일로비치의 건강은 어떠냐고 안부를 물었다. 파벨 알렉산드로비치는 이렇게 대답했다. "괜찮아요. 노인네가 그저 목숨은 부지하고 있는 거죠!" 이 장면에서 라만스키는 더 이상 참지 못하고 그를 외면하고 말았다. 파벨 알렉산드로비치의 이런 버릇없는 행동이 직장 상사들에게 어떤 영향을 주었을지는 상상할 수 있을 것이다.[지은이]

5. 실제로 파벨이 태어난 해는 1846년이다.

6. 이 페도시야는 무척 겁에 질려 있는 여자였다. 그녀는 서기의 미망인이었는데, 죽은 남편은 객기가 발동할 때까지 술을 퍼마시고 그녀를 무자비하게 때리곤 했던 것이다. 그가 죽은 뒤 그녀는 세 아이들과 함께 찢어지게 가난한 상태가 되었다. 친척 중한 사람이 이런 사실을 이야기하자 표도르 미하일로비치는 그녀가 세 아이들을 데리고 식모살이를 하게 해주었다. 큰 아들이 11살, 계집애가 7살, 막내 아들이 5살 때였다. 아직 약혼녀이던 나에게 페도시야는 표도르 미하일로비치가 얼마나 좋은 사람인지 눈물을 글썽이며 말해 주었다. 그녀의 말에 의하면, 그는 밤에 일을 하다가도 아이들 중 누군가가 기침을 하거나 우는 소리가 들리면 방에 들어가서 이불을 덮어 주고

아이를 달래 주다가 도저히 안 되면 그녀를 깨운다는 것이다. 그녀의 아이들을 이렇게 보살펴 준다는 것을 결혼하고 나서 나도 알게 되었다. 그런데 페도시야는 표도르 미하일로비치가 발작을 일으키는 것을 우연히 몇 번 보았기 때문에 발작을 끔찍이도 무서워했고, 남편 또한 무서워했다. 사실, 그녀는 모든 사람들을 두려워했다. 자신에게 고함을 질러대는 파벨 알렉산드로비치도 무서워했고, 심지어는 나까지도 무서워했다. 아무도 무서워하지 않는 나를 말이다. 페도시야는 거리로 나설 때면 언제나 초록색 부인용 숄을 걸쳤는데, 그것은 꼭 『죄와 벌』에 나오는 마르멜라도프 가족들이 모두 썼던 그 숄 같았다. [지은이]

7. 크렘린. 중세 러시아 도시의 전략적 주요지점에 있던 요새로 성벽, 망루 등과 함께 목책(나중에는 벽돌벽)으로 둘러쳐져서 도시의 나머지 부분과 구분되었다. 우리가 알고 있는 크렘린은 모스크바의 크렘린으로 1917년 10월 볼셰비키가 권력을 장악한 이후 소비에트 정부 본거지이자 소련 정부와 당을 상징하는 말이 되었다. 현재의 크렘린 궁전은 모스크바 강을 따라 세워져 있는데, 장식적인 성벽의 첨탑, 피라미드형 탑, 북동의 주문인 레데멜 문의 시계탑 등이 있고, 성내에는 3대 성당인 성모승천 교회, 성수태고지 교회, 대천사교회를 비롯하여 많은 교회당과 수도원·궁전·관청·탑 등이 있다. 오르지예 궁전은 크레믈 안의 장식 미술품 및 보석 창고, 16세기 초에 무기고로 만들어진 곳이다.

8. 15세기에 모스크바 대공국의 통일에 따라 모스크바가 전(全)러시아의 수도가 되었으나, 1712년에 러시아의 유럽화를 꿈꾼 표트르 대제에 의해 수도가 상트 페테르부르크로 옮겨졌다. 국민경제의 중심지로서 모스크바의 지위는 표트르 1세가 시(市) 내외에 세운 공장의 발전과 더불어 18세기에는 더욱 확대되어 섬유공업의 발달과 외국 무역의 확대를 가져왔다. 한편 최초의 대중극장(1702), 신문(1703), 대학(1755) 건설과 문예잡지(1784) 발간 등 러시아 문화의 중심지로서의 지위도 흔들리지 않았다. 10월 혁명에서 8일간의 전투 끝에 승리를 거둔 볼셰비키가 1918년 3월 레닌의 제창에 따라 수도를 모스크바로 다시 옮겨 오늘에 이른다. 따라서 도스토옙스키 생존시에는 페테르부르크가 수도였다.

9. 셸리얀카 수프는 고기와 생선, 야채로 진하게 끓인 러시아식 수프를 말한다. 라스스체가이는 껍질 없이 속을 버무려 구운 일종의 만두 요리.

10. 부활제 전주의 토요일. 그리스도가 예루살렘에 들어갔을 때 버드나무 가지를 뿌려 환영받은 것을 기념함.

11. 1811~1848. 사상가, 문학평론가. 러시아 혁명적 민주주의 비평의 '아버지'라 불린
    다. 농노제를 비판하는 희곡「드미트리 칼리닌」이 문제가 되어 모스크바 대학에서 제
    적된 뒤 직업적 평론가로 활동하면서 생계를 꾸려나갔다. 1834년『몰바』지에 실린 첫
    번째 평론「문학적 몽상」은 민족성에 관한 F. W. J. 셸링의 견해를 러시아 문화에 적용
    한 논문이었으나 훗날 헤겔의 역사철학을 받아들였다. 잡지『조국의 기록』에서 평론
    활동을 하며 현존하는 사회 제도의 절대적 긍정을 나타내는 '현실과의 화해' 이론을
    주장하였으나, 전제주의와 농노제에 대한 반감과 헤겔 철학의 모순으로 번민하다 주
    필이 된 이후(1839) 정통 헤겔주의에 반기를 들기 시작했다. 1846년에는『동시대인』
    지 편집에 참여하면서 문학의 사회비판적 측면에 더욱 관심을 가지고, 문학이 해야
    할 장기적인 과제는 아직도 태아기에 있는 러시아가 성숙한 문명국으로 발전하도록
    돕는 것이라는 내용의 글을 실었다. 1847년에 그는 작가 고골에게 보내는 유명한 편
    지를 썼는데, 이 편지에서 고골의「친구와의 왕복서한 발췌문」이 교회와 국가에 복종
    할 것을 설교함으로써 러시아 국민을 배신했다고 비난했다. 푸시킨·레르몬토프·고
    골·도스토옙스키에 대한 그의 분석은 근대 러시아 문학비평의 초석이 되어 19세기
    후반 체르니솁스키, 도브롤류보프 등의 혁명적 민주주의 문학 비평으로 계승되었다.

4장

1. 드레스덴 고전 거장 미술관을 말한다. 독일의 대표적인 작센 바로크 건축물인 츠빙
   거 궁전 안에 있는 이 미술관에는 라파엘로, 보티첼리, 티치아노 등 이탈리아 작가와
   루벤스, 렘브란트, 반 다이크, 반 에이크 등 플랑드르 작가, 그리고 뒤러, 크라나흐 등
   독일 작가들의 작품이 전시되어 있다.

2. 레오나르도 다 빈치, 미켈란젤로와 함께 르네상스의 고전적 예술을 완성한 3대 천재
   예술가 라파엘로가 그린 성모상. 드레스덴 미술관에서 가장 돋보이는 작품인 이 그림
   은 교황 율리우스 2세의 명을 받아 그렸으며 휴머니즘의 이상을 잘 보여 주고 있다.

3. 빅토르 미하일로비치 바스네초프(1848~1926). 러시아의 화가. 종교화 부문에서 명성
   을 떨쳤다. 특히 키예프의 성 블라디미르 성당과 상트 페테르부르크의 보스크레세니
   예 교회에 그린 그림들이 수작으로 꼽힌다. 성 블라디미르 성당 벽화의 진품들은 현
   재 트레차코프 미술관에 소장되어 있다. 종교화 부문에서 그의 그림은 새로운 화풍의
   기초가 되었고, 독특한 '바스네초프' 스타일을 탄생시켜 많은 화가들이 그를 모방하
   곤 했다.

4. 알렉산드르 이바노비치 게르첸(1812~1870). 러시아의 정치사상가. 부유한 귀족 이반 알렉세예비치 야코블레프와 미천한 신분의 독일 여성 사이에서 사생아로 태어났다. 유복한 집안에서 서구적인 교육을 받았지만, 아버지의 영지에서 이루어지던 공공연한 농노 학대를 목격하면서 사회의식이 싹텄다고 한다. 12월 당원의 반란에 큰 감화를 받고 모스크바 대학에 다니면서 서구의 급진주의 사상을 받아들인다. 이 무렵 그의 사상은 셸링의 범신론적 관념론과 생시몽의 사회주의를 결합한 형이상학적인 것이었으나, 당국의 철학 서클 탄압에 의해 5년간 유형에 처해졌다. 유형 생활을 거치면서 좌파 헤겔주의자가 된 그는 벨린스키를 비롯한 진보적 서구주의자들과 교류하면서 『과학에서의 딜레탕티즘』, 『자연연구에 관한 편지』를 발표했으며, 사회비판 소설 『누가 비난받아야 하는가?』에서는 러시아 소설에 자연주의적 기법을 도입했다. 1847년 아버지의 사망 후 유산을 상속받고 유럽으로 망명을 한 후, 평생의 벗인 오가료프와 함께 잡지 『종』을 발행하여 러시아 내 혁명가 및 급진주의자들에게 공급하였으나, 서구의 현실을 목도하면서 서구적 사상을 비판하고 러시아에 존재하고 있던 농민 공동체 미르에서 희망을 찾게 된다. 러시아 고유의 미르를 발전시켜 자본주의를 거치지 않고도 사회주의에 도달할 것이란 믿음을 갖게 된 것이다. 그의 이런 사상은 후에 러시아 특유의 인민주의 운동의 모태가 된다. 러시아 사상사에서 게르첸이 차지하는 특별한 지위는 서구주의와 슬라브주의를 결합시켜 독특한 인민주의의 길을 열었다는 데 있으며, 이로 인해 자유주의자, 사회주의자들이 모두 그를 계승했다는 주장을 하게 된다.

5. 필사본에 공백으로 남아 있다.[지은이]

6. 콘스탄틴 이바노비치 바비코프(1841~1872). 러시아의 작가. 1861년 『러시아 통보』에 「시골의 어린 시절」이라는 소설을 발표하며 혜성처럼 등단했다. 개혁 이전의 러시아 벽촌의 생활상을 감상적이긴 하지만 따뜻한 시선으로 그린 농촌 소설에서 출발하여, 모스크바의 거리들을 조명하는 대표작 「쓸쓸한 거리」로 단편 작가로서의 입지를 굳혔지만, 32세의 나이로 요절했다.

7. 약 3마르크에 해당하는 독일의 옛 화폐 단위.

8. 프로이센 금화.

9. 러시아의 소설가. 모스크바 대학교 문학부를 졸업하고 1835년부터 30년 동안 재무성·내무성 등에서 관료생활을 하였다. 『오블로모프』(1859)와 『낭떠러지』(1869)는 최초의 장편 『평범한 이야기』(1847)와 더불어 3부작을 이룬다. 그는 철저한 사실주의를

추구했는데, 특히 대표작『오블로모프』의 주인공에 대한 성격 묘사는 그 전형이라 할 수 있다.

10. 귀족의 자제인 주인공 오블로모프는 뛰어난 자질을 타고난 데다 교양도 있지만 막대한 유산을 받고 안락한 생활로 들어가자 안일하고 게으른 일상을 살 뿐이다. 결국 그는 제 손으로 양말 한 짝도 신을 줄 모르는 소극적이고 무감각한 사람이 되어 버린다. 영지가 파산을 해도, 재산이 횡령을 당해도 그는 전혀 현실을 인식할 수가 없다. 이 작품은 일개 인간이 농노제도하에서 점차 인간성을 상실해 가는 과정을 놀랄 만큼 현실적으로 묘사한 것으로서, 러시아 문학의 커다란 명제인 '잉여 인간'의 모습이 예리하게 파헤쳐져 있다. '보수적이고 무기력한'이라는 뜻의 러시아어 '오블로모프스키'가 이 소설로 인해 생겨났다.

11. 독일 르네상스를 대표하는 화가. 처음에는 역시 화가였던 아버지와 목판화가인 브루크마이어에게 그림을 배우고 바젤·북이탈리아·런던 등지에서 명성을 얻은 뒤 영국 헨리 8세의 궁정화가가 되었다. 뒤러, 크라나흐와 견줄 만한 걸출한 화가로 특히 초상화에 뛰어났다.

12. 한스 홀바인의 대표적 종교화인「그리스도의 시신」을 말한다.

13. 1863년부터 1884년까지 상트 페테르부르크에서 간행된 정치·문예 일간지. 크라옙스키를 편집장으로 그라도프스키, 마르코프 등이 참여했던 이 신문은 러시아 교육부의 보조금을 받으며 60년대에는 부르주아 개혁을 승인하는 진보주의를 표방함과 동시에 혁명운동에는 반대하는 보수적인 경향을 띠었으며, 70년대에는 반정부적 성향이 더 강해졌다.

14. 니콜라이 플라토노비치 오가레프(1813~1877). 러시아의 혁명가, 시인, 사회평론가. 혁명운동으로 유형에 처해졌다가 1856년 망명하여 런던에서 잡지『종』을 창간했다. 혁명조직 '토지와 자유'의 당원이었다.

15. 스위스, 남프랑스, 이탈리아 지방에 부는 찬 북동풍.

16. 도스토옙스키는 1867년에 일어났던 15세 소녀 올가 우메츠카야의 방화 사건——올가는 부모 학대에 못이겨 네 번이나 집에 불을 질렀다——에서 모티브를 얻어 애초에는『백치』의 여주인공 나스타샤 필리포브나가 화재로 부모를 잃은 것으로 설정했다고 한다.

17. 도스토옙스키의 소설『죄와 벌』의 여주인공. 아버지에 의해 창녀로 전락한 불행한 운명의 소유자이지만, 기독교적 도덕성으로 라스콜리니코프를 감화시키는 인물. 소

나는 소피야의 애칭.

18. 소설 『악령』에서 샤토프의 아내가 출산하는 장면에 표도르 미하일로비치는 우리의
첫 딸이 태어났을 때 자신이 느꼈던 많은 느낌들을 묘사해 놓았다.[지은이]

19. 이탈리아의 항해가. 신대륙 초기 탐험자이며, 아메리카라는 지명은 그의 이름 '아메
리고'에서 유래했다. 베스푸치는 콜럼버스의 2·3차 항해에 쓰일 배의 건조를 도왔고,
1497~1503년에 걸쳐 여러 번 신대륙에 항해하였다.

20. 1864~1865년에 걸쳐 페테르부르크에서 발간된 역사 및 문예 월간지. 1863년에 필
화로 폐간된 『시대』지의 뒤를 이어 도스토옙스키 형제가 편집을 맡았으며 '대지주의
자들'의 대변자 역할을 했다. 그러나 정치적 급변의 시기에 모호한 정치적 입장을 취
했던 이 잡지는 구독자의 격감으로 폐간되고 말았다.

21. 니콜라이 야코블레비치 다닐렙스키(1822~1865). 러시아의 역사 철학자, 박물학자,
후기 슬라브주의의 이론적 지도자. 1847년 상트 페테르부르크 대학을 졸업하고 페
트라솁스키의 서클에 들어가, 1850년 수도에서 추방되었다. 1869년 『여명』지에 논문
「러시아와 유럽」을 연재, 유럽의 전통과는 본질적으로 상호 용납되지 않는 슬라브족
의 문화적 유산의 우월성을 주장했다.

22. 중세 이탈리아 도시국가 시대에 세워진 정청(政廳)이나 귀족의 저택을 팔라초
(palazzo)라고 한다. 팔라초와 궁전을 뜻하는 영어 단어 팰리스(palace)는 모두 라틴
어 팔라티움(palatium)에서 파생된 말이다. 고대 로마 시대에 아우구스투스 황제가
팔라티노스 언덕에 주거(住居)를 건축한 데에서, 일반적으로 대규모의 주택 형식을
가리키는 보통명사(왕궁·궁전)가 되었다. 특히 이탈리아 르네상스기에 이르자 팔라
초라는 명칭은 정청 건물이나 왕족·귀족의 주거지뿐 아니라 부유한 상인 등 부유한
시민의 대저택을 가리키는 말이 되면서, 새로운 건축양식을 전개하는 중요한 분야가
되었나. 피렌체에는 '팔라초 피티' '팔라초 스트로치' '팔라초 루첼라이' 등 팔라초의
전형적 양식을 어느 정도 개성있게 변화시킨 아름다운 건축물이 많이 있다.

23. 이탈리아의 조각가 기베르티가 1401년에 피렌체 세례당 제2문의 청동양각(青銅陽
刻) 제작자를 선정하는 콩쿠르에서 브루넬레스키와 공동으로 당선되었으나, 브루넬
레스키가 작품이 다른 두 사람의 공동 제작이 불가능하다며 사퇴했기 때문에 단독
으로 제작하게 되어 21년 만에 완성한 문과 1425년 제작을 위촉받아 27년 만에 완성
한 제3문을 일컫는다. 제3문은 회화상의 원근법을 양각에 응용하고 있어 오늘날에는
'조각의 회화화'라 하여 비난하는 사람도 있다. 그러나 구도의 통일과 사실적 묘사는

새로운 수법으로서 가히 '청동 화가'라는 말을 들을 만한 것이었다. 제3문은 오랫동안 먼지에 덮여 거무죽죽해져 있었는데, 제2차 세계대전 후에 도로에서 튄 작은 돌로 손상된 부분을 수리하다가, 원래의 금을 입힌 찬란한 모습이 드러났다. 일찍이 미켈란젤로가 '천국의 문'이라고 찬양한 것도, 황금빛으로 빛나는 숭고한 아름다움에 큰 감명을 받았기 때문일 것으로 본다.

24. 팔라초 피티 안에 있는 미술관으로, 정식 명칭은 팔라티나 미술관(Galleria Palatina)이다. L. 피티의 주선으로 1458년 설립되었다. 이탈리아의 전성기 르네상스 및 바로크 회화 수집·소장에서는 우피치 미술관 다음 가는 규모와 내용을 지녔다. 작품의 대부분은 피티가(家)를 비롯하여 메디치가·사보이가·합스부르크 롤렌가 등, 이 건물에 살았던 역대 귀족들의 수집에 의한 것으로 일면 개인적인 성격이 강하다. 따라서 계통적이며 망라적인 우피치 미술관과는 대조적이다. 소장품 중 라파엘로의 「작은 의자의 마돈나」, 「대공(大公)의 마돈나」, 티치아노의 「막달라의 마리아」, 「라벨라」, 그리고 루벤스의 「성(聖)가족」 등은 특히 유명하다.

25. 류보피는 러시아어로 '사랑'이라는 뜻이다.

26. 소설 『데이비드 카퍼필드』에 나오는 낙천적인 가난뱅이.

27. 북부 이탈리아의 대표적 팔라초 중 하나. 팔라초 두칼레(14~16세기)는 총독궁(總督宮)과 정청을 겸한 건물이었기 때문에 그 규모도 클 뿐만 아니라 안팎의 장식도 매우 풍부하고 화려하다.

28. 티혼 자돈스키(1724~1783). 러시아 정교의 고행자. 종교 작가이자 신학자.

29. 페테르부르크 대학의 자유 청강생으로 1868~1869년 학생운동에 참가했다 투옥되었으나 탈옥에 성공, 스위스로 가서 무정부주의자 바쿠닌과 교류하였다. 그곳에서 가공의 '전세계혁명동맹'의 이름으로 일련의 팸플릿과 『혁명가의 교리문제』를 인쇄·배포하였는데, 그 중심 생각은 혁명의 목적을 위해서는 일신의 이해도, 육친의 정도 버리고 돌보지 않는 철의 규율을 가지는 비밀결사를 창설하는 데 있었다. 1869년 러시아로 돌아가 '인민의 재판'이라는 혁명결사를 조직하였으나, 구성원인 이바노프의 항의를 받고 그를 살해하였다. 그 후 스위스로 도피하였으나 1872년 현지 경찰에 체포되어 러시아로 인도되었다. 징역 20년형을 선고받고 투옥되었으나, 옥중에서도 자신의 뜻을 굽히지 않다가 10년 뒤 옥사하였다.

30. 1870년 10월 17일(19일이라는 안나의 기록은 착오다) 러시아의 외무대신이 외국에 거주하는 러시아 대표들에게 보낸 전문의 내용은, 1856년에 러시아와 영국·프랑스가

맺은 파리 조약의 제2항을 폐지한다는 결정이었다. 제2항의 내용은 흑해의 중립화였다. 당시 모든 강대국들은 파리 조약의 이 조항을 재검토하기로 결정했고, 러시아 함대가 흑해에 주둔하는 것을 승인했다. 그리고 이 내용은 1871년 런던 회의에서 확정되었다.

5장

1. 이즈마일로프 연대 제1중대의 타라소프 건물에 그런 이름의 감옥이 있었다. 거기에는 빚 때문에 자유를 빼앗긴 사람들이 수감되어 있었다.[지은이]

2. 채무자는 수감 생활로 빚을 탕감했다. 1,200루블을 갚으려면 9개월에서 14개월 정도 수감되어 있어야 했다.[지은이]

3. 채권자는 감옥에 수감된 채무자의 부양을 위한 돈을 지불해야 했다.[지은이]

4. 테르티 이바노비치 필리포프(1825~1899). 관료이자 작가. 모스크바 대학 역사철학부를 마치고 종무원(宗務院) 산하 동방정교회 및 신학 교육기관 분과의 촉탁 관리에서 출발하여 다양한 부서에서 관료 생활을 하였다. 러시아 민족의 특수성과 가장 잘 맞는 종교적 러시아의 부활을 주장하며 서구화의 기수 표트르 대제 이전의, 총주교와 성당을 주축으로 한 러시아로 돌아가자는 운동을 벌이며 활발한 저술 활동을 했다.

5. 파벨 미하일로비치 트레차코프(1832~1898). 모스크바의 유명한 미술품 수집가. 25년 이상 러시아 화가들의 그림을 수집하여 모스크바에 러시아 최고 규모의 미술관인 트레차코프 미술관을 설립했다. 1892년에 그는 미술관 건물과 소장품 일체를 모스크바 시에 기증했다.

6. 바실리 그리고리예비치 페로프(1833~1882). 19세기 러시아 사실주의 화가 집단인 이동전람화가 협회의 창설자 중 한 사람. 농노제하의 러시아 풍속을 그린 「농촌의 부활절 십지기 행렬」과 섬세한 심리 초상화인 「A. N. 오스트롭스키」, 「F. M. 도스토옙스키」가 잘 알려져 있다.

7. 미터법 시행 전 러시아의 길이 단위. 1베르쇼크는 4.445센티미터에 해당.

8. 언니는 남편과 함께 위의 아이 둘을 데리고 1871년 11월에 외국으로 나갔다. 밑의 아이 둘은 페테르부르크에 남겨두었다. 1872년 2월에 언니 가족은 로마에 정착했다. 그곳에서 언니는 산책중에 말라리아에, 아니면 다른 의사들의 견해대로라면 티푸스에 감염이 되어 두 달 동안 투병하다 5월 1일에 숨을 거두었다. 형부는 무슨 이유에선지 언니의 사망 소식을 알리지 않고, 남겨둔 아이들을 데리고 지내던 자기 누이에게 곧

귀국한다는 소식만을 전했을 뿐이었다.[지은이]

6장

1. 니콜라이 페트로비치 세묘노프(1823~1904). 러시아의 정치인. '자유주의 관료' 그룹에 속했으며 1861년 농노해방을 낳은 개혁과정에 참여했다.

2. 일리야 예프모비치 레핀(1844~1930). 러시아의 화가. 상트 페테르부르크의 미술학교에서 수학한 뒤 받은 장학금으로 프랑스와 이탈리아를 여행하면서 렘브란트를 비롯한 서구의 고전 미술을 연구하고 귀국, 러시아의 역사적 사건을 묘사하는 그림에 열중했다. 1894년 상트 페테르부르크 아카데미의 역사화 교수가 되었다. 대표작으로는 「볼가강의 수부」, 「쿠르스크 현의 종교 행렬」, 「이반 뇌제와 그의 아들 이반」 등이 있다. 전반적으로 그의 작품 전체에는 제정 러시아의 사회 모순에 대한 항의 정신이 깔려있다.

3. 1872년부터 1914년까지 상트 페테르부르크에서 발간된 시사 및 문예지. 왕정을 옹호하는 보수적인 경향을 가진 잡지로 1873~1874년에 도스토옙스키가 편집장으로 있었다.

4. 알렉산드르 우스치노비치 포레츠키(1819~1879). 러시아의 작가. 도스토옙스키 형제가 발간한 잡지 『연대기』의 편집진이었다. 러시아에서 가장 많이 불리는 동요의 원작 시를 쓰기도 했다.

5. 알렉세이 안드레예비치 아락체예프(1769~1834). 러시아의 군인, 정치가. 1808년부터 10년까지 국방대신을 지냈고, 1810년 군사위원회 위원장을 역임했다. 1815년부터 25년까지 황제 알렉산드르 1세의 전폭적인 신임을 얻어 내정과 군대를 장악하고 철권정치를 폈다. 둔전병(屯田兵) 제도를 처음으로 도입하기도 했다.

6. 블라디미르 세르게예비치 솔로비요프(1853~1900). 러시아의 종교철학자, 시인, 사회평론가. '만물의 통일체'로서 우주를 바라보는 솔로비요프의 학설에는 기독교적 플라톤주의와 신유럽 이상주의 사상, 비정통적 신비주의가 결합되어 있다. 그는 세계 신정국(神政國) 건설이라는 유토피아적 이상을 설파했으나, 점차 종말론에 기울어졌다. 러시아 종교철학과 상징주의 시에 지대한 영향을 끼쳤다.

7. 제니스 바실리예비치 다비도프(1784~1839). 1812년 조국방위전쟁의 유격대원. 종군작가이자 시인. 경기병(輕騎兵)과 카자크 인들로 구성된 유격대를 이끌면서 프랑스군의 후방에서 맹활약을 펼쳤다. 12월 당원들 및 푸시킨과 친분관계가 있었다. 유격대

활동에 관한 이론서들과 군과 역사에 관련된 저술들을 남겼고, 개방적이고 자유를 사랑하며 활동적인 인간의 모습을 담은 새로운 유형의 전쟁 영웅을 서정시로 노래했다.

8. 19세기에 페테르부르크에서 복음주의를 설파한 영국인 레드스톡이 이끌던 복음파의 명칭이다.

7장

1. 1836년 푸시킨이 창간한 정치 및 문예 월간지. 푸시킨 사망 후 1847년부터 네크라소프가 편집장을 맡으면서 이후 20년간 러시아 최고의 문예지로 군림하였다. 벨린스키의 영향 하에 혁명적 민주주의자와 서구주의자의 잡지로 변신하였고, 체르니솁스키가 편집진에 참여하면서 혁명적 성향이 더욱 뚜렷해져서 투르게네프, 곤차로프, 톨스토이와 같은 자유주의적 작가들이 빠져나가고 살티코프(필명은 셰드린) 같은 정치적 성향이 강한 작가들이 기고하게 된다. 차르 정부의 심한 검열에 시달리다 1866년 강제 폐간되었고, 1871년 복간되었으나 전과 같은 명성을 누리지는 못하다 1915년에 발행이 중단되었다.

2. 『조국의 기록』 편집진들로, 급진적 인민주의자들의 입장을 대변했다.

3. 1839~1884년에 걸쳐 상트 페테르부르크에서 발간된 월간지. 1868년까지는 크라예프스키가, 그 이후에는 네크라소프와 살티코프가 공동 편집했다. 벨린스키가 주요 평론가로 활동했으나, 그가 『동시대인』으로 활동무대를 옮기면서 두 잡지는 경쟁 관계에 놓이게 되었다. 1868년에 『동시대인』이 폐간되고 네크라소프가 『조국의 기록』을 맡게 되면서부터는 인민주의자들의 입장을 대변하는 기관지 역할을 했다. 네크라소프가 죽은 후 자유주의적 인민주의자인 미하일롭스키가 잡지를 이끌었으나 정치적 이유로 인해 1884년 폐간되었다.

4. 비트 엠스는 독일 남서부 라인란트팔츠 주에 있는 온천 도시로 엠스(Ems)라고도 한다. 라인강의 지류인 란강 근처에 자리잡고 있다. 14세기 초에는 납과 은을 채굴하는 광산업이 발달하였으며, 17세기에는 온천 휴양지로 개발되었다. 독일 황제 빌헬름 1세가 1867년부터 20년 동안 이곳에서 여름을 보냈다. 19세기 후반에는 독일의 정치가 오토 비스마르크를 비롯하여 유럽과 러시아의 귀족들이 휴양지로 애용하였다.

5. 빌헬름 폰 카울바하(1805~1874). 독일 낭만주의 운동에 관여한 화가, 삽화가, 벽화가. 벽화가로서 그는 뮌헨과 베를린에서 라파엘로의 후기 화풍과 알브레히트 뒤러의 양식을 따른 많은 벽화를 그렸다. 「예루살렘의 파멸」, 「훈족의 전투」, 「십자군」, 「종교개

혁」 같은 그의 대형 역사화들은 비록 예술적 상상력은 부족하지만 장엄한 양식으로 그 부족함을 보완했다. 그는 당대의 가장 유명한 예술가들 중 한 사람이었다.

6. 표도르 미하일로비치는 아이들을 위해 직접 그 오르간을 샀다. 지금은 우리의 손자들이 그것을 가지고 즐겁게 놀고 있다.[지은이]

7. 『카라마조프 가의 형제들』에 나오는 매력적인 과부. 병든 딸 리자를 치료하기 위해 조시마 장로를 찾아가서 장로와 대화를 나누지만, 수다만 늘어놓을 뿐 다른 사람의 이야기에는 귀를 기울이지 않는 산만한 유형의 여인이다. 알료샤가 자신이 원하는 사위감이 아니라는 이유로 그를 반대한다.

8. 『카라마조프 가의 형제들』에 나오는 드미트리의 변호사. 대중적 명성을 얻기 위해 드미트리가 유죄라고 생각하면서도 변론을 맡아 스메르쟈코프의 유죄를 입증하려 애쓴다.

9. 표도르 미하일로비치는 프로호로브나 부인이 우리 아들 녀석을 진심으로 아껴 준 것에 대해 무척 고맙게 생각했다. 내게 쓴 편지에서도 그녀에 관한 언급을 자주 볼 수 있다. 소설 『카라마조프 가의 형제들』에서 소식이 끊긴 채 살아가고 있는 아들의 영혼을 위해 기도하는 노파로 그녀를 내보이기도 했다. 표도르 미하일로비치는 프로호로브나 부인에게 아들을 위한 기도를 더 이상 드리지 않아도 될 것이라 말하면서 곧 아들로부터 편지가 올 것이라고 예언했는데, 실제로 그렇게 되었다. [저자 주]

10. 이반 안드레예비치 크릴로프(1768~1844). 러시아의 우화 작가. 페테르부르크 과학 아카데미 정회원(1841). 소년 시절부터 오페라, 희극, 비극 등을 쓰기 시작했으나 라퐁텐의 우화를 번역하면서 우화 작가의 길로 들어섰다. 200편이 넘는 풍자적 우화를 지었는데, 그의 글 전체를 관통하고 있는 일관된 흐름은 민주주의 정신이었다. 사회와 인간의 결함을 포착하는 날카로운 필력과 압축된 문체로 러시아 고전주의 문학에 사실주의적 색채를 더해 주었다. 고골은 그의 글을 가리켜 '민중들 자신의 지혜가 담긴 책'이라 일컬었다.

11. 당시에는 철도가 노브고로드까지만 이어져 있었기 때문에, 거기서부터는 집배원이 우편물을 말에 싣고서 직접 80베르스타(호수를 건너면 40베르스타) 길을 와야만 했다. 그래서 집배원을 통해 신문을 받아 볼 경우 하루 지난 신문을 봐야 했는데, 우리가 직접 우체국에 들르면 발행 당일 신문을 볼 수 있었다. [지은이]

12. 카드에 관한 몇 마디. 표도르 미하일로비치가 교류했던 모임(특히 문학 모임)에서는 카드 게임을 하는 것이 일반적인 일이 아니었다. 우리가 함께 사는 14년 동안 남편은

나의 친척 집에서 딱 한 번 프레페랑스 게임을 했을 뿐이다. 그는 10년 이상 카드를 만져 본 적이 없었음에도 불구하고 기가 막히게 게임을 잘 했고, 상대방에게서 몇 루블을 따기도 해 무척 당황하곤 했다.[지은이]

13. 성자 알렉시야의 이름이다. 남편은 신의 선택을 받은 이 예언자를 특히 존경해서, 비록 우리 친척 중에는 그런 이름이 없지만 갓 태어난 아기에게 그 이름을 지어 주었다. [지은이]

8장

1. 소피야 이바노브나 스미르노바. 10대의 어린 나이에 이미 『조국의 기록』에 소설 「불꽃」(1871)을 발표하며 등단하여, 연이어 「세상의 소금」, 「학구의 후견인」, 「성격의 힘」 등의 왕성한 작품 활동을 했으나 1877년 이후 거의 20년간 작품을 써내지 못했다. 천재적이고 날카로운 지성의 소유자였으나 스타일에 집착하면서 삶에 대한 일정한 태도를 상실했고, 초기의 작품들이 불러일으켰던 기대에 부응하지 못했다. 1898년부터 일련의 소설과 희곡 등을 써내며 창작 활동을 재개했다.

2. 니콜라이 페트로비치 바그네르(1829~1907). 러시아의 동물학자, 작가, 페테르부르크 과학아카데미 객원회원. 곤충의 처녀생식 현상을 발견했으며(1862년) 작가로서 「수코양이 이야기」 외 다수의 문학 작품도 남겼다.

3. 야콥 페트로비치 폴론스키(1819~1898). 시인이자 페테르부르크 과학아카데미 객원회원. 그가 쓴 시에 곡을 붙여 만든 노래들은 누구나 즐겨 부르는 국민가요가 되었다.

4. 필사본에서 누락된 부분.[지은이]

5. 파벨 바실리예비치 안넨코프(1813~1887). 문학 평론가, 회고록 작가. 심비르스크의 부유한 지주 집안에서 태어나 페테르부르크 대학 역사철학부에서 수학했다. 벨린스키에게 큰 영향을 받았으며 서구의 사회주의 운동에 큰 관심을 가져 1840년 해외로 나갔다. 그곳에서 맑스 등과 교류하였으며 그 무렵의 경험과 사상을 『동시대인』에 「파리에서 보낸 편지」라는 이름으로 연재하였다. 귀국 후 1850년대에는 푸시킨의 저작들을 출판하는 일에 전념했으며, 또한 방대한 자료를 바탕으로 푸시킨의 삶을 추적한 「전기를 위한 자료」를 작성했다. 이 자료들은 수많은 결함을 갖고 있지만 학술적인 푸시킨 연구의 초석이 되었다는 것은 모두가 인정하고 있다. 이후 스탄케비치, 투르게네프, 톨스토이 등 유명한 러시아 문인들에 대한 전기와 회고록을 집필했다. 도스토옙스키에 대한 별도의 회고록을 쓰지는 않았고, 이 글에서 인용한 『괄목상대의

『10년』은 그가 참여했던 벨린스키 지지자 그룹에 대한 회고록이다.

6. 18세기 후반에서 19세기 후반에 걸쳐 벌어진 6회의 러시아-투르크 전쟁 중 제6차 전쟁으로 흔히 '제2차 동방전쟁'이라고도 한다. 발칸·중동 지역에서 러시아와 열강(특히 영국, 프랑스, 오스트리아)의 대립이 날카로워져 투르크의 분할을 꾀하는 러시아의 니콜라이 1세가 내정에 간섭하여 '제5차 전쟁'(1853)을 일으키자 영국, 프랑스, 사르데냐 등이 투르크와 연합하여 발발한 '크림 전쟁'(1853~1856)을 '제1차 동방전쟁'이라고도 하는데, 이 전쟁에서 패한 러시아는 투르크에 대한 특권을 상실하여 동방정책이 크게 후퇴하였다. 이후 러시아가 범슬라브주의를 국책의 도구로 이용하여 투르크에 대항하는 발칸의 민족주의 운동을 선동한 결과 '제6차 전쟁'(1877~1878)이 일어났다. 이 전쟁을 '제2차 동방전쟁'이라고도 하는데, 전쟁의 원인은 1875년부터 보스니아, 헤르체고비나, 불가리아에서 꼬리를 물고 일어난 반란으로 이때에는 세르비아와 몬테네그로도 참가하였다. 그러나 러시아의 단독 출병이 열강을 자극할 것을 우려한 외상 고르차코프는 먼저 열강에 제안하여 국제회의를 열고 투르크에 대한 내정개혁을 요구하는 공동권고를 하게 하였다. 투르크가 이를 거부하자 러시아는 오스트리아의 중립을 확약받은 다음 곧 투르크에 선전포고를 하였다. 전투는 발칸과 캅카스에서 전개되어 러시아는 상당한 고전 끝에 마침내 플레브나 요새를 공략하고, 이어 아드리아노플을 점령한 다음 이스탄불로 육박하였다. 그 결과 산스테파노 조약(1878)이 체결되어 러시아는 캅카스를 손에 넣었을 뿐만 아니라 불가리아의 자치와 루마니아·세르비아·몬테네그로의 독립을 보장함으로써 발칸에서 러시아의 영향력을 현저하게 강화하였다. 이러한 러시아 세력의 팽창에 위협을 느낀 열강이 이 조약의 개정을 러시아에 강요한 결과 베를린 회의(1878)에서 러시아의 특권은 다시 제한받게 되었다.

7. 프세볼로드 세르게예비치 솔로비예프(1849~1903). 러시아의 작가. 모스크바 대학 법학부를 마치고 차르 정부에서 공직 생활을 했다. 1860년대 말에 『여명』, 『유럽 통보』 등에 시를 게재하면서 문단에 등단해 평론과 다양한 산문을 썼고, 1876년에 역사 소설 「오스트로시스카야 공녀」를 써서 대단한 성공을 거두었다. 이후 수많은 작품들을 발표했으며, 무난하고 까다롭지 않은 독자층의 사랑을 받았다.

8. 프랑스의 18세기 계몽주의 철학자 볼테르의 풍자소설. 라이프니츠의 낙천주의를 공격하기 위해 쓴 작품이다. '세상은 만사형통한다'(Tout est pour le mieux)는 식으로 살아가던 캉디드와 그의 애인 키네공드, 스승인 팡글로스는 온갖 우여곡절을 겪은 후 자기들의 운명이 왜 이렇게 부조리한가를 사색하다가, 결국에는 말없이 '자기 밭을

가꾸는 것', 즉 다른 일에 신경쓰지 않고 자신의 하루하루를 살아가는 것만이 지혜의 비결임을 깨닫는다. 동기의 부조리, 행위의 불합리 등이 부각되어 나타나며, 추리를 잘못함으로써 어리석은 일들이 벌어지는 것에 대한 조소가 작품 전반에 나타나 있다. 이 점에서 익살스럽고 풍자적인 프랑스 콩트의 정수로 인정받는다.

9. 사후 40일째 되는 날 올리는 추도식.

10. 오레스트 페도로비치 밀레르(1833~1889). 러시아의 문학자, 민속학자, 신화적 문학 연구 지지자였다. 1870~87년 상트 페테르부르크 대학 교수를 지냈고 저서 『슬라브 민족과 유럽』 및 오스트롭스키, 도스토옙스키, 곤차로프 등에 관한 평론을 남겼다.

11. 3년 뒤 표도르 미하일로비치가 숨을 거두었을 때는 정말 장대한 장례식이 열렸다. 그때까지 수도에서 치러진 장례식 중 전례가 없던 규모였다. 얼마 뒤 나를 방문한 밀레르는 그때 내가 했던 말들이 거의 글자 그대로 모두 이루어졌다는 사실을 내게 상기시켜 주었다. 정말 내가 예언한 대로 표도르 미하일로비치는 알렉산드로-네프스키 수도원, 시인 주콥스키의 무덤 옆에 영면할 자리를 찾았다(바로 옆자리는 아니었지만). 장례 예배는 두 명의 주교가 집전했고 격조 높은 네프스키 합창단이 노래를 불렀다. 내가 예언한 대로 장례 행렬의 뒤를 6~8만 명의 인파가 따랐고 그들은 수많은 화환들을 가져왔다. 나는 노보제비치 수도원의 묘지에서 남편에게 했던 환상적인 약속이 떠올랐지만, 내가 그토록 정확하게 예언을 했다는 사실에 조금도 놀라지 않았다. 나는 종종 어떤 예상을 하거나 지적을 했을 때 (정말로 우연히, 대화 도중에 나도 모르게 입에서 나온 말들이었음에도) 그것들이 거의 말 그대로 실현되곤 했다는 것을 알고 있었다. 보통은 신경이 몹시 곤두서 있을 때, 그러니까 네크라소프를 보내면서 오랜 친구이자 동시대인의 죽음이 남편에게 얼마나 나쁜 영향을 줄 것인가 노심초사하던 그런 순간에 놀라운 능력이 발휘되곤 했다. '예지'라고나 할까. 이런 능력은 북방 여인들, 그러니까 누르웨이나 스웨덴 여인들에게 특징적이라는 글을 어디선가 읽은 적이 있다. 어떤 경우에는 나를 적잖이 불쾌하게 만들곤 했던 나의 이러한 예지 능력은 스웨덴 출신 어머니에게 내 뿌리가 있기 때문인 것 같다.[지은이]

9장

1. 안드레이 알렉산드로비치 크라옙스키(1810~1889). 러시아의 출판인, 언론인. 푸시킨이 『동시대인』을 발간하는 것을 도왔고 『문학 신문』을 비롯한 여러 신문을 발행했다. 1839년부터 1868년까지 네크라소프를 도와 『조국의 기록』을 발행했다. 교육부와 시

의회 등에서 일했으며 10년 동안 페테르부르크 시 학교 위원회 의장을 역임하면서
학교 수를 늘리고, 교육 환경을 개선하는 등의 개혁 정책을 폈다.

2. 1876년 세르비아와 몬테네그로가 투르크와 싸운 전쟁. 1875년 6월 헤르체고비나와
보스니아의 그리스도교 주민들이 투르크의 박해에 대항하여 반란을 일으키자, 세르
비아와 몬테네그로는 반란 세력을 원조하여 투르크에 선전포고를 하였다. 세르비아
는 그리스도교도들의 반란이 발칸 반도로 확대되자 러시아가 지원해 줄 것을 기대하
였으나 러시아가 참전하지 않아 9월 1일에는 알렉시나크에서, 10월 29일에는 주니스
에서 투르크군에게 패했고, 1877년 1월 러시아의 중개로 강화하였다. 그러나 이 전쟁
이 원인이 되어, 동년 4월에 러시아–투르크 전쟁이 일어났고 이듬해 러시아가 승리
하여, 1878년 3월 3일 산스테파노 조약을 체결하였는데, 투르크는 세르비아의 완전
한 독립을 인정하고 영토를 할양하게 되었다.

3. 드미트리 이바노비치 멘델레예프(1834~1907). 러시아의 화학자이며, 원소의 주기분
류법을 개발했다. 마지막으로 작성된 주기율표에 있는 빈 공간은 아직 알려지지 않은
원소들로 채워질 것이라고 예언했으며, 그 가운데 3개 원소의 성질을 예측했다. 상트
페테르부르크 대학 화학교수로 재임하면서 마땅한 교과서가 없자 자신이 직접『화학
원론』을 집필하였는데, 이 책은 화학 교과서의 고전이 되었다. 정치적으로 그는 진보
적이었고 사회개혁에 많은 관심을 가졌다. 1880년 페테르부르크 과학 아카데미 정회
원에 추대되었으나 정치적인 이유로 임명되지 않아 커다란 사회적 저항을 불러일으
켰다.

4. 미하일 예브그라포비치 살티코프(1826~1889). 필명은 셰드린. 러시아의 풍자 작가,
사회평론가. 1868~1884년 네크라소프와 공동으로『조국의 기록』편집장을 지냈다.
대중성과 예술성을 결합시킨 그의 작품은 전제적 봉건체제의 산물인 러시아 관료 집
단의 세계를 그로테스크하게 풍자하고 있다. 주요 작품으로는『현(縣)의 스케치』,『한
도시 이야기』,『골로블료프가의 사람들』이 있다.

5. 알렉세이 안티포비치 포테힌(1829~1908). 러시아의 작가, 페테르부르크 과학 아카데
미 명예 회원(1900). 농민의 생활을 소재로 한 중·단편소설들 및 러시아에 자본주의
적 관계가 발생하는 과정과 혁명적 분위기의 고조를 반영하는 장편소설들을 썼다.

6. 나는 항상 행사장에 남편이 낭독하는 책과 엠스의 과립형 기침약, 여분의 손수건(손
수건을 분실할 경우를 대비하여), 그리고 남편이 차가운 공기 속으로 나갈 때 목에 둘러
주기 위한 모직 숄 등을 가져갔다. 언제나 짐을 잔뜩 안고 있는 나를 보고 표도르 미

하일로비치는 자신의 '충실한 부하'라고 불렀다.

7. 파벨 알렉산드로비치 가이제부로프(1841~1893). 러시아의 사회평론가, 자유주의적 나로드니키.

8. 드미트리 바실리예비치 그리고로비치(1822~1899). 러시아의 작가, 페테르부르크 과학 아카데미 객원회원(1888년). 농노제를 반대하는 소설 「마을」, 「안톤 고레미카」와 민족 문제를 다룬 장편소설 『어부』, 『이주민』 등을 썼다.

9. 표도르 니콜라예비치 베르그(1839~1909). 러시아의 작가. 1860년 『동시대인』에 번역시와 자작시를 게재하면서 문단에 나왔고, 1863년에는 러시아 최초로 하이네 시 전집 1권을 번역했다. 1860년대와 70년대에는 『동시대인』과 『여명』 등에 기고하였으나 점차 우경화하여 1905년부터 1909년까지 모스크바 왕정 옹립 조직의 당원으로 활동했다.

10장

1. 젤라틴이나 알코올 공정을 이용하여 마스터 사본을 뜨는 직접 복사기로, 지금은 거의 쓰이지 않는 방법이다. 젤라틴 공정으로 뜰 수 있는 사본의 양은 200매 가량이다.

2. 표트르 이사예비치 베인베르그(1831~1908). 러시아의 시인, 번역가, 언론인. 해학과 풍자가 넘치는 시들을 지었으며, 단테와 셰익스피어, 괴테 등 유럽과 미국의 60여 작가의 작품들을 번역했다.

3. 1880년 3월 20일의 문학의 밤에서 겪었던 우스운 사건 하나를 얘기하지 않을 수가 없다. 시 의회 강당은 성장을 한 청중들로 넘쳐 났는데, 대부분이 남자들이었다. 그런데 청중들을 둘러보던 나는 아연실색했다. 거기에 있는 남자들 얼굴이 대부분 너무나 잘 아는 사람들처럼 여겨졌기 때문이었다. 표도르 미하일로비치에게 이 사실을 말했더니 그도 그런 기묘한 현상을 이상하게 여겼다. 하지만 중간의 휴식 시간에 행사 주최자가 참가자들과 그들의 부인 모두를 커다란 테이블 위에 샴페인 병과 과일, 당과들이 놓여 있는 옆방으로 불렀을 때, 나는 그 까닭을 알게 되었다. 그 방에서 행사 관리자들과 시장인 글라주노프 부부는 매우 정성스럽게 가수와 문인들을 대접하고 있었는데, 글라주노바 시장 부인은 상트 페테르부르크 자비의 집의 후원자였다. 그래서 고스티니 드보르의 상인들과 판매원들이 모두 그녀가 후원하는 기관을 위한 문학의 밤 행사에 방문해 달라는 초대에 응했던 것이다. 그리고 나는 그 무렵에 아이들의 여름용 옷감을 미리 사둘 요량으로 예쁜 문양의 옷감을 찾아 고스티니 드보르를 모두

다 돌아다녔기 때문에 판매원들의 얼굴이 기억에 남아 이날 본 사람들이 모두 아는 사람들로 생각되었던 것이다. 나는 무슨 알 수 없는 병에 걸린 것은 아닌가 걱정하게 만들었던 현상이 말끔히 해명되어서 무척 기뻤다.[지은이]

4. 콘스탄틴 콘스탄티노비치 슬루체프스키(1837~1904). 러시아의 시인. 때때로 비극적 이고 신비주의적인 종교적 시를 쓰기도 했지만 전반적으로 서정적인 시들을 지었고, 중·단편 소설들과 수필 등 산문집도 남겼다.

5. 안나 파블로브나 필로소포바(1837~1912). 러시아의 유명한 사회운동가. 1860년대에 여성의 고등교육 문제를 제기하며 사회운동을 시작했다. 1868년에는 상트 페테르부르크 대학 총장 앞으로 여성을 위한 강좌 개설을 요구하는 청원 운동을 주도한 여성 그룹을 이끌었다. 이 운동에 힘입어 1870년에 여성과 남성이 함께 듣는 공개 강좌가 개설되었고 현존하는 여성 고등교육 기관이 탄생하게 되었다. 이후 자선사업과 빈민 을 위한 구제운동, 의료지원 활동 등 다양한 사회 분야에 걸쳐 폭넓은 활동을 하였으 며, 러시아 여성주의 운동의 선구자로서의 역할을 했다.

6. 알렉세이 세르게이예비치 수보린(1834~1912). 러시아의 언론인, 출판인이자 연극 평 론가. 상트 페테르부르크의 신문 『신시대』(1876년부터)를 발행하고 잡지 『역사 통보』 (1880년부터)를 발간했다. 1863년부터 『상트 페테르부르크 통보』 및 기타 신문에 기 고하면서 다양한 장르의 글을 썼다. 그가 발행한 신문 『신시대』는 러시아에서 가장 유력한 신문 중 하나로서 시간이 지나면서 보수적인 신문으로 바뀌어 갔다. 그는 또 한 연극에도 깊이 관여하여 1895년 자신의 극장인 '수보린 극장'(지금의 페테르부르크 말리극장)을 열었다. 그는 1893년부터 1909년까지 자신이 쓴 일기를 출판했는데, 『일 기』는 러시아 회고 문학의 기념비적 간행물로서, 신빙성 있는 사실과 자료들을 제시 하며 19세기 말부터 20세기 초까지 러시아 정치, 사회, 문학의 유명한 인물들을 많은 점에서 새롭게 조명한 책이다.

7. 1868에서 1917년까지 상트 페테르부르크에서 간행된 러시아의 유력 일간지. 처음에 는 자유주의적 경향을 띠었으나 수보린이 발행인이 되면서부터 보수적인 신문이 되 었다. 1905년 혁명 이후에는 보수 반동적인 경향이 더욱 강해졌고, 10월 혁명 이후 폐 간되었다.

8. 남편은 발작을 일으킨 뒤 정신이 완전히 돌아오지 않은 상태에서 언제나 내 방으로 오곤 했다. 그 순간에 그는 알 수 없는 공포를 느끼는데 가까운 사람의 얼굴을 보면 안심이 되곤 했기 때문이다.[지은이]

9. 유한체프는 당시 재무부 장관의 특별 보좌관으로, 자신의 지위를 이용해 1879년 한 은행으로부터 거액을 횡령하려 했었다.[지은이]

10. 러시아의 역사학자. 자유주의 성향의 사회평론가. 러시아의 국가 제도들과 법의 역사, 서유럽 국가들의 법에 관한 저서들을 남겼다.

11장

1. 필사본에서 누락된 부분.[지은이]

2. 젬스키 소보르. 16세기 중반부터 17세기 말까지 존재했던 러시아의 최고 대의기관. 대성당의 성직자들과 귀족회의 의원들로 구성되었다. 국가의 중차대한 문제들을 심의하는 기구였다.

3. 1720년대에 출판된 복음서에는 "막지 말라"는 말이 있지만, 새 판본에는 그 말이 "그냥 두어라"로 바뀌어져 있다. 복음서의 바로 이 부분은 새 판본에는 "요한이 제지하며 가로되 '제가 당신께 세례를 받아야 할 터인데, 어찌 당신께서 제게로 오십니까?' 그러나 예수께서 답하여 가라사대 '지금은 그냥 두어라. 우리가 이렇게 하여 위대한 정의를 이루는 것이 합당한지라'"로 되어 있다. 표도르 미하일로비치가 죽던 날 그가 펼친 복음서의 구절은 우리의 인생에서 심오한 의미와 의의를 지녔다. 어쩌면 남편은 얼마간 몸을 추스를 수 있었을지도 모른다. 하지만 그가 회복되었다 해도 그것은 그리 오래 가지 않았을 것이다. 3월 1일의 차르 암살 소식을 들었더라면, 농민을 해방시킨 해방 군주인 차르를 숭배했던 남편은 엄청난 충격을 받았을 것이 틀림없고, 그랬더라면 겨우 아물게 된 혈관이 또다시 터져 생을 마감했을 것이다. 물론 남편이 그런 혼란한 시기에 생을 마감했더라도 틀림없이 세상에 커다란 반향을 불러일으켰겠지만, 1월에 남편이 죽었을 때처럼 어마어마한 것은 아니었을 것이다. 온 세상이 암살에 관한 생각, 그리고 그러한 국가 운명의 비극적 상황에서 뒤따를 수 있는 복잡한 양상에 관한 이야기들로 들썩거렸을 것이기 때문이다. 1881년 1월에는 모든 것이 평온해 보였다. 따라서 남편의 죽음은 '사회적 사건'이 되었다. 정치적 견해가 완전히 다른 사람들, 참으로 다양한 사회 계층의 사람들이 그의 죽음을 애도했다. 표도르 미하일로비치의 장례식과 장례 행렬은 대단한 위용을 과시하며 러시아 문학에 무관심했던 사람들 가운데서 수많은 독자층과 그를 흠모하는 사람들을 만들어 냈다. 그렇게 해서 남편의 숭고한 이상은 훨씬 널리 유포되었으며, 인정받아 마땅한 그의 천재성이 제대로 평가받게 된 것이다. 그리고 자신이 죽은 후에는 차르의 은총으로 우리 아이들이

교육을 받고, 후에 차르와 조국에 쓸모 있는 충복이 되기를 바랐던 남편의 오랜 염원이 관대한 해방군주인 차르의 서거 이후였다면 이루어지지 못했을 수도 있었다.[지은이]

4. 볼레슬라프 미하일로비치 마르케비치(1822~1884). 폴란드 출신의 작가. 오데사의 리셀리옙스키 귀족학교 법학부를 마치고 정부에 들어가 교육부, 내무부 등의 요직을 섭렵하며 '예술의 순수성'을 강조하고 '저속한 물질주의'를 지탄하는 글을 썼으나, 그 자신은 1875년 수뢰 사건으로 관직에서 물러나게 된다. 보수적인 경향의 작가로 『사반세기 전』, 『급변』, 『나락(奈落)』 등 3부작이 대표작이다.

5. 니콜라이 미하일로비치 카람진(1766~1826). 러시아의 역사가, 시인, 저널리스트. 러시아 문학의 감상주의 유파를 대표하는 인물이다. 어려서부터 계몽주의 철학과 서유럽 문학에 관심이 있었던 그는 서유럽을 두루 여행하고 그 감상을 「러시아 여행자의 편지」에서 묘사했는데, 이 글은 그가 여행에서 돌아와 창간한 월간 평론지 『모스코프스키 주르날』에 실린 가장 중요한 글이었다. 장 자크 루소와 로렌스 스턴의 영향을 받아 자기 폭로적인 문체로 쓴 이 작품은 당시 서유럽에서 유행하던 감상주의를 러시아에 소개했다. 비극적인 연애사건 후에 자살로 일생을 마치는 어느 시골 처녀의 이야기를 그린 그의 단편 「가련한 리자」는 러시아 감상주의를 대표하는 가장 유명한 작품이 되었다.

6. 미터법 시행 이전 러시아의 길이 단위. 1사젠은 약 2.134미터에 해당.

12장

1. 소설의 화자로, 스스로를 '병든' 인간이라 칭하는 반항아. 불우한 고아 출신으로 주위 사람들의 경멸을 받으면서 자신이 그들보다 우월하다고 생각하며 복수를 꿈꾸고 때로는 열등감에 시달리며 사람들을 증오하는 가학적이면서 피학적인 유형의 인간.

2. 부유한 지주로서 방탕한 호색한. 라스콜리니코프의 여동생 두냐를 사랑하게 되어 그녀를 차지하기 위해 라스콜리니코프의 약점을 이용, 목적을 달성한다. 그러나 두냐가 결코 자신을 사랑하지 않을 것임을 깨달으면서 정욕과 이성에 의해 살아 왔던 삶의 의미를 잃고 자살로 생을 마감한다.

3. 악마적 초인을 상징하는 인물. 철저한 개인주의자며 무신론자로, 사회의 도덕률을 무시한 기행을 일삼는다. 스타브로긴은 모순된 세 가지 사상을 담지한 인물로 그려진다. 그는 샤토프, 키릴로프, 표트르라는 세 친구에게 자신의 사상들을 이입하여, 무신

론적 혁명사상을 신봉하는 표트르가 변절한 민족주의자 샤토프를 살해하고, 반종교적 개인주의자 키릴로프가 그 죄를 뒤집어쓰고 자살하도록 만들지만, 정작 자신은 사상에는 어떠한 관심도 없고 극도로 타락하여 겁탈과 살인 등을 아무렇지도 않게 저지르고 종내는 자신도 자살하고 만다.

4. 에드몽 프레상스(Edmond Pressensé), 19세기 프랑스의 프로테스탄트 신학자.

5. I. A. 비시네그라드스키(1831~1895). 러시아의 과학자, 페테르부르크 과학아카데미 명예회원(1888). 기계설계 학회의 설립자이자 자동조절 이론의 창시자 중 한 사람. 1882~92년에는 재무대신을 지냈다.

6. 예브게니 이바노비치 라만스키(1833~1914). 탁월한 슬라브 역사학자. 상트 페테르부르크 대학 슬라브 철학부 교수를 역임하면서 대학 자율을 얻기 위해 싸웠다. 그는 슬라브 민족에 대한 이론과 슬라브인들의 농촌을 답사하며 얻은 실질적 연구를 결합시켰다. 바실리 바실리예비치 그리고리예프(1816~1881)는 언어학자. 상트 페테르부르크 대학에 동양 언어학과를 처음 개설한 인물이다. 아나톨리 표도르비치 코니(1844~1927)는 법률가, 사회운동가. 페테르부르크 과학아카데미 명예회원(1900)이다. 알렉산드르 미하일로비치 부틀레로프(1828~1886)는 러시아의 화학자. 페테르부르크 과학아카데미 회원(1874). 물질의 특성이 분자 내 원자의 관계에 의해, 혹은 그들의 상호 영향에 의해 결정된다는 화학 구조론을 정립하였다(1861). 이성질체(異性質體) 현상을 최초로 해명하였으며(1864), 일련의 유기 화합물을 합성하였다(헥사메틸렌아민, 포름알데히드 중합체 등). 농업과 양봉업에 관한 저술들도 남겼으며 여성의 고등교육을 열렬히 지지했다.

7. 알렉세이 니콜라예비치 플레셰예프(1825~1893). 네크라소프파의 시인. 페트라솁스키 그룹 사건에 연루되어 1849~59년 유형에 처해졌다. 자연주의 경향의 산문집 『소설과 이야기들』도 남겼다.

에필로그

1. 남편이 내게 보낸 편지를 읽어 본 사람들은 내 말이 허풍이 아니란 것을 알 것이다.[지은이]

2. 바실리 바실리예비치 로자노프(1856~1919). 작가, 사회평론가, 철학자. 이단적인 종교이념과 매우 독창적이고 개성 있는 산문으로 유명하다. 종교적 실존주의 경향을 기독교 금욕주의, 가족에 대한 찬양 등의 관점에 입각한 비평과 결합시켰다. 고골, 도

스토옙스키, 레르몬토프 등에 대한 비평을 남겼고, 대표적인 저서로는 『문단의 추방자들』, 『우리 시대의 묵시록:1917년 10월 러시아 역사의 비극적 완성에 관하여』 (1917~1918) 등이 있다.

도스토옙스키와 함께한 나날들 : 안나 도스토옙스카야의 회고록

지은이 안나 그리고리예브나 도스토옙스카야 | 옮긴이 최호정
발행인 유재건 | 편집인 임유진 | 펴낸곳 엑스북스
등록번호 105-91-96264호 | 주소 서울시 마포구 와우산로 180 (4층 402호)
대표전화 02-334-1412 | 팩스 02-334-1413
초판 1쇄 발행 2018년 7월 16일

엑스북스(xbooks)는 (주)그린비출판사의 책읽기·글쓰기 전문 임프린트입니다. 이
도서의 국립중앙도서관 출판예정도서목록(CIP)은 서지정보유통지원시스템 홈페이
지(http://seoji.nl.go.kr)와 국가자료공동목록시스템(http://www.nl.go.kr/kolisnet)에서
이용하실 수 있습니다. (CIP제어번호: CIP2018020569)
ISBN 979-11-86846-32-2 03890